宋如珊　主編

現當代華文文學研究叢書

準個體時代的寫作

——二十世紀九〇年代中國小說研究

黃發有　著

秀威資訊・台北

目次

下編

導言　準個體時代的寫作

二十世紀九〇年代只是自然的時間概念，我個人也無意將它視為具有充分的自足性的文學史時間。任何一個時代都有自身的特點，但任何一個時代都不可能特殊到獨立顯現的程度，沒有了繼往開來，沒有了歷史視野中的相互參照，任何一個時代的自我記錄都只能是一筆糊塗帳。正如魯迅所言：「一切事物，在轉變中，是總有多少中間物的。動植之間，無脊椎和脊椎動物之間，都有中間物；或者簡直可以說，在進化的鏈子上，一切都是中間物。」[1]在我個人看來，這種「中間物」意識是理解九〇年代和九〇年代小說的關鍵所在。傳統史學有隔代修史的說法，一者生活在自己的時代中的人容易當局者迷，二者一個時代的真正面貌只有在其歷史後效顯現出來之後，才能獲得相對客觀的歷史評價。但是，「當代」研究的進行狀態往往給歷史留下鮮活的痕跡，也是生活其中的主體的一種存在方式。九〇年代的中國是價值大碰撞、文化大轉型的年代，炒得沸沸揚揚的「世紀末」概念與對象自身常常是南轅北轍，我個人喜歡的只是辭舊迎新的「再生」意味，但「再生」並不代表「終結」或「斷裂」，它更多地寄予了生活其中的人的一種願望，我們的未來還是要承擔起歷史的連續性。九〇年代自身並不是

1　《魯迅全集》第一卷（人民文學出版社，一九八一年），頁二八五至二八六。

一個大時代，我更願意將它理解成一個文化準備期和精神過渡期，甚至算得上是前奏或序曲。面對著與自己共同度過的歲月，時間、主體、文本、記憶是我的幾把鑰匙。

一、被遮蔽的時間

九〇年代中國人文學界對於時間的敏感無疑是驚人的，這突出表現在眾多闖將高舉理論刀叉，對時間進行蠻橫的、隨意的切割。於是，命名者似乎在自己的盤中盛下了一段誓死捍衛的、別人不能覬覦的「時間香腸」。為了警告僭越者，許多命名者都連篇累牘地重申自己的發明權，甚至為此而故意挑起唇槍舌戰，以「廣而告之」。這些高戴「新」與「後」的王冠的時間斷片前呼後擁，試圖把主體從穿胸而過的時間箭矢中解救出來，但這些基於當代生活的表象甚至是假象的命名大都落入了障眼遊戲的俗套，這些蕪雜的詞語在互不買帳的拚殺中共同擁有著一種侵入骨髓的焦慮，那就是對於統攝現實的歷史後效的恐懼。這種試圖擺脫歷史與現實的重壓，疾行於時間之前的衝動造成主體的前撲姿態，儘管上身向前飛翔，但雙腳卻被牢牢地吸附在現實的門檻之內。這種抗爭宿命的精神越獄最終往往不幸地使失衡的身姿處於匍匐狀態，淪落成時間牢籠裡的囚徒。

「影響的焦慮」是如此地深重，以至於知識者不管如何掙扎，都無法繞過前人布下的強大精神磁場。於是，九〇年代中國的人文知識份子為了不使自己被淹沒於歷史的汪洋之中，只好高舉「打倒」、「超越」、「告別」的旗幟，宣判舊歷史的「終結」和「死亡」，但這道人為的鴻溝並不能阻斷歷史的綿延。為了獲得苟且的安慰，為了不被「創新的狗」攆上，命名家們只好在幻念中不斷地構築「紙上的未來」，這就如同給尚未受孕的嬰兒所舉行的隆重的「提前命名」儀式。後現代、後殖民、後寓言、後國學、後革命、後烏托邦、後知識份子、新東方、新儒家、新保守主義、新啟蒙……，這些讓人眼花繚亂的命名都齊刷刷地將矛頭對準無辜的時間，對時間進行隨意的切割，而命名者似乎在自己的盤中盛下了一段別人不能覬覦的「時間香腸」。就文學而言，後新時期、後批評、後先鋒、新寫實、新歷史、新體驗、新狀態、新市民、新現實主義……，它們毫不例外地披著「新」與「後」的花衣裳。面對著這種方式單一的名詞轟炸，我常常為「新爺後主」們的想像力的枯竭而羞愧。隨後總算又出臺了新花樣，那就是以「代」來分割文學，諸如六〇年代作家群、七〇年代作家群、晚生代、新生代、「文革」後一代、更新代……。在世紀交替的關鍵時刻，敏銳的人們自然不會放過作秀亮相的天賜良機，於是，「跨世紀××」、「世紀末××」、「新世紀××」等名詞又被熱氣騰騰地烘製出爐。但繞來繞去，還是無法捨棄時間這塊肥肉。說穿了，這些勃發著解構理性、主體、意義、歷史等「後現代」熱忱的命名，無非是建構在由「前現代」向「現代」過渡的現實地基上的「後神話」，無非是透支未來的「時間烏托邦」而已。

儘管奇招迭出，但這些志在「創造新紀元」的命名實際上是萬變不離其宗，或曰殊途同歸。它們不約而同地倒入再生的時間觀念的懷抱。古希臘的斯多噶學派認為宇宙是由一定週期以後的幾個惑星排列於固定位置上所構成的，然後宇宙被一場大災難所完全破壞，在經過再度重建的過程後，這些惑星再回到原來的軌道上運行，一切回到原來的秩序。中美洲的瑪雅人更是相信歷史每二百六十年重複一次，這個週期被叫做拉瑪特，是其日曆的基本單元。這種圓形的時間觀念孕育了永恆回歸、一切再生的信仰。《老子》中的「復歸於嬰兒」、「比於赤子」、「能嬰兒乎」，《莊子》中的「生也死之徒，死也生之始，孰知其紀」，這些語句同樣鮮明地反映了一種希望時間能夠回歸原始起點的內在願望。在圓形循環迴圈的時間信仰下，古代人認為時間具有死與再生的本質，「年」、「季節」、「月」和「日」在古代人的觀念裡都不僅僅是一個時間記號，而是有其由俗到聖的通過意義。年是一定俗性時間的結束（除夕）和一定聖性時間的開始（正月），所謂「一元復始，萬象更新」，復始是讓時間再從最初開始，是為了重返宇宙開始的神話時間，這種回歸於神話、元始、純粹、創造的瞬間，正是古代人的時間的再生儀式。弗雷澤在其名著《金枝》中詳述了歐洲「埋葬狂歡節」的傳統，通過「送死神」使春神在假象的死亡後復甦，並有「迎夏」、演示「夏冬之戰」的習俗[2]。這和中國的許多節日有異曲同工之妙。這種渴望永恆回歸、一切再生的時間觀念有著悠久的歷史傳統，基督教直線時間觀念的確立動搖了它在西方世界的基座，但「復歸於嬰兒」的精神籲求在東方世界卻一直綿延不絕。

只有將命名的輝煌大廈建築在再生信仰的神奇地基之上，許多令人難以理喻之處才能豁然貫通。不然，你如何能夠理解八〇年代的最後一刻屬於「群體主義時代」，而九〇年代的最初一刻卻屬於有天壤之別的「個體主義時代」呢？又如何能理解某一時間記號竟然成了「前」與「後」、「舊」與「新」的分水嶺呢？隨著六〇年代的時鐘的最後一聲「滴答」響起，一切又重新開始，因而，七〇年代出生的作家們自然不能不稟有六〇年代作家自愧弗如的新質。季羨林先生曾聲稱二十一世紀是東方文化占統治地位的世紀，後來也猶疑過：「二十一世紀是一塊還沒掛出來的匾，匾上的字是什麼，誰也說不清。」但最終還是不甘心：「世界文化到底是以西方文化為主還是以東方文化為主，這是不能含糊的，我認為二十一世紀世界文化應以東方文化為主流。」[3]這算得上是「提前掛匾」了。按照「三十年河東三十年河西」的古訓，世界是一個輪迴不止的大圓盤，因此，二十世紀的最後一記鐘聲理應公平地將世界帶入「東方的世紀」！這樣的邏輯依稀地展現出禪宗的高妙境界，即從山窮水盡轉向柳暗花明的爆發性突破，也就是「放下屠刀，立地成佛」的頓悟。禪宗常說的一句話是：「必須大死一番，方能悟得正道。」這是要求人們在修煉中必須下狠心割捨紛擾的雜念，將意識集中到「一念一想」，從而得以在石破天驚中進入「無念無想」的境地，實現從以前的生命（俗性時間）到另一個生命（聖性時間）的轉折。命名家們正是將歷史視成了可以在剎那間發生突變的變色龍，他們的論證也往往是對制約歷史發展的紛繁複雜的關係進行大刀

2 參見詹・喬・弗雷澤，《金枝》（上）（中國民間文藝出版社，一九八七年），第二十八章。
3 參見季羨林，《在跨越世紀以前》，《文藝爭鳴》一九九三年第三期；寧宗一，《等待掛匾》，《黃河》一九九七年第五期。

闊斧的刪削，將意識凝聚於「一念一想」，在想像中體驗狂飆突進的顫慄與狂歡。說穿了，無非是以偏概全，以蠡測海，以想像代替本質，在割斷鮮活而沉重的歷史和現實的前提下沉迷於渺渺茫茫的白日夢。命名儀式成了遺忘儀式！讓脆弱的生命不堪重負的真實被拋擲到了陰冷的角落。

也許正是由於二十世紀的中國遍布荊棘與暗礁，外寇入侵的綿延戰火和史無前例的「文革」創痛如千鈞壓頂，那麼多的知識精英才急於甩脫這百年的陰影，渴望進入一個純粹的世紀。也許正是由於中國與西方的距離讓人太難堪，命名者才急於與西方接軌，迫不及待地將中國提前送入「後現代社會」。良好的願望絕不是壞事，但當它的幻想油彩塗蓋了歷史和現實的本質，成了逃避真實的藉口時，這種預約「黃金世界」的努力就變成了一場紙上的「大躍進」。

福柯在《知識考古學》中認為，傳統史學對重建某一時代「總體面貌」的追求，導致了對歷史中固有的非連續性的曲解、簡約和擦除，以便使歷史呈現出連續性。為了矯正這種偏失，福柯提出了新的歷史研究和哲學研究的思維方式，論證了非連續性、轉換生成、界限、斷裂、印痕、歷史的差異性原則、非主體性原則等新史學觀念範疇的認識論基礎。但中國的命名家們顯然矯枉過正，將歷史視成了可以任意揉捏的橡皮泥。儘管在二十世紀五、六〇年代，一統天下的宏大敘事內在地具有壓抑自由和個性的意識形態功能，但九〇年代的文學領地並不能因此而讓位於藏污納垢的「私人敘事」。其實，宏大敘事和私人敘事本身並沒有高下優劣之分，但是，命名家們卻總是在倒洗澡水時也將澡盆裡的孩子一起倒掉。試圖將歷史連續性連根拔除的努力，最終只會導致對歷史和時間的謀殺。非連續性固然已經與歷史學家的話語融為一體，不再扮演招之即來揮之即去的奴婢角色，但它並不是可以憑空捏造、無中生有的。命名家們在宣揚自己的「新生嬰兒」時，總是唾沫橫飛地標榜其性能的截然不同，似乎只須他們揮舞著理論魔棒大喝一聲「變」，歷史就能掙脫外部和內部的制約瞬息萬變。這就如各民族史前時期普遍存在過的「成年禮」儀式，未成年人只要在人為的磨難和考驗中經歷象徵性的「死亡」體驗，便能贏得再生，從自然生命狀態蛻變為社會生命狀態。但這樣的命名和加冠禮只能是一種巫術，而絕非堂堂正正的學術。

國外的新史學強調非連續性時總是一再強調其偏差、消散、迴旋等豐富內涵，但中國的命名家們卻絕非循規蹈矩的乖孩子，他們總是擅長掐頭去尾、移花接木的高超本領。他們將目的論投射於歷史，藉以強調歷史的進化。嚴復翻譯的《天演論》中的「進化」一詞分明含有「萬化周流，有其隆升，則亦有其污降」的辯證含義，但時下的命名家們自然不信那一套，偏愛所向無敵、一路攀升的進化。於是，「後現代」遠勝於「現代」，「新歷史」必勝於「舊歷史」，而七○年代出生的作家自然會把六○年代出生的作家拋在後面，八○年代出生的作家更是當仁不讓。陳四益在由丁聰配畫的《後新新紅學》中說：「在《紅樓夢》中看見《易》、看見淫、看見纏綿、看見排滿、看見宮闈祕事的是舊紅學；在《紅樓夢》中看見曹雪芹家史、家世的是新紅學；看到啟蒙主義、民主主義、四大家族興衰史的是新新紅學，那麼今天的紅學——套一個時髦名詞——便應當是後新新紅學了。」[4]這就像俄羅斯的木製套娃娃，重重疊疊，一個將一個套在肚子裡，最裡面的一個是絕難看清了。

把二十世紀九○年代作為一個特定的文學史時間進行考察，首先必須面對的就是命名家們的「時間拼盤」，這些斑斕的標籤在某種程度上已經構成了「理解九○年代」的首要障礙。在「今天遠勝於昨天」、「一日千里」的時間意識中，蘊含著一種潛在的樂觀精神，我個人認為，這樣的樂觀精神與魯迅所說的「瞞」和「騙」沒有什麼本質區別。而且，九○年代的文學理論界與創作界總是在「求新求變」中焦躁不安，理論界不斷地搬弄著諸如後現代、後殖民、新歷史、新批評、法蘭克福學派等等西方話語，進行生硬的移植與命名；創作界則是模仿成風，似乎每個成名的作家都必須有個國外的精神導師才能心安理得。宗仁發在評價「七○年代人」的創作時說了一席話，他認為他們「生不逢時」，在各種文學觀念粉墨登場，輪番轟炸二十年以後，他們的出場面臨著雙重疲

4 陳四益，《後新新紅學》，《讀書》一九九五年第五期。

憊，一重是模仿的疲憊，現在誰再模仿卡夫卡、瑪律克斯、加繆、博爾赫斯，誰就會被喝倒采，但八〇年代這類模仿是被人們誇讚的。連卡爾維諾、巴塞爾姆也模仿不得，前面也有人仿過了，「七〇年代人」已喪失了「第一模仿權」。另一重疲憊是他們也不能緊跟與他們年齡相近的那些作家[5]。這段話反映出九〇年代作家原創性的匱乏。當文學觀念、形式甚至是細節描寫都被籠罩在「模仿」的陰影之下時，九〇年代的作品還能貼切地反映中國本土活生生的現實嗎？

九〇年代的中國大陸文學就表面看來，充溢著過剩的「時間意識」與「現實精神」。新寫實的審美品格在後起的新生代作家的筆下，得到了進一步的延續，只是在那種「無可奈何」的認同中摻雜了一點「玩世不恭」，而以劉醒龍、談歌、何申、關仁山、周梅森等為代表的「新現實主義」，在把最初的那點真誠消耗之後，逐漸地把「騎牆」的功夫煉得爐火純青。還有那些曇花一現的「新體驗」、「新新聞」、「新狀態」、「新移民」小說，在文學的體式上都偏重寫實甚至具有紀實品格，但在骨子裡卻充滿了一種游離於現實之外的草率與輕浮。隨著文化市場的逐步擴張，文學消費與消費文學成為制約作家自由創作的重要因素，商業化敘事大行其道，「現實」與「真實」也開始成為作家出售的一種精神商品，而且還是贗品。因此，九〇年代文學中充斥著的是「偽時間意識」與「偽現實精神」，這些貌似敏感的時間判斷與現實關懷遮蔽了真相。當贗品廣為流行時，真品反而要被淘汰，價值不高的物品將價值較高的物品擠出了流通領域，這就是經濟領域的「格雷欣法則」，國內許多商家在假冒偽劣產品的圍困下倒閉的例證可謂比比皆是，九〇年代思想界的境遇與此不無相似之處。

九〇年代文學界從不缺乏奇談怪論，最缺乏的偏偏是常識。王小波在《花剌子模信使問題》中說：「中國的學者素來有賣大力丸的傳統，喜歡作妙語以動天聽。這就造成了一種氣氛，除了大力丸式的學問，旁的都不是學

[5] 宗仁發、施戰軍、李敬澤，《被遮蔽的「七〇年代人」》，《南方文壇》二〇〇〇年第四期。

問。在這種壓力之下，我們有時也想做幾句驚人之語，但又痛感缺乏想像力。」[6]王小波的意義正在於他說出了眾人皆知但許多人不屑說或不願說的常識。其實，當很多新潮文學家沉迷於「新」與「後」的遊戲時，甘於寂寞的人們只要稍稍關注「舊」與「前」的問題，便會發現常識的沉重。比如，「五四」一代的現代性籲求和啟蒙任務，他們所宣導的科學和民主精神，在九〇年代依然處於未完成狀態。對個性與自由的嚮往成了折磨二十世紀中國知識份子的精神創傷。很多被命名家們吹得神乎其神的新現象，其實是老問題遇到了新情況。漫長的封建歷史所投下的現實陰影，常常改頭換面地出現在各種各樣的新舞臺。而廣大的中國農村的「前現代」現實，在許多所謂的思想家眼裡遠不如一個舶來的術語來得重要。我們在繼承歷史遺產的同時，也必須承擔歷史賦予的責任，割斷歷史只能是自欺欺人的文化逃避。九〇年代不僅要背負八〇年代的精神舊帳，還必須承擔從二十世紀上溯到整個五千年文明的歷史連續性。只有這樣，我們才能真正地認清自己的歷史處境與歷史任務。

二、困難的個人

將九〇年代命名為「個人化時代」或「個體文化時代」，似乎已經成為一種時尚。這種觀點認為作為群體時代或非個人化時代的八〇年代存在一系列文化範式或共同的話語系統，儘管社會的外部形態在八〇年代中後期出現了個人化的萌芽，但話語指向仍然聚斂和集束於人道主義關懷、文化啟蒙等共同目標。也就是說，發揮統攝性作用的仍然是中國傳統體制之下的以長老、家國為中心的的文化形態。而九〇年代則是一個價值多元、文化失範

6 王小波，《我的精神家園》（文化藝術出版社，一九九七年），頁二二。

的年代，中心崩潰，傳統離析，呈現出零散化、拼貼化的混亂狀態，個人性正是在碎片化的縫隙中逐漸確立，文化形態也就在市場經濟的助推之下順理成章地過渡為以個體為本位的文化。如果說把八〇年代概括為群體主義時代還算差強人意的話，將九〇年代命名為「個人化時代」就只能是牽強附會了。九〇年代在表象層次上確實呈現出零散化、拼貼化的混亂，市場經濟將個體從舊有的政治體制和意識形態的束縛中解放出來，政治權力話語相對有所削弱，價值取向也從大一統的轄制中游離出來，但統攝八〇年代的文化邏輯依然存在，其新變是逐漸潛化，變得更加隱蔽和複雜，滲透進盤根錯節的文化根系。商業主義、技術主義話語的喧嘩並沒有摧毀原有的價值體系，它們的拋頭露面在某種程度上恰恰為之提供了一種掩護。新舊雜陳的狀態並非毫無秩序，準確而言，這是一種層積格局，新觀念漂浮於舊觀念之上，前者的現實化必須依賴後者的作用機制的運轉。「權威主義」、「非理性」、「缺少對科學的尊重」、「迷信盛行」、「缺少積累精神」等文化幽靈成了阻礙社會的現代化和人格的個體化的人文因素[7]。這種傳統心態的影響之所以頑強有力，原因就在於這種觀念是在歷史上形成的，來自於過去的經驗，並成為一種心理的力量。雖然過去的經驗和環境已經有了變化，但這種心態仍然保存下來。「一個社會與其過去的紐帶關係永遠不可能完全斷裂，如果不在某種最小的程度上存在這種紐帶，一個社會就不成其為社會了。」[8]而且，商業在釋放解放個人的力量時，也滾動著削磨個人性的圓形刀片，這使從「文革」重軛下匍匐出來的人們在還沒伸直脊樑時就被納入另一種控制，文化轉型的撕扯把個性覺醒的過程推入進退維艱的困境。

將八〇年代和九〇年代一刀兩斷的做法人為地阻斷了歷史之流，是對無法承受的歷史連續性的逃避。這種機械進化論是對歷史和現實的豐富性與複雜性的抹殺，其間分明滲透著一種被時間淹沒的恐懼。九〇年代並非人云亦云的沒有主題的年代，而是主題在變幻不定的表象的掩蓋下變得更加隱晦和深奧。時間本身便是一個讓人不堪

---

[7] S・H・阿拉塔斯，《科學思維的文化阻力》，文特、陳壽仁編，《文化與工業化》（麥戈洛希爾出版公司，一九八〇年）。

[8] E・希爾斯，《論傳統》（上海人民出版社，一九九一年），頁四三七。

重負又無法繞過的元主題。一神教傳統的直線時間觀堅信逝者不再，這對於短暫的生命而言是根本性創痛。正是對死亡的恐懼成為莊子哲學的內驅力，衍生了以完全的相對主義消融生死區分和物我界限，在與自然的合一中達到永恆的遁世哲學。九〇年代小說多得是對時間之謎的探尋熱望，對偶然性所導演的種種奇特形狀進行精心的繪製。世間的秩序和人生的航道在幻覺、夢境的剪輯中出現斷裂。宿命感的重壓使作家很難推進自己的人生體驗，對人類生命存在狀態的探觸和對終極困境的追問變得難以為繼，只能在宿命所限定的框架中達到一種純粹理識的圓熟，作家的藝術感覺和探索熱情都在這種認同中變得鈍化和凝滯。線性時間在作家愛不釋手的時間錯覺的重組下，幻化成循環迴圈的時間迷宮，時間的整體性和連續性被悄然地撤換。當今的作家越來越傾向於把自身與時間疏離開來，以相對論式的視角打量和體驗時間的流動。

九〇年代小說尤其是所謂的「新生代」和「七〇年代作家群」的作品，多以空間化的時間來強調瞬間，「即倘若我們把時間解釋為一種媒介並在其中區別東西和計算東西，則時間不是旁的而只是空間而已」[9]。時間的連續性強烈地顯現著人的主體性，而時間的空間化意味著人的主體性向越來越強大的世界的物質性的屈服。通過躲避線性時間來維持脆弱的個人，來逃避群體的脅迫和普遍經驗的兼併，這種逃避本身和作家們所逃避的對象就成了九〇年代小說的元主題。「一旦自我的身份在時間上出現了不確定性，個體就會表現出這樣的趨勢，試圖依賴空間的手段來確定自己。」[10]九〇年代小說中的人物大都性格模糊，在生存空間和精神空間上都缺乏確定性，與其說他們是「漫遊者」，毋寧說他們是「出逃者」。漫遊的基本前提是自由和自主，而他們卻受厭倦和焦灼所驅使，陷入了一種強制性重複狀態。他們通過空間的轉換來轉移對時間的注意力，通過地理位置的移動來切割時間的連續性。當他們抵達新的生命驛站時，新鮮感和好奇感給他們帶來時間重新開始的錯覺。然而，當他們只有在

9 柏格森，《時間與自由意志》（商務印書館，一九五八年），頁六一。

10 R・D・萊恩，《分裂的自我》（貴州人民出版社，一九九四年），頁一〇三。

陌生環境中才能確證自我的獨立，才能擺脫陷入重圍的湮滅感時，這樣的逃離註定只能陷入埃舍爾怪圈。真正的個人是時間的主體，就算他有權不為了前輩或後代生活，有權不承擔歷史延續感，但作為個人，他最起碼應當承擔自我的連續性。事實上，他們無法承擔的恰恰是他們自己。空間的轉換意味著鏡像的轉換，當他們不斷地把新鮮的城市等物像作為新的鏡子觀照自己時，他們的物化程度也越來越嚴重。因此，這樣的個人充其量只能是瞬間的個人。正是在這種意義上，他們的逃避是無效的。這種表面上被眼花繚亂的現象所切碎的時間，實際上像一條無形的尖銳的鐵絲，依然有效地刺穿他們的生命，並將他們牢固地統攝其中。

九〇年代的所謂「個人化寫作」，大都將筆觸伸向成長過程中的隱祕體驗，而且大都表現為面對過去的回訪姿態。渾蒙的成長歷程在回憶之網的過濾下，成了「個人性」得以保留的精神飛地，這顯然是曖昧和可疑的，其中潛藏的正是作家對自我被當下所兼併的痛苦現實的迴避。一個真正的個體時代的本質特徵不應是展示隱私去迎合別人的窺視欲，而是對隱私的尊重。最為關鍵的是，九〇年代的小說中凸現的私人經驗大都是封閉的，通過斬斷自我與外界的有機聯繫來保持其獨立性和完整性，這種背過臉去的姿態如果長此以往，個性就會在孤獨的噬咬中逐漸消融，這就會陷入易卜生劇中的培爾．金特的困境，他固然浪跡天涯，但他「包裹在自我的鎧甲中，禁閉在自我的空桶裡」，按照自己意願去追求價值的旅程最終把他變成了一個自我得不到確證的無名數字。我想，個性不是在獨處中內省出來的，真正的個人只有在人海的遨遊中才能站立起來。

就文學來說，個人化寫作不應寬泛地指涉文學的個性風貌、創作個性、題材的獨特性或敘述的私語性。如果個人化停留在這種粗淺層次上，那麼，任何年代都會有絢麗奪目的「個人化寫作」的風景。而許多評論家在論證九〇年代小說的個人化特徵時，恰恰施展了偷樑換柱的狡黠，故意以創作個性冒充個人精神。**個人化寫作應該是捍衛個體獨立人格的寫作，寫作主體必須稟有自由意志和批判精神，必須承擔與生命相始終的責任、苦難和困境**。當前文壇盛行的其實是「偽個人化寫作」，其中描述了生命的沉淪與掙扎，但那種灰霧般的茫然中所包裹的並非是堅毅的抗爭與反叛，而是虛與委蛇的油滑和欲火焚身的追逐，「怎麼都行」的遊戲姿態下奔湧著以自由換取生存的賭徒心態，靈魂的索求只不過是物欲得到滿足之後的點綴與奢侈。可以消融和庇護身家性命的群體大廈搖搖欲墜，這已經不是一條明智的退路，無處棲居的煎熬激發出無邊的焦慮，欲望的急劇膨脹與無法實現之間的緊張狀態陷人們於非理性的漩渦，這喚醒了沉睡於人們體內的集體記憶的陰影，通過蹂躪別人的獨立來贏得自己的獨立，在人格上刻有鮮明的專制主義的烙印。他們傾注全部心血以尋求「自我」與「個性」的過程，恰恰成為對真正的自愛和真正的個性的反動，將他們引入歷史怪圈，返回到舊式人格的「溫柔鄉」。九〇年代小說刻畫的腰纏萬貫、加官晉爵、功成名就、腦滿腸肥的人物幾乎都以人格倒退為代價。這些人身上瀰散出別爾嘉耶夫所言的「群眾奴性」，他們「個體人格晦暗、匱乏個人獨創性、親近給定因素的量化力量、極易於感染的盲動能力、模仿、重複……具有這些特徵的人即是群眾的人」[11]。一切階級（階層）的份子均可以組成群眾，群眾不隸屬某個階級，群眾主要不取決於由哪種社會份子構成，而取決於構成者的心理素質。「通常，群眾反抗的對象不是某個階級，而是個體人格。」[12]他們極易適應物質文明和技術文明，也極樂意用它們來裝備自己，但是，他們卻很難認同精神文化，甚至踐踏它。這些被貼上「個人」標籤的群眾只能是魚目混珠的「虛假的個人」。

「個人化寫作」開掘私人經驗和迷戀內心省察的傾向，具有極強的表演性。面對循環往復的日常現實的泥淖，作家的筆觸對於經驗的雷同深懷著一種神經質的恐懼。於是，為了追求一種「非常」的效果，他們要麼搜索枯腸，為有限的經驗披上千姿百態的外衣，要麼成為一個走馬觀花的看客，將外部世界瞬息萬變的「時鮮」填塞進作品，標新立異地凸現自己不與人同的「個人性」。這樣，表面的「個人性」可悲地成了一種掩飾內在貧弱的面具。說得直接一點，這樣的「個人化寫作」只是一種「面具化寫作」。以韓東、朱文為代表的作家錯誤地把經

11 尼古拉・別爾嘉耶夫，《人的奴役與自由》（貴州人民出版社，一九九四年），頁一〇一。
12 尼古拉・別爾嘉耶夫，《人的奴役與自由》（貴州人民出版社，一九九四年），頁一〇一。

驗的「個人性」和敘事的個人性當作「個人」得以站立的雙腳，這種捨本逐末的結果只會走向「個人」的反面。在我看來，沒有自由意志作為內在支撐的寫作，都只能是「偽個人化寫作」。沒有自由意志的光照，作家在經驗和敘事上玩的花樣越多，作品對現實的穿透力越弱，甚至成為對現實的蒙蔽，「個人」不應該是聞風而動的變色龍。真正的個人化寫作應該是能夠穿越經驗外殼的精神行旅，自由意志由內而外的敏銳，使它能夠從凡庸情景中捕捉到現實的內在邏輯，它與時勢的關係不應是隨波逐流的屈從，也不應是虛張聲勢的逆反，而是一種內在的抗拒。敘事形式同樣只有借助自由意志的滲透，才能與主體的精神結構形成唇齒相依的呼應，而不是像許多九〇年代作家那樣，把敘事形式作為一種與精神無關的外在包裝。

如果說，把這個所謂的「個體時代」視為「偽個體時代」失於偏激的話，那麼，視之為「準個體時代」也只能是無可奈何的權宜之計。這個時代具備了「個體文化時代」的某些屬性，卻尚未具備「個體文化時代」的本質特徵，而是呈現出似是而非、恍惚迷離的過渡形態，這種形態具有不穩定性和矛盾交織的內在特徵，因為由群眾到個人的人格轉型過程不是順利的和直線的，建構個體人格的新行為方式由於內部和外部阻力強大，它時常遭受挫折，成效受阻。個體化的過程在寬鬆適宜的文化語境中會出現加速趨勢，反之則出現後退趨向。魯迅在《狂人日記》的開篇交代狂人「已早癒，赴某地候補矣」，其中蘊含著作家對個人在中國的未來命運的近乎殘忍的洞察。九〇年代從群眾的文化保壘中掙脫出來的靈魂，逐漸陷入了進退失據的艱難，譬如辭去公職的自由作家，在面對商業化社會的壓力和無人傾訴的內在困境時，常常表現出向大眾趣味投降和退回群體的潛在傾向。「作為情境中心者的中國人在社會與心理方面更易於依賴他人，因為情境中心的個人與他的國家和同伴緊密聯繫在一起，其歡欣與悲哀由於他人的分擔而趨於緩和。」[13]在這種文化傳統的影響下，這些內外交困的靈魂以退縮來緩解社

[13] 許烺光，《美國人與中國人》（華夏出版社，一九八九年），頁一三。

會生存上的孤立無援與文化心理上的孤獨難耐。時代的放逐逼使人們茫然地向前尋找，但尋找的結果似乎並沒有通向「個人的天堂」。敏感的知識者挾帶著幾絲懷舊、幾絲悵惘和幾絲冷漠逃向內心，藉此阻隔時間的喧囂。從自戀走向自虐，再走向自欺；從蒙昧走向瘋狂，再走向漠然。這種惡性循環的怪圈的折磨，使多數軟弱者的個性挫損殆盡，但同樣也為極少數內蓄著強大的離心力和堅韌性的人們提供了一種衝破硬殼並走向個人的可能。因此，九〇年代文學並沒有展示中國的個人的精神風貌，其意義在於曲折地揭示了成長為個人的艱難。我堅持認為，只有意識到成為個人的艱難，真正的個人才能夠在欲望和苦難、殘忍和良知的反覆煮煉中分娩，才能在笑渦與淚影、愛河與血泊的洗禮中挺立。只有獨立不倚的個人才可能在十字架的重壓下書寫生命，才可能衝破精神世界的圍追堵截，才可能鍛造出真正的「個人化文學」。在此意義上，九〇年代的小說創作充其量也只能是「準個人化寫作」。

三、被改寫的原作

關於當代文學的文本在傳播中的命運，幾乎一直是被忽略的問題。國學研究中非常重視版本的考據，這種治學方式和古典時代單一的傳播方式密切相關。在一個媒體時代，文學的傳播變得多元甚至是混亂，文本在傳播中扮演著越來越不重要的角色。在經過多種仲介（諸如報刊、戲劇、影視、互聯網等等）的過濾之後，文本被簡化成一種資訊，被道聽塗說、牽強附會的寥寥數語所概括。那些詩意的語言、生動的形象、複雜的靈魂，全部作為累贅被壓縮掉。十九世紀，尼采宣稱「上帝死了」，百年以後福柯宣稱「人死了」，羅蘭．巴特說「作者已死」，但對於文學而言，最具有災難性的就是文本的消失。說得嚴重一點，在傳媒時代裡，文本（說得確切一點，是「原作」）死了！

說「文本死了」顯得有點矯情，但文本在傳播中已經成了為各種「改寫」所準備的「腳本」，即使不死也是行屍走肉了。

從作家寫出「原稿」開始，文本就面臨著被「改寫」的命運。首先要過的就是期刊和出版社編輯這一關。池莉的《煩惱人生》在投稿中就遭遇過多次「改寫」的指令，幸運的是她拒絕了以「改寫」換取發表的代價，最終以原貌發表在《上海文學》上。作家在《寫作的意義》中依然耿耿於懷：「當一個人已經在不停地發表作品，他就很難退回到寧可不發表的地步。……我的中篇小說《煩惱人生》寫的時候是悲壯的。這是我撕裂自己的第一個作品。……果然，編輯希望我大動干戈改一改。有人認為這哪兒像工人階級呢？裡頭的愛情部分哪兒像愛情呢？我沒改。我就是要撕裂。……說真的，我至今都還不明白許多文學中人對文學作品的衡量準則何以如此地僵化，教條和八股，一股子官僚作風的陳腐之氣。……這樣的風氣使意志薄弱的作家和像我輩這種稚嫩的作家如墜五雲，極容易走上模仿編造玩弄形式的歧路。這不是逼人為匠嗎？」[14]

在一個傳媒主宰的時代，文學作品進入傳播管道必須以犧牲自己的獨立性和完整性作為代價，尤其是那些具有鮮明個性的作品，其中的審美新質由於得不到主流趣味的認同，它所面臨的選擇非此即彼，要麼做出讓步，要麼將作品鎖進抽屜。在九〇年代小說中，林白的《一個人的戰爭》是典型例證，作家對作品的版本問題做出了詳細的交代：

[14] 池莉，《寫作的意義》，《池莉文集》第四卷（江蘇文藝出版社，一九九五年），頁二四〇至二四二。

此作首刊於《花城》一九九四年二期，發表出來的時候出了一個錯誤，把第四章的標題「傻瓜愛情」排在了第三章三分之二的地方，我當時曾希望登一個更正，未能如願，一直耿耿於懷。這是第一個版本。

第二個版本是甘肅人民出版社一九九四年七月版，這是一個十分糟糕但又流傳甚廣的版本，某些人身攻擊和惡意詆毀以及誤解大概就來自這個版本。這個版本的封面用了一幅看起來使人產生色情聯想的類似春宮畫的攝影做封面。……這還不算，這本書內文校對粗疏，最嚴重的一頁差錯竟達十五處。另外第五章本是我的一個獨立的中篇，人物、寫法、情節等都是獨立的，但我還沒得到修改的機會書就出來了，作為長篇的一章實在是不倫不類。出版社通過責編做了一些道歉和解釋，並保證馬上換一個封面，出一個訂正版，我接受了。但我一直沒有等到這個版本。在我的一再催促下，才在一九九五年十月份收到一份同意我撤回專有使用權的函件。

第三個版本是內蒙古人民出版社一九九六年十月版，這個版本的出版過程亦十分曲折。我收回版權後於同年十二月與河北的一家出版社簽訂了合同，但就在這個月，一家有影響的報紙發表了一篇很不負責的批評文章，稱《一個人的戰爭》為「準黃色」，是「壞書」，重新簽約的責編打來電話，說領導看到了這篇文章，對是否出版該書拿不準，說最好在同樣的版面發一篇正面的文章，但沒過多久我就收到了他們退回的書稿，並讓我儘快將合同寄去，以便按合同付我退稿費，但我至今沒有收到退稿費。一九九六年四月我又與世文圖書公司簽約，授權該公司出版此書，由於某些不負責的批評，公司聯繫了七家出版社均被拒絕了，最後才由邊遠的內蒙古人民出版社接受下來。這個版本在題記和內文都做了一些刪改，這是我所做的主動的妥協，因為據世文圖書公司的人說，有家出版社在請專家審定此書時，專家說要把第一章全部刪去，而且其餘各章都要進行大的改動才能出版，我想不如我自己主動做出讓步，以免有人看了不舒服。

第四個版本就是這次江蘇文藝出版社出版的文集中所收的版本，這是我為文集所修訂的一個完整的版本，在這個版本中我將首刊時的題記全部恢復，並把這段話放到了全書的最後，作為結尾。我覺得這樣更有力度，更具震撼力。[15]

我之所以如此連篇累牘地引證，因為這實在是「文本」在傳播中被反覆「改寫」的難得的、絕好的寫照。現在的研究界都照搬法蘭克福學派的文化批判理論，大談媒體權力，談得人滿頭霧水。其實，媒體的支配作用正是表現在其「改寫權」上。最為重要的是，「改寫」不僅導致了文本的失真，它同時還以強大的滲透作用「改寫」了作家本人。林白在壓力下的「主動做出讓步」，就是明證。至於編輯和出版商對文本的局部和細節的修改，更是家常便飯，九丹的《烏鴉》已經被某些傳媒扣上「妓女文學」的稱號，作家自己說出了出版過程中的一個細節：「我寫書的時候，主人公的身份本來是大學老師，可是長江文藝出版社讓我改成記者，這就很容易和我的經歷對應起來，但是當時為了出版，也顧不了太多了。」[16]魯迅就曾說過，他的文章不僅要經過主編與編輯的層層刪除，而更為痛苦的現實是自己在寫作時就抽去了若干骨頭，這樣讀者就很難讀到有骨氣的文章了。他說當年《語絲》上的文章，「一到覺得有些危急之際，也還是故意隱約其詞」，他自己的雜文也是「自己先抽去了幾根骨頭的，否則，連『剩下來』的也不剩」。

關於文本的「改寫」，在當代文學史上不乏先例。老舍為了適應時代需要而「改寫」了《駱駝祥子》。楊沫

15　林白，《林白文集》第二卷，《一個人的戰爭》「後記」（江蘇文藝出版社，一九九七年），頁二九四至二九五。
16　楊瑞春，《看！這個叫九丹的女人》（九丹訪談錄），《南方週末》二〇〇一年八月十六日。

的《青春之歌》一九五八年由作家出版社出版，一九六〇年再版時，針對批評界對林道靜形象的不滿，作者進行了修改，主要是增加了林道靜在農村的七章和回北大參加學生運動的三章，增加表現農村生活的篇幅主要是彌補主人公沒有與工農相結合的不足。對這一修改，當時的評論界褒貶不一。以現在的眼光看，修改是不成功的，「是作者受到某種思潮的壓力，順應那種政治上是左傾，思想方法上是教條主義——唯心主義的文藝批評，運用政治概念，根據某些並非正確的『原則』，隨心所欲地臆造人物性格，杜撰歷史」[17]。此外，柳青的《創業史》（第一部）一九七七年版，作者也做了幾處修改，「反映了以創作比附現實政治的不正常傾向」[18]。這些修改主要是受政治話語的主導。

與當時的文化情境相比，九〇年代已經是另一番景象。文本被「改寫」主要是受制於商業意志。像林白的《一個人的戰爭》被配上深含色情意味的封面，就是出版商追求商業利潤的目的使然。有意思的是，當作品被扣上道學意味的「準色情」的帽子時，出版商又避之唯恐不及。所謂的「媒體權力」不純粹是商業法則，其中糾結著市場與權力的盤根錯節的關係。「本土所有的電臺、電視臺和報紙，一切媒體俱在體制內而非體制外，這種非民間的媒體構成，嚴格地說，是不應該叫做『大眾傳媒』，而應稱為『體制傳媒』的……應該說，體制傳媒對大眾文化的投入已經體現了原有功能的分化，這是一種進步。」[19]

在九〇年代小說中，另一個堪稱經典的「改寫」例子是《白鹿原》的修訂。作者在第四屆茅盾文學獎評委會的要求下做了修改，對此，《白鹿原》的責任編輯和終審之一何啟治說：「評委會的主要修訂意見是『作品中儒家文化的體現者朱先生這個人物關於政治鬥爭翻鏊子的評說，以及與此有關的若干描寫可能引起誤解，應以適當

17 張鍾、洪子誠等，《當代文學概觀》（北京大學出版社，一九八〇年），頁三五二。
18 潘旭瀾主編，《新中國文學詞典》（江蘇文藝出版社，一九九三年），頁四六八。
19 邵建，《知識份子與大眾文化》，《小說評論》一九九八年第五期。

的方式廓清。另外與表現思想主題無關的較直露的性描寫應加以刪改』。目前來看，刪去的文字主要集中在兩段，前後加起來只有兩千多字，所以不存在『面目全非』。」[20]有意思的是，修訂本當時還沒有出版，陳忠實卻以此獲得第四屆茅盾文學獎。不妨來看看陳忠實自己對「改寫」的回答：「沒有人直接建議我改寫，我不會進行改寫，那是最愚蠢的辦法。我知道過去有人這麼做過，但效果適得其反，而且《白鹿原》在讀者心目中已經有了基本固定的印象，後面再改也很困難。」[21]一種權威性獎項是對它所嚴格奉行的價值和審美標準的弘揚，作為一種追求完美的文學理念實在是無可非議，但如果它必須讓獲得這一獎項的不完美的作品付出「改寫」自己的代價，那麼它就與文學發展所必需的寬容性和豐富性背道而馳。一種審美標準如果沾染了「改寫」別人的衝動，它與權力意志的距離就形同虛設了。

九〇年代小說和影視的關係異常親密。「改編」是作家名利雙收的契機，同時也是文本被「戲說」的一個開端，尤其是作家自己不參與編劇工作的「改編」。蘇童的《妻妾成群》被改編成《大紅燈籠高高掛》後，「最明顯的改變是其中的主觀感受與精神力量的相對削弱。……小說中那個有著無數獨特感受與個性追求的頌蓮，在電影中被替換為不斷地迫於命運的壓力而無法應付的悲劇女性，這雖然可以說是加深了對沒落的傳統世界的批判性，但是實際上卻是喪失了小說中有著超越意義的、並含有豐富創造性的個人化的獨特精神主題」[22]。有意思的是，作家對於作品被改編的命運可謂求之不得，正因為此才會有蘇童、北村、格非、趙玫、須蘭、鈕海燕等六位作家同時寫《武則天》的文學腳本的奇蹟。在更強勢的傳播手段面前，文字文本已經淪落為「腳本」，而從事文字創造的作家也甘願為別的藝術形式效犬馬之勞，從文學主體退為影視客體。儘管金庸一再批評改編者的荒唐，

20 引自孫小寧，《塵埃何時落定——也談第四屆茅盾文學獎》，《中國文化報》一九九八年二月十七日。
21 張英，《白鹿原上看風景》，《文學的力量》（民族出版社，二〇〇一年），頁二〇五。
22 陳思和主編，《中國當代文學史教程》（復旦大學出版社，一九九九年），頁三三三至三三四。

但他同樣無法拒絕改編後面的巨大誘惑。二月河對《雍正王朝》的改編多有批評，認為它矯枉過正，隱去了雍正陰冷、狡詐、殘暴的一面。看看編劇劉和平對此做出的解釋：「哪個歷史集團或歷史人物在自我完善的過程中起的是積極作用，我就肯定他，起的是消極作用，我否定他。……如果一定要我說《雍正王朝》的主題，那就是家與國的矛盾。……人們老是談要忠實原著，我認為不能太談忠實，兩樣東西如果完全一樣，必定有一個是多餘的，多餘的就是後來的那一個。」[23]在實用主義和消費主義的歷史觀面前，真實的歷史本身同樣只是一個腳本。顯得有點滑稽的是柳建偉的《突出重圍》，他自己擔當總編劇，電視播出後他同樣認為劇本不如原作，這種反應就難免有些戲劇性。九〇年代小說的影視改編中，作家扮演的基本上是一種扈從的角色，「改編」常常導致了文本的傷筋動骨，變得面目全非，這種不平等直接導致了尤鳳偉與姜文的官司。尤鳳偉說：「對方說，這種做法在過去電影圈裡是司空見慣的，也就是說，一切都屬正常。……此案被告三年前與我協商改編《生存》，我是同意和支持的。既然是改編，對原作進行修改就是合乎情理的，否則便不是改編。改編是再創造，即使需要對原作做出較大修改也屬正常，但不應對原作的基本精神和原則予以扭曲，同時應當得到原作者的許可，否則，便不是正確的改編。」[24]

值得注意的是，在這個資訊爆炸的年代裡，第一手資訊已經越來越少，所有的資訊都在多管道傳播中裂變。與這些「資訊」相比，文學原作的力量變得微乎其微。也就是說，在主流傳播中流通的都是這些被「改寫」的資訊，原作在傳播中逐漸地縮水、走樣，被一些貌似公正的、削足適履的三言兩語所「格式化」，成為一個被各種話語和利益榨乾的簡單符號。在傳播學研究中，懷特針對大眾媒介的體系、製作、選擇與流動，構造了一個守門人模式，即新聞從資訊源到達受眾的過程當中，新聞從業人員扮演著「守門人」的角色，他們選擇一些新聞同時

23 閻玉清，《〈雍正王朝〉編劇劉和平訪談錄》，《中國電視》一九九九年第十一期。
24 田川流，《從容應對〈鬼子來了〉──尤鳳偉訪談錄》，《文學世界》二〇〇〇年第一期。

捨棄另一些新聞。麥克內利的新聞流動模式更為完善，他認為新聞從有價值的新聞事件到達受眾的過程當中，要經過各個中間環節的編輯、記者的反覆選擇、拒絕和改變，不斷地循環迴圈下去[25]。

在九〇年代的語境中，媒體批評（以市民報紙為主體，以「娛記」為核心，集結了大批作家、批評家、編輯、書商的沙龍式言論）對原作的「改寫」是最為有力的。媒體的感性話語對文學作品中的欲望表達的高度關注，使切近存在本相的精神表達被忽視。也就是說，媒體對市民趣味的逢迎也導致了記者對文學作品的市民化解讀，尋找刺激成為主導的閱讀動機。將文學「改寫」成事件的媒體法則，使「媒體批評」扮演著「看客」的角色，在「顧城殺妻」、圍繞《馬橋詞典》的訴訟等「文壇熱點」中，「看客」的吆喝藝術發揮得淋漓盡致。像賈平凹的《廢都》，炒作者一旦將它定位為「當代的《金瓶梅》」，就意味著普遍的誤讀的開始，人們對其中的性描寫的關注遮蔽了整部作品的藝術價值。莫言的《豐乳肥臀》在感性的傳播中，能夠剩下的東西還有可能是別的嗎？像陳染、林白的所謂「私人化寫作」，在傳媒的篩子中，能夠剩下的只有「身體」和「隱私」。典型如林白的《玻璃蟲》，媒體從這部標明是「一部虛構的回憶錄」的作品中，捕捉到的「最有意義」的看點是：「女性主義作家自曝『絕對隱私』，林白當過裸體模特兒。」[26]尋獲重大發現的記者還在文中聲稱從當事人處得到了證實。在九〇年代後期，許多作家、批評家也加入到媒體的合唱中，成為媒體的共謀。這尤其表現在所謂的「美女作家」身上。對媒體對自己的「誤讀」或者「痛罵」不僅不做抵制，而且與狼共舞，這正是「改寫」的真正目的，它從「改寫」文本開始，最終把作家和批評家自己也納入了這一模式。

文學作品在媒體的傳播過程中，反覆地「改寫」造成了以訛傳訛的惡性循環。而作品的真正意義與價值則在媒體高溫的蒸籠裡無聲無息地蒸發了，留下的僅僅是一些表面上轟轟烈烈實質上空洞無物的文字垃圾。生活在一

---

25 參見鄧尼斯・麥奎爾、斯文・溫德爾，《大眾傳播模式論》（上海譯文出版社，一九九七年），頁一三四至一三八。

26 參見譚飛，《女性主義作家自曝「絕對隱私」　林白當過裸體模特兒》，《齊魯晚報》二〇〇〇年四月二十四日。

個充滿了偽事件與假資訊的世界中，媒體的神奇之處正在於它不考慮資訊是否準確地描述了客觀情況，而只考慮資訊看起來是否顯得真實。「記者們不再滿足於傳播資訊，他們要生產資訊。他們的確有能力『炒熱事件』——這是人們常說的話——有能力將討論的問題、思考的問題，以及對這些強制性問題的強制性思考一天一天地強加於眾。」[27]在見報率、作品數量和版稅、個人名聲成正比的年代，作品的藝術品質只在圈子內被關注，而媒體的興趣是尋找適合炒作的「話題」，這樣的環境必然驅使相當數量的作家不靠作品的品質說話，而是靠粗製濫造和頻繁的曝光打天下。既然寫得再複雜、再深奧、再意味深長的作品，在媒體的視野中只剩下那些感性的、奇觀的、非常的事物，那麼何必在別的地方浪費心神呢？於是，形式上淺顯易懂的、敘述停留於故事層面的、情感上搧風點火的、主題集中於肉體（性和暴力）的商業化敘事大行其道。只有當作家不僅利用傳媒的趣味來宣傳自己，而且將這一趣味貫徹到自己的寫作當中時，傳播對文本和作家的雙重改寫才真正顯示出其威力。

四、在喧嘩中遺忘

面對市場經濟的衝擊，大眾文化在九〇年代畸形地膨脹起來，文學的審美性逐漸成為消費性的附庸。「大眾」成為主宰文學命運的至高權威，作家的獨立意識日漸淡化。另一方面，作家為了使自己成為市場的新寵，開始熱衷於炒作，通過刻意渲染的性描寫、暴力展示和文化獵奇來製造市場熱點。從賈平凹的《廢都》到衛慧的《上海寶貝》，它們清晰地展現了消費策略在九〇年代小說中的歷史演進。消費文化的商業操作模式是「注意力

27 皮埃爾・布林迪厄、漢斯・哈克，《自由交流》（生活・讀書・新知三聯書店，一九九六年），頁三〇。

經濟」，因此，追求商業性成功的作品往往通過「個性化」手段來出奇制勝。更為關鍵的是，大眾趣味總是在好奇和逆反之間震盪，對於所謂的「個性」極易產生饜足心理，這就意味著「個性化」成了一種毫無定性的變色龍。張欣在一篇創作談中說：「普羅大眾的背叛性風雲突變，他們吃夠了肯特基就一定會轉向麥當勞。而急就成篇的故事他們很快就會厭倦。流行音樂膾炙人口但是缺乏經典性，許多歌曲從萬人傳唱到速朽要不了太多時間，紀實文學的氾濫，小品在重要的晚會上挑大樑都可以證明現代人已沒有耐心品味藝術。但如果我們的理想也只停留在知名度和見報率上，在浮華的繁榮中，那麼今後的幾代或十幾代人欣賞的經典作品仍舊是蕭邦、莫札特、托爾斯泰、雨果、莎士比亞，而我們也只好承認終其一生的努力無非充當著文化便當的作用。」[28]作為消費文化的小說創作是註定要被迅速遺忘的，而這種「遺忘」賦予大眾文化以一種特殊的活力，因為一次性消費品迅速地更新換代，它們被淘汰的命運為「新產品」提供了廣闊的市場空間。在「用過即扔」的消費觀念的籠罩下，「個性」也變成了「一次性」的精神面具。在這樣的文化情景下，「個性化」也就變成了「商業化」的代名詞。王朔頗有心得地說：「這就是大眾文化的遊戲規則和職業道德！一旦決定了參加進來，你就要放棄自己的個性，藝術理想，甚至創作風格。大眾文化最大的敵人就是作者自己的個性，除非這種個性恰巧正為大眾所需要……我想大眾文化的底線就在這裡——不冒犯他人。在這之上，你盡可以展示學問，表演機趣，議論我們生活中的小是小非，有時也不妨作憤怒狀，就是我們常說的『玩個性』，中國人一提正義總是很動感情，憤怒有時恰恰是最安全的。」[29]

「為了消費」的文學也正是「為了遺忘」的文學。「遺忘」的內涵不僅指稱作品的命運，而且指稱作者本人的命運。儘管作者通過「玩個性」的方式成為知名人士，但是在走馬燈似的「個性」轉換中，作者放棄了自我，

28　張欣，《慢慢地尋找，慢慢地體驗》，《中篇小說選刊》一九九五年第四期。
29　王朔，《無知者無畏》（春風文藝出版社，二〇〇〇年），頁九至一〇。

成為一種工具和符號。而且，面對殘酷的市場法則，作者承受著「被遺忘的焦慮」，為了不被棄若敝屣，他們不斷地亮相，深陷其中而不能自拔。布林迪厄這樣評價：「他們推銷的不僅是產品，而且是生產者，也就是他們自己。為了推銷自己，他們採用了推銷產品的技巧（常常進行有意無意的剽竊，並在文化工業中實行『轉包商』的辦法，即使用昔日稱作的『代筆人』）。他們這樣做並不困難，因為像這樣做的『知識份子』越來越多。」[30]虹影在與丁天進行網上對話時這樣表達對謠傳的看法：「管它是什麼東西……但我聽來還是很高興的，有人說我就好，被人遺忘是很可怕的。」[31]當「被遺忘的焦慮」控制了作者時，他就放棄了沉默的權利，他必須想方設法地、毫無選擇地「公開表達」，最終淪落為「表達」的奴隸。有屈從的沉默，有共謀的沉默，但同時有拒絕的沉默。在眾聲喧嘩的世代裡，無法沉默的主體所扮演的只能是屈從與共謀的角色，他們也不能不被話語的洪流所湮滅。正是基於對「遺忘」的本能抗拒，王朔匪夷所思地指出：「除非全國媒體封殺此人，否則罵他的文章也要被他統計到見報率中去，這是善良的人們無從想像的。」[32]又說：「如今當『托兒』就要當『反托兒』，『正托兒』的名聲都給搞壞了。」[33]「說」與「被說」成了作家的存在方式，但以這樣的方式抗拒遺忘只能是徒勞的，因為它們與心靈、記憶、自由、懷疑……背道而馳。這正如瑪律克斯《百年孤獨》中的奧雷連諾所面臨的現實，他用給東西貼標籤的辦法來抵禦健忘症的困擾，試圖藉字兒把現實暫時抓住，但一旦忘了字兒的意義，這一瞬也會被付諸腦後。前面所說的文化現象與奧雷連諾的方式異曲同工。

30 皮埃爾•布林迪厄、漢斯•哈克，《自由交流》（生活•讀書•新知三聯書店，一九九六年），頁三〇。
31 虹影、丁天，《六〇年代與七〇年代的網上對話》，《齊魯晚報》二〇〇一年七月四日。
32 王朔，《無知者無畏》（春風文藝出版社，二〇〇〇年），頁五八。
33 王朔，《無知者無畏》（春風文藝出版社，二〇〇〇年），頁九〇。

消費性文學的「遺忘」功能還表現在它對現實的表現形式上。真正以「個人」名義發言的文學與現實之間存在一種既共存又對立的緊張關係，它以內在的懷疑精神對現實進行批判性審視，它不僅意識到主體自身與現實的悲劇性對抗，而且還痛切地認識到主體與現實的悲劇性關聯，在此基礎上進行清醒的自我批判。「個人」的文學敢於撕破種種假象，讓讀者感到不安，觸及到被自衛本能壓抑到潛意識層面的集體無意識，它喚醒那些被遺忘的痛苦記憶，鞭笞所有靈魂（包括作者自己）中的冷漠與麻木，讓甦醒的主體重新意識到被自己推卸的責任，並且放棄那些被迫接受的、習焉不察的，甚至被視為常識的意識屏障。消費性文學往往對現實採取粉飾的策略，它對感官刺激和心理刺激的追求，使讀者在假想性的欲望滿足中變得麻木，在精神宣洩中樂而忘返。消費性文學通過迎合大眾趣味的方式產生近似於催眠的接受效應，也就是說，它誘導讀者進入一種遺忘情境，遺忘了現實處境，甚至遺忘了自我。新寫實的審美姿態差不多成了九〇年代文學的精神底色，只有少數作家能擺脫那種「冷也好熱也好活著就好」的苟且，人生的厭倦、生存的黯淡、價值的空落不但不能激發抗爭的意志，反而成了沉淪與玩世的理由。葉兆言的心態在九〇年代作家中具有普遍性：「當我開始打算成為一名小說家的時候，有一個叫高曉聲的小說家諄諄教導我說，……小說家不能無病呻吟，小說家必須有感而發。……寫一篇轟動小說的雄心，早萎縮成一片模糊的影子，遙遠得像是另一個世紀的事。」[34]在這樣的文化情境下，無病呻吟的創作不能不大行其道，寫小說從精神創造淪落成謀生手藝。康得這樣區分藝術與手工藝：「前者喚做自由的，後者也能喚做雇傭的藝術。前者人看做好像只是遊戲，這就是一種工作，它是對自身愉快的，能夠合目的地成功。後者作為勞動，即作為對於自己是困苦而不愉快的，只是由於它的結果（例如工資）吸引著，因而能夠是被逼迫負擔的。」[35]當作家在名利的驅趕下從事創作時，主體性只能漸漸沉入黑夜，銷聲匿跡。

---

34 葉兆言，《關於廁所》，《作家》一九九二年第二期。
35 康得，《判斷力批判》（上卷）（商務印書館，一九六四年），頁一四九。

消費性文學的盛行導致了批判性的普遍失落，進而加劇了九〇年代啟蒙意識的分化與衰微。中國「後現代主義者」的代表人物多為世俗化進程歡呼，甚至把世俗化、市場化等同於「後現代化」。王嶽川認為：「後現代主義所稟有的顛覆既有意識話語的潛能，使它可以揭示那些潛抑在現代秩序深層的盲視和現代人難以言喻的精神空白和裂隙，書寫那些被排斥在中心話語和既有的歷史闡釋之下的歷史無意識，進而使那些堂而皇之的虛假設定、那些對終極本源的承諾在消解中現出本相。質言之，它通過對語言解拆和對邏輯、理性和秩序的褻瀆，使現代文明的權力話語歸於失效。……同八〇年代相比，後現代寫作觀成功扭轉了寫作中長期硬化成結的群體話語，使群體話語轉向個人話語，使代神代政代集團立言轉向代自我立言，從而阻死了那種藉群體和歷史的名義，去強加於他人思想之上，並進而為獨斷思想留下空間的做法。」[36]應該說，王嶽川言說「後現代」的視角是辯證的、批判性的，是為數不多的「研究者」，不以「後現代」的化身或代言人自居。張頤武認為：「商業的成功似乎是文學文本成功的唯一標準。」[37]將個人從群體話語的重壓下釋放出來，正是自「五四」以來的啟蒙主義知識份子的文化目標，而其社會目標則是把中國從封建陰影的懷抱中推向現代化進程。富有悲劇性的是，置身於現代化進程之中的啟蒙主體開始變得游移不定，他們痛切於商業化帶來的拜金主義、道德腐敗和社會無序，他們的處境頗有自食其果的意味，但他們在慌亂中無法全面反思自己建構現代性的努力，又不能因噎廢食，於是就只能做出呼喚「人文精神」的道德姿態。啟蒙主體在某種意義上走向了其初衷的反面，比如從現代化的全面鼓吹者轉向有所保留的旁觀，從舊道德的激烈反叛者轉向守護姿態，從主張人性的全面解放轉向反思欲望的陷阱。「中國的『後現代主義者』正是利用了這種含混，把西方的後現代主義直接作為批判中國『新啟蒙主義』的武器，儘管中國的『後現代主義』比中國的『啟蒙主義』更加含混。……中國後現代主義的另一特點是以大眾文化的名義將欲望的

36 王嶽川，《後現代主義在當代中國》，《山花》一九九六年第五期。

37 張頤武，《論「後烏托邦話語」——九〇年代中國文學的一種趨向》，《文藝爭鳴》一九九三年第二期。

生產和再生產虛構為人民的需要，將市場化過程中受資本制約的社會形態解釋為中性的、不受意識形態支配的『新狀態』。……在九〇年代的歷史情境中，中國的消費主義文化的興起並不僅僅是一個經濟事件，而且是一個政治性的事件，因為這種消費主義的文化對公眾日常生活的滲透實際上完成了一個統治意識形態的再造過程；在這個過程中，大眾文化與官方意識形態相互滲透並占據了中國當代意識形態的主導地位，而被排斥和喜劇化的則是知識份子的批判性的意識形態。」[38]因此，消費意識形態具有一種覆蓋、遮蔽與遺忘功能，而中國後現代主義者所宣揚的批判性（即所謂的解構神聖化和個人化）本質上是借批判之名行保守之實，因為他們只批判思想本身同時肯定其經濟與社會基礎，這也正是他們從「現代性」走向了頗有傳統主義與民族主義內涵的「中華性」[39]的根源所在。

消費文化的遺忘功能的發散，使九〇年代文學的悲劇性喪失殆盡。價值與文化的轉型使知識份子陷入種種錯位、反差與衝突，但這種悲劇性角色卻無法承擔拷問靈魂的悲劇精神。他們在同流合污與潔身自好之間的掙扎，在自命不凡與委曲求全之間的搖擺，賦予他們的人生以一種黑色幽默式的的喜劇色彩。美被毀滅帶來的痛苦，對現實存在的某種合理性的理解，對凡俗人生苦衷的默認，常常驅使作家產生對現實缺憾進行補救的願望，往作品裡面添加進一些廉價的希望。這樣，本來就顯得稀薄的悲劇意識又被人為地沖淡，調和主義的審美觀念在九〇年代小說尤其是新寫實和新現實主義小說中占據了主導地位。作品在悲喜之間的震盪與閃回，常常造成哭笑不得的尷尬。劉恆的《貧嘴張大民的幸福生活》中流露出的苦中作樂的精神，這種傳統美德在某種程度上有著一種自我麻醉的意味。王朔一語中的：「最不要思想的就是大眾文化了!他們只會高唱一個腔調：真善美。……商人，心中是最裝著人民的，在這裡『一切為了人民』和『一切為了金錢』這兩個口號是不打架的，為最廣大人民群眾所

38 汪暉，《當代中國的思想狀況與現代性問題》，《死火重溫》（人民文學出版社，二〇〇〇年一月版），頁六七至七〇。

39 參見張法、張頤武、王一川，《從「現代性」到「中華性」》，《文藝爭鳴》一九九四年第二期。

接受的同時也是利潤最豐厚的。……樂觀的不一定全算娛樂，但悲觀的肯定不是娛樂，也就是說藝術是往人心裡擱事兒的，娛樂是從人心裡往外掏事兒的。反過來說，藝術不一定全是悲觀的，但娛樂一定要都是樂觀的。」[40]悲劇性也正是在調侃、戲說、樂觀的「娛樂」中灰飛煙滅。

說到消費性文學，就不能不提到大眾傳媒。大眾傳媒是大眾文化的生產機構與傳播機構。九〇年代小說與媒體的合謀越演越烈，小說成為文學期刊與出版商「策畫」出來的文化商品，成為影視傳媒的「妃子」，成為小報批評詮釋市民趣味的文化腳本。傳媒狂轟濫炸的反覆傳輸成為一種權力話語，使人們的思想、情感、審美旨趣在不知不覺中受其控制。王嶽川對媒體權力的論述相當精彩：「現代傳媒塑造虛假的金錢神話和消費目的，在於使生活在現實各種壓力中的大眾，獲得一種迷醉和諧的假象，通過複製一個個溫馨的金錢神話和現代化神話，使人們忍受當下的精神心理壓抑或下崗的苦悶，並把這種受經濟權力和話語支配控制的生活當作自由愉悅的生活，把意識的灌輸和強制當作自我自覺的意識，把只重金錢的消費社會所強加於個體的控制誤認為是個人的自由必然體現。」[41]傳媒的另一重功能是其資訊增殖、閹割與過濾機制。知識份子的話語表達必須通過傳媒才能進入公共領域，而傳媒法則又不允許知識份子保持自足的獨立性，這就迫使知識份子陷入兩難境地，在屈從與退隱中搖擺。當知識份子一旦接受媒體法則，其個體性就日益成為一種噱頭與點綴。當獨立的思想成為一種與日常見聞不同的、能引起受眾好奇心的、富有刺激性的不尋常的生活調料時，當小說所牽涉的隱私、調侃、獵奇因素被無限放大而審美性卻被打入冷宮時，當小說家的藝術成就變得無關緊要而其名聲卻被濫用時，傳媒就成了「美杜莎的笑聲」，它既能化神奇為腐朽，也能點鐵成金。「大眾傳播媒介的美學意識到必須討人高興，和贏得最大多數人的注意，它不可避免地變成媚俗的美學。……直到最近的時代，現代主義還意味著反對隨大流，和對既成思想與媚

---

40 王朔，《無知者無畏》（春風文藝出版社，二〇〇〇年），頁一三至四二。
41 王嶽川，《中國鏡像——九〇年代文化研究》（中央編譯出版社，二〇〇一年），頁三四七。

俗的反叛。然而今天，現代性與大眾傳播媒介的巨大活力混在一起，作現代派意味著瘋狂地努力地出現，隨波逐流。比最為隨波逐流者更隨波逐流。現代性穿上了媚俗的長袍。」[42]如果知識份子參與到公眾傳播中，他很可能以獨立性、主體性的代價換取世俗的名利，而退入象牙塔獨善其身則意味著精神活動的自生自滅。因此，布林迪厄深有感觸地說：「知識界本身的獨立性、自主性不斷受到形形色色的外力的威脅，其中最可怕的外力，在今天，要算是新聞業了，而新聞業也受制於其他權力：或多或少陰險狡詐的政治權力，通過廣告及廣告客戶而對報紙的財政狀況施加壓力的經濟權力。」[43]

傳媒的遺忘功能通過其資訊的反覆刷新、資訊的垃圾化方式來實現，「日新月異」的價值選擇表明其記憶功能的衰弱。「被新聞控制，便是被遺忘控制。這就製造一個『遺忘的系統』，在這系統中，文化的連續性轉變為一系列瞬息即逝、各自分離的事件，有如持槍搶劫或橄欖球比賽。」[44]王小波的小說《尋找無雙》可以稱得上是關於「遺忘」的寓言。王仙客一方面固執地尋找被時間掩埋的真相，一方面是謊言的始作俑者和傳播者。他反覆宣稱自己的童男子身份時，是以成功地遺忘自己對侍女彩萍近乎強暴的經歷為前提的。他殫精竭慮地尋找無雙，處在瀰漫著謊言與遺忘的宣陽坊的包圍中，他還墮入了自己的謊言與遺忘：他時不時把魚玄機當成了無雙，還恬不知恥地與魚玄機夢交，甚至分不清自己是醒著還是做夢；他本來是要找到未婚妻無雙來結婚的，但他找到的是無雙的丫鬟彩萍並同已經淪落為妓女的彩萍結婚，為此他要宣陽坊裡的君子們承認彩萍是無雙，不承認就千方百計地讓他們承認，這種自欺欺人是自己對自己施行的強制遺忘；忠實於記憶的良心的復甦，最終迫使王仙客再度

42　米蘭・昆德拉，《小說的藝術》（生活・讀書・新知三聯書店，一九九二年），頁一五九。
43　皮埃爾・布林迪厄、漢斯・哈克，《自由交流》（生活．讀書．新知三聯書店，一九九六年），頁二八。
44　安・德・戈德瑪律，《小說是讓人發現事物的模糊性──昆德拉訪談錄（一九八四年二月）》，喬・艾略特等著，《小說的藝術》（社會科學文獻出版社，一九九九年），頁八三。

登程，繼續去尋找無雙，因為彩萍終究不是無雙……小說戲仿的唐傳奇的原來結局是根深柢固的「大團圓」：「艱難走竄後，得歸故鄉，為夫婦五十年。」而清醒的王小波卻在小說的最後說：「何況塵世囂囂，我們不管幹什麼，都是困難重重。所以我估計王仙客找不到無雙。」王仙客的處境與試圖保留文化記憶的知識份子的遭遇極為相似，對於那些走失了的文化記憶，尋找回來的往往與初衷相背離。因為這些記憶早已經被改寫。米蘭・昆德拉說：「採訪、座談、講話錄、改寫、改編、電影的、電視的。改寫好像是時代精神，『會有一天已經過去的全部文化被完全重寫，它將在它的改寫本後面被完全地遺忘』。」[45]如果這種遺忘意志瀰漫成一種社會綜合症，社會就會失去記憶，不能或拒絕思考過去會對自己造成損害，喪失思考的能力。要超越歷史首先就必須記住過去，而不是對當下的撒謊和遺忘。「社會健忘症是商品社會的精神性商品」[46]，雅各比的這句話有力地揭示了商品社會對人們的記憶系統的抑制與損害。而米蘭・昆德拉的思考卻更加發人深省：「忘的意志非常不同於一種想要欺騙人的簡單欲望……忘：絕對的非正義同時又是絕對的安慰。」[47]

在我個人看來，遺忘是大眾文化的內在邏輯，其統攝性作用表現在作品、作者、讀者和傳播仲介等環節。作為消費性文學的小說同樣無法擺脫這一邏輯的制約。米蘭・昆德拉始終關注「存在的被遺忘」問題。其小說《笑忘錄》中的一個人物米萊克說了一句話：「人反對權力的鬥爭就是記憶反對遺忘的鬥爭。」他在《小說的藝術》一書中還討論了「小說的死亡」問題，認為「小說的死亡並不是一個狂想。它已有發生。我們現在知道小說是怎麼死的：它並不消失，它掉到了它的歷史之外。……如果小說真的要消失，那不是因為它已用盡自己的力量，而

45 米蘭・昆德拉，《小說的藝術》（生活・讀書・新知三聯書店，一九九二年），頁一四二至一四三。
46 雅各比，《社會健忘症》，轉引自本・阿格爾，《西方馬克思主義概論》（中國人民大學出版社，一九九一年），頁二七七。
47 轉引自艾曉明編譯，《小說的智慧——認識米蘭・昆德拉》（時代文藝出版社，一九九二年），頁一〇一。

是因為它處在一個不再是它自己的世界中。」[48]面對著活生生的內容被縮減為枯燥的骨架的世界，他又說：「如果小說的存在理由是把生活的世界置於一個永久的光芒下，並保護我們以對抗『存在的被遺忘』，那麼小說的存在今天難道不比過去任何時候都必要嗎？」[49]這樣的發問同樣適合於二十一世紀的中國小說，只有直面「存在的被遺忘」，真正的個人才能得到拯救，真正屬於個人的小說才能回到自己的世界之中。

48 米蘭・昆德拉，《小說的藝術》（生活・讀書・新知三聯書店，一九九二年），頁一四至一六。著重號原有。
49 米蘭・昆德拉，《小說的藝術》（生活・讀書・新知三聯書店，一九九二年），頁一六至一七。

上編

第一章　自由寫作：精神源流與文化困境

在九〇年代的中國，「自由撰稿人」算得上是一種時尚，甚至連許多緊抱鐵飯碗不放的人也以「大陸自由撰稿人」自居，難道「自由撰稿人」就等於「自由思想家」？難道戴上了「自由」的面具，心身就獲得了真正的自由，寫出來的文字就脫胎換骨成了「自由寫作」？返觀二十世紀中國知識份子的心靈史，他們始終被一種身份焦慮所糾纏，他們總是渴望著轉型再生，渴望著與「舊我」一刀兩斷的「新我」的誕生。早在一九二三年五月二十七日《創造週報》第三號上，郭沫若就在《我們的文學新運動》中提出要把小資產階級的「惡根性和盤推翻」，「鳳凰要再生，要先把屍骸火葬」。張承志則說：「它要求我前行半步便捨棄一次自己。」[1]而以韓東、朱文等自由撰稿人為代表的年輕作家，則在一九九八年舉起了「斷裂」的大旗，並宣稱：「我們的做法不是『弒父』（因為他根本不存在），而是為了揭露那些以我們父親自居的人。」[2]不管是那些試圖擺脫自身的小資產階級的「原罪」，成長為革命主體的精神籲求，還是今日以「自由」標籤來完成自我重塑的文化選擇，其本質都是一種身份政治或文化幻術。割斷「過去」與「現在」的歷史聯繫的「再生」和「斷裂」，只能是一種自欺欺人的文化逃避，在惡性循環的身份遊戲中，「皇帝的新衣」裏藏著的依然是一些「舊魂靈」，而所謂的「自由」和

1　張承志，《荒蕪英雄路》（上海知識出版社，一九九四年），頁九五。
2　韓東，《備忘：有關「斷裂」行為的問題回答》，《北京文學》一九九八年第十期。

「個人」，常常可悲地成了一種陪襯和點綴。值得注意的是，在九〇年代的文化情境中，「自由撰稿人」還是一種商業標籤，我們不妨來看看市民報紙上的描述：「有人稱他們為『自由撰稿人』，也有人管他們叫『寫手』、『槍手』。有人說他們是地下『文字黑工廠』的『黑把頭』——用剪刀和糨糊拼湊文章，或乾脆把別人的作品署上自己的名字發表；他們用影印機成百上千地把『文化贗品』發往各地，然後坐等雪片般飛來的匯款單。」[3]由此可見，「自由」其實是在話語權力與文化商業的夾縫中穿行的荊棘路。難道「自由」註定是一廂情願的「精神幻象」？

一、錢權之間

談到「自由撰稿人」，我們不能不追溯到二十世紀初年的中國文壇。在近代報刊出現以後，專業性的文藝報刊陸續誕生，近代小說創作的繁榮與傳播方式的革新密切相關。近代的短篇小說幾乎全部是最先發表在近代報刊上，《官場現形記》、《老殘遊記》、《孽海花》等著名的長篇小說也是首先發表在近代文學雜誌上，然後又由出版社刊行於世。耐人尋思的是，近代很多著名的小說家如李伯元、吳趼人、包天笑等，都是一邊編輯一邊寫作的報人小說家[4]。儘管龔自珍有「著書只為稻粱謀」的感歎，但近代以前的中國小說家是無法完全依靠出賣自己的作品來謀生的，曹雪芹「舉家食粥酒常賒」的生存困境也從側面印證了這一歷史狀況。也就是說，近代以前的文人的生存，幾乎不可能擺脫對傳統官僚體制的依附，官場與功名的誘惑迫使他們做出精神上的妥協，在言論上

3 步雄，《素描京城「槍手」》，《齊魯晚報・今週末》二〇〇〇年十一月十七日。

4 參閱郭延禮，《近代西學與中國文學》（百花洲文藝出版社，二〇〇〇年），第九章。

也相應地變得噤若寒蟬，諷諫時世亦多採取曲筆，而被視為雕蟲小技的小說創作僅僅是一種寄託精神餘裕的消遣，傾力寫作在主流觀念中大有不務正業、退而求其次的諷刺意味，蒲松齡在《聊齋志異》中流露出的「孤憤」就飽含仕途受阻的失意。到了近代，尤其在稿酬制度得以確立後，文化情境產生了堪稱重大的現代轉型。梁啟超一九〇二年十一月在日本橫濱創辦《新小說》，此前半個月，梁氏主編的另一刊物《新民叢報》刊登了一則《新小說徵文啟》，一為介紹即將問世的《新小說》的用稿方針並為之徵稿；二是公布了《新小說》要付稿酬及其稿酬標準：自著本甲等，每千字酬金四元；自著本乙等，每千字酬金三元；自著本丙等，每千字酬金二元；自著本丁等，每千字酬金一元五角。譯本甲等，每千字酬金二元五角；譯本乙等，每千字酬金一元六角；譯本丙等，每千字酬金一元二角。[5] 其付酬文體僅限於十數回以上的小說與傳奇，自著和翻譯均付稿酬。隨後，一九〇六年創刊的《月月小說》與一九〇七年創刊的《小說林》都刊登了付酬啟事，小說付酬逐漸形成慣例。《小說月報》（一九一〇年）、《禮拜六》（一九一四年）等著名雜誌的稿酬標準更加縝密和完善，「以字計酬」、「以版納稅」在「五四」時期已經制度化[6]。值得注意的是，當時報刊的付酬文體局限於小說和戲劇，包天笑在《〈時報〉的編製》中說：「當時報紙，除小說以外，別無稿酬。」[7] 由此可見小說文體在當時的受重視程度。現代稿酬制度可謂職業作家的產床。稿酬使小說作家贏得了生活的自立，使他們擺脫了受人供養的寄生生涯，這就使其人生選擇獲得了更為廣闊的自由空間。吳趼人「不治功令文」，「不治經生家言」，不屑地視官宦之途為「愚黔首者」，他拒絕功名，大力創作小說，「先是湘鄉曾慕陶侍郎飫耳君名，疏薦君經濟，辟應特科，知交咸就君稱

5 引自郭延禮，《近代西學與中國文學》，頁四三一註腳②。
6 參閱郭延禮，《近代西學與中國文學》（百花洲文藝出版社，二〇〇〇年），第九章。
7 包天笑，《釧影樓回憶錄》（香港大華出版社，一九七一年），頁三四九。

幸。君夷然不屑曰：『與物亡競，將焉用是？吾生有涯，姑捨之以圖自適。』遂不就徵。」[8]經濟的自主贏來了人格的獨立，李伯元同樣拒絕了曾侍郎的推薦，專力於小說創作，文風大膽潑辣，敢於痛砭時弊。在近代，林紓的翻譯較他人的稿費為高，商務印書館付給他的「林譯小說」的稿費為千字六元，而一些青年作家的稿費僅為千字五角，林紓一般是一天譯六千字，而當時一位中學監督（校長）每月薪金為五十元[9]。這意味著他依靠稿費就可以過上很富足的生活。難怪他會充滿自豪地宣稱：「幸自少至老，不曾為官，自謂無益於國，而亦不曾有害。屏居窮巷，日以賣文為生。」[10]在官本位的中國，這樣的洋洋自得宣示了一種嶄新的價值觀的生長。寄人籬下的士大夫階級在仰人鼻息的生存中，不得不委曲求全，而自由獨立的經濟生活成了自由思想與獨立人格的物質基礎，它不僅催生了職業作家，而且孕育了現代自由知識份子。李大釗深刻地指出：「物質上不受牽制，精神上才能獨立。教育家為社會傳播光明的種子，當然要有相當的物質，維持他們的生存。」[11]

經濟的自主使從事精神創造的知識階層贏得了自由的可能性，但經濟的自主絕不等於自由，物的占有與物的奴役常常是如影相隨。在職業作家出現之後，小說的商業化傾向日益嚴重，經濟利益的驅使助長了粗製濫造的惡劣文風，而迎合低級趣味的寫作更是蔚然成風。我們來看看《禮拜六》創刊號上的自我標榜：「買笑耗金錢，覓醉礙衛生，顧曲苦喧囂，不若讀小說之省儉安樂也。……一編在手，萬慮都忘，勞瘁一週，安閒此日，不亦快哉！」[12]徐枕亞主編的《小說叢報》毫不遮攔地坦露了自己的趨向：「原夫小說者，俳優下技，難言經世文章；茶酒餘閒，只供清談資料。」以俳優視小說家是一種人格的自我貶抑，何談自由與獨立？又說：「有口不談家

8 李葭榮，《我佛山人傳》，收入魏紹昌編，《吳趼人研究資料》（上海古籍出版社，一九八〇年），頁一二至一三。
9 參閱郭延禮，《近代西學與中國文學》（百花洲文藝出版社，二〇〇〇年），第九章。
10 林紓，《〈踐卓翁小說〉自序》，陳平原、夏曉虹編，《二十世紀中國小說理論資料》（第一卷）（北京大學出版社，一九八九年），頁三八九。
11 參見陳明遠，《文化人與錢》（百花文藝出版社，二〇〇一年），頁四至五。
12 鈍根，《〈禮拜六〉出版贅言》，《禮拜六》一九一四年第一期。

國，任他鸚鵡前頭；寄情只在風花，尋我蠹魚生活。」[13]這就走向了與梁啟超把小說作為「發表政見，商榷國計」[14]的載體的相反的極端。過量的政治焦慮在小說中的釋放，使小說成了時世評論與道德說教的傳聲筒；而商業動機則使「娛樂消遣」功能過度膨脹，使小說成為金錢的玩偶。當小說被政治與商業異化時，小說家同樣無法逃脫作為附庸的命運。因此，如何在政治與商業的夾擊中保持人格的獨立與自由，在二十世紀中國的自由寫作中，實在是一個曠日持久的「老問題」，而花樣不斷翻新的「新情況」只是反覆印證了「自由寫作」的「不自由」。

鴛鴦蝴蝶派小說家中多報人小說家，其報刊不少為自辦自編的同人報刊甚至個人報刊，用時下的話說，他們是「報業個體戶」，但賣文為其主要的謀生手段。周瘦鵑就稱自己為「文字勞工」，張恨水則有「流自己的汗，吃自己的飯」的人生格言。其餘的代表作家多選擇了「療饑煮字」的生涯，像《九尾龜》的作者張春帆早年曾在南京浦口海關供職，後辭職至蘇滬做寓公，「僑寓吳中有年」[15]，專職寫作，《譚瀛室隨筆》中又介紹「張君寓滬久，時為名報館撰短篇小說，閱者頗歡迎之」；《紅羊豪俠傳》的作者張恂子在一九二七年與父親張恂九一起丟官後，父子埋頭寫作通俗小說，以「為易米之券」[16]；北派鉅子趙煥亭將賣文作為唯一的謀生手段，他自稱為生計所迫，「只好窮年價耗精憊神，寫些小說，胡亂糊口。簡直說，是文字勞工，讀書業障」，但他也表現出自食其力的人格獨立與文化尊嚴：「作者雖頂沒出息，然布衣蔬食，累經喪亂，窮骨猶在，揆昔人知足知止之義，也算罷了。這總得說是身上沒那根邪骨咧。」[17]但是，為生計而寫作的獨立程度總是有限的，「遊戲的消遣的金

13 徐枕亞，《〈小說叢報〉發刊詞》，《小說叢報》一九一四年第一期。
14 梁啟超，《〈新中國未來記〉緒言》，《新小說》一九〇二年第一號。
15 鄭逸梅，《張春帆》，見魏紹昌編，《鴛鴦蝴蝶派研究資料》（上海文藝出版社，一九六二年）。
16 張恂九，《神祕的上海・自序》，轉引自范伯群主編，《挑開宮闈繪春色的畫師——張恂子》（南京出版社，一九九四年），頁一四。
17 參見范伯群主編，《中國近現代通俗文學史》（上卷）（江蘇教育出版社，二〇〇〇年），頁五八三、五八四。著重號為引者加。

錢主義」的審美趨向顯然不是完全出於自願，應該說在很大程度上是一種迎合。張恂子一方面樂此不疲地為金錢寫作，一方面自暴自棄，罵自己的作品為「臭腳帶」[18]，「不足供一讀」，「言之更令人齒冷」[19]。通俗作家的心理障礙具有一定的普遍性，寫作社會武俠小說的宮白羽在《十二金錢鏢》的初版自序（一九三八年）中有這樣的話：「白羽，懦夫之號也；……雕蟲小技，壯夫不為；辭賦尚爾，況叢殘小語？……操觚塗鴉，苟延旦夕。稗官無異於伶官，鬻文何殊乎鬻笑！」[20]自責自貶的情緒在文字間瀰漫，不情願卻又別無選擇，自取其辱的生涯造成了嚴重的人格分裂。這種兩難處境深刻地揭示了「為錢」寫作帶來的心理失衡與人格障礙，創作主體成了被金錢所操縱的工具，成了一種身不由己的商業客體，「自由」在這裡僅僅是使自己成為什麼具體的出賣物的自由，在找不到別的謀生手段的情境下，他們沒有不寫作的自由。相當數量的通俗作家都試圖尋覓別的謀生手段，如張恂子和畢倚虹就開過律師事務所，但因業務不佳，只好重做馮婦。《淚珠緣》的作者陳蝶仙就很快將精力轉向商業，成為靠「無敵牙粉」起家的實業家。四〇年代小報商業作家陳亮的情形略有不同，他於一九三八年到上海迅報社做編輯，同時跟隨名中醫學醫，報社倒閉時，他就靠做中醫師謀生，後來又有吃文字飯的機會了，他又重操舊業。他對職業作家生涯可謂情有獨鍾，但在職業興趣與生存危機的較量中，前者註定是輸家。他甚至要在同一天為七家小報寫長篇連載，小報文學的商品性質使審美性成為一種附帶。商業化的寫作方式還制約著作家的謀篇布局，典型如張恨水寫作《啼笑因緣》的過程：連載此長篇的《新聞報》「報社根據一貫的作風，怕我這裡面沒有豪俠人物，會對讀者減少吸引力，再三的請我寫兩位俠客。……我只是勉強的將關壽峰、關秀姑兩人，寫

18 張恂子，《隋宮春色》（上海文業書局，一九二九年），「自序」。
19 張恂子，《欲海滄桑》（新聲書局，一九二八年），「自序」。
20 參見范伯群主編，《中國近現代通俗文學史》（上卷）（江蘇教育出版社，二〇〇〇年），頁六五〇至六五一。

了一些近乎傳說的武俠行動。我覺得這並不過分神奇」[21]。具有某種經典意義的作品尚且如此，那些胡編亂造的作品就可想而知了。以市場需求為創作的圭臬，必然傷害文學的獨創性，使作品呈現出模式化、趣味化的傾向，作家在某種意義上成了一種文化傀儡。發人深省的是，在一九四九年以前的文化情景中，就創作群體而言，能夠始終靠寫作養活自己、無須另謀出路的只有鴛鴦蝴蝶派作家，像張恨水、程小青、范煙橋等人在抗戰以後，創作思想中注入了時代憂患，但他們從來都是自覺地認同於大眾趣味，即使像《八十一夢》這樣的作品，其中也並無接受精英寫作的影響的痕跡，更無啟蒙意識的彰顯，其題材選擇、結撰模式是創作慣性的自然延伸，走的依然是大眾化寫作的路數。

中國文學根深柢固的載道傳統在新文學中頑強地延續著，它在許多作家的創作中得到了不同程度的、或隱或顯的體現。對於那些擁有政治抱負的作家而言，其文學觀念烙有鮮明的功利主義色彩，突出文學的政治教化功能，在價值選擇上通過文學「求勢」而非「求道」，注重文學的社會功能，忽視文學的審美意義，經世致用與匡救時弊的動機成為其創作的文化內驅力。在政治理想受阻時，文學成了一種權宜之計。在一九二七年大革命失敗後，不少作家迫不得已地開始了職業寫作生涯。我們來看看茅盾的自白：「一九二七年大革命的失敗，使我痛心，也使我悲觀，它迫使我停下來思考：革命究竟往何處去？……我隱居下來後，馬上面臨一個實際問題，如何維持生活？找職業是不可能的，只好重新拿起筆來，賣文為生。」[22]他在《從牯嶺到東京》中有更為深切的感喟：「我是真實地去生活，經驗了動亂中國的最複雜的人生的一幕，終於感得了幻滅的悲哀，人生的矛盾，在消沉的心情下，孤寂的生活中，而尚受生活執著的支配，想要以我的生命力的餘燼從別方面在這迷亂灰色的人生內

21 張恨水，《寫作生涯回憶》（中國華僑出版社，一九九四年），頁四一。
22 茅盾，《茅盾回憶錄》，見孫中田、查國華編，《茅盾研究資料》（上）（中國社會科學出版社，一九八三年），頁三八五至三八六。

發一星微光，於是我就開始創作了。」[23]從這些表述中，我們不難看到作家的無奈，文學是流浪的痛苦靈魂的收留所，但文學顯然無法容納作家更為博大的、更為入世的人生理想。基於此，王曉明把茅盾的寫作視為「驚濤駭浪裡的自救之舟」，認為其「功利目的十分明確」，「寫小說的目的是舔傷」[24]。

另一個具有典型意義的作家是丁玲，在二〇年代，她在漂泊與停泊間不斷轉換，物質生活和精神生活都是動盪不安，一九三六年底輾轉進入延安意味著職業寫作生涯的終結，在中宣部特意舉行的歡迎宴會上，被邀坐在首席的她「感到被溫暖撫慰著，被幸福浸泡著。心裡只有一個念頭：到家了，真的到家了」[25]。在那個把「革命」當作最讓人夢寐以求的崇高事業的年代，對於一個從小就立志要做社會活動家的女性而言，來到革命聖地無異於龍歸大海。但是，由來已久的文人習性與集體政治生活之間顯然需要艱難的嚙合過程，她與周揚的不和更使權謀之爭如影隨形，自由與服從、個人主義與集體權威的衝突將她拋入難以掙脫的旋渦之中。一九四一年的小說《我在霞村的時候》、《在醫院中》，一九四二年的散文《「三八節」有感》、《風雨中憶蕭紅》，這些遭受批評的文章用丁玲後來的話來說，它們不過是「為女同志說了幾句話」罷了，但其中對個體「消融」入「大的群」的警覺真可謂清晰可觸。《在醫院中》有這樣的話：「新的生活雖要開始，然而還有新的荊棘。人是要經過千錘百鍊而不消溶才真真有用。人是在艱苦中成長。」這些話曾被延安的一些知識份子抄貼在牆頭上或用鮮紅的長條寫出來貼在俱樂部裡，其間分明體現了魯迅所言的「不安於現狀的文藝」[26]與政治思維的分野。林賢治說：「丁玲的問題，全部的複雜性在於身為作家而要革命。因為這樣，便決定了她得在同一時間內進入文學和政治兩個不同的

23 茅盾，《茅盾回憶錄》，見孫中田、查國華編，《茅盾研究資料》（上），頁三八六。
24 參閱王曉明《潛流與旋渦》中論述茅盾的部分（中國社會科學出版社，一九九一年）。
25 武在平，《巨人的情懷》（中共中央黨校出版社，一九九五年），頁二。
26 魯迅，《文藝與政治的歧途》，《魯迅全集》第七卷（人民文學出版社，一九八一年），頁一一三。

文化圈。」[27]其實，更富於悲劇性的是，丁玲作為一個女性作家而要革命。應該說，文學的審美性與女性氣質具有天然的相似性，而政治的權力場歷史地具有雄性特徵。這樣，丁玲所面對的不僅是文學與政治的衝突，還有女性與男權的牴觸。

在艾青、何其芳、蕭軍等等由文學革命而走向革命文學的作家中間，身份轉變後的創作普遍地存在觀念大於形象的問題。他們的早期創作尤其是具有自敘傳性質的知識份子題材作品，大都血肉豐滿，由個體的精神困惑返照出社會的深在矛盾，而後期作品大都浮在表面，個人性的「消融」也導致了獨創性的隱遁。連陳湧都深有感觸地認為：「《蝕》、《莎菲女士的日記》，在藝術上有些重要方面，是茅盾、丁玲後來的創作所不及的，而他們在思想變革以後一些創作中的一些弱點，正是他們早期創作所未見的。」[28]川端康成認為自己是「無用之人」，並自以為其文學是「怠惰者的文學」[29]，我認為這種理解非常契合文學的本體。在一個戰火紛飛的年代，文學更加顯出其「無用性」與缺乏力量，「救亡壓倒啟蒙」也就勢所必然。但是，當文學與政治二位一體地同時植入一個靈魂時，內在的衝突帶來的就不只是現實生存的尷尬，它還會深入到人格與心理層面。始終出沒於政治與文學的風暴眼的胡風，以魯迅的精神接力者的姿態弘揚「主觀戰鬥精神」，揭示「精神奴役的創傷」，但在晚年，居然會因為沒被邀請參加第四次文代會而遭受沉重打擊，病倒後甚至出現這樣的幻覺：政治領袖派直升飛機接他，將他的五個對手開除黨籍並銬了起來[30]。在某種意義上，胡風自己也不幸地成了「精神奴役」的一個巨大的傷口。

---

27 林賢治，《左右說丁玲》，《南方週末》二〇〇一年三月八日十九版。

28 陳湧，《關於中國現代文學──〈中國現代作家評傳叢書〉序》，引自王科、徐塞，《蕭軍評傳》（重慶出版社，一九九三年），頁一五。

29 參閱進藤純孝，《川端康成》（何乃英譯）（中央編譯出版社，一九九八年），頁三三九。

30 參見戴光中，《胡風傳》（寧夏人民出版社，一九九四年一），頁三八八。

二、過客或歸人

關於文學的自由精神，魯迅是繞不過去的巨大存在。他反抗黑暗的韌性的戰鬥，使自由寫作真正成為可能。但是，爭取自由又是一條怎樣的道路啊？或許正是他在《兩地書》中所說的「歧路」與「窮途」，墨翟「慟哭而返」，阮籍「大哭而歸」，魯迅卻是「先是在歧路頭坐下，歇一會，或者睡一覺，於是選擇一條**似乎可走的**路再走……若遇見老虎，我就爬上樹去，等牠餓得走去了再下來，倘牠竟不走，我就自己餓死在樹上，而且先用帶子縛上，連死屍也不給牠吃。但倘若沒有樹呢？那麼，沒有法子，只好請牠吃了，但不妨也咬牠一口」，而面對「窮途」時「還是跨進去，**在刺叢裡姑且走走**」[31]。

說到魯迅的職業寫作，依然不能不討論其經濟生活，如他所說：「錢，——高雅的說罷，就是經濟，是最要緊的了。**自由固不是錢所能買到的，但能夠為錢而賣掉**。人類有一個大缺點，就是常常要饑餓。為補救這缺點起見，為準備不做傀儡起見，在目下的社會裡，經濟權就見得最要緊了。」[32]在魯迅的寫作生涯中，其偉大之處並非他絕不受制於「官」的威勢和「商」的羈絆，而在於他能夠最終掙脫「權」和「錢」的束縛。魯迅一九一二年二月到南京任臨時政府教育部部員，四月隨政府北上，八月定為教育部四等「薦任官」僉事，社會教育司第一科科長，一直到一九二六年八月離開北京。從一九二〇年八月到一九二六年六月，魯迅還在北大等八所學校兼課。一九二七年十二月到一九三一年十二月，他由蔡元培推薦，受聘為南京政府「大學院」特約撰述員，得月薪三百

31 魯迅，《兩地書》，《魯迅全集》第十一卷（人民文學出版社，一九八一年），頁一六。著重號為引者加。

32 魯迅，《娜拉走後怎樣》，《魯迅全集》第一卷（人民文學出版社，一九八一年），頁一六一。著重號為引者加。

元大洋，直到一九三二年初被國民黨政府教育部以「絕無成績」裁撤[33]。一九二五年八月十四日，魯迅因支持女師大風潮，被教育部總長章士釗免職；八月二十二日，他向北洋政府平政院遞交訴狀，控告章士釗違法免他職務；一九二六年一月十七日，魯迅勝訴復職。儘管魯迅本心不願為官，常常自嘲自己「是一個官」，但又不得不做官。除了張勳復辟時辭了幾天官，袁世凱準備登基時他也只象徵性地辭去「教育部通俗教育研究會小說股主任」的虛職。為了一個家族的生計，他無法拋掉每月三百元大洋的飯碗，雖然拖欠薪水是家常便飯。而他擔任一所大學的兼任講師的月薪只有十八大洋。論敵陳西瀅這樣挖苦他：「他從民國元年便做了教育部的官，從沒脫離過。所以袁世凱稱帝，他在教育部，曹錕賄選，他在教育部，……甚而至於『代表無恥的章士釗』免了他的職後，他還大嚷『僉事這一個官兒倒也並不算怎樣的「區區」』。」[34]詞鋒犀利的魯迅被拋入辯誣的尷尬境地，而且越辯越誣，他內心的痛苦有多麼地沉重！另一場值得注意的爭端是一九二九年八月他與北新書局的版稅之爭，魯迅通過律師的介入，討回了兩萬多元被克扣的版稅。從一九三二年到一九三六年，僅靠稿酬與版稅生活的魯迅月均收入折合今人民幣都在萬元以上，一九三三年四月魯迅一家遷入施高塔路（今上海山陰路）大陸新村九號，過上了一生中「最穩定、富裕」的生活。僅僅在生存的角度上，「從公務員走向自由職業者」的路途就說得上是險阻重重。基於此，陳明遠感歎：「**魯迅的獨立人格和自由思想，以他超越了『權』和『錢』的自由職業作為穩固的經濟保障**。」[35]

要使自由成為一種持之以恆的精神追求，僅僅擺脫生存的困擾是遠遠不夠的。它不僅要求自己抵抗住「錢」和「權」的外部壓力，還要求自己承受住靈魂陰影的重壓。自由從正面理解是指意志不受束縛，從反面理解就是

33 參閱陳明遠，《文化人與錢》（百花文藝出版社，二〇〇一年），頁一四二至一四五。
34 西瀅，《致志摩》，《晨報副刊》一九二六年一月十三日。
35 陳明遠，《文化人與錢》（百花文藝出版社，二〇〇一年），頁一六一。著重號原有。

沒有任何依靠，沒有精神歸宿，無所適從，甚至是無路可走。在「五四」之前，魯迅有很長一段時間在S會館抄碑，讀佛經，並為自己刻了一方叫做「竢堂」的石章，又起了個號叫「俟堂」，意為「待死堂」，這種悲觀正如他自己所言的「夢醒了無路可以走」。「自由」要求主體拒絕盲從，拒絕一切「瞞」與「騙」的精神逃路，而懷疑精神是這種「拒絕」的守護者，它在一個捍衛自由的靈魂中，已經漸漸地內化成一種自衛本能，如同潛伏於意識中的一位警惕的門衛。但這種懷疑又何嘗不是一柄雙刃劍呢？曾信奉進化論的魯迅逐漸地懷疑「青年必勝於老年」的論斷，意識到「青年又何能一概而論？有醒著的，有睡著的，有昏著的，有躺著的，有玩著的，此外還多。」[36]晚年魯迅大到對現實和傳統，小到對兄弟與母子之間的親情，都充滿了一種懷疑。在散文《求乞者》中有言：「我將用無所為和沉默求乞……我至少將得到虛無。」[37]與虛無的直面使他對自己也充滿了懷疑，對自己靈魂裡的「毒氣」和「鬼氣」極端憎惡，卻又欲罷不能，對於所從事的寫作更是充滿了一種痛徹骨髓的體認：「文學文學，是最不中用的，沒有力量的人講的；有實力的人並不開口，就殺人……沒有方法對付他們，這文學於人們又有什麼益處呢？」[38]

很多研究者在面對《在酒樓上》時，都會注意到呂緯甫身上的作者本人的影子，諸如奉母命回鄉為死去的小兄弟遷墳和順姑的病死等等，最耐人尋味的是呂緯甫的一番話：「我在少年時，看見蜂子或蠅子停在一個地方，給什麼來一嚇，即刻飛去了，但是飛了一個小圈子，便又回來停在原地點，便以為這實在很可笑，也可憐。可不料現在我自己也飛回來了，不過繞了一點小圈子。」這種走不出人生的「鬼打牆」的荒謬感，在作家的筆下多有刻骨銘心的表述。還有《孤獨者》，依然晃動著作者自己的精神投影，剛烈而決絕的魏連殳最終慘澹收場，值得

36　《魯迅全集》第三卷（人民文學出版社，一九八一年），頁五五。
37　《魯迅全集》第二卷（人民文學出版社，一九八一年），頁一六八。
38　《魯迅全集》第三卷（人民文學出版社，一九八一年），頁四一七。

注意的是他死前一段時間「與眾不同」的「浮而不實」，這種自我毀滅隱藏著作者多少「無詞的言語」呢？「時而很隨便，時而很峻急」[39]的魯迅在對待自己的身體和精神時都常有一種潛在的自虐傾向，這已為不少研究者所分析，在頹唐時他還這樣對許廣平談今後的打算：「死了心，積幾文錢，將來什麼事都不做，苦苦過活。」[40]《在酒樓上》與《孤獨者》中的敘事者「我」和主人公「他」，稱得上是魯迅使的一種分身術，是自我的對話與掙扎。而「回鄉」的現實狀態與精神的抗拒姿態構成了緊張對峙，這就使其中滲透著一種無家可歸的惶惑。呂緯甫與魏連殳的生命軌跡或許正是魯迅對自由之旅的可能走向的悲觀預測，要擺脫這些歷史慣性，一往無前地走向自由長旅，大概也只能像《孤獨者》中的「我」那樣：在外鄉四處碰壁後「決計回S城去了」，但這親密無間的歸宿卻又暗藏著習焉不察的、吞噬了魏連殳的陷阱，於是又只好「快步走著，彷彿要從一種沉重的東西中衝出，但是不能夠。耳朵中有什麼掙扎著，久之，久之，終於掙扎出來了，隱約像是長嗥，像一匹受傷的狼，當深夜在曠野中嗥叫，慘傷裡夾雜著憤怒和悲哀」。在這頗具象徵性的書寫中，揭示了個體向自由的挺進面對著多麼強大的阻礙，於是本能性的退縮與回頭就顯示出其巨大的誘惑，但魯迅的非凡之處在於，其敏銳的懷疑精神窺見了誘惑中的泯滅，也就是從「黃金世界」裡看見「地獄」。在苦海茫茫卻又回頭無岸的情境下，他選擇了「在刺叢裡姑且走走」，「因為我常覺得唯『黑暗與虛無』乃是『實有』，卻偏要向這些絕望的抗戰」[41]。

魯迅在《娜拉走後怎樣》中有這樣的話：「從事理上推想起來，娜拉或者也實在只有兩條路：不是墮落，就是回來。」[42]這樣的論斷與呂緯甫、魏連殳的命運存在一種微妙的契合，他們也像娜拉一樣曾經選擇了一種不滿

39 《魯迅全集》第一卷（人民文學出版社，一九八一年），頁二八五。
40 《魯迅全集》第十一卷（人民文學出版社，一九八一年），頁二〇〇。
41 《魯迅全集》第十一卷（人民文學出版社，一九八一年），頁二〇。
42 《魯迅全集》第一卷（人民文學出版社，一九八一年），頁一五九。

現狀的「出走」。在我個人看來，職業作家在二十世紀中國的出現，同樣是從養育士大夫的封建舊體制中的集體出走，但是，在經濟的、政治的和人格的種種考驗面前，很多出走的人最終像呂緯甫感慨的那樣，「飛了一個小圈子，便又回來停在原地點」，重新自投羅網地陷入「『官』的羈絆和『商』的腐蝕」[43]。「五四」時期一大批為了自由、獨立和理想而「出走」的青年知識份子，最終各奔前程，命運的反差真可謂五花八門，僅周氏兄弟的不同選擇就足以令人噓唏不已。而在文學界的表現尤其突出，「中國各業，多老牌子，文壇卻並不然，創作了幾年，就或者做官，或者改業，或者教書，或者捲逃，或者經商，或者造反，或者送命……不見了」[44]。至於「墮落」，當然不全是一個道德判斷，一個人背叛了自己的初衷並違心地過活，這在魯迅看來與「墮落」又有什麼區別呢？嚴格意義的「墮落」同樣不乏其人，譬如張資平，他在一九二七年大革命失敗後，潛回武漢租界，閉門著譯達半年之久，靠寫作為生，而後因敵不住金錢誘惑而沉迷於「三角戀愛」的創作，更為可恥的是其趨逆附敵，在金錢與政治的旋渦中不能自拔。

就二十世紀前半期中國職業作家的走向而言，我認為其命運與人格的分型中最重要的兩種是：「歸人」與「過客」。寫到這兒，我的心頭浮現出鄭愁予的《錯誤》：「我打江南走過／那等在季節裡的容顏如蓮花的開落／／東風不來，三月的柳絮不飛／你底心如小小的寂寞的城／恰若青石的街道的向晚／跫音不響，三月的春帷不揭／你底心是小小的窗扉緊掩／／我達達的馬蹄是美麗的錯誤／我不是歸人，是個過客。」這首文字輕靈、才思卓異的詩似乎和自由寫作毫無關聯，但透過詩中象喻作「春閨」的家園無聲的呼喚，對於懷有根深柢固的歸鄉情結的中國文人而言，不做歸人而做「錯誤」的過客有多麼地艱難！在魯迅的《過客》中有著更加精彩的表述。「客」詢問「翁」：「你可知道前面是怎麼一個所在麼？」「翁」答：「前面？前面，是墳。」「翁」隨後勸告「客」：

43　陳明遠：《文化人與錢》（百花文藝出版社，二〇〇一年），頁五。
44　《魯迅全集》第六卷（人民文學出版社，一九八一年），頁四〇〇。

「我單知道南邊；北邊；東邊，你的來路。那是我最熟悉的地方，也許倒是於你們最好的地方。你莫怪我多嘴，據我看來，你已經這麼勞頓了，還不如回轉去，因為你前去也料不定可能走完。」而過客本能地拒絕了這一提議，「回到那裡去，就沒一處沒有名目，沒一處沒有地主，沒一處沒有驅逐和牢籠，沒一處沒有皮面的笑容，沒一處沒有眶外的眼淚。我憎惡他們，我不回轉去！」過客甚至拒絕「休息一會」，而要冒著黑暗追尋「那前面的聲音」。魯迅就是這樣破釜沉舟地上路，以走向深淵的勇氣擁抱前方的虛無之「墳」。

說到「歸人」，就不能不談到中國傳統士大夫階級的歸隱人格。傳統士大夫的歸隱是從仕進之途的退出，意在山水之間「獨善其身」。在此意義上，現代職業作家的「歸人」現象與之大異其趣。但是，傳統士大夫出而不得、處而不安的兩難境地，以及身在江湖、心存魏闕的假隱現象，與現代職業作家進退兩難的境況不無相似之處。「兼濟」與「獨善」都是以自身利益為中心，個人的得失與全毀是其價值核心，這種自私的世界觀使「獨善」的歸隱依然具有一種潛在的功利性，以致他們選擇的寄情對象諸如山水也負載了太多關於家國的宏大想像，缺乏一種天然去雕飾的審美性。在功利主義的視野中，山水不是山水，文學不是文學，而是遣有涯之生的無聊之事。難怪沈從文會不無憤激地說：「寫作不是『職業』，卻是一種『事業』。這事業若包含一種國家重造的理想，與一切現有保守腐敗勢力的觀念組織，都必然發生衝突，工作沉重與艱苦，就不是戀戀於職業上生活安定的人能辨得好的！……在習慣上雖把寫作看得莊嚴，可是流行風氣也就可能使它變得異常猥褻卑污，作家從『說教者』『經典製作者』『思想家』身份，變而為『白相人』和『小打手』，『清客』和『混混』。這只看在各大都市中，單純為裝場面而有，一生一世從不會也無可望寫一個像樣作品的人，還無礙於作一個『文化人』，從從容容過日子下去，就可知道這件事的另一面是什麼了。如再加上一批不三不四的票友，文學運動的墮落，恐更難希望有個轉機。」[45]在那篇遭到批判的《從現實學習》中還有這樣的話：「文學運動既離不了商業競爭和政治爭奪，由切實工作轉入宣傳鋪張，轉入死喪慶弔儀式趨赴裡，都若有個夙命的必然。在這個風氣流轉中，能製造點綴『時代』風景的作家，自然即無望產生受得住歲月陶冶的優秀作品。」[46]這個認死理的鄉下人痛感到文學運動中的雜質與其「清潔」的標準遠遠不符，因而本能地拒絕了老舍函請他出任雲南「文協」第一任主席的提議，並在給老舍的回信中問道：「究竟是有了作品才是作家，還是進了『文協』就是作家？」[47]沈從文游離於集團政治之外的「中間路線」、超越具象的戰爭觀照、自由主義的文學理想，驅使他呼喚文學作品的價值從普通宣傳品回歸到文學審美的本體，即以文為本，以美為本，這些觀點都鮮明地烙印著其早年的職業作家生涯的精神遺痕。但是，在當時的戰爭文化心理的籠罩下，沈從文的一些言論被概括成「與抗戰無關論」和「反對作家從政論」，其受到左翼陣營的清算實在是勢所必然。

在事過境遷的今天，我們不難發現沈從文的書呆子理想的可貴，那種將文學從功利主義的文化語境中剝離出來的努力，應該是中國文學的現代性得以確立的重要前提，也是工具型的封建士大夫向獨立的自由知識份子轉型的文化佐證。他的審美理想主義立場在背負著過多的實用內涵的文學傳統中，具有著一種異質性，這種品質的生成與壯大必將有利於文學從依附走向獨立，從他律走向自律，從價值載體還原到審美本體。一九八〇年，美國學者金介甫問他：「您為什麼一九二二年來北京？」他說：「我想獨立。」[48]他確實是用一生捍衛著這一初衷。儘管沈從文的文學創作在一九四九年後被迫中斷，但在忠實於獨立意識和審美追求的維度上，他仍然不愧是一個自由的過客。

45 沈從文，《職業與事業》，《沈從文文集》第十一卷（花城出版社、三聯書店香港分店，一九八四年），頁三五九至三六一。
46 《沈從文文集》第十卷（花城出版社、三聯書店香港分店，一九八四年），頁三〇九。
47 參見凌宇，《沈從文傳》（北京十月文藝出版社，一九八八年），頁三七一。
48 參見凌宇，《沈從文傳》（北京十月文藝出版社，一九八八年），頁二〇〇。

三、「單位」內外

一九四九年七月二日至十九日，中華全國文學藝術工作者代表大會（第一次文代會）在北平（現北京）召開。郭沫若的總報告《為建設新中國的人民文藝而奮鬥》，闡述新文藝運動的性質、文藝界統一戰線問題及全國文藝工作的任務。周揚的《新的人民文藝》的報告，總結了解放區文藝的經驗。茅盾的《在反動派壓迫下鬥爭和發展的革命文藝》的報告，論述國統區文藝運動的成績和缺點。大會確立了在毛澤東文藝方針之下中國文學藝術工作者今後努力的方向和任務。選舉產生了中華全國文學藝術工作者聯合會全國委員會，成立了中國文聯所屬各協會。七月二十三日，中華全國文學工作者協會成立（一九五三年十月改稱中國作家協會）。這標誌著新中國文藝秩序的基本確立。許多聲譽卓著的作家都被委任到文藝組織、文學編輯、文學研究等相關崗位。譬如在建國前的相當長時期內從事職業寫作的老舍時在美國講學，他在接受到受周恩來囑託的馮乃超、夏衍先後寫來的邀請回國的信後，於一九四九年底扶病歸國，擔任了北京市文聯主席的職務，這體現了高層領導對文藝工作的高度重視。專業寫作隊伍逐漸成為文學創作的主力軍，業餘寫作成為專業寫作的人才儲備形式，產生著重要的補充和豐富作用。職業寫作基本消失。

如果說在一九四九年初期仍然存在職業寫作的話，那也只能算得上是一種餘聲。像以「自食其力的小市民」自居的張愛玲，「充分享受著自給的快樂」，並說：「『學成文武藝，賣與帝王家』；從前的文人是靠統治階級吃飯的，我很高興我的衣食父母不是『帝王家』而是買雜誌的大眾。」[49]一九五〇年三月二十五日，她開始在《亦報》連載長篇小說《十八春》，署名「梁京」，一九五一年二月十一日刊完。同年夏天，她出席上海第一次文代會。當時上海文藝界領導人夏衍很欣賞張愛玲的才華，肯定了她在文壇的地位。當上海電影劇本創作所成立後，他分別通過柯靈和龔之方傳話給張愛玲，告之準備邀請她當編劇，柯靈的話最終沒有傳到，龔之方對她說了，她不置可否。但夏衍本人承認，當時有人對此持反對意見[50]。一九五一年十一月四日，開始在《亦報》連載小說《小艾》，依舊署名「梁京」，一九五二年一月二十四日刊完。同年七月離開大陸到香港。而在上海淪陷區賣文「實實在在卻只求果腹」[51]的蘇青，一九五〇年在香港《上海日報》發表了三十二篇散文，一九五一年在幾經輾轉後入尹桂芳私營劇團「芳華越劇團」任專職編劇。還值得注意的是周作人，他從一九四九年十一月十五日開始，應邀為《亦報》寫稿，一直堅持到一九五二年三月十五日，後因《吶喊衍義》被「腰斬」而停止，共發九百零八篇文章，其間還在《大報》發表四十三篇短文。這些文章隱約地表現了對新政權的趨同傾向。一九五二年八月，人民文學出版社開始向他組稿，請他翻譯希臘與日本古典文學作品，他的餘生就靠此稿酬為生。一九五五年一月至一九五九年十二月，人民文學出版社按月預付給他稿酬兩百元，一九六〇年一月起增為四百元，一九六四年九月減為兩百元，一九六六年六月停付稿酬[52]。在一九六五年四月二十六日重立的遺囑中有這樣的話：「余一生文字無足稱道，惟暮年所譯希臘對話是五十年來的心願，識者自當知之。」[53]耐人尋思的是，一九四九年初期許多作家和詩人如穆旦、豐子愷等都轉向譯事，而且像汝龍、畢修勺等翻譯家仍然繼續其自

49 張愛玲，《童言無忌》，《張愛玲散文全編》（浙江文藝出版社，一九九二年），頁九七至九八。
50 參閱宋明煒，《浮世的悲哀．張愛玲傳》（上海文藝出版社，一九九八年），頁二二七「註腳」。
51 蘇青，《關於我》，《蘇青作品集》（雲南人民出版社，一九九九年），頁四六〇。
52 參見文潔若，《晚年周作人》，《中國知識份子悲歡錄》（花城出版社，一九九三年）。
53 參見錢理群，《周作人傳》（北京十月文藝出版社，一九九〇年），頁五八二。

由職業生涯。蕭乾的《改正之後》有這樣的話：「搞翻譯，特別是譯古典作品，什麼罪名都有洋人古人擔當。寫東西，要是出了岔子，可就得自家兜著了。」[54]至於傅雷，在解放以後儘管擔任了一些虛職，諸如上海作家協會理事、書記處書記，上海市政協會員，《文匯報》社外編委等等，但他和巴金一樣，從未拿過國家的俸祿。另一個例外就是稱病避居的無名氏，成為游離於單位之外的無職業者。

丁東、謝泳認為：「自由撰稿人重新出現的萌芽要追溯到『文革』。」[55]他們的立論依據是紅衛兵小報的作者以及知青作者，諸如遇羅克、張木生、趙京興等人。但這樣的論證顯然過於寬泛，循此邏輯，「文革」地下文學的作者都可納入這一理論視野。整個「文革」期間，稿酬作為「資產階級法權」的表現而被取消，作品的發表主要被看做是一種政治上的榮耀，在「文革」初年，除極個別作家如郭沫若、浩然、胡萬春、李學鼈、仇學寶等仍然可以發表作品外，作家普遍失去寫作資格[56]。基層作者投稿一般要求蓋上公章，以確證其政治身份，以便於責有攸歸。在這樣的文化情景下，連文學的公開發表機制都受到摧毀，靠寫作謀生根本就不可能，所謂的「自由撰稿人」又毛將焉附？王小波的小說《我的陰陽兩界》和《紅拂夜奔》中「李先生」的命運堪稱五、六〇年代賣文為生者的象徵，他的職業是俄文翻譯，卻迷上了已經死去的西夏文，為了破解西夏文他辭了職，靠偶爾翻譯一些稿子為生，想不到「文革」取消了稿費，差點餓死。他沒工作也沒老婆，被人所蔑視。他讀通了西夏文卻沒地方發表，後來他把保存的拓本、抄本全燒了，挖空心思才找到一個中學教師的工作，不久就得了老年癡呆症，鬱鬱而終。丁東、謝泳還認為自由撰稿人的重新出現始於七〇年代末，這個說法同樣值得推敲。不過，一些「待業青年」如顧城等在文學創作上取得成績後已經初步具備了自由作家的外部特徵，以自由撰稿為生卻仍然是個夢

54 蕭乾，《改正之後》，《中國知識份子悲歡錄》（花城出版社，一九九三年），頁六五六。
55 丁東、謝泳，《論自由撰稿人——以王小波為例》，《作家》一九九八年第三期。
56 參閱洪子誠，《中國當代文學史》（北京大學出版社，一九九九年），頁一八五。

想。必須指出的是，他們對「自由職業」與寫作的自由精神之間的關聯缺乏自覺意識，在很大程度上不是出於自願，「待業」是迫不得已的生存現實。「八〇年代中國知識份子的主流是參與體制內改革。因而那些在社會上威望較高、影響力較強的知識份子往往寄希望於對政府的改革進程施加積極的影響，其存在方式一般仍是在單位的角色規定內活動。他們的身份仍然是作家協會的作家、研究機關的學者、大學的教授等等。」[57]這樣的描述可謂切中肯綮。

自由撰稿人的重新出現應該是八〇年代末九〇年代初的精神現實。隨著市場經濟的逐漸發育，知識份子的生存空間得到拓寬，而文化新啟蒙遭遇的精神困境以及文化精英的分化，使部分秉持自由主義立場的知識份子將眼光轉向民間，試圖在民間建構新的精神與話語空間。王朔的始終如一的「作家個體戶」形象與私營經濟的出現可謂同源異流，他於一九八三年辭去北京醫藥公司藥品批發商店業務員的工作，靠寫作謀生。王小波一九九二年四月辭去中國人民大學會計系的公職，原在安徽作協的潘軍一九九二年掛職停薪南下海南，韓東一九九二年辭去南京某高校的馬列教員職位，余華一九九三年辭去嘉興市文聯的職位，朱文一九九四年辭職，吳晨駿一九九五年辭職，李馮一九九六年辭去廣西大學的教職……。但是，也必須注意到，有相當數量的自由撰稿人並非出於自願，或是在體制轉軌的過程中被拋出了公職的軌道，也就是所謂的「下崗」，或是找不到合適的工作。白天光就說：「我和別的自由撰稿人的產生有些不同，我是在極不情願的情況下，不得不選擇自由撰稿人。」[58]北村則說：「我只是由於某種原因被迫失去了職業，或者由於更深層的原因一直處於體制外。」[59]林白說她的公職「似有似無」，「我原在《中國文化報》工作，一九九六年四月下崗。但也不是下崗，因為沒有經過正式程序，沒有下崗

57 丁東、謝泳，《論自由撰稿人——以王小波為例》，《作家》一九九八年第三期。
58 白天光，《子曰和愜意的傷痛》，《山花》一九九九年第十期。
59 北村，《自由和純粹的寫作》，《山花》一九九九年第二期。

證，但又沒有聘我，不是因為我的工作不好，不聘的原因是多方面的」[60]。一直沒有職業的詩人黑大春當年拋棄了所有束縛，現在卻開始羨慕常人所有的束縛，他長歎：「現在，哪還有適合我幹的？搞文字，不坐班，當然好，這個年齡，沒有學歷，誰要你？一個詩人，幹與詩歌不相干的事，思維又打亂了，沒法搞創作。詩人，經常要以非凡的力量，承擔自己選擇的後果。詩歌，像一塊黃金，把我絆倒在貧窮裡。」[61]

要討論辭職與寫作的關係，首先要討論「單位」與寫作的關係。作家的單位，有相當數量的是作家協會。韓少功說：「作家協會——除反常的情況外，通常是一些已經不大寫作的人代表所有作家向政府和社會要錢並把錢花掉。」[62]一九四九年後的「機關作家制」將發表了一些作品的「無產作家」請去當國家幹部，有了工資勞保，並且分配住房，由於內部激勵機制的缺乏和緊張的人際關係，原來的作家逐漸變成了「一些已經不大寫作的人」。孫犁根據他的「文場親歷記」主張：「文人宜散不宜聚，聚則易生派別，有派別必起紛爭……文人尤不宜聚而養之。養起來的辦法，早已暴露出許多弊端，養則閒，則無事幹；無事幹必自生事，做無謂之爭，有名則爭名，無名則爭利，困難時，甚至一口飯、一尺布，也會成為紛爭題目，於是文化之地變成武化之區……文人必須放諸四海，周遊環宇，使之自謀衣食，知稼穡之苦，社會之複雜。如此，方能形成真正的百家爭鳴。寫一兩篇成名之作，國家就包下來，養其終身，雖下愚亦必知其不可，不只無益於國家，更無益於個人及文藝。」[63]孫犁討論了「單位」對個人獨創精神的壓抑。忽視效率的平均主義分配機制使「單位逐漸演化成為家族式的團體」，「國家行政組織同個人之間控制與依附關係成為單位家族式治理的力量源泉」[64]，「關係性交換」的發展使感性

60 王洪、陳潔，《職業作家生存狀態報告》，《中華讀書報》一九九八年七月二十九日。
61 曹鵬、張立憲編著，《沒有單位的記者——怎樣當自由撰稿人》（光明日報出版社，一九九七年），頁一五四。
62 曹鵬、張立憲編著，《沒有單位的記者——怎樣當自由撰稿人》（光明日報出版社，一九九七年），頁三五。
63 曹鵬、張立憲編著，《沒有單位的記者——怎樣當自由撰稿人》（光明日報出版社，一九九七年），頁三六。
64 路風，《單位：一種特殊的社會組織形式》，《中國社會科學》一九八九年第一期。

而非理性成為單位中評價個人的標準，能力和成就不僅不如「關係」重要，過分注重能力和成就還可能威脅到「關係」的平衡。追求獨創性的文學創造，顯然與這一群體組織對個人的權威性限制之間構成一種潛在的衝突。王小波的妻子李銀河這樣回憶他的辭職感受：「小波做了自由人後的感覺非常強烈，就是覺得太好了，是那種自由了的感覺……他想幹什麼就幹什麼，用不著按點上班，用不著去處理人事關係。在中國哪個單位都有這些事。小波這個人也不是太擅長人際關係的，所以從他這個人的個性和他需要的時間、需要的生活狀態來說，做自由撰稿人是他最喜歡的生活方式。」[65]

「單位」對置身其中的個人的身份限定帶來了相應的權利和待遇，這種幾乎終身不變的身份使個人不能僅憑自願而流動，就業者的權利只有在單位中才能實現，這種家長制的福利共同體代表國家對個人負擔起生老病死的無限義務，群體性的單位身份在某種意義上使個人的私人空間受到擠壓。低工資政策、平均主義分配原則和對日用消費品以外的個人財產權利的否定，造成了個人在物質生活方面對單位的依賴。這樣，放棄個人的人身自由和財產權利就成了個人獲得「單位身份」的前提。「在單位體制下，個人首創精神、社會組織自治權和市場機制銷聲匿跡；自上而下的國家行政權力控制著每一個單位，又通過單位控制著每一個個人。……從形式上看，單位與傳統家族有許多相通之處：它們對自己的成員都具有家長式的權威；個人對團體的義務比個人的權利更加受到強調，而團體本身也必須負起照料其成員的無限責任。」[66]由於單位對其成員的權利行使代理權，「即國家對所有就業者規定的權利由單位予以實現」，而且「單位對其成員的社會活動負有連帶責任」[67]，這種連帶責任使個人在社會活動中只能擁有部分的權利能力和行為能力，也就是自己無法完整地代表自己，加上單位能夠否決個人的

65 艾曉明、李銀河編，《浪漫騎士》（中國青年出版社，一九九七年），頁一九九至二〇〇。
66 路風，《單位：一種特殊的社會組織形式》，《中國社會科學》一九八九年第一期。
67 路風，《單位：一種特殊的社會組織形式》，《中國社會科學》一九八九年第一期。

調動申請，這就使單位的權威滲透到個人的精神生活中。基於此，「單位」中的寫作潛在地將單位與個人、上級與下級捆綁在一起，使兩者成了一種精神共同體。寫作者及其作品潛在地受其工作隸屬關係與行政領導關係的制約，他必須接受工作任務的限制，服從單位紀律的約束。在過去的極左政治運動中，這種榮辱與共的文化命運表現得尤其突出。譬如一九五五年的「丁玲、陳企霞反黨小集團」事件，就從追查一封向中央反映檢查《文藝報》問題的匿名信開始，這封被認為是陳企霞寫的信牽連到陳與丁玲長期的上下級與合作關係，丁玲被推定為陳企霞的鼓動者和「後臺」。由於舒群、羅烽、白朗在歷史上不僅和蕭軍關係密切，而且同丁玲關係密切，所以他們被戴上「舒、羅、白小集團」的帽子遭到揭批。在「反右」期間，唐因、唐達成由於是丁玲、陳企霞主編《文藝報》時期留下來的最突出的青年業務骨幹，加上在一九五七年五、六月間發表了一些批評意見，因而很自然地被懷疑在人際關係、思想情緒上同丁、陳存在著千絲萬縷的聯繫，被不幸地打成「右派」[68]。在責任不能自負的情境下，個人的表達自由必然有所顧忌，單位作為責任共同體也必然對個人形成牽制。當然，隨著政治與經濟體制的變革，九〇年代的精神空間逐漸地走向多元化，在市場、傳媒、話語等各種權力的縫隙之間，自由寫作開始成為一種隱隱約約的可能。

「單位」中的寫作在心理上的內化還會形成一種思維定勢和角色意識。表面上，「單位」中的寫作的直接後果是工作與寫作在時間上的衝突。李銀河在談到王小波時就說，大學裡每週幾節課的教學任務使他「覺得與創作互相打擾。辭職就可以『躲進小樓成一統』，有了自由的創作空間」[69]。吳晨駿也說他在電力研究所工作時，「長期出差在外使得我只能抽出很少的一點時間寫小說，我的一篇兩萬多字的小說用了我近三個月的空餘時間才

68 參見塗光群，《丁、陳一案小窺》、《中國作協「反右」掃描》，《中國三代作家紀實》（中國文聯出版公司，一九九五年）。

69 王洪、陳潔，《職業作家生存狀態報告》，《中華讀書報》一九九八年七月二十九日。

寫完」[70]。這個問題具有超越時空的普遍性。老舍早在解放前就說：「有許多去教書的機會，我都不肯去……一去教書，勢必就耽誤了亂寫，我不肯為一點固定的收入而隨便擱下筆。筆是我的武器，我的資本，也是我的命。」[71]實質上，「單位」中的寫作因其特定的社會境遇、職業特點、人格烙印、趨同心理而在作家的內心世界中形成種種無形的規範和禁忌。這種角色意識雖然源自外部衝擊，但它潛移默化成心靈的一部分，成為一種無意識，因此人們潛在地遵從這個心底的聲音的發號施令。當這種指令成為一種「理所當然」的心理惰性時，它就成了作繭自縛的精神陰影。而且，它還能滲透到其他心理活動的深層結構，讓其他心理活動聽命於它。這樣，作家的內心世界就處於個體體驗與社會指令的夾縫之中，這類似於佛洛德所言的「超我」與「自我」的衝突。當作家的自我體驗無法衝破角色意識的屏障時，創作主體就會嚴格地不讓其他心理活動越過角色意識所允許的範圍，這樣的創作自然難以深入到刻骨銘心的生命體驗狀態之中，重重的羈絆使創作缺乏生氣與活力。蕭乾在「改正之後」重新拿起筆創作時，就深有感觸：「我開始發愁：寫作的權利是恢復了，可我還能像以前那樣寫嗎？我開始懂得，外部還好解凍（雖然也並非輕而易舉），個人內心就更加困難了。這六年可以說就是我主觀的解凍過程。我滿以為都融化開了。最近，邵燕祥卻在我的一篇小文裡發現了冰碴。」[72]而且，一些具體的職業思維也往往與寫作過程中運用的形象思維產生衝突，譬如教書與研究偏重理性思考與邏輯推理，而寫作卻偏重情感內動與主觀體驗。魯迅說：「我覺得教書和創作，是不能兩立的，近來郭沫若、郁達夫之不大有文章發表，其故蓋由於此。所以我此後的路還當選擇：研究而教書呢，還是仍作遊民而創作？倘須兼顧，即兩皆沒有好成績。」[73]教書與研

70 吳晨駿，《當一名職業寫手》，《山花》二〇〇〇年第六期。
71 吳福輝、錢理群主編，《老舍自傳》（江蘇文藝出版社，一九九五年），頁一九八。
72 蕭乾，《改正之後》，《中國知識份子悲歡錄》（花城出版社，一九九三年），頁六五六至六五七。
73 《魯迅全集》第十一卷（人民文學出版社，一九八一年），頁二二八。

究尚且如此，從政、從商與從文之間的角色差異和思維路徑就更是大相逕庭。吳晨駿則稱：「我學的是工科，工科與文學這兩種思維方式也常常在我頭腦中混亂地糾纏在一起。一度我成了一個神經質的傢伙。」[74]作家在兩種角色中的頻繁轉換必然導致一種角色混亂與心理失調。

四、自由的代價

對於九〇年代的自由寫作或曰「單位外的寫作」而言，最為明顯的壓力無疑是商業誘惑與生存壓力。失去了基本的生存保障，物質的貧困時時都對精神的自尊與獨立構成潛在的威脅。青年作家曾維浩說：「『自由撰稿人』似乎形成了一個新的職業。這個隊伍有人日成數千字，甩向全國各地，以應各地各類報刊的不時之需。經營有年者，少數人已成巨富，再不濟者，也當已步入小康。難能可貴的是，這個隊伍中有少數人本性上寧做物質上的乞丐也要做精神上的貴族。他們不但寫作而且抱有信念。他們寄居都市，但從地理環境到心理位置上，他們都只能做都市的邊緣人。這種邊緣人的身份使他們敏於感覺敏於發現，他們更能從底層的立場向這個時代發出詰問。」[75]在一個物欲橫流的年代，自由撰稿人作為群體註定是魚龍混雜，「為錢寫作」也註定是自由撰稿人的主流趨向。要在貧困的磨刀石上砥礪出自由思想與獨立人格，這種集「物質乞丐」與「精神貴族」於一身的文化理想具有鮮明的殉道精神，但無視人的生存需求，片面強調「越窮越自由」的人格模式顯然是違反人性的。劉心武說：「我們不從改善作家所處的環境上多做研究、多做努力，卻一再地責備中國作家不能承受寂寞、孤獨、貧

74 吳晨駿，《當一名職業寫手》，《山花》二〇〇〇年第六期。
75 曾維浩，《我看「自由撰稿人」》，《文學報》一九九八年十月二十二日。

困、潦倒，甚至於要他們根本不考慮發表，為當『文學烈士』而『埋頭寫作』，這太殘酷，也太奇怪了！」[76]這種說法可謂以偏對偏，劉心武把生存需要作為放棄自由與理想的藉口固然不值得稱道，但用生存需求換取的自由與理想顯然是脆弱的，其魚死網破的姿態具有一種人格的表演性。脫離了現實的生存狀態的自由籲求是抽象的、虛擬的，缺乏生長性的。作為一種個人選擇，用生存換取自由可謂「可歌可泣」，但自由的目的是實現一種高度公共化、制度化的精神空間。市場法則打破了舊有的政治體制與意識形態的穩定結構，新的經濟秩序使個體以往被視為理所當然的固定位置不復存在，擺脫了以往大一統體制的束縛，但體制轉軌期間的自由僅僅是一種假象，它就像玩牌的人在打完一局之後的洗牌過程，牌在產生一種新的組合後依然得按牌理出牌，個體在重新尋找自我定位的過程中很可能重新依附於新的權威，這就是弗洛姆所說的「逃避自由」。因此，拒絕市場法則不僅不能帶來自由，還可能斷送自由。「財產具有兩重作用：護衛人的自由和獨立，也使人淪為客體的和物質世界的奴隸。」[77]自由作家要面對的考驗是如何謀求生存保障同時不淪為物質的奴隸，如何處理作品的商業價值與人文價值的衝突。面對這種兩難困境，貝多芬同樣無奈，他在一份合同的草稿上寫到：「每一位真正的藝術家都必須把自己從其他事物或經濟問題中解脫出來……同時，他也必須考慮到晚年的生活，並盡力地為這一時期做好充分的儲蓄。」在給朋友的一封信中又說：「實際上，一個人除了其他的事務以外，還必須成為半個商人。這真是不幸得很！」[78]

在九〇年代的自由撰稿人中，大多數傾力於消費文化產品的寫作，或者乾脆成了書商，他們的目標就是從「無產者」變成「有產者」。對於寫作小說的自由作家，影視寫作成了其重要的生活來源。余華就說：「辭

76 劉心武，《話說「嚴雅純」》，《光明日報》一九九四年三月三十日。
77 尼古拉・別爾嘉耶夫，《人的奴役與自由》（貴州人民出版社，一九九四年），頁一六三。
78 薩姆・摩根斯坦編，《作曲家論音樂》（人民音樂出版社，一九八六年），頁二八。

職前後，我沒覺得有什麼變化，心態是一樣的。……主要還是社會的發展，給我提供了更多的機會，比如影視等。」[79]王朔、潘軍、西颺、張人捷……等一大批自由作家都將相當多的精力投入到影視寫作。王朔說：「我這些年一直在搞影視，不是做策畫，就是當編劇，是給別人打工的打工仔。東西搞成什麼樣子，自己做不了主。……當作家把自己窮死，那真不叫本事。」[80]潘軍說：「我覺得一個純文學作家靠寫作生存比較困難，所以我歷來主張把謀生與寫作分開。寫作的時候別想著謀生，這會影響狀態。……其實我用於寫小說的時間很有限。這兩年主要的時間都給電視劇占去了。電視劇是個破東西，不過很賺錢。」[81]張人捷則說：「寫作是樂趣，但當樂趣不得不轉換成金錢的瞬間，所有的快感，都隨風而逝，飄落空中。……以寫電視劇為生，就是不敢將全部的期望寄託在小說之上，怕人變得脆弱，有一份堅韌的職業，對小說來講，也就多了一個轉身的餘地，多了些從容與淡漠，我想，這也是一種自覺和必須。」[82]另一位自由撰稿人丁麗英則說：「自由撰稿人很容易為生活所迫，放棄他最初的美好理想，淪落為廣告公司的榮譽文案策畫、企業ＧＢＴ國際執行者、明星傳記的捉刀人、隱私新聞的骯髒傳播者。他們在通往自由寫作的道路上，可能付出比自由更高的代價。」[83]生於七〇年代的丁天一度也是自由作家，甚至被看做北京小說的希望，一九九七年成為北京作家協會的合同作家，但他無法抵禦文壇名利場的誘惑，無法掙脫媚雅與媚俗的利益圈套，從一個頗具另類氣質的探索者蛻變成了一個以寫恐怖小說如《臉》作為招牌的暢銷書作家，用他貼在「榕樹下」網站的話說就是「寫的都是陰暗的東西，最後都要死人」。其長篇小說《玩偶青春》「寫了差不多十年」，但這絕不是用心血煮字的結果，而是剛剛出道時期「零賣」的中短篇小說

---

79 王洪、陳潔，《職業作家生存狀態報告》，《中華讀書報》一九九八年七月二十九日。
80 白燁、王朔等，《選擇的自由與文化態勢》，《上海文學》一九九四年第四期。
81 潘軍，《答何銳先生問》，《山花》一九九九年第三期。
82 張人捷，《有一種力量》，《山花》一九九九年第九期。
83 丁麗英，《自由的代價——自由撰稿人的生活》，《山花》一九九九年第六期。

的「批銷」。《玩偶青春》已經是媚態十足的消費文學。難怪韓東會說：「那些半途而廢、棄暗投明者或渙散淪落的人雖曾因民間而榮耀而受損，但並不能成為民間真正的榜樣。」[84]

在九〇年代的自由作家中，王朔是市場化寫作的代表，其典型意義不只是其商業方面的成功，更主要的是其「躲避崇高」的姿態和對市場化的全盤接受。他強調商業機制的公平、公正與客觀，認為市場機制導致了人們可以自由選擇人生理想和生活方式，「誰也無權干涉他人的選擇，有的人可以選擇做哲人，有的人可以選擇做隱士，有的人可以選擇當小市民，有的人也可以選擇當老闆。應當尊重少數人的權利，哪那怕是犯錯誤的權利」[85]。他還認為「目前小說創作的藝術水準、文字水準，可能是歷史上最好的一個階段，個人的水準和整體的水準都相當不錯」[86]，而這種審美的多元化趨向與個性化追求，根源於商業化進程帶來的自由空間與個性解放。在王朔看來，商業文明能夠消解極左意識形態和文化專制主義，代表了市民階層在經過長期貧困的壓抑之後爆發出來的物質要求。「我寫小說就是要拿它當敲門磚，要通過它體面的生活，目的與名利是不可分的……我個人追求體面的社會地位、追求中產階級的生活方式。」[87]但是，在由計劃體制向市場體制轉軌的過程中，「轉型期的中國尚處於模擬市場經濟階段，由市場配置資源的功能目前還不具備。……當前尋租活動主要集中在幾個『點』上：權力的集中點；體制轉換的交匯點；監督系統的乏力點；法律政策的滯後點；人、財、物需求的關節點」[88]，這種權力尋租活動在王朔小說中也留下了蛛絲馬跡，比如《頑主》中于觀的父親就是腰板筆直的、穿著摘去領章的軍裝的老頭子，其餘作品中的主人公也多是來自「大院」的幹部子弟，他們可以成天開公司、酗酒鬥

84 韓東，《論民間》，《芙蓉》二〇〇〇年第一期。
85 白燁、王朔等，《選擇的自由與文化態勢》，《上海文學》一九九四年第四期。著重號為引者加。
86 白燁、王朔等，《選擇的自由與文化態勢》，《上海文學》一九九四年第四期。
87 《王朔訪談錄》，《聯合報》一九九三年五月三十日。
88 何清漣，《現代化的陷阱》（今日中國出版社，一九九八年），頁一一八至一一九。

毆、勾引女人，這在八〇年代中後期算得上是一種「特權」。因此，王朔百般讚美市場公正的言行包含著個人的利益驅動。九〇年代的消費意識形態更是盤根錯節，將其制約力量延伸到社會的各個領域。王朔對「知識份子」及其啟蒙立場可謂天生反感，知識份子成了他所宣揚的「人總要反對什麼吧」的靶子，「打別人咱也不敢，重了有大獄，輕了半殘，打他們（知識份子）是雷公打豆腐揀軟的捏」[89]。在某種意義上，王朔的遊戲式的言談倒是真實地透露了中國知識份子的啟蒙精神與市民階層的世俗精神的嚴重隔膜，甚至是一種本能的牴觸。如果說王朔筆下的早期的「痞子」還有一些「反骨」，那麼，像《我是你爸爸》、《誰比誰傻多少》、《修改後發表》、《劉慧芳》等作品已經是「浪子回頭」，成了商業社會的「順民」。有意思的是，《無知者無畏》一書以及《我看魯迅》等文章依然是一副「流氓無賴」嘴臉，對以魯迅為代表的知識份子啟蒙話語採取了一種「解構」策略，但王朔已經從「受夠了知識份子的氣」[90]變為揚眉吐氣的「同流合污」了：「不管知識份子對我多麼排斥，強調我的知識結構、人品德行以至來歷去向和他們的雲泥之別，但是，對不起，我還是你們中的一員，至多是比較糟糕的那一種。」[91]他的這種自豪中傳達出的情境轉移實在是耐人尋味，這個自動充當大眾文化的「合流」和「同謀」的「精神資產階級」[92]昂首挺進「知識份子」陣營，甚至成為人人仰視的「文化中堅」，這一典型現象折射出商業文化對知識份子啟蒙精神的強大的腐蝕作用。面對各種外部擠壓與內在危機，啟蒙話語在九〇年代逐漸成為渙散的、微弱的聲音。

89 《王朔訪談錄》，《聯合報》一九九三年五月三十日。
90 《王朔訪談錄》，《聯合報》一九九三年五月三十日。
91 王朔，《無知者無畏》（春風文藝出版社，二〇〇〇年），頁七。
92 王朔，《無知者無畏》（春風文藝出版社，二〇〇〇年），頁三八。

九〇年代啟蒙話語的困境與八〇年代以來啟蒙者居高臨下、缺乏自我批判精神密切相關，而且他們沒有隨著語境的變遷做出必要的調整，故步自封。在九〇年代小說中，知識份子敘事顯得捉襟見肘，不少以知識份子自居的作家喜歡故弄玄虛，甚至以道德判官的面目俯視芸芸眾生。王小波的意義正在於他一方面反對專橫，一方面寬容處世。在他看來，「真理在握」的自由宣言與文化專制主義只有一步之遙。在有過知青經歷的作家中，大概也只有王小波能夠跳出「青春無悔」和「青春控訴」的文化怪圈，「跳出手掌心」審視「文化大革命就是好！就是好！」的歷史鬧劇，最重要的是他不做一個置身事外的旁觀者，而是以自審意識批判在鬧劇中縱情演出的、盲從的自己，《黃金時代》以表面輕鬆的黑色幽默手法將被遮蔽的悲劇性揭示得淋漓盡致。應該說，王小波的「單位外」身份是一種真正的精神鬆綁，追求身與心的雙重自由。他對於激烈的外在呈現總是抱著懷疑與警惕，而是以一種經驗理性珍惜著活生生的「常識」，「你有種美好的信念，我很尊重，但要硬塞給我，我就不那麼樂意：這種看法會遭到反對，你會說：有些人就是笨，老也形不成信念，也管不了自己，就這麼渾渾噩噩地活著，簡直就是災難！所以，必須有種普遍適用的信念，我們給它加點壓力，灌到他們腦子裡！你倒說說看，這再不叫意識形態，什麼叫意識形態？」[93]王小波的可貴正在於爭取自己的自由的同時尊重別人的自由，而這種尊重絕非一種「禮賢下士」、「關懷民生」的高姿態，而是發自內心的對「個人」與「生命」的同病相憐，「個人」與「個人」、「生命」與「生命」之間的差別無法抹殺「沉默的大多數」的天生的自由權利。王小波在《一隻特立獨行的豬》中說：「我已經四十歲了，除了這隻豬，還沒見過誰敢於如此無視對生活的設置。相反，我倒見過很多想要設置別人生活的人，還有對被設置的生活安之若素的人。」[94]「時代三部曲」對於權力在虛擬的歷史、現在、未來中的運作機制進行了形象的揭示，在某種意義上它可以被認作演繹權力辯證法的「權力三部曲」。如果說

[93] 王小波，《我的精神家園》（文化藝術出版社，一九九七年），頁一八。
[94] 王小波，《我的精神家園》（文化藝術出版社，一九九七年），頁一〇八。

啟蒙的任務是讓自由與個性深入人心，那麼試圖「設置別人的生活」的啟蒙者則從反抗權力走向了與權力的結盟。王小波小說中「現在時」的敘事者「王二」在時空轉換中陷入了錯亂：一切似乎都已經過去了（《青銅時代》），一切似乎都是無法觸及的未來（《白銀時代》），一切好像是結局又好像是開始（《黃金時代》）。《紅拂夜奔》中的李靖證出畢達哥拉斯定理後被戴上「妖言惑眾」的帽子而挨了一頓板子，將證出的費爾瑪定理用隱語寫在春宮小人書裡，卻得到了大隋朝每月一張匯票的獎勵；《白銀時代》中藝術被規劃起來，畫畫的人必須領執照，寫小說的必須進公司寫作部，按照一定程序分工製造出小說，而《未來世界》中總是穿著黑衣服的女員警F在派出所讓「我舅舅」脫光衣服，露出裸體接受審查，為此當F若無其事地翻讀「我舅舅」的小說時，後者會感到極端的恐懼；《革命時期的愛情》描述了一種人們普遍的「滲著」狀態，就像一滴水落到塵埃遍布的地上，馬上被吸收乾淨，失去了自己的形狀，成了滲進土裡和黏附在煤煙中的「濕」，擺脫這種狀態的衝動驅使「我」「一生一世都在絞盡腦汁地想」，《我的陰陽兩界》表現的同樣是這種普遍性的「呆若木雞」的狀態。「過去時」的李靖、「未來世界」的「我舅舅」、「現在時」的王二遭逢著同樣的困境。作家對超越時空的權力邏輯的洞察與批判真可謂入木三分。

不容忽視的是，王小波在警惕知識份子「想當牧師、想當神學家，還想當上帝（中國話不叫上帝，叫『聖人』）」[95]的傾向時，更注意到了大眾與權力的沆瀣一氣。《萬壽寺》中的薛嵩帶著雇傭軍到了天高皇帝遠的地方，但雇傭軍隨時準備出賣他，甚至逼迫已經失手的刺客再去行刺他；《尋找無雙》中的王仙客在尋找無雙的過程中，遇到了宣陽坊以坊吏王安老爹為首的街坊鄰居如羅、張、孫、李、麻等等老闆的監視，王安老爹還暗示說將王仙客攆出宣陽坊是「上級的布置」，「王安老爹說，創世之初，世間就有兩種人存在。一種人是我們，另一

[95] 王小波，《我的精神家園》（文化藝術出版社，一九九七年），頁一六。

種是奸黨。到了大唐建元年間，世上還有兩種人存在，一種人依舊是我們，另一種依舊是奸黨。……到了今天，世上仍然有兩種人，一種還是我們，另一種還是奸黨。老爹還說，王仙客就是個奸黨，哪怕他有兩個臭錢，他依然是奸黨。……一個人不是我們，就必然是奸黨」；有意思的是，《我的陰陽兩界》中的王二引用「李先生」當年的說法，說「自從創世之初，世界上就有兩種人存在，一種是我們這種人，還有一種不是我們這種人。現在世界上仍然有這兩種人，將來還是要有這兩種人。……這兩種人活在同一個世界上，就是為了互相帶來災難。過去我老覺得小孫是自己人，現在我才發現，她最起碼不是個堅定的自己人，甚至將來變成不是我們這種人也不一定」，這種穿越時空的邏輯循環恰恰體現了王小波的一種清醒。這種清醒最為集中地體現在他對「知識份子」與「老百姓」的兩位一體的洞見：「中國的人文知識份子，有種以天下為己任的使命感；總覺得自己該搞出些給老百姓當信仰的東西。……可惜的是，老百姓該信什麼，信到哪種程度，你說了不算哪；這是令人遺憾的。還有一條不令人遺憾，但卻要命：你自己也是老百姓，所以弄得不好，就會自己屙屎自己吃。中國的知識份子在這一節上從來就不明白，所以常常會害到自己。」[96]

相對於王小波的低調的、富有建設性的自由意識，同為自由作家的韓東、朱文的自由觀就顯得更加激進、外露，尤其表現在他們自己極為看重的「斷裂行為」。儘管韓東在談到民間立場與民間傳統時總是對「真實的王小波」充滿了由衷的敬意，但他在「斷裂行為」中的一些言論正是為王小波所警惕的：「在同一時間記憶體在著兩種水火不容的寫作。……如果他們的那叫寫作，我們就不是寫作。這話說得很決絕，為的是明確起見，絕不抹平。……斷裂，不僅是時間延續上的，更重要的在於空間，我們必須從現有的文學秩序之上斷裂開。……有必要在與我們同時間的作家中堅持空間上的劃分，明確分野，絕不曖昧。在同一代作家中，在同一時間記憶體在著兩

96 王小波，《我的精神家園》（文化藝術出版社，一九九七年），頁一六。

種絕然不同甚至不共戴天的寫作，這一聲明尤為重要。……寫作應成為一件有其精神價值的事，為了這一目的，在與環境的對峙中絕不退縮避讓。」[97]這種「真理在握」的姿態與上面引述的《尋找無雙》中王安老爹的那一席話何其相似。一刀兩斷的對抗性思維是文化專制主義的精神後遺症，隨著經濟文化的多向交融，意識形態的對抗性基礎開始呈現出一種不確定性，曾經劇烈對抗的因素不完全對立，又沒有走向一體化的整合，在流動的液體狀態中游離，甚至相互串換，也就是說，你死我活的外部衝突容易陷入如魯迅所言的「無物之陣」，最為荒誕的就是如王小波所言的自以為在反對敵人，其實是自己反對自己——「自己屙屎自己吃」。「我們辭職然後寫作難道只是換一種方式謀生？只是換一種與自己能力貼近的可獲更大利益的謀生？如果這樣那的確悲哀。問題在於這悲哀的事情一再發生。在寫作中我們慢慢進入軌道，慢慢熟悉和熟練，有關寫作之事的認可和成功乃是社會機體的一部分，這裡涉及到機構、體制、系統、利益、榮譽等等因素，終有一天我們會向這些屈服，我們變得人模狗樣，變得可供衡量，在衡量之下我們儼然是系統中的大師，就像單位裡的處長局長一樣。這不過是高一級的謀生。」[98]韓東對「高一級的謀生」充滿了鄙視，但真正自由的寫作難道就能脫離機構、機制和系統嗎？假如寫作不能成為「社會機體的一部分」，這和找不到土壤的種子有什麼區別？阿多爾諾深刻地認為「肯定性自由」具有一種「虛構」的特性：「自由只能按不自由的具體形式在確定的否定中來把握。在肯定性上它就成了一種『彷彿』。……社會把自由強調為實存，這是與沒有減少的壓制相結合的。……自由產生的因果性使自由腐敗成服從。」[99]韓東的自由姿態基本上是「肯定性」的，由於他在設想中試圖脫離自由所依附的精神機制——自由與不自由共生其中的統一體，這就使他在遠離了「不自由」的同時也遠離了「自由」。這就像一種良藥，如果它無法

97 韓東，《備忘：有關「斷裂」行為的問題回答》，《北京文學》一九九八年第十期。
98 韓東，《有關「職業寫手」的問題回答》，《韓東散文》（中國廣播電視出版社，一九九八年），頁三二二至三二三。
99 阿多爾諾，《否定的辯證法》（重慶出版社，一九九三年），頁二二七至二二八。

進入需要治療的生命體，它就永遠不能發揮作用。因此，絕對意義的「體制外」寫作是不可能存在的，朱文在意識到與體制的悲劇性關聯時發出了這樣的言說：「多年來我雖然極不情願但是實際上還是遵循了一個作家的遊戲規則，寫一種叫做作品的東西，然後發表、結集、引人注目，與現在的文學秩序通姦……雖然眼下除了通姦下去好像沒有其他出路，但是我希望自己能銘記其中的妥協與屈辱。」[100]在意識到自己與「文壇」的悲劇性對抗時，朱文爆發出一種充分肯定自我的孤獨英雄的氣質：「我覺得一兩個天才個人的出現就會改變那個時代、那個時代的文學現狀。因為那一兩個人的存在，你就不得不對那個時代的文學重新另眼看待。」[101]儘管朱文反覆強調對「文學秩序」和「權威」等字眼的反感，其小說更有明顯的反英雄、反文化色彩，但通過「天才個人」來改變文學現狀的野心潛藏著一種「新權威意識」。韓東說他不喜歡「知識份子」這個詞，「這個詞有一種道德優越感，說這個詞的人感覺自己就是知識份子，是自我辯護。我從這裡讀到了一些等級制度的東西，似乎是知識份子就可以高人一等，這是荒謬的，這個東西可以藏污納垢，稱自己是知識份子的人其實他很平庸」[102]。但是，他用一種精神潔癖對「知識份子」做出不分青紅皂白的全稱性判斷，這種毫不掩飾的匡正別人的衝動，只能是以一種「道德優越感」反對另一種「道德優越感」。朱文說：「我們要不斷革命。」韓東對這一宣言進行了解釋：「我以『我們』而不是『我』發言還有尋求認同的意思。我相信，我是在代表一些人說話，雖然為數不多，我也不一定認識他們。」[103]這種隱祕的「代言人」情結與韓東所批判的「知識份子」的布道行為又有什麼區別？更重要的是，真正的「自由」與「個人」都是一個歷史性命題，需要如魯迅筆下的「過客」那樣的堅持，而指望通過時間

100　朱文，《我想說些什麼》，《嶺南文化時報》一九九八年六月三十日。
101　汪繼芳，《「斷裂」：世紀末的文學事故——自由作家訪談錄》（江蘇文藝出版社，二〇〇〇年），頁二四〇頁。
102　汪繼芳，《「斷裂」：世紀末的文學事故——自由作家訪談錄》（江蘇文藝出版社，二〇〇〇年），頁二三〇。
103　韓東，《備忘：有關「斷裂」行為的問題回答》，《北京文學》一九九八年第十期。

與空間的「斷裂」來擺脫外部束縛，這種「自由瞬間」無疑是一種掩耳盜鈴的文化逃避。歷史與現實的壓力絕不會因為一種遊戲化、幻念化的「劃清界限」而消失，它們依然對主體產生作用。當歷史與空間的連續性被主觀地「否定」時，這種行為的唯一的現實後果只能是主體的自我分裂，自由也只能是一個虛構出來的精神麻醉劑。

韓東、朱文的小說塑造了一批被許多人命名為「遊走者」的人物群像，而我個人則稱之為「逃走者」，因為他們還遠沒有從容、清高、自由到足以「遊走」的程度，他們只不過是在焦慮中無所適從的一群，只不過是在社會的、自身的幻念之犬追逐下逃走的一群[104]。朱文的《沒有了的腳在癢》中的主人公「除了寫作，我一度把閒逛當成我的職業」。這些有著模糊的「自由作家」面影的小說人物曲折地揭示了自由的困境。朱文說：「有人說『小丁』就是『小丁號朱文』，這當然只能是個玩笑話。說他就是某個人不確切，他是一個正在運動的狀態。不過，寫『小丁』的時候，有時我有等同的感覺。……而那種面對某個東西某件事情時的心理壓迫感、當時稍縱即逝的情緒則非常清晰。」[105]朱文小說的這種心理自傳性為我考察自由作家的文化困境帶來了某種便利。通過「小丁」系列，我看到自由的另一種消解力量——主體自我的脆弱性，這種內部危機甚至比金錢、秩序等外部束縛更能瓦解作家的自由意志，這種內部危機類似於魯迅所說的困擾其靈魂的「鬼氣」與「毒氣」。韓東、朱文筆下的「逃走者」類似於魯迅《娜拉出走以後怎樣》中所說的「娜拉」，這些精神出逃者如何擺脫「不是墮落，就是回來」的文化怪圈呢？朱文的長篇小說《什麼是垃圾　什麼是愛》中的小丁是一個有一搭沒一搭地寫作的「自由作家」，由於害怕外在的束縛限制自己，小丁習慣於享受與別人的疏遠、短暫的關係，厭惡與別人合併，他特別擔憂的是千萬別依附任何事物，別依附到非需要它不可的程度，他不能忍受有一件事物重要到他必須全身心投入的程度。這種對自由的病態渴望使他付出了沉重的代價，使自己越來越脫離自己，自由由於成了與世界隔離的自我

104 參閱本書導言《準個體時代的寫作》和拙文《張旻：恍惚的逃走》（《山花》二〇〇〇年第二期）。
105 林舟，《生命的擺渡——中國當代作家訪談錄》（海天出版社，一九九八年），頁一二〇。

封鎖，成了徹頭徹尾的「無用」[106]。他這樣哀歎：「我怎麼覺得自己就像是這個社會的一個疣呢？活著卻不是這個身體的一部分，呼吸卻沒有溫度，感覺不到這個身體的新陳代謝，我是一顆增生出來的疣。我的生活真到了這一步了嗎？」由於與社會的嚴重脫離，小丁陷入了一種瘋狂的接觸癖，他盲目地跑到慈善機構愛德基金會，希望能找點「感興趣的事情」做，「做一點確實對別人有幫助的事情」，他痛苦地表白：「我想接觸人，真正地接觸，因為我覺得自己已經和這個社會、和別人沒有關係了。一點真正的『關係』都沒有了。我想覺得自己有用。」當自由異化成孤獨、虛無與冷漠時，人就產生了「逃避自由」的衝動。小丁到慈善機構找事做以及最終的逃離，這種失去生活目標的躁動是「**個體為了克服他的疑慮和無能為力的感受而不得不進行的活動**。這樣的活動和努力不是內在力量和自信心的結果，而只是絕望地去逃避焦慮」[107]。內在的精神危機對自由的威脅在於：「人們對外在強制力總有所反抗，它影響了工作的效果，或者使人們無力勝任需要智慧、主動性和責任心的工作；而內在強制力則不然，在這其中，人既是奴隸，又是奴隸總管。」[108]基於此，職業作家李大衛深有感觸地說：「像我這種專門在家寫作也算是專業作家了，可自從專業寫作後，我發現自己慢慢被異化了。我變成了職業的寫作勞動者，每天都在寫作，寫作，我的閱讀也開始漸漸局限在和寫作相關的資料上，以往的那種自由閱讀的樂趣沒有了……也就是說，我的生活文學化了，我的生活和文學結合到一起了，成了『文學生活』。本來文學和生活是分離的，前者提供的是後者所不能滿足的東西，兩者結合到一起後，導致的是不僅生活沒有提升，文學也在下降了。……我想重新恢復到過去的那種業餘的寫作狀態，變成一個『遊手好閒者』，一個『不務正業』之徒。」[109]

106 相關論述參閱拙文《在遊蕩中囚困——朱文和〈什麼是垃圾　什麼是愛〉》，《文藝爭鳴》二〇〇〇年第二期。
107 埃里希・弗洛姆，《對自由的恐懼》（國際文化出版公司，一九八八年），頁六四。著重號原有。
108 埃里希・弗洛姆，《對自由的恐懼》（國際文化出版公司，一九八八年一），頁六六。
109 李大衛、張生，《我並不想辭職寫作》，《作家》二〇〇〇年第二期。

應該說，李大衛的這種選擇是為了使文學和生活相得益彰。更值得注意的是，所謂的「自由寫作」帶來的無價值感、無意義感很可能驅使作家在空虛中瘋狂地追逐一度被自己所鄙視的功名利祿，而且現實中確實不乏其例。我並不像許多研究者那樣，對眼下的「自由寫作」充滿了樂觀的期待，只能說九〇年代至今的職業寫作才剛剛起步，真正的自由還需要經歷內外交困的重重考驗。

說到九〇年代的自由寫作，順便提一下思想隨筆熱，因為自由思想者在這一潮流中開始初露端倪。有意思的是，一批標榜自由的思想隨筆集的出版，和一個叫做賀雄飛的個體書商緊密聯繫在一起。他一九九一年畢業於北京經濟學院，隨後分配到內蒙古自治區政府做祕書；一九九二年下海，與幾個朋友到海南搞餐飲，建起了蒙古包飲食文化城，但生意並不怎麼成功；一九九四年從海南回家，決心要尋找一件自己適合幹、能幹成功、有價值、有意義的事情；一九九六年三月正式註冊成立「草原部落創作室」。書商給人的第一印象往往是見利忘義，而他卻宣稱：「我的角色就是為思想者找知音、找市場，充當思想的媒婆，為缺乏思想、不思想甚至反思想的土壤注入思想，我希望國人都來思想，都來與思想者共舞。思想者也絕不應該故作矜持、清高、深刻，應走向民間。」[110]他主編的「『草原部落』黑馬文叢」（包括余傑的《火與冰》和《鐵屋中的吶喊》、毛志成的《昔日的靈魂》、摩羅的《恥辱者手記》、孔慶東的《四十七號樓二〇七》、謝泳的《逝去的年代》、朱健國的《不與水合作》等），「『草原部落』名報名刊書系」（包括《風雨敲書窗》、《邊緣思想》、《守望靈魂》、《思想的時代》、《今日思潮》、《天火》等，是世紀之交中國思想文化界的前沿刊物《博覽群書》、《天涯》、《上海文學》、《北京文學》、《黃河》、《書屋》的精品選集）和「『草原部落』知識份子文存」（包括錢理群的《拒絕遺忘》、朱學勤的《書齋裡的革命》、秦暉的《問題與主義》、徐友漁的《自由的言說》等）等一系列叢

110 賀雄飛，《酋長話語》，《風雨敲書窗》（中華工商聯合出版社，一九九九年）。

書，在社會上產生了較大反響，多數成為名噪一時的暢銷書。儘管余傑和摩羅一時間頗有「思想明星」的味道，嘩眾取寵的言說常常故作驚人之語，與媒體的過分貼近也傷害了思想的獨立性。但這些書的出版活躍了思想空氣，更為重要的是，成功的商業運作也為自由思想者提供了相對寬鬆的生存空間。「出版者希望這些一流的作品不只擁有兩三千名讀者，倘若正兒八經的思想不推廣，烏七八糟的偽思想就會蔓延，這是出版界的恥辱，是對思想者的褻瀆，是對讀者極大的犯罪。」[111]書的印數與書商的贏利總是成正比，但推廣思想的情懷還是值得讚賞。賀雄飛曾經制定了四條約稿原則，即「優美文筆與深刻思想相融合；關注社會現實和人文精神；宣導有思想的學術和有學術的思想；弘揚人性、理性和智性」[112]。排除自我炒作的因素，這樣的見識和一般書商見錢眼開的做法還是有些區別。此外，林賢治的思想隨筆寫作比較值得注意，他的《「胡風集團」案——二十世紀中國的政治事件和精神事件》、《五〇年：散文與自由的一種觀察》等長篇論文都在提倡一種自由寫作的觀念。他的思想隨筆集《平民的信使》和《守夜者箚記》也有不少篇什迸射著批評的火星，跳動著自由的光焰。林賢治自一九九三年先後主編的思想性散文刊物《散文與人》（與邵燕祥合作）和《讀書之旅》，對思想隨筆的寫作產生了一種推動作用。九〇年代的自由思想者基本上處於隱匿狀態，比如被錢理群在《帶著血蒸氣的醒過來的人的真聲音》一文中稱為「精神兄長」的徐無鬼，比如以「老威」的筆名出版《中國底層訪談錄》的廖亦武，比如從事「文革」資料整理工作和隨筆寫作的丁東，這些人的思考的價值大概正如廖亦武所說：「我認為：見證性永遠超過文學性，文學趣味會隨著不同的時代不同的語境的改變而改變，文學性會消失。可當我們在回顧某一個時代的時候，它是永遠存在的，這一點可以肯定。」[113]

111 賀雄飛，《「知識份子文存」主編絮語》，河南報業網（http://www.hnby.com.cn）二〇〇〇年四月十四日。
112 「草原」黑馬，《放談「草原部落」的成長與理想　披露余傑〈火與冰〉的出版內情》，《齊魯晚報・今週末》二〇〇〇年四月七日。
113 老威、盧躍剛，《非如此不可——關於〈中國底層訪談錄〉的對話》，《南方週末》二〇〇一年四月十九日。

五、沉默地思索

隨著體制轉軌與市場化進程的推進，在九〇年代被一些當事人標榜為「身份革命」的自由撰稿人現象，將逐漸地變成一種司空見慣的常態。在二十一世紀的文學發展中，自由寫作將成為一種普遍的文化理念。在西方社會，自由撰稿人是指不隸屬於任何機構，不以代言人身份而以個人立場發言的寫作者，而那些與傳媒簽約的寫作人不在此列，因為他必須根據互惠的原則履行合約所規定的義務。春風文藝出版社在創出「布老虎」品牌後，於一九九八年與被稱為「大陸瓊瑤」的女作家嚴麗霞簽訂合同，邀請她為該社的第一個簽約作家。這種簽約作家在二十一世紀應當會逐漸普及，而這種商業合約制與作家協會時下推行的合同作家制有某些相似之處。從發展的眼光看，商業合約對作家的束縛將越來越明朗化。像現在流行的「度身定製」的寫作方式，即作家根據出版商或其他機構的要求違背自己的初衷進行創作，這和自由寫作理念顯然是背道而馳的。

在九〇年代，自由寫作表現出一種行為藝術的特徵，即強調這種行為過程的意義，卻拒絕追問自由作家的作品是否體現了自由精神。採訪者問：「今後還會做第三個，第四個……行為嗎？」朱文答：「這個會的，我在『斷裂』的後記裡講過，文學它是一個開放的概念，它可以是名詞，也可以是動詞。當然，還要看心情，心情好就做。另外，不管怎麼做，有一點很重要，要能從中得到樂趣。」[114]自由不是一種可以折騰來折騰去的瞬間行為，不是一種以娛樂為目的的、以是否「能從中得到樂趣」為宗旨的遊戲，更不是一種僅僅為了嘩眾取寵的表

114 汪繼芳，《「斷裂」：世紀末的文學事故——自由作家訪談錄》（江蘇文藝出版社，二〇〇〇年），頁二四〇。

演。辭職寫作的李馮說：「無論『自由作家』或『自由撰稿人』這兩個詞，我現在很不喜歡。原因是，中國人喜歡給人或事加定語，好像有了『自由』兩個字，寫作就不尋常，小雞變鳳凰了。自由對於寫作，意味著什麼？意味著某種要求，要求你真實、認真地表達自我，不要受理論、教養及功利心的影響，而不是搬家、辭職或掙錢養活自己。我當然知道，能選擇寫作地與不領公薪代表著社會開放進步。但如果把這標籤往自己腦門一貼便以為與其他作家拉開距離，有些不同凡響，那肯定荒唐之極。一個『自由作家』很可能是糟糕至極的作家，而做了『自由撰稿人』，就比一個公司職員高級時髦嗎？只有兩種作家：好作家及糟作家，或好作家與平庸作家。」[115]

九〇年代的「自由寫作」之所以會被許多人提升到「身份革命」的高度，根源於他們稟持著「積極自由」的觀念，即信奉「我是自己的主人」、「我不是任何人的奴隸」的原則，追求一種外在的精神擴張。I‧伯林在《兩種自由概念》中這樣追問：「但是……我會不會是自然的奴隸？我會不會是我自己那種『不受約束』的激情的奴隸？這些難道不也同樣是『奴隸』？進而言之，有些人是政治上或法律上的奴隸，有些人則是道德或精神上的奴隸？……人類不是曾經一面知覺到那個在主宰事物的『自我』（self），另一面，又知覺到在他們內心裡，有某些東西也被馴服了嗎？」[116]積極自由一方面容易在不知不覺中受到奴役，另一方面，「去做……的自由」在不受限制的自我擴展中，很可能對其他人加以約束，必要時還可以強制執行，所以伯林認為「積極的」自由概念「有時只不過是殘酷暴政的華麗偽裝而已」[117]。基於此，積極自由就必須得到消極自由的補充，即「在這種意義之下，自由都是『免於……的自由』（liberty from...）；也就是：在變動不居的、但永遠可以辨認出來的界限以

115 李馮、張生，《這種選擇意味著什麼》，《作家》二〇〇〇年第一期。
116 I‧伯林，《兩種自由概念》，《公共論叢》第一輯（生活‧讀書‧新知三聯書店，一九九五年），頁二一一。（這篇文章的後半部分刊於《公共論叢》第二輯（生活‧讀書‧新知三聯書店，一九九六年）。
117 I‧伯林，《兩種自由概念》，《公共論叢》第一輯，頁二一〇。

內，不受任何干擾」[118]。不被強迫去幹某些事情的自由儘管顯得低調，但能夠有效地保障最低限度的個人自由。王小波的自由意識就深得「消極自由」的精髓：「沉默地思索，是人類生活的另外一面。……思索是一道大門，通向現世上沒有的東西，通到現在人類想不到的地方……智慧永遠指向虛無之境，從虛無中產生知識和美；而不是死死盯住現時、現事和現在的人。我認為，把智慧的範圍限定在某個小圈子裡，換言之，限定在一時、一地、一些人、一種文化傳統這樣一種界限之內是不對的；因為假如智慧是為了產生、生產或發現現在沒有的東西，那麼前述的界限就不應當存在。不幸的是，中國最重大的文化遺產，正是這樣一種界限，就像如來佛的手掌一樣，誰也跳不出來；而現代的主流文化卻誕生在西方。」[119]只有在「沉默地思索」不被限定範圍的前提下，智慧才能獲得自由生長的最低限度的要求。我想，真實的自由寫作得以實現的關鍵同樣是「免於……的自由」。程映虹在《另一種自由》中這樣論述「消極自由」：「我們之所以能夠被稱為『人』，就是因為，說到底，在最後我們還擁有這種自由——這種雖不能改變什麼，但卻保證了自我不致被變成某種目的之工具的自由。」[120]真正的自由寫作的最起碼也最核心的向度就是「保證了自我不致被變成某種目的之工具」。

陳寅恪有這樣的詩句：「自由共道文人筆，最是文人不自由。」阿多爾諾更認為「思想是不自由的」：「沒有強制的要素就根本不可能有思維。正像自由和思想的對立對思維來說是不可清除掉的一樣，自由和思想的對立也是不能被思維清除掉的。毋寧說，這種對立要求思維進行自我反思。」[121]一輩子自食其力的巴金在《論「創作自由」》中說：「『創作自由』不是空洞的口號，只有在創作實踐中人才知道什麼是『創作自由』。也只有出現

118 I・伯林，《兩種自由概念》，《公共論叢》第一輯，頁二〇六。
119 王小波，《我的精神家園》（文化藝術出版社，一九九七年），頁三六至三九。
120 程映虹，《另一種自由》，《讀書》一九九四年第三期。
121 阿多爾諾，《否定的辯證法》（重慶出版社，一九九三年），頁二二九。

更多、更好的作品，才能說明什麼是『創作自由』。」他還談到涅克拉索夫和托爾斯泰等俄羅斯作家「為『創作自由』奮鬥了一生」，又說「創作自由不是天賜的，是爭取來的」，強調作家必須學會在「不自由」中「自由」[122]。面對自由意志與外部世界、社會文化的緊張狀態，主體必須具有像魯迅那樣的自我批判與自我解剖精神。早期的魯迅激烈抨擊「以眾虐獨」、「滅裂個性」的文化傳統，主張主體「獨具我見」、「不和眾囂」，這種在與外部世界的緊張對抗中特立獨行的氣概，追求的是內在自我向外擴張的「積極自由」，但在逐漸意識到自我與外部世界的悲劇性關聯之後，他以「抉心自食」的自我否定精神強調自身的複雜性與矛盾性，意識到自我只是一種「中間物」。在一九二六年寫的《寫在〈墳〉後面》中，他還意識到自己當年激烈地反傳統的悲劇性：「我覺得古人寫在書上的可惡思想，我的心裡也常有，能否忽而奮勉，是毫無把握的。我常常詛咒我的這思想，也希望不再見於後來的青年。」[123]那種尋求激烈對抗與盡情外化的自由意志，同樣具有這種悲劇性。因此，自由寫作作為文學的存在形式的真正意義在於，作家們通過自己的自由實踐開拓出更廣闊的文化空間，也就是承擔起如魯迅所言的「歷史中間物」的任務，不斷地衝決不自由的樊籠，不斷地進行自我批判，通過艱苦卓絕的努力，使自由成為一種公共財富。

122　巴金，《巴金六十年文選》（上海文藝出版社，一九八六年），頁三四五至三四六。
123　《魯迅全集》第一卷（人民文學出版社，一九八一年），頁二八五至二八六。

第二章　九〇年代小說的文化境遇

九〇年代中國最為顯赫的主導性話語只能是「市場」。對於飽受了貧困的煎熬與欲望的壓抑的普通民眾而言，對世俗幸福的籲求變得異常迫切，甚至陷入了一種非理性的焦慮狀態，而此前的社會氛圍卻把正常的欲望訴求視為不道德甚至是犯罪行為，跡近犯禁的社會無意識在承受了長期的重壓後驟然解禁，名正言順地獲得合法性，這種心理反差加劇了道德衝突。當昔日的道德權威與社會權威走下神壇，並被日益活躍的大眾傳媒還原成世俗圖景，信仰的失落讓習慣了以權威統攝道德的人們無所憑依，這種戲劇性和富裕生活的誘惑結合在一起，加上轉型期的種種不完善，極大地考驗著社會的道德狀況。九〇年代中後期，《抉擇》、《蒼天在上》、《大雪無痕》、《人間正道》、《天下財富》等反腐題材小說成為主旋律文學的中堅，而張平、陸天明、周梅森等作家的道德焦慮及其作品的「道德中心」模式，多有簡單化的傾向，但曲折地反映了權力與市場的複雜關係。像何頓的小說《生活無罪》和池莉的小說《來來往往》，近乎赤裸地表現了市民階層在失去道德屏障後的欲海沉浮。最具有悲劇性的還是知識份子，八〇年代新啟蒙主義思潮已經難以為繼，他們自身也開始反省居高臨下的精英意識的局限性。價值虛無感與精神幻滅感導致了知識份子的內部分化，姿態下沉成為普遍性的文化選擇，無所適從後的盲從使大批知識份子淪為鄉愿，而堅守理想往往具有堂・吉訶德式的悲劇英雄的意味，因為理想的價值支撐滯後於現實，具有鮮明的文化保守主義色彩。這樣，文學在九〇年代進入方生未死的轉型期，文學主體在危機情境面前顯得六神無主。但是，隨著新的文化活力和精神質素的發生、發展，新的生機逐漸孕育成形，九〇年代文學因而具有了一種新舊雜陳的「雜色」，其本質力量只能在後繼的文學時代中顯現。

一、危機或契機

九〇年代的市場化進程借助城市化、資訊化與電子化的強力助推，掀起洶湧澎湃的世俗化潮流，這種非同尋常的衝擊使九〇年代小說的創作主體、接受圖式和敘事模式陷入了進退兩難的危機狀態：

首先是作家的角色危機。鄉土中國的市場化意在將鄉村改造為城市，將村民改造成市民。相對於鄉村生活而言，市場化是分隔的和對象化的，分隔是人們把自己的生活劃分為離散部分的過程，而對象化則是個人對事件或一個階層的非情感主義的反應過程。城市生活掙脫了地緣共同體和血緣共同體的束縛，貨幣的使用使交換關係和次屬角色關係成為人際之間占主導地位的關係，它們是非個人的、特殊的和無情感作用的。民眾對世俗幸福的籲求鬆解著文化專制主義、一體化的教條意識形態等束縛個體自由的繩索，撼動著計劃經濟模式及與之相適應的極左意識形態的根系。但那些被長期禁錮甚至扼殺的欲望一旦解禁，無異於決堤而出的江洪，四處氾濫。西方世俗化的核心是解神聖化，如魯迅所言的「少堅信」的中國人無宗教神權可解，世俗化的對象應該是準宗教性的、集政治權力與道德化身於一身的世俗權威。根深柢固的官本位文化以及權錢交易的巨額利潤不但沒有削弱世俗權威的影響力，反而在某種意義上得到了加固，而無權無勢的知識份子莫名其妙地成為為市民代言的王朔的嘲諷對象，成為代人受過的羔羊和被捉弄的對象。啟蒙神話和精英神話在內外交困中幻滅。啟蒙身份的喪失使「知識者失去了『立法者』的地位，卻連解釋者的地位都沒有保住，而馬上成了『遊民』」[1]。這對於延續著士大夫的「窮則獨善其身，達則兼濟天下」的心理定勢的知識者而言，無異於釜底抽薪。既然社會良知本來就是自身溫飽滿足後的餘裕，一無所有的知識者的精神逃亡也就順理成章。這也是一九四九年以後對知識份子實施的「饑餓療法」所造成的嚴重的後遺症：「中國知識份子的悲劇在於那無法忍受的貧困狀況腐蝕了他們的批判精神；『饑餓療法』使知識份子墮落為一般的求生者。」[2]工具意識驅使不少文學留守者將寫作當成活命手段，何頓毫不掩飾地說：「我純粹是要吃飯才寫作，而且不但自己要吃飯，還要靠寫作養一個今年要讀小學一年級了的女兒，附帶地還養老婆，因為老婆工資很低。」[3]這樣的角色定位可謂粗俗的市民化。

世俗化潮流對計劃體制的瓦解，在某種程度上也給作家帶來了更多的選擇自由。作家可以跳出「單位」的窠臼成為自由職業者，這強化了作家的個人意識，體制外的生存也使他可以少受清規戒律的束縛，成為一個相對純粹的批判者。但由於中國的公共空間的模糊性和伸縮性，尤其是巨大的經濟壓力使自由寫作成為刀尖上的舞蹈，自由在某種意義上無異於枷鎖。王小波大概是九〇年代最具批判性的自由作家，但正如其妻李銀河所言：「做純文學的人在世界各國都是最窮的。你要是打算走這條路，你就別打算發財。所以他經濟動機可以說是沒有的。再有我們確實也沒什麼後顧之憂，哪怕他一分錢不掙我們也能活下去。做純文學是他一生的宿願。」[4]遺憾的是，大多數自由作家都必須考慮如何維持生計，辭去公職專事寫作的吳晨駿就說：「壓力主要是經濟上的。寫作的最好狀態，我覺得應該是在經濟有保證的情況下全身心投入寫作。目前我無法做到這一點，這時我只能堅持下去。

1 盧英平，《立法者‧解釋者‧遊民》，王曉明主編，《人文精神尋思錄》（文匯出版社，一九九六年），頁一八三。
2 榮劍，《中國知識份子的批判意識與中國知識份子的自我批判》，《理論資訊報》一九八八年八月十五日第三。
3 何頓，《寫作狀態》，《上海文學》一九九六年第二期。
4 艾曉明、李銀河編，《浪漫騎士》（中國青年出版社，一九九七年），頁二〇一。

直到有一天我覺得可以重新找工作了，我就會果斷地去找個工作，把自己的生活問題解決。」[5]不少作家為生計所逼，在辭職一段時間後又得無可奈何地重覓「單位」。經濟壓力迫使一些作家半推半拒地迎合世俗趣味，精神追求不知不覺地灰飛煙滅。「財產有兩重作用：護衛人的自由和獨立，也使人淪為客體的和物質世界的奴隸。現在，財產愈來愈喪失『護衛』的作用，甚至愈來愈喪失功能的意義。金錢——非個體性的象徵，彰顯最大的非個體性。」[6]我把自由寫作視為二十一世紀中國文學最有希望的精神生長點，但它無疑是一條陷阱密布、荊棘叢生的荒途。

另一方面，市場化帶來的自由本身就預設著陷阱，有一種虛假性。市場化進程使人們工作地點和生活區域彼此分離，這既簡化了生活，又加劇了一種獨特的封閉和淡漠。越來越高的物化程度是和理性化程度緊密相聯的，在通常情況下，市場化原則迫使人進行邏輯的交往，而不是情感的交往。這種對象化和分離的迷宮所帶來的後果是個人不再是一個完整的人。因為生活被切割得七零八落，個人同其他人的交往大部分是物化關係。在一個龐大的、非人性的環境中，即廣闊的、無孔不入的市場中，人喪失了。因此，在這種環境中有必要誇大人，誇大到足以被自我認識。這種誇大導致個性的形成，它最積極的形式是自由。循著這種邏輯，新的問題又產生了，如果個人或群體不能通過已有的手段去實現社會確定的目的，他們就會脫離現存社會規範的約束，即成為反常者。在這種情況下，自由就會成為一種多餘的自由，丁天在《飼養在城市的我們》中就流露出這種隱痛：「自由了，自由到了明天以後任何一天我都沒有具體的安排和打算。……昨天已過去，無法改變。明天不可預知。今天沒事可做。」這樣的自由事實上損害了個體的豐富性。弗洛姆一針見血地指出：「如果整個個體化過程所依賴的經濟、

---

5 林舟，《在逃離中拒絕——吳晨駿訪談錄》，《生命的擺渡——中國當代作家訪談錄》（海天出版社，一九九八年），頁二七八。

6 尼克拉・別爾嘉耶夫，《人的奴役與自由》（貴州人民出版社，一九九四年），頁一六三。

社會和政治條件不能為個人實現提供基礎，而人同時又失去了那些給他以安全的聯繫，那麼，這一脫節現象就會使自由成為一個難以承受的負擔。那時，自由就會變為和懷疑相同的東西。」[7]

其次是小說的接受危機。隨著照相術、電影和電視的發明，圖像文化在二十世紀逐漸排擠文字文化，成為人類文化的主要存在形態。九〇年代電腦的普及和不斷的升級換代，以及互聯網的橫空出世，文字文化原有的地位變得岌岌可危。資訊化是城市化的堅硬翅翼，城市對這些嶄新的資訊技術成果的推廣似乎總是不遺餘力。德國文學媒體學家費利德里希・基特勒甚至在《記錄系統》一書中預言：「在未來，以書的形式為主要存在形態的文字文化將徹底消失，文字將僅僅成為歷史學家和考古學家研究的對象，普通人將成為真正的『文盲』，不再會閱讀和書寫。」[8]這樣的恐慌畢竟離我們尚遠，但中國九〇年代的文學不論是嚴肅文學還是通俗文學，都受到了傳媒特別是電視的挑戰，而且正在那裡節節敗退，已經喪失了大量的陣地，文學一統天下的局面已經一去不復返了。媒體權力因新技術的不斷加盟而如虎添翼，這種權力以城市為核心並向廣大的鄉村輻射，它對聚居於都市的人構成一種無形的群體壓力，個人差異必然引起不安和焦慮，人人相似才是最安全的。傳媒塑造的消費意識形態巧妙地利用現代人的孤寂和從眾心理，培育出大眾尋求感官刺激的庸俗趣味。

受傳媒控制的小說創作為了獲得市場的青睞，就不能不委曲求全。九〇年代小說已經難以綿延先鋒作家一度高漲的形式探索的激情，為了迎合傳媒對於效益的追求，作家們在語言表達上逐漸向大眾的閱讀習慣與趣味靠攏，對於「觸電」的熱忱更使許多作家唯導演的口味是瞻，精英文學與通俗文學的界限逐漸模糊，印刷文學與影視文學的鴻溝逐漸聚合。優秀小說和平庸小說的競爭由於後者更容易被大眾理解和令人愉悅，低劣的東西驅逐了優秀的東西，這就使那些形象粗劣、簡單、重複，內容荒誕、俗豔、恐怖的作品被大量複製。也就是說，九〇年

7 埃里希・弗洛姆，《對自由的恐懼》（際文化出版公司，一九八八年），頁二五頁。

8 轉引自章國鋒，《文藝媒體學：高科技時代的文藝存在形態》，《外國文學研究動態》，一九九七年第一期。

代小說日益濡染上文化工業的品性。與此相適應，作家對沉重的現實進行輕化處理，以油滑的調侃呈現趣味卻犧牲本真，以調和主義的折衷消解價值的界限，現實生活的慘澹和艱難的一面被粉飾和遮蔽。九〇年代的小說似乎拒絕悲劇意識，它給受眾帶來感官的刺激而不引起靈魂的震驚，它泯滅人們的反抗精神卻催生麻木的宿命意識，它抑制人們的主觀創造能力，將想像力和自發性導向萎縮之途。「文化工業通過不斷向消費者許願來欺騙消費者。它不斷地改變享樂的活動和裝璜，但這種許諾並沒有得到實際的兌現，僅僅是讓顧客畫餅充饑而已。……但是由於藝術作品把不能兌現的東西表現為一種消極的東西，它就似乎又貶低了欲望，從而對不能直接滿足欲望要求的人，是一種安慰。美學純化的祕密就在於把實現願望表現為突破願望。文化工業不是純化願望，而是壓抑願望。」[9]九〇年代小說對大眾深層難以啟齒的欲望的改造、偽裝和疏浚，使它與大眾文化殊途同歸。

再次是小說的敘事危機。法國著名哲學家利奧塔爾的總體目標就是以「敘事危機」（The Crisis of Narratives）為中心，展示後現代文化的變遷圖景。他認為，啟蒙運動促使科學求真與自由解放齊頭並進，造成兩套宏大的合法化敘事：一是以法國革命為代表的關於自由解放的「宏大敘事」（Grand narrative），富於激進的政治性，注重人文獨立解放的思考模式；二是以德國黑格爾傳統為代表的關於思辨真理的「宏大敘事」，注重同一性、整體性價值的思維模式。然而，隨著時過境遷，那種以單一的標準去裁定所有差異進而統一所有話語的「元敘事」（Meta-narrative）已被瓦解，自由解放和追求真理的兩種宏大敘事已成為過眼雲煙。英雄時代已經消逝，「敘述功能失去了自己的功能裝置：偉大的英雄、偉大的冒險、偉大的航程以及偉大的目標」[10]。英雄拯救、偉大遠景等宏大敘事得以存續的文化語境已經崩解，人們對歷史上偉大的推動者和偉大的主題嗤之以鼻，取而代之的是「小型敘事」。儘管中國九〇年代遠沒有跨入後現代社會，但小說敘事的轉型軌跡卻與利奧塔爾所言大致相

9 馬克斯・霍克海默、特奧多・威・阿多爾諾，《啟蒙辯證法》（重慶出版社，一九九〇年），頁一三〇至一三一。
10 讓—弗朗索瓦・利奧塔爾，《後現代狀態——關於知識的報告》（生活・讀書・新知三聯書店一九九七年），「引言」頁二。

同，這種遇合實在是耐人尋思。「英雄的時代結束了……英雄的道路如今荒蕪了……如今你找不到大時代的那些驕子的蹤跡了。」[11]張承志在八〇年代末期的歎惋淤積著太多的追懷和沉痛。

八〇年代小說的敘事者採用了一種居高臨下的講述方式，以佈道的優越沉迷於絕對權威的自設幻鏡中，這種壓迫式、強制性輸送激起受話者的厭煩，造成對話關係的破裂。由於文化語境的轉換，九〇年代小說的敘事者採用了一種顧影自憐的傾訴方式，這種敘事方式具有微妙的雙重性：一方面是敘事主體退入自我世界以抗拒主流話語的兼併與滲透，另一方面是敘事主體以下沉的姿態察顏觀色，向大眾獻媚。從俯瞰到平視甚至仰視的轉換，表明敘事者與傾聽者的平等關係始終未能得到有效的確立，精神溝通也就難以進行。分隔的和對象化的城市生活陷作家於無處申述的壓抑狀態，表面上交遊廣泛卻又停留於蜻蜓點水狀態的人際關係加深了隔絕感，它無形地導致意志和創作力的衰退，這使作家的傾訴欲膨脹不止，失控的喋喋不休只會引起的受眾的饜足，形成一種惡性循環。

九〇年代小說敘事的潛性主調是日常敘事，它的風行一方面是對宏大敘事的偏執性反拔，試圖通過回到日常場景抵抗集體話語和主流意識形態的滲透，使個人從群體的牢籠中掙脫出來；另一方面和作家生活視野的日漸狹窄有關，新寫實小說作為日常敘事的宣導者，其日常性在城市題材的作品中得到了最為明晰的體現，這顯然和城市生活表面敞開但深層封閉的悖謬性生存密切相關。在日常敘事理念的滲透下，經驗化敘事和資訊化敘事迅速蔓延開來。經驗化敘事講述的是自己的故事，通過展示個人經驗的獨特性來揭示個人存在的真實性，但是，由於每代人的經驗背景的大同小異，以及經驗敘事的孤絕姿態對個體與社會、時代、歷史的內在關聯的漠視，經驗敘事很快就出現雷同傾向。新生代作家和七〇年代出生作家眉飛色舞地講述的都是隱祕的成長經驗，結果是「隱私不

---

[11] 張承志，《荒蕪英雄路》（上海知識出版社，一九九四年），頁九。

私」，但這並沒有引起作家們足夠的警惕和反省，而是變本加厲地構造一些越軌性文本。「流浪漢，無業者，罪犯，外鄉人，內省人，精神病患者，會成為城市生活小說的英雄，因為他們衝出了格式，是制度外人。他們承擔了重建形式的幻想。……這樣的生活方式有著傳奇的表面，它並不就因此上升為形式，因為它缺乏格調。在突如其來的衝擊之下，人都是散了神的。」[12]由於經驗敘事的缺陷以及個人經驗的有限性，驅使一部分作家去探聽別人的故事，將沸沸揚揚的社會新聞和道聽塗說的市井流言引入小說敘事，這種敘事模式在資訊時代的慫恿下迅速擴張，但這些缺乏生命體驗的點化和想像力的光照的資訊化文本，註定只能是速效的與速朽的。正是由於九〇年代小說的日常敘事無法穿越日常生活的假象和表象，價值判斷常常處於一種懸空狀態，陷入了一種無處棲留的意義空白，加上作家對媒體時代法則的臣服和對大眾趣味的迎合，自我重複現象才會越演越烈。而資訊化敘事的無節制的膨脹必然侵蝕小說文體的基本規範，使小說文本成為空洞的軀殼，缺乏一種內在的靈魂。

九〇年代小說的日常敘事對經驗的斷裂性、瞬間性、碎片性的過分強調，使世界的連續性、邏輯性和完整性被嚴重遮蔽。日常敘事對宏大敘事的虛偽性的拆解與反叛固然有其深刻的文化根源，我們必須揚棄宏大敘事的專制性、主流性和空泛性。但只有借助宏大敘事的歷史參照及其透視機制，日常敘事才能得以提升，才能撇開浮在日常生活表面的泡沫，使日常生活成為透視個人與社會、歷史、權力的關係的窗口，因為「在日常生活下面，往往隱藏著某種奇特的、激動人心的事物。人物的每一個手勢可以描繪出這種深藏的事物的某一面，一個無足輕重的小擺設可以反映它的一個面目。小說的任務正是要寫出這種事物，尋根究柢，搜索它最深隱的祕密。」[13]否則，日常敘事只能在周圍陶醉中越陷越深，難以自拔。

---

12 王安憶，《生活的形式》，《上海文學》一九九九年第五期。

13 娜．薩洛特，《懷疑的時代》，呂同六主編，《二十世紀世界小說理論經典》（上）（華夏出版社，一九九五年），頁五〇五。

九〇年代小說的危機狀態無可避諱。但是，面對文學從中心走向邊緣的巨大落差，許多文學主體在無所適從中誇大了這種危機。事實上，文學之所以存在，並不是因為它能夠製造轟動效應，並不是因為它能夠給文學主體帶來世俗榮耀，更不是因為它能夠負載起政治功能，能夠成為封建士大夫贏得加官進爵機會的敲門磚。所謂的「經國之大業」在某種意義上是對文學的施壓，它對文學的世俗功用的過分強調抑制了其更為本質的審美功能，其間蘊藏的是根深柢固的工具論文學觀。九〇年代的文學危機之所以被反覆渲染，正在於市場社會的繁榮使文學在非市場社會中異常發達的政治工具性日漸失落。基於此，危機情境導致了對文學更為變本加厲的工具性驅遣。市場情境下的文學固然不能故步自封，但「危機」並不是文學淪為市場工具的理由。為了「繼續生存」，「炒作文學」在九〇年代應運而生。轟動就是繁榮，冷清就是危機，「成者為王敗者寇」的市儈邏輯似乎是童叟皆知、深入人心的常識。不幸的是，大多數文學主體並未意識到真正的危機恰恰體現在那些「人造轟動」之中。

在我看來，九〇年代的文學危機在很大程度上只是文學從業人員患得患失的「生存危機」。「江山不幸詩人幸」，「文章憎命達」，這些經典表述表明危機情境常常是激發文學的審美潛質的精神催化劑。就文學的本質而言，其存在的理由是蒼涼人世永無休止的苦難、屈辱與創傷，是芸芸眾生無法擺脫的人性欲求與做錯事的根性，而那些文學經典之所以能夠歷久彌新，正在於其間閃爍著撫慰此岸世界的無邊黑暗與恆常苦痛的精神燈火，正在於貫注其間的大悲憫與大滄桑。在此意義上，所謂的「危機」正是「契機」。

二、還鄉與歸依

面對文學的危機情狀，九〇年代的文學主體「面對社會變革道統崩壞的現實驚恐萬狀」[14]。這種亂了陣腳的心態使他們的反應有點條件反射的意味，也就是說，應急的狀態沖淡了理性，顯得有些情緒化。張承志在《以筆為旗》中，以孤傲的憤激諷刺文學的倒退：「未見炮響，文學界的烏合之眾不見了。占據著這兒的已是視此地為商場的股民——他們進場就宣布過沒錢就撤，毫不遮羞，這不能不說是文學的一個進步。」[15]其姿態頗有振臂高呼的英雄氣概：「而此刻我敢宣布，敢豎立起我的得心應手的筆，讓它變作中國文學的旗。……用不著論來論去關於文學的多樣性、通俗性、先鋒性、善性及惡性、哲理性和褲襠性。……哪怕他們炮製一億種文學，我也只相信這種文學的意味。這種文學並不叫什麼純文學或嚴肅文學或精英現代派，也不叫陽春白雪。它具有的不是消遣性、玩性、審美性或藝術性——它具有的是信仰。」[16]在《清潔的精神》中，又宣稱：「所謂古代，就是潔與恥尚沒有淪滅的時代。」[17]其道德理想主義的精神面影異常明晰。

對現實的巨大失望驅使張承志返身向後，回到歷史的腹地尋找反抗危機的精神資源。張承志通過道德理想主義來救治道德淪喪的思想，和孔子重視思想文化的優先性，把道德改革作為社會改革的先鋒的思想一脈相承。既

14 陳思和語，見王曉明編，《人文精神尋思錄》（文匯出版社，一九九六年），頁五二。
15 蕭夏林編，《無援的思想》（華藝出版社，一九九五年），頁二。
16 蕭夏林編，《無援的思想》（華藝出版社，一九九五年），頁三。
17 蕭夏林編，《無援的思想》（華藝出版社，一九九五年），頁二六。

然社會的穩定和諧取決於每個個體的道德素質，那麼，個人與社會的關係就被深刻地倫理化了。當他把超越日常生活準則的道德理想奉為圭臬時，他在不自覺中否認了社會道德狀況和經濟發展水準、政治體制、科技狀況、教育程度等標準的相關性，這就「使現實衝突在思想上的反映離開了這些衝突本身並使這種思想上的反映成為獨立存在的東西」[18]。當道德成了脫離現實的獨立存在，其現實合法性就值得懷疑，可能與活生生的人性要求相悖逆。超越了政治經濟體制和社會存在的限制的道德，只能是一種外在於社會的超自然法則，是一種飄渺的終極價值。這樣，其價值否定性與現實干預性就被否定尺度的非現實性和非歷史性所消解，只能把高懸的理想作為獲得現實解脫的精神中介。儘管有強烈的介入現實的衝動和嘗試，但效果卻流於空想甚至成為一種退出現實的精神逃避，這實在是富有悲劇性的角色錯位。而且，當張承志把道德狀況的滑坡歸咎於文人的失職，認為「文化的危機永遠不在芸芸眾生，而只在知識階級之中」[19]時，無形中又把知識階層從社會有機整體中獨立出來，作為一個懸浮於半空中的群體來審察。其實，文化危機有著深刻的社會根源和歷史根源，讓文人來承擔全部責任不僅無濟於事，而且掩蓋了本質。張承志挽狂瀾於既倒的責任感，在思想荒蕪、情感頹廢、意志消沉的世紀末潮流中，無疑有積極的意義。但當他把通過自潔來實現道德復興的理想作為拯救社會的法寶時，他實際上把至善至美的理想世界當成了客觀現實，導致對現實中真實矛盾和痛苦的盲視，他追求理想的意志與熱情就陷入了一種主觀盲目性。顏敏在分析張承志的道德理想主義時，認為其中存在著三種誤區，即把現實世界與藝術世界、社會理想與理想社會混為一體，把精英道德與社會道德、宗教性道德與世俗性道德混為一體，在社會歷史和現實的文化批判中以價值合理性反對工具合理性[20]。這種分析可謂切中肯綮。

18 《馬克思恩格斯全集》第三卷（人民出版社，一九六〇年），頁三二四。
19 張承志，《〈熱什哈爾〉：拒絕現世的學術和藝術》，見《無援的思想》（華藝出版社，一九九五年），頁八三。
20 參見顏敏，《審美浪漫主義與道德理想主義——張承志、張煒論》（華夏出版社，二〇〇〇年），第五章第二節。

在我個人看來，張承志的道德動姿的內核是回歸自然，是對根深柢固的農業文明的眷戀。在寫於一九八一年的《綠夜》中，侉乙己和表弟的市儈在主人公「他」的內心中形成暈輪效應，最終發展成對城市文明的厭惡，而重歸草原帶來的心靈淨化更加反襯出都市的精神貧困。在《離別西海固》中，作家說：「我是一條魚，生命需要滋潤。而你是無水的旱海，你千里荒山溝崖坡坎沒有一棵樹。……我在那麼深地愛上了你之後，……仍然離開了你。離別你，再進污濁。」[21]作為現代象徵的都市文明成了道德敗壞的淵藪。寫於一九九九年的《都市表情》中有言：「從山野回到北京，下車伊始，氾濫喧囂的市井味兒就輕狂地擁來了，無端的不快立即湧漲，充斥得一腔子滿滿。」[22]對都市的排斥使張承志轉向了對古老的共同體生活的讚頌。讓作家魂牽夢縈的內蒙古草原、新疆文化樞紐和伊斯蘭黃土高原無不具有血緣與地域共同體的特徵，那種美德的質樸與溫馨讓他留連忘返。但共同體生活對於經過個體自我覺醒的現代人顯然不是天堂。作家自我也洞察到了其中的二律背反：「他們的生活洋溢著那麼古樸動人的美，又那麼遲滯而急需前進。」[23]遺憾的是，道德優先性原則最終使張承志放棄了中肯的理性分析，在遮蔽的前提下美化共同體生活：「寧願落伍時代千百年，也要堅守心中的伊瑪尼（信仰）」，「寧無文化，也不能無伊瑪尼」[24]。這種在自然與共同體中尋找歸依的理路，與盧梭極為相似：「我們已經看到美德，隨著科學與藝術的光芒在我們的地平線上升起而逝去。」[25]應該說，張承志的社會觀、自然觀和審美觀都與盧梭頗為相似，道德理想主義更是兩者最為關鍵的精神契合點。

---

21 張承志，《荒蕪英雄路》（上海知識出版社，一九九四年），頁二九八。
22 張承志，《以筆為旗》（中國社會科學出版社，一九九九年），頁二二。
23 張承志，《初逢鋼嘎・哈拉》，《牧人筆記》（花城出版社，一九九六年），頁一七〇。
24 張承志，《荒蕪英雄路》（上海知識出版社，一九九四年），頁七九。
25 北京大學哲學系編譯，《十八世紀法國哲學》（商務印書館，一九六三年），頁一四七。

張承志的精神還鄉瀰漫著濃郁的懷舊情緒，充滿了對穩定、緩慢的農業文明所帶來的安全感的嚮往，是克制內心的疑慮感和不確定感的心理需求。弗洛姆有言：「事實上，人類的歷史是一部衝突與競爭的歷史，在日益個體化方向上每前進一步，人們都要面臨新的不安全的威脅。原始紐帶一旦割斷就不能再修復；天堂一旦失去，人就不可能再重返。」[26]儘管張承志在思想隨筆中一再表示出對孔孟傳統的厭惡，《致先生書》聲稱「『吃人』的孔孟之道將反覆成為我們心靈的敵手」[27]，但是，他卻對宗法血緣充滿了敬仰與崇拜，比如其作品中反覆出現母親與父親主題，比如《心靈史》中列出了教主世系表，作家為此還有所說明：「無疑，畫出一個世系表本身即是把血緣加於信仰。真正徹底的一神教思想不允許世俗家庭與聖界混淆。但是，宗教是世界觀更是人、人性和人的感情的產物。」《無援的思想》中還有這樣的表述：「中國，古老的中國，就在如此一個家族的框架中，相依為命地掙扎前行。」[28]對古老家族的人倫和諧，他實在懷有太多無法割捨的依戀。家族共同體是中國傳統社會的基礎，儒家文化的產生、發展和延續都從中攝取特質和狀態。其實，在歷史悠久的中國，家族的精神基座是「還鄉」主題的靈魂。正因為此，還鄉主題才會同時混合著價值慣性與情感偏執，也才會對吾國吾民產生如此巨大的制約力。

還鄉在九〇年代算得上是一種文化思潮，所謂的新儒學、新國學、新保守主義在價值趨向上基本一致。反映在文學創作尤其是小說領域，還鄉成了一種巨型主題。在新歷史小說當中，幾乎都以家族作為結撰情節的樞紐，除了戲說一路的作品，都或明或暗地流布著精神還鄉情結。即使戲說歷史的作品，也在消費歷史的嬉鬧中散播著被程式化了的懷舊。最為典型地表現這一主題的作品是陳忠實的《白鹿原》。作家在小說中融入了自己的文化理

26 埃里希・弗洛姆，《對自由的恐懼》（國際文化出版公司，一九八八年），頁二五。
27 蕭夏林編，《無援的思想》（華藝出版社，一九九五年），頁一三。
28 蕭夏林編，《無援的思想》（華藝出版社，一九九五年），頁二二。

想，是其獨特的文化選擇的審美轉換，這從題辭引用巴爾札克「小說被認為是一個民族的歷史」中就可隱約窺見其旨趣。如果說「白鹿精魂」是聖人人格的神祕象喻，那麼白嘉軒與朱先生則是儒家理想的人格化。作品中氤氳著的血緣崇拜、宗族觀念和鄉土風情，都灌注著作家心醉神迷的歎惋。家族興衰與道德浮沉的驚人對應，使道德成為推演歷史的中心邏輯。作家在面對小人得志的白孝文時，沉痛的筆觸中暗含著一種隱忍的憤激，一種接近於詛咒的情緒呼之欲出。而作惡多端的鹿子霖的淒涼晚景，幾可視成善惡報應觀念的形象化演繹。綿延不絕的儒家理想和白鹿傳說一樣，和鹿家原坡上具有主宰家業盛衰神力的兩畝慢地一樣，已經演化成一種神明意旨，昇華為一種世俗宗教。因此，我個人把《白鹿原》看成九〇年代道德理想主義的最為經典的審美結晶。作品中瀰漫的那種沉醉，正是陳忠實在還鄉之旅中獲得的歸依體驗。這是一種在苦苦尋找之後所達到的神聖的精神境界，它使主體感到充實、安適和永恆。而這種滿足只有在飽受無所適從的痛苦和憤世嫉俗的折磨之後，才能由迷途進入通境。但是，這種回歸家園以獲得心靈撫慰的文化選擇，往往會陷入一種情感迷誤而失去理性的清明。

在九〇年代的還鄉之旅中，加入這一隊伍的主要是北方作家。這種現象和北方作為儒家文化腹地的歷史積澱具有某種隱祕的關聯，大陸文明的超穩定性與自足性催化了作家的道德焦慮。這類作家以緊貼大地的寫作方式接通了「地氣」，通過熱烈的感情擁抱，希望民間大地能夠保留被現代文明所閹割的淋漓元氣。值得深究的是，究竟是現代文明的衝擊使工業社會丟失了野地裡真正的精氣兒，走向價值失范和道德滑坡，還是大地裡瀰漫的這團混沌、神祕的氣息中，本身就在歷史的淘洗中隱含了這種可能性？家園失守後還能向何處遷徙呢？走上還鄉之旅的作家以非理性的懷舊姿態，以「往後看」的方式檢視「向前看」的社會潮流的失誤，拒絕一味地為新生事物叫好，提醒世人警惕現代化進程中疏漏和遺落了的寶貴資源。這種「向後看」的懷疑意識尤其是尋求人與自然和諧相處的環境意識，在世紀之交追「新」逐「後」的氛圍中不無緩衝作用，但其審美意義遠遠超過了實踐意義。當「向後看」的姿態作為一種價值參照時，它能夠讓人們清醒地認識到現實的局限性，並推動人們不斷地修正和改進現實，但以鄉村文明批判工業文明的價值追求一旦演變成用鄉村文明取代工業文明的文化實踐，只會走向危險的獨斷論。因此價值與行動必須各司其職，不能混為一體甚至相互吞噬。

向歷史深處的追索有助於人們清醒地認識現實的複雜性，但重新回到以群體主義為本位的理想主義立場，實質上擱置了虛無主義對理想主義的挑戰，把理想實有化的烏托邦衝動將面臨在實踐中再度幻滅的嚴峻考驗，對虛無的逃避只會使主體陷入一種強制性重複，而且會越來越加重主體內心的疑慮感，懸掛在虛無深淵的上空。硬撐的理想主義只能是採用抑制的方式來打造「終極目標」，而無法根除的文化陰影還可能導致現實認知的虛幻化，使有效的、批判性的實踐功能被抽空。

三、還俗與遊戲

由於一九四九年以後的文學在相當長的時間內被過多的政治負載壓得難以喘息，九〇年代相對寬鬆的政治環境使其娛樂功能得以復甦，並且呈現出片面膨脹的趨勢。這種現象稱得上是兩極震盪，文學從片面強調政治功能走向片面強調娛樂功能，而文學的審美本體卻始終成為可有可無的犧牲品。

因寫作《組織部新來的年輕人》而受到錯誤批判並被打成「右派」的王蒙認為，文學的娛樂性有助於消解其政治陰影。引起軒然大波的《躲避崇高》這樣誇讚王朔：「是的，褻瀆神聖是他們常用的一招。所以要講什麼『玩文學』，正是要捅破文學的時時繃得緊緊的外皮。……我們的政治運動一次又一次地與多麼神聖的東西——主義、忠誠、黨籍、稱號直到生命——開了玩笑……是他們先殘酷地『玩』了起來的！其次才有王朔。……他撕破了一些偽崇高的假面。」[29]其實，王蒙的判斷同樣有著鮮明的情緒化色彩。「一次被蛇咬，三年怕井繩」，王蒙的恐懼心態造成的心理定勢使他矯枉過正，須知世間的危險並不是只有「蛇咬」。因為受過信仰的蒙蔽而怪罪於信仰本身，進而以「不信」為宗旨，這真是以牙還牙的反擊。其反擊的精神武器是虛無主義。其實信仰本身是無辜的，以「不信」批判「信」不是建設性的，而是一種破壞。以「不信」為最高法則和以「信」為最高法則都是權力思維，兩者殊途同歸。就本質而言，任何一種觀念的都必須認識到自身的局限性，並健全其制約體系，否則，缺乏限制的擴張都有走向獨斷的潛在危險。

畢飛宇的短篇小說《因與果在風中》有鮮明的寓言性。和尚水印因水災而在十二歲那年出家，尼姑靜妙一生下來就在庵裡，這種並不自願甚至說得上是被迫的信仰顯然是脆弱的。兩人的相遇或者說是與欲望的相遇將他們輕而易舉地送回了俗界。「除了佛，樣樣有」的世俗誘惑是如此之大，棉桃（靜妙的俗名）為了沒有見識過的一塊洋皂和一面鏡子，隨隨便便地用貞操與貨郎交換。小說後面的情節過於巧合，棉桃遭雷擊身亡，看破了世俗本相的浮水印再次出家，「由色入空」。作家在文末說：「信仰淪喪者一旦找不到墮落的最後條件與藉口，命運會安排他成為信仰的最後的衛士。從這個意義上說，出家俗人浮水印出家後重新做了和尚，為正反兩方面的人都預備了好條件與好藉口。」權不論作品的審美性，但一個受夠了清規戒律的束縛的人確實更容易接受欲望的召喚，而那些飽受了俗世之惡和虛無煎熬的人也才可能更為痛切地領悟到信仰的意義。九〇年代的大眾文學正是借助了長期禁錮後強烈反彈的勢能，缺乏節制地四處蔓延。以暢銷書寫作為己任的老村大談「製作」的意義：「暢銷書最大的合理性是它的時代特色，它的消遣性與娛樂功能。與有著正統的經典姿態和嚴格意義文學作品比較起來，它似乎具有更多的群眾觀念和市民色彩。……毛澤東同志《在延安文藝座談會上的講話》裡曾經提到過的『為人

29 王蒙，《躲避崇高》，《讀書》一九九三年第一期。

民大眾所喜聞樂見的中國作風和中國氣派』一語，似乎還可以成為中國大陸現代暢銷書的最好註腳。」[30]這種理直氣壯中的意識形態意味，實在是耐人尋味。

還俗一路的寫作籠罩著一種非理性色彩，作家在對那些被他們視為對立面的偽崇高、假道學進行肆意的嘲弄後，並不清楚自己的價值底線是什麼，痛快淋漓地解恨似乎成了唯一目的。王朔以其油滑的語言進行宣洩，其價值內涵常常自我矛盾，王蒙的「躲避崇高」的高帽實在是真愛錯投。與其說王朔是在「消解」什麼毋寧說他是在和稀泥，或者說是在做一隻「披著狼皮的羊」。正如他自己所言：「大眾文化是一個國家的基本文化，別的不知道，這個我們傳統的根子也是又粗又長的。這百餘年，歷經革命、動亂、改良，很多傳統文化的根子斷了，我們將看到它首先在大眾文化這根鏈條上復接。」[31]何頓的寫作由於語言的直露，其世俗化傾向顯得更為粗礪。《弟弟你好》中有這樣的描述：「這些人的魅力就是讓人明白知識並不能當錢用，於是大家的視線開始掃蕩財路，社會空氣換了，弟弟生活在這個社會，吞噬著這個社會產生的齷齪空氣，理想如一朵花樣的凋謝了。」《無所謂》、《只要你過得比我好》、《就這麼回事》、《不談藝術》、《告別自己》等作品傳達的都是這樣的人生信條：「現在這個社會只談兩件事，談錢玩錢，人玩人……」（《只要你過得比我好》）值得注意的是，何頓作品中的不少主人公都是接受過高等教育的小知識份子，他們對世俗的豔羨和自身的性格定勢常常產生齟齬，正如《無所謂》中李建國的妻子對丈夫的評價：「在外面混了半年了，身上還是沒蛻知識份子的那種臭德性。」這種留戀不幸地成了失敗者的標誌。更有意思的是，《自我　無我》和《喜瑪拉雅山》玩起了深沉和信仰，但人物「立地成佛」式的頓悟顯然是站不住腳的。「無所謂」的價值漂流使主體陷入盲目狀態：「我說這些，還是說人

30 老村，《「製作」的意義》，《作家報》一九九五年一月十四日。
31 王朔，《無知者無畏》（春風文藝出版社，二〇〇〇年），頁三七。

是生活在局部中，生活在一塊塊的碎片中，整體是看不到的。你既不能看到過去，過去已經消逝了，你只能看到過去的片斷，也無法看到將來。未來是看不到的。你能說你能看到你的未來嗎？你看不到的。」[32]

還俗主題在朱文等作家的筆下又是另一番景象。如果說王朔、何頓表現出對世俗社會的物欲的認同，那麼，以朱文為代表的一些新生代作家則試圖從權力陰影中剝離出一個凡人的、自由的「民間」。朱文的《我愛美元》、《幸虧這些年有了一點錢》和《弟弟的演奏》等作品在表面上表現出一種物欲化傾向，但與為魚龍混雜的「先富階層」立言的王朔貌合神離，朱文以懷疑精神對那些以權威形式出現的「偽崇高」進行戲弄與顛覆。這幾篇小說都隱含著共同的審父主題。《我愛美元》中的父親一開始一本正經，看到小酒館裡的小姐的第一反應就是對兒子表白：「她看起來歲數很小，跟你妹妹差不多大。」而隨後卻與被自己貶得一錢不值的兒子沆瀣一氣。《幸虧這些年有了一點錢》近乎繁瑣地講述著一個準女婿如何在三天內為住院的準岳丈倒尿盆的故事，但後輩對長輩的肆意戲弄似乎毫無根由。另一個「小眼睛的年輕人」更是對住院住上了癮的父親充滿憤恨：「對他們就應該這樣，往死裡搞，不搞死他你自己就要被搞死。……幸虧這些年有了一點錢，不然，我們早就完蛋啦。」對代表權威的父親的這種不共戴天的敵意已經陷入了一種迷狂。正如韓東在「斷裂」行為中的言說：「說我們是『喝狼奶長大的』，也許沒錯，但我們的自我感覺更像是一些孤兒。……當我們成長起來，一些人仗著年邁幾歲，硬說是我們的父親，這是荒謬的。」[33]但與藏污納垢的歷史的決裂並不能獲得純粹的民間，「斷裂」的代價只會使民間成為懸浮在半空中的空想，這種選擇在拒絕時空的雙重壓迫的同時，使自己失去了存在的根基。「在多元化已成定局的今天，民間堅持的正是這文學相對化整體情勢下絕對的一元。」[34]對於絕對性的強調使作家忽視了

32 何頓，《局部》，《南方文壇》一九九八年第二期。
33 韓東，《備忘：有關『斷裂』行為的問題回答》，收入汪繼芳，《「斷裂」：世紀末的文學事故》，頁三一二。
34 韓東，《論民間》，《芙蓉》二〇〇〇年第一期。

反抗和批判的有效性，因為「真正批判性的思想首先應該批判這種思想本身的經濟及社會基礎（多半未被意識到）」[35]。

不幸的是，朱文、韓東等人對籠罩著神性光芒的聖賢世界的批判，在揭示其虛偽性與反人道特徵的同時，在媒體煽情的誤導中，不幸地成了惡俗、媚俗思潮的開路先鋒。追求自由的初衷在紛亂的語境中被偷樑換柱。飽受指責的是其作品中的「性」話語，《我愛美元》就遭到了《你是流氓，誰怕你！》[36]的道德聲討。道德批評固然存在專斷與反自由的特性，但是，一批新生代作家確實表現出把衝破「性禁忌」視為「自由」的傾向[37]。《我愛美元》中的父子有這樣的對話：「一個作家應該給人帶來一些積極向上的東西，理想、追求、民主、自由等等，等等。」「我說爸爸，你說的這些玩藝，我的性裡都有。」由來已久的禁欲氛圍顯然是反人性的，而矯枉過正同樣是危險的。韓東的《障礙》就將性與價值、情感剝離開來，表現「那種心理上的下流、性的心理過程中的曲折、卑劣、折磨、負荷以及無意義的狀態」[38]。這樣的心理開掘與受眾尋找心理刺激的閱讀動機存在著一種隱祕的契合點。

在九〇年代小說中，性的登場儘管都戴著「自由」與「個性」的面具，但事實上「性」越來越蛻變成一種與精神無關的東西，成為一種與情感、心靈無涉的「技術」，成為迎合官能化潮流的商品。小說敘事成了「性」的外在包裝，成為使「性」顯得更加神祕誘人的心理屏風，而作家在敘事中施展的心理暗示與價值疏導成為一種精神誘餌。棉棉在《九個目標的欲望》中就有這樣的宣言：「我對自己說我要用最無聊的方式操現在操未來。我有

35 皮埃爾・布林迪厄、漢斯・哈克，《自由交流》（生活・讀書・新知三聯書店，一九九六年），頁七二。
36 該文署名「簡平」，刊於《新民晚報》一九九六年五月六日。
37 參見李馮，《錄音帶：文本與聲音》，《作家》一九九八年第八期。
38 韓東，《韓東散文》（中國廣播電視出版社，一九九八年），頁三一三。

我的方式。」棉棉的《糖》在某種程度上展示了成長的迷惘與殘酷，但是「恐懼和垃圾」並不像作者所說的那樣「在我這裡變成糖」，而是把「恐懼和垃圾」當成了「糖」。而衛慧的《上海寶貝》則是較為成功地將某種故作驚人的觀念轉化成了商品。「人類的性行為正被當作消費品分門別類，性成了一件日用品，像麥片或傢俱擺在欲望的超級市場裡。」[39]

在九〇年代文學的視野中，還俗潮流或主題往往被簡化成「錢」和「性」的問題，而那些更為複雜的、更為深層的精神衝突卻被掩蓋甚至是閹割。確實，錢可以成為自由的保障，但是，在自由觀念根基浮淺的土地上，生活保障的誘惑遠遠超過了看不見摸不著的「自由」的吸引力，於是，「在這種狀態下，難怪愈來愈多的人開始感到，沒有經濟保障，自由就『沒有占有的價值』，並且，都感到情願犧牲自由來爭取保障。……重要的是，我們應當重新學習坦白地面對這一事實：即只有花代價才能得到自由，並且，就我們個人來說，我們必須準備做出重大的物質犧牲。」[40]至於「性」，它是人生命中最為隱祕的東西，是生命的源頭，蘊含著生命最具有活力的張力，但是，當性與愛無關，被獨立地分離出來，成為可以量化的消費品時，就墮入了棉棉在《啦啦啦》中表現出來的迷茫：「我們到底是為了自由而失控的，還是我們的自由本身就是一種失控？」「自由」在九〇年代算得上是最為不幸的詞彙，它成了心懷鬼胎的人們的遮羞布，但最早被犧牲的總是「自由」。沒有了愛的附麗，沒有了任何束縛的「性自由」只能是「性奴役」。「性之所以喪失了活力，乃是由於性與愛欲的分離。事實上，我們已把性放在與愛欲敵對的位置上，用性

39 李維斯・H・柏帕姆，《性醜聞與市場時代》，《天涯》一九九八年第二期。
40 弗雷德里希・奧古斯特・哈耶克，《通往奴役之路》（中國社會科學出版社，一九九七年），頁一二八。

來避免愛欲涉入所可能產生的焦慮。……今天，**我們追求性的官能享受，正是為了逃避愛的激情**。」[41]

四、審美理想主義

綜觀九〇年代文學，稱得上是喪失理想的文學。活躍其間而且轟轟烈烈的理想主義只是道德理想主義，而基於文學根性的審美理想主義卻不見蹤影。所謂的現實主義大都成了迎合主流現實以獲取生存實惠的世故主義，在「關懷」的背後掩藏著太多的精神雜質。在物化的洪流中，人們「關懷」具體的物欲不再「關懷」抽象的靈魂。在審美理想主義的視野中，文學最為重要的基點就是拒絕淪為工具，拒絕淪為現實功利的遮羞布。而物化現實是真正的文學的試金石，它考驗著靈魂的堅韌性與豐富性。遺憾的是，深遠的儒家傳統使中國的知識階層懷有根深柢固的濟世興邦情懷，審美世界成為一種茶餘飯後的餘裕，成為「東山再起」、「終南捷徑」的外在掩飾，在出處之間的掙扎基本是以「出」為目標以「處」為策略。但提倡審美性並不意味著徹底的退避，更不是什麼「真隱」，而是要使知識份子從工具情懷和工具角色中解放出來，成為一個獨立階層，成為價值的守護者和現實的監督者，成為富有建設性的批判主體。「懸浮」大概是對知識份子的悲劇性宿命的最好概括。因此，審美理想主義的提法是與工具理想主義相比較而言。

在審美理想主義的視野中，任何文學主題都可能生發出真的智慧與美的光芒。中國文學的還鄉主題往往走向道德理想主義的懷抱，通過回歸群體來消弭個體的孤獨感，政治激情充沛的作家更是走向以專斷的道德為核心的

41 羅洛・梅，《愛與意志》（國際文化出版公司，一九八七年），頁六二。著重號原有。

權威主義立場。魯迅先生對於還鄉主題進行了清醒的諦視，《故鄉》、《祝福》、《在酒樓上》等作品都對價值還鄉與現實還鄉進行了充滿張力的深刻揭示。沈從文的《邊城》構築了一個純美的湘西世界，但作家並沒有將審美世界移植到價值實踐領域的烏托邦衝動。小說《蕭蕭》非常真實地還原出鄉土的本相。而系列散文《湘行散記》更是表達出「失樂園」的悵惘：「這全不是十年來自己想像和回憶中的湘西！回憶裡的湘西是經過自己情感蒸濾過的土地。十年來都市『文明』造成的精神重壓，使原先的痛楚也帶著一絲甜蜜，染上一種生機活潑的野趣。這次返鄉，一入沅水，眼前的景象立即將自己從想像同回憶中拉回現實。」[42]《箱子岩》一文最為典型地表達了沈從文的沉痛：一個二十一歲的年輕人，三年前被招募當兵，三個月後因戰功而升任什長，不久受傷回鄉，憑著傷兵證明暗中做鴉片生意，賺錢後跛著腿到各處玩女人。「唉，歷史是多麼古怪的事物，生硬性癰疽的人，照舊式治療方法，可用一星一點毒藥敷上，盡它潰爛，到潰爛淨盡時，再用藥物使新的肌肉生長，人也就恢復健康了。這跛腳什長，我對他的印象雖異常惡劣，想起他就是一個可以潰爛這鄉村居民靈魂的人物，不由人不寄託一種幻想……」[43]審美並不是「美化」，它恰恰必須直面真實，否則就無法意識到價值的限度。在審美理想主義的視野中，任何一種孤立的價值都是一柄雙刃劍，它可以通過與現實世界的相互參照，襯托出對方的局限性，比如沈從文就用湘西原始的人性來批判都市中被物質扭曲的人性。但是，一旦將鄉土價值擴大化和實有化，其參照價值就完全喪失，並且從一種局限性走向另一種局限性，正所謂換湯不換藥。與此相反，道德理想主義的「還鄉」在很大程度上美化了農業文明，把價值的鄉土提升到絕對化和一元化的高度，為了建構純粹的價值國度而無視現實鄉土的沉重苦難。

審美與真實是互動的，求真是審美的前提。換一句話說，審美必須與審醜結合，「真」和「善」的界限不能

42 凌宇，《沈從文傳》（北京十月文藝出版社，一九八八年），頁三一三。
43 沈從文，《沈從文選集》第一卷（四川人民出版社，一九八三年），頁一九四。

被完全抹平和消除，「真善一致」在歷史上已經導演出太多的種下龍種收穫跳蚤的悲劇。價值的批判性在於為現實提供一種參照，如果用價值取代現實，甚至將兩者進行串換和顛倒，那麼，批判就成了你死我活的二元對立，成了用一種觀念壓倒另一種觀念的征服。理想與現實應該是一種對話關係，理想時時提醒現實：「你是不完美的！你可以做得更好！」而現實則向理想注入源頭活水，並提醒理想堅守自己的邊界。必須注意，理想永遠不能是「唯物」的！在這樣的相互激蕩中，理想與現實構成一種鏡與形的關係。只有意識到理想的不足，才可能避免理想對現實的僭越，避免把理想轉換成一種歷史的、具體的目標。也只有使理想進入與時俱進的動態，它才可能走出將「完美」靜止和固定下來的文化怪圈，走出在地上建立至善至美的天國的歷史循環，推動歷史的進步。其實，至善至美和一成不變是一物的兩面，爬到了頂點了，再繼續下去就只能下落了。因此，顧準早在一九七三年就發出了振聾發聵的聲音：「地上不可能建立天國，天國是徹底的幻想；矛盾永遠存在。所以，沒有什麼終極目的，有的，只是進步。」[44]

審美理想主義的最為關鍵的精神根基，應當是對個人性的尊重。如果丟棄了個人性，理想就可以無視差異性與複雜性，打著公正、平等的旗號，用一種自以為至善的理想去統一別人，去強制別人。公正與平等的目標並非要把人改造成千篇一律的平均人，而是在尊重個性的原則上享受同等的權利與機會。如果帶著「拯救」別人的初衷，不惜代價地強迫歷史交出假設的天國，那麼，「『拯救』根本是沒有的事。烏托邦主義者在使人和社會完美的追求中，已經把兩者都扭曲變形了，使人與社會都成了可厭的方面。……在這種狀態下，『秩序』等於『團隊組織』，『滿足』等於條件反射，『教育』等於『灌輸』，『自由』只不過等於『制約』，新的安全與社會規律同集中營相似」[45]。

---

44 顧準，《顧準文集》（貴州人民出版社，一九九四年），頁三七〇。著重號原有。

45 尤金・韋伯語，轉引自鄭也夫，《代價論》（生活・讀書・新知三聯書店，一九九五年），頁一四八。

在九〇年代的小說家中，我個人認為史鐵生和王小波就體現出審美理想主義的傾向。作為知青，史鐵生對於純樸的鄉村同樣寄予了無限懷戀，《我的遙遠的清平灣》把隊長的關照抒寫得感人至深，尤其是到北京看望癱瘓了的「我」的白老漢，帶來了自己省吃儉用攢下來的十斤陝西糧票。但鄉土對作家而言，同樣意味著殘缺的一種。殘缺的命運使作家刻骨銘心地體會到了世界與人生的局限性：「假如世界上沒有了苦難，世界還能夠存在嗎？……就算我們連醜陋，連愚昧和卑鄙和一切我們不喜歡的事物和行為，也都可以統統消滅掉，所有的人都一樣健康、漂亮、聰慧、高尚，結果會怎樣呢？怕是人間的劇碼就全要收場了，一個失去差別的世界將是一潭死水，是一塊沒有感覺沒有肥力的沙漠。看來差別永遠是要有的。看來就只好接受苦難——人類的全部劇碼需要它，存在的本身需要它。」[46]作家的理想主義的地基是接受殘缺與直面虛無，基於此，意義的確證就不再與終極的、具體的、功利的目標聯繫在一起，而是從目的轉向過程：「過程。對，過程，只剩了過程。對付絕境的辦法只剩它了。……只要你最最關心的是目的而不是過程你無論怎樣都得落入絕境，只要你仍然不從目的轉向過程你就別想走出絕境。……事實上你唯一具有的就是過程。一個隻想（只想！）使過程精彩的人是無法被剝奪的，因為死神也無法將一個精彩的過程變成不精彩的過程，因為壞運也無法阻擋你去創造一個精彩的過程，相反你可以把死亡也變成一個精彩的過程，相反壞運更利於你去創造精彩的過程。於是絕境潰敗了，它必然潰敗。你立於目的的絕境卻實現著、欣賞著、飽嘗著過程的精彩，你便把絕境送上了絕境。……**除非你看到了目的的虛無你才能夠進入這審美的境地，除非你看到了目的的絕望你才能找到這審美的救助**。」[47]

在破除了目的理想主義後，史鐵生走向了另一種理想主義，我個人稱之為「過程理想主義」。其實，任何一種目的或目標都意味著一種抵達，意味著一種終結，至少意味著一種階段性的暫停，也就是說，目的理想主義是

---

46 史鐵生，《我與地壇》，《史鐵生作品集》第三卷（中國社會科學出版社，一九九五年），頁一七六。

47 史鐵生，《好運設計》，《史鐵生作品集》第三卷（中國社會科學出版社，一九九五年），頁一九九。著重號為引者加。

一種設定時限的理想主義，是有限的理想主義。如果階段性目標得以實現，那麼理想主義就將繼續，否則就只能承受虛無與絕望的煎熬。由此看來，目的理想主義是在和理想主義討價還價。豐子愷寫過一篇散文《佛無靈》，批評那些藉信佛謀利的人們：「非但完全不解佛的廣大慈悲的精神，其我利自私之欲且比所謂不信佛的人深得多！他們的念佛吃素，全為求私人的幸福。好比商人拿本錢去求利。……不應該稱為佛徒，應該稱之為『反佛徒』。」[48]在此意義上，目的理想主義者的信仰是講條件的，與其說他看重理想毋寧說他更看重條件和目標，理想只是一種工具或手段，因此，這樣的理想是虛偽的，這也是那些幻滅者往往會把信條棄若敝屣的根源所在。史鐵生在《神位　官位　心位》中進一步討論了這個問題：「中國信佛的潮流裡，似總有官的影子籠罩。求佛拜佛者，常抱一個極實惠的請求。求兒子，求房子，求票子，求文憑，求戶口，求福壽雙全……所求之事大抵都是官的職權所轄，大抵都是求官而不得理會，便跑來廟中燒香叩首。……我想，這可能是中國的神位，歷來少為人的心魂而設置，多是為君的權威而籌謀。」[49]信仰中過多的世俗雜質，大概也是目的理想主義者總喜歡將理想轉化成權力遊戲的原因吧。

史鐵生的理想主義的可貴還在於其自我批判的清明。他在談到長篇小說《務虛筆記》時，有這樣的自我追問：「凡我筆下認為的行為或心理，都是我自己也有的，某些已經露面，某些正蟄伏於可能性中伺機而動。所以，那長篇中的人物越來越互相混淆——因我的心路而混淆，又混淆成我的心路：善惡俱在。……真正的理解都難免是設身處地，善如此，惡亦如此，否則就不明白你何以能把別人看得那麼透徹。作家絕不要相信自己是天命的教導員，作家應該貢獻自己的迷途。」[50]在這裡，作家理解的永遠伴隨人的「局限」已經與基督教的「原

48 豐陳寶、楊子耘編，《豐子愷自傳》（江蘇文藝出版社，一九九六年），頁二三二至二三四。
49 史鐵生，《神位　官位　心位》，《史鐵生作品集》第三卷（中國社會科學出版社，一九九五年），頁三一九至三二〇。
50 史鐵生，《病隙碎筆》，《花城》一九九九年第四期。

罪」很相近了，只是作家的理解更加貼近生命，更加個體化。正因為這種理解來自淪肌浹髓的體驗，是蚌病成珠的精神結晶，個體對它的自發認同就類似於生命與呼吸的關係，是自律的，而宗教學說往往游離於個體經驗之外，是他律的，其外在的約束力也就難免會有落空的時候。善惡一體的人性觀否定了抽象的理想人格的存在，這就意味著理想僅僅是虛無中的意義，是殘缺中的美麗，是苦難中的幸福。「一切烏托邦都拒絕原罪說……更重要的是烏托邦否定了一切將人的自然品德和理性看作是脆弱和具有致命之傷的『原罪』觀念。」[51]這種先驗論的「善」和「完美」實質上切斷了自我批判的可能性，那些以「善」和「完美」自居者成了「人格神」，而他們的反對者和質疑者遭受到的往往只能是妖魔化指認。「『我們』和『立場』很容易演成魔法，強制個人的情感和思想。文革中的行暴者，無不是被這魔法所害——『我們』要堅定地是『我們』，『你們』要盡力變成『我們』，『我們』幹嘛？當然是對付『他們』。於是溝塹越挖越深，忠心越表越烈，勇猛而至暴行，理性崩塌，信仰淪為熱病。」[52]對人的做錯事的根性的清醒，是對歷史上那些「至善共同體」和「完美共同體」的祛魅，只有走出「理想共同體」的神話，「個人」才能得到真正的尊重，建立在個人本位上的理想才能真正地對虛無做出應答。

把王小波稱為理想主義者，大概會遭到不少人的質疑。因為他是反烏托邦的。但是，事情並非非此即彼。顧準就說：「我還發現，當我愈來愈走向經驗主義的時候，我面對的是，把理想主義庸俗了的教條主義。我面對它所需要的勇氣，說得再少，也不亞於我年輕時候走上革命道路所需的勇氣。這樣，我曾經有過的，失卻信仰的思想危機也就過去了。我還發現，甚至理想主義也可以歸到經驗主義裡面去。」[53]王小波的理想主義也正是「可以歸到經驗主義裡面去」的那一種。前面我談到「還俗」，其實正常的「俗」並不是為所欲為，王小波對「還俗」

51 裘蒂斯・史科勒（Judith Shklar）語，轉引自鄭也夫，《代價論》（生活・讀書・新知三聯書店，一九九五年），頁一四六。
52 史鐵生，《病隙碎筆》，《花城》一九九九年第四期。
53 顧準，《顧準文集》（貴州人民出版社，一九九四年），頁四〇五。

的理解是「回到常識」，我以為這才是「還俗」的正途。在道德與欲望之間，中國人似乎總喜歡將它們看成對立的兩極，不能做聖人就破罐子破摔，就及時行樂，就墮落，就心甘情願做「流氓」。面對這樣的尷尬，王小波以幽默的形式闡述自己心目中的「常識」：「我不願把別人想得太壞，所以就說，這次熱的文化，乃是一種操守，要求大家潔身自好，不要受物欲的玷污。我們文化人就如唐僧，俗世的物欲就如一個母蠍子精，我們可不要受她的勾引，和哪個妖女睡覺，喪了元陽，走了真精，此後不再是童男子，不配前往西天禮佛——這樣胡扯下去，別人就會不承認我是文化人，取消我討論文化問題的權利。我想要說的是，像這樣熱下去，我就要不知道文化是什麼了。……打個比方說，文化好比是蔬菜，倫理道德是胡蘿蔔。說胡蘿蔔是蔬菜沒錯，說蔬菜是胡蘿蔔就有點不對頭——這次文化熱正說到這個地步。」[54]說實話，基本的欲望滿足是和道德無涉的問題，當然也有例外，比如伯夷、叔齊不食周粟就事關氣節，不過王小波不理會這一套：「我有些庸人的想法：吃飽了比餓著好，健康比有病好，站在糞桶外比跳進去好。」[55]再說說性，這可是個敏感話題。小說《黃金時代》揭示了性與權力之間的辯證法，《白銀時代》中正常的性滿足被整合進「組織生活」，這表明性確實可以成為反抗與奴役的形式，王二與陳清揚就是以「無恥」來反抗奴役。但是，性同樣也是一種常識：「我和大多數人一樣，有著正常的性取向。咱們這些人見到滿大街都是漂亮的異性，就會感到振奮……這些願望都屬正常。古書上說，海上有個逐臭之夫。這位逐臭之夫喜歡聞狐臭……這種願望很難叫做正常，除非你以為戴防毒面具是種正常的模樣。而那個虐待狂洋鬼子，他的理想是到處都是受虐狂，這種理想肯定不能叫做正常。」[56]

54 王小波，《我的精神家園》（文化藝術出版社，一九九七年），頁七至八。
55 王小波，《我的精神家園》（文化藝術出版社，一九九七年），頁五七。
56 王小波，《我的精神家園》（文化藝術出版社，一九九七年），頁五八至五九。

王小波的難得在於他主張還俗但絕不惡俗，主張人欲的正當但絕不縱欲，「反烏托邦但絕不流為『痞子』，批判現實但絕不自命為『教主』。事實上，也只有這樣才是真反烏托邦與真正的批判現實主義，而不像『痞子』們的所謂反烏托邦只消解『副旋律』不消解『主旋律』，也不像『教主』們所謂批判現實只『抵抗』市井不『抵抗』權貴」[57]。事實上，王小波的理想主義僅有這些是不夠的，他對個人、自由、智慧的籲求成為其精神世界的「氧氣」，他畢生的努力並不是製造出關於個人、自由、智慧的「王記神話」，而是為這些被當作反常的怪物而放逐的東西恢復「常態」，使它們回到被正統的「常識」所占據的席位。許多年以來，自我標榜的理想主義似乎從未放棄過相互間的「較勁」，看誰能夠描畫出最為壯美的藍圖，看誰能夠給出最為昂貴的承諾，似乎那些樸素的常識毫無價值，但是，地球上最缺乏的就是對常識的尊重。因此，王小波捍衛常識的努力為什麼就不能是理想主義呢？王小波並不缺乏浪漫，更不缺乏激情，難得的是他不濫施浪漫和激情，不像他在《花剌子模信使》中所批評的那樣「賣大力丸」。他在給妻子李銀河的信中這樣說：「我們生活的支點是什麼？就是我們自己，自己要一個絕對美好的不同凡響的生活，一個絕對美好的不同凡響的意義。你讓我想起光輝、希望、醉人的美好。今生今世永遠愛美、愛迷人的美。任何不能令人滿意的東西，不值得我們屈尊。」[58]尊重常識的理性和「永遠愛美、愛迷人的美」的浪漫激情，確立了王小波以「自己」為「生活的支點」的審美理想主義。

在我個人看來，審美理想主義的基本底線正是其個人性、過程性和常識性。

57 秦暉，《流水前波喚後波》，收入王毅主編，《不再沉默——人文學者論王小波》（光明日報出版社，一九九八年），頁一三〇。
58 轉引自何懷宏，《不合時宜的人》，收入王毅主編，《不再沉默——人文學者論王小波》（光明日報出版社，一九九八年），頁八九。

第三章　「中國後現代」的傳統內核

進入九〇年代以後，後現代話語在中國迅速地成為時尚化、明星化的顯學。在學理層面辯證地研究後現代理論是必要的，其文化反思對於中國實踐具有一定程度的參考價值，不幸的是這種選擇卻是罕見的。多數操持後現代話語的主體，自覺地充當了後現代的化身，並以話語權威自居。他們對於八〇年代的思想文化運動的「告別」與「決裂」，對啟蒙的主體性的嘲諷，基本上是草率和武斷的，這有悖於後現代主義者所標榜的解構中心化思維、消解權力話語的價值趨向，其儀式性、表演性與專斷性恰恰對其自身構成了絕妙的反諷。以後現代主義、後結構主義、後殖民主義為主導的西方後學思潮，相互呼應地立足於後工業社會的文化現實，對西方現代性的精神構成與演變過程進行批判性反思，是針對特定的文化語境展開的理論探討，多數後現代主義者對這一理論陣營內部的分歧與衝突都有清醒認識。但是，「中國後現代」的積極推進者卻機械地挪用這一外來話語，將它當作具有普遍性的一體化理論，生硬地用它來解釋特殊的中國現實。「五四」以來尤其是八〇年代現代性追求的挫敗，驅使「中國後現代」風雲際會地做出應急反應，以幻滅者的姿態賭氣地宣告「現代性的終結」。由於沒有對中國現代性話語的思想資源、文化實踐與歷史變遷進行必要的、深入的清理，更沒有對西方現代性與中國現代性的具體差異和互動模式進行必要的辨析，「中國後現代」往往是在西方靜止的概念與中國變動不居的經驗之間作簡單的比附。在某種程度上，「中國後現代」也成了汪暉所言的「反現代性的現代性理論」[1]中的一種類型。而經濟全球化潮流與政治民族化趨向的矛盾，使文化在世界主義與民族主義、普遍主義與特殊主義的夾縫中徘徊，「中國後現代」也借助西方理論界尤其是少數族裔學者進行內部批判的後殖民理論，將他者話語轉換成民族主義話語。儘管已有學者注意到中國傳統思想中的後現代因素[2]，但其中隱約地流露出一種國粹主義的民族自豪感。我在這裡重點討論的是西方後現代話語如何與中國傳統資源結盟，用「後現代」的新裝包裝傳統意識的舊靈魂。需要指出的是，我在這裡使用的「中國後現代」是指稱那種確認中國已經進入「後現代狀態」並積極宣導「後現代精神」的話語立場，不包括理性地研究西方後現代思潮的學術追求。

一、道家思維的現代變體

後現代主義在思維論上的主要特徵是：首先，反對整體和解構中心的多元論傾向。反對從紛繁複雜的現象背後抽象出普遍性的、簡單化的虛假本質，反對與權力結盟的話語走向思想壟斷，反對獨斷論和權威論，主張不同思想在寬容的文化氛圍裡相互啟動，主張差異性重於本質性，只有在開放的結構裡才能避免思想的封閉和僵化。利奧塔得樂觀地評價「後現代狀況」：「它可以提高我們對差異的敏感性，增強我們對不可通約的承受力。它的

1 參見汪暉，《當代中國的思想狀況與現代性問題》，《死火重溫》（人民文學出版社，二〇〇〇年）。
2 代表性論文有陳躍紅從跨文化比較角度切入的《後現代思維與中國詩學精神》（《北京大學學報（哲社版）》一九九六年第一期），著作有曾豔兵《東方後現代》（廣西師範大學出版社，一九九六年）。

根據不在專家的同構中，而在發明家的誤構中。」[3]國內一些研究者重點分析的反本質主義、反權威主義、反啟蒙主義、反形而上學都可視為多元論傾向派生出來的特性。其次，反主體性。主張破除對自我與個體的執迷不悟，不把自我作為認識與理解的核心，也不追求自我內部的同一性。為了警惕與權力互滲的知識走向具有獨裁意味的整體性，利奧塔得認為知識份子為統一的價值目標和集體責任而努力的時代已經過去，要為捍衛話語的差異性和局部特性而顛覆專制性的根基，甚至喊出了「知識份子死了」的危言。哈桑則採用了「無我性、無深度性（Self-less-ness, Depth-less-ness）」的概念，並進行了具體的解釋：「後現代主義消除了傳統的自我，鼓動自我抹殺——一種騙人的直率，沒有內容／外觀——要不就走到其反面，又鼓勵自我增殖和反省。」[4]第三，不確定性。後現代在文化空間方面強調多元共生性，而在時間維度則強調間斷、錯位、游離與變幻不定，德里達正是把結構主義從時間和空間層面把整體和區分對象的內在根基連根拔除，把各種成分看成「意義鏈」中相互連鎖的一份子。德里達使用的「分延」、「播撒」、「蹤跡」、「替補」等概念，都在於強調意義的模糊性與符號本身的空洞性，符號在變化的語境中成為琢磨不定的發散物[5]。在語言思維的層面，索緒爾提出的語言（能指）與思想（所指）構成兩位一體的意義結構的主張，遭到了後現代主義者強烈的質疑。拉康用「滑動的能指」指稱符號與意義之間的任意性特徵；德里達認為語言和本文僅僅代表自身，無法當作呈現其背後的真理的工具；哈桑則採用了「無言」的概念；沃爾夫岡‧伊塞爾把自己的閱讀理論建立在本文的「空白」的基礎上；理查‧羅蒂在宣導「後哲學文化」時重點關注真理與反諷之間的文化悖論。在語言烏托邦的廢墟上，只剩下遊戲語言的自囈。

3 讓—弗朗索瓦‧利奧塔爾，《後現代狀態》（生活‧讀書‧新知三聯書店，一九九七年一），「引言」頁三至四。

4 伊哈布‧哈桑，《後現代景觀中的多元論》，王岳川、尚水編，《後現代主義文化與美學》（北京大學出版社，一九九二年），頁一二六。

5 參見王嶽川，《後現代主義文化研究》（北京大學出版社，一九九二年），第三章；陳曉明，《解構的蹤跡：歷史、話語與主體》（中國社會科學出版社，一九九四年）。

現在我們來看看道家尤其是莊子思維論的主要特性。在《齊物論》中有言：「夫隨其成心而師之，誰獨且無師乎？」莊子對於「成心」即偏見對人的主觀認識的滲透，懷有明銳的警醒。「成心」的危險是導致「無有為有」的獨斷論，將一己之見上升成普遍法則，不顧真偽地指鹿為馬，混淆是非。由於深深領受了強權與暴力之虐害，莊子對於「成心」與權力的結盟更是洞若觀火，《應帝王》借肩吾之口說出了暴虐與專權的根源：「君人者以己出經式義度，人孰敢不聽而化諸！」當權者總是一意孤行地憑自己的好惡確定法度，以為人民不敢不聽，這就如同「涉海鑿河」、「使蚊負山」，必然會逼迫人民反抗。莊子顯然反對以單一價值作為中心判斷的狹隘，主張「欲是其所非而非其所是，則莫若以明」，使心靈從封閉狀態中走向空明無礙的境地，像明鏡一樣如實呈現外在事物的狀態。循著這一精神理路，莊子提出了「吾喪吾」的名言，《逍遙遊》中則有「至人無己」的說法，認為只有破除偏執的我見，才能避免在「終身役役」的狀態中迷失自我的悲劇，從永存的局限性中超越出來，以開放的、空明的真我觀照宇宙法則和生命律動。在破解二元對立模式和模糊價值的確定性方面，道家的智慧表現得更是充分。莊子說：「物無非彼，物無非是。」又說：「彼出於是，是亦因彼。」面對在相互替換與轉化中的世事萬物，價值判斷也相應地缺乏定性，它因人而異，因不同的標準、視角以及價值尺度本身的變動而變動，在不息的流轉中產生難以固定的相對性。「因是因非，因非因是」，「方可方不可，方不可方可」，莊子在對「莫得其偶」的深刻體認中超越了二元對立的思維模式。在語言論方面，《老子》曰：「道可道，非常道，名可名，非常名。」《莊子・天道》言：「道不可言，言而非也。」《秋水》中又言：「可以言論者，道之粗也；可以意致者，物之精也。」《齊物論》中則有「夫道未始有封，言未始有常」，「大辯不言」等精闢論述。道家的相對主義哲學反映在審美層面上，體現為感性的、直觀的模糊論美學，正如《老子》第二十一章所言：「道之為物，惟恍惟惚。惚兮恍兮，其中有象；恍兮惚兮，其中有物。」

後現代與道家的模糊思維具有一種奇妙的呼應，但兩者卻無法等量齊觀。西方後現代思潮發軔於上世紀「二戰」後思想界對科學技術給人類生存環境帶來的破壞性的反思，以及五〇年代以後對晚期資本主義與後工業文明壓抑人性和生態環境持續惡化的批判。整體而言，其目的在於糾正西方文化傳統中邏輯實證主義和理性文化中心論所導致的種種弊端，提倡多元與創新。而道家思維則孕育於戰禍連綿、危機四伏的農業文明環境中，強權政治推行重稅、苦役和拘禁的嚴酷現實激發了老莊的自由渴望，人類的作繭自縛更加劇了精神的不自由。於是，道家通過心靈的安適來超越政治、現實與心靈的限制。道家思維的核心是「自然」，回到「混沌玄黃」的太初世界，保持人性的本真狀態，「身與物化」，融匯到自然萬物之中。《莊子・在宥》中說：「絕聖棄知，天下太平。」國家形態和歷史形態在莊子的眼中，並沒有帶來仁義和進步，只會帶來暴政的循環。因此，後現代思維保持著一種開放性的未來視野。像丹尼爾・貝爾就認為後現代「把現代主義邏輯推到了極端」[6]；哈貝馬斯宣稱要以「現代性對抗後現代性」[7]，將現代性與後現代性理解成了正與反的二元關係；即使是提倡「解中心」的利奧塔得也只是希望通過對現代性的反叛回歸現代主義的初創期精神，認為「後現代主義在其最終目的上並不是現代主義，而是現代主義的初期狀態」[8]。道家採取的卻是一種整體性的後撤姿態，回到遠離文明的原點。而且，在莊子所言的「天地一指也，萬物一馬也」、「『道』通為一」、「天地與我為一」等說法中，體現出擯棄差別和分歧，實現同一和包容的整體論傾向。雖然道家與後現代在思維論上都表現出鮮明的相對主義傾向，但道家將萬物歸結為無差別的「一」與後現代將現代性的一元神話拆解成多元視野的思路，似乎正好是逆向而行。

6 佛克馬、伯頓斯，《中譯本序》，佛克馬、伯頓斯編，《走向後現代主義》（北京大學出版社，一九九一年）。

7 參見王嶽川，《後現代主義文化邏輯》的第三節《現代性對抗後現代性》，王岳川、尚水編，《後現代主義文化與美學》（北京大學出版社，一九九二年）。

8 讓－弗朗索瓦・利奧塔得，《何謂後現代主義》，王岳川、尚水編，《後現代主義文化與美學》（北京大學出版社，一九九二年），頁五〇。

「中國後現代」在確認話語的合法性時，採用的就是一種消解中西差異的普遍主義傾向，強調並擴大後現代理論的適用範圍，無視或削弱「中國」的特殊性，最終將西方與中國的「後現代」視為同一。陳曉明就在「趨同與變異：中國產生後現代主義的前提條件」的論題下，認為「當今中國的經濟發展狀況和文化氛圍，給予『後現代主義』的產生提供了最低限度的歷史條件」。有意思的是，論者誇大了中國文化狀況的超前性，同時縮小了體制改革與經濟發展的滯後性，然後得出這樣的結論：「當今中國的『後現代主義』說到底還是政治／經濟／文化多元作用的結果——它是一種文明情境或文化境遇的表徵。」[9]這就把「多元作用」模糊成了整體性的「文明情境或文化境遇」。正如徐賁所言：「目前在中國進行的後現代和後殖民思想討論，尤其是前者，基本上是從藝術問題著眼，更廣泛一點的則是將其限制為文化，或者思想問題，很少有將其擴展為具體的社會政治意識形態來討論。」[10]而且，論者對西方後現代主義採取了一種特殊主義傾向，對不同國家的文化根源、不同話語的內在邏輯都突出其差異性，然後將這種難以調和的「差異性」轉化成沒有差別的「普遍性」，以此來論證「中國後現代」的「趨同性」。由於拉美「魔幻現實主義」被西方實驗派小說奉為後現代主義的圭臬，瑪律克斯和博爾赫斯更是被奉為先師，「中國後現代」的推行者就以五、六〇年代拉美經濟遠遠落後於八、九〇年代中國為由，以「拉美後現代」為尺度，來論證中國產生「後現代」的可能性與現實性[11]。這種思路照搬「西方中心論」視角，而且把瑪律克斯和博爾赫斯作品中的「後現代因素」普遍化為「拉美後現代主義」。在我個人看來，瑪律克斯和博爾赫

9 參見陳曉明，《無邊的挑戰》（時代文藝出版社，一九九三年），「導言」。
10 徐賁，《走向後現代與後殖民》（中國社會科學出版社，一九九六年），頁一六五。
11 參見陳曉明，《無邊的挑戰》（時代文藝出版社，一九九三年），頁二一；王寧，《接受與變形：中國當代先鋒小說中的後現代性》，《中國社會科學》一九九二年第一期。

斯的作品中只有與西方後現代藝術遙相呼應的形式策略，卻無與西方後現代主義一致的精神結構，是「術」的交流而非「道」的共鳴。

「中國後現代」的宣導者並沒有把後現代話語作為質疑與修正現代性追求的參照性向度，而是草率地宣告「現代性」的終結：「『現代性』的神話已被解構。因此，走出『現代性』意味著一種新的發展之路和新的文化戰略的生成。」[12]僅僅在「五四」和八〇年代得到短暫發展的知識份子啟蒙文化，被誇大成「滲透了我們生活的幾乎每一個方面」，並使「我們彷彿始終被置於『現代性』的宏大的話語中無法脫身」的強勢話語，被視為「中國後現代」的假想敵[13]。在這裡，論者對於「現代性」的認定顯然不是來自中國的本土經驗和知識傳統，而是把西方的概念作為具有普遍有效性的尺度來詮釋中國的現實走勢，無限放大中國經驗與西方定義相吻合的地方，忽略了對中國國情的具體分析。後現代的中國信徒們幾乎一致地批判中國「現代性」放棄了自己的主體性，以西方為他者，將自己「他者化」，「**喪失中心後被迫以西方現代性為參照系以便重建中心的啟蒙與救亡工程**」[14]。滑稽的是，他們自己又何嘗不是如此呢？西方後現代對理性中心論、以科技為核心的邏輯實證主義和本體論神學的批判，總體上是一種多元互動的對話關係。而「中國後現代」對於「現代性」的死刑判決，卻是一種連根拔除的徹底否定。當「後現代」被預設為中國的文化現實時，一種世界同步的「全球性」幻覺也相應而生。

「中國後現代」在思維論上，基本上採取了消除差異的相對主義傾向。這種懷疑一切、「終結」一切的論調，是一種典型的廢墟主義。當所有的價值範疇都被指認為文化廢墟時，差別消失了，它們回到了同一平面，回到了相互看齊的起點。正如「中國後現代」的代言者為知識份子指點迷津的驚世之言：既然在後現代的西方，精

12 張頤武，《「現代性」的終結——一個無法迴避的課題》，《戰略與管理》一九九四年第三期。

13 張頤武，《「現代性」的終結——一個無法迴避的課題》，《戰略與管理》一九九四年第三期。

14 張法、張頤武、王一川，《從「現代性」到「中華性」》，《文藝爭鳴》一九九四年第二期。著重號原有。

英文化與大眾文化在合一，精英文化就應當向大眾文化靠攏，「集體自焚，認同市場，隨波逐流，全面抹平」，進而預言「不久後的事實將證明它的同流合污」，並認為再次區分精英文化與大眾文化，「重新加深兩者之間的鴻溝」，不僅徒勞而且有害。[15]張頤武也認為：「商業文化／權威語法間的衝突已被徹底彌合，一種溫和而馴良的日常生活意識形態，一種對『家庭』氛圍和無意識的悄然調用，一種東方傳統的倫理話語與商業文化的綜合體業已獲得了巨大的成功和人們的認同。」[16]這種九九歸一的削平與整合，是新時代的「齊物論」思維。

當歷史的必然性被「終結」之後，「歷史已經隨同永恆性的價值觀念與絕對真理權威一同死去」[17]，只有偶然性和生命本能在歷史的廢墟上遊蕩，歷史的社會形態與政治形態也統統消失在「後現代」的障眼法之中，像劉恆的所謂「新歷史小說」《蒼河白日夢》也理所當然地被看做「最好地象徵著『現代性』話語的全面終結，也最好地標誌了『後新時期』文化的特徵」[18]。不僅是一種話語（當然是「後現代」），而且連一個隨機的文本也具有了「『道』通為一」的概括性，這不是以偏概全又是什麼？「後現代」被賦予了「美杜莎的笑聲」一樣的魔力，它對二元對立的消解並沒有走向多元論，而是走向了無元論或新的一元論，作為唯一有效的批判武器的「後現代」話語成為廢墟中的新霸主。在確定性意義被驅逐之後，不確定性所導致的意義空缺與無所適從，最終演變成盲從現實的實用主義，權和錢成了上帝死亡之後的新上帝。「後現代」運用消費文化的力量架空了啟蒙文化的現實根基，並以世俗價值擠兌一切精神性的價值籲求。

15 轉引自趙毅衡，《後學，新保守主義與文化批判》，《花城》一九九五年第五期。
16 張頤武，《論「後烏托邦」話語》，《文藝爭鳴》一九九三年第二期。
17 陳曉明，《無邊的挑戰》（時代文藝出版社，一九九三年），頁二八六。
18 張頤武，《神話與夢囈》，《從現代性到後現代性》（廣西教育出版社，一九九七年），頁二四七。

由此可見，「中國後現代」在思維論上吸收了西方後現代主義的精神元素，但更接近如魯迅所言的作為中國文化根柢的道家思維，與西方後現代強調差異的思維論特質貌合神離。但是，其潛在地重建話語中心的一元論傾向，偏離了道家的價值起點。不妨來看看這樣的論述：「在後現代主義對西方文化的全面衝擊之後，一切假想的『中心』意識和陳腐的等級觀念均被打破，一些原先的邊緣理論思潮流派不斷地向中心運動，正在形成一股日益強烈的『非邊緣化』（De-marginalization）和『重建中心』（Re-centralization）的勢頭。」[19]這種「均被打破」的樂觀主義與全稱性判斷，顯然是與「多元共生」的理論預期相互矛盾的。更值得注意的是昔日的宣導者們在草率地終結了現代性之後，同樣草率地終結了「後現代性」。道家的「一」是由人生擴展到整個宇宙、包容了無限差異的整體概念；而「中國後現代主義者」的「一」卻是其自身及其操縱的話語，這些話語還可以不斷地變換，但不變的卻是其中的獨斷論傾向，只要什麼流行他們就奉什麼為「唯一」。也就是說，他們對道家的思維論的借鑑僅僅是策略性的，而非戰略性的。甚至可以這樣說，道家思維論是其思維論之「用」。而與儒家思維相互滲透的、強調「威勢」（《韓非子》）的法家思維，在長期的封建體制中得到反覆的強化和潛化，這種傳統才是「中國後現代」的思維論之「體」。正如董仲舒在《天道無二》中所言：「故常一而不變，天之道也。」又說：「不一者，患之所由生也。是故君子賤二而貴一。」因此，隨波逐流的「中國後現代」不會有莊子對知識階層在精神獨立與個體閒適之間進退兩難的心靈掙扎，缺乏道家尤其是莊子的悲劇意識，缺少對現實苦難的深刻體認，更缺少超越現實苦難從而在夾縫之中「逍遙遊」的審美昇華。

19 王寧，《後現代主義之後》（中國文學出版社，一九九八年），頁一九。

二、禪宗價值的歷史滲透

後現代主義的價值趨向總是被簡化成「反文化」、「反崇高」和「世俗化」，肉體的感性被張揚到了極致。丹尼爾・貝爾就認為：後現代主義潮流沿著兩個方向向前發展，「它在哲學方面是一種消極的黑格爾主義。……沿著另一方向發展的後現代主義潮流卻具有重要得多的內涵。它以解放、色情、衝動自由以及諸如此類的名義，猛烈打擊著『正常』行為的價值觀和動機模式，為這場攻堅戰提供了心理學武器。後現代主義理論的重要意義正在於它通俗化了的這一方面。因為這意味著中產階級價值觀的危機已迫在眉睫。」[20]表現出「新保守主義」傾向的貝爾對當代資本主義的文化現狀展開了激烈的批判，認為「現代性」的內在衝動已經耗竭，同時對「後現代」狀態充滿懷疑，最終把希望寄託在宗教的恢復上。有意思的是，中國的後現代主義者卻正是借用了後現代的理論資源來構造中國特色的中產階級價值觀。這樣，西方後現代反對權威、反對人為的等級制度和話語霸權的價值訴求就被閹割了。

「中國後現代」在價值論方面，更多地吸收了以福科、德里達和利奧塔得等人為代表的解構主義理論，鼓吹「哲學的終結」。值得注意的是，「中國後現代」對解構主義的接受同樣有片面化和工具化傾向。福科在權力與知識的關係中激烈地批判理性和理性主體，「中國後現代」注意到了其中的反智論並加以發揮，卻忽略了福科對權力的顛覆，王小波正是在福科的啟發下，通過對中國古老權力法則的有效批判來闡發自由理念。正如諾里斯的

[20] 丹尼爾・貝爾，《資本主義文化矛盾》（生活・讀書・新知三聯書店，一九八九年），頁九九至一〇〇。

分析，德里達的解構理論不僅可以像理查・羅蒂所理解的那樣，被認為是「把啟蒙運動遺留的種種自欺欺人的概念拋到身後，達到了一種所謂卸載一切形而上學包袱的『後現代——實用主義』的境界」；還可以像魯道夫・伽謝所理解的那樣，德里達將康得的某些主題延伸到極端，將「後康得的批判理性（Post-Kantian Critical Reason）又往前推進了一步，將理性與語言、寫作、表徵等這些一般性問題之間的隱蔽聯繫和盤托出」，使所謂的「意義」的概念與知覺感悟脫鉤，而基本上與符號示義的過程聯繫起來[21]。遺憾的是，「中國後現代」基本上是照搬了理查・羅蒂的詮釋，把德里達作為解構中國的啟蒙理性與人文思想的理論依據。至於利奧塔得，他固然提出了「對於元敘述的懷疑」，但他同樣堅定地捍衛著「異議」，而「中國後現代」卻把「沒有了元敘述」的後現代狀況當成了普遍性的「共識」。主攻文學的哈桑將描述後期現代主義文學的「不確定的內向性」（Indetermanence）概念，普遍化地上升為整個後現代文化的特性，這本身就是以偏概全。而「中國後現代」卻忽略了對後現代文化進行辯證分析的弗雷德里克・傑姆遜，忽略了對「幻象」、「模擬」和「消費」有精闢論述和中肯批評的讓・鮑德里亞，忽略了對後現代主義及其寫作模式進行症候剖析和文化抵抗的查理斯・紐曼，忽略了站在新馬克思主義立場上反思後現代主義的伊格爾頓，更是忽略了堅定捍衛「現代的構想」的哈貝馬斯……，或者利用他們論述中的複雜性與自我矛盾的悖論，進行斷章取義的引用，歪曲了這些理論家的核心觀點。

儘管「中國後現代」重點分析的對象是所謂的先鋒小說、新寫實小說和新生代小說，但詩歌界大概是最早用後現代理論來解剖中國當代文化狀況的。在八〇年代中期詩歌界諸侯蜂起的割據狀態中，許多所謂的「詩群」都不自覺地用「後現代主義」的嗓子來吶喊自己的「宣言」。「非非主義」宣稱「非非」一切：非崇高化、非文化、非語言；超越一切：超越邏輯、超越理性、超越語法。[22]「莽漢主義」放言：「搗亂、破壞以至炸毀封閉式

21 參見盛寧《人文困惑與反思——西方後現代主義思潮批判》（生活・讀書・新知三聯書店，一九九七年），頁二五八至二六〇。
22 周倫佑、藍馬，《非非主義詩歌方法》，《非非》一九八六年創刊號。

或假開放的文化心理結構。」「撒嬌派」則宣稱：「寫詩容易，做人撒嬌不容易。我們天性逢佛殺佛，逢祖殺祖，逢人給人洗腦子。」[23]這些特性都被視為後現代特性[24]，但一開始就有清醒者提出質疑，宋琳說：「什麼後現代主義？中國現代主義也還沒有真正出現。」[25]其實，第三代詩歌「反英雄」、「反崇高」、「世俗化」的傾向，更多地體現了禪宗價值的歷史滲透，「逢佛殺佛，逢祖殺祖」就是狂禪價值的經典表述。

其實，禪宗思維與後現代思維同樣有不少相通之處，諸如禪宗要求禪者「隨波逐流」地體悟，與老莊一樣講究「大道不言」。青原惟信禪師的見山見水三階段，是對禪悟思維最為生動的解釋。他談到自己「三十年前未參禪時」，「見山是山，見水是水」；「後來」「見山不是山，見水不是水」；「而今」「見山只是山，見水只是水」。[26]其「見山不是山，見水不是水」的階段，與利奧塔得「懷疑元敘述」的旨趣相近，而「見山只是山，見水只是水」階段又和德里達「本文之外，別無他物」的觀念殊途同歸。但是，禪宗對「中國後現代」的歷史滲透，最為突出地表現在價值論方面。

九〇年代大眾傳媒的興起，幾乎是建立在精英文化的廢墟之上。在虛無主義和相對主義的價值掃蕩之下，拜金主義和享樂主義漫漶開來，大眾傳媒成了大眾文化和消費主義價值觀的生長酵素。張頤武的描述頗有「後現代」風格：「我們的周圍是衛星電視的節目、MTV、廣告、電子遊戲機和燕莎、賽特這樣的巨型購物中心。我們不再是八〇年代的尋覓激情的人們，而是在第三世界話語中『後現代』的人們。我們經歷了跨出『新時期』，進入『後新時期』的巨大變化。」[27]傳媒話語、商業環境和價值轉型形成了三位一體的、相互轉換的總體性文化

23 轉引自李新宇，《中國當代詩歌潮流》（山東大學出版社，一九九三年），頁三三八至三四〇。
24 參見陳旭光，《「第三代詩歌」與「後現代主義」》，《當代作家評論》一九九四年第一期。
25 朱大可、宋琳、何樂群，《三個說話者和一個聽眾——關於詩壇現狀的對話》，《當代作家評論》一九八八年第五期。
26 《五燈會元》卷十七《惟信》。
27 張頤武，《對「現代性」的追問——九〇年代文學的一個趨向》，《天津社會科學》一九九三年第四期。

象徵。陳曉明這樣概括「後現代」的價值特性：「反（精英）文化及其走向通俗（大眾文化或平民文化）的價值立場」[28]。

禪宗價值經歷了從早期佛教的禁欲苦行到適意自然的轉變，隨後又走向了縱欲主義。以本心為據的禪宗直覺主義從「即心即佛」走向「非心非佛」後，信仰就因為失去了規範的維繫和律條的制約，成為隨心所欲的「不繫之舟」，在內部瓦解了莊嚴的宗教性[29]。於是，頗受世俗歡迎的濟公的宗旨是「佛在心頭坐，酒肉穿腸過」，六祖慧能也曾「但吃肉邊菜」。更有甚者，佛教所有的神聖偶像與法典都被貶抑為無須崇敬的「乾屎橛」、「繫驢橛」和「拭疣紙」[30]，人心的權威凌駕於佛法的權威之上，「呵佛罵祖」、「無佛無祖」的「狂禪」之風氾濫無阻。禪宗與心學的聯手，形成了鼓吹個性自由、反對理性主義的文化思潮，使明代中後期的士大夫階層出現了反抗克己復禮的禁欲傳統的價值趨向，但是，對於個性的缺乏克制的放任自流，也使人心缺乏必要的約束。徹底肯定現實甚至不別善惡的極端主義追求，消弭了宗教價值形態與世俗價值形態之間的差異，在沖決封建禮法規範的束縛的同時，也隱含著走向欲望至上的一元論傾向，為腐化與荒淫提供了冠冕堂皇的正當理由，社會的價值體系與實踐體系混為一體，使社會的發展進程缺乏有效的監督、制約與批判機制，像失控的車輛一樣盲目地向前。晚明社會的人性大釋放造成了追求享受厭棄創造的社會風氣，這就使其社會經濟結構雖然出現了新的生產力形式的萌芽，但缺乏積極的推動力使其逐漸地發育和成熟，或許這正是馬克思．韋伯論證「新教倫理與資本主義精神」的一個絕妙反證。而且，這種價值傳統對後代知識階層的歷史影響，也為後續歷史的發展埋下了精神隱患。

28 陳曉明，《歷史的誤置：關於中國後現代文化及其理論研究的再思考》，《文藝爭鳴》一九九七年第四期。
29 參見葛兆光，《禪宗與中國文化》（上海人民出版社，一九八六年），第二章第二節；《中國禪思想史》（北京大學出版社，一九九五年），第五章。
30 《五燈會元》卷七。

新時期文學從北島在《回答》中宣告「我不相信」開始，到王朔宣揚「頑主」的玩世不恭，意味著一種在「文革」極權政治的氛圍中萌發的懷疑理性，逐漸走向了非難一切、褻瀆一切的犬儒主義。以個人、自由的名義褻瀆一切價值與理想，其結果不僅沒有為個人和自由贏得合法的席位，而是使個人成為金錢和感官享樂的奴隸，使自由成為一種隨波逐流的虛無。正如徐賁所描述的那樣：「犬儒主義有玩世不恭、憤世疾俗的一面，也有委屈求全、接受現實的一面，它把對現有秩序的不滿轉化為一種不拒絕的理解，一種不反抗的清醒和一種不認同的接受。……民間犬儒主義是一種扭曲的反抗，它折射出公眾生活領域的誠信危機及其公開話語的偽善，但它卻不是在說真話，更不是一種公民們公開表示異見的方式。犬儒式反抗對於建立理性、誠實的民主公眾話語的正面貢獻是極為有限的。民間犬儒主義的某些形式，包括一些痞子文學（如王朔的一些作品）和異類藝術（如『波普藝術』和『玩世繪畫』），在反對政治神話的同時，往往借助大眾消費文化製造出一個新的神話——市場神話。」[31]這種「扭曲的反抗」在社會實踐層面的無效性，使其內在地具有阿Q的「精神勝利法」的因素，也使其在民間具有強大的精神滲透作用，造成一種普遍的虛與委蛇、冷漠觀世的旁觀姿態。更為重要的是，當這種「玩」與「俗」被廣泛地認可為「個性解放」和「自由精神覺醒」的文化反抗時，其誤導作用將更加具有迷惑性和煽動性。

有意思的是，以王朔為代表的中國大眾文化的崛起，通常被「後現代人」歸入「後現代主義」的範疇：「王朔和另一些人感覺出了消費文化的後現代氣氛，便以嘲諷嚴肅文學或崇高來取悅讀者大眾。……他本人實際上用的是具有後現代反諷和戲擬特徵的遊戲態度探討了一些嚴肅的主題。」[32]具有強烈的反諷效果的是，王朔自己這

31 徐賁，《當今中國大眾社會的犬儒主義》，香港《二十一世紀》雙月刊，二〇〇一年六月號。

32 參見王寧，《後現代主義之後》（中國文學出版社，一九九八年），第十三章《中國當代大眾文化的後現代性》第二節「『王朔現象』的辨證分析」，頁二三七至二四二。

樣表白：「有人說我是『後現代』，這是哪跟哪呀。我壓根就不知道什麼是『後現代』，現在我連那種嚮往已久的現代的中產階級的體面生活還未過上，哪有『後現代』。咱們的作家聽風就是雨。找太多的時髦概念套作家。」[33]其實，王朔的「痞」與禪宗「翻俗為雅」的姿態具有隱祕的歷史聯繫，其「我是流氓我怕誰」的做派，與禪宗將自己的越軌行為視為參禪悟道的正途的狂妄如出一轍。王朔以嘲笑、挖苦甚至侮辱知識份子及其價值理想為樂事，但他嘲諷的不是知識份子在脆弱與虛妄、自大與自卑之間遊走的悲劇性格，而是針對其憂患、啟蒙、批判等人文使命，進行釜底抽薪的攻擊，用他自己的話說就是：「以譏笑人類所有美好的情感為樂事。」[34]這種否定一切崇高價值的合理性的做法，與「色即是空，空即是色」的無差別意識以及「相即非相，非相即相」的否定一切的思維路向可謂同源異流。般若思想意在追求徹底的空明，而禪宗則通過否定污濁與崇高的差別，把「空」作為唯一的價值尺度宣告一切事物的同一性，但唯一合理的「空」在徹底否定一切事物的同時，也確認了所有存在的合理性。於是，一切的約束都消失了，缺少了約束的人就可以為所欲為。王朔正是通過抹殺崇高與世俗的差別，確認世俗的合法性，並把世俗作為衡量現實的唯一尺度。他說：「我覺得咱中國的知識份子可能是現在最找不著自己位置的一群人……他們的經濟地位已然喪失了……現在在大眾文化、通俗小說、流行歌曲的衝擊下，文化上的優越感也蕩然無存了。真有點一無所有的感覺。……他們已經習慣於受到尊重，現在什麼都沒有了，體面的生活一旦喪失，人也就跟著猥瑣。」[35]通過用「體面的生活」否定知識份子價值追求的邏輯，反映了一種將世俗價值上升為具有普遍意義的公共價值的獨斷論傾向，也使他們所確認的「幸福」成為一種單調的、沒有豐富的精神空間的、虛假的消費意識形態。

33　王朔，《王朔自白》，《文藝爭鳴》一九九三年第一期。
34　王朔，《我是王朔》（國際文化出版公司，一九九二年），頁二五。
35　王朔，《王朔自白》，《文藝爭鳴》一九九三年第一期。

三、實用主義與傳統智慧

「中國後現代」的積極宣導者多為主攻文學的青年學者，其學術路徑與伊哈布・哈桑非常相似：從描述文學的後現代性入手，再把所謂的「後現代文學」的特性用來涵蓋整個後現代文化，認為後者與前者一樣，普遍存在一種自我矛盾的悖論。這就陷入了一種以點代面、以偏概全的尷尬，就像盲人摸象一樣，把自己所熟悉的局部印象作為整體評判。因為熟悉文學的學科特性與發展現狀，「中國後現代」在面對第三代詩歌、先鋒文學、新寫實小說、新歷史小說和新生代小說等研究對象時，儘管同樣有牽強附會之處，但基本上可以做到言之有物，有的放矢。尤其在對先鋒文學的後現代因素的把握上，「中國後現代」展示了自己獨特的學術品格，捍衛了自己的尊嚴，以新穎的視角洞察到研究對象背後的危機與反抗，近乎歪打正著地把握到了當代文學底部的精神潛流。

值得注意的是，後現代話語對中國當代文學的解讀更多地局限在文學形式、敘事技巧、修辭手段、語言風格和結構布局等層面，較少涉及到思維特性、價值形態、精神悖論、人文追求和文化邏輯等層面。也就是說，其話語分析局限在「術」的層面，忽視了對「道」的探究。而且，「中國後現代」慣用的做法是，只要認為某種流派、某位作家、某部作品在形式層面借鑑了或潛在地具有西方後現代文學的特性，那麼，他們就被指認為具有後現代精神的流派、作家或作品。這就以「術」的分析代替了「道」的探究，並且把形式因素上升為本質特性，將「術」與「道」混為一談。一種技術與形式可以被不同的價值立場與意識形態所容納，所以不能把一種技術與形式作為某種特定的價值立場與意識形態的標誌。譬如反諷這一古老概念在「新批評」派理論家的努力下，被確認為詩歌語言的基本原則和基本思維方式。後現代理論家對「反諷」的內涵又有所拓展，理查・羅蒂更是以「反諷人」自居。反諷這種穿越了漫長的歷史隧道的古老修辭辭格，在九〇年代以來的中國文學中，居然被指認為「一味追求反諷，黑色幽默的美學效果」[36]的「後現代文學」的本質特性。這樣，王小波的「時代三部曲」、李馮的的《十六世紀的賣油郎》和《另一種聲音》、崔子恩的《玫瑰床榻》與《丑角登場》都因為運用了「戲仿」手法（情景反諷的一種特殊類型），而被籠統地看做「後現代文本」[37]。其實，像王小波儘管在小說中經常運用間斷、增殖、複製、戲仿和暴露敘述等後現代技法，但他卻是一個捍衛個性與自由的現代主義者。

自八〇年代以來，中國作家模仿西方現代派作家的表現形式成了一種時尚。正如余華所言：「對於一九八九年開始寫作或者還在寫作的人來說，小說已不是首創的形式，它作為一種傳統為我們繼承。我這裡所指的傳統，並不只針對狄得羅，或者十九世紀的巴爾札克、狄更斯，也包括活到二十世紀的卡夫卡、喬伊絲，同樣也沒有排斥羅布－格里耶，福克納和川端康成。」[38]啟蒙主義、批判現實主義、現代主義和後現代主義混合在一起，其美學原則成為中國作家現成的敘事視角，不加辨別地挪用過來。而且，中國的翻譯家在八〇年代初期並沒有對「現代主義」與「後現代主義」進行必要的區分，還把「後現代主義文學」也當作「現代主義文學」介紹給中國讀者。袁可嘉主編的《外國現代派作品選》產生了廣泛的影響，其第三冊介紹了荒誕文學、新小說、垮掉的一代和黑色幽默，這些被西方後現代文學奉為圭臬的作家作品，仍然被編者歸納在「現代派」的名下[39]。這種混亂為「中國後現代」的文本分析提供了便利。其實，所謂的「先鋒派」文學在現代主義還沒有形成傳統的中國，其姿態與追求更接近於現代主義陣營，不過其努力主要不集中於建構以啟蒙理性為核心的現代性敘事，而是以反思和

36 陳曉明，《歷史的誤置：關於中國後現代文化及其理論研究的再思考》，《文藝爭鳴》一九九七年第四期。

37 參見戴錦華，《隱形書寫》（江蘇人民出版社，一九九九年），頁二四一至二四二。

38 余華，《虛偽的作品》，《余華作品集》第二卷（中國社會科學出版社，一九九四年），頁二八二。

39 袁可嘉、董衡巽等選編，《外國現代派作品選》第三冊（上、下）（上海文藝出版社，一九八四年）。

揭穿偽現代性的本來面目為主旨。因此，我們不難從先鋒派文學的敘事技巧中發現後現代文學的影響，但斷言先鋒派為徹頭徹尾的後現代文學，顯然是本末倒置。

「中國後現代」的邏輯推演和現實意旨有著鮮明的實用主義色彩。正如張頤武所言：「八七年以後，陸續出現了一批實驗小說，如格非、余華、葉兆言、孫甘露、蘇童等的作品，對此批評家們普遍感到批評的工具、批評的方法不夠用……這樣，我們才開始用『後現代』這套闡釋的代碼對這些文學現象進行描述。」[40]陳曉明則說：「什麼是後現代呢？哈桑說過，不能夠在現代性的意義上闡釋，不能在標準的現實主義的意義上闡釋的，都可以裝進後現代這個垃圾桶裡去。當我們不能用其他方法去描述的，我們用後現代來描述先鋒文學。」[41]在這裡，「後現代」被當成了一種相對於「現代性的意義」和「現實主義的意義」而言，更新的、更為有用的一種工具。正因如此，「中國後現代」一方面從敘事策略層面分析具有精英文化氣息的先鋒派小說，另一方面從社會功用層面分析大眾文化，將雅與俗的兩種極端的、幾乎是完全對立的形式同時裝進「後現代」的垃圾桶，並把「後現代」這種虛偽的真理進行普遍性的合法化，從工具上升為法則。在此意義上，「中國後現代」僅僅是本土化的實用主義思潮的一種表現形式。

在美國，「後現代」恰恰成了實用主義思潮復興的契機，哲學家R・伯恩斯坦就說：「近來，關於我們的『後現代的狀況』有許多的說法。而如果再仔細看一看這些『後現代』話語中最典型的話題及它們所提出的挑戰，我們就會發現，它們其實都是實用主義者早就提出來過的。而更令人印象至深、更為重要的是，實用主義者甚至早就關注如何迎接這些挑戰了。」[42]作為杜威之後最有影響的實用主義大師，理查・羅蒂更是把以實用主義

40　陳曉明、張頤武、劉康、王一川、孫津，《後現代：文化的擴張與錯位》，《上海文學》一九九四年第三期。
41　陳曉明、張頤武、劉康、王一川、孫津，《後現代：文化的擴張與錯位》，《上海文學》一九九四年第三期。
42　參見盛寧，《人文困惑與反思——西方後現代主義思潮批判》（生活・讀書・新知三聯書店，一九九七年），頁一〇八。

為主要特徵的後現代哲學命名為「後哲學文化」，主張放棄傳統哲學對終極真實的追求，把「真理」看做是「一個表示滿意的形容詞的名詞化，而不是看做一個表示與超越的東西、不只是人類的東西的接觸」[43]。利奧塔得在分析資訊化社會的知識時，認為「有用」即「知識」成了時代對「知識」的新要求，這種觀點和理查・羅蒂可謂異曲同工。把「真理」等同於「滿意」，這就把「有用」與否和「成功」與否當成了最終的價值判決。在「反本質主義」的旗幟下，現象和實在、內在與外在、主體與客體、本質與表象的區分都消失了，語言、真實和意義的價值都在於它們可以成為「有用」的工具。

應該說，「後現代」精神的實用主義成分對「中國後現代」不無影響。更值得注意的是，後者對前者的理解與接受充滿了曲解與誤讀。美國的實用主義學派固然看重行動與效果，但其內含著科學與民主精神，像杜威的經驗論，知行合一觀，注重懷疑、實驗和歷史方法的科學方法論，追求個人與社會的統一的新個人主義，試圖在社會諸領域促進民主實現的民主論，平民教育思想等等，都不是中國式實用主義可以含納的。而且，世故油滑的、非理性的、盲目追求功利的、反對任何有風險的文化創造的、缺乏任何信念作為支撐的本土實用主義，恰恰與美國實用主義哲學所提倡的科學、民主與自由等價值目標背道而馳。當「怎麼都行」成為「中國後現代」的價值信條時，其實用主義成分更多地接續了傳統文化中貪圖實惠、委曲求全和油滑混世的生存智慧。

張頤武認為九〇年代中國流行的是一種實用主義的價值觀和倫理觀，並把「一些知識份子中的新保守主義」、「普遍市民社會的個人實用主義」和知識份子中的「新啟蒙」思潮看成三種實用主義的表現形態[44]。其實，「中國後現代」是知識份子話語中最為徹底的實用主義思潮，它為市場化和知識份子的邊緣化喝采，以實用精神消解了知識份子的啟蒙精神與批判意識，潛在地鼓勵通俗文化與高雅文化的「共謀」，對錢權交易、貧富分

---

43 參見盛寧，《人文困惑與反思——西方後現代主義思潮批判》（生活・讀書・新知三聯書店，一九九七年），頁一一四。

44 陳曉明、張頤武、戴錦華、朱偉，《精神頹敗者的狂舞》，《鍾山》一九九三年第六期。

化和社會弱勢群體的痛苦卻熟視無睹，完全地認同主流觀念與日常現實，為先富階層的金錢主義和享樂主義的合法性進行價值辯護。一幫「後現代」擁躉熱情鼓吹的「中華性」，正是在實用主義的引導下，與國粹主義者走到了一起，為「象徵著一種溫馨、和諧、安寧、適度的新生活方式和新價值觀念的形成」的「小康」理想鳴鑼開道。而且，「中華性」的「容納萬有的胸懷」，是一種典型的急功近利的價值選擇：「對任何事物，無論是物質領域還是精神領域，不問社與資，不管西與東，無論新與舊，只看利與弊。有利的就拿來，就繼承，有弊的就懸擱或拒斥。」[45]對於事物的利與弊的權衡，並不是短期內就可以做出正確判斷的。近代以來中國對西方文化的選擇，就常常陷入功利主義的誤區，總希望所有的「拿來」都能立竿見影，結果卻付出了沉重的代價，常常為後人留下長長的歷史尾巴。

「中國後現代」對「新寫實」小說的「後現代性」的分析，是一種典型的文化誤讀。其實，「新寫實」潮流對於詩意與激情的消解，反映了一種源遠流長的「民間實用主義」價值觀。所謂的「民間實用主義」，是一種「識時務者為俊傑」的世俗智慧。其中既有委曲求全、聽天由命的麻木，又有趨炎附勢、通權達變的狡黠。它有點類似於魯迅所言的「主奴二重性」，當慣了奴才的人一旦變成主子，往往更加可怕，這和中國傳統社會的「求勢」傾向是密不可分的。劉震雲的《一地雞毛》、《單位》、《官場》和《官人》等作品，就描述了權力場中的人格二重性。而池莉面對文化的碎片狀態，在現實強大的制約力量面前，只好在「煩惱人生」和「不談愛情」的歎息中宣洩內心的鬱悶，然後，無可奈何地滿足於「熱也好冷也好活著就好」的苟活狀態。先鋒小說從形式探索到日常敘事的轉向，同樣體現了從務虛走向務實的文化選擇。余華就說：「過去我的理想是給世界一拳，其實世界這麼大，我那麼小的拳頭，擊出去就像打在空氣上一樣，有屁用。」[46]這種審時度勢之後的放棄，只會使世俗

45　張法、張頤武、王一川，《從「現代性」到「中華性」》，《文藝爭鳴》一九九四年第二期。
46　余華、潘凱雄，《新年第一天的文學對話》，《作家》一九九六年第二期。

的力量變得更加強大，成為一種絕對化的價值導向。民間實用主義和知識份子的世俗化傾向的相互促動，使消費文化與具體的生活目標迅速地蠶食著知識份子的精神空間。

美國夏威夷大學教授安樂哲認為美國的實用主義與亞洲的儒家思想有很大的相通之處，兩者的共通之處在於：（一）重視文化敘述，反對種族中心主義。（二）實用主義與儒家思想都強調人類社會的溝通和交流。（三）美國實用主義同儒家思想一樣強調自我修養。二者都將自我修養置於個人道德品格教育的中心地位。（四）勸諫的義務。（五）傳統的重要性。在儒家思想和實用主義中，合理性都源於依照其所在傳統延續下來的秩序。（六）將實用主義引入儒家民主。在「儒家民主」（Confucian Democracy）一詞中，「儒家」與「民主」並不矛盾。東亞儒家社會制度的民主化，已經不能生搬硬套當代西方流行的自由主義民主模式，而是到了將美國實用主義引進儒家思想的時代了。他還認為中國在許多方面更接近杜威的社群主義民主理想，而杜威自己的祖國卻未實現。中國將來的影響很可能使美國與其他北大西洋民主社會進一步接近杜威的民主理想。儒家思想裡存在著發展民主的獨特亞洲模式的資源[47]。但是，這種平行的比較研究不無牽強附會之處。其思路與胡適、陶行知等人試圖借杜威的實用主義啟動傳統資源，從而開出科學和民主的努力幾乎是一脈相傳。事實上，胡適等人的美好預期成了泡影，外來的「實用主義」在傳統「實用主義」的土壤上水土不服。

面對世紀之交中國急功近利的實用主義潮流，我們很有必要重溫陳寅恪與吳宓在「五四」之後的一席對話。他們入木三分地剖析了傳統實用主義的危害：「其一，中國之哲學、美術，遠不如希臘，不特科學為遜泰西也。但中國古人，素擅長政治及實踐倫理學，與羅馬人最相似。其言道德，惟重實用，不究虛理，其長處短處均在此。長處，即修齊治平之旨。短處，即實事之利害得失，觀察過明，而乏精深遠大之思。故昔則士子群習八股，

47 參見消息，《著名比較哲學家安樂哲教授到北京講學》，《中華讀書報》二〇〇一年五月二十三日；安樂哲、郝大維，《儒家思想與實用主義》、《儒家民主主義》，「新青年・中國學術城」（http://xueshu.newyouth.beida-online.com）。

以得功名富貴；而學德之士，終屬極少數。……而救國經世，尤必以精神之學問（謂形而上之學）為根基。……今人誤謂中國過重虛理，專謀以功利機械之事輸入，而不圖精神之救藥，勢必至人欲橫流，道義淪喪，即求其輸誠愛國，且不能得。」[48]其實，先秦諸子中號稱「中士之道」的儒、法、墨、名四大家都有明顯的實用主義傾向。譬如孔子講求「作稽中德」和「允執其中」的中庸之道，將「兩端」合二為一，「過」和「不及」都是偏離了平衡的狀態。而且，孔子在對「中庸」的把握中還強調靈活性，《論語・子罕》中有言：「子絕四：毋意、毋必、毋固、毋我。」「可與立，未可與權。」由此可見孔子反對「意」、「必」、「固」和「我」的極端傾向，「權」就是必須因時因地而變通的靈活性。「無可無不可」更是表明了「中庸」的曖昧與模糊，使「道」缺乏必要的約束與監督。孔子還把「禮」作為「中」的具體體現形式，也即「禮之用，和為貴」。可操作的「禮」就在某種程度上取代甚至覆蓋了玄虛的、語焉不詳的「道」。當一種世界觀和道德原則轉化成操作層面的現實法則，「道」就變成了應付現實的生存策略，成了一種形而下的「術」，而且這種「術」的變通進一步削弱了其原則性與嚴肅性，「道」與「術」也就變得混淆不清了。「中國後現代」以「術」的分析代替「道」的思辨的做法，或許正是源於這一文化傳統。孔子所說的「祭如在，祭神如神在」（《論語・八佾》）和「敬鬼神而遠之，可謂知矣」（《論語・雍也》）的論斷，更是體現了一種實用主義的鬼神論，因為「慎終追遠」可以產生「民德歸厚」的現實效用，所以才對鬼神問題採取了模棱兩可、迴避問題的態度。僅僅因為「有用」而拒絕說出自己的真實見解的做法，缺乏必要的誠實，這也容易助長陽奉陰違的文化虛偽。正是這種看重實用的傳統，使佛教傳入中國後佛理「不得發達」，「大乘盛行，小乘不傳」。正因為否定了意志自由對道德的選擇，以強制性的奴隸道德束縛人，默認了虛偽與利己的做法，魯迅才反覆地批判中國人少堅信，無特操，性易流轉，並指出：「中國有許多事

48 吳宓，《吳宓日記》第二冊（生活・讀書・新知三聯書店，一九九八年），頁一〇〇至一〇一。

情都只剩下一個空名和假樣，就為了不認真的緣故。」[49]說得直白一點，「中國後現代」也就是這樣的「空名和假樣」。正如李銳所批評的那樣：「如果『從別國裡竊得火來』本意卻只在於一時的炫耀，本意卻只在於奪一時的話語時髦，甚至本意卻在於用『後現代的神話』來遮蓋中國的鮮血和苦難，用『後現代的神話』來取消知識份子的責任和理性承擔，那麼我們將會永遠被淹沒在歷史的陰影之中。」[50]

49 《魯迅全集》第五卷（人民文學出版社，一九八一年），頁四三九。
50 李銳，《曠日持久的煎熬》，《誰的人類》（時代文藝出版社，二〇〇〇年），頁三一三。

第四章　九〇年代小說的歷史迷惘

在世紀交替時刻，人們對於時間、歷史等概念總是特別敏感。面對二十世紀末期中國急劇變革的文化現實，富有危機意識的知識份子不約而同地通過歷史反省來總結過去，展望未來。在九〇年代的小說敘事中，歷史的回聲更是成為醒目的風景。在歷史敘事的潮流中，又有兩道支流：一為再現真實的歷史事件和歷史人物的「歷史小說」，一為借歷史的軀殼來復活作家心目中的文化精魂的「新歷史小說」。儘管兩種審美表述趣味有別，兩個陣營的作家互不服氣，但共同的文化現實使他們相互呼應，從不同側面詮釋了文學與歷史、現實與歷史的互動關係。正如老黑格爾所言：「歷史題材具有很大的便利，能把主體和客體兩方面的協調一致，很直接地而且詳盡地表達出來。」[1]

有趣的是，所謂的「歷史小說」鍾情的主要是明末清初和清末民初的歷史時空，像唐浩明的《曾國藩》、《曠代逸才》和《張之洞》，淩力的《暮鼓晨鐘》和《夢斷關河》，二月河的《康熙大帝》、《雍正皇帝》和《乾隆皇帝》，劉斯奮的《白門柳》，都意在揭示中國變亂時期坎坷曲折的歷史行程。明、清兩代籠罩著整體意義的衰敗氣象，而正是在同一時期，走出中世紀黑暗的歐洲向資本主義轉型，日漸強盛。此消彼長，中國與世界

1 黑格爾，《美學》第一卷（商務印書館，一九七九年），頁三二五。

先進行列的距離越來越遠。其中的奧祕對於九〇年代的社會變革，無疑是借古鑑今的重要資源。凌力強調：「變化確是天地人間的大道，是事物的客觀規律。寫長篇更得注重這個『變』字。」[2]而劉斯奮則說其《白門柳》的立意是「揭示中國大陸十七世紀早期民主思想產生的社會歷史根源」[3]，正是通過對歷史滄桑中變化的現象和不變的「根源」的藝術反思，歷史與現實展開了雙向互動的精神對話。但是，「歷史小說」對帝王題材的沉溺，尤其是二月河以明清章回小說的形式書寫「帝王行止、宮廷祕聞」的作品，迎合了讀者的窺隱心理。作家對於權力角逐的殘酷性的渲染，更是一種巧妙的商業策略。《白門柳》對於名士風範和名妓風情的表現，將知識份子的反思意識和大眾趣味曖昧地結合在一起。另外，對歷史進行重新解釋的「翻案」衝動，也就是唐浩明所說的「衡情推理，彌補史料之不足，可使藝術真實超越信史」[4]，更使「歷史小說」與「新歷史小說」殊途同歸。

至於「新歷史小說」，它們不約而同地將筆觸集中於中國近現代史領域，如魯迅所說的那樣「只取一點因由，隨意點染，鋪成一篇」[5]。從八〇年代喬良的《靈旗》、莫言的《紅高粱》開始，一大批作品相繼問世，其中產生較大影響的有：張承志的《心靈史》，張煒的《古船》、《家族》，陳忠實的《白鹿原》，李銳的《舊址》、《無風之樹》、《萬里無雲》，王小波的《黃金時代》、《青銅時代》，莫言的《豐乳肥臀》，劉震雲的《故鄉天下黃花》、《故鄉相處流傳》、《溫故一九四二》，蘇童的《罌粟之家》、《一九三四年的逃亡》、《米》，余華的《在細雨中呼喊》、《活著》、《許三觀賣血記》，葉兆言的「夜泊秦淮」系列和《一九三七年的愛情》，劉恆的《伏羲伏羲》和《蒼河白日夢》，池莉的《預謀殺人》，王安憶的《長恨歌》，阿來的《塵埃

2 凌力，《天子—孫子—孩子：有關〈暮鼓晨鐘〉創作的思考》，《當代作家評論》一九九四年第一期。
3 劉斯奮，《〈白門柳〉的追述及其他》，《文學評論》一九九四年第六期。
4 唐浩明，《歷史人物的文學形象塑造》，《文學評論》一九九五年第六期。
5 魯迅，《魯迅全集》第二卷（人民文學出版社，一九八一年），頁三四二。

落定》，李佩甫的《羊的門》，尤鳳偉的《中國一九五七》……在「新歷史」的旗幟下，集結了中國最具創作實力和社會影響力的作家。「新歷史小說」對於民間視角和個人體驗的強調，固然有「補正史之缺」的「野史」[6]意味，但是，這種藝術選擇與近現代史強烈的現實後效有密切關聯，通過假語村言的曲折表達，作家們避免了與歷史懸案和現實禁忌的短兵相接，同時以改頭換面的「另類」書寫寄託隱祕的批判意識。另一方面，並非所有的歷史表達都有言外之意，它們在多數作品中僅僅是一種道具，一種拓寬敘事時空的虛擬布景。正如莫言對《豐乳肥臀》中的歷史描寫的自我評價：「我的小說裡面的歷史事件看起來很真實，其實是虛構的，是出於表現人物的需要而創造的一種環境。」[7]

值得注意的是，歷史題材的火爆並不意味著歷史意識的普遍覺醒。對於歷史遊戲的癡迷，恰恰反映出健康的歷史理性逐漸淡出的文化現實，半真半假的歷史表演（更確切地說，當是「歷史秀」）似乎是走向衰落的歷史意識的迴光返照，混沌不清的歷史迷惘或許正是社會健忘症廣泛蔓延的徵兆？

一、逆反的史詩

二十世紀末的歷史題材小說，其「新」之所在，有一個重要的參照系，那就是流行於五、六〇年代的「革命歷史小說」。在某種意義上，「革命歷史小說」成了前者的前文本。顛覆滲透於「革命歷史小說」中的歷史觀念，成了九〇年代小說家們近乎偏執的使命。正如卡爾・貝克爾所言：「任何一個事件的歷史，對兩個不同的人

6 劉鶚，《老殘遊記》第十三回評語。
7 林舟，《生命的擺渡》（海天出版社，一九九八年），頁二〇三。

來說絕不會是完全一樣的；而且人所共知，每一代人都用一種新的方法來寫同一個歷史事件，並給它一種新的解釋。」[8]「革命歷史小說」對於歷史的描述大同小異，二元對立的階級、路線成為推動革命和敘事的動力，按時序排列的因果邏輯成為基本的敘事法則，客觀性、進步性、必然性成為歷史和「革命」的內在規律。九〇年代小說家反其道而行之，通過對歷史的主觀性、循環性、偶然性的強調，消解前者以政治目的為本位的歷史闡釋方式，抵制「革命歷史小說」的宏大敘事，體現出一種「反歷史主義」的傾向。「新歷史」的歷史表達僅僅是經過作家的思想過濾和心靈折射的歷史印象，「革命歷史小說」直線穿行的時序鏈條，也被插科打諢、顛三倒四的敘事方式剪輯成時間的碎片。需要注意的是，儘管九〇年代的歷史敘事強調主觀性和個人性，但是，作家們的聲音同樣不能擺脫隨聲附和的命運，形成一種混雜而喧嘩的合唱效果。也就是說，九〇年代的歷史敘述僅僅是在唱反調，僅僅使自己區別於「革命歷史小說」，卻沒有發出屬於自己的、獨特的聲音。在這種意義上，九〇年代的歷史敘述是殘缺的，它擁有的只是「革命歷史小說」的反面，卻沒有自己的「正面」，而且，作家們作為個體的特徵曖昧不清，他們依然被裹挾在群體的聲浪之中。富有悲劇性的是，這種一味地說「不」的姿態，使他們潛在地陷入了二元對立的誤區。

九〇年代的歷史敘述對於中國近現代的生活史和心態史的整體把握，對於民族和家族的興衰更替的審美描述，都使作品程度不同地表現出史詩品格。歷史敘述對於長篇體裁的偏愛，反映出作家建構「氣魄宏大、規模巨大」的史詩的形式自覺。柳青希望《創業史》能夠回答「中國農村為什麼會發生社會主義革命和這次革命是怎樣進行的」[9]，而有「小柳青」之稱的陳忠實希望《白鹿原》能夠闡釋「從清末一直到一九四九年中華人民共和國

[8] 卡爾・貝克爾，《什麼是歷史事實？》，張文傑等編譯，《現代西方歷史哲學譯文集》（上海譯文出版社，一九八四年），頁二三七。
[9] 柳青，《提出幾個問題來討論》，《延河》一九六三年第八期。

建立，所有發生過的重大事件都是這個民族不可逃避的必須要經歷的一個歷史過程」[10]。從兩代作家的創作理念中，我們已經可以隱約地察覺到一脈相傳的「史詩情結」的影響。

「史詩情結」的滲透，使九〇年代的歷史敘述很快就形成了一種基本模式，最為典型的就是「村落與家族」模式。在中國社會從古代到近代的歷史演變中，以血緣為紐帶的宗法制度始終以不變應萬變，使其他社會變化處於從屬地位。正如林語堂所言：「家族制度是中國社會的根底，中國的一切社會特性無不出自此家族制度。家族制度與村社制度——村社制度為家庭組織進一步而範圍稍微擴大的範型——可以統括地說明一切中國社會生活的現象。」[11]

「革命歷史小說」同樣偏愛家族敘述。比如《紅旗譜》中的鎖井鎮，便劃分出相互對壘的家族陣營，朱、嚴兩族代表世代貧困且飽受剝削的農民階級，以馮蘭池為代表的地主家族為富不仁，是宗法制度的守靈人。《創業史》中富農姚士傑和貧農高增福的對立，同樣陷入了「階級血統論」的怪圈。有意思的是，性格複雜的梁三老漢和「新農民」梁生寶之間並沒有血緣嬗遞的關係，養父養子的曖昧關係與兩種精神立場的差異形成一種對應，這是一種典型的「身份政治」，即血緣與精神傳承兩位一體。同時，革命陣營內部的新舊兩代之間的強烈反差，是歷史進步論最為直觀的藝術反映形式。像《青春之歌》等成長小說在表現林道靜等新青年轉型再生為革命主體時，作家特別強調人物與舊陣營一刀兩斷的精神決裂。

九〇年代的家族敘述模糊了家族之間的階級對壘，甚至不無激進地將這種意識形態化的表達顛倒過來。《白鹿原》中的地主白嘉軒對長工鹿三懷有真誠的情誼，而且被奉為居仁懷義的道德楷模。對於「革命歷史小說」水火不容的路線鬥爭模式，《白鹿原》也以反諷手法提出了質疑。作品中的一對戀人白靈與鹿兆海在國共合作時期

10 陳忠實、李星，《關於〈白鹿原〉的答問》，《小說評論》一九九三年第三期。

11 林語堂，《吾國與吾民》（中國戲劇出版社，一九九〇年），頁一六一。

曾用拋一枚銅錢來決定誰姓「共」誰姓「國」，而且他們後來果真戲劇性地更換了各自的黨派屬性。更富於戲劇性的是，出生入死的白靈被革命同志誤作潛伏特務處以「活埋」，而身為營長的鹿兆海在進犯邊區時身亡，竟然被當成了抗日「烈士」。作品的歷史描述不無矯枉過正的傾向，這種過火的戲劇性不僅很難產生正本清源的作用，無法還歷史以真實面目。最具有反諷意味的是，作家在拋棄「革命歷史小說」你死我活的路線鬥爭這一二元對立模式的同時，陷入了另一種二元對立的模式，那就是兩個家族作為不同的利益共同體的對壘。白嘉軒與鹿子霖作為道德兩極的對抗，前者的仁義與後者的醜惡形成了鮮明的對比和強烈的反差。「這邊烙焦了再把那邊翻過來」的「鏊子說」，形象地概括了「白鹿原」你爭我奪、勢不兩立的二元格局。更有甚者，一些作家還按「善」與「惡」的兩分法，將家族劃分為相互對壘的精神陣營，善的家族將其善良的道德胎記代代相傳，惡的家族將其負面的精神血緣邪惡地綿續下去，這就上升成了一種「道德血統論」。

與陳忠實通過「白鹿精魂」寄託道德復興的文化理想不同，更多的作家展示的是家族衰敗的荒涼圖景。阿來的《塵埃落定》展現了西藏土司制度走向終結前的頹敗景象，麥其土司家族對於王冠和王位的爭奪，只是加速了分崩離析的歷史宿命。葉兆言的《半邊營》中的華太太以扭曲的人格，試圖挽救瀕臨崩潰的家族，並將自己的不幸和壓抑轉嫁到兒女身上，結果，這個以家族的救世主面目出現的乖戾女性，悲劇性地成了家族的掘墓人。李銳的《舊址》寫了一個有兩千年歷史的李氏家族的潰敗，發人深省的是，這個鹽業世家落後陳舊的手工業生產方式，並沒有因為其對手白瑞德家族近代機器生產的強大挑戰而一敗塗地，反而激發出了絕望的抗爭。李氏家族的覆滅，居然是一場出乎預料的歷史變故。一九五一年霜降這天，李氏家族三十二位成年男子的性命，作為逃脫的楊楚雄的替罪羔羊，死於人民政權鎮壓反革命的槍聲中。作家對於「血統論」以及由此擴展出來的地方主義、裙帶鏈條和強權觀念，懷有一種理性的警惕，並展開深入的文化批判。尷尬的是，作家情感的捲入使批判難以為繼，對於舊價值體系中美好一面的毀滅，作家寄予了太多深切的痛惜。通過李乃敬力挽狂瀾的悲壯，李紫痕知白守黑、以柔克剛的堅韌，尤其是家族的叛逆者李乃之變相自殺前在一張報紙空白處填滿「革命」字眼的絕望，都流露出作家兩難的悲悼。作家說：「歷史卻拋棄了所有屬於人的所謂意志，讓那些所有泯滅的生命顯得孤苦而又荒謬。」[12]這就陷入了歷史宿命論的怪圈。歷史宿命論和「十七年」文學中的歷史敘述所崇奉的歷史決定論看似大相逕庭，實則是在同一文化內核上生長出來的不同變體。歷史決定論認為社會不斷地由低級形態向高級形態發展，是一種不以人的意志為轉移的歷史規律，人們的奮鬥不可能改變歷史的基本方向，只能加速歷史進程；將「發現」的歷史規律視為不可改變的鐵的邏輯，這是一種典型的宿命論；只是它沒有走向極端宿命論，相信行動可以「加速」歷史進程，將宿命論和行動主義奇妙地結合在一起。家族宿命論僅僅是「革命歷史小說」的歷史決定論的反題，即把歷史必然的進步替換為家族必然的衰敗，在思維的內在邏輯上如出一轍。因此，家族衰敗的審美表述並沒有根本地超越「革命歷史小說」的局限，缺乏一種具有獨創性的審美建構。

談到二元對立的思維模式，我認為它在九〇年代的歷史敘事中呈現出一種泛化趨勢，這和九〇年代社會轉型中多重矛盾的激化密切相關。傳統與現代、東方與西方、城市與鄉村、男性與女性等等的兩極對抗支撐起作品基本的敘事框架。典型如蘇童的「楓楊樹鄉村系列」，鄉村與城市的對峙構成了《一九三四年的逃亡》、《米》等作品的中心意象和價值載體，而且，鄉村的衰敗與城市的腐爛都是無可變更的必然。作家有這樣的表述：「一側是城市，一側是鄉村，這是一種對世界的片面和簡單的排列方法。……人們就生活在世界的兩側，城市或者鄉村，說到我自己，我的血脈在鄉村這一側，我的身體卻在城市那一側。」[13]這樣的非此即彼的衝突固然激烈，富有戲劇性，但用單一的對立概括多重性的矛盾體，其偏差是無可避免的。李佩甫的《羊的門》中呼天成在四〇年的風雲變幻中，始終高居於呼家堡的權力頂峰，他收買人心，睚眥必報，成為一個像放羊一樣放牧人群的人。但

12　李銳，《關於〈舊址〉的問答》，《當代作家評論》一九九三年第六期。
13　蘇童，《蘇童文集・世界兩側》（江蘇文藝出版社，一九九三年），「自序」。

作品的敘事原則基本上圍繞著「恩典」做文章，在黨同與伐異中構成一種二元關係。正如著名社會學家金耀基所論述的：「人與人之間的關係在中國的社會系統中，大約可分二類，一類是有特殊關係的，一類是無特殊關係的。人與人的關係千絲萬縷，不要說是真正的親屬、同鄉，就是朋友，或朋友的朋友，只要一攀上關係，就成為『準親屬』的關係，一切稱呼都換成親屬性的稱呼，真正變成『自家人』。」[14]也就是說，《羊的門》的二元關係正是「自家人」與「外人」的對峙和轉化。中國社會確實遵循這一原則，因私徇公，編織權力網路，但作家的敘述完全被這一二元法則所牽制，其批判視角受到抑制，而且同樣掉入非此即彼的簡單化思維的陷阱。

說到「革命歷史小說」的人物性格，基本上遵循正面和反面人物二元對比的模式，人物塑造有著鮮明的概念化、公式化、符號化特徵。九〇年代的「新歷史小說」以逆反的姿態，從正面表現土匪、地主、罪犯、妓女等具有越軌和反社會特徵的人物的性格發展。像尤鳳偉的匪行小說「石門系列」、余華的《一個地主的死》、楊爭光的《賭徒》、格非的《敵人》、張生的小說《一個特務》和《劊子手的自白》等作品，都展示了邊緣人物被歷史身份所遮蔽的正常人性，打破了將人物的性格和其身份、職業、階級等社會角色相互混同和對位的僵化思維，拋棄了「好人完美高大壞人猥瑣卑鄙」的審美定式。但是，需要指出的是，九〇年代歷史敘述中的人物並沒有打破類型化、概念化的怪圈，而是從一個極端走到另一個極端，形成了一種「好人不好壞人不壞」的新模式。而且，「新歷史小說」中出現大量的偏執型人物，將某一種性格因素發展到極致，顯得扁平和片面。典型如葉兆言《一九三七年的愛情》中的「愛情瘋子」丁問漁、蘇童的《米》中的五龍、劉恆的《蒼河白日夢》中的二少爺、池莉的《預謀殺人》中的王臘狗等等。李銳的《無風之樹》中的苦根兒和《萬里無雲》中的張仲銀都是「文革」中被「救星崇拜」所扭曲的畸形人格的濃縮，作家對神話的反思與批判也達到了相當的深度，非「新歷史小說」

14 金耀基，《中國社會與文化》（香港牛津大學出版社，一九九二年），頁二四至三〇。

中具有濃郁的遊戲色彩的人物能夠比擬，但人物過於明顯的表演性人格，至少是削弱了作品的審美深度。這種過分誇張的畸形性格，類似於福斯特所言的「扁形人物」：「扁形人物在十七世紀叫做『脾性』，有時叫做類型人物，有時叫做漫畫人物。就最純粹的形態說，扁形人物是圍繞著單一的觀念或素質來塑造的。」[15]福斯特說，扁形人物的重要優越性是讀者很容易識別和記住他們，他們的性格很難被環境改變，具有一種恆常性。應該說，「新歷史小說」的偏執型人物在九〇年代初期，還是能夠給讀者帶來陌生化效果，因為不少讀者的腦海裡還潛藏著「革命歷史小說」的人物模式。漸漸地，這種手法顯露出其致命的局限，它並沒有塑造出真正具有內在的複雜性、獨特性和分裂性的「這一個」，並沒有為九〇年代文學留下激動人心的人物形象。

另一個值得引起重視的問題是，「十七年」文學留下的成功的人物形象往往是亭麵糊（《山鄉巨變》、梁三老漢（《創業史》）和趙樹理筆下的糊塗塗、能不夠、吃不飽、小腿疼等「中間人物」。九〇年代的歷史敘述同樣有這個問題，只不過不如「十七年」文學明顯。舉尤鳳偉的《中國一九五七》為例，其中的人物分為三種類型，即以馮俐、龔和禮、李宗倫、李戍孟等為代表的堅守人格自尊與精神原則的知識份子，以高幹、張克楠、李祖德、董不善等為代表的不惜以迫害他人來保全自身的墮落知識份子，以主人公周文祥、吳啟都、高雲純、蘇英、張撰、解若愚等為代表的一大批不甘泯滅又無力抗爭的「中間人物」。作家選擇周文祥作為敘述者，沒有使敘述語調陷入劍拔弩張的激烈狀態，沒有陷入相互抨擊和指責的二元對立模式，而是通過周文祥的深入觀察與親身體驗，表現了政治運動的殘酷性，同時也揭示了群眾運動對於個體生命的虐殺。「中間人物」的軟弱、妥協、明哲保身與苟延殘喘，使他們的目擊與見證能夠過濾掉殉道者和墮落者的誇張、表演和自戀成分，他們自身的麻木也更加有效地印證了政治運動對人性的損害。忍辱偷生的周文祥把與戀人馮俐見面的願望當成了精神支柱，但

15　愛・摩・福斯特，《小說面面觀：小說中的人物》，呂同六主編，《二十世紀世界小說理論經典》（上卷）（華夏出版社，一九九五年），頁一四六。

獄中馮俐的決絕破滅了他內心最後的幻想，這個瞻前顧後的軟弱者居然也變得無所畏懼，他這樣哀求馮俐：「沒有你我無法生活，你為什麼要這樣呢？中國是大家的，不是你一個人的，你一個人改變不了什麼，不要做無謂的犧牲呀。」其中散發出來的強烈的私心，不僅是講究實用的中國式生存哲學的典型體現，而且是「中間人物」選擇軟弱的理由和基礎。也正是基於最為起碼的人性和情感需求，周文祥破釜沉舟的反抗才會這樣水到渠成。周文祥在一九九〇至二〇〇〇年的形象畫廊中，是一個成功的典範，而馮俐、高幹等人物的塑造儘管同樣顯得合情合理，沒有過於明顯的斧鑿痕跡，但還是沒有完全跳出臉譜化、概念化的窠臼。因此，邵荃麟一九六二年夏天引起軒然大波的講話依然沒有過時：「光是題材多樣化，還不解決問題。只有人物多樣化，才能使創作的路子寬廣起來。」[16]九〇年代的歷史敘述在題材、手法方面顯現出多樣化、多元化的跡象，但其人物塑造卻是換湯不換藥，沒有根本性突破。

二、虛無的夢魘

九〇年代的歷史敘述有一種「翻案」意識。這依稀讓人回想起一九五九年的一場「替曹操翻案」的史學爭鳴。郭沫若為維護曹操的形象，撰文認為「曹操對於民族的貢獻是應該做高度評價的，他應該被稱為一位民族英雄」，並指責《三國演義》「歪曲歷史」，是一部「曹操的謗書」[17]。他還撰文認為「在否定曹操的過程中，

16 邵荃麟，《在大連「農村題材短篇小說創作座談會」上的講話》，《邵荃麟評論選集》（人民文學出版社，一九八一年）。

17 郭沫若，《談蔡文姬的〈胡笳十八拍〉》，《光明日報》一九五九年一月二十五日。

《三國演義》的作者可以說盡了文學的能事」[18]。著名歷史學家翦伯贊也撰文《應該為曹操恢復名譽》附和，更加激烈地批評羅貫中「不僅把三國的歷史寫成了滑稽劇，而且還讓後來的人把他寫的滑稽劇當作三國的歷史。」這場爭鳴將史學與文學中的歷史敘述混為一談，並且郭沫若以其特殊地位為歷史文學定下了一個藝術真實必須服從於歷史真實的原則。這種觀點認為歷史是客觀的，史學家和文學家都是被動的，典型如法國史學家福斯太・德庫朗惹的做派，他為學生講早期法國制度時，學生們突然鼓起掌來，福斯太說：「先生們，不要鼓掌，這不是我講，而是歷史通過我的嘴來講的。」[19]「革命歷史小說」的歷史敘述遵循的就是這一原則。作家們認為只有客觀的、再現的歷史敘述才是正確的，具有至高無上的權威，巴爾札克就在《人間喜劇》的前言中聲稱自己僅僅是法國歷史的一個書記。但危險在於，一些現實中的權威以歷史真實的維護者和擁有者自居，冒用歷史的授權來凌駕於歷史之上。「革命歷史小說」用強制一律的同一種聲音來敘述歷史，正是政治權威攝製歷史權威的結果。

九〇年代的歷史敘述針對意識形態化的歷史一言堂，從多個角度進行顛覆與重構，這對於打破「主流歷史」的神話、豐富歷史敘述的藝術空間有著不可否認的意義。首先，「在野」視角對官方視角的嘲諷與消解。「新歷史小說」多從「稗史」、「野史」的角度入手，通過對那些被官史文本所忽略的重要史料的重新發掘與整理，揭示官史文本的矛盾與裂縫，從而揭露其「公正」、「真實」冠冕之下的虛偽、殘暴與文化專制色彩。劉震雲的《溫故一九四二》通過對河南一九四二年大饑荒的歷史真相的追尋，戳穿了「委員長根本不相信河南有災，說是省政府虛報災情」的權威論調的虛偽，揭穿了歷史作為現實功利的遮羞布的可悲命運，也揭示了權力意志對於民間疾苦的漠視及其反人性傾向。其次，虛構原則對再現原則的瓦解與取代。中國小說的史傳傳統，使歷史小說作家注重作品題材的史傳性，在觀念上也自覺承擔起史家的重任，把「羽翼信史」和「良史之憂」作為敘事原則。

18　郭沫若，《替曹操翻案》，《人民日報》一九五九年三月二十三日。
19　參見卡爾・貝克爾，《什麼是歷史事實?》，張文傑等編譯，《現代西方歷史哲學譯文集》（上海譯文出版社，一九八四年），頁二三四。

中國傳統的歷史小說在敘事結構上多採用朝代更替和順時發展的時序邏輯，類似於編年體史書，「革命歷史小說」就沿襲了這一傳統。在文字風格上，史傳傳統使小說多採取簡煉的概括性文字，缺少描寫和鋪墊，使文學想像受到嚴格的抑制。而且，中國史書「列傳」中分而述之的敘述手法，使歷史小說多對眾多英雄的行為進行密集的、穿插的敘述，結構上顯得繁複、散漫、駁雜，缺乏必要的聚焦，區別於西方史詩通過一個中心人物展開審美化的歷史想像的傳統。九〇年代的歷史敘述從史傳傳統中突圍而出，強調歷史的審美性與想像性，使文學想像從歷史的依附地位中獨立出來，使敘事結構打破了一貫性的時序、因果、整體化結構，回憶、聯想、閃回、蒙太奇、抒情等手段的運用為歷史敘述帶來了多樣性。《三國演義》、《水滸傳》的「列傳」結構一統天下的局面也有所改觀，人物也從史傳中的注腳地位上升為文學想像的本體。王小波的《青銅時代》、蘇童的《我的帝王生涯》和莫言的《豐乳肥臀》就是藉某個歷史框架甚至是歷史虛擬，來詮釋變化無常的歷史表象背後的人性法則，來表現生存意志和情感需求的歷史內涵，來昇華那種根植於現實地基上的歷史幻想，像法國文豪大仲馬所說的那樣：「歷史是什麼？是我掛小說的釘子。」[20]再次，個人的、心靈的歷史對國家、民族、社會通史的普遍性、吞噬性法則的掙脫。新歷史主義者認為歷史具有本文性，即歷史不是「過去的事件」，而是「被敘述的」關於過去的事件的故事，海頓・懷特更是將「文本的歷史」描述為一種「修辭想像」：「歷史從不只是為自身的，歷史總是有目的的。說它有目的是由於歷史是以某個意識形態目標為參照係數而寫成的，也是由於歷史是為某個特定社會集團或社會公眾所寫的。不僅如此，歷史表述的這一目的和傾向體現在歷史學家為了整理手中材料而使用的語言中。」[21]既然歷史總是反覆地成為集團意志的玩偶，那麼個人的和心靈的歷史理解就具有了某種存在的合法

[20] 參見柳鳴九，《法國文學史》（中）（人民文學出版社，一九八一年），頁二六〇。

[21] 海頓・懷特，《歷史主義、歷史與修辭想像》，張京媛主編，《新歷史主義與文學批評》（北京大學出版社，一九九三年），頁一八三。

性，歷史成為一種敘述的權利。張承志的《心靈史》、王安憶的《紀實與虛構》和《叔叔的故事》都是個體與歷史的深層對話，反映了作家這樣的追求：通過精神高度來對抗冷漠的社會學、政治學與經濟學解釋，用情感與內心的歷史來對抗「勝者為王敗者寇」的統治者的歷史邏輯。劉震雲的《故鄉相處流傳》中的敘事者「我」被明確為「當代中國一個寫字的」，其穿行於歷史間的自由來自於為權貴們搓腳的特殊身份。而劉恆的《蒼河白日夢》的歷史呈現則來自於一個百歲家奴的「個人記憶」。真實的歷史時空與虛擬的歷史情境的並置和交錯，油嘴滑舌的滑稽表演對客觀化敘述的莊嚴意味的挑戰，對傳統的歷史認知方式形成了有力的衝擊和荒誕化的反諷。

值得注意的是，九〇年代歷史敘事只「破」不「立」的選擇，將歷史轟毀成紛亂的碎片。而且，歷史敘述並沒有劃清史學與非史學的界限，傳媒和作家的共謀還驅使他們利用這種混淆來誤導觀眾，在「歷史事實」的名義下販賣自己捏造的歷史私貨。這在具有悠久「史乘」傳統的文化土壤上，其不良影響無疑是深遠的。唐代史學家劉知幾就公開站在史家立場批評歷史小說的虛構，猛烈抨擊《語林》等小說「道聽塗說之違理，街談巷議之損實」[22]，還肯定小說的史料價值：「偏記小說，自成一家，而能與正史參行，其所由來尚矣」[23]。馮夢龍、楊爾曾提出「無一字無來處」，更是把小說完全變成了歷史的附庸。從郭沫若和翦伯贊將歷史學與歷史文學混為一談，就可以折射出這種觀念在近世依然影響不減，也可反映出普通大眾無法對兩者之間的界限做出清醒區分的普遍事實。正如歷史學家秦暉所批評的那樣：「歷史學與文學是兩個領域，各有其不同的『遊戲規則』與不同的價值評判標準。別說『戲說』類作品和和創作性古裝劇，就是所謂嚴肅歷史劇，也不能當成真歷史來看待和要求。因為歷史文學的『嚴肅』與歷史科學的『嚴謹』並不是一回事。……只有在一種情況下，史學家需要站出來以歷

22 劉知幾，《史通・采撰》。
23 劉知幾，《史通・雜述》。

史真實駁斥『胡說歷史』，那就是當作品的價值取向和思想性很糟糕，而且它又標榜以所謂『歷史事實』作為價值取向的依據時，史學家出來還歷史以真實就成為必要了。」[24]

歷史循環論是九〇年代的歷史敘述用來質疑「革命歷史小說」的歷史決定論和歷史進步論的精神武器。《白鹿原》的「鏊子說」是對歷史循環論的最為直觀、質樸和形象的描述，白鹿原掀起的一場「曠世未聞的風攪雪」，使所謂的「革命」成了「名聲不太好」的農民發洩私怨的契機，以暴易暴的循環使歷史與價值相互偏離，黑娃、白靈、鹿兆海、白孝文的命運都在歷史的陰錯陽差中成為「鏊子」上翻來覆去的「燒餅」。小說臨近結尾時，作家還設計了這樣的「啟示」：「文革」中的造反派挖開朱先生的墳墓，在墓中發現一塊磚頭，上刻「天作孽，猶可違；人作孽，不可活」等字跡，氣急敗壞的造反派將磚頭砸到地上，又露出裡面的一行小字：「折騰到何日為止。」這種過於刻意的歷史思考，只能是畫蛇添足，觀念化地圖解「一個民族的祕史」。歷史循環論在作品中反襯出歷史進步論所承諾和預支的人間天堂的烏托邦色彩，也反映出作家對治亂輪迴模式中頻繁的動盪的厭惡，但更值得注意的還是這種厭惡中隱藏的宿命與悲觀色彩，無奈的主體在面對豐富而沉痛的歷史教訓時，只能清醒卻無路可走地在歷史浪潮中隨意沉浮。《三國演義》用「是非成敗轉頭空」的佛家觀念將「天下大勢，分久必合，合久必分」的循環論引入虛無之境，而陳忠實一邊把具有法力的白鹿作為民族保護神來塑造，一邊又通過白嘉軒的噩夢和歷史演進的相互印證，表現「白鹿之死」。白鹿的法力所啟示的人群在盲目中殺死了白鹿，當他們清醒時白鹿已經成為逝去的舊夢。在循環的輪迴之下，虛無的深淵否認了文明的可塑性和可能性，人的創造性在歷史的乖戾面前顯露出雞蛋碰石頭式的荒謬，所謂的白鹿精魂也就成了一個虛擬的神話。劉震雲的《故鄉相處流傳》展示了中國不同歷史時期「你方唱罷我登場」的權力遊戲，通過曹操、袁紹轉生為草民曹成、袁哨等荒誕

[24] 單三婭、陳墨、秦暉、陳玉通，《影視劇離歷史有多遠》，《光明日報》二〇〇一年四月二十五日。

手法，表現歷史的弔詭。遺憾的是，作家對歷史循環的把握只停留於現象與經驗層面，卻拒絕追問循環背後的權力法則和文化奧祕，他們近乎逆反地用循環論反證歷史決定論和進步論的荒謬，卻缺乏對循環論的哲學來源和歷史演變的自證。在這裡，循環論被當作一種現成的批判工具來使用，卻沒有對工具自身進行批判，這不能不陷入先驗論和神祕主義的怪圈：歷史循環成了一種由神祕力量導演的悲劇，人類無法選擇。

對神祕力量的迷戀，對歷史理性的懷疑，使九〇年代的歷史敘述片面地強調偶然性。由於在意識形態化的必然性奴役之下的「革命歷史小說」，將變化的歷史生活演繹成簡單化、模式化、觀念化的玩偶，使故事的結局與人物的命運毫無懸念，作品顯得呆板、僵化，缺乏必要的審美活力。但九〇年代歷史敘述對偶然性的極端化演示，又使作品變得繁複、駁雜、過分戲劇化，情節的離奇與巧合，人物性格的強烈反差與過度誇張的命運落差，都使矛盾和衝突外在化。這固然扣人心弦，但與「革命歷史小說」殊途同歸，走向了另一種程序化，背離了生活，小說也只能流於表層的漫漶，無法揭示歷史更為豐富和深邃的蘊義。格非的長篇《敵人》描寫了趙氏家族從鼎盛轉入衰弱的神祕歷程，一場神祕的大火將趙家的豪宅焚燒成廢墟，也揭開了災難的序幕，趙家掌門人臨終前留下一份嫌疑者名單。一場場在劫難逃的謀殺葬送了一個個趙家後代的性命，但敵人依然深藏不露，又是無處不在。「敵人」的懸念像操縱木偶的提線一樣，導演了所有的仇恨與殺戮，但這種神祕的力量又是超驗的、宿命的存在，歷史難以逾越。

對二十世紀世界進程的反思是九〇年代歷史敘述的前提。兩次世界大戰、法西斯主義、史達林主義、「文革」……各種冠冕堂皇的信念卻在文明史上播散著精神的瘟疫。這樣，以理想、正義、幸福為幌子的血腥、屠戮、災難，對歷史的未來法則產生了致命的衝擊。但是，懷疑一切的傾向所導致的相對主義，使作家們對虛假的、欺騙的價值規範的否定，走向對價值關懷本身的否定，在拋棄虛妄的理想、正義、幸福的同時，也拋棄了所有的意願、意義與目的。因為受過冒充神聖的世俗法則的蒙蔽，就以「不全則無」的思維否定神聖的東西存在的依據，將它連根拔除，這就只能通過對虛無的強化來對抗虛無。這種歷史相對主義和虛無主義，在中國文化傳統中可謂根深柢固，它所重複的只是道家的舊調。莊子說：「獨為萬乘之主，以苦一國之民，以養耳目鼻口。……殺人之士民，兼人之土地，以養吾私與吾神。」[25]歷史形態的國家和君主帶來的災難和混亂，使莊子將歷史形態本身掃進了垃圾堆。歷史沒有目的和規律，所謂的目的和規律只會以其名義製造無盡的人間悲劇。

魯迅和周作人也都在生命的後期陷入了歷史循環論和虛無主義的「鬼打牆」。魯迅的《求乞者》中有言：「我將用無所為和沉沒求乞！……我至少將得到虛無。」而在給許廣平的信中，他感覺自己常常覺得「惟『黑暗與虛無』乃是『實有』」[26]。周作人在《苦茶隨筆・關於命運》中有這樣的話：「我說現今很像明末，雖然有些熱心的文人學士聽了要不高興，其實是無可諱言的。」中國歷史的這種荒謬驗證著周作人很贊同的藹理斯的說法，即「這古舊的新奇也是永遠的回復」。雖然面臨著同樣的精神危機，但魯迅與周作人卻採取了截然不同的應對措施，魯迅採取的是「絕望的抗戰」，而周作人採取的則是「超然的閒適」。後者在寫於一九二三年的《尋路的人》中的說法是：「路的終點是死，我們便掙扎著往那裡去，也便是到那裡以前不得不掙扎著。……我們誰不坐在敞車上呢？有的以為是往天國去，正在歌笑；有的以為是下地獄去，正在悲哭；有的醉了，睡著。我們——只想緩緩的走著，看沿路景色，聽人家談論，儘量的享受這些應得的苦和樂；至於路線如何，或是由西四牌樓往南，或是由東單牌樓往北，那有什麼關係？」九〇年代的歷史迷惘在面對虛無的反噬時，很少有人能夠擔當起虛無和荒誕，而是採取了逃避的姿態。有不少主體採取了與周作人相似的態度，即承繼道家在虛無之後逍遙遁世、保全生命、享受人生的價值趨向。還有一種值得注意的現象是，一些主體採取了與禪宗相近的精神路徑，在虛無的挑戰面前，從適意走向盲動與縱欲，一如陀思妥耶夫斯基筆下的瓦爾科夫斯基，他在年少時相信一切神聖的、

25 《莊子・徐無鬼》。
26 《魯迅全集》第十一卷（人民文學出版社，一九八一年），頁二〇。

崇高的價值形態，甚至達到了偏執的地步，渴望著在人間建立一個完美的國度。但是，在遭受到種種失敗、嘲弄和欺騙之後，他開始痛恨一切他先前所信奉的理想，將他們視為一錢不值的、自欺欺人的廢物，提倡自私自利的、最為實在的生命原則，為所欲為。王朔和何頓等人的姿態與此不謀而合。這恰恰印證了陀思妥耶夫斯基具有經典意義的憂患意識：如果沒有上帝，人什麼都可以做。

三、工具化怪圈

說到歷史敘述，不能不談到中國的史官文化傳統。脫胎於巫官文化的史官文化，一開始就與政治糾纏不清。巫官的卜筮本領服務於禦敵和祭祀，其技術成為兩項重要的社稷事務的工具。巫官向史官文化的過渡，中斷了巫術向宗教推進的精神通道，使超驗思維成為世俗權威的附庸。儘管史官從事的是一種學術性很強的工作，但其排他性的歷史解釋以及史官幾乎毫無自主性的工具化角色，都使歷史成為政治自圓其說的藉口。在孔子以前，識字和文化知識都為史官所壟斷，他所負責管理的文化資料，無不與政治權威有關。司馬遷的命運悲劇就是對史官文化的專制性的絕好印證，也反證了掙脫權威控制的歷史良知的稀罕和艱難。而且，史官文化的統治地位，還使巫官文化的超驗性遏制了邏輯思維和數理思維的生長，神鬼顯靈和替天行道就成了封建政權更迭和農民起義的例行的歷史解釋。正如顧準所言：「這種文化的對象，幾乎是唯一的對象，是關於當世的政治權威的問題，而從未『放手發動思想』來考慮宇宙問題。陰陽五行是有的，數學神祕主義也是有的，不過都是服從於政治權威的，沒有，從來沒有獨立出來過。……史官文化中的歷史主義還是中國思想的優點，要改革掉的是，歷史主義不能成為史官，即服從於政治權威的史官。」[27]

在當代中國，歷史敘述一度也成為禁忌。解放初期對電影《武訓傳》的爭議、對胡適和俞平伯的批判以及聲勢浩大的胡風案，使中國作家對歷史題材心存畏懼。郭沫若一九五八年的《蔡文姬》和一九六〇年的《武則天》所打的翻案牌，對史料「好惡隨心，筆削任我」的隨意性以及借古頌今的旨趣，為歷史題材創作定下了基調。孟超一九六一年發表的崑曲劇本《李慧娘》，次年在康生的授意下作為「鬼戲」的反面典型遭到批判。同一時期，陳翔鶴的《陶淵明寫輓歌》、《廣陵散》和黃秋耘的《杜子美還家》等作品被誣為「毒草」，歷史題材領域一片肅殺之氣。「寫十三年」口號的推出，更使作家們對「歷史」噤若寒蟬。姚雪垠明顯拔高農民起義的《李自成》，由毛澤東本人親自肯定和做出批示，才得以出版第二卷。最具有悲劇意味的是吳晗的《海瑞罷官》，毛澤東一九五九年四月在中共中央上海會議期間提出的「向海瑞學習」的宣導，是吳晗潛心研究海瑞並寫出劇本的起因。但是，江青和康生先後向毛澤東提出了批判海瑞的建議，並以劇本影射彭德懷免職為口實，終於促成了一場冤案[28]。在這裡，文學的歷史解釋之正誤已經顯得如此輕飄，此時此地的政治權威使文學和歷史無處可逃，將它們一塊釘在現實社會沉重的十字架上。

八〇年代，政治氣候的解凍和啟蒙思潮的推進，導致了歷史題材創作的復興。而商業文明和大眾傳媒的聯手，更使歷史敘述成為九〇年代炙手可熱的文學興奮點。八〇年代，歷史題材掙脫了政治枷鎖的束縛，但其意義依然停留在政治學、社會學層面，成為思想解放和探索真理的助推器。進入九〇年代以後，啟蒙意識在飽受挫折後逐漸消退，幻滅情境刺激了享樂主義的蔓延，「戲說」歷史、消費歷史的風潮越演越烈，歷史從政治的工具淪落成商業的工具。儘管一些歷史敘述也在探索歷史的文化、審美與精神內涵，但歷史的審美價值從來就沒有贏得

27 顧準，《希臘思想、基督教和中國的史官文化》，《顧準文集》（貴州人民出版社，一九九四年），頁二四三至二五二。著重號原有。
28 《海瑞罷官》的始末參見潘旭瀾主編《新中國文學詞典》，頁九四六至九四七「《海瑞罷官》」和「《海瑞罷官》事件」等詞條。

獨立的席位，從來都只是一種弱勢話語。卡爾・波普說：「我的主張是，歷史沒有意義。……歷史雖然沒有目的，但我們能把我們的目的加在歷史上面；歷史雖無意義，但我們能給它一種意義。」[29]這種歷史虛無論與行動主義的奇妙結合（卡爾・波普稱為事實和決斷的二元論，即：「事實本身沒有意義，只有通過我們的決斷，才能獲得意義。」），宣告了歷史回到歷史自身的本體論的終結，歷史成為一個可以根據不同主體的具體需要隨意進行改塑的橡皮泥，成了一隻包羅萬象的工具筐。羅蘭・巴特把歷史陳述的本質看成是意識形態的產物，或者說是一種想像力的產物。既然所有的政治權力史都潛在地具有遮蔽、歪曲歷史真相的傾向，那麼，作家隨意的、遊戲化的解釋甚至歪曲，就因為掌握了別人的把柄而顯得理直氣壯，就可以毫無節制？

如果說歷史成為政治的工具是迎合權勢，那麼歷史成為消費的工具就是迎合市場。陳忠實這樣追憶自己在寫作《白鹿原》時的心情：「我當時感到的一個重大壓力是，我可以有毅力有耐心寫完這部四五十萬字的長篇，讀者如果沒有興趣也沒有耐心讀完，這將是我的悲劇。」[30]應該說《白鹿原》的創作在總體上是嚴肅的，但性的自然化傾向顯然得到了過度的強調。作品開篇第一句即為「白嘉軒後來引以為豪壯的是一生裡娶過七房女人」，為讀者設下了一個閱讀圈套。擅長寫帝王題材的二月河在《康熙大帝》的自序中說得更為直白：「在讀者與專家中，我盡可能兼顧兩者，認真的要開罪一方，我寧可對專家不起。你固然鑑別得我用材的實虛，鑽研得詩詞的真偽，挑剔得取捨的當否；可惜的是書的命運在讀者掌握，我只能盡力用自己的才識與汗水『買通』你們。」二月河「買通」讀者的祕訣是將帝王題材徹底地權謀化，讓接連不斷的陰謀成為作品的敘事動力，成為串聯各色人物的內在邏輯。這樣，他就把歷史簡化成了二元對抗，即敵人與同謀之間非生即死的對抗，而利益關係的調整又使敵人與同謀相互轉換，圈套與陷阱的重疊成了一層套一層的俄羅斯木娃娃。作家非常巧妙地將敘述停留於戲劇衝

29 卡爾・波普，《歷史有意義嗎？》，張文傑等編譯，《現代西方歷史哲學譯文集》（上海譯文出版社，一九八四年），頁一九一。
30 陳忠實、李星，《關於〈白鹿原〉的答問》。

突的層面，卻很少或者說迴避了對歷史底層抽象的、深奧的、吃力不討好的歷史哲學的審美詮釋。對於殘酷的歷史智慧的渲染，使針對肉體和心靈的刀光劍影充斥了文字的所有間隙，這牢牢地抓住了讀者的眼睛，使之目不暇接，而心智的辨別與思考都被蒙蔽與擱置。因此，二月河筆下的歷史是「眼睛的歷史」，是「看的歷史」。

值得注意的是，九〇年代以來歷史的工具化傾向，並不單純受制於商業資本的力量，各種權力話語通過更為潛在的滲透，成為拋頭露面的商業資本背後的另一雙無形的巨手，將歷史變成現實舞臺上的傀儡。電視連續劇《康熙王朝》的製片人劉大印的說法很有代表性：「我不會碰戲說劇的，我覺得一個劇的真實越多就越有價值。但是真實的不一定是戲劇的，這兩方面必須結合好才能拍出劇。**借助歷史解決現實問題**，這就是我們正劇比戲說劇更有分量的地方。」[31]電視劇《雍正王朝》對應於現實的反腐倡廉問題，《康熙大帝》對應於和平統一問題，這些現實問題固然很重要。但實用主義和工具主義哲學對於歷史名義的盜用，以及創作者對於現實中的強勢話語和商業話語的雙重迎合，不能不使歷史成為雙重歪曲的工具，它不僅歪曲了歷史，更為致命的是歪曲了現實。歷史觀念與現實觀念在雙向互動中造成了雙重的混亂。像《雍正王朝》對於鐵腕人物和極權模式的張揚，宣揚了奴化哲學。奴化哲學不僅無法遏制腐敗，權力的高度集中與缺乏監督只會成為腐敗孳生的溫床。正如秦暉對此的批評：「它倒是『超越』了一般帝王劇——嫌一般帝王（甚至也包括歷史上的『真雍正』）還專制得不夠，沒有把言官諫臣斬盡殺絕，使『天下讀書人』還得以亂說亂動，做東林、海瑞式的清流之夢。它顛倒黑白地把專制制度下的腐敗說成是由於輿論太寬鬆、『清流』、『清議』太多，公然主張依靠家奴、酷吏來消滅清流、清議。」[32]因此，克羅齊「一切歷史都是當代史」的說法，在相對主義、虛無主義和實用主義、工具主義的聯合作用下，很可能成為現實需要強姦歷史權威的依據。歷史作為現實的前提和根基，其經驗與教訓為現實提供一種鏡鑑和約束

31 李多鈺，《一言以蔽之：統一——〈康熙王朝〉製片人劉大印訪談》，《南方週末》二〇〇二年一月十日。著重號為引者加。

32 秦暉，《〈康熙〉、〈雍正〉與「歷史劇」評價問題》，《南方週末》二〇〇二年一月十日。

作用，當現實功利一旦淩駕於歷史之上，歷史不但變得毫無約束力，而且成為盜用歷史名義者為所欲為的藉口。正如陀思妥耶夫斯基的《卡拉馬佐夫兄弟》中著名的寓言：十五世紀西班牙一座城堡中，紅衣大主教剛剛把百餘名異教徒送上火刑堆，上帝降臨了這座城市，但被紅衣大主教送進了監牢，這個人間的統治者對天上的神說了長長一段話，主要意思是：你既然把驅趕羊群的責任交給了牧羊人——也就是人間的教皇，你何必再到人間來礙事呢？而且世上的人擁護的並非實有的神和人，而是盜用上帝名義的人間統治者的意志。結果，上帝本人被紅衣主教處以死刑，其罪名是跑來妨礙人間借助上帝名義所施行的統治。紅衣主教需要的不是真正的上帝，而是上帝的名義，需要控制人類的良心和麵包。同樣，在工具主義的視野中，它所真正需要的也不是歷史本身，而是歷史的名義。於是，商業、政治、文化表面上仍然在為歷史的真相是什麼而大肆爭吵，事實上卻是各種利益在為爭奪歷史的名義而衝突，而真正的歷史卻在無聲無息中被驅逐。

張藝謀曾經為拍攝電影《武則天》而重金聘請六位作家，同時為其寫作作為電影腳本的長篇小說。「奉命而作」《紫檀木球》的蘇童在接受研究者的訪談時，有這一番感想：「這個長篇寫得很臭，我不願意談它。我的小說從根本上排斥一種歷史小說的寫法，而《武則天》恰恰做的就是這樣一件事情，可以想像它跟我希望的那種創作狀態是多麼不一樣，而且一開始寫的時候我就想，不能虛構，武則天這麼個人物不好去虛構她的。結果是吃力不討好，命題作文不能作，作不好。」[33]值得注意的是，「歷史」在作家的視野中是被事先規定的，它充當的是一種道具，而作家本身在委曲求全中充當的似乎也是一種道具的角色，而張藝謀充當的又是誰的道具呢？在這種一環套一環的關係中，一種多米諾骨牌效應產生了，而推倒第一張骨牌的力量又來自哪裡呢？當然，它不是來自歷史，也不是來自蘇童和張藝謀，他們都只是其中的一張骨牌。

[33] 林舟，《生命的擺渡》（海天出版社，一九九八年），頁七九。

第五章　九〇年代小說的城市焦慮

在二十世紀的中國文學傳統中，鄉村記憶猶如連接著母嬰之間的臍帶一樣，滲透到一代代作家的靈魂深處，所謂的城市書寫往往在城市的外衣下包藏著鄉村與市井文明的軀體。三〇年代的「新感覺派」小說，僅僅在「十里洋場」的特殊背景下，在鄉村審美的文化大陸上，開墾出一片都市審美的「孤島」。穆時英、劉吶鷗等人在陌生的都市舞臺上模仿西方現代主義文學的選擇，是游離於本土文學傳統之外的文化異己，而五光十色的都市風景下掩藏的是尷尬的殖民地與半殖民地經驗。「新感覺派」小說在隨後數十年的沉睡狀態，與作家們對城市的漠視達成了一種心照不宣的默契，城市書寫成了一種潛在的禁忌。而城市不管是在社會結構層面，還是進入小說敘述層面，都處於「有城無市」的狀態。八〇年代的城市書寫，諸如鄧友梅、陳建功筆下的老北京，馮驥才筆下的老天津，陸文夫筆下的老蘇州，都是書寫「都市裡的村莊」的市井人生，審視的價值基點依然是農業文明的文化秩序。而且，政治、社會、歷史和文化等大命題對敘事的擠壓，使市井並沒有成為具有審美自足性的文化空間，僅僅作為一種敘事的工具和符號而存在。八〇年代末期以來，急劇加速的現代化進程所促動的工業化、城市化步伐，使城市日益成為中國社會與文化的核心，而文學也不甘人後地迅速「城市化」，城市書寫成為一種文學時尚。這為文學帶來新視野和新概念的同時，似乎帶來了更多的新症候和新隱患。

一、複調的城市文化

面對在根深柢固的農業文明的土壤上崛起的中國城市，以單一的城市文化概念包容五光十色的城市生活是危險的。中國城市文化的複雜性可謂無與倫比，農業文化、市井文化和工業文化比肩而立，多重時間差異並存於同一個文化空間，於是發生了不同文化形態間的混合、衝突與迅速交流。當今中國的都市文化無法斬斷和鄉土中國的血緣社會之間的無形臍帶，而且和興起於北宋真宗時代並在明清進入繁盛期的市井文化有著千絲萬縷的聯繫。以工業文明為核心的西方文化的衝擊和中國自身的工業化進程，加速了中國都市的非農業化傾向。伴隨著跨國資本和西方文化工業的湧入，中國都市尤其在思想文化領域甚至會出現某些後現代特徵。

在歷史發展的維度上，中國九〇年代城市文化的形態呈現為新舊雜陳、異質混融的文化層積格局。中國城市文化也正如羅吉斯所言：「現代化本身是舊的方式與新的方式的綜合，在不同的環境中有不同的形式」[1]。傳統性與現代性既相互頡頏，又協調統一。在艱難的文化轉型中，由於中國城市的現代化沒有經過大規模的工業化洗禮，它註定只能在傳統與現代的夾縫中尋找一種微妙的平衡。作為具有悠久的皇都歷史的北京，並不是在一個摧枯拉朽的都市化進程中產生的城市，儘管八〇年代以來其擴張速度突飛猛進，但許多前現代的原住民依然充斥其間，權力記憶、市井民俗和商業文明縱橫交錯成斑駁的文化圖景。上海是中國最早的移民城市，但其產生契機並非純粹的資本主義過程，而是在近代中國的深重劫難和艱難變遷中生長，因此其市民社會依然留有市井文化的

[1] E・M・羅吉斯，《鄉村社會變遷》（浙江人民出版社，一九八八年），頁三六九。

殘痕。廣州作為一個傳統農業省的省會，經歷了通商口岸、北伐起點和改革開放前沿的歷史嬗遞，以暴發的方式奔入都市化的軌道，其濃厚的商業氛圍中同樣可以照見前現代文化的倒影。整體而言，中國的城市文化的主導趨勢無疑是從前現代向現代的轉型，而所謂的後現代因素由於缺乏社會和經濟基礎作為支撐，只能是表面的、稀薄的。

考察扎根於廣袤的中國大地上的城市文化，其顯著的地域差別是不容忽視的。東南沿海城市與西部內陸城市在產業結構、功能類型、城市規劃、風俗民情等方面的巨大反差必然在文化形態上彰顯出來，這就使不同區域的城市在現代化程度上形成一種級差關係，八〇年代以來新興城市群的湧現使其層次感更為鮮明。「城市改造著人性，而且每一座城市都在產生著自己的個性類型。」[2]就典型性而言，北京、上海、廣州分別代表了中國城市文化的主要類型，即政治主導型、市民主導型和商業主導型。而那些數量眾多的中小城市，在文化形態上有著更為鮮明的地域性，處於都市文明與鄉村文明的過渡地帶，也潛移默化地使居民的性格表現出一種在多種文明中彷徨的共性。我把中國城市的這種文化差異稱為文化時差，意即中小城市與大城市、邊緣城市與中心城市的差別，已經分化成不同歷史時段的文明類型的差異，它們的功能類型分屬於集市、市井、功能相對單調的非農業化城市和大都市，發展水準的差距是數十年甚至是上百年。像北京、上海、廣州這樣的國際化大都市已經有庫哈斯（Ren Koolhas）所言的「通屬城市」的特徵，擁有國際都市共同通用的模型，諸如摩天大廈、機場、高架路、地鐵等，而且從殖民半殖民的歷史經驗跨入了與西方後現代社會接軌的全球化時代；而相對落後的西部省會城市依然烙刻著農耕文明的歷史印痕。文化時差當然不像地理時差那樣具有規律性，但也並不全是牽強附會。資訊傳播和運輸方式的更新換代，使歷史上的空間距離從來沒有像今天這樣短，人和地方的聯繫也從來沒有像今天這樣廣泛、脆

[2] R・E・派克等，《城市社會學》（華夏出版社，一九八七年），頁二六五。

弱、短暫。日漸洶湧的移民潮使來自不同地區的移民將歧異的行為方式、空間結構帶到同一個地方，正是在這種碰撞和互滲中，文化時差得到充分的顯現。城市化一方面使鄉村人口向城市流動、集中並使城市區域不斷擴張，另一方面使城市文化和城市生活方式向周圍不斷擴散，從而增加了城市文明的輻射效應。這種雙向互動加劇了城鄉兩類社區中兩類不同性質的群體人格的對峙，個體人格內部城鄉兩種文化基因的衝突則導致個體人格的分化和雙重自我的邊際衝突。全球化趨勢以及國際移民潮導致文化和社會進行世界範圍的重構，經濟的全球化通過資本輸出方式滲透到最偏遠的地區，傳播一種影響個人主體構成的消費意識形態，逐步打破人們原有的主體性，一旦人們接受「全球資本主義制度」的觀念和影響，其原有的文化同一性和民族性就遭受到嚴峻的挑戰，甚至趨於瓦解。東西方文化的衝突必然帶來兩種人格的抵牾。

城市化進程的加速是九〇年代社會文化變革的重要動力。城市是現代性的核心，在這裡人們可以擺脫初級的和把義務加之於人的關係，也擺脫小型社區的個人、家庭和鄰里關係，而進入互不相識、全憑個人選擇的人際關係以及分隔的角色模式[3]。城市化進程的推進使市民社會逐漸孕育成形，許多人為此而歡呼，他們期望在中國形成一種西方式的市民社會，其功能是保障個人權利的自由和抵制國家力量的過度干預。但這種展望事實上是一廂情願。汪暉認為：「中國的市場化改革始終是和國家的強大存在相關的，在國家推動下形成的所謂『市民社會』是否像許多人期待的那樣處於社會／國家的兩極結構之中，是令人生疑的。……中國的『公共空間』在這個意義上不是介於國家與社會之間的調節力量，而是由國家的內部空間和社會相互滲透的結果。」[4]西方社會學家認為城市生活的典型特徵是高度的差異性和異質性。從社會學角度看，這種差異性大都是人們在社會結構中的角色不

[3] 吉諾・吉曼尼的觀點，參見內斯托・加西亞・坎克里尼：《世紀末的城市文化：人類學展望》，《國際社會科學雜誌》（中文版）十五卷三期（一九九八年八月）。

[4] 汪暉，《當代中國的思想狀況與現代性問題》，《文藝爭鳴》一九九八年第六期。

同（如社會地位不同）、隸屬的主要群體不同，以及生活週期的階段不同所造成的結果。但是，由於中國的所謂的「市民社會」並沒有自成一個獨立的領域，無法和經濟、國家鼎足而三，迥然有別於哈貝馬斯近十幾年講的作為一個交往行為的公共領域的「生活世界」。如果說群體本位文化是一種父權文化，那麼，九〇年代的文化並沒有一蹴而就邁向平權文化，通向自由、平等、民主、正義、團結、公正等理想的途徑不可能單靠城市化的衝擊就掃清路障。悲觀地說，當以直接的意識形態管制、獨裁制的家庭結構、壓抑的性道德等構成的舊的社會制約體系逐漸崩潰時，現代工業的強大的聚合力量將瓦解處於初萌狀態的個人性，一種由國家、公司、專家特權階層和大眾傳媒等組成的新的社會凝合體系將取而代之，其無形而強大的滲透力將膠合人們的工作生活和閒暇生活，一種新的等級結構將成為新的文化形態的脊柱，它表面鬆散但異常有效地黏連著社會與文化的裂縫。這樣，表面上擴張的個人空間實際上被悄然地蠶食並走向萎縮，日益規範化的、類型化的「個人」模式將人們改造成平均人。更具悲劇色彩的是，舊的等級結構向新的等級結構的過渡同樣一波三折，呈現為方生未死的邊際格局。

城市的崛起作為九〇年代中國最重要的人文景觀，它強有力地刺激著個人的生命力的勃動和內在的欲望籲求，同時帶來新的生存困境、思想困惑和精神焦慮。複調的城市文化為文學的發展帶來了豐富的可能性，提供了新的審美空間。文學尤其是小說對城市社會生活做出了積極的回應，正如《上海文學》和《佛山文學》連袂推出「新市民小說聯展」時的精神宣導：「『新市民小說』應著重描述我們所處的時代，探索和表現今天的城市、市民以及生長著的各種價值觀念的內蘊。」[5]但是，九〇年代的都市敘述並沒有深入到城市的底層與深處，多停留於表面化的現象描述，迫不及待地將一些都市觀感形諸文字，缺乏必要的沉澱和嚴肅的思考。像談歌對於城市平民尤其是國企工人生活的描述，就有倚馬可待的新聞寫作的特徵，滿足於就事論事的渲染，逃避了轉型期城市的

[5] 《上海文學》、《佛山文學》，《「新市民小說聯展」徵文暨評獎啟事》，《上海文學》一九九四年第九期。

階層分化、利益衝突和人格裂變等本質問題。對於城市文化的複雜性，小說敘述更是缺少具有內在力量的審美表現。城市在作家們簡單化、概念化的視野中，其歷史的、空間的差異和人格的、價值的陣痛，全都被這些浩如煙海的文字所遮蔽、所掩埋。

城市人口的規模、密度與異質性使城市居民之間是以特殊的角色，而不是以包括一個完整的個人的關係來互相進行交往。他們具有高度專業化的工作任務，角色、工作尤其是社會地位的象徵有著絕對的重要意義。在這些條件下，城市居民會經歷「錯亂」，即他們對於什麼是正確的行為不能取得一致的意見，從而藐視和忽略共認的規範。城市作為政治、經濟、文化中心的地位使其等級秩序和貧富分化日益顯著。從平均主義盛行到懸殊的貧富差距，中國僅用了短短的十幾年時間，面對貧窮，中國的傳統文化遊刃有餘，然而面對財富，卻捉襟見肘。這從反面刺激了暴力和犯罪行為的肆虐。城市人在物質空間上毗鄰而居，卻缺乏親密的鄰里關係，世態的冷漠製造出四處蔓延的孤獨和抑鬱。這樣的生存空間逼使作家對高度緊張的精神狀態做出應急反應，都市小說就不能不攜帶著一種應急性和臨時性。

在我個人看來，九〇年代的作家趨之若鶩地書寫城市，並不是什麼好事。賈平凹的倉促轉向多少有點隨波逐流的意味，而先鋒作家中的多數在放棄形式實驗後，開始用寫實的、「新歷史」的手法書寫城市，所謂的「新生代」作家和「七〇年代作家群」幾乎清一色地將筆觸伸向城市，但他們筆下的城市似乎缺乏相互區別的個性。他們的文本中的城市並沒有上升到審美的層次，而是停留於現象的、地理的、社會學層面的城市，像王朔、邱華棟、丁天筆下的北京，何頓筆下的長沙，衛慧、棉棉筆下的上海，池莉筆下的武漢，張欣筆下的廣州，顧豔筆下的杭州……作家們似乎都有一種急切地書寫城市的衝動，並為之而焦慮不安，但這種焦慮只是生存的、訴說的、商業的焦慮，而不是因為城市生存的複雜、思想秩序的錯亂、人性內涵的迷惘而產生的焦慮，不是審美的焦慮。

他們更多地關注著城市的物象和作為「風景」的類型化的城市人，卻忽略了那些鮮活的、個體的生命。因此，總的看來，九〇年代的城市書寫可謂魚龍混雜，繁而不榮。

二、曖昧的想像形態

九〇年代城市文化在小說創作中留下斑駁的投影，城市文化向文化軸心地位的漂移使每一個敏銳的作家都無法對城市無動於衷，城市文化對他們的生存方式、寫作姿態、價值選擇、審美旨趣都形成巨大的衝擊。「中國現代文壇實際上是一種城市現象，中國現代文人是一個城市階層，而現代的文學創作是一種城市活動。」[6]九〇年代的小說家大都聚居於各類城市，小說題材也大規模地向城市轉移，作家的生活空間和寫作空間趨於一致。當然這並不妨礙那些鄉村作家和身在城市心懷鄉土的作家抒發欲說還休的鄉村情感，但由於出版和發行機構集中於大中城市，而且小說的出版與傳播是一種比較純粹的城市行為，這決定了他們的創作依然是一種城市活動，不能不普遍地受到城市文化的滲透與制約。而且，即使僻居鄉村、甘於隱遁的寫作者，他同樣無法逃避城市文明的輻射，城市的科技、物資、產業以及城市生活方式，通過資訊傳輸管道和城市人口的各種連接點，不斷地傳播給廣大鄉村。如水銀瀉地的城市文化無可逃避，它推動了作家的人格轉型。錯綜複雜的文化矛盾陷作家於無所適從的尷尬境地，激發出無邊的城市焦慮和靈魂陣痛。傳統人格與現代人格、城市人格與鄉村人格、東方人格與西方人格的多重矛盾使道德上的混亂以最為明顯的形式表現出來。反覆出沒於異質的且常常相互衝突的文化之中，必然

6 李書磊，《都市的遷徙》（時代文藝出版社，一九九三年），頁四。

使作家產生一種文化的認同危機，形成一種內在同一性不夠穩定的邊際人格。城市文化的複雜性與作家人格的漂移性決定了九〇年代小說對城市文化的回應是一部多音齊鳴的文化變奏，其內在的價值取向與人格內涵呈現出多元、互補、共生的基本格局。

道德理想主義是九〇年代文壇對物化現實發出的最為激越而悲壯的聲音。秉持道德理想主義立場的作家多把城市看成欲望的淵藪，他們的姿態是「背對城市的寫作」。這種姿態認為城市文明的片面性在推動物質文明的現代化的同時，給精神文化埋下了深層的隱患。極具權威性的「中國發展報告」也證實：一九九三年以來「社會秩序的混亂程度在加劇，精神文明建設大大滯後，……社會道德價值觀的整合程度未見提高，『拜金主義』、唯利是圖以及伴生的各種道德敗壞現象還在蔓延」[7]。中國人面臨著整體性的終極關懷的失落和極為深刻的意義危機。泣血的沉痛驅使一些作家以堂・吉訶德的悲壯走入歷史的腹地和純淨的田園，尋找反抗物化命運的精神資源。這類寫作的傑出代表是張承志和張煒。前者發出這樣的吶喊：「寧願落伍時代千百年，也要堅守心中的伊瑪尼（信仰）。」[8]小說《錯開的花》中有這樣的表述：「肉身置於鬧市，靈魂卻追逐自然。」《心靈史》相對晦澀地延續了這一精神脈落。張煒則在《融入野地》的起句中決絕地申訴：「城市是一片被肆意修飾過的野地，我最終將告別它」。其長篇《九月寓言》、《柏慧》、《家族》將這種批判意蘊發揮得淋漓盡致。李佩甫的長篇小說《城市白皮書》通過一個病女孩的視角，書寫了一個慘痛的人性悲劇：新、舊媽媽為了爭奪這個父母離異的小女孩，雙方不擇手段，而可憐的小生命最終被新媽媽殺害，化作樹葉上的一隻眼睛。儘管小女孩的視角使敘述顯得感性、生動而富有詩意，但對於城市物化環境的過於強烈的道德牴觸，反而削弱了批判的力度。最為關鍵的

7　江流等主編，《一九九三—一九九四年中國：社會形勢分析與預測》（中國社會科學出版社，一九九四年），頁一四。
8　張承志，《荒蕪英雄路》（上海知識出版社，一九九四年），頁七九。

是，作家批判城市文明的文化依據是鄉村文明。作家魂牽夢縈的是血緣與地域共同體社會所具有的美德，那種質樸的溫馨與親密讓他們流連忘返。

新寫實小說採取的情感零度與現實認同趨向在九〇年代小說中逐漸漫漶開來，那種無可奈何又別無選擇的歎息成了一種精神潛流，這種中性化或者說灰色化寫作在都市題材小說中占據著主導地位。這類寫作對城市表現出濃厚的興趣，對物欲橫流的現實保持著敏感與警惕，但他們在觸摸城市時情不自禁地暴露出鄉村人格或市井趣味的精神刻痕，與現代城市的隔膜常常導致對城市的誤讀。最為典型的是像賈平凹這種出生於鄉村、在城市接受高等教育並居留在城市的作家，他們對故土深懷眷戀，雙重人格的顛簸在《廢都》、《白夜》、《土門》、《高老莊》中得到充分體現，作家在對莊之蝶沉迷欲望的不痛不癢的批判中掩抑不住對「頹廢、無聊和空虛」的共鳴。對於賈平凹這類作家而言，其最大的痛苦莫過於「生活在兩個世界中，在這兩個世界中，他或多或少都是一個外來者」[9]。另一種是以池莉、劉恆為代表的作家，他們對世俗而庸常的市井人生的揭示獨具隻眼，但他們對這種繁複冗長的生命形態的熟稔與認同使作品缺乏審美距離，創作主體本身最終也被包圍和湮沒。嚴格而言，王朔作品中的市井油滑與現代都市意識似近實遙。還有一種像李國文、林希這樣烙有傳統士大夫人格遺痕的作家，他們以都市為題材的作品所充盈的獨善其身、孤芳自賞的旨意讓人敬仰，李國文的《垃圾的故事》和林希的《高買》儘管對那些時鮮的花樣懷有謹慎的懷疑和綿裡藏針的批判，但其價值依據卻是一種舊趣味，正如林希在創作談中說的話：「既有點家學的老底，又知道點家裡的老事，說實話，又懷戀家裡的老氣氛，把那些老事、老人、老情、老理兒寫出來，為含辛的人述怨，為飲恨的人伸張。」[10]這種缺乏現代都市精神的支撐的、似是而非的「都市文學」其實是一種「郊區文學」：「或許已經隱約能看到城市的額頭，或許已經隱約能聞到城市的氣息，但無

9 羅伯特・派克，《種族與文化》（紐約：自由出版社一九五〇年），頁三五六。

10 林希，《唯有小說無可說》，《小說選刊》一九九七年第三期。

法真正進入城市。」[11]而蘇童、葉兆言等人以城市為題材的「新歷史小說」，它們所雕琢的是一種城市幻影，城市既有抽象的符號化特徵又有飄渺的夢想色彩，其間低徊的多是士林文學和市井文學的審美畸趣的回聲，我們或可稱之為「仿都市小說」。

晚生代和七〇年代作家群的作品算得上是捲入城市的寫作。他們不做保留地躍入欲望的波濤，在無邊的追逐中沉入一種暈眩的陶醉，「流浪」和「孤獨」這類氾濫成災的格式化語言不可能傳達主體對城市的抗拒與牴觸，這種語言空殼包藏的恰恰是主體對城市的一種克制著的殷勤，他們將都市的擠壓奇異地轉化成一種充電方式，藉此積蓄情緒宣洩的感性燃料和內在動力。儘管朱文的小說敘事中瀰漫著厭倦感和圍困感，曲折地回應著都市非人性化的囚禁，但這種過於感性的叛逆常常被都市瘋長的誘惑發酵成欲望的添加劑。邱華棟作品中反覆出現的「單面人」、「面具人」、「平面人」、「空心人」等語詞顯然在挪用瑪律庫塞《單面人》所闡述的文化批判理論，這種缺乏理性辨析和生命體悟的吶喊只能陷入無物之陣。劉繼明對都市欲望的批判同樣因為理念化而成為一種無根的浮萍。陳染、林白退入內心的逃避是一種無言的反抗，但行動能力的逐漸喪失必然導致自我泯滅。人與城市的衝突應該是物化與抗拒物化之間的緊張狀態，但晚生代和七〇年代作家群的寫物主義傾向使人性受非人化的物象所支配，在這種隨波逐流中，精神的物化程度便在不知不覺中潛滋暗長。這樣，作家表面上表現著日新月異的城市的豐富性和複雜性，實際上恰恰掩飾了其深在的矛盾性。這群作家的人格特徵近似於扇谷正造所描述的「新人類」，即信奉絕對價值觀崩潰的「相對主義」、顯示和張揚自我的「表現主義」、盡情狂歡的「享樂主義」、拒絕與人深交的「人格面具主義」和跟著感覺走的「感覺主義」[12]。因此，他們表面上無所顧忌的寫作依然蘊積著許多矯飾和遲疑的精神質素，但他們的審美表現恰恰是迴避了這些矛盾。

11 祁智，《「郊區文學」》，《廣州文藝》一九九八年第九期。

12 扇谷正造，《怪異的一代——新人類》（社科文獻出版社，一九八九年），頁五九。

考察九〇年代都市想像的審美形態，不難發現其概念化特徵。以張承志為代表的、信奉道德理想主義立場的作家，多把城市先驗地視為「欲望」、「墮落」的象徵。莫言的《豐乳肥臀》的鄉村表達從容不迫，但其城市表達就顯得急切和草率，作家這樣解釋：「在較為原始、自然的鄉村生活中，人們生活的核心以道德標準為最高，一個人的道德圓滿可能是老百姓的最高追求。而都市生活相對來說是物欲化的，是各種各樣的人的欲望的集合，來來往往的人群，追求著金錢、權力、色欲，傳統的道德徹底淪喪。……過分偏激說明我還缺乏一種客觀態度，缺乏一種寬容的理解精神，說明我還沒有真正進入城市生活，沒有抓住它的脈搏跳動的方式。如果進入了，那麼我應該像寬容農村的醜惡一樣寬容城市。」[13]對都市的強烈的排斥情緒，使作家先入為主地對都市做出單一的道德判斷，都市想像也就成了作家的道德衝動的附著物，缺少對活生生的都市形象的感性觸摸與理性分析。「新歷史」一路的都市想像更是一種空洞的文化符號，「人性」、「歷史」等大而無當的宏大命題遮蓋了「都市」的文化景觀和精神內涵。蘇童的長篇《米》在審美追求上具有鮮明特色，但都市僅僅是一個虛擬的、空洞的舞臺背景，五龍從飽受城市的侮辱到向城市復仇的生命軌跡，是徘徊於城鄉之間的邊際人格的類型化演繹。作品中諸如「城市是一塊巨大的被裝飾過的墓地」等語言，以及五龍由都市的「兒子」向都市的「老子」的演變，都有鮮明的戲劇化、漫畫化傾向。所謂的晚生代作家更多地關注城市與人的欲望衝突，但這種衝突往往停留於表層，缺乏逼視靈魂的內在緊張，更沒有追問主體性接近崩潰邊緣的孤獨個體如何尋找新的文化認同。儘管朱文的「小丁」系列表現了城市對於精神漂流者的文化重壓，但具有自敘傳特徵的城市書寫逐漸地形成慣性，主體對於痛苦不僅缺少強烈的反抗意志，甚至得上了「痛苦依賴症」。邱華棟就更把都市想像理解成了羅列都市的雄偉建築、文化標誌與流行時尚，把都市小說寫成了新聞通訊式的都市大特寫。而七〇年代出生的作家的城市想像顯得更為狹

13 林舟，《生命的擺渡》（海天出版社，一九九八年），頁二〇九至二一〇。

窄，對酒吧、地鐵、客房等曖昧場景的關注遮罩了廣闊的都市空間，而對頹廢的、感官的、麻醉的文化趣味的沉溺，將自己關閉在更為豐富、更為博大的精神旨趣的門外。

至於九〇年代都市想像的敘述形態，總體上呈現出一種「非常化」傾向。一方面作家們開始將筆觸從宏大的社會場景轉入瑣碎的、私人的日常生活，另一方面，為了避免使自己的作品變得庸常無奇，他們大都熱衷於表現引人注目甚至是聳人聽聞的都市傳奇。在敘事時間上，都市往往缺乏一種歷史的縱深感，作家們要麼迷戀拋棄了歷史負重的、時尚化的都市「瞬間」，要麼迷戀沒有任何現實依據的、白日夢式的都市「歷史」。具有歷史縱深感的都市想像，並非是作品一定要回顧歷史行程，而是要求作家的想像力具有歷史穿透力，能從都市的碎片中洞見一種內在的歷史聯繫。在敘事情感上，作家們多採取了煽情策略，習慣用過火的激情來激化拙劣的戲劇衝突，而不是通過波瀾不驚的生活演繹那種不露痕跡卻深入骨髓的靈魂掙扎。在敘事主題上，作家們多對能夠給讀者帶來感官刺激和心理刺激的主題感興趣，強調都市在變動不居中的文化動態，忽視都市在表面的混亂下隱藏的不變與靜態，缺乏對普通個體的生存狀況和心理欲求的關切，追求作品在短期內大紅大紫的速效，漠視對城市深層超越時限的文化秩序與精神法則的開掘，無法與讀者建立心靈的共鳴。因此，難怪王安憶會對城市文學發出這樣的感慨：「在多變的世事裡，景物都是繚亂的，有時候，連自己都認不得自己了。可是，在浮泛的聲色之下，其實有著一些基本不變的秩序，遵守著最為質樸的道理，平白到簡單的地步。它們嵌在巨變的事端的縫隙間，因為司空見慣，所以看不見。然而，其實，最終決定運動方向的，卻是它們。在它們內裡，潛伏著一種能量，以恆久不移的耐心積蓄起來，不是促成變，而是永動的力。」[14]

[14] 王安憶，《序》，《女友間》（「三城記小說系列」之「上海卷」）（上海文藝出版社，二〇〇一年）。

九〇年代的都市想像對於「非常化」、「奇異化」效果的追求，形成了一種「唯新」焦慮，認為「新興」即「尖端」和「創新」。於是，都市書寫總是千方百計地擺脫中國漫長的鄉村記憶的陰影，力圖使筆下的都市沒有絲毫鄉村趣味。但是，這種「反鄉土化」或「非鄉土化」傾向，只能產生「寫都市的文學」，而不能產生真正意義上的「都市文學」。「寫都市的文學」常常把都市看做區別於鄉土中國的異己文化，而且在無形中把城鄉視為相互斷裂、相互對抗的兩種文化形態，書寫的也多是物象的城市而非心靈的城市。張欣就說：「有時我們會產生錯覺，生在城市、長在城市，難道還能體驗出鄉村的感覺來？其實這一點都不奇怪，我們的城市相當年輕，還完全沒有自己的規模，更談不上風格和韻味。而我們的行為風格，倒常常是純粹『農民式』的——這是指狹義上的陳舊與偏見。」[15]將「陳舊與偏見」貼上「農民」的標籤，這反映了作家的都市想像對於鄉村趣味的近乎恐懼的排斥。這樣的「非鄉土化」頂多只能寫出「不是鄉村的城市」，而無法寫出城市本身，更無法寫出從鄉村到城市的精神變遷以及城鄉之間的相互滲透。

三、可疑的市民話語

對於九〇年代中國大陸的都市文學，許多研究者和作家予以樂觀的褒揚，並希望這種文學實踐能夠有助於市民社會的發展與成熟。但是，很多人在操持市民話語時，常常是生硬地搬用西方理論，正如鄧正來所言：「問題在於中國市民社會論者自己選擇的道路卻是一條地道的西方版道路，而這一道路的選擇依據顯然不是來自本土經

[15] 張欣，《慢慢地尋找，慢慢地體驗》，《中篇小說選刊》一九九五年第四期。

驗和知識，而是源出於對西方實現政治現代化的方式所具有的普遍有效性的認定。……在研究中往往是在中國的現實經驗與西方的概念之間做簡單的比附，其突出表現是根據西方的定義在中國發展的複雜經驗中選擇與之相符的那些方面進行意義放大的研究，從而忽略了某些對於中國發展具有實質意義的方面。……中國市民社會論者由於將中國欲圖建立的以及正在發育過程中的市場經濟與西方資本主義自由市場經濟做了牽強的比附，並且以剝離了中國與西方市場經濟具體差異的經驗而獲致的空洞的『市場經濟』概念，做為分析研究的工具，甚至設定為中國市民社會的基礎，從而在中國市民社會的研究中不僅忽略了對建構中國市民社會的中國經濟脈絡做具體分析，也忽略了對以中國式的市場經濟為基礎的中國市民社會品格或功用做具體的分析。」[16]經濟學、社會學研究者尚且如此，對「市民社會」的理論由來與歷史發展都一知半解的文學工作者就更容易以訛傳訛。

對於市民文學，人們談論得最多的是所謂的「平民意識」。池莉在《我坦率說》中有這樣的話：「自從封建社會消亡之後，中國便不再有貴族。貴族必須具備兩方面條件的：物質的和精神的。光是精神的或光是物質的都不是真正的貴族。所以『印家厚』是小市民，知識份子『莊建非』也是小市民，我也是小市民。」[17]但是，所謂的「平民意識」與「市民意識」實在是差之毫釐謬以千里。市民意識也即市民認同，我們來看看愛德華・希爾斯對「市民認同」的界定：「市民認同是對構成市民社會的那些制度或機構的一種診視或依歸（Attachment）。它是對整個社會——包括社會的所有階層與部分——依歸的態度。它是關懷整個社會福祉的態度。……更為重要的是，市民認同是個人的自我意識（Self-consciousness）被他的集體性自我意識（Collective Self-consciousness）部分取代時的一種行為；作為一個整體的社會以及市民社會的制度或機構乃是他的集體性自我意識的對象。……市

16 鄧正來，《中國發展研究的檢視——兼論中國市民社會研究》，鄧正來、J・C・亞歷山大編，《國家與市民社會》（中央編譯出版社，一九九九年），頁四五七至四六〇。

17 池莉，《池莉文集・真實的日子》（江蘇文藝出版社，一九九五年），頁二二三。

民認同承認他人至少具有與自己同等的尊嚴，而絕不貶抑他人的尊嚴。」[18]平民意識在本質上是根深柢固的封建等級觀念的殘餘，「平民」是作為與「貴族」或「官僚」相對的概念來運用的，它對於處於弱勢地位的階層的認同是一種集團或階層意識，這和市民認同將同一社會的所有成員包括敵人視為具有同等尊嚴的同等公民大異其趣。白燁在論述劉震雲的平民意識時，有這樣的論述：「在他的作品中，當『官』的並不神聖，做『民』的也不卑下……『平民意識』也是『人民性』的別一說法。劉震雲的作品，是當代作家中最具『平民意識』和『人民性』的創作。」[19]

所謂的「平民意識」最危險的地方，就是宣揚一種知足常樂的妥協精神，對現實缺憾採取一種無奈和認可的曖昧姿態，試圖調和道德與歷史的衝突。在主體願望與客觀現實產生衝突時，主張以收縮、壓抑自己的欲望訴求來求得內心平衡。《煩惱人生》的結尾是這樣的：「你遺憾老婆為什麼不鮮亮一點呢？然而這世界上就只有她一個人在送你和等你回來。」在生存的灰色狀態和價值失落中不堪重負的生命主體，在長期的困擾中被折磨得麻木不仁，他們連自己的尊嚴都無法維持，談何尊重別人的尊嚴呢？作品的價值導向還偏偏是首肯了這種放棄尊嚴的態度，這與強調參與意識、監督意識的市民意識實在是南轅北轍。在這個意義上，「平民意識」儘管以「哀民生之多艱」的姿態體現出一種表面的人道關懷，但它對現實秩序和權力法則的默認、粉飾卻產生著消極的麻醉作用，傳達出一種與現實和解的聲音，潛在地宣揚一種宿命意識與奴化意識。對於沒有尊嚴的生活的讚揚，有力地質疑著作家的人道關懷，放棄正義和尊嚴難道成了人道的前提？劉恆的《張大民的幸福生活》對現代都市貧民日常生活的世俗性的觀照，充滿了一種反諷意味。在物質極度匱乏的情況下有滋有味地「享受」著「幸福生活」，這難道不是阿Q的「精神勝利法」的現代翻版嗎？作家這樣評價張大民：「這種人的樂觀主義精神是非常吸引我

18 愛德華・希爾斯，《市民社會的美德》，鄧正來、J・C・亞歷山大編，《國家與市民社會》（中央編譯出版社，一九九九年），頁四一至四二。

19 白燁，《生活流　文化病　平民意識》，《文藝爭鳴》一九九二年第一期。

的，他的很歡樂的樣子很吸引我……張大民的生活狀況實際上表現了大多數人生活的狀況。」[20]而作品對有較大抱負和強烈的競爭意識的五民進行道德批判，將其視為「自私的人」，這就更加暴露了「平民意識」的陳腐。

值得注意的是，市民階層的享樂主義籲求也常常被劃入平民意識的範疇。李劼就認為王朔的小說是「更加集中、更加出色地體現了現代平民意識的」[21]。進入九〇年代，「先富」理論強有力地為城市貧民構造出一個黃金國度，也打造出一批「率先致富」的「典型」，他們成為區別於平民階層的、引領社會潮流的特殊人群，過著與眾不同的生活，追求別樣的文化情調。王朔筆下的人物與印家厚、張大民迥然有別，他們走的是兩個極端，「頑主」們的人生意義只是「找樂兒」，正如《一半是火焰，一半是海水》中張明的說法——「拚命吃拚命玩拚命樂」，而「沒有錢是萬萬不能的」更是對金錢神話的生動概括。政權的權力體現為不平等，財富的權力體現為平等，處於社會底部的市民階層正是希望財富能夠打破政治一體化時代森嚴的等級結構，能夠給自己帶來平等。王朔就說：「我寫小說就是要拿它當敲門磚，要通過它過體面的生活，目的與名利是不可分的……我個人追求體面的社會地位、追求中產階級的生活方式。」[22]邱華棟的表述如出一轍：「我表述了我們這一代青年人中很大一群的共同想法：既然機會這麼多，那麼趕緊撈上幾把吧，否則，在利益分化期結束以後，社會重新穩固，社會分層時期結束，下層人就很難躍入上層階層了。」[23]因此，這樣的「平民意識」恰恰是一種反平民意識，是在深切感受了平民的苦難與屈辱以後對於平民生活的恐懼與厭惡，是於連式的發跡夢想，是一種近似於德懷特・麥克唐納所言的「中產崇拜」：「中產崇拜或中產階級文化卻有自己的兩面招數：它假裝尊敬高雅文化的標準，而實際上

20 劉恆、蕭陽，《劉恆談寫作》（訪談錄），《電影藝術》一九九九年第六期。
21 李劼，《王朔小說和市民文學》，《上海文學》一九九六年第四期。
22 王朔，《王朔訪談錄》，《聯合報》一九九三年五月三十日。
23 劉心武、邱華棟，《在多元文學格局中尋找定位》，《上海文學》一九九五年第八期。

卻努力使其溶解並庸俗化。」[24]當然，中國的中產階層不同於西方的「Middle Class」，它應當是一種物質豐裕、精神上有情趣的「小康」階層。

伴隨著九〇年代快速的市場化，文化的粗鄙化和倫理的無序化是無可避諱的事實。因此，有研究者鑑於「中國當代積聚資本的手段具有強烈的超經濟掠奪性質」，提出了「資本原始積累」的概念，並敏感地注意到：這批靠「灰色收入」起家的「灰色階層」成了不少年輕人的偶像，「在他們的影響下，『勤勞致富』早已成為一種過時的思想觀念」[25]。何頓的小說本色地反映了這一粗鄙現實。《生活無罪》、《弟弟你好》、《我不想事》、《只要你過得比我好》、《無所謂》、《就這麼回事》等作品，無一例外地書寫城市小市民試圖通過非常規手段進入上流社會的悲歡，其中的人物有反覆進出監獄的釋放犯，最多的則是窮困潦倒的小知識份子。《生活無罪》中的曲剛認為：「世界上錢字最大，錢可以買人格買自尊買卑賤買笑臉，還可以買殺人。」《弟弟你好》中的鄧和平在接觸了「灰色階層」後，最大的感受就是——「讓人明白知識並不能當錢用」。這種徹底的拜金主義、享樂主義傾向與反智論、反道德主義傾向結合在一起，它所展示的社會預期與法治化市民社會的理想只能是越來越遠。這樣的市民理想不僅不可能像西方的國家權力／市民社會二元對立模式所設計的那樣，市民社會通過對國家的監督和自主的實踐來實現多元社會追求的目標，而且，利益集團還可能通過與權力的合謀來進行「放權讓利」的交易。鐘道新的都市題材小說就書寫了許多權錢交易的黑幕故事。正如一位社會學者所言：「國家控制的放鬆給公民個人帶來了較多的自由。……寬鬆化與市場化還給解放思想創造了必要的空間。……指望如公共領域與市民社會模式所構畫的那種真正獨立於國家的社會組織在一夜之間就興旺發達，是脫離實際的。」[26]

24 轉引自丹尼爾・貝爾，《資本主義文化矛盾》，（生活・讀書・新知三聯書店一九八九年），頁九一。
25 何清漣，《現代化的陷阱》（今日中國出版社，一九九八年），頁一四〇至一四一。
26 黃宗智，《中國的「公共領域」與「市民社會」？》，鄧正來、J・C・亞歷山大編，《國家與市民社會》（中央編譯出版社，一九九九年），

必須指出的是，朱文、韓東、張旻等人的小說強調個人正當的欲望訴求與人格獨立，並對禁錮欲望的權力記憶與封建幽靈進行反諷和解構。和那些站在道德理想主義的立場上批評城市「墮落」的論調相對應，朱文、韓東等作家對這種道德優先論進行了強烈的抵抗。但是，不管是維護道德還是解構道德，雙方都被同一種「道德焦慮」所控制，一葉障目，在複雜的文化形勢中陷入被動甚至盲動狀態。韓東說：「真誠的藝術家從來都不可避免地要和所處時代的道德理想發生衝突，並不是他們故意站在道德生活的反面，以顛覆為目的，沽名釣譽，而是由於對藝術的本能忠誠使他們無法顧及其他。」[27]而且，並不是所有的倫理道德都是不好的，需要反對的僅僅只是唯道德論。在這樣的尷尬中，朱文的《我愛美元》、《幸虧這些年有一些錢》、《沒有文化的俱樂部》等作品招致非議就在所難免。道德焦慮像一條繩子一樣，牽著正反雙方的鼻子，雙方都只看到了自己眼前的那一種「真理」，對於更為複雜、深層、本質的問題都只好如韓東所說的那樣——「無法顧及」。在一種近乎逆反的抗辯與反諷中，韓東們與拜金主義、享樂主義的界限確實是模糊的，只有知悉內情和深入研究者才能區別其間微妙卻重大的差異。而且，破除了道德對於人性的壓抑，個性就一定能得到真正有效的保障嗎？權力固然會通過道德的滲透控制個體的日常生活，但權力同樣可以借助道德崩壞的機會來謀取利益。正如下面的引述：「犧牲『平等』，除了沒有換來『效率』之外，還產生了許多別的問題，其中對社會發展影響最大的就是公眾對『平等－公平』期望的喪失，而和『平等－公平』期望一同喪失的，是對社會的信任感和責任感。由於沒有責任感，也就沒有什麼是非感。道德準則的全面喪失，對當代中國人的行為準則產生了極大的影響，導致經濟倫理惡性畸變。」[28]過分強烈的道德焦慮不僅由於一種偏執的激情會陷入意氣之爭，影響到人物、情節、語言的布局，在審美追求上產生

27 韓東，《韓東散文》（中國廣播電視出版社，一九九八年），頁二五九。
28 何清漣，《現代化的陷阱》（今日中國出版社，一九九八年），頁一九七至一九八。
頁四四〇至四四二。

偏離，使作品的審美性受到損害，而且，這還會影響到作家對複雜的、幽暗不明的社會走向的判斷，甚至犯常識性錯誤，使敘事陷入精神迷亂。

市民話語的混亂，充分地反映了啟蒙的困境。道德理想主義雖然困獸猶鬥地堅持啟蒙立場，但是，這種以社會代表、精神導師自居，以為自己的信條可以放之四海的絕對化傾向，不但無法為啟蒙贏得再生的契機，反而為反對者提供了反證的實例。一九九三年開始的「人文精神」討論，正是啟蒙陣營在反思八〇年代基礎上的自我反省。遺憾的是，這種反省很快就被錢權交易、貧富分化等日益突出的社會新症候所打斷，聲勢浩大但流於浮泛。隨後的所謂「自由主義」與「新左派」的論爭，可以視為啟蒙陣營面對新挑戰與新考驗時的分裂。「自由主義」針對中國現行體制的缺陷帶來的權力過度集中、文化缺乏活力和計劃經濟對生產力的束縛，力主以西方的民主和市民社會來消解權力陰影，維護精英利益；「新左派」則高舉公平、公正的旗幟，抵制社會不公，維護社會弱勢群體的利益，甚至希望退回到平均主義的狀態之中。值得注意的是，「自由主義」主張憲政政治思想和自由競爭的市場經濟理論，但市場資本與專制的等級結構並不是純粹的對抗與衝突，它一方面可能瓦解束縛生產力的意識形態，另一方面也可能與權力構成一種同謀關係，被完全地體制化。而「新左派」對於社會公正的籲求極容易滑入民粹主義的懷抱，所謂的新權威主義與專制主義也常常混淆不清。與本論題相關的是，「自由主義」對於市民社會的熱情，使他們的論調中散發出一種市民趣味，與八〇年代的精英主義相比，他們對所謂的「公共空間」的熱情大大超過對「私人空間」或個性解放的關切；而「新左派」對於社會底層的弱勢群體的關注，使他們的平民意識不無偏執。難道啟蒙真的走向了歷史的終結？啟蒙固然不能居高臨下地發號施令，但知識份子也不能徹底地「大眾化」，變得與市民大眾完全一致。我個人認為，應該終結的是啟蒙神話而不是啟蒙本身。需要反思的是，知識份子的批判理性如何才能與自己、與大眾形成平等交流、雙向互動的對話關係？正如汪丁丁所言：「啟蒙死了，但是，作為個人自由與普遍主義原則的啟蒙精神活著。」[29]

由此可見，九〇年代小說對城市文化的應對與知識份子的理性批判精神產生了難以溝通的睽隔，那些激烈而蒼涼的批判只能從過去的深井裡打撈鏽蝕的精神資源，當下的意識形態化使未來視域遁入空無。聚居於城市的知識者在城市生存中要實現從士到現代知識份子的文化移民過程，必須選擇曠遊而非寄生的存在方式，曠遊就是使自己成為永遠的邊際人，成為理性批判精神的守靈人。「在面臨對個人自由日益增長的威脅時，去保護、保持，以致在可能的時候拓展個人所具有的有限和短暫的自由，遠比那種提出一些抽象的理由來否定它，或通過那些沒有成功希望的行動來危及它，更為有益。」[30]只有進行深刻的知識的自我批判和知識份子角色的自我批判，才能避免使他者批判與權力結盟，才能始終保持對物化命運的清醒與警惕，擔當起精神清道夫的沉重使命。

29 汪丁丁，《啟蒙死了，啟蒙萬歲！》，李世濤主編，《知識份子立場‧自由主義之爭與中國思想界的分化》（時代文藝出版社，二〇〇〇年），頁二七一。

30 麥克思‧霍克海默，《批判理論》（重慶出版社，一九八九年），「序言」頁四。

第六章　影視文化與九〇年代小說

本雅明在一九三六年的《機械複製時代的藝術作品》中認為，十九世紀末二十世紀初錄音和電影技術的出現，使機械複製第一次獲得了獨立於自然和現實，獨立於藝術作品的「原作」的價值，它以一種複製的眾多性取代了創作的獨一無二性，這導致了傳統的分崩離析。同時，機械複製把藝術作品從對儀式的依賴性中解放出來，使其展覽價值占絕對優勢。視聽文化的出現改變了人類文化傳播的總體格局，尤其是電視傳播相容了言語、音樂、圖像等各種傳播介質，成為繼空間藝術（繪畫、雕刻、建築）、時間藝術（音樂、詩歌）、綜合藝術（舞蹈、戲劇、電影）之後的「綜合的綜合藝術」。形象、直觀、共時空的電視傳播有力地挑戰著語言文字在文化傳播中的霸主地位。九〇年代，中國大陸電視傳播已基本形成中央和地方混合覆蓋、無線和有線相結合的現代化傳播網路，據一九九七年《中國廣播電視年鑑》統計，電視的收視人口覆蓋率已達百分之八十六・二，電視成為大眾獲得資訊和娛樂的首要管道。文學在八〇年代初期的中心地位，逐漸被經濟建設擠到邊緣，而且，文學的印刷傳播方式也被影視傳播擠到邊緣。於是，文學的「觸電」成為拓展生存和傳播空間的文化選擇。在文學與影視的交融與互滲中，文字媒介與視聽媒介相互補充，文學與影視對共同面對的現實進行了相互呼應的文化闡釋。但是，文學對影視的趨同使小說與影視劇本的文體界限名存實亡，文學與影視的獨立性同時面臨著嚴峻考驗。

一、寄生與衝突

文學與電影的親緣關係由來已久，作為「綜合藝術」的電影不斷地從歷史悠久的文學經驗與規範中汲取養料。一些文學經典被反覆改編成電影，如《卡門》被改編多達二十次以上，《哈姆雷特》被搬上銀幕達十六次。二十世紀四〇年代末，好萊塢興起「文學電影」潮流，《亂世佳人》、《綠野仙蹤》、《呼嘯山莊》等精品都以文學作品為先導。六〇年代弗・納博科夫的小說《洛麗塔》、田納西・威廉斯的《欲望號街車》，八〇年代伊・迪納森的小說《走出非洲》、福斯特的《印度之行》、歐尼斯特・湯普森的劇本《金色池塘》，九〇年代邁克爾・布萊克的小說《與狼共舞》、湯瑪斯・金內利的《辛德勒名單》，都成為電影的藍本，並且在此基礎上打造出經典的影像。新時期的中國電影，諸如謝晉的《芙蓉鎮》和《天雲山傳奇》、凌子風的《駱駝祥子》和《邊城》、顏學恕的《野山》、吳天明的《老井》、胡炳榴的《鄉民》（改編自賈平凹的《臘月・正月》）……這些八〇年代的好電影均從小說改編而來。張藝謀導演的《紅高粱》、《菊豆》、《大紅燈籠高高掛》、《秋菊打官司》獲得各種大獎與提名後，九〇年代小說家與電影的聯姻成為時尚。王朔、蘇童、劉恆、莫言、余華、鐵凝、池莉、方方、葉兆言、史鐵生、李曉、劉醒龍、張抗抗、周大新、朱文、沭平、鬼子、東西、劉震雲、尤鳳偉、馮驥才、楊爭光、閻連科、葉辛、梁曉聲、陸天明、周梅森、柳建偉、張平、邱華棟、何申、二月河等作家的一部甚至多部作品被改編成影像作品。電影電視在一九九三年幾乎把中國最優秀的作家一網打盡，當時被作為例外的張承志和王安憶，前者不久改編了自己的《黑駿馬》，後者為陳凱歌的《風月》做編劇。市場經濟的風起雲湧，使「下海」成為許多知識份子的選擇，而「觸電」則是文學「下海」或者說「以文養文」的重要方式。

一九九二年，以王朔為理事長的「海馬影視中心」正式登記，成員名單囊括了八〇年代中國大陸文壇幾乎全部重要作家。一九九三年，王朔、馮小剛、彭曉林創立「好夢影視公司」，王朔任藝術總監；楊爭光辭職創辦「長安影視公司」，出任總經理；諶容、梁左、梁天等一家人也成立「快樂影視中心」。王朔、劉毅然、朱文還乾脆當起了導演，王朔執導根據自己作品改編的《我是你爸爸》，劉毅然執導根據茅盾小說改編的《霜葉紅於二月花》，朱文執導獨立電影《海鮮》並且獲得威尼斯電影節評審團特別獎。

一九九〇年，中國大陸第一部大型室內電視連續劇《渴望》播出，獲得了出乎意料的成功。這部由王朔等人「侃」出來的劇碼，被視為中國電視劇發展的歷史性轉折，奠定了通俗的、娛樂的、商業化的類型劇的地位。《渴望》的主題用其主創人員的話說，無非是「丟孩子、撿孩子、養孩子、找孩子、還孩子」，但這種缺乏想像力的情節模式卻「提供了一種藉大眾文化的形式，以撫慰人群、移置無法解決的社會問題的恰當對象」[1]。《渴望》「體現傳統價值觀、善惡分明」[2]，有效地緩解和撫慰了社會轉型期普遍的焦慮和創傷，產生了對大眾進行精神按摩的社會效益，以溫和的方式彌合了政治、商業與文化之間的裂縫，傳統道德成為意識形態、市場消費、審美文化之間共通的橋樑。應該說，《渴望》的趨向孕育了具有中國特色的大眾文化的雛形。在隨後的《編輯部的故事》、《愛你沒商量》、《海馬歌舞廳》等劇中，這種品格得到不斷的強化和反證。這些劇碼都是以都市大眾為消費對象，根據市場規律批量生產的文化產品。王朔、馮小剛等人在討論《編輯部的故事》的劇本時，在議定了「編輯部」的性質和刊物名稱後，確定貫穿人物：「最主要的得有一對年輕的編輯，一男一女，未婚。……他們倆工作上配合得嚴絲合縫，感情上有點曖昧，又都沒斷了去見介紹對象。怕萬一錯過了更好的。」[3]這就是

1 戴錦華，《猶在鏡中——戴錦華訪談錄》（知識出版社，一九九九年），頁二三三。
2 白小丁、王朔，《大浪淘沙　該失落的就失落》（訪談錄），《電影藝術》一九九五年第二期。
3 參見張君昌等編，《〈編輯部的故事〉畫外音》（中國廣播電視出版社，一九九二年），頁一二九至一三一。

主人公李東寶和戈玲的形象設計。戈玲這一女性形象在劇中產生的性別調節作用有效地轉移了商業時代的浮躁與焦慮。而《愛你沒商量》和《海馬歌舞廳》的市場反應卻相對冷淡，這和創作者居高臨下的引導立場密切相關，精英趣味與大眾趣味產生了隔閡。在經過這些磨合之後，《北京人在紐約》和《過把癮》成功地穿越了主流話語和精英話語的屏障，在「個人」的名義下製造出面向大眾的公共夢想。用王朔的話說：「通俗劇是糖，賣出來的必須是甜的。」[4]一九九五年，楊爭光的公司召集賈平凹、蘇童、葉兆言、格非、余華、劉毅然等十一位作家連袂推出電視系列劇《中國模特》，鎩羽而歸。作家們違背「遊戲規則」的大膽實驗，依然沒有擺脫小說創作中的審美慣性，顯得力不從心，簡單地演繹著插科打諢的無聊鬧劇。為了適應文化市場的要求，創作者必須束縛自己的個性，必須為導演和投資人作嫁衣，必須使自己成為工業化生產流程中的一個部件。文化資本和影像形式凌駕於文字之上，獲得了一種潛在的權力。王朔說：「我覺得，用發展的眼光看，文字的作用恐怕會越來越小，一個時代有一個時代的最強音，影視就是目前時代的最強音。」[5]

九〇年代的影視與文學之間的關係不無尷尬。影視把文學作為自己的題庫，在文化與審美資源方面表現出對文學的寄生現象。張藝謀就說：「我一向認為中國電影離不開中國文學，你仔細看中國電影這些年的發展，會發現所有的好電影幾乎都是根據小說改編的。……我們研究中國當代電影，首先要研究中國當代文學。因為中國電影永遠沒離開文學這根拐杖。看中國電影繁榮與否，首先要看中國文學繁榮與否。」[6]優秀的小說作品成全了張藝謀，以致文化界流行著這樣的笑談：中國的小說讀者只剩下一個張藝謀。張藝謀對小說原著進行大刀闊斧的刪改，尤其是《紅高粱》獲得國際聲譽後，納入導演視野的小說往往被徹底地改頭換面。以國際影展獲獎為主旨的

4　白小丁、王朔，《大浪淘沙　該失落的就失落》（訪談錄），《電影藝術》一九九五年第二期。
5　白燁、王朔、吳濱、楊爭光，《選擇的自由與文化態勢》，《上海文學》一九九四年第四期。
6　李爾葳，《張藝謀說》（春風文藝出版社，一九九八年），頁一〇。

創作路線，使張藝謀注重刻畫具有儀式性、象徵性和寓言化的東方造型，諸如影片對紅色的渲染，諸如《大紅燈籠高高掛》中關於「燈」的儀式，諸如《菊豆》中的染坊，諸如《活著》中的皮影戲。張藝謀在小說改編中往往只保留原著中的情節線索，而其歷史、文化、人性的底蘊與深度，則被棄若敝屣。這種隨心所欲中潛在地反映出一種等級關係，影視對文學的居高臨下的、遮蔽式的驅遣造成了平等互動的交流的中斷，文學的自主性在多重擠壓下風雨飄搖。最為典型的表現是張藝謀向蘇童、北村、格非、趙玫、須蘭、鈕海燕等六位作家「訂購」以武則天為題的長篇小說，號稱「同題作文，相互競爭，以便於電影改編」，而趙玫、須蘭的《武則天》合集的封面上，更是印著「張藝謀為鞏俐度身定做拍巨片，兩位女性隱逸作家孤注一擲纖手探祕」的廣告語。這種好萊塢模式的集約化流水作業，最大限度地遏制了作家的藝術個性。

作家對於導演對自己作品的篡改和肢解的默認，表現出作家對小說的影像化的熱情，同時也反映出文學自身的尷尬境遇。王朔說：「影視不同於小說大概也就在於那體現的是一個集體意志，很多人參加勞動，最終都參與了意見，在角色上傾注了自己喜愛的品質，最終還你一個陌生人。當然，影視於今在於牟利，受歡迎便是成功，你要問我原作的想法，我沒這意思，寫那麼多廢話就為了給大家樹一個好人。」[7]《白鹿原》被改編成秦腔、陶塑和連環畫後，陳忠實認為影視改編「再不能拖下去了」，並說：「包括許多世界名著的改編，也不無遺憾。我作為小說作者，不能不關心，但管不上……比起任何形式的改編，影視無疑是最好的形式。如果把電影和電視比，最好還是電視連續劇。……我也寄希望未來的導演，能給讀者一個直觀的形象，對作品的體現和傳播都有好處。」[8]大眾對影視傳播的盲從，使其成為主宰公眾觀念的權威，印刷傳播的弱化「一方面使人們心目中世界的形象遠比過去完整和準確，而另方面卻也限制了語言和文字的活動領域，從而也限制了思想的活動領域。我們所

---

7 王朔，《現在就開始回憶》，《看上去很美》（華藝出版社，一九九九年），「自序」。

8 耿翔，《陳忠實坦言改編〈白鹿原〉》，《中華讀書報》二〇〇一年八月八日。

掌握的直接經驗的工具越完備，我們就容易陷入一種危險的錯覺，即以為看到就等於知道和理解。」[9]文學對於影視包裝的重視，遠遠超過了對文學的影視版本的審美價值的關注，影視傳播能夠給文學作品帶來更加廣泛的覆蓋面，能夠刺激相關圖書的銷售，能夠給作家帶來更高的知名度和可觀的經濟收益，這種崇尚形式忽視內容的趨向，將對觀眾的審美判斷力產生很大程度的損害，受眾對於視覺接受的過度依賴也將使其閱讀接受水準持續下降，而受眾的趣味又會反過來影響文學，這就形成了一種惡性循環。作家尤鳳偉為了維護小說《生存》的著作權而把姜文告上法庭的案例，是九〇年代文學與影視的不正常關係的最好寫照。姜文的「陽光燦爛公司」一九九九年以十一萬元收購作品的改編權，但隨後又對改編權和拍攝權進行了交易。尤鳳偉說：「對方說，這種做法在過去電影圈裡是司空見慣的，也就是說，一切都屬正常。……當一個作家面對自身權益被剝奪、人格被嘲弄的狀況，每個人都有權利和責任保護自己，討個公道……此案被告在改編中不僅將原著題目以及人物和地域名稱全部改變，而且對絕大部分內容予以砍殺，又不向原作者通告，這就明顯違犯了《著作權法》。」[10]具有悠久歷史的文學規範、經驗與傳統為影視提供營養，影視則攫取其中成熟的元素，從觀眾的趣味出發將之改寫成通俗的畫面與音樂。先鋒文學作家在「觸電」潮流中的表率作用，表明了「先鋒性」的脆弱，他們對消費文化採取的日益開放的態度導致了先鋒小說在九〇年代的轉向，先鋒與通俗的角色開始相互串換，區分高雅文化與大眾文化的基礎逐步瓦解，「隨著消費文化中藝術作用的擴張，以及具有獨特聲望結構與生活方式的孤傲藝術的解體，藝術風格開始模糊不清了，符號等級結構也因此開始消解」[11]。

9 魯道夫・愛因海姆，《電影作為藝術》（中國電影出版社，一九八一年），頁一六〇。

10 田川流，《從容應對鬼子來了——尤鳳偉訪談錄》，《文學世界》二〇〇〇年第一期。

11 邁克・費瑟斯通，《消費文化與後現代主義》（譯林出版社，二〇〇〇年），頁三七。

在九〇年代的影視導演中，仍然有有識之士強調電影的文學性。謝飛就建議年輕導演「應該加強你們電影裡的文學價值」，並對不同類型電影的文學價值的要求進行了闡述：「要有原創的、真切的生活體驗，有對人生、文化藝術獨特的真知灼見，有藝術家獨特的個性，這是文化藝術電影的要求。『主旋律』電影不一定要求這個，商業片更不要求這個。商業片應該表現社會公認的主題，如愛情、正義壓倒邪惡、大團圓，才會贏得最大的市場。如果你違反了這些規則，要加入你個人獨特的超前的見解，那麼這個商業片肯定是不會成功的。」[12]但是，九〇年代影視的類型劃分也呈現出模糊不清的趨向，尤其是「文化藝術電影」急劇萎縮，貼上這一標籤的作品的運作方式也明顯地烙有商業片的痕跡。張藝謀導演的《搖啊搖，搖到外婆橋》、《有話好好說》和《幸福時光》在影片的主題定位、明星路線和商業推廣方面，都與馮小剛導演的賀歲片異曲同工。藝術衝動與審美追求僅僅成了一種餘緒。一九九三年何平導演的《炮打雙燈》兼有西部片（類似於何平的成名作《雙旗鎮刀客》）和情節劇的特徵，而東方風情的奇觀化展示已經成為一種爛熟的「個性」，過於誇張的審美意趣和商業片的煽情如出一轍。一九九五年高成本高產出的《紅櫻桃》奉行明確的消費路線，當事人王朔這樣解釋自己「看中這部片子」的原因：「主旋律，寫一批中國孩子在蘇聯衛國戰爭期間的事情，是個高級的主題。而且既是主旋律，又不妨礙它成為一部藝術片，又符合商業性的一些需求，比如戰爭場面、俄羅斯的風土民情，能使片子好看。」[13]隨著中國電影與國際的接軌，尤其是一九九五年引進「十部進口大片」之後，好萊塢模式的衝擊加速了中國影視的商業轉型。一九九八年陳凱歌利用跨國資本的《荊軻刺秦王》雖然「負有文化使命」，但是在寂寥的市場反應下被迫修改影片的無奈，表明藝術電影已經很難在文化品位與商業成功之間兩全其美，「藝術」似乎只能在夢想中才能尋找到自己的飛地。在這樣的氛圍中，如謝飛所說的「文化藝術電影」的文學價值也只能成為夢裡雲煙。「觸電」

12 謝飛，《對年輕導演們的三點看法》，《電影藝術》二〇〇〇年第一期。
13 白小丁、王朔，《大浪淘沙　該失落的就失落》（訪談錄），《電影藝術》一九九五年第二期。

的文學也不能不「修改」自己的個性，正如劉恆所言：「因為寫小說基本上是沿著自己的個性在寫作，我想寫成什麼樣子，你讀者只有一個被動地接受的問題。但電視劇反作用非常大，時時要考慮的是面對著數不清的觀眾，如果還堅持自己的個性的話，我覺得是不合時宜的。」[14]

文學性在影視世界中的困境，決定了作家與影視的貌合神離。對於多數作家而言，「觸電」僅僅是一種生存手段，是一種物質方面的寄生方式，它與藝術抱負無關。一九九三年，上海的宗福先、賀子壯、陳村、張獻等三十三位劇作家簽署了一份旨在保護自身權益的文件，名為《九三一約定》，約定規定了劇本的最低稿酬標準：電影劇本每部一萬五千元，三集以下的單本劇電視劇本每集為三千元，多本劇每集為二千五百元[15]。這種最低稿酬標準已經遠遠超過了印刷出版的收益。一九九七年全國電視劇一共生產了二百九十九部共五千六百二十五集，一九九九年生產了四百八十九部共七千二百七十三集[16]，規模化的電視劇生產急切地需要高水準的編劇，而過分注重影像與技術的專業編劇儘管其技巧精湛但藝術感覺卻有明顯局限，因此小說作家的介入往往能提升劇本的藝術境界。《來來往往》、《你以為你是誰》、《口紅》等劇的原作者池莉說：「小說的好壞與電影的好壞沒有太大關係。電影再好也是導演的，不是作家的。電影拍砸了，那也絕不等於小說不好。我的小說與電影的關係到目前為止僅僅是金錢關係。他們買拍攝權，我收錢而已。」[17]多數作家把編劇視為「為稻粱謀」的「技」，而小說才是「藝」和「道」的精神進階。王朔曾放言要把好東西留給小說，把次品兜售給影視。劉恆說：「寫電影劇本

14 劉恆、蕭陽，《劉恆談寫作》，《電影藝術》一九九九年第六期。
15 綜合參考一九九三年一月十六日《作家報》消息《上海劇作家提出劇本的最低稿酬標準》，一九九三年一月十四日《文學報》消息《要想賣好，先要寫好》。
16 分別參見仲呈祥，《關於我國電視劇創作現狀的幾個問題——答〈中國文化報〉記者問》，《中國電視》一九九八年第八期；《追求有藝術的思想與有思想的藝術的統一》，《中國電視》二〇〇〇年第五期。
17 池莉，《信筆遊走》，《當代電影》一九九七年第四期。

在文體上沒有多大意義……寫劇本對小說是否造成傷害我不能確定，但就我個人的感覺而言，只要不是大規模機械化地從事劇本創作，是可以保護自己的靈感的。……如果讓我放棄的話，別的都可以，最後只剩下小說。」[18]並稱：「作為編劇，我沒有太多的主動權，我寫劇本實際上也是對現實的妥協。小說則是一種獨立的創作，所以這種獨立性的價值不可取代。」[19]不少作家都迫於影視傳媒對印刷傳媒的壓倒性優勢，覺得作家的聲音處在傳媒的包圍和資訊的淹沒中，認為僅僅依靠文字來傳遞資訊已無法完全體現創造的價值，孤芳自賞只會故步自封。有意思的是，作家對自己參與創作的影視的藝術水準往往不以為然，王安憶這樣談論《風月》：「《風月》是很奇怪的東西。陳凱歌帶著一個很簡單的故事雛形來我這兒。他一定要兩男一女，一定要中間去過上海。他有一定的條件在那兒。我就把它寫成一個合理的有日常生活面貌的故事。我的工作非常簡單，我寫得非常快，一個星期不到就寫好。大部分時間就在聽他囉嗦，叫他講講，然後我要說服他，大部分時間花在這兒。寫好以後，他又請人統了一遍。最後我沒看到樣片，他也沒請我看。別人送了我一張碟片。碟片模模糊糊的，不大好吧，反正就覺得晦澀得很。」[20]作家對於影視的藝術水準是懷疑的，甚至是不屑的。這就使影視與文學的結盟構成一種利益交換的關係，而不是基於共同的審美理想的藝術同盟。作家的精英意識和導演的新貴身份產生了意味深長的碰撞和齟齬。潘軍更直白地說：「電視劇是個破東西，不過很賺錢。」[21]影視與文學的關係折射出高雅文化與大眾消費文化在本性、功能、趣味等方面的潛在對抗與合流，而兩者的融合往往是以喪失文學的獨立性為前提。國內的很多自由撰稿人把影視寫作作為生存保障，但工匠式的寫作潛移默化地損耗著作家的審美理想。自由撰稿人張人捷

---

18 張英，《人性的守望者——劉恆訪談錄》，《文學的力量》（民族出版社，二〇〇一年），頁八〇至八一。
19 參見張志雄，《文學、影視誰當家？》，《中華讀書報》二〇〇一年七月十八日。
20 夏辰，《王安憶說》（訪談錄），《南方週末》二〇〇一年七月十二日。
21 潘軍，《答何銳先生問》，《山花》一九九九年第三期。

說：「以寫電視劇為生，就是不敢將全部的期望寄託在小說之上，怕人變得脆弱……還是把電視劇當成了自己的工作……」[22]影視培養了作家的市場意識，但是當市場意識過度生長時，一個作家就消失了，剩下的是一個追求作品數量的、從事文字複製的寫手。

二、遇合與呼應

九〇年代中國的文化語境是影視與文學共同的精神背景，也是它們共同的闡釋對象。影視劇本對文學的寄生性和影視創作規則對文學敘事的滲透，進一步加深了兩者的精神聯繫。在共同的文化系統中，影視與文學在主體選擇、表現主題、價值判斷、審美姿態、批評話語等方面都產生了奇妙的呼應，在文化潮流中互為犄角，以不同的審美形式負載著相通的文化關懷和人文使命。

九〇年代的影視與文學都表現出較為明顯的類型化傾向，而且兩者的分類標準產生了驚人的一致。當前流行的「三分法」把影視與文學劃分為主旋律主導型、藝術主導型和商業主導型等。這種傾向反映了九〇年代文化的主題定位、社會功能、接受趣味的裂變與分化，即由大眾傳播走向更加細化和規範的小眾傳播，不同類型的作品都針對自己的目標受眾採取相應的策略。之所以在各種類型後加上「主導」的限定成分，根源於各種類型的交叉與互滲，主旋律作品也可以具有暢銷的商業品性，商業作品也往往會在其中吸收主旋律型和藝術型作品的文化元素。陳凱歌就一直嘗試著使自己的作品在商業與藝術之間保持特有的張力，而莫言、劉恆等作家更是一直在做著

[22] 張人捷，《有一種力量》，《山花》一九九九年第九期。

這種平衡遊戲，希望作品能既叫好又叫座。尹鴻採用的是「四分法」：「如果把中國當前的電影看成一個金字塔的話，那麼商業電影就是它的基座，儘管這個基座有點搖搖晃晃；『主旋律電影』和『新民俗電影』是它的塔身；而『新體驗電影』則是它的塔尖。商業電影體現著電影工業的生產本質，主旋律電影則是國家意識形態的首席代表，新民俗電影則是電影的藝術性和商業性在國際化背景下的一種特殊組合，而新體驗電影則預示著中國電影美學的新的萌動。」[23]其實，新民俗電影和新體驗電影在本質上是相同的，僅僅是同一種審美潮流的不同表現形式。所謂的藝術商業片算得上是九〇年代的新生事物，它有意識地將藝術與商業熔於一爐，被尹鴻劃分為「新體驗電影」主將的李少紅、孫周、夏鋼和執導《紅河谷》、《黃河絕戀》、《紫日》的馮曉寧等人就一直進行著這種嘗試，但藝術與商業並沒有雙翼齊飛，在關鍵時刻被犧牲掉的總是藝術，它不幸地成了點綴在商業蛋糕上的彩色奶油。毋庸諱言，藝術主導型作品在夾縫中艱難綿續著，曲高和寡使它成為邊緣的邊緣。有趣的是，影視與文學的交流也呈現出相應的類型化格局。比如張平、周梅森、陸天明、柳建偉、劉醒龍等作家的主旋律小說被改編成相應類型的影視作品，這些清一色的現實主義作品具有某種程度的文化批判色彩，表明主流意識形態開始改變傳統的說教與訓導姿態，以為民請命的立場尋找到了政治疏導與大眾情緒的新的結合點，對民心起到了安撫與鼓舞的作用，商業模式的引入也使其傳播實踐變得更富有成效。

在創作主體方面，影視與文學出現了相應的分層現象。文化代群的劃分與自我認同導致了一種「代群重複」現象，同一代群的創作主體的作品驚人地相似，不同代群的作品形成了嚴重的隔膜，作品中體現出來的過於鮮明的文化代碼阻礙了代際之間的自由交流，這種精神代溝奇怪地繼承著中國古老的、等級化的人倫關係，也與九〇年代流行的自戀文化密切相關。第四代導演的代表作品往往改編自「傷痕」與「反思」小說，文明與愚昧的衝突

[23] 尹鴻，《世紀轉折時期的中國影視文化》（北京出版社，一九九八年），頁六二至六三。

成為其難以忘懷的情結。第五代導演垂青的往往是以知青一代作家為主體的作品，「尋根文學」、「先鋒文學」和「新寫實小說」成為其偏愛有加的題材庫。《菊豆》、《活著》等根據「新寫實」風格的小說原著改編的作品，以及孫周的《心香》、李少紅的《四十不惑》和吳子牛的《大磨坊》等作品，都表現出「新寫實」的審美傾向，揭示出為瑣事和環境所制約的生存狀態，在無奈和無序中閃現「無情世界的感情」。《秋菊打官司》以偷拍手法打造「真實電影」的追求，更是把「還原生活」的神話色彩推到了極致。至於《紅高粱》、《霸王別姬》、《五魁》、《炮打雙燈》、《紅粉》等作為第五代招牌的「新民俗電影」，綜合吸收了「尋根文學」的文化獵奇與神祕主義、「先鋒文學」的歷史寓言與象徵化手法，在此基礎上將語言符號置換成影像造型。陳凱歌根據史鐵生小說《命若琴弦》改編的《邊走邊唱》，鏤刻著知青一代特殊的精神烙印。小說原著主要表現三代瞎子藝人反抗絕望的心靈史，而電影卻將平凡的老瞎子納入了一種身份政治，即表現老瞎子在「瞎子」、「瘋漢」、「神神」之間的戲劇性轉換，作品的上下兩部分分別表現了老藝人「由瞎子變神神」與「由神神變瞎子」的命運怪圈[24]。老藝人在拉斷一千根琴弦，發現「藥方」竟然是「空白」後，表現出信仰破滅後的受騙感，通過砸打自己一直虔誠朝拜的師父的墓碑來發洩憤怒。電影中的「石頭」（小說中的「小瞎子」）最終拒絕成為「神神」，他沒有像小說中那樣繼續師父的救贖之路，琴匣裡裝的不再是祖傳的「藥方」而是自殺的戀人蘭秀的信。儘管電影中熔鑄了導演個人對「文革」的反思與懺悔，甚至可以理解成自傳《少年凱歌》的影像化轉換，但是，電影中寓言化的歷史處理覆蓋了史鐵生的個人體驗。應該說，史鐵生的原著是基於個人化的殘疾體驗的沉痛感悟，是關於存在與虛無的個體言說，而電影的「解神聖化」改造則具有了更為鮮明的代群特徵，其整體性的文化關照具有了宏大敘事的文化品格。

[24] 參見陳墨，《陳凱歌電影論》（文化藝術出版社，一九九八年），頁二二五。

最值得注意的是第六代導演和新生代作家之間的精神紐帶。第六代導演的作品很少從小說改編，多是自己寫或找同齡的編劇寫，寫自身的生活和體驗，演員也多為同代人。第六代導演興起了一種「獨立製片運動」，戴錦華的定義是「出現於九〇年代、脫離官方的製片體系與電影審查制度的、以個人集資或憑藉歐洲文化基金會資助拍攝低成本故事片」[25]的文化潛流，賈樟柯則說：「目前國內的獨立電影是一個很不正常的狀況，一部電影並不能走完從創作、拍攝到發行放映的完整過程，而只是到拍攝完成就中止了。許多獨立電影只能到國外去尋求機會。」[26]代表作品有張元的《北京雜種》、王小帥的《冬春的日子》和賈樟柯的《小武》等，這些作品大都表現搖滾歌手、流浪藝術家等都市邊緣人的生存狀態，以民間和底層視點表現個人化的生活與情感體驗。張元說：「寓言故事是第五代的主體，他們能把歷史寫成寓言很不簡單，而且那麼精彩地去敘述。然而對我來說，我只有客觀，客觀對我太重要了，我每天都在注意身邊的事，稍遠一點我就看不到了。」[27]這種放棄寓言、以旁觀的視角和情緒化的描述展現生存本相的手法是一種「日常敘事」[28]。第六代的生存方式、審美觀念與新生代作家殊途同歸，後者當中有相當數量的自由撰稿人，像朱文、韓東等人更以「斷裂」行為標榜自己的自由理念，他們的作品同樣以動盪不居的城市生活作為主題，以第一人稱的獨白口吻表現主人公無處棲留的「漂著」狀態。值得注意的是，新生代代表作家之一的朱文擔任了章明導演的《巫山雲雨》、張元導演的《過年回家》的編劇工作，而且執導了獨立電影《海鮮》，以妓女小梅的視點展開敘述。都市題材也只有到了他們手裡才成為一種聲勢浩大的「合唱」，一掃「王朔腔」一枝獨秀的單調和沉悶。當然，他們也不是鐵板一塊，胡雪楊、婁燁一直在體制內

25 戴錦華，《霧中風景》（北京大學出版社，二〇〇〇年），頁三八五至三八六。
26 李宏宇，《假如藝術院線來臨》（訪談），《南方週末》二〇〇一年九月十三日。
27 鄭向虹，《張元訪談錄》，《電影故事》一九九四年五月號。
28 參見本書第十章《日常敘事：九〇年代小說的潛性主調》。

發展，王小帥等開始轉向體制內的主流創作，商業化傾向在這一群體當中有著更為厚實的精神基礎。胡雪楊的《留守女士》、婁燁的《週末情人》、管虎的《頭髮亂了》、王瑞的《離婚了，就別來找我》、李欣的《我血我情》、金琛的《網路時代的愛情》、張揚的《愛情麻辣燙》和《洗澡》等都有或濃或淡的商業意味。張揚就說：「我覺得好電影就具有商業性。……讓觀眾感覺到，觸動他就夠了，這就是商業性、觀賞性。」[29]《洗澡》中兒子大明對父親老劉的「澡堂」生活從不屑到珍視的重新發現，折射出這一創作群體由反叛傳統到文化戀父的價值轉變。而且，主旋律作品也成為第六代導演全面展示自己的「體制內的才華」[30]的嶄新領地。王瑞的《沖天飛豹》借鑑好萊塢模式重塑「主旋律」，他說：「大家都看得出所謂美國大片中，有許多其實就是我們的所謂『主旋律』。為大多數觀眾所喜歡的、接受的電影是電影產業的主流。……我們這部電影是一部『獻禮片』，我們想把它們做成屬於這種『主流』的電影類型。」[31]第六代導演的分化與新生代作家的選擇具有一種內在的共鳴。「個人化寫作」在自由名義下，對隱私進行奇觀化的演示，表演性的商業價值與獨立性的藝術價值相互轉換，顯得曖昧不明。而且，像邱華棟、述平、何頓、丁天、衛慧、棉棉等作家的創作一開始就表現出較為明顯的物欲化傾向。

影視主體與文學主體的呼應共同地印證著九〇年代的文化邏輯。但是，這種過度膨脹的代群化特徵抑制了創作個體的文化獨創，同時也使影視與文學的交流缺少互補的良性循環，精神基調的過分一致使影視與文學難以相互激發，也使文化格局顯得相對單調而不夠豐富。這種局面和大眾消費文化的繁榮互為因果，商業模式能夠把那些具有獨立創意的但尚未成熟的作品迅速地複製和推廣，以大眾趣味淹沒脆弱的個人性，而且大眾傳播法則向來

29 張揚，《好電影就具有商業性》，《電影藝術》二〇〇〇年第二期。
30 相關論述參見鍾大豐，《體制內的才華》，《電影藝術》二〇〇〇年第一期。
31 王瑞，《為什麼要拍這部電影——〈沖天飛豹〉導演闡述》，《電影藝術》二〇〇〇年第一期。

重視規模化運作的「合唱效果」，游離於法則之外的「獨唱」顯得湮沒無聞自然缺乏商業價值，現實處境往往迫使「獨唱」融入眾聲，成為「合唱」的一個聲部。

在世紀末的全球化浪潮中，「走向世界」的焦慮同樣籠罩著影視與文學。一九九三年元月，廣播電影電視部頒布了著名的「廣電字（三）號文件」，邁出了電影體制改革的重要一步，規定電影製片廠可以直接向省市級發行放映公司或影院發行放映影片，把社會和經濟效益作為檢驗電影市場的標準。尷尬的是，「終於獲取了『自由』的中國電影業，卻發現他們雖然臨近了『金羊毛』，卻沒有美迪亞的絲線為他們指引龐雜多端的市場迷宮」[32]。中影公司一九九五年獨家專營、以分帳形式引進的「十部大片」（其中七部為好萊塢電影，三部為香港成龍電影）更加襯托出了民族電影在市場競爭中的弱勢地位。商業實力的懸殊更加堅定了中國導演通過參加國際電影節以贏得世界的認同的決心。張藝謀的成功使「新民俗電影」成為時尚，陳凱歌的《孩子王》、《邊走邊唱》兩度在坎城電影節受挫，最終以《霸王別姬》折桂。應該說，《霸王別姬》已經放棄了陳凱歌熱衷的本土立場與歷史使命，京劇文化與性別錯位的交織迎合了西方化的東方想像。戴錦華為此感歎：「如果陳凱歌／中國文化不能征服坎城，那麼不妨讓坎城／西方對東方景觀的預期來征服陳凱歌吧。」[33]何平的《炮打雙燈》「瞄準國際電影節」，「打算送到一個國際A級電影節參賽」[34]，這種初衷使作品很難避開「新民俗電影」的基本套路。而黃建新拍攝都市題材片《臉對臉，背靠背》時更是懷著這樣的頑強：「我就不相信中國城市電影不能被世界接受。」[35]第六代的「獨立影片」的目標完全避開了市場，這種幾可視為個人行為的藝術創造把漫遊國際電影節作

32 戴錦華，《霧中風景》（北京大學出版社，二〇〇〇年），頁四二二。
33 戴錦華，《霧中風景》（北京大學出版社，二〇〇〇年），頁二五九。
34 老梅、何平，《再造輝煌——何平新片瞄準國際電影節》（訪談錄），《電影故事》一九九四年二月號。
35 戴錦華一九九三年二月在西安與黃建新的談話內容，引自《霧中風景》，頁三六三。

為了主要使命。尷尬的是，張元、王小帥的影片的獲獎與西方世界對中國先入為主的錯誤認知有著隱祕的關聯。當電影成功地獲得世界性反響時，作為相關藝術門類的文學自然無法無動於衷。諾貝爾獎情結或焦慮始終在折磨著中國作家的神經。文壇每一年都會為獲獎者而激動，尤其是本土作家入圍提名的年份。李敖的《北京法源寺》藉獲得提名的傳聞而熱銷就頗具喜劇性。與世界接軌的衝動使西方的文學話語被輪番操練，浪漫主義、批判現實主義、現代主義、後現代主義等歷時性的審美潮流在中國成了共時性的文化景觀，模仿西方作家的風格似乎成了文學的慣例。以先鋒文學為例，其陌生化的創新往往是對西方現代派小說的模仿，以一種翻譯式的轉換照貓畫虎，「由衷的崇拜和熱愛使得先鋒作家甚至在遣詞造句等最微小的小說層面都師法和模仿著他們的大師，這樣就使得『瑪律克斯句式』席捲整個先鋒文壇，而談玄說怪的拉美式魔幻、機械分類按圖索驥的略薩式結構、情緒宣洩毫無節制的福克納式意識流、末流相聲般的海勒式黑色幽默以及吞吞吐吐不得要領的博爾赫斯式語言遊戲更是攪得文壇風生水起。這些作品彷彿都經由同一位外國文學教授翻譯而出，每一部作品都被其模仿『母本』的光輝照耀著。」[36]當先鋒作家的「偶像」和卡夫卡、普魯斯特、加繆等頂尖作家不再能夠激發模仿激情時，卡爾維諾、巴塞爾姆等讓人感到眼生的作家又成了九〇年代「陌生化」的精神導師。值得深思的是，中國作家進入諾貝爾獎視野的狹窄的橋樑卻是馬悅然、葛浩文等執著於譯介中國文學的西方漢學家。難怪朱文、韓東在「斷裂」問卷調查中會設置這樣的問題：「你是否會重視漢學家對自己作品的評價，他們的觀點重要嗎？」[37]諾貝爾獎和漢學家的西方視角與中國的本土視角的衝突，往往造成了難以對話的文化誤讀，而這種外部誤讀又往往成為本土意識覺醒與自我認同的契機。張頤武、王寧等人把九〇年代影視與文學的國際化視為「後殖民語境」的文化表徵，

36　吳義勤，《中國當代新潮小說論》（江蘇文藝出版社一九九七年），頁四五一。
37　《斷裂：一份問卷和五十六份答卷》，《北京文學》一九九八年第十期。

並張揚第三世界文化反抗的意義[38]。儘管論述在表層顯得圓滿，但不無悖謬的是，「後殖民」理論同樣是對西方話語的「模仿」與「挪用」。必須指出的是，西方話語作為外在於自我的文化參照系，至少可以成為重新認識自我的闡釋空間。也正是在此意義上，全球化與本土化是一個雙向互動的歷史過程，兩者既衝突又重合。

在題材與主題方面，影視與文學也常常是聲應氣求，這最為典型地表現在「歷史」上。一方面是歷史學無人問津的淒涼，大眾對於日本的侵略史和「文革」已經感到一種普遍的隔膜，另一方面是歷史成為影視和文學的「寵兒」。更為重要的是，影視和文學的熱情不在於憂患地揭示歷史的真相，也不是為了詮釋克羅齊「一切歷史都是當代史」的深刻蘊涵，而是以所謂的「新歷史主義」把歷史改造成文化商品。「人們對於歷史的興趣十分有限；多數人對於修復歷史真相或者闡明形而上的『歷史精神』無動於衷，他們想看到的是『好玩』的歷史。……歷史正在成為一個搶手的文化商品；電視或者電影的輕佻風格表明，歷史的權威正在另一種意義上喪失。」[39]消費模式對歷史的篡改和虛構不僅沒有強化嚴肅的歷史意識，還以其浩大的聲勢遮蔽了那種飽含「良史之憂」的歷史視野。真假莫辨的「戲說」正以其喜聞樂見的形式耗損著大眾心目中原本脆弱的歷史良知，當一些「走出象牙塔」的歷史學權威成為「戲說」的「顧問」時，當「遊戲歷史」的《鹿鼎記》的作者成為歷史學的博士生導師時，歷史權威是否正在落入消費權威的圈套？《戲說慈禧》、《戲說乾隆》、《戲說乾隆續集》的導演范秀明這樣闡述自己的導演設想：「電視連續劇一般在家庭室內播放，觀眾又以平民百姓為主，如果去如實表現乾隆如何兇殘、霸道，很難在他們中間引起共鳴，更不要說老少咸宜。所以我們另闢蹊徑，走一條喜劇加武功片的路子，把皇帝當平民來寫，當傳奇人物來刻畫，去表現他微服私訪，幾下江南，俠義之腸，英姿颯颯，嬉笑怒罵皆成文

38 參見張頤武，《後新時期中國電影：分裂的挑戰》，《當代電影》一九九四年第五期；王寧：《後殖民語境與中國當代電影》，《當代電影》一九九五年第五期。

39 南帆，《消費歷史》，《當代作家評論》二〇〇一年第二期。

章。觀眾果然認同了。」[40]「戲說」消除了創作主體表達的內容與受眾尋求的內容之間的差距，這種迎合和慫恿使主人公成為觀眾無意識欲望投射的對象，使他們在感同身受的狀態下充分享受沉浸於白日夢的樂趣，在滿足對神祕帝王的好奇心的同時體會一種天馬行空的權力幻想。《還珠格格》被其擁戴者貼上了「自由」、「個性」、「反抗」的標籤，小燕子的弄性尚氣更是贏得了眾多兒童的追捧，但劇中的自由與個性卻是以皇權的蔭庇為前提，而所謂的「反抗」在我看來僅僅是一種怨恨：「怨恨是依賴的反面：當一個人給出了一切，他總覺得收到的回報還不足夠。」[41]這種悖論是編劇瓊瑤的「怨父」主題的重複和延續，一如《煙雨濛濛》中在自尊與自卑的衝撞中形成爆發型人格的陸依萍，因為被遺棄而對父親實施嚴厲報復，但其精神內核依然是戀父，是求愛不得的消極抗議[42]。在父權制社會中，君主作為一國之父在社會大家庭裡君臨一切。有意思的是，瓊瑤在《還珠格格》獲得強烈的市場反響後，又召集原班的演員陣容出演根據《煙雨濛濛》改編的《情深深雨濛濛》。在某種意義上，戲說帝王的歷史劇兜售的是奴顏婢膝的價值觀。至於文學，陳忠實、李銳、李佩甫、莫言、余華、閻連科、蘇童、劉震雲、葉兆言等作家都表現出重新解釋歷史的衝動。「家族」成了進入歷史的隱祕通道，《白鹿原》、《舊址》和《羊的門》都試圖在家族史的框架中容納政治、文化、血緣、人性等相互交叉和並列的內涵，在呈現出被習慣遮蔽的歷史的「另一面」的同時，歷史的「這一面」也發生了傾斜，結果使歷史呈現出破碎化、個人化、幻覺化的迷離景象，但這些作品中承載的歷史憂患和文化關懷綿續著一種對真實和人性的尊重。蘇童的《我的帝王生涯》和《米》有著鮮明的虛擬化傾向，這在很大程度上都只是關於歷史的想像，歷史的邏輯和規範被遊戲所取代。最具有黑色幽默色彩的是葉兆言的《一九三七年的愛情》，作品書寫「感情瘋子」丁問漁近乎非理性

40 參見吳迪，《歷史劇：兩種不同的「文化文本」》，《中國電視》一九九五年第一期。

41 西蒙娜・德・波伏娃，《女人是什麼》（中國文聯出版公司，一九八八年），頁四〇六。

42 參見拙文《臺灣女性文學的父親主題》，《晉陽學刊》一九九六年第一期。

的愛情故事，其癡情的留守使自己死於日軍進城前的慌亂之中。儘管作者不斷地讓蔣介石、馮玉祥等政治要員登臺亮相，但背景的真實性的強化更加映襯出作品整體的鬧劇色彩。作者在《寫在後面》中說：「一九三七年的南京不堪回首。」又說：「小說最後寫成這樣，始料未及，我本來想寫一部紀實體小說，寫一部故都南京的一九三七年的編年史，結果大大出乎意外。……寫小說的人，難免本末倒置，計劃寫一部關於戰爭的小說，寫到臨了，卻說了一個非驢非馬的愛情故事。」王小波、李馮、崔子恩、李修文等作家對歷史和中國古典文本進行戲仿的小說顯露出另一種才情，尤其像《青銅時代》在對唐傳奇的拼帖式重寫中釋放出一種變形的「文革」記憶，但是作家缺乏節制的戲仿只能是以一種荒唐嘲笑另一種荒唐，價值基點的缺乏使戲仿成為價值迷亂的文化表徵。正如瑟羅所言：「毀棄歷史，取消當代人和先輩們人生經驗的社會機制是二十世紀末的一種『怪誕現象』。」[43]在歷史與現實的錯亂中，人們在消費著歷史的表象的同時，既逃避了歷史，也在虛幻的欲望滿足中逃避著現實。「戲說」歷史的「影視史學」以消費關係把歷史當成可以隨意打扮的小姑娘，與此相比，新歷史小說負載著相對純粹的文化內涵。小說創作的相對獨立以及小說與文化市場的相對疏離，使新歷史小說折射出人文知識份子在九〇年代的精神位移。新歷史敘事對宏大敘事和史官文化的脫逃，反映出以群體為本位的啟蒙意識的困境，同時也是個人在家族、歷史中解除舊的靈魂枷鎖尋求新的精神聯繫的文化見證。但是，消費的誘惑常常通過影視文化的滲透侵入文學，那些有意味的歷史思索在環境的擠壓中成為慘澹的星光。這從改編自二月河的小說的《雍正王朝》就可見一斑，編劇劉和平說：「電視劇的敘事應該是動作與動作的聯接，這個動作包括外部動作和心理動作，動作性不強，註定要喪失觀眾。因而小說敘事轉化到電視劇中，首先考慮的就是增強它的動作性，這是基本

43 瑟羅，《資本主義的未來》（中國社會科學出版社，一九九八年），頁八四。

的起碼的要求。」[44]在從語言向動作的轉換中，意義被電視場景懸擱或終止了。而影視向文學的回饋更是加劇了這種傾向。

在九〇年代的語境中，與影視、文學之間的審美交流相比，消費法則對兩者的貫通具有更為重要的地位。「海馬影視創作中心」成立時，「海馬宣言」強調：「保證品質，講究信譽，是我們這個文化團體所遵循的信條。」[45]工業生產的遊戲規則進入文化生產領域，市場槓桿成為文化產品的試金石。共同的商業訴求削弱了影視與文學的獨立性，使它們在相互依賴中有可能成為文化產業中的分支機構，在共同的系統中分擔著不同的職能，文學成為影視的「腳本工廠」，影視成為文學的包裝與銷售機構。小說作家楊爭光的長安影視公司就引入了商業製作模式，他說：「自己拍片可以避免一些投資方和製作方、劇本創作上的分歧，可以按照自己的藝術標準拍出品質好的片子來。我們現在是投資、劇本創作、拍攝製作一條龍。」[46]商業意志的滲透使文學出版同樣呈現出流水線作業的特徵，在從選題策畫到宣傳發行的生產流程中，創作僅僅成為一個中間環節。消費法則要求生產者必須以消費者的需求來制定生產規劃，對於版稅、票房和收視率的追求，迫使生產者在生產中體現群體意志，工業化的體制制約著生產者的個人性，集體力量的複合限制了個人靈感的文化空間。比如從事所謂的「電視小說」寫作的海岩，寫作基本上是被動的「命題式」，「只要不違背自己的興趣，別人叫寫什麼就寫什麼，讓三個月交稿就交稿」。《永不瞑目》獲得巨大的市場成功後，有約稿方要求海岩再給寫一部輯毒題材的，還要求「放一個西部開放的大背景，再加點情感戲」，於是就寫成了「西部＋情感＋輯毒」的《玉觀音》[47]。商業成績的刺激使適

44 閻玉清，《〈雍正王朝〉編劇劉和平訪談錄》，《中國電視》一九九九年第十一期。
45 參見祁述裕，《市場經濟下的中國文學藝術》（北京大學出版社，一九九八年），頁三六。
46 張英，《西北硬漢——楊爭光訪談錄》，《作家》一九九七年第五期。
47 參見許擎，《海岩與金庸：只是武器不同》，《齊魯晚報》二〇〇一年七月六日。

應市場需求的消費文化迅速膨脹，而「作品的價值大致與市場的大小成反比」，所謂的「高級文化」成為一種違背市場規律的「沒有市場的文化」[48]。鑑於此，好萊塢導演兼製片人福斯特深有感觸地說：「對於一個導演來說，存在著需要遵循的商業原則，在我們的職業裡，一次藝術的失敗算不了什麼，一次商業的失敗則是一個判決。」[49]不過，在雅俗分賞的語境中，那些數量有限的、隊伍穩定的、眼光挑剔的、趣味超俗的讀者群的存在，依然為高雅藝術的發展敞開了嶄新的期待。這是一條布滿荊棘的、尋美的險途，它要求這類風格的作品必須更加精粹，更加富於獨創性。

三、影像化敘事

九〇年代影視的「改編」潮流和作家的「觸電」熱忱，共同催生了一種影像化敘事。這種敘事以影視的規則閹割了語言在開掘內心世界、描述思想細節、展示生活的複雜性等方面的優勢，藝術語言的模糊性、多義性、彌散性被放逐，取而代之的是客觀化、場景化、視覺化的語言。視聽兼備的影視文化以其可感的形象性解放了人們被傳統的語文傳播所限制的視覺經驗，但是，作為語言藝術的小說敘事的影像化處理，表明深度的想像空間正被直接的視覺感知所蠶食。那種通過調動讀者的理解與感悟機制來喚起共鳴的思想，變成了直觀的、表面化的思想。在影像化敘事中，傳統語言藝術的時間化手法被轉換成場景的堆砌，小說向分鏡頭劇本靠攏，頻繁的空間轉換使敘事缺少必要的鋪墊與過渡，更主要的是人物的心理世界完全被戲劇性的動作化處理所淹沒，諸如痛苦外化

48 皮埃爾・布林迪厄、漢斯・哈克：《自由交流》（生活・讀書・新知三聯書店，一九九六年），頁六八。
49 參見楊劍明，《論好萊塢類型電影的美學特徵》，《戲劇藝術》一九九八年第一期。

成哭的表情，快樂外化成笑的表情。將整體切割成部分的鏡頭語言使敘事呈現出零散化、碎片化的特徵，景物場景的詩意的、心靈化的描述被戲劇性的、概括性的背景交代所取代，關於時間、地點、天氣等等的例行性的、三言兩語的描述嚴重損害了景物場景的完整性和豐富性。安德列・勒文孫說過：「在電影裡，人們從形象中獲得思想，在文學裡，人們從思想中獲得形象。」[50]但是，在影像化的文學作品中，那種迂迴曲折的精神掙扎、似斷實連的心理邏輯、入木三分的性格刻畫、峰迴路轉的情感歷程、欲說還休的生命況味消失了，人們無法從中獲得思想，只能「看」到喋喋不休的「臺詞」、走馬燈式的動作、支離破碎的人物、浮光掠影的造型和又臭又長的篇幅，這種表面化手法提供給讀者的只能是殘缺不全的形象。在語言與畫面的夾縫中，文學的靈魂在逐漸地枯萎。

影像化敘事在很大程度上是作家對市場的讓步與妥協。莫言的《紅高粱》被張藝謀改造成功之後，作家與張藝謀有過幾次合作的企圖。「我曾經為他寫過一個名為《英雄・美人・駿馬》的歷史劇本，還為他寫過一個故事性很強、寫作時就想到讓他改編成電影的中篇小說《白棉花》，但都沒有成功。從此我覺悟到，一個小說家不應該跟在導演的屁股後邊，他必須保持自己的獨立性，也就是說，應該是導演來找小說家，不應該是小說家去迎合導演。」[51]莫言算得上是迷途知返，但在其九〇年代作品的場景處理中，被強化的畫面感阻止了審美意蘊的複合性和心理刻畫的縱深感，像《透明的紅蘿蔔》中的天才式的靈感迸發、《紅高粱》中赤裸裸的生命燃燒開始弱化，技術性的渲染開始增強。張欣的《伴你到黎明》被擅長都市題材的夏鋼改編成電影後，她感歎道：「當然我也從中看到了自己寫作的問題，那就是具體的描寫資訊含混，使導演難以把握分寸。畢竟我是一個生活在南方的北方人，我對南方生活的理解是否準確，還有待於進一步摸索。」[52]其實，語言藝術相對於視覺藝術的「含

---

50 參見愛德華・茂萊，《電影化的想像——作家和電影》（中國電影出版社，一九八九年），頁一一四。
51 參見張芳林，《感悟莫言》，《熱風　文學圈》二〇〇一年第三期。
52 張欣，《關於風格》，《當代電影》一九九七年第四期。

混」，不僅不是缺點，還正是其優勢所在。語言藝術刻意地拒絕「含混」追求「準確」，是一種捨本逐末的行為。米蘭・昆德拉感於影視對文學的脅迫，刻意要創作一部無法被改編的小說。這種努力是文學在影視刺激下的自我拓展和獨立創造。諾貝爾文學獎得主湯姆森・富爾森・艾略特也立志於重塑文學語言，以擺脫那種在視覺藝術擠壓下變質的語言模式，他最大限度地開發著文學語言在表現飄渺無形的、沒有邊際的、無法物化的想像世界的潛能。語言藝術重建自主性的文化選擇，能夠使藝術世界變得更加豐富。具有厚重的歷史依託的文學經驗的新變，也能對相關藝術的發展提供啟示和動力。

文學對影視的趨同導致了文類的混融，現在流行的所謂「電影小說」和「電視小說」便是這樣的新生事物。通行的「電視小說」的概念是指發揮電視直觀、形象的優勢，在保留小說文學敘述手段的前提下，通過電視的螢幕造型手段將小說轉化成具有聲畫藝術特質的「螢幕作品」，並使其具有濃厚的文學氛圍[53]。江蘇電視臺就成功地把歐・亨利的小說改編成電視小說，獲得了別開生面的藝術效果，並對電視小說的概念做出了獨到而明確的詮釋。這樣的電視小說保留了原作的風格韻味，電視在其中產生的是輔助性的媒介作用，文學規範依然占據主導地位。而作家出版社在推出「海岩電視小說書系」時，刊於每冊書封套上的廣告詞對「電視小說」的文體價值大加褒揚：「海岩在電視與小說的結合部走出了一條自己的路子……它不是一般意義上的影視劇本，而是一種全新概念的電視小說。讀者既可以從中領略到作者小說的原汁原味，又能欣賞到本該在電視螢屏上才能欣賞的精彩畫面，可謂一舉兩得。」[54]但是，在《便衣員警》、《一場風花雪月的事》、《永不瞑目》、《你的生命如此多情》、《玉觀音》等作品中，小說文體的本體特徵已經成了被犧牲掉的代價。以《一場風花雪月的事》為例，一開始就是自成一段的「傍晚，大飯店咖啡廳。」對話者的名字、身份如「記者」和「提琴手」等字眼反覆出現，

53 參見王雪梅，《試論電視小說本體特徵》，《中國電視》一九九八年第四期。

54 引自海岩《一場風花雪月的事》封套廣告語內容（作家出版社，二〇〇〇年十月版）。

這種瑣碎、繁雜的敘事對於演員背誦臺詞有很大的幫助，對於文學閱讀而言只會產生間離和中斷效果。作品按電視的劇集劃分章節，這就以視聽的邏輯關係取代了閱讀的邏輯關係。影視的欣賞具有共時接受的特徵，而文學閱讀則是歷時性的接受方式，讀者可以通過反覆的閱讀慢慢地咀嚼、回味，而海岩「電視小說」的畫面分割、剪輯組合使閱讀的想像空間幾乎完全喪失。作品中「行動」著的角色的內心世界無從進入，過渡性敘述的缺乏使他們在語言世界中成為傀儡，支配他們的行動的是一種神祕的外部力量，而不是他們的大腦和內心，因為讀者從文字中得不到絲毫關於他們的大腦和內心的信息。再來看看鬼子根據莫言的《師傅越來越幽默》改編的「電影小說」《幸福時光》[55]，作者在「備忘錄」中非常繁瑣地交代了自己痛苦地寫了六個故事和反覆地開討論會的過程，從中我們不難看到這種寫作的反個性狀態，這算得上是戴著鐐銬跳舞的「影子」文學。有意思的是，作品一開頭就是這樣一句話：「五十來歲的丁十口是個模樣像趙本山似的老頭，現在，正在家裡和一個胖太太相面。」僅僅從話中的肖像描寫和時間確認中，就不難看見其中的尷尬。以演員作為人物的摹本表明作家想像的預設性、條件性，而貫穿始終的「現在進行時」時態在傳統小說敘事中堪稱禁忌，而電影小說和電視小說往往採取單一的、平面化的順敘手法，它使作為時間藝術的小說失去了穿行於歷史、現在、未來之間的自由感與縱深度。影視意識對作家觀念的滲透，使九〇年代的小說敘事變得單調，順敘手法獨占鰲頭，倒敘手法無人問津，插敘和補敘已被電影化的「蒙太奇」手法所取代，而八〇年代風光一時的意識流儘管也吸收了「蒙太奇」的優點，但是它對內心世界的深度表現與影視的畫面呈現背道而馳，這種手法已經難見蹤影。因此，把電影小說、電視小說改稱電影戲劇或電視戲劇可能更恰當一些，因為小說元素在其中變得面目全非，過度的戲劇化使它們在文體上與戲劇更為接近。典型如九〇年代初期興盛一時的「室內劇」，簡單的舞臺化布景完全取代了具有層次感的小說場景。正如美

---

[55] 鬼子的《幸福時光》在封面上標注著「電影小說」的字眼，是灕江出版社二〇〇一年一月出版的「影視同期書」叢書中的一種，包括「電影小說」、「拍攝劇本」和「備忘錄」三部分。叢書還包括東西根據鐵凝的中篇《永遠有多遠》改編的同名長篇「電視小說」。

國著名電影理論家勞遜所言：「改編者更多地是受戲劇的影響，而不是受小說的影響。他們以為影片的動作來自情節。」[56]但是影視對於速度的追求、對於空間的表現性的削弱、對於說話藝術的忽視等等都偏離了戲劇精神。影視對小說和戲劇的實用主義的改造帶來的只是四不像的「種類混雜」[57]。愛德華・茂萊對「電影小說」的藝術特點做出了精彩的概括：「膚淺的性格刻畫，截頭去尾的場面結構，跳切式的場面轉換，旨在補充銀幕畫面的對白，無須花上千百個字便能在一個畫面裡闡明其主題。」[58]

為影視寫作的姿態導致了小說的文體變異，甚至導致了如米蘭・昆德拉反覆申述的「小說的死亡」[59]。但在九〇年代的小說創作中，更為普遍的則是小說在影視的滲透下潛移默化，在小說觀念和敘事手法上出現了緩慢而持續的位移。楊爭光的創作是典型的個案。《黑風景》、《棺材鋪》、《賭徒》、《老旦是一棵樹》等作品都以其冷峻、深刻的人性剖析和文化批判，在九〇年代小說中獨樹一幟。更為值得注意的是作家在駕馭語言方面的特殊語感，作品中的人物對話簡短有力，恰到好處地表現了人物內心的緊張狀態。《黑風景》中鱉娃用鐝頭砸死老眼時，竟產生了這樣的感受：「他感到鐝頭砸在人頭上和砸在硬土塊上一樣。」這種匪夷所思的語言將心理的幽暗和人性的冷漠揭示得淋漓盡致。《棺材鋪》中的楊明遠為了挑起事端，製造仇殺，巧妙地運用了語言的模糊性和歧義性，以安慰受害者的姿態喚醒其復仇欲望。但是，這些作品的戲劇化傾向還是非常明顯，如作家所言：「我寫的小說，利用了電影手法，充分地故事化、情節化。不僅有故事，有情節，而且故事情節發展得有聲有色，叫讀者意想不到。我寫的小說最能改編成電影。」[60]但是，作家長期擔任的電影廠職業編劇的角色漸漸地消

56 約翰・霍華德・勞遜，《電影的創作過程》（中國電影出版社，一九八二年），頁二四三。
57 伊哈布・哈桑，《後現代景觀中的多元論》，見王岳川、尚水編，《後現代主義文化與美學》（北京大學出版社，一九九二年），頁一二九。
58 愛德華・茂萊，《電影化的想像》（中國電影出版社，一九八九年），頁三〇六。
59 米蘭・昆德拉，《小說的藝術》（生活・讀書・新知三聯書店，一九九二年），頁一四。
60 王蘭英，《人性・命運・文化——楊爭光談小說創作》，《作家報》一九九三年九月十一日。

磨著其獨特的小說語感。像《流放》是從劇本改編成小說的，作者自己說這非常艱難，前後改了一年，改了四稿，而劇本《雙旗鎮刀客》向小說的改編一直沒有成功[61]。穿梭於影視與小說之間的雙重角色也帶來了思維的混同，發表於《收穫》一九九九年第三、四期的長篇小說《越活越明白》是「布老虎叢書」的一種，「布老虎」的廣告性評語是：為世紀末中國文壇不可多得的扛鼎之作，但我個人認為這是一部不成功的作品，也是一部典型的採取影像化敘事的作品。小說的主人公安達在經歷了漫長的知青生涯後，艱難地回城當了工人，幸運地考上大學後又成了學者，然後是下海淘金，在搞清「我就不是個東西」後縱情聲色。作品濃墨重彩地書寫了主人公在知青時期與胖嫂的性關係、回城後出沒於妻子與情人之間的三角關係、信念破滅後變換花樣嫖娼的荒唐，這些情節詭譎地閃爍著商業片的敘事套路。在結構上，時間上採用順敘，空間上在每一章節的下面設置了若干概括性的小標題，把作品切割成相對獨立的單元，每一單元都是一個獨立的場景，而且對話場景占據主導地位。這樣的模式與分鏡頭劇本已經相差無幾，影視的畫面切換與轉場手法成為結構的中樞，作家原來擅長的簡約的心理描寫已經銷聲匿跡，那種富於張力的人物語言也被日常化的語言所取代，這就使作品沾染上了如白先勇所言的作為中國小說兩種通病之一的「過火的戲劇性（melodrama）」[62]。以事件作為作品的核心使作品停留在事象的表面，無法觸及生活中隱而不彰的內在邏輯，更沒有描寫那些複雜然而常常是同義反覆的思想細節，對可見動作和表面描寫的偏愛排斥了對內心狀態的深入分析，從「文革」到世紀末的歷史跨度與人物黯淡的個性使作品顯得有點大而無當。周梅森的一系列被拍攝成影視劇的作品也是對現實生活進行攝影式的再現，以《中國製造》為例，作品由一系列的場景組合構成，每一個場景都標明時間和地點，場景之間的組接原則是時序化的線性結構，以「一九九八年六月二十三日十九時　省委大院」開始，以「一九九八年九月二十三日八時　平陽市委」結束。王朔的《看上

61 參見張英，《西北硬漢——楊爭光訪談錄》，《作家》一九九七年第五期。

62 白先勇，《驀然回首》（文匯出版社，一九九九年），頁一三九頁。另一種通病是「感傷主義」（Sentimentalism）。

去很美》的失敗也與其小說語言的臺詞化有很大關係，尖銳潑辣、率性而為、油腔滑調的小說語言是王朔小說獲得成功的重要砝碼，但《看上去很美》的敘述語言已頗有隔靴搔癢的肥皂劇語言的風範。大量地從事劇本寫作的潘軍的《對門・對面》就明確地借鑑了電影手法，充分的畫面化使敘事時間被高度地空間化，不間斷的場景的高速運行與緊密拼接，使作品的情節線索嚴絲合縫，作者對此也不無自豪[63]。但是，從另一個角度看，這樣的作品缺乏豐富的、耐咀嚼的意味。小說的敘事速度必須迂迴有致，給讀者留出想像的空間，否則，緊鑼密鼓的敘事拒絕了閱讀者的審美參與，缺少枝蔓的情節拖著讀者往前趕，留給讀者的也都是些事件的碎片。其實，小說中那些難以言傳的意味往往在一些情節和事件的縫隙中慢慢地升騰起來，並且成為起承轉合的膠黏劑與潤滑劑。

小說對影視的借鑑並非毫無可取之處。電影藝術的多時空、多線索、多視點結構對於小說的立體透視思維產生了良好的影響，小說的吸收借鑑打破了傳統敘事藝術的封閉性故事結構。而電視劇尤其是連續劇卻乏善可陳，其結構往往是流水帳式的，對日常生活進行模擬性的再現。不幸的是，電視在傳播上的優勢使肥皂劇的敘事大行其道，並對小說敘事產生了強有力的改塑。林白的小說敘事在局部借鑑了一些電影手法，她自己談到廣西電影製片廠的四年工作與學習「給我以很大的啟發」，使她跳開了小說的線性敘述，《同心愛者不能分手》、《子彈穿過蘋果》在意識的流動中構造著心理化的場面。但是，這種啟發與作家「心理現實主義」的寫作風格有關，電影的情節化、事件化手法能夠彌補小說過分虛化的不足，使其虛實相間。值得注意的是，九〇年代小說的整體傾向不是過分的虛化，而是過分的實化。另外，線性敘述在肥皂劇中也日益成為一種定式。愛德華・茂萊闡幽入微地考察了小說與電影的關係，他很欣喜地捕捉到了喬依斯《尤利西斯》中的電影化手法，更為難得的是，這種借鑑還超越了電影想像的局限，電影對小說的改編遭遇到了前所未有的挑戰。「把《尤利西斯》拍成電影的嘗試是註

[63] 參見林舟，《建構心靈的形式——潘軍訪談錄》，《花城》二〇〇一年第一期。

定要失敗的。雖然喬依斯的小說裡充滿了和銀幕上使用的技巧很相類似的技巧，這些技巧在書本裡是**用詞句來完成的**，或者是在語言的和理性的層次上運用，並非電影攝影機所能攝錄。我們如果想瞭解喬依斯筆下的人物，就必須進入——深深地進入人物的內心。電影的再現事物表象的能力是無與倫比的；然而，在需要深入人物的複雜心靈時，電影就遠遠不如意識流小說家施展自如了。」[64]茂萊認為吳爾芙和福克納等意識流小說家對電影技巧的借鑑都是良性互動的，海明威、菲茨吉羅德、韋斯特和格林也富有成效，構造文字的圖像而不是銀幕的圖像。但是，讓茂萊感到遺憾的是，喬依斯的創造性轉化難以為繼，隨後的小說家的借鑑往往以犧牲小說的獨立性作為代價。「一九二二年而後的小說史，即《尤利西斯》問世後的小說史，在很大程度上是電影化的想像在小說家頭腦裡發展的歷史，是小說家常常懷著既愛又恨的心情努力掌握二十世紀的『最生動的藝術』的歷史。」[65]小說的完全影視化和影視的越來越小說化，藝術形式的混亂已無可避免，而對文學的考驗尤為嚴峻。基於此，愛德華．茂萊說：「如果要使電影化的想像在小說裡成為一種正面力量，就必須把它消解在本質上是文學的表現形式之中，消解在文學地『把握』生活的方式之中，換句話說，電影對小說的影響只有在這樣的前提下才是有益的：即小說仍是真正的小說，而不是冒稱小說的電影劇本。」[66]

小說必須保持自己的本體特性，另一方面，影視的突破也必須擺脫對小說文本的寄生性。電影藝術大師愛森斯坦就既是電影劇作家又是電影理論家，其蒙太奇理論的影響舉世矚目。他的許多名作都是自編自導，並且通過創作來驗證、發展、完善自己的電影理論，他試圖將《資本論》拍成電影的努力就懷有明確的審美目標。文學只有避免成為影視的附庸，影視也只有避免生吞活剝文學資源，不以犧牲文學價值的代價來片面追求影像感，影視

64 愛德華．茂萊，《電影化的想像》（中國電影出版社，一九八九年），頁一四〇。著重號原有。
65 愛德華．茂萊，《電影化的想像》（中國電影出版社，一九八九年），頁五。
66 愛德華．茂萊，《電影化的想像》（中國電影出版社，一九八九年），頁三〇二。

與文學的結盟才能相得益彰，否則，就意味著兩敗俱傷。因此，小說與影視只有在相對獨立而不是相互吞噬的前提下，才能相互補充，相互促進，實現真正的良性循環。

第七章　文學期刊與九〇年代小說

九〇年代市場經濟的推進，對一九四九年以後形成的數十年一貫制的文學體制產生了強烈衝擊。文化市場的初步形成，使文學傳媒（主要包括文學報刊、文學出版機構等）的生存環境出現了重大轉變。純文學期刊的定位從生產本位走向了消費本位，從買方市場向賣方市場過渡。隨著政府撥款的減少直至「斷奶」，相當一部分純文學期刊相繼「改嫁」或「關門」，一些期刊開始標舉通俗文學，另一些期刊則改版為文化類、綜合類期刊，另覓出路。一九九八年是文學期刊運行最為艱難的一年，《崑崙》、《灕江》、《小說》相繼宣布停刊，被稱為「天鵝之死」。而那些純文學的「留守者」，大多數依然靠著四處「化緣」苦苦支撐，積極者則如《收穫》、《鍾山》、《上海文學》、《山花》、《作家》、《北京文學》、《花城》、《大家》、《十月》、《當代》等，開始注重可讀性與外部包裝，通過高層次的期刊品牌競爭來搶占市場份額。為了獲得品牌效應，文學策畫的重要性日益加強。策畫的概念最初運用於廣告業和唱片業，「造勢」、「炒作」似乎是其題中之意。九〇年代的文學策畫以編輯為核心，集結了相當數量的作家和批評家，推出了一大批的文學口號與文學命名，幾乎所有的文學思潮都和期刊的策畫有不同程度的相關性。在某種意義上，文學策畫潛在地改變了傳統的文學格局。文學史家在面對九〇年代文學時，首先必須清理的就是由文學策畫留下來的泥沙俱下的各種名詞。

一、救亡或殉道

九〇年代的文學策畫一開始是以「反抗危機」的面目登場的，編輯對於文學的邊緣化深懷著一種焦慮，希望通過新的文學實踐來恢復生機與活力。《北京文學》在一九九四年推出「新體驗小說」時刊發了「卷首語」，其中有這樣的話：「對於非商業性文學期刊來說，『洛陽紙貴』已經是明日黃花，或許還將『黃花』下去。然而，這既不能成為文學拒絕反省的理由，也不能成為本刊迴避反省的藉口。」[1]《上海文學》在同年推出「新市民小說聯展」時，在「編者的話」中表述了觸發動機：「自今年一月號以來，我們一直做著從內容到形式更新純文學刊物的試驗。我們的體會是光怨天尤人，以作繭自縛為榮，不可能給純文學帶來真正的尊嚴。相反，這可能意味著『慢性自殺』。在一個競爭激烈的文化市場中，純文學只有敢於自審，善於自救，才能走上自強自立之道。」[2]但是，隨著商業意味的加強，期刊策畫與文學建設的相關性日益削弱，期刊在面對市場運作時也不再羞羞答答，拉山頭樹旗號成為策畫的首要目標，至於命名的科學性早已被忘到了九霄雲外。《青年文學》的編輯就說：「九〇年代，人們的文學熱情受到了非文學非文字傳媒的強烈衝擊，文學刊物以不斷創新的旗號、林林總總的招牌來應對，儘管文學殿堂不可避免地淪陷為文學小賣部，但這種局部的努力，表明刊物不僅僅是一種編輯行為，而更是一種運作和操作（甚至炒作）。」[3]

1 《卷首語》，《北京文學》一九九四年第一期。
2 《緣的纏繞——編者的話》，《上海文學》一九九四年第九期。
3 曉麥，《文學期刊就是主體行為》，《青年文學》二〇〇〇年第一期。

九〇年代的期刊行為接連不斷。《鍾山》在一九八九年第三期推出「新寫實小說大聯展」，在一九九四年四月與理論刊物《文藝爭鳴》合作，為「新狀態文學」鳴鑼開道；《北京文學》在一九九四年第一期祭起「新體驗小說」的大旗，一九九七年與中國當代文學研究會以及二十家大型文學期刊聯合舉辦「中國當代文學最新作品排行榜」活動，一九九八年第十期刊登朱文的《斷裂：一份問卷和五十六份答卷》、韓東的《備忘：有關「斷裂」行為的問題回答》；《上海文學》在一九九四年宣導「文化關懷小說」後，又與《佛山文學》聯手推出「新市民小說聯展」，一九九六年該刊還推出了「現實主義衝擊波」專欄；《青年文學》從一九九四年至一九九七年開設「六〇年代出生作家作品聯展」欄目，一九九八年還開設「文學方陣」欄目，集束性地刊登某一地區的作家作品；一九九五年三月，《作家》、《鍾山》、《大家》、《山花》共同開設「聯網四重奏」欄目，在同一個月份共同發表同一個作家的作品，意在推出文學新人，評論報紙《作家報》隨後加入，在刊發聯網作品的月份裡配發評論專版；《小說界》早在一九八八年就開設了「留學生文學」欄目，並一直堅持至今，一九九六年至一九九九年該刊開設「七〇年代以後」欄目，專門刊登七〇年代出生作家的作品與個人簡介；推舉七〇年代出生作家的欄目還有《芙蓉》一九九七年第一期開欄並延續至今的「七〇年代人」和《山花》一九九八年推出的「七〇年代出生作家」（只開了一年），《人民文學》從一九九八年開始設立的「本期小說新人」欄目也推出了部分七〇年代出生作家的作品，《作家》更是在一九九八年第八期推出了「七〇年代出生的女作家小說專號」；自一九九七年開始，《小說選刊》與灕江出版社每年聯合出版一套《中國年度最佳小說》；一九九九年，《時代文學》、《作家》、《青年文學》連袂舉辦「後先鋒小說聯展」，並且配發脫離文本的理論主張；《山花》從一九九九到二〇〇〇年開設「自由撰稿人」專欄，發表職業作家的作品和創作談。此外，《大家》一創刊就與企業聯手，推出十萬元的高額文學獎；《東海》在舉辦三十萬元文學巨獎與每千字三百元的全國純文學最高稿酬獎之後，一九九八年至一九九九年又推出「廣廈杯」五十萬元文學徵文，旨在廣攬海內佳作，爭創一流文學期刊。

回顧九〇年代文學期刊策畫的文學運動，能夠清晰地看到「轟動情結」的演變軌跡。九〇年代初期，「文學終結」的聲音迴蕩在文學上空，「失去轟動效應」成了對文學困境的最為簡明扼要的概括，於是，重新喚回八〇年代的轟動效應就成了文學留守者責無旁貸的文化使命。《雨花》主編周桐淦在撫今思昔中流露出無限的緬懷和歎惋：「也許，作為計劃經濟時代的派生物，傳統意義上的文學期刊，從形式到內容，從體制到運行，在勃發生機的市場經濟面前，都顯得嚴重失去活力，慢慢鏽澀、慢慢萎縮了。『天鵝』真的就該這樣慢慢地、一個一個地靜靜死去嗎？」[4]為了起死回生，編輯們的努力就顯得無比悲壯，《紅岩》主編謝宜春刻骨銘心地說：「沉重的經濟壓力，也讓文學期刊的老總們再也無法靜下心專心致志地去構建雕飾他的藝術聖殿了。我們已習慣清貧，並不懼怕寒酸的尷尬，但是他們唯恐刊物在他們手上壽終正寢。文學是他們的鍾愛，編輯工作是他們心甘情願投入終生的事業，刊物上凝聚著他們的心血與生命。他們無法面對終刊那樣的感傷局面。因此，都身不由己地奔忙起來，進行各種各樣的嘗試與探索。改刊、改版，乃至改變宗旨者，有之；重新包裝，活躍發行管道者，也有之；以文養文，以商養文，文企聯姻者，也不鮮見；直至改換門庭，引入現代企業管理機制，實行現代企業化管理等等，可以說是八仙過海，各顯其能，凡是能做的他們都做了，令人感佩之至。」[5]但是，把維持刊物的生存作為最高目標，很容易使刊物偏離了文學本身，這算得上是「救亡壓倒啟蒙」的另一種情境了。這樣，即使刊物重新煥發生機，也僅僅意味著商業方面的成功，而文學在口號、運動、市場的壓力下，逐漸地淪為一種配角甚至工具。「好死不如賴活」的辦刊思路很容易把文學推入商業的泥潭，對「轟動」的盲目追求只能使文學的功利性畸形地膨脹，而文學的審美性則日益萎縮。

4 周桐淦，《夢幻天鵝湖》，《北方文學》一九九九年第九期。
5 謝宜春，《悲壯的努力》，《北方文學》一九九九年第十二期。

如果說九〇年代初期的期刊行為帶有明顯的應急性，主要的切入點也著眼於標舉文學口號與宣導審美試驗，如「新寫實」與「新體驗」等，那麼，九〇年代後期則往往從文學之外入手，進行具有商業意味的炒作，諸如以年齡劃分出的「新生代」、「六〇年代作家」、「七〇年代作家」、「八〇年代作家」、「文革後一代」等文學代群，更荒唐的是將美色與文學拼湊在一起的「美女文學」。將量化指標引入批評實踐的「排行榜」與重金懸賞的做法開始流行。還值得注意的是一九九九年的「改版熱」，《作家》雜誌在小說、詩歌、散文和報告文學這四類傳統文體之外開闢了一批新欄目，形成所謂的「泛文學」概念，在期刊的定位上也有重大轉換，比如在原來的口號「作家們的《作家》」後加上「讀者們的《作家》」，正是這種「把為作家辦刊轉變到為讀者辦刊」的「立足點的轉變」[6]，直接導致了二〇〇〇年與上海全景文化發展有限公司的合作，以創辦「中國的《紐約客》」為目標，由「純」向「雜」轉軌；《青年文學》主張打破文體界限，宣導把小說的敘事、散文和詩歌的個人化感受以及報告文學的紀實成分融匯在一起的「模糊文體」；《山花》和《莽原》為「新文體」開闢了專欄；《大家》則近乎極端地呼喚一種突破了所有成規的「新的文學精靈」——凸凹文體；《黃河》、《小說家》、《北京文學》都縮減了文學作品的容量，大量刊登思想性文字[7]。文體交融是文體演變的關鍵，但文學期刊聯手呼喚「跨文體寫作」卻是項莊舞劍意在沛公，它們對於形式的革新並無太多的興趣，更多的是從當時的思想隨筆熱中獲得啟示，試圖把文學的戰場擴張到政治、經濟、社會、文化等更加廣闊的領域，而文學的審美本體倒是成了一種外在包裝，成了食之無味棄之可惜的雞肋。另外，《芙蓉》在一九九九年制定「挑戰傳統閱讀，推出新人新作」的辦刊路線，大打「青春」牌；而四川的《青年作家》則在同年十一月改版，瞄準大學生和網蟲讀者群，高揚「中國高校互聯網」的旗幟，從面向大眾轉為面向「小眾」。期刊改版的背後，隱藏著編輯群體非常微妙的心

6 段儒東（《清明》主編），《立足點的轉變》，《北方文學》一九九九年第八期。
7 參見鄧凱，《一九九九：文學期刊何去何從》，《中華讀書報》一九九八年十月二十一日。

態轉變。二〇〇〇年《湖南文學》「變臉」為《母語》，主編王靜怡說：「《母語》的前身《湖南文學》一年才三萬元，在編四個人要吃飯，要出刊，那時我全部的工作不是辦刊，而是拉贊助。後來停發了半年工資，真的養不起了。我在《湖南文學》的第六個年頭決定改版，我們也是實在活不下去了。只要有一口飯吃，我也不願動的。……我現在意識到，多數文學刊物改版還不僅僅是生存問題，其實是個理想問題。辦文學刊物的其實多少有點理想主義，如果真是他摯愛的美好的事業，就是窮點、苦點大家也會堅持的。可現在他們是對文學懷疑了，對辦文學刊物這項事業懷疑了：為現在這種品質的『文學作品』付出時間和心血值不值得？」[8]相對於經濟的困頓而言，文學理想的泯滅對文學期刊的影響將更加致命。

如果說八〇年代的文學轟動是成功地引爆了政治、社會的興奮點，那麼，九〇年代能夠稱得上轟動的文學現象只能是商業對文學的成功招安。在這樣的變遷中，文學始終沒有擺脫依附和寄生的命運，正如王曉明所感歎的：「我過去以為，文學在我們的生活中占有非常重要的地位，現在明白了，這是個錯覺。即使在文學最有『轟動效應』的那些時候，公眾真正關注的也非文學，而是裹在文學外衣裡面的那些非文學的東西。」[9]

二、編輯的文學

反思九〇年代文學期刊的種種「策畫」，不難發現其基本的精神邏輯，那就是：喜歡歸納拒絕分析，追求速效鄙視「慢功」，偏愛「特色」冷落「複調」。大部分期刊都希望發表在自己刊物上的作品能夠體現出統一的文

8 據陳潔，《文學期刊改版後的生存狀態》，《作家文摘》第四一一期，二〇〇〇年十二月十九日。
9 王曉明等，《曠野上的廢墟》，《上海文學》一九九三年第六期。

學主張和審美傾向，以「合唱」的宏大聲勢為文壇帶來激動，也為刊物帶來聲譽與效益。在這樣的思路下，刊物對於作家作品的「群體性」的重視遠遠超過「個體性」，對於適合自己辦刊思路的「個性」能夠極力栽培，對於不合自己胃口的「個性」就拒之門外。於是，那些無門無派的「獨行俠」無人問津，而那些「流派」作家門庭若市。順此下去，「獨行俠」要麼放棄「獨唱」融入「合唱」，要麼湮沒無聲；「流派」作家緊跟刊物，「特色」日益鮮明路子越走越窄，泯然於眾人，成為缺乏創造性的大路貨。漸漸地，編輯成為文學的判官，大有「順我者昌，逆我者亡」的意味，九〇年代的文學在某種意義上成了「編輯的文學」。像在八〇年代以後推出了王朔、蘇童、余華、莫言等「大腕」作家的《收穫》，被稱為中國新時期文學的「編年簡史」，但其相對穩定的編輯風格也是對作家的一種限定，「一個新起作家只要在這裡一連幾次亮相，離享譽全國也就不遠了。這使不少新起者趨而往之。久而久之，這些趨往者可能不再是為自己寫作，也不是為讀者寫作，而成了為《收穫》寫作，為《收穫》的編輯傾向寫作。我們可以把這種現象叫做刊物對寫作人的修改。這種修改不但發生在作家起步之後，更可怕的是發生在作家起步之前。此間必會有不少誤導和誤鑄，這對作家的成長和文學的發展是有害的」[10]。刊物對作家作品的隨意整合，差不多是九〇年代的「常規」。比如《鍾山》舉辦的「新寫實小說大聯展」，是編輯在歸納了一九八七年、一九八八年發表的《風景》、《煩惱人生》等作品後精心策畫的，但發表在這一名義下的作品實在是參差不齊，像趙本夫的《走出藍水河》、高曉聲的《觸雷》延續了他們一貫的風格，並沒有從傳統現實主義向新寫實轉軌的痕跡；與「新寫實」的審美趣味最難諧調的是朱蘇進的《絕望中誕生》，小說的敘事充盈著旺盛的激情和自由的想像，對個性的張揚閃現著浪漫主義的精神面影，「非常精彩地把那種意識形態的兩極對立狀態轉換成為個體生命層次上欲望與目的的對立，把硝煙瀰漫的戰場轉換成人內心深處的痛苦掙扎」[11]，這種風格

10　羅崗、摩羅、梁展，《幾重山外從頭說——文學期刊與文學創作》，《文藝爭鳴》一九九六年第一期。
11　陳思和主編，《中國當代文學史教程》，頁三六一。

與「新寫實」的冷漠與無奈完全是兩碼事。為「主義」的召喚而寫作很難擺脫牽強附會的陷阱，「新體驗」的宣導人和實踐者陳建功就說：「『新體驗小說』是在一九九三年歲末倉皇上陣的，我那篇《半日跟蹤》『跟蹤』的如此倉皇便是明證。」[12]

九〇年代期刊快速更新的口號，也使「潤物細無聲」的「慢功」成為不可能，而這恰恰是文學健康、持續地發展的重要保證。正如《上海文學》編輯所描述的：「在我們的理想中，一本好的文學刊物，不應該像一列火車，除了危險品什麼都裝，每到一站還要仰天長鳴，總想造成轟動效應，其實反而增添了彼此的不安全感……我們追求的好刊物，應如一架生命力頑強的葡萄藤，它的軀體柔韌而富有彈性，它每年都會向前延伸……帶給人的是一片蔭涼與家園感……有千萬之眾可以分享它的甜蜜……編輯工作，說到底，是帶給人間『綠的纏繞』。」[13]《小說林》主編、作家阿成進行了一個很有趣的自問自答：「問，……有的編輯特別『政工』，有的編輯特別喜歡玩『關係稿』，有的編輯特別唯我獨尊。有的編輯，的的確確任勞任怨。你如何面對，如何處理？答，不知道。但對任勞任怨的編輯特別關照。……問，你認為一個及格的主編應具有哪些條件？答，遵守出版紀律。有正確的判斷能力。懂業務。妥協主義者。愛才如命。幼稚。週期性宣洩。自嘲。工作一絲不苟。」[14]從中我們可以感知編輯工作的艱難和複雜，整體語境與社會風氣都會影響其工作成效。

中肯地說，九〇年代的文學期刊在活躍文學空氣方面功不可沒，城市文學期刊實際就是一個個文學碉堡，它們的存在標誌著純文學的存在。在培養新人推出新人方面，文學期刊可謂不遺餘力。「聯網四重奏」在開出專欄時就旗幟鮮明地表明了態度：「九〇年代的文化轉型，大眾傳媒空前發展，文學迅速走向邊緣，文學期刊的影響

12 陳建功，《少說為佳》，《北京文學》一九九四年第二期。
13 《綠的纏繞——編者的話》，《上海文學》一九九四年第九期。
14 阿成，《主編：值得商榷的角色》，《北方文學》一九九九年第七期。

力受到限制，文學新人的成長失去了往日後浪推前浪的繁盛。為了更充分地發揮文學期刊的潛能，及時發現新人並向文壇推舉，我們四家刊物經過商議，決定改變原先獨自慘澹經營的局面，採取文學聯網的形式……為勃勃生機的黑馬開闢廣闊的原野，也為那些大器晚成的作家提供機會。」[15]另外，像《山花》推舉「自由撰稿人」的專欄對新世紀文學的新生力量有著潛在的促進作用。但是，推舉新人的行動如果發展到極致，一者擠壓了那些進入成熟期的作家的發展空間，二者對年輕作家會產生揠苗助長的負面影響，九〇年代末期文學期刊對「七〇年代人」的追捧就頗有這種意味，所以我個人認為七〇年代作家群在某種意義上是「激素催生的寫作」，缺乏自然生長的文學的特質[16]。

九〇年代的文學期刊越來越重視社會反響，而衡量反響程度的一個重要指標就是轉載率，可觀的轉載率在編輯的眼裡意味著媒體之間的良性互動。以量化指標衡量辨刊水準顯然失之偏頗，這和九〇年代重名不重實的文化氛圍密切相關。期刊對外部反應的過分關注折射出期刊編輯內在的價值迷惘，文學的邊緣化導致了文學期刊在媒體中的邊緣處境，價值和心理的落差都使編輯迫切地希望得到來自外部的肯定，從而克服虛無的焦慮。這種導向使《小說選刊》、《小說月報》、《中篇小說選刊》等文學選刊的地位日益提升，那些處於邊緣地位的省級文學期刊在審美選擇上更是把選刊的趣味奉為圭臬。選刊的審美傾向可謂老成持重，素來青睞名家新作、寫實型作品（或者說「主流型」作品）和社會正面反響較大的作品，素來忽視那些傾向於形式探索的作品、新人新作和引起爭鳴甚至非議的作品。這就造成了選稿範圍和審美趣味的狹窄，對於那些大膽創新的作品的漠視鼓勵了那些保守的（也可以理解成「穩健的」）作家作品和審美選擇。《小說選刊》和《小說月報》在選目上的經常性重複，入它們法眼的原發期刊數目和作家數目的有限性，表明選家的審美定勢和文化惰性已經基本成形。選家當然可以有

---

15 《作家》、《鍾山》、《大家》、《山花》，《「聯網四重奏」編者按》，《作家》一九九五年第三期。

16 參見拙文《激素催生的寫作》，《人大複印資料．中國現當代文學研究》二〇〇一年第八期。

所偏愛，但當這種偏愛發展成漠視甚至排斥某種類型和風格時，其權威性就成為一種誤導。由於像魯迅文學獎等權威性獎項都習慣從選刊入選篇目中遴選候選作品，選家的偏失就產生了馬太效應，形成一種惡性循環。小說新人為了得到選刊的垂青，就必須奉行選刊所推崇的審美風格和敘事模式，就必須洗淨浮躁走向成熟，可年輕的浮躁和不完善常常伴隨著創新的銳氣和探索的激情，而成熟倒是常常意味著虛與委蛇和浮光掠影。在選刊選入的名家新作中，像李國文的《垃圾的故事》、劉心武的《護城河邊的灰姑娘》、鐵凝的《樹下》、池莉的《兩個人》、蘇童的《傘》……實在算不上什麼好作品。而入選的一些新人作品，又往往是這些作家的最沒特點、最缺乏審美衝擊力的作品。錯誤的鼓勵稱得上是溫柔陷阱，這種力量很可能無聲無息地將「先鋒」改造成了鄉愿。另外，選刊也一直在強調可讀性，它們對現實主義作品的偏愛充分體現了其讀者定位，典型如《小說月報》的「百花獎」，讀者的選票在確定獲獎篇目時就產生了決定性作用，這樣的標準顯然助長了小說創作中的市民趣味，選刊的口味和《故事會》的標準越來越接近。讀者多的作品就一好百好了嗎？以量化指標衡量文學和盲人摸象沒有太大區別。「斷裂」行為對兩家選刊的質疑還是不無道理，張新穎的評價就頗為中肯：「它們代表文學界中庸的趣味、水準和標準。不能夠體現包含著可能性的狀況和進程。」[17]

三、代群的輪迴

九〇年代的期刊策畫對文學的最為深層的影響是「代群意識」的強化，以代群劃分文學已經演變成了一種惡

17 《斷裂：一份問卷和五十六份答卷》，《北京文學》一九九八年第十期。

性循環。以年齡、地域將作家劃分為若干群落，已經成了文學期刊推舉或炒作作家的慣例。這種約定俗成的做法已經成了文學期刊設置欄目的主要依據，而且，這種做法還將繼續下去，毫無衰退的跡象。王蒙說：「分代我一點也不反對，如果單純地用年齡用經歷劃分作家，我覺得這本身的幼稚性比用觀念劃分作家還要廉價。第四代人是最新的人，他們有最新的觀念、最新的藝術方法，第一代老了，所以過時了，第二代人正在過時，第三代人一半過時，一半不過，第四代方興未艾，這樣來劃分就更可笑了。」[18]隨著九〇年代大眾傳媒的繁榮，炒作文學成為一種時尚，為了發揮集團作戰的聲勢，媒體與批評界在製造文壇新熱點時習慣以「代群」作為基本單元。而且，由於文學的邊緣化趨勢，社會對文學的注意力是有限的，這就使媒體與批評界在推出新寵時往往打壓舊愛，厚此薄彼。面對這樣的文學氣候，作家們為了不被冷落，就儘量避免成為獨自作戰的散兵游勇，為了進入文學的主流而不惜犧牲自己的創作個性，潛在地表現出一種趨同傾向。不管是所謂的「新生代」還是「七〇年代作家群」，其中的同代作家在初登文壇時還算個性鮮明，他們被生硬地整合進一個群體實在是牽強附會，但不幸的是，他們漸漸地變得大同小異。更為悲哀的是，隨著九〇年代關注文學外部空間甚至脫離具體的文學創作的文化批評的興盛，加上媒體對文學中的「趣味」資源的開掘，作家們開始不務正業，通過明星路線和一些諸如「斷裂」的「行為藝術」來炒作自己，真可謂「功夫在詩外」，文學的內在品質在內外交困中逐漸地走向媚俗。九〇年代的小說作家大都走向了偏至的審美，他們要麼過分依賴於經驗，典型如「三駕馬車」的新現實主義小說；要麼沉迷於形式遊戲，典型如戲仿小說。這樣的路徑在剛開始時能夠給讀者帶來一點新鮮感，但隨著有限的個人經驗的耗盡和敘事形式的逐漸定型，他們的內在缺失便水落石出，而自由意志的匱乏是其致命的罩門。作為個體，他們陷入了自我重複的怪圈，喋喋不休地、語無倫次地訴說著；作為群體，由於文化背景的相似，他們在作品中

18 王蒙、王幹，《今日文壇：疲軟？滑坡？》，《鍾山》一九八九年第三期。

出現了經驗同化的傾向，而且在親和感與相互模仿意識的牽引下，在敘事形式上表現出雷同化現象。這種「代群重複」現象在自知青文學和先鋒小說以降的大陸文學中表現得尤其突出。「代群」現象在新時期中國電影中也是一種奇異的風景。被劃入第六代導演的張元說：「說『代』是個好東西，過去我們也有過『代』成功的經驗，中國人說『代』總給人以人多勢眾、勢不可擋的感覺。我的很多搭檔是我的同學，我們年齡差不多，比較瞭解。然而我覺得電影還是比較個人的東西。我力求與上一代人不一樣，也不與周圍的人一樣，像一點別人的東西就不再是你自己的。」但即使像他這種比較清醒的導演，在同一個場合中，隨後表現出的依然是代群意識：「我們這一代人比較熱情。」[19]在某種意義上，代群意識已經成了一種集體無意識，其中當然有以群體為本位的傳統文化的投影。戴錦華的論述頗為精到：「從某種意義上說，自『天朝傾覆』的上一世紀之交，中國的近、現、當代歷史始終處於『大時代』，中國幾代知識份子始終在出演『大時代兒女』的角色。而一九四九年以來，特定的社會與文化結構，個人難以倖免的政治運動的席捲，造就了人們必須分享而又實難達成共識的歷史經驗。……一種文化的代群的指認，不僅意味著某個生理年齡組，而且意味著某種特定的文化食糧的『餵養』。某些特定的歷史經歷，某種有著切膚之痛的歷史事件的介入方式。……因為被納入某一代群，意味著某種藝術地位的獲得，同時也無疑意味著本來已如『風中蘆葦』的『個性』、『自我』的再度湮沒。」[20]

一種過分發達的代群意識還容易造成一種代群隔離，也就是代溝，認為自己這一代人比另一代人出色。張承志就曾在《綠夜》中宣稱：「應當對屬於不同世代的人閉緊心扉。」面對人們對紅衛兵的批評，他更加激烈地說：「我尚未發現有誰比我對紅衛兵的造反含義更肯定；也沒有誰比我對特權階級更敵對。」[21]這種代群封閉在

19 鄭向虹，《張元訪談錄》，《電影故事》一九九四年第五期。
20 戴錦華，《隱形書寫——九〇年代中國文化研究》（江蘇人民出版社，一九九九年），頁一三五至一三六。
21 張承志，《三份沒有印在書上的序言》，收入蕭夏林編，《無援的思想》（華藝出版社，一九九五年），頁九〇。

很大程度上阻礙了個人的精神開放，作繭自縛。其實任何一代人都有自己的局限，也都有特殊的時代烙印。代際之間的交流有利於文化的綿續與精神的傳承，能夠取長補短，互相促進。恰如張新穎在評價一本叫做《「六十年代」氣質》的書時所說的：「這樣一來，關於代的獨特性的認識就變成了劃地自限，『人』這個概念的豐富可能性和個體生存的敞開性往往就容易為代的自戀所圈定和鎖閉。……天寬地闊，在天地間做人，不要退居內心變成『琥珀』。」[22]

過度的代群意識導致了中國文學的代群重複，同一代人的文學創作常常是大同小異。二十世紀的中國文學始終未能擺脫「八股」幽靈的糾纏，舊八股、新八股、洋八股、黨八股、幫八股的繼起與疊加窒息了文學創作的個性，而新時期的傷痕、反思、改革、尋根、知青以至先鋒文學思潮的潮頭作品，也大都從寂寥低沉的獨唱轉向眾口一詞的合唱，而後在時間與自我的雙重淘洗下「集體退場」。九〇年代的小說創作可謂變本加厲，其中只有王安憶、王小波、史鐵生等個別作家能夠以自由精神咬破「代」的厚繭。我把這樣的文學現象稱為「代群八股」。當一群人的寫作走向八股化的歧途時，連起碼的創作個性都難以得到保證，還談何「個人化」呢？稱之為「化（化解、溶化）個人」還差不多。而文學期刊以「代群」劃分文學的做法，使「代群重複」成為難以掙脫的怪圈。任何「著名的」或「新生的」作家，只要進入文壇接受代代相傳的文學發表與出版體制，就很難不進入「代」的陷阱。

22 張新穎，《不要退居內心變成「琥珀」》，《文匯報》二〇〇一年四月七日。

第八章　文學出版與九〇年代小說

九〇年代消費文化的畸形繁榮，使市場成為檢驗文學出版機構的試金石，甚至有了成者為王敗者寇的殘酷。儘管眾多出版機構仍然把社會效益與經濟效益作為選題論證的價值標準，但商業的魔力顯然對出版部門的生存與發展具有更強的威懾力。文學出版從以生產為本位的計劃機制逐漸地向以消費為本位的市場機制過渡。在計劃經濟時代，發行與銷售在出版流程中無足輕重，是附庸的服務部門，巨額碼洋圖書的庫存與滯銷並不影響出版機構的生存發展與業績考評，圖書的選題、編輯、出版週期與圖書市場完全脫節。但是，隨著市場經濟在九〇年代的風起雲湧，圖書的發行銷售、市場反應逐漸成為選題、編輯工作的指揮棒。計劃體制下各自為政的選題、編輯、發行等出版環節在新的出版理念下相輔相成，全能型的、全域式的出版策劃日益顯示出其重要性。品牌競爭與宣傳包裝成為出版機構搶占市場份額的重要手段。相對於九〇年代的期刊策劃而言，出版機構的策劃更加注重市場運作。在八〇年代的文學傳播中，出版商似乎還在扮演配角，許多作品都是先在期刊發表並產生反響後才以書籍形式出版。但是，九〇年代「叢書路線」的流行尤其是「布老虎」、「跨世紀文叢」的成功，個體書商運作的「第二管道」的有力競爭，打破了傳統的文學出版秩序，出版機構開始以主動的、迅速的姿態「製造」和「開發」市場，消費文學成為出版的主導性話語。人民文學出版社在一九九三年推出梁鳳儀財經小說系列，算得上是具有典型意義的事件。

一、功能分化與價值互滲

九〇年代文學出版的格局呈現出一種過渡性特徵，由計劃機制向市場機制轉軌，進入一種新舊雜陳的狀態。文學出版的中堅力量是三十五家專業文藝出版社（另有四十二家出版社有文藝圖書出版業務）[1]。儘管出版機構越來越重視圖書的選題與策劃，追求市場號召力，希望能夠及時介入公眾熱點，把握大眾消費心理的脈搏，但是，堅持正確導向，注重社會效益與經濟效益的互動，仍然是出版部門的基本方針。在這樣的文化語境中，出版社普遍重視旨在中報各種獎項的圖書的編輯出版，國家圖書獎、「五個一工程」一本好書獎、茅盾文學獎、中國圖書獎和魯迅文學獎成為它們夢寐以求的榮譽，獲獎經歷成為衡量一個單位業績的重要砝碼，獲獎的光環同樣會製造出市場熱點。這樣，「主旋律」圖書的出版得天獨厚，有實力的出版社總是全力以赴。而且，「主旋律」圖書與「主旋律」影視劇是一種孿生關係，後者往往會從前者之中選擇文學腳本，影視的推廣成為圖書銷售的點金術。比如張平的《抉擇》原載《啄木鳥》一九九七年第二、三、四期，由群眾出版社出版後獲國家「五個一工程」獎、中國大陸建國五十週年十大獻禮小說和第五屆茅盾文學獎，被改編為電影《生死抉擇》後更是在全國範圍內產生強力震動，引發了猖狂的盜版潮流。這還帶火了由作家出版社出版的《十面埋伏》，僅二〇〇〇年就銷出了二十七萬冊。作家出版社出版的長篇小說《中國製造》獲得一九九九年國家圖書獎、中宣部「五個一工程」獎，並被推舉為「共和國五十年全國十部獻禮優秀長篇小說」，發行數也高達八萬冊。[2]

---

1 參見趙晉華，《二〇〇一年上半年文學書情》，《中華讀書報》二〇〇一年七月二十五日。

2 參見李春林、秦晉，《作家出版社堅持正確導向大力推進改革　成為傳播先進文化的生力軍》，《作家文摘》第四〇三期，二〇〇〇年十月二十四日。

主旋律小說、暢銷小說和藝術小說在九〇年代的文學出版中三分天下，頗有鼎足而立的意味。這種格局意味著圖書市場的功能分化，圖書規劃對目標讀者的定位更為明確，更具有針對性。專業化的市場細分使圖書出版從漫天撒網的「大眾」傳播轉向有的放矢的「小眾」傳播。不過，這種劃分不是絕對的，主旋律小說在商業上同樣可以獲得成功，藝術小說也能成為書市的大贏家。如《白鹿原》一九九三年由人民文學出版社出版單行本，一九九六年的修訂本眾望所歸地獲得了茅盾文學獎，一九九七年收入「茅盾文學獎獲獎書系」，二〇〇〇年收入「百年百種優秀中國文學圖書」叢書再版，各種版本的總發行量在九十四萬冊以上。中外文學經典的出版炙手可熱，像人民文學出版社的《圍城》，總印數已在二百二十萬冊以上[3]。出版機構總是緊盯名家新作，而缺乏商業賣點的新人作品和注重形式探索的小說新作在公眾中很難產生反響，因此在出版市場中飽受冷落，這類圖書的出版逐漸邊緣化，不少出版社甚至把出版這類圖書看做了近乎施捨的公益事業。圖書市場的大勢對文學創作產生了非同尋常的調節作用，吃力不討好的純文學創作隊伍走向分化，一部分作家如周梅森走出形式的堡壘介入社會，高揚主旋律旗幟；更多的作家轉入商業化寫作，或者在藝術與商業之間遊蕩，追求所謂的「雅俗共賞」；對文學產生深遠影響的是文學新人的「投機」，那些具有良好文學潛質的新人似乎只有急功近利、嘩眾取寵才能殺出重圍，殺雞取卵的行為必然使作家個人以至整個文學的發展喪失後勁。

走向市場是九〇年代文學出版的顯性話語。一九九二年，華藝出版社首次出版了《王朔文集》，並在文革後在國內首次實行版稅付酬制。同年，長江文藝出版社推出《跨世紀文叢》第一輯，整個九〇年代收入五十九位作家的六十部作品。這部文叢以強烈的品牌意識將純文學作品推入市場，儘管編者自稱「從美學——歷史的角度來選擇」作家作品，但也意識到了個別作家的創作「帶有相當強烈的表象化和欲望化的傾向」[4]。文叢將文學史立

3 參見藍星，《人民文學出版社五十華誕　經典好書傳天下》，《北京青年報》二〇〇一年三月二十八日。
4 陳駿濤，《為新時期的文學歷史作證》，《南方文壇》一九九七年第六期。

場與市場推廣結合起來的嘗試，在維持文學的審美尊嚴的前提下兌現了文學的商業價值。一九九三年十月二十八日，深圳舉辦「一九九三深圳（中國）首次優秀文稿公開競價」，十一部作品成交額達二百四十九萬六千元[5]。濃重的商業氣息席捲文壇，不少作家棄文下海，更多的作家選擇了「以文養文」，棄雅從俗。同年，春風文藝出版社的安波舜策畫了「布老虎」叢書，開創性地以商標註冊的形式對文學作品的出版進行商業化運作，打出了「創造永恆，書寫崇高，還大眾一個夢想」的招牌。叢書的讀者定位是城市白領階層，是「代表中國大多數的理工知識份子，是最活躍最先進的生產力……而來自於文學界的批評、判斷甚或發現的驚喜，就當下的意義，都不能代表他們」，這種創意的前提是「有關現代主義的終結，特別是中國先鋒小說反叛激情和批判功能的耗散與衰竭已成事實」[6]。叢書的代表性作品為洪峰的《苦界》、趙玫的《朗園》、梁曉聲的《泯滅》、王蒙的《暗殺——三三二二》、張抗抗的《情愛畫廊》、潘茂群的《獵鯊二號》、賈平凹的《土門》、葉兆言的《走進夜晚》、小葉秀子的《愛情辮子》、鐵凝的《無雨之城》和《大浴女》、皮皮的《渴望激情》和《比如女人》、文夕的《野蘭花》、《罌粟花》和《海棠花》等。叢書由傳統文學出版的「作家主導」轉型為「出版主導」，出版者全程策畫了選擇作家人選、高稿酬標準、配置作品中的暢銷因素、包裝行為、發行時機等等。作品的類型化特徵極為明顯，用張頤武的話說就是「情」與「傳奇」[7]，但與其說是「情」與「傳奇」，毋寧說是「性」與「獵奇」。鐵凝的《無雨之城》書寫的人物都存在某種程度的性異常，市長普運哲在遇到了年輕的情人陶又佳之後才完成性啟蒙，其妻子存在明顯的性冷淡傾向；充滿性饑渴的丘曄和掩飾性無能的杜之碰在一起，這註定只能是一場鬧劇。張抗抗的《情愛畫廊》編織的是一個仿亂倫的故事，一對生活在南方小城的母女陷入了一場三角戀愛，

5 葉永烈，《「深圳文稿競價」親歷記》，《作家》二〇〇〇年第九期。
6 安波舜，《「布老虎」的創作理念與追求》，《南方文壇》一九九七年第四期。
7 張頤武，《布老虎：文化轉型時代的創意》，《南方文壇》一九九七年第四期。

同時愛上了風流倜儻的青年畫家。至於小葉秀子的《愛情辮子》，叢書策畫的廣告文案是這樣寫的：「女軍官沒能將貞潔保留到新婚前夜，一錯再錯，突然謎一般嫁給行伍老兵、商界英雄。……」洪峰的《苦界》憑空構造了一個國際謀殺案，不厭其煩地賣弄著現代武器知識，英雄加美女的情節結構承載著暴力與性的雙重主題，這堪稱為暢銷書的經典模式。

二、商業意志與雇傭寫作

「布老虎」叢書的問世意味著職業作者機制的萌動。西方出版業普遍採用簽約作者制度，作者按照出版商的要求「製造」出適合市場口味的作品，這就要求暢銷書作者放棄自己的個性，嚴格遵照事先的約定進行創作。根據常規，國內一般的出版機構不把作者視為「自己的人」，他們僅僅充當二傳手和篩選器的功能，把通過挑選的作品送到讀者手裡。一九九七年十一月，「布老虎」叢書在兩年的期限內用一百萬元的天價徵集一部「金布老虎愛情小說」書稿，並且制定了入選標準及要求：

一、小說將充分體現中國古典浪漫主義精神，具有「梁祝」化蝶式的超越生命、超越痛苦的藝術境界，給人以飽滿充盈的激情、希望、快樂和浪漫的審美享受。

二、小說的故事背景應是九〇年代的城市生活。故事情節要逼近現實，但內在的意蘊走向要超越現實。能夠在小說開闢的虛構境界上完美地表達作家的審美意圖和生命理想，並對人類普遍面臨的愛情處境做出自己的回答。

三、小說的表現形式以經典小說的表現技巧、方法為範本，讀者對象定位在城市知識份子階層。因而要求構思精巧獨到，細節真實可信，語言生動口語化。情節動力和懸念製造淡入濃出而又不露痕跡，切勿用落魄文人的變態心理做衝突依據。……[8]

從上面的文字中，我們不難發現其趣味有著鮮明的中產階級色彩，用王曉明的話說，就是體現了「成功人士」或「新富人」[9]的價值輻射。這次徵稿共收到來稿六百七十八部，其中專業作家來稿六十一部，編輯部在審讀後認為僅有皮皮的《比如女人》比較接近標準，其餘作品均存在不同程度的偏差[10]。二〇〇〇年又爆出鐵凝的《大浴女》獲得百萬大獎的傳聞。趨之若鶩的作者願意為巨獎而接受出版商的嚴格限制，願意以犧牲個性為代價。這樣的寫作已經和創作自由離得很遠，作者與出版商之間的關係是一種交換關係，我把這樣的寫作稱為「雇傭寫作」，寫作成為根據規格要求加工產品的雇傭勞動。

關於作家受雇的潮流，可以追溯到一九九三年的「周洪」事件，這一由幾位出版社資深編輯組成的寫作集體的作品，在大陸的版權全部被中國青年出版社買斷，在香港、臺灣的版權被梁鳳儀的勤緣出版社買斷，作者三年內的創作計劃必須經出版社批准，作者無權擅自做出決定，無權透露自己的寫作計劃。專門寫作暢銷小說的「雪米莉」也與出版機構達成了心照不宣的約定。一九九七年夏天，在出版界頗具聲譽的作家出版社的一個新動作引起了業內及新聞界的注意——該社在國內率先試行作家簽約制，將「九州方陣創作室」收歸旗下，與創作室的四位青年作家簽訂了出版合同。洪燭、古清生、伍立揚和趙凝因此而成為該社的首批簽約作家，作家出版社以叢書

8　引自安波舜，《「金布老虎」徵稿啟事》，《中華讀書報》一九九七年十一月十二日第四版。
9　王曉明，《半張臉的神話》，《上海文學》一九九九年第四期。
10　參見張景勇，《「金布老虎愛情小說」重獎徵稿已兩年　大獎至今無得主》，新華社北京一九九九年十二月二十五日晚報專電。

的形式，長期而連續地展示他們的創作成果。春風文藝出版社一九九八年也與有「大陸瓊瑤」之稱的嚴麗霞簽約。一九九九年，人民文學出版社與青年作家柳建偉簽約，不惜人力、財力的大投入，對他進行包裝，讓他的作品成為人民文學出版社的暢銷品牌。世紀之交，「行走文學」浮出水面。一九九九年，雲南人民出版社組織了阿來、扎西達娃等七位著名作家，分七條路線走西藏，推出了「走進西藏」叢書；次年，又動員雲南八位作家進行「解讀雲南文化千里行」活動，隨後重金邀請賈平凹、徐曉斌、劉亮程、李馮、邱華棟等作家「遊牧新疆」，出版「遊牧新疆」叢書。中國青年出版社和博庫網聯合推出了「走馬黃河」行動，二十一世紀出版社推出了「行走文學青春版」。二〇〇〇年，鷺江出版社的策畫人阿正親自帶隊，邀請葛劍雄、周國平等學者同南極科考隊同行，開展「人文學者南極行」活動，把「行走文學」推到了高潮。二〇〇〇年余秋雨的「千禧之旅」與「歐洲之行」趕上了這一潮流，《千年一歎》熱銷一時。出版社決定選題、確定路線並提供費用，成為「行走文學」的發起者和組織者，這就不能不使作家的創作成為「命題作文」。出版社對寫作的時限、特色與集群效應的要求，使作家的自由想象難以施展，商業契約成為作家難以擺脫的紅舞鞋。更為重要的是，一個獨特地域的文化靈魂在很大程度上具有自足性和封閉性，她只在特定時間向特定的人群敞開，走馬觀花的「行走」能夠捕捉到的只能是浮光掠影的風情。

九〇年代的中國文壇在為自由寫作而歡呼時，並沒有對自由的代價給予足夠警惕。其實，雇傭寫作並不一定擁有「簽約」的外在形式。為錢寫作是雇傭寫作的本質。更為可怕的是，那些初出茅廬的作家，自覺地按照出版商的要求修改自己，使自己能夠符合要求，受到青睞。那些靠賣文為生的「自由作家」，更是必須在自由意志與商業意志之間尋求妥協，否則，自由就等於失去保障的自戕。在這種意義上，雇傭寫作也就有了一種優越，而且在有限的範圍內享有了某種自由，因此成為許多作家心嚮往之的目標。何頓就說：「我沒有工資可拿，我的每一分錢都是面對電腦幹出來的，哪裡稿費高，我就往哪裡跑，沒有別的思想，因為稿費高就可以多抽幾包好煙。……如果寫小說養活自己不了，我只怕又得去幹別的了。」[11]在商業意志的作用下，年輕的作家漸漸地被遊戲規則所左右；而那些有著廣泛的市場號召力的名家，成為出版商關注和爭奪的焦點，眾多的約稿邀請和可觀的預付稿酬逼迫他們成為高速運轉的寫作機器，儘管其名聲足可以使出版商尊重其創作個性，但在薄積厚發的壓力下，泡沫寫作成為難以擺脫的陷阱。

九〇年代文學出版的另一新趨勢是「第二管道」的出現。個體書商在打破常規方面顯示了強大的活力。儘管一些不法書商的生存依靠盜版，大量地盜版，但是，個體書商一般靠賣書稿、做槍手、做圖書零售和批銷起家，與二管道市場一起誕生、成熟，天然地適應市場競爭。書商的素質今非昔比，經過市場的不斷淘汰，已成為一批生機勃勃的、有極強市場競爭力的挑戰者。不少圖書工作室做過工商登記，不過其註冊的經營範圍中包含圖書批銷業務並不包含圖書出版業務。這類公司多與一家或多家出版社有穩定的合作關係，因此有人將其稱作「一點五管道」。北京科文劍橋圖書有限公司、北京華章圖書有限公司、北京正源圖書有限公司、北京成誠圖書有限公司是其中幾家比較典型也比較成功的圖書公司。科文以出版教學輔導書、少兒書、科普書起家，每年平均出書三百種以上，規模相當於一家大型出版社，還利用外資在網路上開辦了當當網上書店，號稱是中國第一家盈利的網站。華章是專業出版電腦圖書的公司，因為老闆是美籍華人，能夠在第一時間甚至是同步獲得美國新書的版權。正源出版的第一本圖書是王小波評論集《不再沉默》，出版的最暢銷圖書是《格調》，目前他們籠絡著國內一批年輕的小說隨筆作者，其目標是建成綜合性出版公司[12]。紅桃K的總裁謝聖明就是做書商起家的。他既有紅桃K，又是上市公司東湖高新的第一大股東。紅桃K又在搞他們原來辦的雜誌《青年心理諮詢》，從戰略上看，這是他們進入出版、文化產業的一步棋。武漢原來的上市公司長印股份，就是被一個叫劉波的書商兼併了，改名叫

11　何頓，《寫作狀態》，《上海文學》，一九九六年第二期。
12　徐曉，《當代中國民營出版的演變》，香港《二十一世紀》二〇〇一年八月號。

成誠文化。這人是季羨林的博士生，策畫出版過一套一百三十九本的《傳世藏書》。一九九九年又斥資二百萬啟動每套售價六千元的西方名著一百種出版工程。作家出版社的社長張勝友說：「全國圖書銷售總額中，受國家政策保護的教材、教輔就占了近三分之二。同時，二管道書商又在迅猛崛起，搶占市場份額，在一定程度上，幾乎壟斷了圖書市場。這裡指的是，除教材、教輔以外，出版社與書商都共同參與競爭的占出版總量三分之一強的自由市場。……我倒是有一種理念，就是要把個體書商的經營機制引入到我們國營出版社來。……我們主動出擊，參與市場競爭，要引進個體書商靈活的經營方式，同時又要過濾掉某些人違法亂紀的經營手段和不講求社會效益只圖謀利的消極部分。」[13]

個體書商的成熟使雇傭寫作獲得了更加廣闊的市場空間。「布老虎」叢書的發行就由第二管道經營。「跨世紀文叢」的最初策動者更是一個個體書商[14]，後來的市場運作也主要由武漢「作家書屋」經理彭想林主持。個體書商雇請槍手早已不是祕密，他們在包裝作家方面尤其表現出敏感的市場意識。由洛藝嘉、嚴虹、王天祥、陶思璿組成的「美女組合」就是由個體書商從二十名候選者中精選出來的。她們都是「一九七〇年後出生、九〇年代上大學」的「寫東西」的麗人，「同時還要是從外地來北京的，工作和其他方面都比較有成績的」，並以四重唱的方式配上照片出書。《說吧，我是你的情人》、《同居的男人要離開》、《親愛的你》、《很想做單親媽媽》，僅僅看這些書名就不難感受到其中的商業誘惑。嚴虹聲稱：「書名和配照片我當時是不同意的。我們個人認為作家還是應該神祕一些。可是出版商非常聰明，他們將我們的照片精挑細選之後登了出來，並且還給我們每個人定了位，我的書把原來的名字《聽說愛情回來過》改成了《說吧，我是你的情人》。我認為是成功的，有人說我們是『粉色炸彈』，是『四大俗』。」而書商給她們的定位「就是白領中的女性情感，就是『粉領』。因為

13 胡殷紅，《出版家張勝友WTO》，《作家文摘》第三百八十五期，二〇〇〇年六月二十日。
14 參見陳駿濤，《為新時期的文學歷史作證》，《南方文壇》一九九七年第六期。

我們這套書的內容都是寫『粉領情感』的」[15]。由此可以看出，雇傭寫作註定是身不由己的，商業定位成了創作自由的緊身衣，它對寫作者的約束稱得上是「無微不至」，小到書名與出版形式，寫作者本人都沒有選擇權與決策權。

三、時尚速食與長篇泡沫

時尚化是九〇年代文學出版的重要特點。為了捕捉商機，出版商聞風而動，希望自己占得先機。一九九三年顧城殺妻、一九九五年張愛玲去世、一九九七年王小波去世等事件都造成相關書籍的出版熱潮。一九九八年安頓的《絕對隱私》出版後，在文化市場刮起了「隱私」旋風。由韓寒等少年寫手帶動的「低齡寫作」也引發了眾多出版商快步跟進的熱潮。幾乎每屆茅盾文學獎獲獎作品中都有歷史小說，歷史小說的出版持續加溫，尤其是在二月河的《雍正皇帝》被改編成電視劇以後，奇高的收視率引發了長篇小說的「帝王熱」。與影視、網路等媒體的互動是九〇年代文學出版的「新概念」。《紅高粱》、《大紅燈籠高高掛》、《渴望》、《編輯部的故事》、《愛你沒商量》、《北京人在紐約》、《宰相劉羅鍋》、《牽手》、《貧嘴張大民的幸福生活》、《還珠格格》、《大明宮詞》、《生死抉擇》等影視的播出，都推動了相關圖書的銷售。海岩編劇的電視連續劇《便衣員警》、《一場風花雪月的事》、《永不瞑目》、《你的生命如此多情》、《玉觀音》贏得高收視率後，群眾出版社推出了《海岩文集》，作家出版社出版了「海岩電視小說書系」。一九九九年底，知識出版社出版的《第一

15　孟菁葦，《商業包裝催生「美女作家」？》（訪談錄），《齊魯晚報》二〇〇〇年五月十一日。

次的親密接觸》掀起書市的「網路熱」，網路文學成為市場新貴，龍吟的「文俠小說」《智聖東方朔》和安妮寶貝的《告別薇安》等圖書都曾各領風騷，一些很不成熟的作者也因為「網路」的光環而名噪一時。對時尚資源的爭奪使文化市場陷入無序競爭的狀態，瘋狂的盜版行為、不惜血本的價格大戰、選題的嚴重撞車、災難性的重複出版導致了書市的混亂和出版資源的浪費。為了搭上時尚的高速列車，許多作家都進入無所適從的狀態，緊跟時潮的結果必然是速效與速朽。「用過就扔」的消費觀念的滲透，使寫作成為機械的、批量的、放棄自我的文化複製。被媒體稱為「煽情高手」和「票房毒藥」的海岩的作品，就有「配方小說」的特徵，他在《永不瞑目》的「代後記」中說：「因為反映緝毒、吸毒和戒毒的作品已經太多，讀者早已掉了胃口……為了讓人愛看，我在寫的時候就採取了戲不夠，愛情湊，愛情不夠，景來湊的辦法。讓這個故事的許多情節，都發生在好看的風景勝地。就像電影《廬山戀》似的，不愛看故事就看看景吧。」[16]

九〇年代文學出版的另一重要特點是規模化。「跨世紀文叢」和「布老虎」開風氣之先，「文叢」、「書系」、「文庫」等概念成為文學出版的主導話語。人民文學出版社的「茅盾文學獎獲獎書系」和「探索者」叢書，作家出版社的「新狀態小說文庫」和「都市系列」，華藝出版社的「晚生代叢書」和「宏藝文庫」，中國青年出版社的「九〇年代長篇小說系列」，華僑出版社的「新生代小說系列」，上海文藝出版社的「小說界文庫」，江蘇文藝出版社的「文集」系列、「九月叢書」和「邊緣文叢」，長江文藝出版社的「九頭鳥長篇小說文庫」，雲南人民出版社的「她們」文學叢書，河北教育出版社的「紅罌粟」叢書，花城出版社的「先鋒長篇小說叢書」，長春出版社的「新生代長篇小說文庫」，山東文藝出版社的「東嶽文庫」……蔚為大觀。這些叢書中除部分收入作家個人文集外，大部分只收入長篇小說。長篇小說是九〇年代文學出版的焦點。在獲獎、改編成影視

16 海岩，《我為什麼寫緝毒的小說》，《永不瞑目・代後記》（作家出版社，二〇〇〇年）。

劇、稿費、再版分版稅等方面的優勢，使長篇小說產銷兩旺，呈現出持續加溫的趨勢。由於《妻妾成群》、《紅粉》、《伏羲伏羲》、《萬家訴訟》、《貧嘴張大民的幸福生活》等中篇小說被改編為影視劇後，獲得強烈的社會反響，中篇小說的創作依然保持著一定的活力。而短篇小說幾乎到了無人問津的地步，像畢飛宇、張生等主攻短篇小說並且成績斐然的作家已經是鳳毛麟角。許多剛出道的文學青年一出手就是長篇，在語言和結構方面都顯示出先天的不足。像七〇年代出生的作家的長篇，如丁天的《玩偶青春》、陳家橋的《坍塌》和《別動》、棉棉的《糖》、衛慧的《上海寶貝》等，幾乎都是以前發表過的中短篇的集合。在朱文的《什麼是垃圾　什麼是愛》、李馮的《碎爸爸》、張旻的《情戒》、林白的《一個人的戰爭》、陳染的《私人生活》、邱華棟的《城市戰車》和《蠅眼》等產生過較大影響的新生代長篇小說中，同樣可以發現作家的結構能力的貧弱，不少作品都是將具有相對獨立性的中篇小說簡單地綴連在一起，而且其中各部分還作為獨立的中篇發表在文學期刊上。

更為重要的是，文學出版的規模化與小說創作的規模化相互促動，陷入了一種文化怪圈。據統計，當代文學史的前十七年共出版發表長篇小說三百二十部，而一九九五年一年就高達四百多部，一九九六年增加到近六百部，一九九七年突破了七百部大關，一九九八年更是超過一千部。關於長篇小說熱，朱向前有個「三級加溫」的說法：九〇年代初，一批思想和藝術上都比較成熟的作家經過八〇年代創造實踐的積累，「感到火候到了，應該拿出長篇來了，否則不足以證明實力，不足以征服文壇」；二級加溫的表徵是一九九三年前後的「陝軍東征」和「布老虎」出山，成功的市場運作使作家名利雙收；三級加溫是有關部門的號召[17]。許多作家認為只有長篇才能奠定自己的藝術地位，於是不考慮個人體驗的積累，不考慮素材的限制，為了寫長篇而寫長篇。陳忠實就說：

17 蕭復興、朱向前，《短篇小說的困境和出路》，《小說選刊》一九九七年第十一期。

「因為文壇有一條不成文的慣例，作家如果沒有長篇就好像在文壇上立不住腳，所以有『長篇一舉頂功名』的說法。正是因為這種原因致使有些作家不顧作品的品質而追求篇幅的大小。」[18]另外，九〇年代的長篇小說大都追求對歷史的整體把握，對一個時代的藝術概括，對人類生存的人性反思。在「史詩性」、「紀念碑」、「傳世之作」等宏偉目標的召喚下，許多作家都陷入了大而無當的尷尬。由於在生命體驗、知識儲備、思想境界等方面的欠缺，觀念先行成為長篇創作中的一大痼疾；以一個特殊家族的興衰沉浮來揭示民族的歷史演進，更是成為眾多長篇結撰情節的樞紐；在表現形式上，生硬的模仿和翻新的趕潮大行其道，許多長篇大同小異，題材和藝術手法都缺乏創新；在敘事結構上，文氣不連貫，內在的斷裂常常造成虎頭蛇尾的草率。如果說「史詩性」的寫作沒有解決好「十七年文學」遺留下來的「大而空」的問題，在預設的框架中填充著平面化的人物形象、畫蛇添足的神話氛圍和失真的細節，在觀念上也常常陷入歷史決定論、目的論和道德優先論的陷阱，那麼，所謂的「個人化」長篇小說卻把視野封鎖在瑣碎的、感性的、無意義的個人世界，甚至以反抗「宏大敘事」的理念排斥所有與歷史、社會、文化相關的敘事元素。最富有諷刺意味的是，對「個人性」的極端強調與商業意志的共謀，催生了以展示隱私為快事的「另類文本」，「個人」成了一件最具有經典意義的文化商標。為了迎合商業趣味，性與暴力成為長篇小說的必要元素。賈平凹說：「只有把性描寫不當回事才是正常的……但老寫那也不好，大家反感，但現在我在處理時會寫到哪算到哪，該寫的就寫，不該寫的不寫，這是我的原則。」[19]但許多作家不是寫性，而是性寫，表現出性的自然化傾向。且不說《廢都》的故弄玄虛，《白鹿原》中通過朱先生兒媳婦的心理活動，把朱先生的硬漢性格與其奇大的生殖器聯繫起來，就不無媚俗的意味。再看看閻連科的《堅硬如水》，小說將筆觸伸向了那場荒誕不經的「文革」，寫出了變態歲月裡一對沉溺於情欲中的造反男女。一方面，這對男女瘋狂地破

18 張英，《白鹿原上看風景——陳忠實訪談錄》，《文學的力量》（民族出版社，二〇〇一年），頁一九六。

19 張英，《文學傳統的繼承和創新——賈平凹訪談錄》，《文學的力量》（民族出版社，二〇〇一年），頁一五七。

「四舊」，另一方面，他們在不同的場合瘋狂地做愛。無論是在墓穴中，還是在自掘的地道中，他們都陷於不能自拔的貪欲中。尤其讓人感到震驚的是，越是有「革命歌曲」伴奏，他們的欲望也就越強烈。這種近乎獸行的性展示，或許具有黑色幽默的效果，同時使作家反思「文革」的努力成為一種黑色幽默。

九〇年代的長篇小說越寫越長，心浮氣躁的作家啟動了規模製作的機器，馬不停蹄地進行長篇創作。沒有了經驗的積累和沉澱，沒有了體驗的深化和沉潛，沒有了構思的推敲和完善，長篇小說顯得越來越臃腫、輕飄和拖遝。劉震雲花六年時間寫出了長達二百二十萬字的《故鄉面和花朵》，寄託著作家高瞻遠矚的雄心：「我希望通過這個長篇的寫作來表達我對一個完整世界的整體感覺，以及我對生活、歷史整體和全方位的把握，展示幾個家族的命運變遷，生活的正常與不正常，人的意識、潛意識與非現實的東西，而不是現實中的整體。」[20]作家習慣認為越大的命題需要越長的篇幅來表現，這種思維顯得簡單和機械。海明威的《老人與海》就只是他原來寫的一個長篇的最後一章，他把前面的全部砍掉，只作為中篇發表，而事實上他的長篇已經完成，但他擔心前面的五分之四會損害後面的五分之一，所以做出了刪削的選擇[21]。《老人與海》通過凝煉、概括的藝術語言，準確地把握了人類不屈的、悲劇性的反抗精神。就《故鄉面和花朵》而言，在結構上存在著難以彌合的斷裂。小說第一、二卷為前言卷，第三卷是結局，第四卷寫一個少年對一個特定年份裡的深情回憶。各卷之間缺乏必要的邏輯關聯和精神線索。整部小說就像一堆珍珠，但沒有一條金線將它們貫串起來。小說的許多章節都在各大文學期刊發表過，給人的閱讀感覺頗像獨立成篇的作品。作家很可能有向普魯斯特的《追憶逝水年華》看齊的志向，但《追憶逝水年華》凝鑄著作家畢生的心血，它在敘事方面的精緻與大氣，隨意道來的口吻和似斷實連的內在邏輯的照應，絕不是靠湊字數就能達到的。劉震雲自己也說：「我在寫作中遇到的最大困難是由於時間太長，寫作的心態

20 張英，《寫作向彼岸靠近——劉震雲訪談錄》，《文學的力量》（民族出版社，二〇〇一年），頁二二八。

21 參見張英《白鹿原上看風景——陳忠實訪談錄》中陳忠實的談話。

發生了變化，六年前寫的一個情節在當時看來很滿意而現在卻有很多破綻，而現在企圖修改它的過程是非常困難的，這涉及到情緒和狀態的變化問題。」[22]在某種意義上，篇幅越長破綻越多，當作家自己都無法駕馭時，讀者在閱讀接受時就更是如墜雲裡霧裡。九〇年代的「長河小說」還有周大新的《第二十幕》和唐浩明的《曾國藩》，前者試圖對二十世紀中國歷史進行文化反思和藝術透視，如作家所言：「我讀史書時發現，每當一個世紀行將結束的時候，人們總是忙著去做新世紀的計劃，而不重視對舊世紀的遺產進行清算。……我想，我如果要寫一部和絲織業發展歷史有關的小說，我必須著眼於人類遺產的清算，弄清我們在過去的世紀裡究竟收穫了哪些東西。」[23]作家的表述中不無好大喜功的意指，這種過大的抱負成了創作的包袱。通過絲織業和尚氏家族作為歷史的切入點，通過尚達志來展現一種理想人格，通過「對官要忍」的尚氏家訓來揭示權力經濟的本質，這些手段在九〇年代小說中已成了一種成規。我對於作家的努力充滿敬佩，但如何避免「大而空」的寫作是一個值得深思的問題。

出版市場對於名人效應的熱衷，使許多作家「被迫」高產。像梁曉聲，九〇年代除出版長篇小說《浮城》、《恐懼》、《泯滅》、《尾巴》外，還出版了《中國社會各階層分析》、《浮躁與腐敗》、《九三斷想》、《九五隨想》、《凝視九七》、《九九回想》等等，如此倚馬可待、指點江山的明星做派，如何能保證小說的創作品質呢？再看看兼顧詩歌、散文、中短篇小說的海男，除出版《女人傳》、《男人傳》外，她僅在一九九八年上半年就出版了《坦言》、《帶著面孔的人》、《我們都是泥做的》、《蝴蝶是怎樣變成標本的》等四部長篇小說。這樣的「爆發」只能以犧牲品質為代價。奇怪的是，作家本身和媒體似乎都把這種「豐收」看成榮耀，卻缺少對「泡沫寫作」現象的深刻反思。電腦成為寫作工具大大提高了工作效率，但也為複製、剪貼式的寫作打開了

22 張英，《寫作向彼岸靠近——劉震雲訪談錄》，《文學的力量》（民族出版社，二〇〇一年），頁二三〇。
23 周大新，《一些往事》，《作家報》一九九八年十二月十日。

方使之門。劉震雲的《故鄉面和花朵》原來只計劃寫一百多萬字，換筆帶來的快樂和無法遏止的激情使寫作一發而不可收[24]。像潘軍在二〇〇〇年出版十九本書，這簡直就是媒體時代的出版奇蹟。賈平凹在九〇年代出版了《廢都》、《白夜》、《土門》、《高老莊》、《懷念狼》等多部長篇小說，一直成為媒體的中心，他的任何寫作動向都為出版商所高度關注，處於一種「預約寫作」的狀態。他的作品水準差強人意，但幾乎都是在一個平面上打轉，情節設置和氣氛營造顯得虛假和蒼白，神祕色彩常游離於整體之外，缺乏打磨的拼湊和編造使作品充滿了匠氣，創作慣性的限制和突破限制的玄想交錯在一起，使其作品同時呈現出呆板和矯情的尷尬，這尤其表現在《白夜》和《懷念狼》之中。老作家施蟄存針對當前的創作狀況，說了這樣一席話：「現在有些作家的小說太囉嗦，一部三十萬字的長篇，如果我寫只要十萬字就夠了，那多餘的要『砍』掉，許多對話可以說是毫無必要，完全是為稿酬而寫，文學功夫也太差，實在看不下去。」[25]比如現在的歷史小說動輒數十萬上百萬言，而陳翔鶴發表於六〇年代的《陶淵明寫輓歌》、《廣陵散》卻是短篇小說，寫得精煉凝重，真可謂微言大義。

系列寫作也是九〇年代長篇小說創作的特色之一。系列化寫作有利於出版商實現品牌戰略和規模效益，比如二月河的作品就先後在四五家出版社出版，而且河南文藝出版社推出了修訂本的六卷《乾隆皇帝》，長江文藝出版社推出了《二月河文集》。一種文化品牌的成熟常常意味著作家創作個性的定型，他培養了自己的讀者群，甚至培養了約定俗成的閱讀趣味，但同時作家自我也喪失了多種可能性，他的創作只在數量上累積而在藝術探索上停步不前。王小波的《時代三部曲》、王蒙的「季節系列」、周梅森的《人間正道》系列三部、柳建偉的「時代三部曲」（包括《北方城郭》、《突出重圍》、《英雄時代》）、梁曉聲的「荒誕小說三部曲」（包括《浮城》、《尾巴》、《紅衛兵在二〇〇〇年》）、王旭烽的《茶人三部曲》、潘軍的《獨白與手勢》三部曲、石康

24 參見王煒，《名人與電腦》，《齊魯晚報》一九九九年十二月二十四日。
25 引自張英，《長篇小說，出路何在？》，《羊城晚報》一九九七年五月十七日。

的《青春三部曲》和《愛情三部曲》、丁天的《青春三部曲》、洪三泰的《風流時代三部曲》……在這些名目繁多的「系列」和「三部曲」中，我個人認為除了王小波的《黃金時代》、《白銀時代》和《青銅時代》，其餘作品大都是越寫越拖遝，越寫越匠氣，敘事節奏缺乏必要的節制和緊張，把寫小說和聊天當成了一回事，在套路和模式的溫柔枷鎖中難以自拔，寫作格局越來越小，但架勢卻越來越大，語言的鬆散和情節的隨意造成了敘事的「梗阻」。王蒙的「季節」系列在這一方面具有典型性。作家對於「系列」的偏愛顯示了創作題材的狹窄和風格的過分成熟，將自己限定在一塊自留地上造成了敘事情感的自戀。即使不考慮這些作品在情節、細節方面的重複，它們在故事結構、人物關係、價值判斷、情感表達等方面也存在雷同化傾向，不少作品的場景、對話和結局也是如出一轍，這種現象稱得上是「深度的自我重複」。確實，系列化創作要求風格的基本一致，但不意味著缺乏變化。在我個人看來，九〇年代長篇創作的系列化傾向，在很大程度上是作家對自身的精神資源進行過度開掘的表徵，也是傳媒的市場化運作將寫作引入機械化、規模化的結果。創造性離寫作越來越遠，作家一旦獲得名譽和市場號召力，市場和自我的雙重榨取使「自我超越」成為破滅的泡沫。

下編

第九章　寫物主義：九〇年代小說的敘事情感

就整體而言，八〇年代小說尤其是「傷痕」、「反思」、「改革」、「尋根」文學澎湃的敘事激情遮蔽了藏污納垢的日常生活，即使是在汪曾祺、林斤瀾、阿城、何立偉等人散淡的敘事中，氤氳不散的情韻與禪趣生發出抒情慢板的特殊魅力。至於馬原、洪峰、余華、格非等先鋒作家，他們冷峻的敘事語調和酷烈的人性剖析，稱得上是外冷內熱，在充滿寒意的敘事情感之下，洶湧著形式探索的激情。像蘇童、葉兆言，其浸潤著江南風月的敘事更是顯得濃烈與華麗。而九〇年代小說的敘事情感，猶如潮水退去後的海灘，沙礫、礁石、垃圾等等裸露無遺。當液態的情感在市場和欲望的煎熬下迅速蒸發，故事和情節開始顯山露水，直觀、寫實、模擬成為小說的主導性風格，意味、抒情、靈悟成為逐漸遠去的精神風景。有意思的是，一方面是小說的客觀化趨勢越演越烈，另一方面是感性話語的大行其道，窺隱和獵奇成為統攝故事和情節的心理邏輯。但是，感性話語的內在驅動受制於生理的本能衝動，在某種程度上具有條件反射的意味，它不僅不觸及幽深的心理世界，而且以肉體的張揚來抑制心靈的自由表達。基於此，客觀化和感性化成為九〇年代敘事情感的兩個側面，相互補充相互轉化。符號化、碎片化的物象成為敘事情感的投射對象，物象成為橫亙在心靈與心靈之間的屏障，成為情感的外殼和面具。元氣淋漓、自由自在的心聲在九〇年代小說中已經躡足潛蹤，成為一種隱隱約約的精神迴響，成為敘事者下意識地流露出來的隱痛。

一、感傷與冷嘲

發軔於八〇年代中後期的新寫實小說奠定了九〇年代小說敘事情感的基調。《鍾山》在「新寫實小說大聯展」卷首語中進行了這樣的描述：「這些新寫實小說的創作方法仍是以寫實為主要特徵，但特別注重現實生活原生形態的還原，真誠直面現實、直面人生。」[1]在池莉、劉震雲、劉恆等作家的作品中，粗礪的日常生活充分顯露出其庸常、卑微、瑣碎的面容，黯淡的生存樣態淹沒了主體的超越精神，超負荷的生命之重不僅抑制了敘事者的激情還壓迫著最起碼的日常情感。《煩惱人生》、《不談愛情》、《一地雞毛》、《單位》、《狗日的糧食》、《白渦》等作品的敘事，都由疊床架屋的日常事件結撰而成，人物在難以自拔的生活泥潭中變得麻木不仁，所謂的情感被簡化成吃喝拉撒、涼熱病痛的生理反應，無奈的歎息已經成了一種自我調節的精神法寶，但是持續的生存困擾使人物淤積在內心的焦慮無處發洩和釋放，自我防衛機制從「驚慌反應」到「對抗反應」再到「衰竭反應」，生命陷入一種失重、沉淪的狀態。敘事情感在堆砌得嚴絲合縫的「一地雞毛」之中，像沼澤中泛起的泡沫一樣，散發出非自主的、沮喪的、灰色的情緒。楊爭光的《窪牢的大大》中主人公反覆重複著三句話：「我日他媽不弄了。」「我日他媽弄了一輩子，我。」「我日他媽給誰弄，我。」人物繞口令式的自言自語生動地揭示了無處申述的絕望。《一地雞毛》中身居都市的主人公的喟歎與偏居鄉野的「窪牢的大大」何其相似：

[1] 《「新寫實小說大聯展」卷首語》，《鍾山》一九八九年第三期。

「宏圖大志怎麼了？有事業理想怎麼了？『古今將相在何方，荒塚一堆草沒了』，一輩子下來誰還知道誰？」劉震雲說：「於是我們被磨滅了，睡覺時連張報紙都不想看。……過去有過宏偉理想，但那是幼稚不成熟的。」[2]

新寫實小說對籠罩在現實主義之上的理想光環的解魅，是對十七年和「文革」期間變形的現實主義的反撥。極左思潮的威懾使機械反映論和直觀反映論獨步一時，現實主義的內在本質被不幸地閹割。董健對於「新現實主義」寄予了無限期望，這和他對「偽現實主義」的沉重失望相互呼應。他分析了現實主義的「靈肉失衡」問題，即作品的「內在精神」（靈）和「外觀的符號系統」（肉）不統一，甚至相互齟齬，相互損耗，使作品陷入公式化、概念化的怪圈[3]。應該說，八〇年代以思想解放為己任、以「現代性」建構為目標的宏偉敘事，其政治、社會、文化理念的普遍性與公共性使寫作成為時代的傳聲筒，主題先行和個人性的湮滅狀態成為「現實」的宿命，儘管聲勢的浩大但無法掩飾其內在精神的虛假、蒼白和貧乏。至於先鋒文學，拒絕「寫標語口號，甚至遠離現實和政治」，過分追求形式創新的趨向也難免造成主體的焦慮狀態，「在外觀符號系統的營造上卻拚命地玩花樣，一直玩到連正常人的思維規律和公認的語言規範都肆意戲弄和破壞的地步」[4]。不幸的是，新寫實小說並沒有帶來靈肉一體的新境界。新寫實固然擺脫了極左時代主流文學粉飾現實的弊病，也修正了先鋒文學以形式遊戲沖淡現實意指的傾向（耐人尋思的是，余華、蘇童、葉兆言等先鋒主將在九〇年代選擇了審美轉向，向新寫實靠攏），但是，將現實材料不做加工地引入敘事的手法，使作品的內在精神與日常意識的距離完全消失，精神變成一種外在的、可視的、認同現實的、妥協的姿態，靈魂的底蘊和層次都銷聲匿跡。

2 劉震雲，《磨損與喪失》，《中篇小說選刊》一九九一年第二期。
3 董健，《提倡新現實主義》，《鍾山》一九九〇年第一期。
4 董健，《提倡新現實主義》，《鍾山》一九九〇年第一期。

新寫實小說是在理想的廢墟上展開敘事。在經歷了太多「假、大、空」的誘惑和欺騙之後，渴望「真實」成為具有普遍意義的時代心態，「躲避崇高」的呼聲正是在這樣的心理現實中激起了廣泛的共鳴。在相當長的時間裡，知識份子以代言人自居而事實上卻嚴重地疏離現實疏離民眾。應該說，知識份子從居高臨下的「懸空」狀態下沉到厚重的大地，是一種必要的反省，是一種角色的還原。但是，這種下沉並不意味著完全放棄主體性。因為受了理想的蒙蔽而遷怒於理想本身，卻拒絕反省自身的過錯，這是二十世紀中國知識份子脆弱性的一個重要方面，也是他們迅速地轉向甚至走向初衷的反面的文化根源。與《不談愛情》一樣，池莉的《金手》把天堂式的夢幻還原成世俗的酸楚。尋尋覓覓的李劍秋匆忙地與一見鍾情的老楚結婚，但對方的性無能不僅瓦解了這樁婚姻而且瓦解了她的愛情信念。這篇作品被指責為「在編故事，實話實說，語言不機智」，但作家辯解道：「偏巧的是，我的《金手》是我飽含感情寫的，類似於那種『獻給某某』的文章。我寫小說到現今為止，沒寫過自己，沒寫過朋友，全是編的。唯獨《金手》與眾不同，主要情節是一個朋友的經歷」[5]。主人公幻滅後的心灰意冷與作家敘述的「飽含感情」所形成的反差，真是絕妙的反諷。《凝眸》以紅軍時代為背景，以革命加愛情作為書寫模式，投身革命的青年學生柳真清真愛錯投，選擇了風流倜儻的嘯秋，捨棄了寬厚仁慈的嚴壯父。在見證了嘯秋出於私情藉肅反之名殺害嚴壯父之後，她同時喪失了對政治和愛情的浪漫幻想，回到學校，終身未嫁。這種不全則無、一刀兩斷的思維方式表面上在反思極左思潮和道德烏托邦的毒害，實質上並沒有走出二元對立的價值模式。於是，偏激的理想主義者不允許絲毫的自我懷疑和外部質疑，而告別理想者成為脫胎換骨的市儈。

對於新寫實小說，不少研究者意識到其表現方式與自然主義的遇合。但更有意味的、也是被人們忽視的是兩者對理想的姿態。左拉說：「不妨將理想主義小說家的作品同我們的作品作一番比較吧。這裡，理想主義這個名

---

5 池莉，《你不信我信》，《中篇小說選刊》一九九一年第二期。

詞指的是那些脫離觀察和實驗，把他們的作品建立在超自然和不合理的基礎上的作家，一句話，他們承認，在現象決定論之外有一些神祕的力。」[6]對理想主義的拋棄固然避免了「陷入形而上學的混沌之中的危險」，但是，正如左拉意識到的，「宿命論者」的指責是自然主義面對的最為致命的質疑，放棄「自由意志」使人成為「只是在環境與遺傳影響下行動的動物機器」[7]。值得注意的是，左拉將實證哲學和實驗醫學引入敘事，著重觀察與實驗，強調現實描述的科學性，體現了求真的執著和懷疑的勇氣，潛在地發揮著批判現實的功能，貫穿著探索未知、驗證事實的信念。《小酒店》和《娜娜》的成功正源於此。而新寫實小說在關注平民的物質困境和精神磨難時，在無奈的哀怨中瀰散出濃重的宿命意味。所謂的「情感的零度介入」、「冷漠化客觀化敘述」其實是一種「知其不可為而不為」的妥協，因為現實太強大太難改變所以只好冷眼旁觀，正如池莉《你以為你是誰》的怨艾。方方對《一波三折》中的盧小波的自私與殘忍，發出了這樣的感慨：「好多年來，我們的生存條件交給我們的一直是一根自己不能控制自己命運的韁繩。為此人人都在被命運擺布的同時拚命地保護自己，這種自我保護能力在相當的人身上已經煉到了爐火純青的地步。」[8]在此意義上，新寫實小說作家普遍地對主體情感進行自我抑制，「自己不能控制自己」，這種冷漠情感潛在地具有「自我保護」的意味。

在激情的灰燼中，瀰漫在九〇年代小說中的情緒是普遍的感傷。在方方發表於一九八七年的《風景》中，已經死去的小八子作為敘事者，僅僅起到一雙眼睛和一張嘴巴的作用，其行動能力已經完全消失，行文至關鍵處，敘事的口吻顯得激動：「我甚至想挺身而出，……我對他們那個世界感到不寒而慄。」但這樣的激動與行動上的完全退出的矛盾，使敘事情感陷入空洞的意念。在劉恆、楊爭光、朱曉平、李佩甫、田中禾等人反映底層平民生

6 左拉，《實驗小說論》，見朱雯等編選，《文學中的自然主義》（上海文藝出版社，一九九二年），頁一四三。

7 左拉，《實驗小說論》，見朱雯等編選，《文學中的自然主義》（上海文藝出版社，一九九二年），頁一四五至一四七。

8 方方，《總是亂發感慨》，《中篇小說選刊》一九九三年第一期。

存的作品中，敘事視點都是脫離行動的旁觀。無法介入又無法熟視無睹，主體情感就呈現為與對象保持距離的感傷。如羅洛・梅所言：「感傷是傷感地思念而不是真正地體驗它的對象。……感傷者以自己的感傷情緒作為一種榮耀，它始於主觀，終於主觀。關切卻不同，它是對某種東西的關懷，我們在我們的體驗中，被我們所關心的客觀事物和客觀事件牢牢抓住。在關切中，人必須通過涉入客觀事實，針對某種處境做出某種行動——做出某種決定。正是在這一點上，關切把愛與意志結合到一起。」[9]作家們在面對平民時固然拋棄了居高臨下的俯視視角，但在遠距離的平視中，由於敘事情感無法和敘事對象產生共鳴，所謂的平民意識中往往包孕著顧影自憐的意味。方方說：「都市生活就是許許多多的如我一樣的人組成。活得艱難的同時也有其自在的一面，而活得瀟脫的同時又隱著某些沉重。」[10]寫出了《愛又如何》、《恨又如何》、《僅有愛情是不能結婚的》等作品的張欣，這樣表述自己的寫作理念：「任何一個自認為是鐵石心腸的人，都或多或少地庫存著一份情感，兩行熱淚，這也是《廊橋遺夢》得以流行的原因。生活中沒有的東西而文學作品裡有，也算是一個活下去的理由吧。」但是，她「總難捨棄」的「最後一點點溫馨，最後一點點浪漫」，嚴格說來只是無奈的感傷[11]。《愛又如何》中的可馨遭單位新領導暗算而憤然辭職，在四處碰壁後頓悟：「愛情是什麼？它在生活中僅僅是一種裝飾，一旦生活暫時蒙上了一層陰影，它總是最先被犧牲掉。」在愛的玫瑰色碎片中裸露的是冷酷的現實：「錢可防身，可以讓人處變不驚，這是她沒想到的。」而可馨誤以為丈夫有外遇後的絕望，以誤會的冰釋而結束。作家以喜劇的結局來中和現代都市悲劇的鬱悶氛圍，是感傷情緒支使下的形式策略。「她想消弭一種絕望的衝突，也試圖不讓讀者過於悲情。這

9 羅洛・梅，《愛與意志》（國際文化出版公司，一九八七年），頁三二九。
10 方方，《其實都是身邊事》，《中篇小說選刊》一九九〇年第三期。
11 張欣，《深陷紅塵　重拾浪漫》，《小說月報》一九九五年第五期。

是張欣這一代人身不由己選擇的一種寫作（或者說是處世）態度。生命與這個世界的全面抗爭，最後導致主體世界的兩重人格，這將是一代人在相當一段歷史時期的被動選擇。」[12]

九〇年代小說向故事的回歸，使小說普遍地戲劇化。但是，瀰漫的感傷情緒使作品缺乏悲劇性，不願絕望、害怕絕望的心態使悲劇無處存身，也使作家缺乏直面現實的勇氣，廉價的希望使作品呈現出一副哭笑不得的尷尬表情。以劉醒龍、談歌、何申、關仁山等作家為代表的「新現實主義」作家表現得最為充分。談歌的《大廠》結尾以樹上的嫩葉寄託著茫然的希望和信心；劉醒龍的《路上有雪》更是公式化地演繹著主人公安樂的那句格言──「想不吃苦就能享福那是不可能的」；關仁山的《凍土地帶》是《九月還鄉》的續篇，書寫了在城市遭受屈辱後回鄉的鄉村女子九月堪稱輝煌的艱難創業，這種白日夢式的「好運設計」算得上是狗尾續貂。作家說：「我想希望是勞動者的第二靈魂，這勞動者也包括作家自身，面對時下的種種艱難，文學不能僅僅為勞動者歌唱，還應有責任和使命。是關懷？是警示？是分享？還是相知？用一顆真誠的心走近他們。這個大家庭的成員，如何攙扶、體貼、鼓勵渡過種種難關。」[13]真正的希望並非空洞的安慰，而是波湧不息的生命過程，絕不凝固和終止於一個圓滿的結局。如果割斷現實的制約放飛希望，就失去了必然性的根基，成為純粹的偶然性，不能不帶有宿命的意味。美被毀滅帶來痛苦，對現實存在的某種合理性的理解，對人物的苦衷的默認，使作家產生了對現實缺憾進行補救的願望，善良地希望美好的人們有一個理想的結局。這樣，悲劇性被人為地稀釋，作品在喜劇與悲劇形態之間震盪，偏離人物性格和情節邏輯的隨意設置使作品籠罩著一層鬧劇色彩。透過劉恆的《貧嘴張大民的幸福生活》、余華的《活著》和《許三觀賣血記》，我們可以清晰地看到哀而不傷、怨而不怒的文學傳統的痕跡。感傷是一種溫和的宣洩，是受傷的靈魂自舔傷口的治療，是轉型期社會陣痛的緩釋，是新時代的精神勝利法。正如

12 奚愉康，《本刊點評》，《上海文學》一九九四年第十期。
13 關仁山，《不信春風喚不回》，《春風》一九九六年第十期。

蜜雪兒・蒙蘇韋所說：「當這世界顯得過分粗暴（或者說荒誕，如薩特所說我們被毫無理由拋入其中的宇宙那樣）的時候，想像便在物與我之間插進某些形象來撫慰我們。……因為通過想像把憂傷體會、誇張、描繪一番，反倒減輕了鋼針扎心般的痛苦，思痛是可以定痛的。……歸根到底，想像是一個奇特的衛兵，可以適應任何心境的需要，它的道德是像風向標一樣隨風轉動。」[14]

感傷的氾濫使九〇年代小說缺乏真正有建設意義和介入性的批判精神，流行的是一種充滿失望和懷疑的冷嘲。劉震雲說：「生活固然使我們一天天成熟，但它也使我們一天天變老，變假，一天天遠離『我們』自身。成熟固然意味著收穫，但對於我們這些普通人來說，成熟不也意味著遺忘和喪失嗎？」[15]作家心態的過於「成熟」，使調侃和反諷風行一時，主體以超然物外的冷漠指桑罵槐，以虛無主義的姿態去嘲笑虛假，在「躲避崇高」的名義下躲避理性的自我批判。儘管張承志式的激憤一度高漲，但是，情緒化的抨擊中依然難以擺脫英雄末路的蒼涼，散文《荒蕪英雄路》對於「大時代的那些驕子的蹤跡」的追懷，在回天乏力的空洞吶喊中流淌出的是虛假的激情，其底色是一種被掩飾著的感傷。「新現實主義」小說的所謂批判是曖昧的，《分享艱難》對洪塔山的寬容，《大廠》對嫖娼的客商的默然，充分暴露出其脆弱性與調和性。王朔的小說以輕佻的嘲弄解構知識份子的批判精神，為此也使其作品獲得了一種世俗的「批判」意義。有意思的是，他的《永失我愛》、《過把癮就死》、《動物兇猛》等所謂的「純情小說」的內在情緒與張欣式的感傷並無太大差別。感傷與冷嘲在九〇年代似乎成了一對孿生姐妹。在新生代作家中，邱華棟被不少評論者認為是具有文化批判精神的，可其作品的議論化並沒有強化理性精神，照搬法蘭克福學派、「後現代」和「後殖民」的詞彙只能是隔靴搔癢。朱文的《我愛美元》、《幸虧這些年有了一點錢》等作品都以惡作劇的形式揭開虛偽的假面，但是，虛無化傾向使主體成為意義

14 蜜雪兒・蒙蘇韋，《論「新小說」中的想像》，柳鳴九編，《新小說派研究》（中國社會科學出版社，一九八六年），頁五四〇至五四一。

15 劉震雲，《磨損與喪失》，《中篇小說選刊》一九九一年第二期。

世界的零餘者，就如《什麼是垃圾　什麼是愛》的主人公的哀歎：「我想接觸人，真正地接觸，因為我覺得自己已經和這個社會和別人沒有關係了。一點真正的『關係』都沒有了。我想覺得自己有用。」至於七〇年代出生的作家，他們的作品更多地與情緒化的逆反相關，與理性的反抗無涉，正如棉棉的《啦啦啦》中的獨白：「我天生敏感，但不智慧；我天生反叛，但不堅強。……我們的人生是虛弱的。」在感傷與冷嘲之中，充滿著虛無、迷茫與冷漠，沒有悲憫、關切與祈望。沒有真正的絕望，因而沒有真正的希望。正如羅洛・梅所言：「恨並不是愛的對立面，**冷漠**才是愛的對立面。同樣，意志的對立面也並非猶豫（實際上，正如威廉・詹姆士所說，猶豫可能表現了努力做出決定時的掙扎），而是不介入、脫離和不與有意義的事件發生關係。」[16]

二、擬物與泛情

在古典的情感發生學中，移情與擬人是本原性的心理功能和情感模式。在人類面對世界的認知圖式裡，將包括人與物在內的對象看成與自己具有同一性的事物，將客觀事物主體化，將對象看成內在體驗的外部投射，往往成為理性把握的精神先導。主體的客體化現象就是移情過程，沃林格這樣描述移情的審美體驗：「審美享受是一種客觀化的自我享受。審美享受就是在一個與自我不同的感性對象中玩味自我本身，即把自我移入到對象中去。」[17]古希臘的神人同形同性說與中國的「天人合一」說都隱藏著移情的本質。移情把自我與對象、自己與他人、內我與外我的界限打破，達到物我兩忘、圓融無礙的境界，個體的自我意識在走出內部的封閉後得到了拓

16 羅洛・梅，《愛與意志》（國際文化出版公司，一九八七年），頁二一。著重號原有。
17 W・沃林格，《抽象與移情》（遼寧人民出版社，一九八七年），頁五。

展。尼采對酒神精神的精彩論述，活畫出移情的精髓：「看見自己在自己面前發生變化，現在又採取行動，彷彿真的進入了另一個肉體，進入了另一種性格。」[18]作為移情的反面，擬人將客體主體化，從物性中發現我性。移情與擬人的相輔相成，共同構築起一個以人為中心的世界觀。中國傳統文化與西方傳統文化相比，其感悟性、模糊性遠大於抽象性、邏輯性，道氣、風骨、文質、陰陽、中和等審美範疇都具有一種神祕性，人與世界的關係普遍地以泛神論作為哲學基礎。但是，崇尚實用哲學、缺少彼岸世界激勵的道統使審美情感受到禮法規範的嚴重制約，具有了一種以做給人看為宗旨、違背內在要求的表演性。「在原本是『人情味』極濃厚的儒家禮教、詩教和樂教的規範下，中國人不僅逐漸麻木了對一切細膩道德感情的敏感性，而且使自己的藝術感受越來越變得枯竭和單一。」[19]中國八〇年代文學在人道主義復興、重建主體性、人的啟蒙等潮流的推動下，作家的自我意識不斷擴張，小說的敘事情感也以移情與擬人為主流。但是，群體性情感抑制個人化表達的傾向，也使八〇年代小說的敘事情感具有鮮明的表演性，違背個人意志的盲從使情感成為掩飾自我的假面。

自新寫實小說以降，小說的敘事情感呈現出抽象化、個人化（僅僅停留在表面）的傾向，這是對自欺欺人的、公共化、面具化情感的反撥。池莉說：「我只是容忍不了自己假模假式地虛構激情，或者真心真意地附庸風雅。……肯定不怎麼美，但它是真實的。」[20]這種情感還原的傾向以真實為圭臬，而「美」則成了一種必須付出的代價。於是，情感在客觀化的同時，也走向粗鄙化。為了強調真實性，敘事主體的自我意識逐漸淡化，也就是所謂的「情感的零度介入」、「冷漠化客觀化敘述」。儘管在新生代、七〇年代作家群的寫作中，搖滾樂式的敘

18　尼采，《悲劇的誕生》（生活・讀書・新知三聯書店，一九八六年），頁三二。
19　鄧曉芒，《靈之舞》（東方出版社，一九九五年），頁七六至七七。
20　池莉，《我坦率說》，《池莉文集》第四卷（江蘇文藝出版社，一九九五年），頁二二五。

事節奏使敘事情感進入一種缺乏必要克制的宣洩狀態，但是，他們的作品繼承了新寫實小說以物象為中心的敘事流向，並將欲望化、官能化敘事推向氾濫。

在九〇年代小說中，將主體客體化的擬物修辭成為情感表達的重要模式。池莉的《來來往往》中的康偉業非常在意其情人林珠送給他的定情玉墜的的市場價格，在知道它價值萬元後，作家有這樣的敘述：「從道理上說，康偉業知道自己這麼做有點無恥，定情物是鴻毛泰山，無法用市場價格來衡量的。並且人家女孩子也沒有一點點誇耀它價值的意思，只說是一個吉祥物。可是人有時候就是無可救藥，道理是懂的，無恥的事情也還是忍不住要做的。……他一定要人給他估算一個市場價格，彷彿只有通過金錢的數量，康偉業才能夠準確掂量出林珠對他感情的分量。……情意的深淺不在乎錢多錢少，可錢的多少可以衡量情意的深淺。金錢是很俗氣，但是它終歸是這個世界上唯一比較科學的價值標準。」作品的人物情感當然不能與作品的敘事情感混為一談，但是，採用第三人稱敘事的小說中反覆出現的評說性文字流露出敘事者的情感趨向，人物的情感中分明流露出敘事者的自我認同。比如，敘事者這樣評說段莉娜的轉變：「曾幾何時，這個毛澤東時代的好青年一直視金錢如糞土，現在，表面上也還是嫉惡如仇的樣子，就是不再糞土金錢了。」話語中的指示代詞「這個」分明地互滲著敘事者的內在情感，甚至有越俎代庖的自我表白的意味。把金錢作為衡量情感的標準，表明情感已經充分地物化了。

在何頓、述平、邱華棟等新生代作家的筆下，活躍在都市中的人物情願出賣靈魂也不願出賣物質生活的權利。何頓的《就這麼回事》藉第一人稱敘事者的視點評說表妹：「她拚命想在生活中多撈點愉快，拚命玩，就是不想冤裡冤枉地來到陽世上又冤裡冤枉地變成灰。這就是一種認真。」另一個核心人物林伢子有這樣的人生格言：「我最不喜歡談論往事，也不喜歡談未來。我只想現在。」悲觀的宿命意識幾乎籠罩了何頓的所有作品，而這種悲觀衍生出及時行樂的現時意識。《無所謂》寫了一個不得志的小知識份子李建國多舛的一生，他最終因勸架而命喪於街頭鬥毆之中。小說最後引用了他生前的一句話：「這是老天爺拿人類開玩笑。當你以為得到了，也就跟螞蟻樣死了。」人物的主體性被環境的強大制約所窒息，成為生活在被拋狀態之中的零餘者。《跟條狗一樣》就更是把擬物修辭發揮得淋漓盡致。第一人稱的敘事者「我」有這樣的評說：「我所以說人跟狗一樣也是有道理的，狗很經得打，隨你怎麼棒打腳踢，狗都不會死，除非你把狗吊起來勒死，或者用刀子去捅狗的脖子，割斷狗的喉管，狗才會死。」在喪失主體性之後，人物活得毫無尊嚴，其生命過程還原為如螞蟻、狗等低級動物的本能狀態。述平的《凸凹》中的周昆「一直試圖拯救自己，不惜以自我褻瀆、自我墮落等等降低自身品格的行為做到這一點，就像他胡亂擺放傢俱一樣胡亂地塗抹著自己的面孔，結果越塗越不像他。」主體將自我客體化，把自己視為「傢俱」一樣的外部對象。小說中的羅尼把占有女人的肉體視為「接近並且征服她的心靈」的必要條件，精神在這裡僅僅成為肉體本能的附庸。邱華棟筆下的都市世界更是物質符號的堆砌，人的靈魂成了物質表象的延伸部分。他在《手上的星光》中這樣概括都市情感：「以當下為主流精神，以欲望為核心，迅速、火熱、刺激、偷偷摸摸而又稍縱即逝。」他對自己的物化敘事充滿自豪：「比如大飯店中各種美食的名稱，各種流行汽車牌號，各種流行搖滾音樂以及別墅中各種設施，都在我作品中予以凸現。」[21]他還這樣介紹自己二〇〇一年的寫作計劃：「夏季以後開始寫長篇，描寫青年人的現實處境，一對三十歲左右的夫婦的社會風俗畫，已經構思好了，涉及花卉知識、家庭用品等。我現在經常逛商場研究這些東西，把我們日常用的東西寫到作品裡，給這個時代的產品留下備忘錄。」[22]這種忽視靈魂的寫作只能迷失在物的叢林之中，無法楔入都市的精神內核。

七〇年代出生的作家在敘事情感上顯得更加漠然，他們表面上興高采烈但骨子裡充盈著內在的冷漠。棉棉在《一個矯揉造作的晚上》中藉祖咒的口說了這樣一句：「藝術就是東捅捅西蹭蹭添點亂才好重要的是創作者本身得時刻保持興高采烈的狀態。」這句話可視為作者自己的心得。周潔茹的《熄燈做伴》中有這樣的文字：「我們

21　劉心武、邱華棟，《在多元文學格局中尋找定位》，《上海文學》一九九五年第八期。
22　趙晉華，《中國作家二〇〇一年做什麼》（上），《中華讀書報》二〇〇一年二月二十八日。

不知道什麼才是像姐妹那樣親密無間地去愛別人，每個人都不相干，我們彼此都是皮肉隔離的個體，我們互相漠視，在必要的時候才互相需要和互相仇視，但是那樣的接觸也是異常短暫的。」在一個物化時代裡，別人成了一種與自己缺乏內在交流的物質性存在。衛慧的《像衛慧那樣瘋狂》中有這樣一段話：「首先我是個女的，其次我才二十出頭，在這種年紀的妙齡女郎通常該想些別的有意思的事兒，比如染髮、真絲胸衣、男友、明星照、CD口紅、舞會、臉上的皰疹、減肥、沒有抽水馬桶的生活無法想像。」將「男友」與物象並列微妙地流露出一種冷酷的實用主義情感。小說中還描寫了動物園裡斑馬交媾的場景，以此來隱喻作品人物的官能化狀態。作品藉白領女孩阿碧之口進行這樣的轉述：斑馬的性事「一切進行得像吃飯睡覺那麼尋常，像民政局裡給你蓋結婚證章的辦事員一樣冷漠平淡，公事公辦」。主人公阿慧則諳熟商業法則，將自己作為商品換取自己的需要。弗洛姆這樣評說商業社會的道德危機：「**我們所面臨的道德問題，是人對自身的淡漠**。這一情況的產生，主要是由於我們已喪失了個人意義感和個性感，使自己成了實現自身以外某些目標的工具，把自己視為商品，並且也當作商品使用，自己的力量被異化了。」[23]

當擬物成為情感的內在邏輯時，物我交融的移情已成依稀往事。在物與我的利益性接觸中，表面的分合不再觸及內在的靈魂，情感趨向呈現出停留在表層的、拒絕涉入太深並準備隨時抽身而退的泛情狀態。張欣的《浮世緣》中的瑞平在決定離開相愛多年的女友與泰國富商的女兒結婚時，很理性地「像備課那樣整理了心中的種種思緒」，得出的結論是：「愛情是一種感覺，無論多麼偉大也僅能維持三五年，剩下的是感情、親情、牽掛、依靠、合作夥伴、撒氣、說話、交流、暖腳等等等等，全是泛愛，不再是那種獨特的感覺。所以，重要的是把日子過好，人有能力時才能顧及到自己所愛的人，這是最簡單不過的道理了。」這種懷疑與絕望也裹挾著作者自己，

[23] 埃里希・弗洛姆，《尋找自我》（工人出版社，一九八八年），頁三一三至三一四。著重號原有。

它瀰漫成霧狀，成為敘事情感的基調。作家在《寫作是一種生活方式》的創作談中陳述了自己從「以為寫作是為藝術獻身」到把寫作當成「一種生活方式」的轉變，在激情沉落之後寫作也進入泛情狀態：「那時在追隨她（文學）的路上瘋跑，為的是出人頭地，卓爾不群……現在總算成熟了，有了平常心。文學都已經平常了，我們又怎麼能不平常？大勢已去，還想留住三分，談何容易。」[24]

在欲望面前，浮泛的情感僅僅是一層外在的、稀薄的、偽裝的糖衣。「布老虎」叢書的敘事情感就是定位在泛情的層面。叢書的總策畫安波舜將讀者定位聚焦於以理工知識份子為中堅的中產階級，並且極力迎合他們的情感需求：「他們尤其喜歡金庸筆下那種複雜多變的故事中單純美麗的愛情和奇遇……人們能夠記住的、能夠證實對自己人生影響最大的依然是童話。」[25]趙玫的《朗園》，張抗抗的《情愛畫廊》，皮皮的《渴望激情》和《比如女人》，鐵凝的《無雨之城》和《大浴女》，文夕的《野蘭花》、《海棠花》和《罌粟花》等，都以「情」惑人。但是，作品中的敘事情感都有煽情的趨向，把細膩的、隱性的情感體驗外化成曲折離奇的情節、錯綜複雜的人物關係、哀傷絕望的場景。《情愛畫廊》的仿亂倫主題與夢幻般的「理想」，使情感的深層底蘊完全被抽空，成為裝飾性的、一眼就能看到底的愛情「童話」，所有的情感都只是一副文化臉譜。身居廣州的張梅在許多作品裡表現了都市人的這種泛情狀態，敘事者在洞若觀火的清醒中不再有批判的激情，在並不徹底的絕望中還流露出隱約的共鳴。《搖搖擺擺的春天》、《把艾仁還給我》、《冬天的大排檔》在日常化的陳述中揭示了繁華都市的荒涼靈魂。人人都怕寂寞，連嫖客都為寂寞而歎息：「真寂寞呀，我的心都被寂寞掏空了。」在欲望與寂寞的惡性循環中，心靈的交流無處立錐。而《錯覺》中的敏雨在誤入釣色者的圈套後，沉浸在美妙的愛情錯覺之中；當同樣被這個男人所騙的好友珠珠揭開真相後，「敏雨很傷心。喜歡上一個人並不是一件容易的事，可偏偏這個人

---

24 張欣，《寫作是一種生活方式》，見何鎮邦、李廣鼐編，《名家側影》第三輯（山東文藝出版社，二〇〇〇年），頁一三五至一三八。

25 安波舜，《「布老虎」的創作理念與追求》，《南方文壇》一九九七年第四期。

是個騙子。之後敏雨無端對珠珠疏遠了許多」。珠珠對於幻覺的迷戀竟使她潛在地拒絕現實，這種「有意識的自欺」是泛情時代特殊的情感法則。「布老虎」叢書的愛情童話也正是這種「假作真時真亦假」的錯覺。身居深圳的自由撰稿人繆永的《駛出欲望街》和《廣梅小姐》，描述了在金錢與物欲包圍中的特區人的情感生活，作品中的主人公都把情感作為贏得物質補償的賭注，「酒的釋懷、性的慰藉」成了「方便快捷的『止痛良藥』」[26]。但是，情感與理智的長期分離使肉體變得越來越機械化，最終欲望不僅無法排遣焦慮反而強化了焦慮。王艾的長篇小說《這個圈子不談愛》的結尾是這樣的話：「她，他，將很少相遇，彼此要面對不可知的未來。而明天，喘息著，不為人所知道，也不為人所打動，也沒有必要去打動。」格非的《欲望的旗幟》以理念化的形式詮釋沉迷欲海飲鴆止渴的時代喜劇。朱文的《什麼是垃圾 什麼是愛》的主人公小丁更是對性產生了排斥心理：「他在想，自己什麼時候變成了這個樣子，對這件事也喪失了最後的熱情。」身與心的分離使欲望也變成了虛無，正如萊恩所言：「**個體感到其身體是一個客體，與世界中其他客體一樣，而不是自身存在的核心**。身體不再是他起初自我的核心，而成為某個假自我（false self）的核心。」[27]

在擬物與泛情的雙向互動中，情感的意向性顯得越來越模糊，成為一種脫離了主體性的盲動。物欲對人的情感的驅動使情感成為數位化、技術化的度量，如羅伯－格里耶所言：「正當人的本體論觀念面臨滅亡的時候，『條件』的觀念就代替了『本性』的觀念，對象的表面也不再是隱藏著它的『心』的面具（『心』是一扇門，通向形而上學最可怕的『超度』）。」[28]「物」的邏輯對「人」的邏輯的取代，使原來支配著「物」的「人」變

26 繆永，《堅硬的都市》，《中篇小說選刊》一九九九年第一期。
27 R．D．萊恩，《分裂的自我》（貴州人民出版社，一九九四年），頁五九。著重號原有。
28 阿．羅伯－格里耶，《未來小說的道路》，呂同六主編，《二十世紀世界小說理論經典》（上）（華夏出版社，一九九五年），頁五二三。

成了被支配的對象，這導致了一種如羅蘭・巴特所說的「物的文學」[29]。在移情與擬人的邏輯中，主體與對象是「我－你」關係；在擬物與泛情的邏輯中，主體與對象是「我－它」關係。馬丁・布伯指出，人面對著兩重世界，因而有分別由「我－你」關係和「我－它」關係構成的兩個世界。在前者中對象與「我」互不分離，我將事物視作「你」，其本身是絕對和唯一的，「與『你』的關係直接無間。沒有任何概念體系、天賦良知、夢幻想像橫亙在『我』與『你』之間」[30]；在後者中對象是與自己相分離的客體，主體把對象看成由「我」去占有、利用的「它」。九〇年代小說的敘事情感也正是從對話的「我－你」關係變成了隔離的「我－它」關係。

三、消費化情調

在九〇年代小說中，敘事情感逐漸地走向時尚化，個體性的情感體驗常常被世俗化的文化空間、表現形式與傳播形式所吞噬。陳染說：「人們正在一天天地喪失孤獨的能力，承擔自己的個體的力量正在隨著聚攏的群體的增大而削弱。無法把握和支撐自己的人群，正如同這座失去了城垣的城市。」[31]於是，在喪失了孤獨的能力的人群中，類型化的懷舊與「新新情感」就像流行性感冒病毒一樣瀰散開來，小說的敘事情感同樣無法免俗。

懷舊敘事在新時期文學中一直盛行，聲勢越來越浩大。「傷痕」與「反思」文學在觸摸結痂的傷口時，釋放出對患難真情的無限緬懷與歎惋。宗璞的《三生石》、鄭義的《楓》、張潔的《愛，是不能忘記的》、古華的

29 羅蘭・巴特，《物的文學》，《上海文論》一九九一年第一期。
30 馬丁・布伯，《我與你》，（生活・讀書・新知三聯書店，一九八六年），頁二七。
31 陳染，《孤獨的能力》，《陳染文集》第四卷（江蘇文藝出版社，一九九六年），頁一七〇。

《芙蓉鎮》、張賢亮的《綠化樹》、魯彥周的《天雲山傳奇》等作品都暗藏著一股懷舊的潛流。但是，其中晃動的淚影與血泊使這種緬懷顯得無比沉重，缺少溫情脈脈的感召與慰藉，讓人敬而遠之。只有到了以知青作家為主體的創作潮流中，懷舊才真正具有撫慰現實傷痛、平衡內在衝突的審美功能。張承志的《黑駿馬》、阿城的《棋王》、王安憶的《小鮑莊》、史鐵生的《我的遙遠的清平灣》、梁曉聲的《這是一片神奇的土地》都氤氳著充滿感傷的追懷，鄉村的純樸、傳統的溫良在尷尬的現實中起到了療傷鎮痛的作用。但是，知青的懷舊具有鮮明的代群烙印，是他們面對悲劇性命運的嘲弄而不願自棄的回望，張承志的《綠夜》和梁曉聲的《雪城》表現得最為充分。應該說，這樣的懷舊與個體獨特的體驗、經歷息息相關，這種情感是別人很難模仿和複製的，在情感上具有某種程度的封閉性，它也往往只能在具有相同經歷的人群中產生共鳴。但是，進入九〇年代以後，「新歷史主義」式的戲說已經使懷舊情感與個人體驗越來越疏遠，「歷史」的本質被抽空了，呈現在文本中的僅僅是一種皮相。歷史的連續性消失了，與歷史共在的苦難、責任、過程都渙散成似是而非的雲煙，其遊戲與娛樂成分卻得到了最大限度的發揮。這樣，時間性的「歷史」被置換成一個空間概念，是與現實空間相對照的想像空間。其半真實半虛構的藝術理路既滿足了人們對「真實」的索求，使人們在追根溯源中獲得安全感與歸依感，又可以使人們在對歷史的任意塗抹中獲得虛幻的自由體驗。其陌生化效果帶給人的新奇感能夠緩解現實生存中的精神壓力，在文化逃避中宣洩內心的焦慮。正統的史學要從過去中發現當代的邏輯起點和現實依據，而「懷舊」的歷史則趨向於把現實看做過去，在往來恍惚中獲得一種介於現實與夢想之中的不確定狀態，並與過去和現在保持相同的距離，墜入抒情式的「互在其中」的漩流。傑姆遜在討論懷舊電影與歷史小說時說了這樣一席話：「他們對過去有一種欣賞口味方面的選擇，而這種選擇是非歷史的，這種影片需要的是消費關於過去某一階段的形象，而並不能告訴我們歷史是怎樣發展的，不能交代出個來龍去脈。……而那些懷舊電影正是用彩色畫面來表現歷史，固定住某一個歷史階段，把過去變成了過去的形象。這種改變帶給人們的感覺就是我們已經失去了過去，我們只有些關於過去的形象，而不是過去本身。」[32]

在九〇年代的懷舊敘事中，懷舊情感在充分的形象化和符號化中流失。老照片、老房子、老街道、老傢俱等舊時對象的實物與圖像成為大眾文化消費行為中的集體性愛好，人們並無興趣考證其存在的具體年代與真實背景，僅僅從中獲得一種讓人煩惱的日常生活之外的精神補償，如戴錦華所言：「一如任何一種懷舊式的書寫，都並非『原畫複現』，作為當下中國之時尚的懷舊，與其說是在書寫記憶，追溯昨日，不如說是再度以記憶的構造與填充來撫慰今天。」[33]九〇年代小說中的「老故事」在剝離了煙籠霧罩的意趣與氛圍後，露出的依然是千篇一律的舊人舊事舊物，「皇帝」更是在反覆渲染中成為巨型的消費符號。寫作《宋朝故事》、《紅檀板》、《櫻桃紅》、《武則天》、《曼短寺》等作品的須蘭在一篇題為《古典的陽光》的創作談中說：「有幾個我愛好的年代：漢、魏晉六朝、唐、宋。這個好感的概念是相當籠統的，不牽涉到任何政治性的東西，只是覺得這些遙遠的年代比較神祕，比較怪——才氣縱橫又有點醉生夢死，繁華中透著冷清——比較合乎我對於小說的口味。」這種飄渺的情緒在今天與過去的疊合中幻化成支離破碎的古典意象。寫作《重瞳》的朱文穎在審美趣味上大同小異。書寫古老作坊與行業的故事在九〇年代小說中差不多成了一種難以割捨的情結。周大新的《香魂女》、《玉器行》、《第二十幕》分別以香油坊、玉器行、絲織業作為故事背景，並在對行規、技能的傳奇性敘述中開掘獨特的民族精神。王旭烽的《茶人三部曲》、楊爭光的《棺材鋪》、蘇童的《米》等作品可謂異曲同工。值得注意的是，張藝謀在其執導的電影《紅高粱》、《菊豆》、《活著》中，分別把酒坊、染坊、皮影戲作為渲染氛圍的造

32　傑姆遜，《後現代主義與文化理論》（北京大學出版社，一九九七年），頁二二七。
33　戴錦華，《隱形書寫》（江蘇人民出版社，一九九九年），頁一〇八。

型手段，這些具有濃重的隱喻性的符號被不斷地放大，使活動在其中的人和事黯然失色。純粹停留於情感層面的懷舊隱匿了，大行其道的是對作為歷史表象的「舊物」的消費，懷舊蛻變成時尚化的儀式。

在九〇年代的小說創作中，都市題材炙手可熱，一枝獨秀。就敘事情感而言，所謂的「新都市小說」並沒有為文學提供推陳出新的精神資源，而是對都市的人與物進行概念化的圖解，實用主義和技術主義的思維使作品停留在經驗與目擊的層面，想像與詩性的翅膀折落在貌似真實的塵埃中，現象描述與表象摹寫遮蔽了心靈與情感的內在衝突。新生代作家的都市小說的敘事者都是城市中的流浪者，朱文、韓東和魯羊的作品多以第一人稱視角表現都市生存導致的角色混亂與內心焦灼，城市在其作品中常常只是虛化的背景，瀰散出一種零餘者的迷茫與絕望。這種寫作路徑與邱華棟、何頓走馬觀花的城市掃描相比，具有相對的心靈深度。但是，朱文等人的敘事情感顯得單一和偏執，缺乏必要的包容度和豐富性，缺少變化的反覆操演使這種情感模式具有明顯的矯飾色彩和表演意味，成為一種類似於工業流程的例行公事。將朱文筆下的「小丁」系列作為一個整體進行考察，就不難發現作家的創作已步入作繭自縛的尷尬境地。至於邱華棟和何頓，更把城市看成了簡單的物質現象和人工構築物，在濃墨重彩地表現其作為自然的產物的特性時，忽視了城市作為人類屬性的產物的豐富特性。

儘管與鄉村生存相比，城市生存更不重人情而偏重理性，人際關係更多地以利益和金錢為轉移，但是，正如S・南達所言：「人因為是有情的所以才是軟弱的，因為是有聲的所以才是無力的；而城市的無情和沉默則蘊含著一種不可抗拒的力量。」[34]由於作家在刻畫城市時忽視了人物塑造，在表現人物時又忽視了開掘其內在的情感困惑，所以這些都市小說提供給讀者的僅僅是類似於市民報紙中的「大特寫」，人們從中瞭解到光怪陸離的都市風景線與浮光掠影的欲望眾生相。像邱華棟的作品就過分迷戀都市的豪華景觀，故事場景常常集中於星級大酒

[34] S・南達，《文化人類學》（陝西人民教育出版社，一九八七年），頁三二。

店，僅《環境戲劇人》就不厭其煩地描述了作為北京標誌性景觀的凱萊大酒店、中國大飯店、崑崙飯店、亞洲大飯店、麗日假日飯店和晶都酒店。而透過《公關人》、《時裝人》、《直銷人》、《鐘錶人》、《持證人》、《化學人》、《別墅推銷員》等「人」字系列的作品，我們很難看到作為個體的「人」的屬性，只看到一種嶄新的社會角色的群體生活特性，「人」在這裡被其修飾性的社會身份所吞噬。何頓小說的敘事情感具有典型的格式化傾向，比如長篇《就這麼回事》中的敘事者反覆以口頭禪「就這麼回事」進行自我解嘲，這顯然是模仿馮尼格特的《五號屠場》，馮尼格特常借用畢利每逢傷心事所說的口頭禪「就那麼回事」來強化其「黑色幽默」色彩。而且，作品中敘事者的情感深陷於反覆迴響的劉德華的流行歌曲《來生緣》的氛圍中。《只要你過得比我好》的題目和敘事情感同樣被裹挾在鍾鎮濤的同名流行歌曲中。作品的敘事情感已經完全被流行的消費化情調所同化。

至於衛慧、棉棉、趙波等人的作品，不少以酒吧作為存在空間，主人公也多是酒吧DJ或者歌手。在這裡，酒吧不再是簡單的背景而是一種顯豁的主題，甚至如一些批評所言：成了表現「九〇年代中國的最好的舞臺」。當酒吧成為都市精神的某種象徵時，紛繁複雜的城市就被壓縮和肢解成了一種乾癟、蒼白、浮泛的碎片。與其說它們是城市文學毋寧說它們是酒吧文學。如果說朱文等人打量城市的眼光是戶外的、互動的、疏離的、遠觀的，那麼，棉棉等人打量城市的眼光是室內的、沉迷的、放大的、近觀的。後者的作品的背景空間顯得更為狹小，精神空間和作品格局也變得更加局促。很多研究者強調這類作品在情感趨向上表現出的狂歡與頹廢氣質，但是，程式化的情感表述中湧動著主流文化的巨大投影。陳思和在分析衛慧曖昧而絕望的反叛時，指出「我們在其比較陌生的姿態中，依然可以感受一種來自逐漸主流化的享樂主義話語的巨大壓力」[35]。這樣，其表面瘋狂的敘事情感中暗藏著世故的狡黠和投機，物質利益成為主宰其情感的內在邏輯，所謂的反叛成為一種製造市場號召力的商業

[35] 陳思和，《現代都市社會的「欲望」文本》，《小說界》二〇〇〇年第三期。

品牌。《像衛慧一樣瘋狂》中有這樣一段被批評家反覆引用的話：「我們的生活哲學由此而得以體現，那就是簡簡單單的物質消費，無拘無束的精神遊戲，任何時候都相信內心的衝動、服從靈魂深處的燃燒，對即興的瘋狂不做抵抗，對各種欲望頂禮膜拜，盡情地交流各種生命狂喜包括性高潮的奧祕，同時對媚俗膚淺、小市民、地痞作風敬而遠之。」殷慧芬的小說《焱玉》中的人物唐蔚藍說了這樣一句話：「墮落也要講品味，講格調呢。」用這句話來概括衛慧作品中的人物的心路歷程，實在是再貼切不過了。質而言之，這些作品中表現出的「反叛」並非具有明確的精神原則與價值支撐的文化反抗，而是一種處於強迫性重複狀態的、情緒化的逆反，或者說是一種對自己在社會分配機制中所處的不利地位的怨恨。因此，作品的敘事情感表現出某種程度的虛假性。棉棉的《告訴我通向下一個威士忌酒吧的路》中有這樣的話：「我說在接近本世紀末的時候我希望我的作品像麥當勞，並且我要做到任何人看完我的作品都不需要再去看第二遍。」這種拋棄歷史重負抓住當下瞬間的時尚化情感，已經成了疲憊的都市大眾藉以填充精神空虛的另一種麥當勞。於是，「人們在白天按時抵達各種型號的流水線，完成預定的工作量；返回窩後，人們可以心安理得地享用另一種流水線上生產出來的文化產品。」[36]

在真實的情感狀態中，受感情支配的個人的行為動機是不自覺的，他沒有全部把握這種動機的能力。消費化情調不再是真實的，敘事者不受這種感情的支配，因此情感的發展缺乏必要的歷史過程，而是即興的、誘發的。敘事者面對這樣的情感，就像廚師在面對他親手製作的麥當勞時，總是將食品的色香味與配方、火候、程序聯繫在一起。

36 南帆，《膨脹的「泡沫文學」》，《文藝理論研究》一九九六年第三期。

第十章　日常敘事：九〇年代小說的潛性主調

我向來反對在八〇年代小說與九〇年代小說之間劃出一道界限分明的分水嶺，但就敘事的整體印象而言，八〇年代小說的偉大想像、宏偉場景和九〇年代小說的日常狀態、經驗碎片所形成的強烈反差不能不給人一種震驚。當然，日常敘事絕非破壁而出的怪物。它在八〇年代末期的文化語境中孕育出雛形，精英理想的受阻和城市化進程的推進使它獲得了一種畸形的生長間隙，因此，它在九〇年代崛起與氾濫擁有著社會、經濟、文化的多重支撐，依恃著具體而特殊的物質環境與精神背景。九〇年代的小說創作是無序而混亂的，但日常敘事卻是這一無主調時代的潛性主調，它以無形之鏈統攝起碎裂的散片，滲注著一道曖昧模糊卻又依稀可辨的精神暗流。

一、審美的還原

以池莉、方方、劉震雲、劉恆、葉兆言等為代表作家的「新寫實」小說為日常敘事奠定了基調。一九八七年前後，隨著池莉的《煩惱人生》、方方的《風景》、劉震雲的《塔鋪》、劉恆的《狗日的糧食》和《伏羲伏羲》等作品的問世，日常敘事的流向初露端倪。而在一九八九年以後的社會與文化情境中，對精神困境既敷衍又關注的日常敘事極為契合知識份子的彷徨心態，加上《鍾山》等傳媒的推波助瀾，各路作家趨之若鶩，新寫實小說異軍突起，成為九〇年代前期最為壯觀的文學風景線。為了還原出生活的原生狀態，新寫實作家力圖將敘事情感壓制到「零度狀態」，以「流水帳」式的「只作拼版工作，而不是剪輯，不動剪刀，不添油加醋」（池莉語），使「當下此時的真實」凸現出來。作家對艱辛困苦、無所適從的尷尬處境的津津樂道，使日常生活的皺褶與溝回纖毫畢現。作家在返回「事物本身」的歸途中，將生活還原成了日常狀態。劉震雲以一種賭氣的口吻說：「我們似乎看到生活像一個宏大的虎口在吞噬我們」，「這個世界原來就是複雜得千言萬語都說不清的日常身邊瑣事」。[1]

將新寫實開闢的日常化審美情趣鋪展開來的是新生代作家。朱文、韓東、何頓、張旻、述平、刁斗、邱華棟、魯羊、畢飛宇、王彪、東西、李馮、陳染、林白、海男等作家儘管風格各異，其中一些作家在恍惚中還不時釋放出精英幻想，但日常敘事已經成了他們難以掙脫的精神磁場。整體而言，他們的敘事話語不做保留地捲入了現實生存樣態，以自然主義的筆法，再現庸常人生的本然與情狀。新寫實作家在刻畫平民生態與凡庸場景時，以無法自棄的平民主義立場寄託稀薄的生存憂患與人文關懷，池莉就說：「我總想反抗自己，總想寫個大世界，……讓一個民族一個國家的生死存亡從最大多數人們的命運中點點滴滴地反映出來。」[2]而新生代作家對都市平民的價值形態的認同卻產生了一種不易察覺的精神位移，他們的視線偏離了關愛平民的人道主義立場，執著於物的迷戀和欲的沉溺，邱華棟的《手上的星光》有這樣的表述：「以當下為主流精神，以欲望為核心」，他們在「對現實的強烈參與認同」和「熱烈擁抱」[3]中消解了主體性。「人」的退隱與「物」的凸現是新生代的日常

1 劉震雲，《磨損與喪失》，《中篇小說選刊》一九九一年第二期。
2 池莉，《兩種反抗》，《預謀殺人．池莉小說近作集》（中國社會科學出版社，一九九三年），頁三七二。
3 劉心武、邱華棟，《在多元文學格局中尋找定位》，《上海文學》一九九五年第八期。

敘事的變貌。邱華棟說：「由物及人，這是我寫作的一個努力。」[4]物的叢林對人的淹滅決定了這種寫作的浮淺，但它卻敏感地反映了都市化程度越來越高的中國社會的現實趨向。

七〇年代出生的寫作者面容模糊，但他們對現世生活的認同蘊含著一種與生俱來的固執，不再有前代人的進退維艱的猶疑和沉痛。心血來潮和不著邊際的日常敘事對他們而言，實在是一件輕而易舉的事。寫作的艱難是捆綁愚人的繩索，他們以放言無忌的瘋狂和絮絮不休的訴說拆解了小說的規則，愛不釋手地玩味著、炫耀著極為有限的日常經驗。他們的日常生活特徵明顯，渴望「一種無法抗拒的頹廢力量」（棉棉《啦啦啦》、《一個矯揉造作的晚上》），「對一切都有熱情對一切又都很快厭倦」，「這種日常生活就是毫無詩意的一種繁瑣，絕對不是生活的本質，而是懸置於強大的生活之流上方的恍恍惚惚的東西」（衛慧《像衛慧那樣瘋狂》）。「我們是想幹點什麼的，可我們什麼也幹不了」（周潔茹《我們幹點什麼吧》）。他們的日常敘事可以視為陷於物的漩渦中的瘋狂喘息和無奈歎息。

日常敘事就如一道越來越壯闊的流水，橫貫了九〇年代的小說創作，而且，它從表面的漫流轉入深層的滲透，成為支配作家的習焉不察的審美旨趣。日常敘事的覆蓋難免讓人感到單調和饜足，激起對八〇年代輝煌燦爛的宏偉敘事的懷戀和緬想。必須指出的是，日常敘事恰恰是對曾經一統天下的宏偉敘事的反叛和修正，但最終滑向了矯枉過正的斜坡。

八〇年代末期以前的宏偉敘事可視為一種文化母題式寫作，公共話語兼併了個人話語，作為個人的知識份子價值比較淡薄，不斷被整合進一種彼此認同的意義結構系統。丁玲說過一段意味深長的話：「我們的日常生活在上邊，是脫離群眾的，而我們又要寫下邊的這些人，因此要下去。於是，寫作之前就先下去生活幾個月。」[5]作

4　楊匡漢、李潔非、邱華棟等，《啟動中的都市戰車》，《天津文學》一九九八年第四期。
5　丁玲，《到群眾中去落戶》，《生活・創作・修養》（人民文學出版社，一九八一年）。

家的生活空間和寫作空間的分裂，必然給寫作摻進不真實的成分。從傷痕文學到改革文學，從知青文學到尋根文學，作家「思考問題和探索問題的材料都來自時代的主題，個人獨立性被掩蓋在時代主題之下」[6]。發軔於「新寫實」的日常敘事不自覺地將隔絕數十年的生活空間和寫作空間重新統一起來，試圖以話語主體的退隱還原經驗世界的真實性，拒絕以主觀的理性判斷或先行的主題刪削經驗世界的豐富性。劉震雲就說：「五〇年的現實主義實際上是浪漫主義。它所描寫的現實生活實際在生活中是不存在的。浪漫主義在某種程度上對生活中的人起著毒化作用，讓人更虛偽，不能真實地活著。」[7]但是，作家對日常世界的觸摸與逼視並非一種自由的選擇，而是特殊的文化語境下的精神漂流。當生存的黯然、生命價值的空落、靈魂的被拋和沉淪狀態壓迫著日常敘事時，超越的翅膀就被無情地折斷，在世俗的泥淖中越陷越深。這樣，日常敘事對宏偉敘事的空洞、虛偽、冷漠和專橫等弊病的矯治就值得懷疑，它確實讓個人話語擁有了掙脫公共話語空間的鉗制的可能性，但重複單調的日常敘事同樣是磨損個人性的無形之銼。當知識份子不無委屈地沉入民間，觀察平民的日常生態時，日常敘事很可能濡染上大眾文化的媚俗性和煽情性，這就使剩餘的個人性或者說初萌的個人性遭受到不容忽視的暗創。

二、幻滅敘事

中國九〇年代小說對日常敘事的青睞是對現存文化危機和信仰危機的回應，同時也是一種自欺欺人的掩蔽。

6 陳思和，《共名和無名：百年中國文學管窺》，《上海文學》一九九六年第十期。
7 見《新寫實小說家、評論家談新寫實》，《小說評論》一九九一年第三期。

宏偉敘事以這樣的時間信仰為基座：「只有通過時間時間才能被征服」[8]，是用廣袤反襯現在的孱弱和空虛，通過這種對比以提升人們的精神境界。也就是說，宏偉敘事洶湧著不能自抑的烏托邦衝動，在時間的盡頭始終敞開著希望的視域，八〇年代的啟蒙立場和人道主義關懷等共同的價值系統無不籠罩著理想烏托邦的神聖光環，氤氳著強烈的現代主義情緒。然而，市場經濟和意識形態的雙管齊下迫使脆弱的精英理想在顧影自憐中逐漸潰散，不斷的幻滅使時間成為靈魂的重壓，對時間的焦灼感也就洶湧而至，苦苦堅持的對美好未來的追求和對時間向度的執著變得搖搖欲墜。因此，日常敘事也可視為「幻滅敘事」或「後撤敘事」，它拋開了對未來的承諾，沉醉於零散化的瞬間感受中。這種描述可以從「新寫實」作品對於過重的生存負荷的反覆敘說中得到印證，而新生代作家對於放浪形骸的生活的沉迷又何嘗不蘊積著一種靈魂無可依託的深痛呢？

當生命意志被生存的利刃切割成碎片時，時間的整體性和連續性就成了一種被嘲弄得體無完膚的虛假神話。在某種程度上，「新歷史小說」可以視為日常敘事的特殊變種，堂而皇之的歷史成了「皇帝的新裝」，那些扭轉了日常現實的巨大歷史事變、改變了歷史流向的帝王和英雄在稗史與民間視角的多棱鏡中，偉人與政治的「主流歷史」被日常情態下的平民的苦難歷程和精神軌跡衝撞得支離破碎。蘇童的《米》、《我的帝王生涯》、《武則天》，葉兆言的《花影》、《一九三七年的愛情》，莫言的《豐乳肥臀》，陳忠實的《白鹿原》，劉震雲的《故鄉相處流傳》和《溫故一九四二》等代表性作品都或隱或顯地閃現出顛覆原有主流歷史觀念和官史本文的意旨，偏離了約定俗成的歷史主導力量和主流邏輯，津津樂道個人家族的興衰浮沉、芸芸眾生的悲歡離合和帝王將相的庸常情態，在把歷史還原到日常語境的過程中敞開被「官史」所遮蔽和封鎖的歷史圖景，它把局部和個案作為切入歷史縱深處的入口，讓人在窺斑見豹的具體而生動的感知中探察如煙世事的變幻莫測和滄桑輪迴，「全部的社

---

8 托・艾略特，《四個四重奏》（灕江出版社，一九九一年），頁一八六。

會生活都在其最古怪、最細微末節的層次上」[9]得以再現。新歷史主義對稗史的鍾情閃爍著矯正和修補歷史的衝動，也沉潛著重釋現實的隱祕體驗。正如克羅齊所言：一切歷史都是當代史。歷史盤旋於種種日常活動之間，並且深深嵌入當下現實，如溶劑一樣滲透進流動的、液態的、現實的日常情景。格非在陳述寫作《敵人》的動機時就指出：「從某種意義上來說，它既是歷史，又是現實。」[10]這種敘事對權力話語的反叛和嘲弄，揭穿了歷史的荒謬，但敘事的魔力僅僅局限於對文化幻覺的複製。基於個人記憶之上的敘事表演造成了對歷史客觀性的消解，歷史成了滿足自我對共同記憶的復古幻想的舞臺。話語的權力凌駕於歷史本文的優先性之上，歷史偶像和英雄傳奇在審醜的塗抹中倒塌成一片廢墟，敘事人隻鱗片爪的記憶取代了歷史自身的規律和權威。歷史與現時、記憶與當下的相互交融不但沒能啟動和縫合歷史的碎片，反而造成了現在對過去的擠壓。相對於現實的飄忽與變幻，歷史是個較為穩定的世界，但敘事話語對線性因果法則的衝破所製造的混亂與蕪雜，使追求真實性和確定性成為不可能，對歷史的無限可能性的追逐使歷史成了無法回逆的發散物，橫在檢視歷史的主體面前的只有無法選擇的歧途。敘事遊戲對線性時間的主觀性消解所獲得的並不是還原歷史和預測未來的自由，而是把自己推向更為迷茫的境地之中。過去、現在、將來混融於一個平面之中，這正是柏格森所言的「時間的空間化」傾向。在此意義上，新歷史主義小說可以視為宏偉敘事的一次迴光返照，它在表面上具備「一種貫穿『過去』、『現在』與『將來』的事件聯繫和『作用聯繫』」[11]，實際上卻以一種刻骨的懷疑粉碎了線性時間觀，更主要的是喪失了「未來」眼界。必須指出的是，新歷史小說與日常敘事儘管神合貌離，但它在某種程度上卻修正了日常敘事的單調與隨意，有限地拓展了作家的想像空間，甚至一度扼制了日常敘事的氾濫之勢。遺憾的是，新歷史使出渾身解數也未能扭

9 弗蘭克・倫特里契亞，《福柯的遺產：一種新歷史主義？》，王逢振等編，《最新西方文論選》（灕江出版社，一九九一年），頁四六五。
10 格非，《格非文集・寂靜的聲音・自序》（江蘇文藝出版社，一九九六年）。
11 海德格爾，《存在與時間》（生活・讀書・新知三聯書店，一九八七年），頁四四五。

轉早衰的宿命，當它的創作激情如潮退去時，日常敘事積蓄了充足的反衝力，名至實歸地成了九〇年代主流敘事方式。

日常敘事中深刻地淤積著時間的迷茫和無奈。「人生活著，便是捱過無數點滴的、瑣屑的、流動的、時而歡樂時而沉悶、時而理智時而下意識的時光。人的生活由恆河沙數般的瞬間組成」（葉兆言《豔歌》）。當瞬間被放大成現實時，時間就被濃縮在這一結點上，時間高度密集，壓迫靈魂的時間箭頭就被消解於無形之中，失去了清晰的向度。這樣，時間感就會被阻斷，人們在對瞬間的咀嚼中就可能獲得一種輕鬆和陶醉，在逃避狀態中浮游：「沒有過去也沒有將來，沒有愛也沒有恨、沒有近處也沒有遠方」（朱文《傍晚光線下的一百二十個人物》）。將眼光集中於當下的日常敘事不僅逃避了對歷史重負的承擔，而且喪失了對未來的企望。對於當下的缺乏審美距離的打量在窒息未來想像力的同時，由於失去了歷史的參照，也必然導致現世批判力的衰退。這樣，對於當下的沉溺就成為一種自我囚禁，當下成了無邊無際的沼澤，成了沒有柵欄的牢籠。

阿格妮絲・赫勒在《日常生活》中的批判性解釋切中肯綮，她認為「我們的日常思維和日常行為基本上是實用主義的。遵循最少費力的原則，……以便能對功能的『如是性』進行反應而不考慮它的『來源』：他對其起源不感興趣」[12]。可能性原則、模仿、類比的行動模式和認知模式常常導致將一個特例納入一個類比類型，將具有一般性質的習慣規範和規則強加於單一性案例，忽視甚至閹割其很高程度的新奇性和陌生性，跌入「過分一般化」的陷阱，而「過分一般化」還可能發展成對單一事例的粗略處理。赫勒認為，日常生活是「自在的」類本質對象化的領域，是重複性思維和重複性實踐占主導地位的領域。她揭示了日常生活領域的行為與知識的一般圖式，尖銳地認為日常生活的特點在於一些同質圖式（歸類模式）支配著極為寬泛的異質行為範圍。因此，整個日

---

12 阿格妮絲・赫勒，《日常生活》（重慶出版社，一九九〇年），頁一七八。

常生活的結構和圖式本身就具有抑制創造性思維和創造性實踐的趨勢，即具有一種抵禦改變的惰性[13]。日常生活的這種特性決定了單一的日常敘事的先天不足，未經藝術過濾的日常經驗直接進入敘事必然會消磨作家的藝術感覺，無法警惕到日常經驗的現場感背後的麻醉性。如果說八〇年代末九〇年代初的日常敘事還多少能夠在置身其中的聒噪中為批判性視角保留可憐的席位，那麼，九〇年代中後期的日常敘事對於世俗的介入可謂毫不保留。新寫實作家將情感維持在零度狀態的努力使他們的敘事無論採取什麼人稱，都有一種旁觀的意味，典型者如劉震雲的《一地雞毛》，儘管敘事在日常的漩渦中越陷越深，將瑣碎事件對人的重複折磨表現得入木三分，但主人公在半推半就地捲入日常世界的過程中，無法自抑地流泄出精英夢境碎裂的委屈和沉痛，生存的卑微性對個體的難以掙脫的吸附也在戲謔中閃爍著狡黠的批判鋒芒，貫穿敘述的反諷意味常常出人意表地戳破日常生活的厚繭，讓人隱約窺見其中嚴峻的現實本相。而新生代與七〇年代出生的作家唯有以第一人稱講述「自己的故事」時才能舒展自如，以第二或第三人稱講述「別人的故事」時便顯得捉襟見肘，他們缺乏對「自己的故事」之外的外部世界的瞭解，生活視野的狹窄使他們的作品無可避免地濡染上自傳性。對本身就具有重複性的日常經驗的重複敘述必然使作家對生活的敏感度下降，甚至變得麻木不仁，在循環遲滯的日常軌道中隨波逐流。這一批作家對於平淡生活的單調重複不僅不做抵制，還將之視為生活的常態以至完滿境界，在平中寓奇、自得其樂的敘述語調中與市民理想一拍即合。何頓的《我不想事》、《生活無罪》、《弟弟你好》、《無所謂》、《太陽很好》、《不談藝術》和長篇《就這麼回事》都把逐利原則作為支撐當今城市各個階層的日常生活的槓桿，在對日常情境的粗鄙而逼真的展示中，神采飛揚地把枯躁甚至病態的日常現實點染得生氣盎然。他振振有詞地說：「人是生活在局部中，生活在自己的碎片中，不是麼？」[14]邱華棟的「人」字系列和長篇《城市戰車》以奇觀式的渲染呈現當前中國都市

13 阿格妮絲・赫勒，《日常生活》（重慶出版社，一九九〇年），第三編。
14 何頓，《局部》，《南方文壇》一九九八年第二期。

的消費化趨勢。日常敘事就如一個文化黑洞，它常常使作家的左奔右突成為徒勞。如果作家與日常生活的結構和圖式融合無隙，不能保持一種必要的緊張與抗拒，那麼，日常敘事只能生產出一些日常垃圾。

三、慣性的沼澤

九〇年代的日常敘事冷落了廣袤的鄉村，將燃燒的激情傾倒進城市的懷抱。作為一個有著悠久的農業文明傳統的國家，其都市化進程往往表現為一種急迫的追趕行為，為此而不能不烙上模仿的印痕，並遺留下草率的尾巴。一位作家這樣感慨：「我們自以為是『城市文學』，或許叫『郊區文學』更為確切。」[15]但不管如何，以城市為對象的和以鄉村為對象的日常敘事畢竟不能混為一談。在農業文明主導的傳統禮俗社會中，人們同自然環境的聯繫極為密切，宗族紐帶具有相當強的凝聚和束縛作用，人際關係的密切在大多的時間裡蘊含著可以打聽別人隱私的意味，倫理與價值取向顯得相對狹隘和保守。這導致了以鄉村為敘事對象的文學將矛盾衝突的本質聚焦在人與人的相互影響和相互制約的層面。而在城市社會中，傳統和習俗不再強烈地影響個人的精神行為，宗族也不再是社會組織最主要的基礎。「都市化的含義是，人與人之間聯繫緊密的公社將被由個體形成的團體所取代，這種社團中多數人之間的關係是臨時的和不具個人感情色彩的。」[16]個人在城市中幾乎是無足輕重的，他們的熟人很少。當然，城市居民無疑比村民們認識的人要多得多，但這種認識多是表面的和瞬間的，人際關係一般不以傾慕與信任為基礎，而是以合理的自我利益為基礎。「在城市中，尤其是大城市中，人類聯繫較之在其他任何環境

15 祁智，《「郊區文學」》，《廣州文藝》一九九八年第九期。
16 尹恩・羅伯遜，《現代西方社會學》（河南人民出版社，一九八八年），頁七四〇。

中都更不重人情，而重理性，人際關係趨向以利益和金錢為轉移。」[17]這樣，以城市為對象的日常敘事逐漸地從表現人與人之間的關係轉向表現人與物之間的關係，物成了主宰都市眾生命運浮沉的上帝。

王朔在八、九〇年代之交的姿態讓人震驚，因為在別人仍然遮遮掩掩地言及不可阻擋的物化現實時，他卻毫不猶疑甚至不無炫耀地縱身於物欲的漩渦。從《頑主》、《你不是一個俗人》到《千萬別把我當人》，王朔將傳統、政治和中心話語與當下、世俗和邊緣話語奇異地拼貼起來，在非驢非馬的戲謔中表現出對主流意識形態似是而非的反叛。但透過王朔發表於九〇年代的作品，諸如《劉慧芳》、《誰比誰傻多少》、《修改後發表》、《無人喝采》、《過把癮就死》等，我們就會發現這樣一個問題：王朔對正統文化的調侃是曖昧的，甚至在嬉笑怒罵中暗送秋波。他的這些作品所鍾愛的男女主人公，都是那種聰慧善良、為人正直、蔑視嘲諷社會規範的青年男女，他們的美德（典型如劉慧芳）甚至以誤己害人的結果顯示其不僅束縛自己也束縛他人自然合理的本性要求的虛假與偽善。王朔小說對社會規範的拆解以對世俗性幸福的強烈籲求為內驅力，這在某種意義上就和主流意識形態對市場經濟的推動殊途同歸，那些「破落子弟」對於特殊的「政治身份」的蔑視中隱隱地透露出一種自豪，正是得益於這種身份的蔭庇，他們從政治等級社會向經濟等級社會的身份轉換才可能如此地迅捷。只有政治保駕的金錢要求才可能順暢無阻。這表明正在崛起的市民階層在政治上的模糊狀態，它和西方相對獨立於政治和經濟之外的市民社會迥然有別。王朔小說的真正意旨是將人的日常性存在從知識份子的精神性追求的束縛中解脫出來。他不無得意地宣稱：「像我這種粗人，頭上始終壓著一座知識份子的大山，他們那無孔不入的優越感，他們控制著全部社會價值系統，以他們的價值觀為標準，使我們這些粗人掙扎起來非常困難，只有給他們打掉了，才有我們的翻身之日。」[18]其實，在夾縫中生存與延續的知識階層及其價值系統遠遠沒有那麼強大，當他們被正在覺醒

17 R・E・派克等，《城市社會學》（華夏出版社，一九八七年），頁二一。
18 王朔，《王朔自白》，《文藝爭鳴》一九九二年第一期。

的市民階級作為「想像之敵」時，市場化與都市化就必然向粗鄙傾斜，而且缺少一種相對超越的精神力量來矯正這種偏頗。

市場化和都市化本來可以將人從舊有的生產關係和意識形態的束縛中解放出來，自由、平等、公正的原則的真正深入人心也能夠使個體從群體的壓迫中突圍，拆解和顛覆傳統文化中的腐朽因素，激發人們的自由精神和創造意識。然而，單純的物欲的甦醒使人們成為私利的囚徒，急功近利的短視往往誘迫人們屈從於逐漸潛化卻依然主導社會大勢的正統力量，希望以最省力的方式獲得最大效益。新舊力量的雜陳與合謀將人們逼入進退失據的困境，一方面是舊傳統對初萌的個人性的壓制，一方面是工業化、資訊化對人的異化。鍾道新的《威比公司內幕故事》、《權力場》、《超導》、《單身貴族》、《宇宙殺星》等作品就粗礪地展示了金錢大潮中遁影藏形卻又如水銀瀉地的權力的威力。俞天白的《大上海沉沒》中謀求兼併國營廠家和商店的勢力所倚重的同樣是一種特權。陸天明的《蒼天在上》、張平的《抉擇》、柳建偉的《北方城郭》儘管閃現著主流敘事的斑駁面影，但它們對都市的日常運作機制的揭示顯然頗富於啟示性。在這種混沌不清的文化語境中，許多年輕作家封閉在自身經驗柵欄內的日常敘事註定是隔靴搔癢的撒嬌，洶湧物欲對他們的視線的糾纏更是將他們引入障蔽之境。張梅的《孀居的喜寶》中有這樣灑脫的表述：「我們都抓住了世界的本質，我們都愛物質文明，我們不作繭自縛。」人對物的毫不抵觸的擁抱事實上是人的一種自我放棄，正如弗羅姆所言：「他已從他自身中分化出去，這正如某種商品的出賣者從他所想推銷的那些商品中分化出去一樣。……這時候他的『自利』已轉變為專心致志地把『他』塑造成為能雇用『他自身』的主體，塑造成為在人格市場上能賺到上好價錢的商品。」[19]物的擠壓粉碎了精神的獨立性，青春、友誼、愛情退化成待價而沽的商品，精神資源的資本化成為這個年代的一種特殊標籤。繆永的《駛出欲望

19 埃里希・弗羅姆，《尋找自我》（工人出版社，一九八八年），頁一七六。

街》中以十五萬元的價格將自己出包了三個月的張志菲正是這種現實的一個可憐的註腳。張欣的作品以委婉的方式表達對物化現實由衷的親近，她說：「我實在是一個深陷紅塵的人……我在寫作中總難捨棄最後一點點溫馨，最後一點點浪漫。」[20]她的《愛又如何》、《首席》、《無人傾訴》、《相伴到黎明》都給欲望的內核包裹上一層玫瑰色的糖衣，浪漫成為一種奢侈和餘緒，成為一種誘餌和陷阱。

細讀九〇年代小說，我驚異地發現這樣一種趨向：作家對「景」與「物」的隨心所欲、細緻入微的描寫淹沒了人的在場。為了強化作品的現場感，男作家喜歡在作品中填充城市的標誌性建築、各種現代化設施、流行汽車牌號和流行音樂，試圖「以我的作品保留下九〇年代城市青年文化的一些標誌性符碼」[21]的邱華棟表現得尤其明顯；而偏嗜感性生活的女作家則在擺設、時裝、首飾、化妝品、寵物、美食堆砌成的文字積木中留連忘返。真正將視線迷失在物的磁場中的還數七〇年代出生的作家。棉棉的小說充斥著對酒吧的內景的顛來倒去的描摹；周潔茹的作品基本上陷入了「移步換景」的敘述套路，《告別辛莊》、《我們幹點什麼吧》和《到常州去》的視點被飄忽的物象牽扯得七零八落；衛慧的《愛人的房間》沉迷於對房間的布置、裝飾和外景的不厭其煩的刻畫，人物的精神之光消失在隱晦不明的物體之中墮入無邊的迷茫。這讓人聯想到法國新小說派的代表作家羅伯－格里耶，他的作品「企圖把人從世界中驅逐出去」，從物到物的「寫物主義」以詳盡無遺的筆觸撕破了人逐步被物所取代的可怖現實。但是，我們的作家卻遠遠不能像羅伯－格里耶那樣以僵滯的敘述對應地揭示置身其中的社會結構的機械性。以斯潘諾斯所概括的「後現代主義文學」的真實觀來描述九〇年代小說的走向，可謂絲絲入扣：「真實基本上是偶然的短暫的不以人為中心的領地。」[22]

---

20 張欣，《深陷紅塵　重拾浪漫》，《小說月報》一九九五年第五期。
21 劉心武、邱華棟，《在多元文學格局中尋找定位》，《上海文學》一九九五年第八期。
22 斯潘諾斯，《後現代主義文學及其機遇》，王岳川主編，《後現代主義文化與美學》（北京大學出版社，一九九二年），頁二四三。

耐人尋味的是，九〇年代以都市為對象的日常敘事始終充盈著一種脫離日常生活的越軌衝動。一般而言，日常敘事是一種慣性敘事，但恰恰因為這種先天不足，作家們爆發出擺脫單調的內在激情。從根本上來說，已知的東西就會熟悉，之後轉為倦怠。熟悉就會習慣，習慣是機械式行為方式，意味著人類意識的退化，也就是說喪失了個性。所以人類就要經常尋求一些強烈的刺激，才能恢復已經喪失的意識。林白在談及《致命的飛翔》時，洋溢著一種成功的喜悅：「《飛翔》的氣味與我的日常生活完全兩樣，……飛翔是指超出平常的一種狀態。寫作是一種飛翔，做夢是一種飛翔，欣賞藝術是一種飛翔，吸大麻是一種飛翔，做愛是一種飛翔，不守紀律是一種飛翔，超越道德是一種飛翔。」[23]胡丹娃的《假面女人》中有這樣一段問答：黃色錄像？看。白麵呢？吸。上床嗎？上。股票？倒。在海男的筆下，男女性愛片斷和死亡場景總是疊合在一起，交織出一種恐怖迷離的神祕感。徐小斌的《迷幻花園》則以一種絕望的詩情描述欲望與靈魂的分裂狀態。當然，將敘事拋離正常生活軌道並非女作家的專利，張旻、述平、刁斗等人的欲望敘事以恍惚迷離、驚心動魄的陌生化效果改變了日常現實的呆滯與僵化，但對欲望的重複表現必然迅速地耗盡敘事的心理動力，矯揉造作的新奇會很快地變為陳腐。而且，作家無法隱瞞的獵奇衝動對市民趣味的迎合決定了他們不管如何努力，都無法逾越支配當代消費社會的商業法則。對日常生活的殫精竭慮的突圍竟然使自己在日常現實的泥潭中越陷越深，這種悖謬暗示了消費社會對人的控制將更加間接、更加隱蔽和更為有效。林白的《說吧，房間》中沉迷於幻想、尋求超越的韋南紅在冒險與刺激的潮水退去之後，被生活折磨得異常落魄和疲憊。循規蹈矩與異想天開居然殊途同歸。放縱、越軌甚至犯罪都有機地滲入日常現實的肌理，現實背後似乎有一隻無形的巨手操縱著一切，鎮定自若地將異常轉為常態，將神奇化為腐朽。在這種層面上，**日常生活成了一種具有廣泛的包容性和無限的整合性的新型意識形態**。

[23] 林白，《林白文集·空心歲月》（江蘇文藝出版社，一九九七年），頁三〇一至三〇三。

四、主體性的黃昏

千篇一律的日常生活以其永無休止的重複感讓人倦怠和麻木，日常敘事的風靡動搖了「主體性」神話，以夕陽斜暉的迷濛與蒼涼追懷飄揚於八〇年代上空的，由理想、價值、獨立、個體、自由等精神絲線編織而成的主體性旗幟。蔡翔指出：「日常生活對主體性的侵蝕或者修正，意味著事實－價值的日漸分離，理想與激情悄然遠逝，個人在事實的的困窘中，不得不收斂起自我的浪漫想像，主體性玫瑰般的精神性笑容以及它的偏執與狂妄在此受到日常生活的無情嘲謔。」[24]進入九〇年代以後，主體性剝落了高蹈的精神彩釉。「人們竟然認為所謂自我就是手中所擁有的財產，用以表達這種自我觀念的公式已不再是：『我是我認為的那個樣子』，而是：『我是我所已擁有的那些東西』，『我所占有的東西就是我』」。W・詹姆士說：「利益所包含的一切，便是自我的一部分。……很顯然，在人們通常所說的『我』與『我的』之間，很難劃分一條界線。」[25]當無孔不入的物的力量籠罩一切時，個體的完整性和連續性變得十分可疑。而且，作為日常敘事主要對象的城市環境更是個性的天然的粉碎機，要在城市那種毫無個性特徵的大眾環境中保持一種個體的感覺，有時是十分困難的。城市的服務設施必然與效益保持一致，其結果是，它們不可能考慮人與人之間存在的差別。陳染這樣描述城市對個性的吞沒：「這座龐大城市裡的人們，像螞蟻那樣忙著聚攏成群，以便尋找對話者的慰藉，擺脫內心的寂寞，企圖從別人身上照見自己。人們正在一天天地喪失孤獨的能力，承擔自己的個體的力量正在隨著聚攏的群體的增大而削弱。無法把握

---

24 蔡翔，《日常生活的詩情消解》（學林出版社，一九九四年），頁八三。

25 W・詹姆士，《心理學原理》，轉引自埃里希・弗羅姆，《尋找自我》（工人出版社，一九八八年），頁一七五。

和支撐自己的人群，正如同這座失去了城垣的城市。」[26]令人頗費思量的是，所謂的個人化寫作恰恰在這種堪稱惡劣的環境中橫空出世。

在相對獨立的歷史時期，個人化寫作跟統一規範或宏大敘事是相悖離的。利奧塔爾認為，在後現代社會，那種以單一的標準去裁定所有差異進而統一所有的話語的「元敘事」已經被瓦解，沒有一個宏大的能夠支配一切思想的邏輯和規範，「大敘事失去了可信性，不論它採用什麼統一方式：思辨的敘事或解放的敘事」[27]。在這種情況下，所有人的寫作都各自守著一個小圈子，寫自己的東西。也就是說，個人寫作應運而生。但中國畢竟尚未進入後現代社會，許多壓抑個體價值的前現代因素仍然在發揮作用，不分青紅皂白地以西方後現代理論比附中國現實難免牽強附會。「個人化寫作」最早被用於描述九〇年代女性小說的品格。由於女性小說視角的內轉，她們以背對現實的倔強姿態執著於女性內省意識和內心生活的表達，自戀主義的呢喃使女性視野中的日常生活散發出幻想的光澤，從日常生活的縫隙中漫溢出來的感覺和感悟被驚人地異質化，構成對現實的逼問與超越之勢。但這種掙脫公共經驗的題材的獨特性最終沒有成為女性個性的生長酵素。在女性的大膽反抗或怯弱退縮的背後，都隱隱地透射出男權規範的光束。當女作家在開掘自身心靈的黑暗與深邃時，其參照系往往是男性的心理特徵。以「出賣隱私」的譏嘲批評女性作家的這種抉擇確實有失公允和厚道，但由此可窺見女性作家尋找個性表達的艱難，預設的或後設的觀眾之眼使她們的反主流行為本身被出乎意料（或不出所料）地公眾化和普遍化。在我看來，陳染、林白的寫作姿態與其說是一種對抗，毋寧說是一種逃避。陳染寫過一篇創作談《寫作與逃避》，徐小斌則寫過一篇《逃離意識與我的創作》，《私人生活》、《一個人的戰爭》和《說吧，房間》的主人公都有著一種不可名狀的逃避傾向。或許，女性的個人性也只有在這種逃避狀態中才能獲得脆弱而模糊的生長空間，這實在耐人尋味。

26 陳染，《陳染文集‧女人沒有岸》（江蘇文藝出版社，一九九六年），頁一七〇。

27 讓—弗朗索瓦‧利奧塔爾，《後現代狀態——關於知識的報告》（生活‧讀書‧新知三聯書店，一九九七年），頁八〇。

我比較關注韓東的《房間與風景》和《三人行》，《障礙》、《西安故事》、《山林漫步》、《和馬農一起旅行》、《新版黃山遊》等作品傳達的「出逃」意向也有些餘味。但與朱文相比，他的藝術感覺顯然被技術化傾向稀釋得過於寡淡，也缺乏聚合性與穿透力。朱文將當下最缺乏詩意的日常生活引入敘事，在近乎粗鄙的反覆敲打中將它悄無聲息地改塑得面目猙獰。他在瑣碎的堆積性敘事中將日常生活的緩慢和滯重凸現得讓人難以忍受，以一種慢速（而非延宕）敘事捕捉到當代日常現實對人所構成的強大的湮滅力量。不少人愛以「遊走」的字眼描述其主人公的精神狀態，我卻認為他們絕沒有從容、自由到足以「遊走」的程度，他們的盲目的奔突受制於內心無比強烈卻又無可名狀的厭倦感和毀滅感。他們追尋新奇、刺激和享受，但對他們而言，一切的新奇都是腐朽，一切的刺激都是麻木，一切的享樂都是忍受。因此，與其說他們在灑脫地遊走，毋寧說他們在絕望地逃走。《三生修得同船渡》的起句就是：「我走的時候有點像是逃跑。」與主人公同艙的是行跡可疑的人販子、妓女和滿臉晦氣的推銷員，敘述語調中夾藏的不耐煩與敘述場景的臃腫遲滯構成一種反諷語境，並不時升騰起荒誕的意味。最值得注意的還是主人公「怎麼都行」和「怎麼都難受」的茫然：「萬縣我從沒有去過，甚至我是第一次知道長江邊還有這麼一個地方。我要趕到萬縣去，是因為我買了一張去萬縣的船票」，「我留在萬縣這個陌生的地方可能並不比上船去更好」。《沒有了的腳在癢》的起句為：「除了寫作，我一度把閒逛當成我的職業。」《我愛美元》和那些以「小丁」為主人公的中短篇都傳達出一種「無處遁逃」的荒謬感，「逃走」成了一種具有內在強制性的機械重複，是為了克服根深柢固的疑慮和無能為力的沉痛而不得不進行的活動，是將內心莫名的煩躁轉化成無意義的生理和肌肉行為以逃避內省折磨的策略。長篇《什麼是垃圾　什麼是愛》由具有相當獨立性的中篇《夏天，夏天》、《尖銳之秋》、《一月的情感》和《與懸鈴木鬥爭到底》組成，結構相當鬆散，但整體的開頭和結尾都是描述小丁在一個酒吧中的無聊感的相同的一段話，夏秋冬春四季在作品中形成一種封閉的圓圈，活脫脫是時光的囚牢，它以最枯燥、最粗俗的日常生活消磨人，將個性驅逐成一種遙遠的神話。朱文筆下的人物有一種流浪癖，無一定目的地，自然也就無所終結。流浪癖可以視為對那種浪漫氣質、浪漫趣味的絕好概括，但它在這些人物身上卻表現為某種惡習的性質。他們獲得了一種多餘的自由，卻喪失了方向。他們為流動而流動，無止無休，極力逃避普通生活程式的約束，並逐漸形成一種惡性循環。「擺脫和逃避日常生活就像私奔出走一樣，從一開始就決定了，一定會回到原先的出發點。」[28]也就是說他們越流浪，就越無法擺脫流浪。因此，朱文的作品同樣沒能展示當今時代的個人風貌，卻以一種並不刻意卻出乎尋常的敏感描述出成為個人的艱難。

阿格妮絲・赫勒指出，使日常生活人道化不在於一般地拋棄迄今為止的日常生活結構，而在於通過以主體自身的改變去改造現存的日常生活結構，在於使個體再生產由「自在存在」向「自為存在」，向「為我們存在」的提升，使個人由自發向自由自覺的提升，在於與類本質建立起自覺關係的個體的實現[29]。這種批判性前瞻顯然是抽象而空洞的，其理論預設與中國現實也有文化差異。但經過詩性和想像點化的日常敘事很可能是真正的個人化寫作的必經之途，而這種探尋的絢麗與艱難至今尚未完全展開。

28　馬克斯・霍克海默、特奧多・威・阿多爾諾，《啟蒙辯證法》（重慶出版社，一九九〇年），頁一三三。
29　阿格妮絲・赫勒，《日常生活》（重慶出版社，一九九〇年），第四編。

第十一章　模糊審美：九〇年代小說的敘事風格

九〇年代的小說家面對變動不居的現實，已經難於氣定神閒地談笑風生。他們無疑是敏感的，在紛繁駁雜的外部衝擊面前變得浮躁、猶疑和迷惘。他們當然渴望一種確定性的支撐，但旗幟鮮明的吶喊後面同樣蜿蜒著懷疑的精神暗河。九〇年代小說家求新求異的追逐似乎充盈著一種「反風格」的衝動，但是，個體之間的差異不足以消蝕總體的精神磁場的文化效應，並從不同側面體現了潛隱的審美機制的滲透性。而且，審美旨趣的過分功利、創造意識的過早衰變和氣質稟賦的先天不足往往使作家逃避風格的努力蛻化成一種形式遊戲，適得其反地受制於一種熟視無睹的審美定勢。因此，九〇年代小說讓人眼花繚亂的敘事樣態的深處依然沉積著具有相當的穩定性和概括性的審美規範。

我本來想用「幽暗」（Twilight）來描述九〇年代小說的總體風貌，因為「幽暗」也即「微明」，它既指晨昏蒙影的自然狀態，又指情感的恍惚、心理的幽深和意義的模糊，這種狀態既搖曳著頹敗、感傷的斜暉，又躁動著希望、歡欣的晨曦。黑格爾十分讚賞這樣一個比喻：「密涅瓦的貓頭鷹要等黃昏到來才會起飛。」密涅瓦即希臘羅馬神話中的智慧女神雅典娜，棲落在她身邊的貓頭鷹是思想和理性的象徵。我想，或許正是在這世紀末的微明狀態中，中國文學以輕顫的翅翼掙扎出迷人的陷阱，醞釀著嶄新的期待和飛翔。但「幽暗」一詞放射的詩意容易模糊表達的準確性，相較而言，「模糊審美」氤氳著較濃的理論氛圍，它因而成為一種差強人意的替代性選擇。

一、黑夜的變遷

在九〇年代小說中，黑夜已經極為顯耀地成為一種蘊涵豐富的主題意象。意象抒情是詩歌文體溝通詩人的主觀情意與客觀對象的主導途徑，詩歌文體對敘事文體的滲透形成了意象敘事方式。意象來自於表象，被反覆使用的表象經過意義的積累和儲存之後轉化為意象，它攜帶著豐富的資訊層面和文化密碼，意與象的相互撞擊和強化使意象成為社會文化的審美載體。意象敘事是強化敘事作品的詩性氛圍的一種重要手段，而敘事作品中的主題意象更是能夠給作品帶來畫龍點睛的功效，使作品的主題顯得幽渺而深邃。主題意象在作品中的綿延構築起與本體世界相呼應的象徵世界，由於象徵意義本身具有不確定性，它不顯示精確的語義值，這就使敘事時空淡化了作品的情節線索和人物性格發展的內在邏輯，造成一種虛實交錯、明暗掩映的模糊風格。尤其當小說以幽暗的黑夜為主題意象時，風格的模糊化就變得更加顯著。

張承志的詩體小說《海騷》圍繞著「北海的夜」結撰作品，若遵照常規，人們很可能將「海」確立為主題意象，但「海」充當的只不過是「夜」的修飾語。因此，我更願意把「夜」視為主題意象，或者把「海」和「夜」視為意象的添加組合，添加組合使意象出現豐富的層面和複雜的意蘊，能夠更深地透視人類的生存境遇。在作品的末尾是這樣的一段：「在難明的這最後一刻黑夜裡，雄大的對峙正在堅持。這是自然和心靈經歷的最美的一瞬。這是一首不朽音樂誕生時的神聖一瞬。」這就詩意地把黑夜提升為淨化靈魂的生命通道，在濃郁的詩性中閃耀著直抵靈魂的智性光束。張承志在散文《靜夜功課》中把「真正的夜」視為一場「啟示」[1]，《渡夜海記》更

---
[1] 張承志，《荒蕪英雄路》（上海知識出版社，一九九四年），頁九〇至九二。

把靜夜的冥想視作一次「自我治療」的艱難泅渡，一個黑夜居然「像一場始病終癒，像一次起承轉合」[2]。沿著作家的這種精神軌跡，我們能夠尋繹到《海騷》更為玄妙的意義層面。

張煒的《九月寓言》同樣將黑夜視為詩意的酵素，第一章《夜色茫茫》詩性地展示了小村裡的青年男女在遊蕩中感受到的無法言傳的歡樂。人性的閃爍和星月的映照點染出野地的神祕與厚重：「這個小村莊的夜晚哪，有無數費解的東西。它們不管你知道不知道，都在那兒放著、扔著，蒙著一層厚厚的夜色……」明與暗的相互滲透和人的情感的脈動構成一種奇妙的諧振關係。黑格爾說：「凡在光與黑暗相遇的地方，到處都有光的衍射，它造成了濃淡參差、半明半暗的陰影。……它在亮的方面被光所限定，但在暗的方面又被光同樣與黑暗分開，以致它在亮的方面最暗，向著把它與黑暗分離開的光逐漸變暗，並且這樣的現象會多次重複出現，因而產生了相互並列的陰影線條。」[3]正是在這種明暗有致、恍惚迷離的情景中，自然與心靈深處被常態遮蔽的東西浮現出來，遙遠的事物被召喚到當前。

史鐵生在《務虛筆記》中涉及的「夜」的詩意漸淡，智性漸強，第一章「寫作之夜」中的「夜」是一種特殊的想像方式，是對個體存在或人類處境的洞觀與冥望。「當黑暗隱藏了某些落葉，你仍然能夠想像它們，因為你的想像可以照亮黑暗可以照亮它們，但想像照亮的它們並不就是黑暗隱藏起的它們，可這是我所能得到的唯一的真實。」想像的光束探尋的是存在與虛無的深淵，在渾茫中奔向虛妄的勇氣使作家居虛無為己有，刺穿了過去、現在與將來之間的障壁。「樂園裡陽光明媚。寫作卻是黑夜。」這種豁達中傳遞的刻骨的悲哀又使「真實」成為混沌的夢魘。不容忽視的是作家在第十二章《欲望》中的冥思，燭光和鏡子輕輕地撩開黑夜的裸體，黑夜成了欲

2 張承志，《荒蕪英雄路》（上海知識出版社，一九九四年），頁一一七至一一八。
3 黑格爾，《自然哲學》（商務印書館，一九八〇年，頁二八六。

望的隱喻和象徵，但詩人L的自省與回憶開掘出被欲望遮蔽的精神根源，這樣，欲望就成了肉體與心靈的陰影狀態，錯合著文明與本能的搏殺和互滲。

張承志、張煒和史鐵生對黑夜的詩性渲染與智性諦視和九〇年代的城市節奏無疑是疏離的，他們對自然狀態與獨居內省的迷戀綿延成精神血脈。而九〇年代作家對於城市生活的大規模捲入將這種慢條斯理的詩意撕扯得七零八落。周梅森的《此夜漫長》對搶劫案精雕細琢，林哲的《晚安，北京》對綁架案興致盎然，池莉的《午夜起舞》一以貫之地展示著生存的尷尬與黯淡，而喬雪竹的《城與夜》則演繹著都市黑幕籠罩下的淘金者傳奇。都市的黑夜漸漸成了欲望的淵藪，成了暴力與淫亂的偽裝，成了誘發官能刺激與心理刺激的媒質。精神的光源在黑暗的壓迫下逐漸微弱。驚心動魄的突發場景的堆砌，使人們被擾亂的視線很難探觸到生活常態背後的內在邏輯。黑夜從詩意蓬勃的意象退縮為巨型的表象，無邊的黑色彌合了城市的縫隙，成為掩飾真實的精神水泥，通往深度模式的入口被封堵起來，肉體的喘息淹沒了靈魂的呻吟。黑夜主題的奇觀化與官能化使其蘊義由複雜走向簡單，從層巒疊嶂走向平面滑行，這是作家角色的市民化與審美趣味的媚俗化的文化效應。

賈平凹的《白夜》反響平平，但他對黑夜主題的處理投射著自身的人格印痕，他筆下的都市總是斬不斷與鄉村情感、市井趣味的血緣紐帶，潛在的黑夜主題也就縈繞著一種遲疑和感傷。作品對於鬼戲場景的濃墨重彩的描寫，使都市上空盤旋著一團驅之不散的愁雲慘霧，而埋伏在人物追尋的路途中無可躲避的悲劇更使作品顯得幽暗迷離。進退失據的迷茫使人物無法遏抑地滑向糜爛、頹廢的泥沼，但賈平凹的駁雜中澱積的難言之痛折射出一個大轉型時代的靈魂掙扎與精神症候。他的調和主義立場只是表面的超然，而人格底座卻在暗潮洶湧的拍擊中岌岌可危，這種內外分裂正是精神的「白夜」。

黑夜主題的殘存詩意在九〇年代新生作家的筆下氣若遊絲。陳染和林白對女性陰鬱、幽暗的心理體驗的內視閃爍著微弱的磷光。陳染的《角色累贅》中的「我」有這樣一句話：「陽光明媚的白天，我的名字叫『沉睡的黑暗』；當夜色降臨，時間變成空間的時候，我的名字叫『陽光』。」這種明暗掩映的精神狀態斷斷續續地勾連起作家幾乎所有的作品。情感思想中的黑夜與自然狀態的黑夜的錯位使作品在光影斑駁中抵達了某種精神深度。「在潛意識中，人們的不幸處境就像月光下的景色一樣，所有的內容都朦朦朧朧，混淆不清，以至於人們永遠也不能準確弄清任何事情是什麼或在哪裡，以及一件事情何時開始，何時結束（這被認為是潛意識內容的『污染』）。」[4]這種陰影狀態使作品的外部形象迷濛不清，內在蘊涵也雜亂無章，使審美把握變得極為困難。而且，陳染、林白對女性私人經驗的迷醉與坦露一方面強化了作品的個人色彩，另一方面與窺探隱私的市民趣味不謀而合。作品本身的含糊就使人們順理成章地對《一個人的戰爭》做出多種迥然不同的理解，甚至得出完全矛盾、對立的結論。精英文化對既定文化秩序的富於前驅性的爆破為大眾文化褻瀆經典的跑馬占地掃清了路障，其深刻的反諷意蘊不能不發人深省。魯羊的《一九九三年的後半夜》以一種觀念化的拼貼審視當下家園崩毀的精神狀況，其間依稀閃現出史鐵生式的智性光束，但形式的晦暗使作品對靈魂晦暗的觀照浮於表面，炫智和遊戲的筆墨把自己關在黑夜的門外。畢飛宇的《是誰在深夜說話》描寫了一個古城牆下夜遊並試圖走進歷史的失眠人，這種與黑夜對視的姿態顯示出歷史與現在的深不可測，可「英雄救美的風流韻事」使精英理念成了俗不可耐的市井故事的糖衣和佐料。

在邱華棟的筆下，黑夜就是欲望的代名詞：「城市裡的黑夜像大幕一樣從地底下慢慢地升起來了，在這樣的夜晚，我可以聞到夜空中飄散的欲望的氣息，它和灰塵一起被每一個在黑夜中遊走的人的鼻孔所呼吸」（《哭泣遊戲》）。他的《蠅眼》、《城市戰車》、《夜晚的諾言》等長篇和一系列中短篇都以黑夜為背景。他在《蠅眼》的「後記」中聲稱其創作圍繞著「都市欲望化生活的迷亂及其反抗」的主題，展示當代生活的「碎片化、資

[4] 梵・弗朗茲，《個體化的過程》，卡爾・榮格等，《人類及其象徵》（遼寧教育出版社，一九八八年），頁一五三。

訊化、物欲化、噩夢化、殘酷化」，但他的作品對於欲望迷亂的沉醉使反抗意志無處立錐。黑夜成了無邊的欲望的容器，成了非本質化的、轉瞬即逝的感性表象的疊合。

七〇年代出生的作家沿著邱華棟的這種路徑發足狂奔，以急劇膨脹的感性話語驚世駭俗。衛慧和棉棉的多數作品都以黑夜為主題意象，光怪陸離的情景碎片飽蘸著淋漓的欲望，奔突於其中的生命在昏昧的光線中敞亮靈魂的黑暗狀態：「黑夜是我的家，黑夜是我的溫床」（衛慧《黑夜溫柔》）。酒吧、咖啡廳、迪廳和臥室作為一種存在空間，在繚繞的煙霧中蒸騰起頹廢的、放縱的體味，其間的人群陷入了尼采所言的「酒神狀態的迷狂」：「它對人生日常界限和規則的毀壞，其間，包含著一種恍惚的成分，個人過去所經歷的一切都淹沒在其中了。這樣，一條忘川隔開了日常的現實和酒神的現實。可是，一旦日常的現實重新進入意識，就會令人生厭；一種棄志禁欲的心情便油然而生。……由於他們的行動絲毫改變不了事物的永恆本質，他們就覺得，指望他們來重整分崩離析的世界，乃是可笑的或可恥的。」[5]七〇年代人正是陷入了這種尷尬，他們痛恨「日常生活就是毫無詩意的繁瑣」（衛慧《像衛慧那樣瘋狂》），「日復一日年復一年靜止、瑣碎、平庸像一個大磁場懸掛在日常生活的頂部，地球像藍色的草莓一樣旋轉，我們像空心草一樣在這個該死的城市自生自滅」（衛慧《硬漢不跳舞》）。當他們的顛狂放縱在沖決莊嚴的規矩和解開天性中最兇猛的野獸的韁繩時，拯救的夢想越走越遠。七〇年代人的青春敘事毫無顧忌地坦露成長的夢魇，喋喋不休地傾訴著那些被前代人視為難言之隱的焦慮、欲望、死亡、暴力與罪惡。在他們的文本中，吸毒、同性戀、酗酒、亂交、勒索、謀殺等聳人聽聞的事件的反覆閃回與相互切割，瓦解了文本的整體性與連續性。作者的瘋狂恣肆背後的冷漠疲憊給作品鍍上一層似是而非的黑色幽默效果。他們的青春是黑色的青春：「我對自己說我要用最無聊的方式操現在操未來。我有我的方式。……有人喜歡把青春和

[5] 尼采，《悲劇的誕生》（生活・讀書・新知三聯書店，一九八六年），頁二八。

幸福混為一談，那天我卻把青春和失控混為一談，我覺著我的青春是一場殘酷的青春」（棉棉《九個目標的欲望》）。但他們的文字只不過如溫柔而矯情的指頭在黑色的皮膚上滑動、撫摩、搔癢。因而，他們無法直刺黑夜的心臟。面對著都市龐然背影的沉重壓迫，他們無法容忍自己向荒謬虛無的下墜。於是，他們把寫作視為「從生活中抽身而出的技術」（棉棉《九個目標的欲望》），「面對生命的荒謬，我們唯一的合理姿態就是神采飛揚」（衛慧《神采飛揚》）。這是一種如加斯東・巴什拉所言的「夜夢」狀態：「夜裡的夢不屬於我們。它不是我們的財富。夜裡的夢是劫持者，最令人困惑的劫持者：它劫持我們的存在。夜，夜沒有歷史。夜與夜之間互不相連。」[6]被夜夢所囚禁的人是失去了夢想的人，因為「做夜夢者是失去自我之影子，……夢想是一種夢景依稀的活動，其中繼續存在一線意識的微光。夢想的人在夢想中在場。」[7]老尼采陰鷙而敏銳地說：「時間在黑暗中比在光明中是更沉重的負擔！」[8]此話有的放矢地擊中了價值崩塌的文化語境的要害。

黑夜進入敘事必須借助於作家和敘事者心靈深處顫動的光和閃爍的光。當九〇年代小說越來越缺乏精神的光照時，敘事風格的模糊以至黯淡也就勢所必然。「黑暗奪走了敘事式的人的根本。他什麼也看不見了，由於『看』是他生存的根本，所以他不再『存在』了。諸神離開了垂死的人。他沉入『虛無』。」[9]在此意義上，敘事風格由明晰轉向模糊的過程也正是小說主體的主體性由濃烈沉入幽暗的過程。

6 巴斯東・加什拉，《夢想的詩學》（生活・讀書・新知三聯書店，一九九六年），頁一八二。
7 巴斯東・加什拉，《夢想的詩學》（生活・讀書・新知三聯書店，一九九六年），頁一八九。
8 尼采，《悲劇的誕生》（生活・讀書・新知三聯書店，一九八六年），頁二六八。
9 埃米爾・施塔格爾，《詩學的基本概念》（中國社會科學出版社，一九九二年），頁八二。

二、逃避深度

為了宣洩因為沒有找到發洩的目標而淤積在體內的能量，小說家們借助文本建構來獲得快感，以展示出生活的豐富性、多樣性，從而喚醒人們心中蟄伏的激情，使麻木不仁的狀態被暫時性地擺脫。本能注滿人的軀殼，作家處於盲目的力比多的衝撞之中。朱文筆下的主人公為了打發難熬的時間，常常不分時間、不分場合、不分對象地與女人上床，這些女人要麼是有夫之婦，要麼是離了婚的棄婦，而《弟弟的演奏》中「我」的性對象還是個切除了子宮的半老徐娘。《什麼是垃圾　什麼是愛》的主人公一度在三個女人之間周旋，但很快對性產生了厭倦，無事找事地希望到慈善機構為殘疾人服務，結果又是一次忍無可忍的逃之夭夭。韓東的《障礙》傳遞出愛與性欲此消彼長的意念，愛在性的驅逐下只好狼狽逃竄。由於把實在世界擱置起來並轉向想入非非的世界有助於減輕心理壓力，因此，感性話語在九〇年代小說中極度地膨脹起來。對感性的張揚蘊含著一種越軌衝動，藉此擊碎城市的日常生活的封閉和分隔。作家對感性肉體的關注將在現代文化中久居主導地位的理性靈魂擠到了暗角，林白毫不遮掩地敘說：「在這個時代裡我們喪失了家園，肉體就是我們的家園」。九〇年代作家書寫欲望的偏嗜常被視為對壓抑和禁欲的反抗，但其中逃避感情和乞靈於技術的傾向卻使反抗禁欲主義的行動淪為一種新禁欲主義。老清教徒壓抑欲望以保持熱情，新清教徒則壓抑熱情以宣洩欲望。誠如羅洛・梅所言：「他們的目的是要挫敗肉體，使天性成為奴隸。」[10]對於肉欲過分的宣揚扼殺了愛欲，這樣的自由只能是新型的枷鎖，在欲愛還休的躊躇

[10] 羅洛・梅，《愛與意志》（國際文化出版公司，一九八七年），頁四〇。

和欲罷不能的重複之間掙扎的狀態是愛的能力逐漸死亡的過程。「為了迴避愛而逃往性」[11]，這種姿態實質是讓自己在意識到焦慮之前加快速度，通過縱身其中來麻醉自己。這樣，逃避冒充成了解放，倒退偽裝成了進步。通過付諸行動以避免內省的折磨，這是九〇年代小說中的大多數人物沉迷欲海的心理根源。因為對一種欲望或意向的內涵的追根究柢，往往會更加混亂個人的自我與世界的關係，並因而產生更多的焦慮與痛苦，而放縱自己能夠獲得一種替代性滿足，把整個問題置於生理和肌肉行為的層面上，他就可以避免面對更為複雜的對自尊的威脅。以肉體排斥精神所造成的後果是肉體和靈魂的雙重萎頓，「無論自我、軀體，還是無意識，都不可能是『自主』的，而只能作為整體的一**部分**而存在。……這意味著自主和自由不可能屬於機體某一特殊部分，而必須是整個自我（思維、情感、選擇、行動的主體）的一種性質」[12]。否則，對身體的不及其餘的關注只能是對身體的奴役。欲望的膨脹表面上似乎是對人的一種誇大，是對個性的一種張揚，但結果卻使人對欲望形成一種奴隸式的依附性，被客體化為欲望的工具。

傳統的人道主義把人作為世界的中心，一切從人物出發，使客觀事物從屬於人，由人賦予客觀事物以意義，使客觀世界的一切都染上人的主觀感情色彩，結果混淆了人與物的界限，抹殺了物的地位，忽視了物對人的作用和影響。城市人的交往越來越不注重情感的交往，交往形式納入商品關係的控制，人與物的傳統紐帶被慢慢地撕裂。工業化的日新月異使物的生產規模和速度同時飆升，產品的急劇增加必須與市場的迅速拓展相互呼應，這必然動搖以節儉為核心的傳統消費觀念，「用過即扔」成為時尚，人與物越來越難於與某物保持相對長久的聯繫，人與物的關係越來越帶有臨時性色彩，同時人越來越傾向於在短期內同一連串的物保持聯繫。人與物的關係的擴展必然影響人與人的交際模式。消費觀念的無形之劍斬斷了人際間綿延不斷的那種溫情，人際交往從深度交往轉

11 羅洛・梅，《愛與意志》（國際文化出版公司，一九八七年），頁三一九。
12 羅洛・梅，《愛與意志》（國際文化出版公司，一九八七年），頁二一六。著重號原有。

為平面交往，交際面越來越廣，交際深度卻越來越淺。這種關係模式的全面滲透使人們的精神向度也走向棄質求量的平面狀態，人的物化其實是消費化，金錢的神話地位的確立同時將消費觀念推上意識形態的寶座。

消費意識形態對九〇年代小說的轄制構造了一種雙向循環的圖式。一方面它使作家越來越注重現象的描述並越來越冷落對本質的探掘，視距的消失使歷史意識被遙遠地放逐，作家不再將融注著歷史性的當代作為透視人生繁雜體驗的審美對象，而是在割裂歷史的前提下毫無保留地介入當下。傳統小說的回憶式敘事是克服人和事物的匆促易逝性的願望的體現，而九〇年代小說與時俱進的追逐恰恰與之背道而馳，它消弭了人與時空的分離，是一種健忘式敘事；另一方面，在消費意識形態籠罩下的受眾將藝術作品也視成了暫態的、用過即扔的消費對象，對歷久彌新的經典性的興趣被風馳電掣的社會轉換漸漸抹平。創作主體和接受主體的相互影響與制約，將缺乏市場反響的深度敘事逼向一條越來越崎嶇的羊腸小徑。

視像文化的繁榮特別是電視文化的所向披靡在大眾的意識深處烙下一種逐漸凝滯的接受圖式，那就是對直觀的圖像符號形成一種條件性反射。電視節目成了一種麻醉劑，電視竊奪了人類最寶貴的天賦——集中注意力的能力。視像文化作為機械複製的現實摹本，將幻覺與現實混淆起來。這就更削弱了以文字為傳播媒介的小說在文化市場中的份額。與獲得傳媒權力的強力支持的視像文化進行市場競爭無異於虎口奪食，這種嚴峻逼迫小說創作委曲求全地向視像文化靠攏，降低文本的意義含量，以適應受眾因電視圖像的狂轟濫炸而日漸遲鈍的文字理解力。

四面楚歌的小說創作對於表象的迷戀似乎是無可厚非的。資訊技術的突飛猛進不僅使生產資訊化，而且使工作資訊化和生活資訊化。資訊的不斷增殖使得表象不斷膨脹和不斷更替，而這些表象與生命個體缺乏一種精神聯繫，它的強制性輸送還嚴重地麻醉了個體體驗的敏感度與穿透力。現實空殼的不斷跳蕩使具有相對穩定性的本質和意義無從追索，在表象激流的縫隙中呈現的往往是本質和意義的假象，表象與表象之間往往缺乏內在聯繫，它們相互消解，相互塗改。小說對生活原生態的複現使其內在性日漸模糊。邱華棟在長篇《城市戰車》的《代後記》中說：「在一個傳媒時代裡，小說應該是什麼樣子的？我認為，更多的資訊已是好小說的重要特徵。信息量一定要大，否則一部分小說將很快被資訊垃圾淹沒。」然而，生活表象的堆積使小說成為資訊交流的遊戲，它對淹滅命運的抗拒恰恰加速了其淹滅過程。能指的迅速滑動割斷了通向所指的幽途，並使能指嚴重過剩。九〇年代中國變動不居的現實和駁雜混亂的精神狀況在小說的這種敘事流向中得到了曲折卻深刻的反應。不管是先鋒作家、新寫實作家、還是晚生代作家、七〇年代作家群，他們的精神之光都不足以照亮現實外殼之下的內在本質，而後者更是對表象世界懷有一種與生俱來的親近與迷戀。

表象化敘事對資訊的堆砌容易給受眾帶來一種「心理超載」：「超載能使人們的日常生活在幾個層次上改形變態，它衝擊著角色的扮演、社會規範的演化、認識的功能以及各種設備的使用。」[13]心理超載使受眾沒有能力去處理那些接踵而來的感知和認識資訊。為了保存自己的心理能量，受眾和每種資訊保持僅僅表面的和短時間的關係，而且要儘量避免那些無關緊要的資訊的干擾。這樣，相互消解的表象群就成了對真實和意義的遮蔽，它註定無法在受眾心中留下痕跡。表象化敘事中的每一種表象似乎都殘留著意義的碎片，但這些碎片的相互擠壓在似可捉摸而又無從捉摸的狀態中飛灰煙滅。「很奇怪，似乎是我們得到的資訊越多，我們就越難做到資訊靈通。做出決策成為難事，而且我們的世界也使我們更加糊塗。……發出的資訊越多，我們可吸收、保留和利用的資訊就越少。」[14]

與表象敘事結伴而行的是拼貼手法的大行其道。九〇年代的都市小說不同程度地調用了拼貼手法，邱華棟、述平、丁天的不少作品都脫胎於晚報新聞和市井流言，朱文的《弟弟的演奏》儘管極力以切身體驗整合八〇年代末期以來南京的以至中國的重大事件，但拼貼的印痕依然有跡可循。李馮的《孔子》、《十六世紀的賣油郎》、

13 密爾・格拉姆，《城市生活經驗》，轉引自大衛・波普諾，《社會學》（下）（遼寧人民出版社，一九八七年），頁二八。

14 里夫金（J.Rifkin）、霍華德（T.Howard），《熵：一種新的世界觀》（上海譯文出版社，一九八七年），頁一五五。

《中國故事》等戲仿小說閃現著忽明忽暗的創造意識，正是拼貼的快感抑制了創造意識的深化。拼貼性最為明顯的當數李大衛的長篇《集夢愛好者》，劉震雲的《故鄉相處流傳》同樣因為文本的過於駁雜而無法用當代意識啟動被官史遮蔽的平民的苦難史和心靈史。張欣、鍾道新、池莉、何頓、關仁山等人的作品同樣禁不起仔細的推敲，拼貼的裂縫折射出主體倉皇失措的內在迷惘。棉棉更是在《一個矯揉造作的晚上》中藉祖咒的口說出了自己的小說理念：「藝術就是東捅捅西蹭蹭添點亂才好重要的是創作者本身得時刻保持興高采烈的狀態。」她的作品確實較好地貫徹了這一意圖。拼貼手法常常將一些缺乏聯繫的表象強制性地捏合在一起。各類碎片原封不動，不經藝術加工就拼貼進文本，這使物還原為物，每種表象似乎都在表現一種主題，這種割據局面呈現的複雜情形使意義的傳遞散射成網狀結構，使文本顯得零亂無序，鬆散重複。所謂的意義只不過是各種碎片暫時交匯和黏結的性質，文本內部的左衝右突能夠對在某種語境中產生的任何一種主題或意義加以內部瓦解並予以否定。這種內部拆解力的不斷滋生使文本在模糊狀態中呈現出意義的無限多解性，但參照系的紛紜複雜最終導致了意義的根本性空缺。

九〇年代小說的拼貼手法常常是孤零零的，各類表象片斷在時空上沒有彼此的相互聯繫，沒有整體與部分的聯繫，因為它們不表現同時性或整體性，它們無所指亦無所言，只成了沒有所指的能指，因為這裡物還原為物，而此時的物就是語言本身，語言成了一種自我顯示的符號。它們根本就不可能與中國的全景圖發生聯繫。現代派小說家為了顯示世界的混亂和荒誕，也常常運用拼貼手法，但他們不甘於與混亂和荒誕一起消沉，他們不甘於向混亂和荒誕妥協，更不願意投降。因此他們以破釜沉舟的激情，試圖從混亂和荒誕中尋找意義的蹤跡。而這種追求並未能在九〇年代中國小說中產生迴響，中國當下紛紜複雜的現實倒是被由符號到符號的敘事手法抽空了精髓，只剩下大而無當的現實外殼，小說虛構的現實給活生生的現實塗抹上一層斑駁迷離的油彩，小說文本成了豎立於通往現實的幽深曲隱處的一種障礙。

不管是肉欲化敘事還是表象化敘事，似乎都是一種浮光掠影的表面化手法，它是一種逃避、掩飾和遮蔽。這種敘事風格似乎還有一種明朗的特徵，因為作家大肆渲染的筆墨絕不藏掖，造成一種令人歎為觀止的奇觀化效果，聲色犬馬的場景和光怪陸離的誘惑令人目不暇接。作家熱衷於描述嶄新的社會行為的表面現象，卻很少甚至拒絕探索現象背後的人類意識與文化邏輯，這必然使作家漠視新現象背後的舊觀念，忽略歷史的連續性。至關重要的是，小說的敘述一般都採用現在進行時態，敘事者對於事件發展的歷史背景和未來走向都茫然無知，亦步亦趨地進行匆促的跟蹤式敘述，扮演的僅僅是事件與現象記錄者的角色，他瞭解的並不比作品中的人物知道得更多，小說就失去了歷史和未來的參照，成了對電視的「現場直播」的拙劣模仿。而西方經典敘事和中國明清小說的章回文體，基本採用了完成時態或者過去時態，《紅樓夢》開篇具有強烈的預言性的詩篇，儘管不無宿命色彩，但潛在地使作品獲得了一種前瞻性的未來視野，作家對「木石前盟」的交代也使作品的時間向度具有了一種歷史厚度。而九〇年代小說大都迷戀戲劇場景，將所有的衝突明朗化，文本基本上由描寫和對話構成，小說的話語浮在場景轉換和人物行為的表層，幾乎不觸及人物深層的心理衝突和意識變遷。即使像朱文的《什麼是垃圾什麼是愛》表現了人物進退兩難的內心痛苦，但作家的敘述最終採取了逃避策略，主人公通過盲目的惡作劇來轉移自己的注意力。尤其是「新寫實」一路的小說，它們基本上把敘事定位於「生存」的層面，通過對古老的人道主義話語的蒼白模仿來解釋「存在的合理性」，在對底層的艱難人生表示理解的同時，也與艱難人生背後的秩序與法則達成了妥協，在掩蓋了「不合理性」的同時，也閹割了敘事主體的批判意識。這樣的小說在某種程度上，僅僅成了一種廉價的安慰，成了現實的應聲蟲。

三、猶豫表達

九〇年代小說在價值層面上以一種調和主義、折衷主義、相對主義的取向模糊了必要的價值判斷，以亦此亦彼的多值邏輯判斷作為主要依據。與此相對應，作家以「猶豫表達」的手法結撰文本，敘述者對核心問題或真正表示懷疑或假裝表示懷疑，對如何將話語進行下去猶豫不決，而九〇年代作家擅長的是支吾其詞、避重就輕、避實就虛或繞道而行，敘述者在自言自語中似乎渴望這一切早點結束，早點安靜下來，但被迫繼續地講述下去，儘管已經沒有什麼值得講述的。他對一切都不敢肯定，甚至對其在時間和空間上的位置都不敢肯定。

猶豫表達的手法使文本結構暗含著一種化解矛盾的力量。所謂的新現實主義作家劉醒龍、談歌、何申、關仁山的作品都表現出這種傾向。劉醒龍的《分享艱難》、《路上有雪》，談歌的《大廠》、《車間》，何申的《年前年後》、《窮縣》和關仁山的《大雪無鄉》、《九月還鄉》都不約而同地表現出將越來越激烈的矛盾衝突化解於無形的審美指向，這種忍氣吞聲的化解性文本抑制了人物的主動權，使人物性格像傀儡一樣麻木。《分享艱難》中的孔太平為了保證鎮財政收入而放了強姦表妹的養殖場經理洪塔山，這種情節本身已經有明顯的斧鑿痕跡，而作家對孔太平內心沉痛的描寫更是顯得手忙腳亂，這種鋪墊只不過為孔太平委曲求全的選擇尋找一種牽強的藉口。作家的初衷是要把孔太平塑造成忍辱負重的典型，但他內心對權力的癡迷瓦解了這種先行的主題。這群作家的作品中都隱藏著一個用善去感化惡的模式，感化意願夾藏著對現實缺憾的無奈和認可，試圖調和歷史與道德的衝突，這種左顧右盼的姿態無法不造成敘事的斷裂。為了彌補這種缺失，作家只好用表示退讓姿態的「可是」或「然而」來綴連敘事，用大幅度的閃躍騰挪來繞開暗礁，試圖縫合裂隙。在這種無奈的搪塞中，話語的內涵被抽空，成為一種單純的傳導。這種顧忌重重的敘事使敘述語流顯得沉滯遲緩，甚至呈現出相互游離的板塊狀態。而作家駕馭宏偉敘事的熱望驅使他們趁熱打鐵，一些現實熱點不經過濾就被吸納進文本，這導致了小說話語只能浮在行為和環境的表面，這種追新逐異的急切使作家逃避價值判斷的迷惘顯得更加突出。

作家內在的人格衝突在文本中外化為一種價值的悖謬，這種現象往往發生在文化積澱較為深厚的作家身上，賈平凹無疑是最具有代表性的典型。鄉村乳汁的哺育使他很難擺脫鄉土人格的羈囚，而居住了二十餘年的都市的衝擊對其固有人格結構產生了潛移默化的影響。對儒道釋精神傳統的兼收並蓄使他對傳統士大夫趣味心懷傾慕，而現代知識份子批判精神的影響又使他清醒地意識到舊夢的蒼涼與頹敗。於是，鄉村與都市、現實與理想、傳統與現代、東方與西方的多重矛盾衝突將他推入越陷越深的漩渦。作家在將筆觸撤離鄉土的「獨立世界」時就難免不顯得六神無主。從《廢都》到《白夜》再到《土門》，作家對世紀末都市社會的輕浮、墮落與文化崩潰心存戒備，但他在主體情思中又難以掩抑由衷的感傷，既憂慮又無奈，既反感又同情，既厭惡又不由自主地產生躍躍欲試的認同感。他自己曾有這樣的內省：「說到根子上，咱還有小農經濟思想。從根子上咱還是農民。雖然你到了城市，竭力想擺脫農民意識，但打下的烙印，怎麼也抹不去。」《高老莊》並沒能實現根本意義的超越。作品消解了因果邏輯，進入一種無主角、無故事的時空混融的模糊狀態，作家的價值評判被懸置起來，冷漠的自然主義筆法註定了子路從城市向鄉村的回歸只是一種茫然的空間轉移，向家園的回歸只不過印證了精神還鄉的虛妄，精心設計的拯救之旅轉化成了無處遁身的奔逃。賈平凹小說語言試圖容納事物的多義性的模糊化特徵進一步強化了價值標向的混沌狀態。

在九〇年代小說中，主體意向性自身被懸擱，人體驗的不是完整的世界和自我，而是一個變了形的外部世界和一個類似迷狂的幻遊者的自我。人因為丟失了價值根據而成了迷路人，其所有行動變得毫無意義、荒誕和毫無用處，也就是說人沒有了自己的存在，成了一個非中心化的無魂的主體。主體性的喪失的後果是導致小說的人物失去統一性，情節走向渙散。張欣說：「因為在不敢說太多的閱人閱事之後，發現許多事這麼辦和那麼辦是殊路同歸；許多問題直截了當地解決和千回百轉地解決沒有什麼區別；一個所謂的機會來臨，使勁折騰和不折騰都一樣。」[15]這種「怎麼都行」的姿態使她在作品中傳遞出隨波逐流的無奈和歎惋，她對「沒有一個都市人不是鐵石心腸的」（《無人傾訴》）現實充滿了一種怨恨，但她絕不願意做無謂的抗拒，她不願放棄的是給每一種欲望裹上一層用友情、親情、愛情混合而成的薄薄的糖衣。張旻則對介於現實和夢幻之間的所謂「第三種狀態」無限神往：「這是一種不能用任何標準去衡量、用任何概念去闡釋的非真非假的狀態，是一種不確定的、不可知的、若隱若現的、隨機應變的狀態。」[16]這是現實之外的一種逃逸，這種追求使他的作品的主人公常常以一種恍惚的飛翔掩飾內心難以啟齒的隱痛，它不但沒有解除外部壓抑，反而強化了這種壓抑，真正損耗的不過是主體對於壓抑的本能性抵抗，這就在舒緩狀態中使壓抑的監牢漸變成舒適的王國，使主體在麻醉中昏睡不醒。靈魂失卻了精神棲居和歸依之所，以其粗礪得讓人駭怕的方式裸露出來。於是，虛無主義侵入人的靈魂和骨髓，所有曾經輝煌一時的信念都土崩瓦解，人因喪失意義指向而恢復到直接的生存狀態，將苟活視為生命真諦。

真正具有悲劇色彩的是，現代人陷入了這樣的迷津：「不管他從哪一點動身，不管他走哪條路，現代人都會得出同樣的結論：在其可見的外表後面，生活所隱藏的意義，是企圖發現精神所永遠無法洞悉的，它陷入了這樣的一種困境，知道既不可能發現它，同時又不可能拋棄這種毫無希望的追求。……知道存在著一種意義但卻永遠無法發現是悲劇性的。任何認為世界完全是荒誕的看法，便缺乏這種悲劇性因素。」[17]以《生活無罪》、《弟弟你好》、《就這麼回事》等作品幾近赤裸地宣揚世俗化生活的合法性的何頓，居然也在《自我　無我》、《喜馬

15　張欣，《守我本分》，《小說家》一九九五年第一期。
16　張旻，《一種狀態》，《作家》一九九五年第二期。
17　阿達莫夫，《自白》，轉引自馬丁・艾斯林，《荒誕派戲劇》（中國戲劇出版社，一九九二年），頁七九至八〇。

拉雅山》中表達了一種渴望意義的形而上追求，主人公對自己「浪費自己的生命」和「變成一個沒有信仰和不知道自己要幹什麼的人」的精神軌跡進行沉痛的自責和反省。《喜馬拉雅山》的題記引用了尼采的名言：「人需要一個目標，人寧可追求虛無也不能無所追求。」而主人公羅定也宣揚：「我覺得男人的本性應該是遊蕩、尋找、發現和追求他喜愛的一切事物。」儘管作家的這種轉向與其生活經驗的逐漸枯竭不無關聯，但這種形而上向度並非發自作家的肺腑，根深柢固的世俗功利性目標並沒有動搖，理想只不過成了一種粉飾的金箔。朱文的作品對父親、理想、愛情、崇高這些神聖的字眼充滿了本能的反感，以惡作劇的形式對之進行肆意的嘲弄、調侃和反諷，他在《沒文化的俱樂部》中更是寫下了這樣的反抒情的「經典詩行」：「啊，愛情／你真像一泡屎」。但他在一篇創作談中卻一本正經地說道：「作家畢生的努力也許就是這樣一項工程：不懈地用詞語的鐵鍬挖掘一條通向自己通向自己心靈的隧道，讓心靈固有的光芒噴薄而出。……這裡所說的『自己』可以有更廣泛的定義，它不僅是作家個人某種內在的確定性，還包括與此有著血肉聯繫的所有因素。」[18]正是這條極為隱蔽卻不願自棄的精神底線使作家在解構一切之後，面對無限蔓延的精神廢墟也不能不流露出一種四顧茫然的頹唐和引而不發的沉痛。

九〇年代小說的意義失落與語言的變質有關。在這個大眾化程度急劇膨脹的時代，傳媒毫無想像力的陳詞濫調使語言不斷被標準化和貧弱化，真正富有活力的語言在格式化語言的擠兌下遭受貶值的厄運，失去了鮮活生動的生命力，語言也被納入了工業化複製的龐大程式，出現了工業化語言。作家們自以為在從事彪炳史冊的語言創造和表達，其實只不過是在重複那些僵化的思想和語言。一些小說家企圖以迥異於日常語言的艱深晦澀、模棱兩可的語言拯救語言的活力，但這卻加深了溝通的難度和意義的隔膜。一切的言說都與意義擦肩而過，都是石沉大海的死寂與緘默。而反過來，語言的變質又加深了信仰失落、神聖淪亡的精神危機。但是，這種變質和絕望或許

[18] 朱文，《關於溝通的三個片斷》，《作家》一九九七年第七期。

正是通向新生的必要臺階，正如阿達莫夫所言：「今天優柔寡斷的人類所傾瀉出的糟糕而空洞的語言，雖然實在使人覺得可怕，雖然有無限荒誕性，但它也許會在一個覺醒的孤獨的人心中迴蕩，然後，這個人也許會突然意識到他不能聽懂，於是他便開始能聽懂。」因此，留給這個人的唯一的任務，便是撕去所有死去的皮膚，直到「他發現自己已裸露無遺」[19]。

19 阿達莫夫，《自白》，轉引自馬丁・艾斯林，《荒誕派戲劇》（中國戲劇出版社，一九九二年），頁七八。

第十二章　邊際寫作：九〇年代小說的女性表達

世紀之交的九〇年代，中國人在觀念、行為和思維方式上都經歷著全面的轉型。經濟體制從計劃經濟向市場經濟過渡，文化類型由農業文明向工業文明過渡。經濟和文化的現代化使國民的人格系統發生了潛在的變異，社會學家將那些處在人格轉型過程中的主體稱為「邊際人」。「邊際人」的人格徘徊於傳統與現代、故土與異鄉、群體與個體之間，處於無法平息的內在衝突中，精神在異質文化的夾縫中艱難掙扎。著名社會學家金耀基認為：「人類學與社會學中所講的『邊際人』生活在兩個不同且常相衝突的文化中，兩個文化皆爭取他的忠誠，故常發生文化的認同問題。邊際人格在文化轉變與文化衝突的場合必然出現。……邊際人之極，即會產生一種『認同之危機』。」[1]九〇年代的中國女性文學，在性別自覺與身份認同上都經受著進退兩難的煎熬。她們在歷史維度上承受著男權傳統與母系命運的對抗，在與男性共處的社會生存中迷失於對峙與平衡的十字街頭，在女性陣營內部又面臨著個體與群體之間的悖謬。夾縫式的文化境遇使其寫作也呈現出亦此亦彼、欲說還休、騎虎難下的夾縫狀態，在矛盾的邊緣遊走，在主體人格、價值選擇、審美趨向上都內蘊著一種邊際化特徵。九〇年代女性小說的天空群星閃爍，多元互動，在相互碰撞中產生多音齊鳴的交響效果，也不時地飄出不和諧的音符。以女性群體「她

[1] 羅榮渠等編，《中國現代化歷程的探索》（北京大學出版社，一九九二年），頁一一。

們」為本位、代女性立言的寫作，旨在構建具有宏大敘事意味的母系寓言；以女性個體「她」為本位、自我獨白式的寫作，採用詩化的藝術手段呈現「私人」風景；以人性化的「我們」為本位、表現人間情懷的寫作，通過與男性的潛在對話凸現女性化的「自我」。這三種類型的女性表達共同孕育著一種邊際化效應，敘事話語缺乏確定的特質，每一類型的表達都試圖尋找到困境中的救贖，但它們都顯得似是而非，在空間上相互錯雜，在時間上相互重疊，在心路歷程上呈現出由前向後的、螺旋式攀升的格局。

一、母系寓言

新時期以來，女性作家在文學敘事中的性別自覺逐步加強。在八〇年代初期，「尋找男子漢」成為兩性作家共同的話題，張賢亮的《男人的風格》、沙葉新的劇本《尋找男子漢》和張承志的《北方的河》等作品都呼喚一種強悍的雄性氣度，主題高昂，同時也顯得單調，更為關鍵的是其中隱隱貫穿著一種根深柢固的大男子主義；而張抗抗的《北極光》、航鷹的《岸與流》、張辛欣的《我在哪兒錯過了你》追求兩性和諧的境界，卻不斷地遭遇到社會與自我的雙重質疑，將符合女性理想的男性作為實現和諧的先決條件，只能是對「男女平等」神話的反證，天真的「尋找」掩蓋了隱蔽的性別尊卑與等級觀念。在迷茫的「尋找」中，女性在失衡的兩性關係中只能無奈地吞嚥失望與絕望，被塗抹上理想化光環的「男子漢神話」對女性的現實存在形成了一種可悲的反諷。

面對男性人格的卑瑣懦弱與妄自尊大，一些女性作家從失望走向絕望，並上升為兩性間不可調和的尖銳衝突。為了反抗傳統社會中男性充當女性代言人的歷史尷尬，這些女性作家開始確立為女性代言的敘事立場。張潔的創作歷程最為典型地體現了由希望而失望、再由絕望而痛恨的曲折心路。《愛，是不能忘記的》和《祖母綠》

以純情的筆調，為愛情和理想舉行悲情的祭奠。《方舟》對寡廉鮮恥的男人的冷嘲，幾可視為作家對於性別幻想的告別儀式。作家甚至公開宣稱「我是恨死了男人」[2]。確實，作家自八〇年代末期以來的作品，諸如《日子》、《上火》、《她吸的是帶薄荷味的煙》、《只有一個太陽》等都以揭露男性靈魂深處的醜陋與陰暗面為主旨。九〇年代張潔最有代表性的作品是長篇紀實《世界上最愛我的那個人去了》和長篇小說《無字》，前者在表達對逝去的母親的無限懷戀的同時，冷峻地戳穿男性世界的種種假面；後者通過作家吳為和母親葉蓮子、外祖母墨荷三代女人的故事，揭示跨越百年的女性在幽暗不明的歷史境遇中的艱難掙扎，這一過程也是女性對男性神話從憧憬、尋找到幻滅的悲劇性循環。女性被蒙蔽、被利用、被拋棄的命運被反覆地凸現，而一代代男性如葉志清、顧秋水、胡秉宸在作品中顯得性格曖昧，面容模糊，他們無一例外地把女人視為工具，簡直是從同一模子裡生產出的複製品，人物形象有明顯的模式化、理念化傾向。顯然，作家的意圖是刻意把男性虛化成作品的背景，將被歷史遮蔽的女性世界實化成敘事的中心。儘管在現實中女性處於附庸的地位，但在敘事中卻占據著支配的地位。

以母親為樞紐的敘事格局，使作品成了一種獨特的「母系寓言」。這種寓言對於母系歷史的追尋，體現了如伍爾夫所言的一種方向：「要到那些幾乎沒有燈光的歷史長廊中去尋找，在那兒，幽暗朦朧地、忽隱忽現地，可以看見世世代代婦女的形象。」[3]但是，在這樣的寓言中，女性的個體性晦暗不明，「她」常常被歸納為「她們」的象徵，被符號化為母系鏈條中的一環。於是，女性在母系歷史中的發展僅僅是相同命運的萬變不離其宗的輪迴，宿命意味異常濃厚。正如張潔在《無字》中的感喟：「所謂流行時尚，不過是周而復始地抖落箱子底兒。本世紀初的女人和現時的女人相比，這一個的天地未必更窄，那一個的天地未必更寬。」

2 參見王緋，《張潔對母親的共生固戀——一種文學之惡的探源》，《文藝爭鳴》一九九四年第四期。
3 伍爾夫，《婦女與小說》，《伍爾夫作品精粹》（河北教育出版社，一九九〇年），頁三九八。

在「母系寓言」中，所有的男性都是「外人」，甚至是「敵人」，其中也包括最親近的父親與丈夫，婚姻場景的破裂和他們的不負責任，使父性成為在場的缺席者。在由相濡以沫的一代代女性構成的空間裡，「愛人是可以更換的，只有母親是唯一的」。像《世界上最愛我的那個人去了》，作家用永不褪色的母女之情來反襯男女之情的虛妄，母親在承受了上一代母親的哺育之後，又用愛去哺育下一代母親，生生不息的愛的接力構築起母系的長城。用母系血緣維繫的精神共同體，成了在男權世界中漂泊無依的女性最後的歸宿，成了對抗父系法則的唯一堡壘。正如埃萊娜・西蘇所言：「一旦婦女將婦女給予其他婦女，一切都會改變的。在婦女身上一直隱藏著隨時都會湧出的源泉；那個為了他人的所在。母親也是一個隱喻。她把自己的精華由別的婦女給予婦女，這使她能夠愛自己並用愛來回報那『生』於她的身體，而這對於她是必要的也是足夠的了。」[4]母女之情成了女性世界維持內部統一的最為可靠的保障，而命定的、共同的「母親」與「女兒」身份使所有的女性「在她的內心至少總有一點那善良母親的乳汁」，而女性作家也正是「用白色的墨汁寫作的」[5]。

鐵凝一九八九年推出的《玫瑰門》通過對三代女人——外婆司猗紋、舅媽竹西和外孫女蘇眉的生存軌跡的描述，展示了母系血緣內部既相依為命又相互傾軋的人性悲劇。「文革」背景激化了性別、權力與政治的衝突，而對於下一代的愛撫與占有也使母性成為一柄雙刃劍。正如波伏瓦所言：「女人互相認同，所以她們能互相瞭解；然而由於同樣的原因，她們彼此對立。」[6]與張潔對於母性鏈條的自覺歸依與感恩形成巨大反差的是，鐵凝筆下的蘇眉極力地掙脫外婆畸形愛護的束縛，試圖通過切斷遺傳規律來忘卻少女時代的創傷記憶，在與母系的決裂中開始作為「個體」的人生。在作品結尾，蘇眉在承受了生育帶來的創傷後，想給女兒取名為「狗狗」，而「狗

4 埃萊娜・西蘇，《美杜莎的笑聲》，張京媛主編，《當代女性主義文學批評》（北京大學出版社，一九九二年），頁一九六。
5 埃萊娜・西蘇，《美杜莎的笑聲》，張京媛主編，《當代女性主義文學批評》（北京大學出版社，一九九二年），頁一九六。
6 西蒙娜・德・波伏瓦，《女人是什麼》（中國文聯出版公司，一九八八年），頁三五一。

狗」是蘇眉遠在美國的妹妹蘇瑋養的一條做了絕育手術的狗的名字。逃離宿命的努力僅僅使自己在羅網中越陷越深，隱喻式的結尾充滿了對女性周而復始的苦難噩夢的悲憫與絕望。九〇年代末期的《大浴女》依然延續了這種文化反思與人性批判。尹小跳與尹小帆的共同嫉恨扼殺了兩歲的尹小荃，上演了姐妹相殘的悲劇，而尹小帆又奪取了尹小跳的戀人。富於攻擊性的尹小帆迎合了以占有意識為核心的男性法則與社會潮流，「不參與不破壞就不足以證明她的存在」，但她最直接的攻擊目標往往是針對女性世界，這和以不斷獵獲不曾體驗過的女性為樂事的方兢形成一種呼應，表明尹小帆的成功來源於對男性世界的迎合。鐵凝在小說的結尾寄希望於夭折了的尹小荃，希望那「仙草一樣的生命」，能霧化成精神甘露，洗滌籠罩著現代女性心頭的焦慮。但這樣的希望幾乎是另一種虛妄，盤桓在人們心頭的尹小荃象徵的是一種潛在的罪感，在這樣的罪感的引領下，女性就一定能夠走向懺悔的通途嗎？在浸滿了宗教感的祈望中，依稀地閃現出神祕意味和宿命底色。

徐曉斌的創作以「逃離意識」為其自覺的精神樞紐：「我始終注視著內部世界，以致外部世界的記憶變得支離破碎，就像『沒活過』似的。這就是：逃離。……這種自欺實際上是一種新的逃離，用一種遙遠的幻想來逃離現世。」[7]《藍毗尼城》和《敦煌遺夢》營造的神祕的宗教氛圍，成了一種逃避現世噩夢的佛國，同時也規避了至愛的美夢。但作家智性的諦視中瀰漫著相對主義與虛無主義的趣味，介於「逃離」與「追求」之間的禪境，僅僅是對女性的現實存在的擱置。《迷幻花園》和《雙魚星座》的象徵化書寫，構造出虛實相生的女性寓言。互為鏡像的一對女友怡和芬通過對方看見了自己的倒影，但一個名為「金」的男人的闖入，並沒有為她們迷惘的人生指明方向，在面對生命、青春和靈魂的非此即彼的占卜中，所有的選擇都是迷失。《雙魚星座》中的卜零面對現實世界中的壓迫，在夢中殺死了作為權力、金錢和性的代碼的三個男人，夢醒後逃往作為「別處」的佤寨。但正

7 徐曉斌，《逃離意識與我的創作》，《當代作家評論》一九九六年第六期。

如作者自己所言：「這個『別處』其實是不存在的，是烏托邦，因此逃離也就沒有了終極意義。在根本不存在精神家園的前提下，卜零只能成為一個永遠的精神流浪者。」[8]奇怪的是，逃離的無望並沒有激發作家的質疑，反而陷入了「母系寓言」的定式。《羽蛇》中的羽蛇、金烏、若木、玄溟等，「她們都是遠古時代的太陽和海洋，她們與生俱來，與這片土地共存」。作品描述了母系家族五代女人的生活，重點表現了母女之間表面慈愛、內心對峙的悖謬。而小說結尾纏在權杖上的兩條相互對視的白色蛇，喻示了兩性和母女間的彼此對立。

九〇年代女性作家對於「母系寓言」的複雜情感，確實折射出這個大轉型時代的文化困境：走進母系城堡只能將自己封閉在女性世界中，走出城堡又只能陷入男權法則的包圍。但這種複雜性更多地源自女性作為「第二性」的漫長歷史，正如徐曉斌所言：「父權制強加給女性的被動品格由女性自身得以發展……除非將來有一天，創世紀的神話被徹底推翻，女性或許會完成父權制選擇的某種顛覆。正如弗洛倫斯・南丁格爾膽大包天的預言：下一個基督也許將是一個女性。」[9]而且，對於經過了現代覺醒的女性而言，來源於「母系」的支持和力量不能以吞沒個體性為代價，否則，母系寓言就註定只能是永遠失去了的伊甸園，其中寄託的僅僅是一種懷舊與白日夢情結。這種對於血緣原債的恐懼，《玫瑰門》、《大浴女》和《羽蛇》都有所觸及，但表現得最為充分的還是陳染的一系列作品。《世紀病》中尷尬的「姐媽關係」奠定了其後續作品中陰鬱的基調。在《無處告別》、《私人生活》等作品中，寡居身份使「失敗的母親」和「父親的女兒」開始了類似於貓與老鼠的無聊遊戲，對外部的男性世界的恐懼與嚮往，使雙方都把對方視為潛在的背叛者，愛成了索取、占有、牽制甚至要脅對方的唯一理由。因此，「母系寓言」在以群體意識安慰現代女性的漂泊感、失落感和無家可歸感的同時，也隱含著侵吞私人空間和精神自由的潛在威脅。在此意義上，「母系寓言」僅僅是只可遠觀不可褻玩的烏托邦。

8　賀桂梅，《伊甸之光——徐曉斌訪談錄》，《花城》一九九八年第五期。
9　徐曉斌，《逃離意識與我的創作》，《當代作家評論》一九九六年第六期。

二、詩性敘事

九〇年代是詩意凋零的年代。詩歌文體在八〇年代炙手可熱，是文學的觀念變革和審美轉型的先驅，而九〇年代詩歌演繹的是激情的餘燼。顧準說：「當我們經歷多一點，年紀大一點，詩意逐漸轉為散文說理的時候，就得分析分析想像力了。」[10]顧準以清明的理性反思「把理想主義庸俗化了的教條主義」，而九〇年代詩情的急劇消退並非根源於理性的自覺，倒是與激情的挫敗和主體的疲憊密切相關，市場大潮中萌生的消費主義更是對詩歌文體的發展形成釜底抽薪之勢。詩人歐陽江河在發表於《花城》一九九四年第五期的《八九後國內詩歌寫作：本土氣質、中年特徵與知識份子身份》一文中提出了「中年寫作」的概念，詩人蕭開愚更為具體地解釋為「抑制、減速、開闊的中年」。與八〇年代的青春寫作相比，九〇年代的詩歌已經不再具有一往無前的衝擊力，幻滅感和滄桑感使詩行中充滿了猶疑，語流呈現出迂迴的低語狀態，審美姿態從尋美走向求真。值得注意的是，小說化是九〇年代詩歌創作的重要趨勢之一，敘事詩的寫作開始流行。詩人對當下與現實的關切，使詩歌成為呈現經驗的載體，「事件」與「事物」成為詩歌的表現對象，「事件性」與「戲劇性」成為詩人的審美目標。詩情的淡化與語言的直白，使韓東、於堅提倡的「口語敘事詩」逐漸退化成分行的流水帳。舒婷、翟永明等女性詩人在九〇年代的新作同樣無法避免散文化和小說化的俗套。另一方面，九〇年代的部分小說也呈現出詩化色彩。張承志寫於八〇年代後期的《海騷》、《黑山羊謠》、《錯開的花》和九〇年代的《心靈史》，是介於小說、散文與詩歌之

[10] 顧準，《顧準文集》（貴州人民出版社，一九九四年），頁四〇四。

間的文體，被一些研究者命名為「小說體詩」[11]；張煒的《九月寓言》、《家族》等作品表現出明顯的詩化色彩；曾經被劃入「先鋒」作家行列的劉恪更是推出了「詩意現代主義系列」。有趣的是，這些作家在文學觀念上都具有某種程度的理想主義和浪漫主義傾向。「跨體文學潮」在九〇年代一度風行，這種寫作姿態不僅意味著文體之間的「相間」狀態，還意味著不同思維、情緒、趣味的雜語狀態，它在價值內涵與審美旨趣上更加豐富也更加曖昧。九〇年代小說的女性表達以詩性敘事為主流，這些在文體間隙徘徊的主體，在價值立場上同樣是含混和破碎的。

在九〇年代的女性作家中，語言的詩化表達是一種相當普遍的現象。王安憶的小說語言透明靈動，像流水一樣自然通暢，但在水流的底部又蜿蜒著清晰的理性脈絡。《長恨歌》第一章的「弄堂」、「流言」、「閨閣」、「鴿子」以一種意象化的抒情，為全篇鋪上詩意的底色。而《烏托邦詩篇》與《傷心太平洋》拋棄了任何預設的理性框架，在情感的「進行時」中反省與領悟，理想的召喚使敘事情感如同從低處往高處旋轉的舞姿，緩緩地上升。作家自己把它們視為小說裡的長詩：「我不是把它們當小說寫，而是當詩來寫，並且我覺得是寫得非常好的詩。」[12]遲子建的小說敘事非常重視情節的編排和故事的營構，但她並不追求曲折離奇的效果，而是在最細微處灌注真情，不僅對人性的堅韌而且對人性的脆弱傾注貼心的關切。

有研究者對九〇年代以來的女性詩性敘事的特徵進行歸納，認為有如下特點：敘事策略的過渡性，它是女性主義敘事叛離（男性）敘事傳統之後一種不經意的選擇；經驗的私人性，它傳達的是女性獨特的生活經驗、生存體驗；觀物結體的瀰散性，女性敘事者觀察世界和反映世界偏重於直覺，著眼於微觀，從感覺和經驗出發的把握方式，導致了其視野的碎片化與朦朧性；話語操作的抒情性，語言不僅是詩性經驗的載體，而且是詩性本身；意

11　參見李詠吟，《文體創造與張承志的小說體詩》，《當代作家評論》一九九六年第一期。
12　林舟，《生命的擺渡》（海天出版社，一九九八年），頁二二。

義指向的潛隱性，寫作方式的非理性與隨意性，使作品的意義顯得模糊而游移[13]。至為重要的是，詩性敘事將「我」從社會習俗和社會道德的束縛中解放出來，是個人從群體的圍城中的出走，是「她」從「她們」中的撕裂與分離。「也就是說，詩意化的世界，是以『我』的精神為核心的。」[14]

陳染、林白、海男等都是以詩歌寫作進入文壇，九〇年代轉向小說創作。她們以女性的敏感、陰鬱和孤獨，諦視著內心的焦慮，表現出「心理現實主義」的審美趨向。傳統小說的敘事主題、情節線索、人物關係變得曖昧不明，錯綜複雜的現實社會在敘事者的意識流動中破碎，心理化的自我世界對抗著現實的庸俗世界。這種審美選擇繼承了浪漫主義的精神血緣。「席勒已經提出，我們的社會、政治、宗教和科學的現實情況都是散文氣的，這種散文氣是現實關係的表現。因此，詩的精神要建立自己的世界，以免現實用它的污泥來濺人。在浪漫派詩哲看來，人絕對無法生活在日益狹隘的散文化環境中，在那裡是沒有自由可言的。所以他們反對任何向經驗的現實社會趨同的企求。」[15]陳染、林白、海男等追求意味與氛圍的小說技法，在內向地表現個人經驗與想像的同時，迴避了與強大的現實世界的短兵相接，用作繭自縛的自我封閉來保護自我不被外界所侵犯。詩性的語言和朦朧的意韻飄渺無定，缺乏嚴密的邏輯結構和明確的理性內涵，這種內在的模糊和意識形態化的中心判斷背道而馳，它拒絕被一元化邏輯歸納和合併，以感性的、原生的姿態保護自己的豐富性，拒絕「加入『大多數』成為『正常』」（陳染《破開》）的宿命。但封閉的自我顯然是不完整的，孤獨的壓迫和流浪的消磨使「自我」處於一種分裂狀態。如陳染所言：「你其實只有半條命！因為，你若是想保存整個生命的完整，你便會無生路可行，你就會失

13 易光，《詩性寫作：敘事的窘迫和對敘事傳統的叛離》，《文藝爭鳴》一九九九年第二期。
14 劉小楓，《詩化哲學》（山東文藝出版社，一九八六年），頁三六。
15 劉小楓，《詩化哲學》（山東文藝出版社，一九八六年），頁二九至三〇。

去全部生命。」[16]在陳染和林白的作品中，具有自傳色彩的敘事者與主人公合二為一，其人稱經常在「我」與「她」之間滑動，這種將敘事主體劈裂為兩個人的做法，反映了主體人格的內在衝突。

在詩性敘事中，敘述的心靈化為其首要特徵。現實表象在文本中呈現為浸透著小說家心靈體驗的心象，小說家的情緒與感覺成為組織文本的樞紐。從情緒最本原的衝動出發，詩性敘事不能不表現出排斥理性的跡象。正如埃萊娜・西蘇所言：「寫作，這就為她自己鍛製了反理念的武器。……即便是在講『理論性』或『政治性』內容的時候，她的演說也從來不是簡單的，或直線的，或客觀化的、籠統的：她將自己的經歷寫進歷史。」[17]在這裡，情緒化的自我述說成了女性反抗男權的精神武器，理性被貼上了男權化的標籤。但是，棄置理性容易導致意義的混亂，甚至陷入自我分歧、自我消解的陷阱。

更為關鍵的是，陳染、林白、海男的作品的情緒表達逐漸地形成了一種模式，這就是以自戀為核心的經驗化表達。由於缺乏理性的深入，情緒無法得到昇華，只能停留在經驗感受的淺層，在同一個平面上漫漶。海男的《我的情人們》表現的是一個女人跟男人們漫遊的歷史，夢境與現實相互錯雜，情節和詩意都顯得支離破碎。女主人公對「情人們」的故事的述說，對作為愛情發生地的那些少數民族地區的奇異風情的展示，以及作品在文體上將詩歌、散文、書信、日記等混合在一起的選擇，都使作品成為碎片的拼貼。而隨後的《帶著面孔的人》、《坦言》、《蝴蝶是怎樣變成標本的》等長篇不僅沒有超越這些局限，反而越演越烈。小說的情節設置、語言表達過於隨意，缺少必要的構思與修飾，情緒缺乏節制。作家有限的自身經驗在作品中的投射，使作品的不同場景、情節、人物甚至細節都顯得大同小異。陳染的《私人生活》幾乎是對《與往事乾杯》、《無處告別》等中短篇的組合與擴寫，作品中的女主角黛二、水水、雨子、倪拗拗等都投射著作者自己的影子，她們都不隱諱對父親

16　陳染，《陳染文集・女人沒有岸》（江蘇文藝出版社，一九九六年），頁一六七。
17　埃萊娜・西蘇，《美杜莎的笑聲》，張京媛主編《當代女性主義文學批評》（北京大學出版社，一九九二年），頁一九四至一九五。

的怨恨又暗中依戀，都與母親相依為命又相互窺視，都試圖逃離現實秩序而最終落入塵網。林白在《一個人的戰爭》之後，《守望空心歲月》、《說吧，房間》和《玻璃蟲》等長篇都有白頭宮女說玄宗的味道，缺乏沉澱而一味訴說。

在小說主題上，「逃離」成為這些女作家共同的選擇，鏡子成為作家們構造象徵世界的共同意象，自慰場景成了「身體化寫作」的文化標籤。所謂的「私人化寫作」在實踐中不僅沒有表現出「私人」的獨一無二性，而且在近乎氾濫的書寫中，使「私人」成為商業社會中可以複製的產品。「私人化寫作」的真正內涵不在於是否呈現了經驗的奇觀，更不在於主體是否採取與外部世界決裂的姿態，難道真正的「個人」就一定要與社會勢不兩立嗎？至於「身體化寫作」，它對男權法則的反抗不僅不徹底，還曖昧地走向了其反面，迎合著男性的窺隱和獵奇心理。因此，女性「私人化寫作」的最大威脅並不來自於公共話語和男權話語的壓制，而是來自於主體內部的自我複製與自我拆解，作家在輕率、含混、重複、自相矛盾、似是而非的言說中，在封閉於自我世界的沉醉中，自生自滅。

以情緒為中心的詩性敘事在自我拆解方面，有如下兩種傾向：首先，不擅長理性探詢的思維方法，使作家在面對一些深奧的理性命題時，通過場景化轉換來逃避內省的折磨，即把內在衝動或潛在意向轉入公開的行動，這就是陳染筆下的「出走」、林白筆下的「逃離」和海男筆下的「私奔」。因為對一種欲望或意向的內涵和意義的開掘，往往會更加混亂自我與世界的關係，產生更多的焦慮和痛苦，而轉入具體的「逃避」行動，即使個人同樣會遭受到挫折，但比起面對絕望的、無所適從的內省，其焦慮和苦痛會輕得多。其次，作家以虛幻化或理智化的方式來閹割自身活生生的經驗與感受，藉以否認和排除其影響。海男筆下反覆出現的夢境往往沖淡甚至掩飾了現實的殘酷性；林白所鍾情的「飛翔」近乎一種高峰體驗，它同樣混淆了現實與幻覺的界限；陳染傾向於理智化方式，其作品如《破開》中宣言式的理論闡述與人物的具體經驗、現實處境並沒有完全融合，相互游離。當具體的經驗被閹割之後，主體就不再需要在明晰的意向的引領下實實在在地追尋，而只需要沉浸在脫離了行動和欲望的虛幻雲煙和空洞理論中，逃避了個人意向對靈魂的追問。正如維吉尼亞・伍爾夫對那些沉溺於自我的「個人化」創作的批評：「各種各樣意識——自我意識、種族意識、性別意識、文化意識——它們與藝術無關，卻插到作家和作品之間，而其後果——至少在表面上看來——是不幸的。」[18]她認為女性寫作應該超越政治、個人的關係，促進純粹的詩人氣質的生長，關注更為博大的人類命運和人生意義。

三、隱性對話

九〇年代女性的私人化寫作過多地沉溺於「自我宣洩」，她們多數是以抒寫個人經驗和自我感受而引起關注，並在自我膨脹和自卑意識的矛盾中不能自拔。女性作家的作品成了女性生活的記錄，成了考察女性處境和女性意識的社會學依據，而文學形式、審美價值卻僅僅被視為文化副產品。女權主義批評的崛起，更是把小說文本作為女性自我確證和對抗男權的武器，這就為女性小說預先規定了基本套路。而文學創造的精髓在於不斷地突破成規，探索新的可能性。女性批評家劉慧英有這樣的反省：「歷代的不少女作家由於以排遣和釋放心中的積鬱及纏綿為寫作目的，缺乏對文學的文體自覺，缺乏在藝術形式上有所建樹的信心，因此對這樣的作品很難從篇章結構上深究。」[19]因此，過度的自我意識並沒有使敘事中的「自我」豐富多彩，反而使「自我」顯得概念化、公式化，簡單直露或一成不變的表現手法削弱了「自我」的感染力，使「自我」成為一種觀念化的符號。九〇年代的

18 維吉尼亞・伍爾夫，《論小說與小說家》（上海譯文出版社，一九八六年），頁一四三。

19 劉慧英，《走出男權傳統的樊籬》（生活・讀書・新知三聯書店，一九九五年），頁一六五。

詩性敘事對於女性文學的形式革新來說，有一定的突破意義，但基本上沒有超越女性偏重直感的形式怪圈。而這種形式的逐漸氾濫，使不少女作家把小說寫成了「情緒垃圾」。

劉慧英在《走出男權樊籬》一書中還注意到了女性作家「從宣洩自我到自我的隱匿」的現象：「由關注女性自身命運和生存狀態起步，逐漸轉向其他題材或寫作角度，由對自我的大膽、直率的剖露而轉向對自我乃至女性經歷和感受的隱匿和迴避。」[20]像後期的丁玲更是被迫地迎合主流意識形態，寫作的自主性完全喪失。張辛欣這樣解釋自己放棄書寫女性經歷的作品的原因：對女性宣洩的警覺；對婦女歷史和現狀的思考的停滯不前，她不願意將「同樣的困惑」再甩給「同樣是女性」的讀者，因為她以為這些困惑似乎永遠無法解開[21]。這種自我反省是深刻的，更是切中肯綮的。但是，排除了情感和經驗的創作並沒有開拓出新的空間，反而阻隔了文學與生命的對話關係，使創作失去了精神的源頭，走入更加狹窄的歧途。問題的關鍵是，宣洩自我的作品並沒有獲得獨特的文學個性，反而陷入了一種由來已久的類型與模式；另一方面，走出女性的自我封閉，關注更為廣闊的社會並非是必須以拋棄個性為代價。如果沒有了個體獨立的思考，所謂的人間情懷和人性關懷都只能是人云亦云、大而無當的陳詞濫調，只能使自己成為公共話語和主流意識形態的應聲蟲。

在九〇年代的女性作家中，王安憶算得上是一個異數。「雯雯」系列正如作家自己所反省的那樣——「是情緒的宣洩，是內心騷動所致」[22]。但在隨後的創作中，作家沒有被動地延續女性文學的「傳統」，更沒有重複自己。作家通過自己的努力，一方面，「我確實想去掉一些女作家的毛病。比方自我修飾、矯揉造作就是一個很大的問題。中國女人剛從廚房裡出來不久，記憶中大都是往事，生活面比較狹隘，感情又非常纏綿，講到傷感便有

20 劉慧英，《走出男權傳統的樊籬》（生活．讀書．新知三聯書店，一九九五年），頁一七三。
21 劉慧英，《走出男權傳統的樊籬》（生活．讀書．新知三聯書店，一九九五年），頁一八四至一八五。
22 王安憶，《重建象牙塔》（上海遠東出版社，一九九七年），頁一三三。

很多的話題，但要達到一種悲哀的境地就缺乏力量了，本身也可能缺乏審美的能力。」[23]另一方面，作家一如既往地保持並發展著語言的詩意、細膩和敏感，並把語言的詩性提升到詩性地觀察和把握世界的方式，以審美的視角取代社會學、政治學的視角。《烏托邦詩篇》和《傷心太平洋》的詩性不是表現在語言的修飾上，而是表現為超越物質世界的精神再生，通過反省與批判，從普遍的人文危機中重建「時代精神之塔」，「將自己融入一個廣袤的精神領域，自覺擔當起時代的精神書記員」[24]。對於《叔叔的故事》，其元小說、反故事、反情節手法引起廣泛的關注與爭議，但我個人更傾向於將它理解成一種障眼法，關鍵的是作者在敘述視角中表現出來的懷疑精神與悲劇意識，作為抽象的敘事符號的「叔叔」代表的毋寧說是性格複雜的知識份子傳統。這種在自我與世界之間通過懷疑來重建精神可能性的努力，是詩性的內核，而停留於語言層面的詩意僅僅是詩性的外衣。

在「私人化」和「身體化」寫作中，「我」的敘述聲音和軀體形象把文本塞得密不透風，但這樣的「自我」卻是虛假的，單一的視點和過度的渲染不僅使「自我」因浮誇、直露而削弱了表現力，而且毫無保留的自我演示只會使「自我」變得空洞、貧乏、凝滯，成為一種貼在表面的標籤，成為游離於世界之外、失去了與世界的有機聯繫的空殼。正如拉斯奇對那些「大言不慚的自我表露」的批評：「對內心生活的記錄成了漫不經心的對內心生活的滑稽模仿。這樣一種貌似探索內心世界的文學體裁事實上恰恰表明內心生活是最不必認真對待的。……探索內心世界的歷程最終發現的只是一片空白。作者再也看不到生活在自己意識中的反映。相反，他把世界，甚至世界的空虛，看做是自身的投影。在記錄他的『內心』體驗時，他並不力圖對某一和具有代表性的現實情景作一客觀記敘，而是誘使別人給他以注意、讚許及同情，並靠這些來支撐他搖搖欲墜的自我形象。」[25]王安憶的「自

23 王安憶，《重建象牙塔》（上海遠東出版社，一九九七年），頁一五一至一五二。
24 陳思和，《營造精神之塔》，《文學評論》一九九八年第六期。
25 克里斯多夫・拉斯奇，《自戀主義文化》（上海文化出版社，一九八八年），頁二二。

我」是在與世界、文本的對話中呈現出來，「我」隱匿於文本的幕後，但在物我交融的狀態中，所有的材料與物象中都投射著「我」的折光。而且，這個「我」不是靜態的，而是在思想與選擇中不斷生長的可能性，是在與世界、文本的互動中相互顯現的生命交流。在九〇年代初期的《我的小說觀》中，作家這樣表述自己的小說理想：不要特殊環境特殊人物；不要材料太多；不要語言的風格化；不要獨特性[26]。而作家所「不要」的恰恰是中國大多數作家藉以突出自己的創作「個性」的基本手段。通過最平常、最普遍、最樸素的形式來顯現「我性」，要求作家不留痕跡地將自己的思想情感滲入文本，正可謂「隨風潛入夜，潤物細無聲」。《長恨歌》中的王琦瑤與上海這座城市相互對應、相互嵌入，但她們都是在自足狀態中舒緩地敞開，而不是在敘述者的控制之下出場，作家的思考就如流淌在文本底下的暗河一樣，使表面鬆散的敘述顯得飽滿和富有張力。王安憶非常強調理性對於長篇小說的意義，並認為「在長篇小說中，人物一定要靠思想來支撐，和思想相比性格是狹隘的東西」[27]。應該說，王安憶作品中的思想是液態的，而不是與敘述分離的、生硬的、固體的思想，這種液態源自於作家的情感、經驗與思想的相互催化，相互融合。

王安憶在九〇年代對於兩性關係的理解也有其獨到之處。《紀實與虛構》通過追溯母親的家族歷史和描繪「我」的成長經歷，用紀實的手段來達到虛構的目的，從物質層面拔升到精神領域。有趣的是，作者在追索母親的血緣時，上溯的是母親的父系血緣，而不是像前述的「母系寓言」執著於純粹的母系家族史。作品中有這樣的話：「我一直把母親作為我們家正宗傳代的代表，這其實已經說明我的追根溯源走上了歧路，是在旁枝錯節上追溯，找的卻是人家的歷史。這是混亂不堪的地方，不過也可證明在上海這座城市裡，婦女的地位上升，父權觀念下降。」作品中的悖論讓不少女性批評家很不滿意，徐坤就認為「『父系歷史乃為正宗』的思想仍主宰著女作家

26 王安憶，《漂泊的語言》（作家出版社，一九九六年），頁三三至三三二頁。
27 王安憶，《重建象牙塔》（上海遠東出版社，一九九七年），頁二〇五。

的頭腦，完全不像她在這之後寫的《長恨歌》那樣大張旗鼓為女性立傳」[28]。這樣的評價不無牽強。其實，《長恨歌》對於女性的書寫也絕沒有流露出那種反抗男權的女性意識，兩性在其作品中是一種處於對話狀態中的、趨於平衡的關係。作家在與李昂的對話中有這樣的思考：「事實上我覺得男女是有區別的，沒有區別地加以對待，反而使得婦女負擔更重。……我現在常有一種感覺是我們好像忘記了性別的差異的存在。」[29]這種以承認差異為前提的公平，比那種無視差別的絕對平等可能更現實、更合理一些。而且，並非女作家不正面突出女性就不具有女性意識，王安憶低調的、隱性的書寫中流露出的反而是一種更貼近女性生存現狀的人文關懷。

陳染的小說《破開》中有這樣的話：「性別意識的淡化應該說是人類文明的一種進步。」在隨筆《跑竹炸碎冬夢》和《超性別意識》中有更進一步的闡發：「沃爾夫在《一間自己的屋子》裡，曾借用柯勒瑞治的話說：『偉大的腦子是半雌半雄的。』我認為，這話的意思不僅僅指一個作家只有把男性和女性兩股力量融洽地在精神上結合在一起，才能毫無隔膜地把情感與思想轉達得爐火純青的完整。此外，我以為還有另外一層意思：一個具有偉大人格力量的人，往往首先是脫離了性別來看待他人的本質的。」[30]但陳染的這一理念卻沒能在創作中得到有效的貫徹。王安憶則在沉默、扎實的隱性狀態中，成功地展開了自我與世界、自我與兩性的生命對話，將「男性和女性兩股力量」，將情感與思想，都「融洽地在精神上結合在一起」。儘管我的論述很可能被批評為「男權話語」，但王安憶以人性化的「我們」為本位、表現人間情懷的寫作，以及通過與男性的潛在對話來凸現女性化「自我」的努力，對於作繭自縛的「私人化」和「身體化」寫作而言，顯然昭示著更為廣闊的可能性和更為博大的自由空間。

28 徐坤，《雙調夜行船》（山西教育出版社，一九九九年），頁三五。
29 王安憶，《重建象牙塔》（上海遠東出版社，一九九七年），頁一四三至一四七。
30 陳染，《陳染文集．女人沒有岸》（江蘇文藝出版社，一九九六年），頁八〇至八一。

第十三章　文體演變：九〇年代小說的新聞化

我們總是習慣於將文本理解為一種封閉的話語範式，而忽視了其發展演化與人類的生存處境和精神籲求的相關性。濾除了人文內涵與價值負載，文體就只能成為如蛇蛻一樣的空殼。在文體學的視野中，「時代文體」是一個極其重要的概念，它在特定時代中占主導地位，是最能反映該時代的藝術精神結構的文體，是為一個時代造影的精神標本。因為藝術風格的變化總是能成功地表現其時代的生活理想、感覺方式以及人與世界之關係的變化。法國新小說家布托爾亦認為：「新的形式一定會揭示出現實裡面的新事物」，「不同的敘述形式是與不同的現實相適應的」[1]。基於此，九〇年代文體就有趣地成為透視九〇年代文化現實的精神切片，其間沉積著歷史的負累和現實的斑駁，折射出這個在陣痛中煎熬的轉型年歲的精神面影。綜合比較八〇年代小說與九〇年代小說的敘述形式，不難發現後者的新聞化傾向日益明顯，這種文體變異折射出瞬息萬變的九〇年代的文化側影。

1　布托爾，《作為探索的小說》，柳鳴九主編，《新小說派研究》（中國社會科學出版社，一九八六年），頁八八至九〇。

一、時裝邏輯

小說的新聞化傾向在濫觴於八〇年代末期的「新寫實」小說中便初露端倪。劉震雲的《一地雞毛》可謂奏出了九〇年代小說新聞化的序曲，它與問世於八〇年代的方方的《風景》相比，背景更為淡化，日常化敘事的輪廓更為鮮明，想像與虛構在傳統小說的牢不可破的地盤被寫實所搶占。而所謂的「零度敘述」也淹沒了作品的主觀性，纖毫畢現的自然主義筆法和敘述人的旁觀視角賦予作品以一種煞有介事的客觀性，這和將客觀性與公正性視為生命的新聞文體在表象層次上不謀而合。而且，「新寫實」對於灰色人生的顯微式的凸現手法和新聞特寫所擅長的「放大」與「再現」技法如出一轍。有趣的是，劉震雲在一九九三年推出了中篇《新聞》，標題與正文相得益彰。

《春風》曾打出「新新聞小說」的旗號，但由於得不到創作實績的支持，很快便風流雲散。真正把「新寫實」的新聞化傾向往前推進的是《北京文學》所宣導的「新體驗小說」。「新體驗」的主將陳建功認為：「因為敘事的親歷，將使『新體驗小說』吸取了很多新聞的特點。」[2]趙大年則說：「小說的內容是作家的親身經歷和體驗，或者是親耳所聞。它屬於紀實文學。不是虛構的故事。」[3]「新體驗」承續了「新寫實」對外在世界的關注，但「新寫實」是靜觀的、描述性的，「新寫實」淡化價值立場的敘事原則削弱了敘述主體的主觀能動作用，而「新體驗」則以其親歷線索而獲得動態感和參與性。「新體驗」以追求現時性、親歷性和主觀性為鵠的，但就

2 陳建功，《少說為佳》，《北京文學》一九九四年第二期。
3 趙大年，《幾點想法》，《北京文學》一九九四年第二期。

其創作實踐而言，作家過分地拘泥於現實生活狀態，使主觀性在現時性與親歷性的夾擊下無處立錐。對親歷性的呼喚使作者、敘述者和人物疊合於一體，對真實性的偏嗜捆綁住了作家想像的翅膀，這就使陳建功的《半日跟蹤》、許謀清的《富起來需要多長時間》和《豐富一座城市的名字》類似紀實小說、報告文學與特寫隨筆，局限於「採訪」或「外在介入」式的寫法，新聞性是以侵吞虛構性的地盤為代價的。陳建功說：「虛構性有真實性無法替代的魅力，而真實性也有虛構性無法替代的魅力。」[4]毋庸諱言，「新體驗」顯然過分拘泥於對現實生活狀態的摹寫，真實性與虛構性在小說中遠未能達到水乳交融的狀態，這不利於作家的自由揮灑，尤其不利於虛構情節和細節。被視為「新體驗」的典範的畢淑敏的《預約死亡》，真實性與虛構性也處於游離狀態，虛構的嚴重萎縮使其在藝術性上大打折扣。

曾經風靡大江南北的「留學生文學」同樣具有「新聞」或「紀實」的品格。《北京人在紐約》、《曼哈頓的中國女人》、《上海人在東京》、《我在美國當律師》和《陪讀夫人》都以其活靈活現的異域生活體驗令人耳目一新，而那些一夕登天的成功神話更是讓人心醉神迷，這些作品迎合了人們對既精彩又無奈的西方世界的好奇和嚮往。一九四九年後長期的隔絕狀態使資本主義世界成為巨大的黑箱，其中的平常事物對於生活在另一種體制中的人而言，都是趣味盎然的新聞，都是可以開闊眼界的資訊和指南。但當其「奇異」的光環逐漸黯淡時，冰消瓦解就不能不成為這些作品的宿命。

「新都市小說」或「新市民小說」為小說的新聞化傾向提供了更為廣闊的舞臺。這當然不是偶然的。市場經濟的勃興、資訊時代的撞擊和全球規模的商業化強有力地促動著中國的都市化進程。不斷加速的時代步點使人們在疲於奔命的跟進中，對沉重的歷史越來越隔膜，絢麗得近於迷亂的都市萬花筒讓人們在驚喜不已的同時無所適

[4] 見《「新體驗小說」研討會紀要》，《北京文學》一九九四年第六期。

從。為了擺脫迷茫感，都市人往往尋求更複雜和更強烈的刺激，通過唯新是崇的追逐來使內心達到必要的飽和。現實之變所帶來的「震驚」逸出了作家的想像和虛構，浮躁情緒和功利目的的膨脹也日益窒息作家的想像力和洞察力。於是，照貓畫虎的寫實就不能不給「新都市小說」塗上新聞化的油彩。然而，「新都市」顯然比「新體驗」成熟，它不再局限於矯揉造作的「親歷」，而以置身其中的感受取勝。池莉和方方的「武漢」、何頓的「長沙」、張欣和張梅的「廣州」、邱華棟和丁天的「北京」、韓東和朱文的「南京」、王安憶和陳村的「上海」等，其人文環境的姿態各異和世道人心的波譎雲詭，只有此境中人才能在反覆咀嚼中深得其味。令人眼花繚亂的都市使作家順手拈來便是題材，對效率的追尋致使他們無法潛心地提煉和沉澱，對市場的遷就也逼迫他們保留素材鮮活、粗糙和趣味的一面。因而「新都市」的紀實性與新聞性既蘊含著作家的幾分刻意，又流露出幾分無奈。

如果說「新寫實」、「新體驗」與「新都市」關注平凡人生和世俗百態的作品借鑑了「軟新聞」的筆法，那麼，名噪一時的「新現實主義」作品則容納了「硬新聞」的某些文體要素。在新聞學的定義中，軟新聞是與人們當前的切身利益並無直接關係，僅供一般瞭解或消遣之用的奇聞趣事之類的消息，它取材於社會生活、日常生活中的新鮮事件，人情味濃，寫法輕鬆，繪聲繪色，可讀性強；硬新聞是指與人們切身利益密切相關的政治、經濟、軍事、文化等方面變動的消息，題材重大，行文較為嚴肅和莊重。劉醒龍、談歌、何申、關仁山和許建斌等人「分享艱難」的作品帶著極強的經邦濟世色彩，著眼於對生活的整體性走向的把握，它們對現實的模擬可謂栩栩如生，但作家的主體性被淹沒在紛繁的表象之中。如果剝除題材的重大性和矛盾的尖銳性，它們並沒能跨越「新寫實」的藝術刻度，對於「問題」的無節制的熱情使它們酷似一度氾濫的「大特寫」。周梅森的《人間正道》、張平的《抉擇》和柳建偉的《北方城郭》熱切關注社會政治的敏感點和大眾心理的興奮點，作家的憂患意識躍然紙上，但驚心動魄的情節推進和鋪天蓋地的資訊攻勢同樣使其報告性凌駕於小說性之上。

不容忽視的是，九〇年代以記者為職業的作家頭角崢嶸，讓人刮目相看。皮埃爾・布迪厄有言：「藝術、文學、科學，這些自主性領域反對商業法則，而今天主要是報刊將這些商業法則強加給這些領域。這種統治從根本上說是致命的，因為它有利於直接聽命於商業需求的產品和生產者，正如維勒根斯坦所說的『記者型哲學家』。」[5]我個人認為「記者型作家」同樣容易聽命於商業法則。劉震雲、邱華棟、東西、何申、劉慶邦等都有供職於報社的經歷，都有過採訪報導的工作歷練。而像鄧一光一樣由記者轉為專業作家或由記者轉為文學編輯的同樣不在少數，若算上那些從事文學編輯工作和有過基層報導經驗的小說作家，這支隊伍真可謂蔚為壯觀。屯駐於資訊的集散地，身為記者的作家得天獨厚，在題材的新穎性和視野的寬廣度上都勝人一籌，而對各式新聞文體的爛熟也使他們的小說不由自主地濡染上新聞性。劉慶邦的《家道》、《靈光》、《泥沼》等「新體驗小說」和何申寫基層幹部的系列中篇都隱約地浮現出一種記者的視角。值得一提的是述平的中篇《晚報新聞》，新聞和小說敘述相互穿插的文體風格使新聞和小說被奇異地嫁接在一起，具有較為鮮明的拼貼性和零散性，其中的小說敘述部分具有「特寫」這一新聞文體的特徵，它集中突出事件發生的現場或過程中的一個片斷，富有較強的形象性和感染力。

九〇年代小說文體的新聞化傾向，體現了一種時裝邏輯。也就是說，時興與否的標準成為作品能否取得市場成功的關鍵。在一個資訊時代，要製造時尚，就必須走極端，就必須標新立異，而作品的文化與審美底蘊自然成了可有可無的東西。因為時裝邏輯的核心在於以五色炫目，而那些無法讓人以直觀形式感受到的東西無法取得立竿見影的顯效，因此是必須放棄的。把小說的新聞化推向一個新高度的是邱華棟的同代人。邱華棟的長篇《城市戰車》、《夜晚的諾言》和《蠅眼》的風格大同小異。疊床架屋的新資訊給讀者以應接不暇的衝擊，但密不透風

[5] 皮埃爾・布林迪厄、漢斯・哈克，《自由交流》（生活・讀書・新知三聯書店，一九九六年），頁一八。

的敘述使作品的審美意味缺乏自由生長的間隙，過剩的資訊成為臃腫的贅疣。他的《正午的供詞》描寫電影導演和明星的一場悲劇，因影射張藝謀而被炒得沸沸揚揚。投資製作根據此小說改編的同名電影的廣東巨星公司為炒作而大爆張藝謀與女主角扮演者王海珍的「誹聞」，上演了一場鬧劇。作家在一篇訪談錄《尤其與張藝謀沒有關係》中聲稱：「我絕不向大眾妥協，我只面對我自己的心靈來寫作。」[6]這樣的文章標題與談話方式大有「此地無銀三百兩」的意味。作家在《城市戰車》的《代後記》中說：「在一個傳媒時代裡，小說應該是什麼樣子的？我以為，更多的資訊已是好小說的重要特徵。信息量一定要大，否則一部分小說將很快被資訊垃圾淹沒。」[7]這種追求使其作品具有明顯的文體特徵，那就是小說的資訊化。這就使小說的審美性讓位於資訊傳輸功能，成了一種與其他新聞文體爭鋒的準新聞文體。記者的職業身份使作家置身於資訊的漩渦，光怪陸離的資訊撞擊出支離破碎的靈感火花。小說集《都市新人類》中的篇章具有不容置疑的「特寫」色彩，意味深長的是，作家根據相同素材寫出了一本特寫集《城市的面具——新人類的部族與肖像》。邱華棟的作品的核心意象與主體構架通常由某一時新資訊演化而成。據作者自稱，長篇《城市戰車》的兩大資訊源是莎琳有關流浪藝術家的報告文學和張容關於法國荒誕派戲劇的學術文章。可以說，這兩種資訊分別成了支撐作品前半部和後半部的骨架。如果濾除這些資訊，小說就顯得空洞而貧弱，整體構架也轟然倒塌。長篇《夜晚的諾言》和《蠅眼》也大同小異，疊床架屋的新資訊使讀者應接不暇，但密不透風的敘述窒息了作品的深層意味，使作品缺乏必要的想像空間，過剩的資訊成為閱讀的障礙。尤其是後者，它實質上是由五個中篇拼湊而成，看似富有創意的屏風式結構恰恰暴露了作者結構能力的薄弱。作家堆砌資訊的寫作模式決定了作家必須以滾燙的激情之流來聚合這些五花八門的資訊，一旦激情之鏈出現鬆弛跡象，作品尤其是長篇各部分便呈現出相互游離的板塊狀態。

6　魏若冰，《尤其與張藝謀沒有關係》，《齊魯晚報》二〇〇一年三月五日。
7　邱華棟，《資訊化的想像（代後記）》，《城市戰車》（作家出版社，一九九七年），頁二八七。

二、文體混融

九〇年代具有新聞化傾向的小說大致有這幾種特性，即模擬性、自敘性、現時性和含混性。

模擬性是新聞化小說的內容的品格。新聞化小說對於現實的描摹與仿寫常常讓人驚訝不已，它們將現實的皺褶與毛孔都勾勒得異常明晰，將現實放大到觸目驚心的程度。它們對日常敘事和細節編織情有獨鍾，典型者如《一地雞毛》對「豆腐事件」的細嚼慢嚥和朱文《小羊皮紐扣》對一枚紐扣的癡迷沉醉。為了凸現作品的新聞性與紀實性，作家們自然無心開掘平淡中的絢爛，也不屑於琢磨常言常語中的至情至理。為了抓住見異思遷的市場和讀者，作家們習慣於以「好奇」來驅動敘事，在表淺層次上浮游。在嚴格意義上，他們所標榜的「真實」只是一種贗品，具有鮮明的仿製特徵。伊哈布・哈桑以反諷的口吻尖銳地指出：「翻版與摹製可以跟它的原型一樣真實，甚至可能帶來一種『生命的增殖』。」[8]但對心力交瘁的現代人而言，這種模擬性卻具有讓人暫時擺脫其真實困境的忘憂作用。鮑德里亞認為，後工業社會這種建立在高科技傳媒手段基礎之上的文化，是一種性質不同的新文化，即所謂的「模擬」文化。他解釋道，西方的全部信念似乎都押在所謂的「表徵」這麼一個小小賭注上，即一個符號可以指向一個深層意義，一個符號可以與意義進行交換，而且，這一交換是得到「上帝」的保證的。但是，如果當「上帝」也可以被模仿，被降格為一個小小的符號——構成信念的符號時，那麼，我們的整個語言系統就變得無足輕重，只是一個龐大的「幻象」（Simulacrum），這樣，它就談不上真實不真實，因為永遠不再

8 伊哈布・哈桑，《後現代景觀中的多元論》，王嶽川等編，《後現代主義文化與美學》（北京大學出版社，一九九二年），頁一二九。

與「真實」發生交換，它只與它自身進行交換。鮑德里亞說這就是他所謂的「模擬」（Simulation），一種與「表徵」相對的模擬[9]。九〇年代小說的模擬性的可疑也正在於此。

自敘性是就敘述語體而言。新聞化小說的作者、敘述者與人物多為三位一體，作家和人物的互文性關係極為突出，作家生平和人物命運的相互指涉成為引導閱讀的若明若暗的光束。敘述自身成為事件，成為推動小說進程的暗力，寫作的想像空間日益萎縮。「小說、新聞和自傳諸文體間日益流行的互相滲透不可置疑地表明許多作家已感到要保持藝術創作所不可或缺的與自己的距離已越來越困難了。他們現在既不把個人材料小說化，也不把這些材料重新安排，而是喜歡按材料原來的樣子不經消化加工就發表出來，讓讀者按自己的意思理解小說。許多作家現在已不再根據記憶寫作，而是依賴自我表白來保持讀者的興趣。」[10]新生代作家的作品具有最為顯著的自敘性。張旻念念不忘包容其生命的校園環境，那些關於青春、友誼和情愛的書寫中飄滿自我的倒影。王彪、丁天、陳染、林白等人以記憶為寫作資源的「成長小說」，同樣籠罩著厚重的自敘性氛圍。朱文的《食指》除了主人公吳新宇是虛構的以外，其餘人物如吳晨駿、韓東、丁當、于堅、呂德安等都是實存的詩人。邱華棟在敘事中湧動的不可自抑的焦慮也正是作家自身的生存狀態、生活狀態和精神狀態。必須指出的是，新聞化小說的自敘性與八〇年代先鋒小說的暴露性敘述大相逕庭。譬如馬原的《虛構》的第一部分有這樣的語句：「我就是那個叫馬原的漢人，我寫小說。我喜歡天馬行空，我的故事多多少少都有那麼點聳人聽聞。」作家毫不掩飾自己的虛構，不斷地破除敘述中逐漸累積起來的真實的錯覺。而洪峰的《瀚海》和《極地之側》同樣運用了這種元敘述技巧，使作品具有元小說的意味。與先鋒小說拆解真實性的敘述圈套相比，新聞化小說的自敘性是為了增強作品的真實性氛圍，發揮著偽裝和掩飾的功能。新聞化小說與狄更斯、薩克雷、巴爾札克等的現身說法同樣是貌合神離，經典現

9　參見盛寧，《人文困惑與反思》（生活・讀書・新知三聯書店，一九九七年），頁二六七。
10　克里斯多夫・拉斯奇，《自戀主義文化》（上海文化出版社，一九八八年），頁一七。

實主義的暴露性敘述有著較為明顯的勸諭和說教的動機，偉大性敘事和寓言化寫作的色彩清晰明瞭。而新聞化小說的自敘性卻意在模糊現實與虛構的界限，敘事者放棄代言人的姿態，在亦真亦幻的飄浮狀態中散發出濃重的顧影自憐的況味。作者不再去追究生活在自己意識中的反映，而是把世界甚至世界的空虛看做自身的投影。還是以邱華棟的小說為例，他的反映大學校園生活的作品如《夜晚的諾言》因為真切的體驗而瀰散出鮮活的魅力，而其餘作品大都局限於「採訪」視角或「外在介入」式寫法，浮光掠影，敘事者如同《蠅眼・純潔的天使》中的「觀看者、跟蹤者、窺視者」，正如作家自己所說：「我的小說實際上更多的是觀察他者，我自己主要是把某種感情和我關注的內容注入其中。」[11]由於與陌生對象的隔膜無法在瞬間消除，先入為主的猜測就替代了探幽入微的解剖，主體性的光照就被遮擋在物象的背後。

現時性指涉新聞化小說的題材的時間範圍，所寫為現在時態所發生的事物或問題。這反映了作家對傳統的虛構模式如傳奇、寓言和神話等的時間結構的懷疑和離棄，反映了作家對傳統的經驗模式如傳記、紀實和新聞等時間模式的倚重和套用。現時性著重於「看」而無意於「思」，以一種相對客觀的態度對現實進行描寫、敘述和勾勒，力圖凸現場景的畫面感和空間的實在性。現時性對於時效的追索使時間呈現出空間化傾向，這種視野中的時間往往有一種斷裂性和破碎性，缺乏整體性和連續性。九〇年代時間的急促奔流和場景的頻繁轉換襯托出永恆、宏大等命題的空洞與蒼白，新的精神資源的匱乏使作家們無力駕馭宏偉敘事，涉足者往往陷入「影響的焦慮」。在這種無根的浮游中，現時性寫作便成為一種慰藉和搪塞，成為樂而忘返的權宜之計。現時性寫作與時代保持同步性，堅持經驗的現在性與流行性。例如，在新生代的作品中幾乎找不到歷史的影子，邱華棟在沉迷於北京的日新月異時總是對這座皇都的歷史負重忽略不計，但事實上，都市化進程即使輝煌至極也不可能甩脫歷史的集體記

[11] 林舟，《穿越都市——邱華棟訪談錄》，《花城》一九九七年第五期。

憶。而八〇年代先鋒小說在時間的處理上就大異其趣，對時間迷宮有著旺盛興趣的格非在《褐色鳥群》的敘述中從寫作時的一九八七年縱入未來的一九九二年，真假錯疊，夢醒交加。典型者如余華的《一九八六年》，作品書寫的場景被圈定於當下的時間柵欄中，但其間漾動的封建魔影和「文革」記憶卻使時間獲得了一種穿透力。現時性寫作在九〇年代的大行其道和「新歷史小說」的由盛而衰有著一種曲折的關聯。新歷史小說對於「假正經」的歷史的無休止的解構，在某種意義上不但沒捕撈到歷史中蘊含的當代性，反而謀殺了歷史本身和人們的歷史意識。當人們對擠眉弄眼的「歷史」繞道而行時，現時性寫作的繁榮也就獨步一時。米蘭・昆德拉一針見血地指出：「小說的精神是持續性的精神：每一部作品都是對前面的作品的回答，每個作品都包含著小說以往的全部經驗。但是，我們時代的精神卻固定在現時性之上，這個現時性如此膨脹，如此氾濫，以至於把過去推出了我們的地平線之外，將時間縮減為唯一的當前的分秒。小說被放入這種體系中，就不再是作品（用來持續，用來把過去與未來相接的東西），而是像其他事件一樣，成為當前的一個事件，一個沒有未來的動作。」[12]

含混性是指新聞化小說對現有文學體裁的含混的、實用的、駁雜的模仿。新聞化小說在文體上兼收並蓄了先鋒小說、新寫實小說的某些敘事特點和通俗文學的某些敘事手法，同時融匯了新聞紀實、特寫隨筆的風格。新聞化小說容納了多種文類的結構規範，但由於其結合方式具有不穩定性和模糊性，在文體特徵上就不能不表現出含混性和交叉性。新聞化小說在保留傳統小說的情節、人物、故事等基本要素的基礎上，發揮新聞紀實真、新、快的文體優勢，借鑑散文點染體驗和情緒的藝術手法，將作家的情感、思考、智慧注入作品，並引入通俗文學強調感官刺激和心理刺激的表面化技法，使作品顯得斑駁迷離。虛構在新聞化小說中的淡化和潛化並不意味著虛構的完全退隱。事實上，新聞化小說中的虛構出沒於真實與幻想之間，具有極強的隱蔽性與迷惑性，它往往對

12　米蘭・昆德拉，《小說的藝術》（生活・讀書・新知三聯書店，一九九二年），頁一八。

現實進行掐頭去尾的塗改和誇大其詞的渲染，「真實」變得似是而非，避重就輕和避實擊虛的手法使現實的本質在悄然流失。如果失去了新聞對現實的干預性和小說對現實的超越性，新聞小說就極易淪為一種取媚世人的軟性文體。

三、虛偽的真實

九〇年代小說的新聞化傾向與媒體時代的文化語境密切相關。作家們對於現代傳媒的運作方式的日益熟稔，使他們能夠巧妙地利用傳媒來謀求廣闊的生存空間。小說的新聞化意味著小說的生產與傳播被逐漸納入新聞的生產與傳播體系，小說在藝術上的獨立性逐漸弱化，成為文化工業的產物。「小說（和整個文化一樣）日益落入傳播媒介的手中；這些東西是統一地球的歷史代言人，它們把縮減的過程進行擴展和疏導；它們在全世界分配同樣的簡單化和老一套的能被最大多數，被所有人，被整個人類所接受的那些玩意兒。」[13]媒體時代對於速度和數量的強調使奉獨創性和經典性為圭臬的小說觀念凋零為明日黃花。作家為了討好媒體只好被迫高產，於是，速食化、泡沫化、批量化和平面化就成為新聞化小說的先天性殘缺。當作家與媒體在磨合中達到天衣無縫的妙境時，作家在傳播方面的自由就只能以服從控制為代價。

九〇年代小說的新聞化傾向還有其深遠的世界性背景。在二十世紀，法國的「新小說」，美國二〇年代的「探索社會真相」小說和六〇年代的「非虛構小說」，叱吒一時的「新新聞主義」思潮，當代德國以瓦爾拉夫為

13 米蘭・昆德拉，《小說的藝術》（生活・讀書・新知三聯書店，一九九二年），頁一七。

首的「紀實小說」等，它們的相互呼應在敘事觀念和敘事形式上引發了一場悄悄的革命。美國作家杜魯門・卡波特的《冷血》，梅勒的《劊子手之歌》，邁克爾・艾倫的《美國的判決》，亨特爾・湯普生的《地獄天使》等作品都用了大量的新聞寫作方法，來描繪一宗離奇的社會事件，以新聞之實來彰顯文學之幻。它不同於新聞通訊特寫，因為這種作品在內容與篇幅上都超過了新聞寫作的範圍，但它也不同於傳統小說，因為它是非虛構的，直接反映真實人物及真實事件，故被稱為「反小說」或「文獻小說」。美國的多克托羅在一九七五年更是發出了極端性的預言：今後將不再有小說與虛構文學，而只有實實在在的敘事。而且，非虛構化並不局限於小說領域，它是藝術發展的一個新潮流。二十世紀中期出現的紀實戲劇、紀實電視劇、新紀實派攝影等都體現了這一流向。非虛構文藝思潮認為客觀生活本身所蘊含的表現力往往比作家杜撰出來的人物和情節更生動，更豐富，更深刻。在原汁原味的生活實際面前，殫精竭慮的虛構往往顯得寡淡和膚淺。特別是由於現代生活的超常態變化，作家對社會生活的把握變得鞭長莫及。面對斑駁而跳蕩的社會萬象，他們的經驗和想像力相形見絀，而讀者所希望的也是對正在變革中的一切的更迅速更直接更真實的瞭解。內外交困的處境逼使作家改弦更張，匯入非虛構的湧流。在這個消費文學的時代，「藝術被商品意識所同化，被大眾傳媒所傳播，並在一種均分的文化消費運動中成為即生即滅的短暫圖像」[14]。

就表象而言，小說的新聞化傾向順應了現代人對真實的日益急切的渴求。但我的看法卻並不那麼樂觀。在世界急劇變化的背後，仍然掩藏著許多陳陳相因的精神秩序和集體無意識。當小說主體沉醉於浮光掠影的捕獵時，他們就很容易遠離責任和義務，掩蔽現實真相。「大眾傳媒的精神是與至少歐洲所認識的那種文化的精神相背的：文化建立在個人基礎上，傳媒則導致同一性；文化闡明事物的複雜性，傳媒則把事物簡單化；文化只是一個

---

14 吳亮，《消費社會中的先鋒藝術》，《文論報》一九八九年第三期。

長長的疑問，傳媒則對一切都有一個迅速的答覆；文化是記憶的守衛，傳播媒介是新聞的獵人。」[15]這樣，在追尋真實的幌子下就暗藏著一股逃避真實的精神潛流。近年長盛不衰的「內幕」和「真相」文學高祭杜撰和捏造的法寶，不辨妍媸，混淆真偽，「報告」和「紀實」淪落成遮羞的幕布。真實如果失去了歷史的支撐和參照，曇花一現的假象就很容易混跡於真實的行列，指鹿為馬的荒唐就變得順理成章。社會的發展並非都是日行千里的斷裂，其中有持續中的變化，也有變化中的持續。真正主導一個民族和一個時代的發展大勢的，往往是那些潛隱於社會機體深處的穩定性力量。因此，對擺脫舊影的過分急切的心情往往會把自己推向「瞞」和「騙」的精神逃路。只有直面慘澹人生的冷峻才能從怪誕離奇中洞見古貌古心，才能從平淡無奇中顯示真知灼見。而且，小說的新聞化如果沿著堆砌物象的道路越走越遠，物對人的最終取代就絕非聳人聽聞的危言。心靈不在場的「真實」能稱得上是貨真價實的真實嗎？作家與現實之間如果一直保持鬆馳的、相互妥協的關係，主體的心靈遲早會被現實所鯨吞。沒有了與現實之間的緊張狀態，沒有了與現實之間的審視距離，作家的心智就容易被蒙蔽，他的精神就容易變得麻木，能夠喚醒他逐漸鈍化的感覺的就只能是刺激而非真實。沒有主體性的光照就沒有禁得起考驗的真實。新聞化小說作為一種文體現象可能會日益顯耀，然而，如果拒絕承擔與真實孿生的苦難和良知，它就只能不斷地蒸騰出過眼雲煙，而與傑作和經典無緣。

15 安・德・戈德瑪律，《小說是讓人發現事物的模糊性——昆德拉訪談錄（一九八四年二月）》，喬・艾略特等著《小說的藝術》（社會科學文獻出版社，一九九九年），頁八三。

第十四章　自我重複：媒體時代的文學病毒

大凡作家總是最討厭被別人指責為「自我重複」，但「自我重複」實在是二十世紀中國文學中的一個老問題，只不過聰明的人們不願或不屑說破而已。像我這樣看不到「皇帝的新裝」的當然只配躋身於「愚蠢者」之列了。中國現當代作家為什麼過早地形成了桎梏自己的「個人風格」？他們的激情迸射的創造力為什麼大都只能維持十年左右？九〇年代的文學星空閃爍的為什麼多是一焚即毀的流星？是啊，二十世紀的中國生長著太多的苦難，戰火紛飛、反「右」寒潮和「文革」災變接踵而至，這窒息了多少才情卓異的文學精靈啊！世紀末的滾滾商潮發動又一波攻勢，將一度高懸的文學夢想轟擊得支離破碎，在追求「速成」的浮躁心態的驅使下，自我重複更是蔚然成風，而且越演越烈。為什麼多災多難的俄羅斯凍土上能夠倔強地挺立起一棵棵文學的參天大樹？為什麼中國作家慣於把外部衝擊作為文學生命早衰的託詞，卻逃避追問精神的內在缺失？

一、重複與複製

重複（Repetition）是一種古老的修辭技巧，重複手法可分為語句重複和情節重複等，其目的是為達到強調或突出的效果，它通過引起滿足期待感而給人以享受，或者因未能滿足期待感而引起震驚。情節重複如賈寶玉兩次「迷本性」，語句重複如《詩經・芣苢》每節均以「采采芣苢」開頭且讓其各節中均出現兩次。廣義地講，各種押韻、節奏和詩節形式裡都存在著重複，它幾乎是一種不可避免的詩歌成分。例如，惠特曼儘管儘量避免押韻、節奏或詩節形式中的重複，但是精心設計的對句中又大量運用重複。小說敘述中也同樣存在著重複，情節重複在敘事作品中占據主導地位。小說巧用重複對塑造性格鮮明、內涵豐富的人物形象，展現人物所處的社會環境和作品的時代背景，抒發強烈、深沉的思想感情，揭示和深化作品的主題，增強作品的藝術感染力量，都具有十分重要的作用。米蘭・昆德拉認為「存在著一種重複的竅門」，即「如果重複一個詞，那是因為這個詞重要，因為要讓人在一個段落、一頁的空間裡，感受到它的音質和它的意義」[1]。情節重複同樣必須有所節制，必須明確目的，處理好簡與繁的關係，寓簡於繁，繁處見簡，在重疊反覆中表現深刻而豐富的思想內容，切忌在無關緊要的地方肆意迴旋重遝，造成臃腫、雜蕪，沖淡以至淹沒性格、情感和作品主題。情節的重複尤其要解決「避」與「犯」的矛盾，寓變化於重複之中，不能將重複等同於雷同。契訶夫《苦惱》中的馬車夫姚納・波達波夫在愛子病死之後，先後向第一個乘客軍人、第二批乘客三個花花公子、掃院的僕人和年輕的馬車夫訴說喪子的悲痛，但都遭受冷遇，甚至遭到嘲笑和謾罵，最後只得把苦楚向小母馬傾訴。馬車夫在傾吐哀傷時的言語因述說對象而異，這就既重複又避複，營造出一種掩映多姿的藝術效果。

在九〇年代的小說創作中，余華的《活著》和《許三觀賣血記》是極為典型的調用重複修辭的作品。前者意猶未盡地反覆敘說主人公福貴接連不斷地喪失親人的生命流程，以此來蓄積向苦難主題的最幽深處掘進的衝力；而後者則以九次賣血的奇觀來壘築起許三觀的生命之塔，苦難主題的縈迴不止依然是作品旨趣的鮮明指向。重複

---

1 米蘭・昆德拉，《被背叛的遺囑》（牛津大學出版社、上海人民出版社，一九九五年），頁一〇六。

手法缺乏避閃的反覆操練並不能在敘事節奏上達到一種加速的效果，使主題的鋒芒以越來越強的力度刺穿文字對意義的遮蔽，實現意義的增殖；相反，它使敘事變得凝滯、呆板，結構變得鬆散、沉悶，意義也在膨脹的語流的反覆沖刷中流失。一些評論曾就《活著》和《許三觀賣血記》是否存在「主題重複」而展開討論，高深的詩學理論的引入使問題顯得詭譎和幽深[2]。儘管余華的作品中確實擅用如熱奈特在《敘事話語》中所說的「講述若干次發生過一次的事」[3]的敘述策略，但如果還原到一種樸素的眼光，就不難發現在高明和繁複的敘事技巧下確實存在著主題複寫的問題。

作為修辭的重複是單一文本內部的結構關係，而我在本文中討論的自我重複，主要是指兩個以上文本之間的一種結構關係，它不是修辭學和詩學意義的重複，它恰恰是一種反修辭和反詩學的命題。成功的重複是創作主體的創造精神的迸射，而自我重複則是創造力衰竭的表現。因此，為了避免混淆，本文中所指的自我重複定位在「複寫」（Copy）和本雅明所言的「複製」（Reproduction）的意義層面上。

本雅明在《機械複製時代的藝術作品》（一九三六年）中指出複製或「可複製性」內含於藝術作品的本質和它的歷史之中。從希臘人的銅器鑄造術、錢幣衝壓術到中世紀的印刷術，再發展到十九世紀初的平版印刷術，機械複製一直以一種加速度向前發展。十九世紀末二十世紀初，人們掌握了複製聲音和現實形象的技術——錄音和電影，機械複製第一次獲得了獨立於自然和現實，獨立於藝術品「原作」的價值。機械複製使複製品脫離了自然和傳統的範疇，並在大眾觀賞和私人環境中賦予複製品以新的生命。在機械複製中，本真性（Authentity）概念被逼入絕境，本真性指藝術品「原作」的獨特性，本雅明把它定義為「在藝術作品碰巧出現的地方的獨一無二的

2 參見余弦，《重複的詩學》，《當代作家評論》一九九六年第四期；張閎，《〈許三觀賣血記〉的敘事問題》，張檸，《長篇小說敘事中的聲音問題》，《當代作家評論》一九九七年第二期。

3 熱奈特，《論敘事話語》，張寅德編，《敘述學研究》（中國社會科學出版社，一九八九年），頁二六六。

存在」。但他指出，機械複製把藝術作品從對儀式的依賴性中解放出來，這就使藝術品由少數人欣賞變為多數人欣賞，這在文化上具有革命和解放的意義，給無產階級文化帶來了新的廣闊天地[4]。這種論調招來霍克海默和阿多諾的批評，他們在《啟蒙辯證法》一書中首先提出「文化工業」（Culture Industry）的概念，指的是用工業生產方式來生產文化產品。資本和技術對文化領域的連袂侵入，造成了文化的質變，使文化從一個人類的創造性的審美活動所創造的成果變成一個工業機械生產的東西，這就取消了文化的內在本質——內在的一次性的不可替代的性質，文化藝術品的「光暈」（即一次性存在）被取消了。「文化工業只承認效益，它破壞了文藝作品的反叛性，而從屬於代替作品的格式。它使整體和部分都同樣地從屬於格式。整體與細節嚴格地對立和沒有聯繫，就像一個成績卓著、飛黃騰達的人，他把一切都看成自己的圖像和證明，而實際上這些只不過是愚蠢事蹟的記錄。」[5]九〇年代小說的自我重複內在地由作家被資訊時代催生的日益發達的模仿能力所決定，而外在地由技術的可行性決定，亦即逐漸普及的電腦寫作使自我重複如虎添翼。自我重複以一種複製的眾多性取代了創作的獨一無二性，使「原作」的意義變得無足輕重，藝術原作的實實在在的綿延被打斷。自我重複可以視為文化工業的一種生產方式，它打破了傳統審美規範的諸多禁忌，追求標準化、無個性、程式化，它使陌生的創新變為庸俗的成規。它是大眾消費文化對高雅文化的步步為營的侵吞和兼併，是通俗文學與嚴肅文學的混融和合謀。它體現出他律的商業化傾向，助長消費享樂主義的虛假意識形態，強化大眾商業社會文化霸權的功能。

---

4 參見瓦爾特・本亞明，《機械複製時代的藝術作品》，胡經之等編，《西方二十世紀文論選》第四卷（中國社會科學出版社，一九八九年），頁二六四至二七二。

5 馬克斯・霍克海默、特奧多・威・阿多爾諾，《啟蒙辯證法》（重慶出版社，一九九〇年），頁一一七。

二、氾濫的泡沫

自我重複是指相同的敘事成分在不同作品中的機械重複。在九〇年代小說的自我重複的類型之中，細節重複是最為普遍的現象，一些在作家生命體驗中烙有深刻印痕的細節閃回不止，結果是意義不斷地流失和損耗，就像祥林嫂喋喋不休地訴說：「我真傻，真的。」以邱華棟為例，《把我捆住》、《偷口紅的人》、《紅木偶速食店》和《蠅眼·遺忘者》都津津樂道打胎對女性所造成的身心俱損的重創，《闖入者》和《夜晚的諾言》對摸得大獎的奇遇玩味再三，《手上的星光》中楊哭捧紅廖靜茹的伎倆是《新美人》中「我」炒熱檀的策略的翻版，《樂隊》中莫力為死去的女友反覆謳歌的癡情因為《城市戰車》中蓋迪的拙劣模仿而變得矯揉造作，《眼睛的盛宴》和《公關人》對假面舞會的渲染大同小異，《城市戰車》中朱溫得性病的方式居然也傳染給了《蠅眼》中的袁勁松，而那首《物質女孩》因為《哭泣遊戲》、《樂隊》、《城市戰車》和《蠅眼》不厭其煩的闡釋而被稀釋成寡淡無味的湯水。

張旻對「槍」和「彈弓」特別地牽念，其中無疑烙有作家早年記憶的深痕：「那個時代，我們這些男孩所崇拜的並不是金錢和權力，而是為今天的父母們所不屑的一種渺小的技藝，即打架的本領」（《永遠的懷念》）。《槍》、《叛徒》、《永遠的懷念》和《兩個汽槍手》在細節上的重複因創作主體不願釋懷的反覆渲染而暈散開來，使這幾部作品的整體風格模糊難辨，大同小異。師生戀也成為他多部作品的重要的情節要素。曾經拜師習琴的魯羊在《弦歌》、《楚八六生涯》和《佳人相見一千年》中表現出對聲音的特殊的敏感，這本來是一種優勢，但作家過分強烈的表現欲常常使作品在一些關鍵細節的處理上流於粗疏，缺乏變化與重複往往只有一步之遙。林白作品的鮮明的自傳性使長篇《一個人的戰爭》和《瓶中之水》、《青苔或火車的敘事》等中篇的不少細節都出現重複甚至雷同。

情節重複和結構重複在當今文壇變得日益顯豁，只要系統地閱讀一個作家的作品，你就不難發現不少作品都只是同一模特改頭換面後的時裝表演，一些段落只不過人物姓名改動了一下，甚至原封不動地照搬。以關仁山為例，《淨村》是《太陽灘》一部分的輕微改裝，《咀嚼疼痛》與《戲荒年》同出一轍，《守夜人》和《碎鏡子》是《裸岸》的重要配件，《鄉村商人》是《眩秋》的孿生弟兄。而何頓的作品在人物關係、故事情節、敘述語調和結構關係上都同出一源，《自我　無我》中的李茁、《無所謂》中的李建國、《不談藝術》中的蕭正和《生活無罪》中的湘潭人都是懷才不遇的落魄者；《告別自己》中的雷鐵、《喜馬拉雅山》中的「我」、《生活無罪》中的「我」和一系列作品中的人物都是辭去中學教職後轉入商海的突圍者，《我不想事》中的柚子、《弟弟你好》中的丹丹和《生活無罪》中的狗子在暴死前都散發出「神祕的臭味」，宿命意味和玩世心態更是成了推動敘述的雙輪。重複自我的作家絕非個別，早就有人撰文批評張欣墮入了「重複的夢魘」，而何申、談歌和不少新生代作家都程度不同地重複著自我。而七〇年代出生的作家直到一九九八年才較集中地發表作品，可他們在嶄露頭角時便表現出自我重複的跡象，創造力如此迅速地走向凋零，這實在是讓人悲不自禁。丁天的《流》以《飼養在城市的我們》中的一個人物劉軍為主角，細節與情節的重複無可避免。趙波的《萍水相逢》和《異地之戀》敘寫的都是一對邂逅的陌生男女之間發生的勾引與抗拒的故事。周潔茹的小說幾乎都圍繞著兩個年輕女性的微妙關係展開敘述，而《我們幹點什麼吧》、《點燈說話》、《飛》、《抒情時代》等絮絮不休地訴說著相同的人和事：梅茜辭去呼臺經理後南下海南然後又轉回老家，小魚想在反抗中追求但最終還是逆來順受。衛慧的《黑夜溫柔》和《艾夏》中的三位母親都有情人，「為了男人母親可以拋棄孩子」，「母親們或遠走他鄉，或選擇死亡」。棉棉的《啦啦啦》、《黑煙嫋嫋》和《每個好孩子都有糖吃》講述的都是「我」和「賽寧」瘋狂放縱的故事，而且《每個好孩子都有糖吃》和《一個矯揉造作的晚上》的最後一節一字不差。

近年，將中篇擴充成長篇是文壇的一種新景觀。中國作家在初出茅廬時多能全力以赴，將濃縮的乾貨用精煉的短製表達出來；在成名之後則以消費名聲為要務，意猶未盡地炒賣那些舊貨。劉醒龍的長篇《威風凜凜》是中篇《威風凜凜》和《彼岸是家園》的放大；關仁山的長篇《福鎮》是中篇《破產》和《大雪無鄉》的組合；何頓四十五萬字的《眺望人生》搖曳著中篇《清清的河水藍藍的天》的模糊面影；池莉則乾脆將七萬字的《來來往往》「閱讀」成了十一萬字。不客氣地說，新生代作家新近推出的長篇（曾維浩《弒父》算得上一個例外）多數都是代表性中、短篇的「資產重組」，對個中不曾盡興的餘緒格外縈懷。

三、獨創的貧困

自我重複之所以在九〇年代氾濫成災，顯然不是偶然或巧合，這有著深刻的文化根源。

與八〇年代相比，九〇年代的一個極為顯著的特徵就是傳媒的日新月異。大眾傳媒（廣播、電視、大量印刷的雜誌和報紙，還有迅速崛起的互聯網）以前所未有的速度和能量覆蓋了我們的生活，使我們的思想、情感、習慣、審美在耳濡目染中成為其囊中之物。在傳媒世俗化傾向鋪天蓋地地瘋長時，傳媒不知不覺地變成了整合、調節人和整個社會的意識形態，日益表現出權力化的傾向。它意味著在人們追求多元的幌子下，媒介權力的一元話語使人們在追新逐異中向新的一元聚斂，排斥了其他生活方式。

媒體時代的文學在存在形態上今非昔比，它不再僅僅是一種抽象的意識形式，技術的入侵使它成為一種被技術手段物質化了的交往方式，成為一種傳播媒介。尼克拉斯・盧曼在《藝術的媒體》中指出：「文學的存在基礎必須是傳播媒體，文學文本的存在必須依靠物質和技術手段，其傳播與接受也只能通過技術手段的仲介來實現，因此，文學的歷史從一開始便可視為一部媒介史。」[6]強制性的反覆輸送是媒體時代的一種法則，也是媒體製造時尚的屢試不爽的法寶，這種方式的出現和運用導致了人們的知覺與行為方式的調整，媒體和讀者對於作家的「上鏡率」的關注要遠勝於對其作品品質的琢磨。作家要贏得媒體的青睞，就必須服膺其法則，就必須將作品密集地發表，對有限的創作資源的掠奪性開發使自我重複成為難以繞過的暗礁。儘管一些作家（如邱華棟）也意識到自己「缺乏打磨」，但唯恐被淹沒的壓力逼使他長驅不止，對於榮耀的迷戀也使他無法自拔。直到媒體另有新歡時，這些失寵的舊愛才不得不黯然落幕。在某種意義上，以時尚模式對待精神生活是自我重複現象最主要的生長酵素。布林迪厄在《自由交流》中一針見血地指出：「缺乏思想的老闆和缺乏權力的記者或『知識份子』按照時髦／不時髦、新潮／陳舊的標準來判斷精神產品（而不是按照真實／虛假、獨特／平庸、美／醜等等）。誰說杜梅澤爾關於印歐社會的某個論點是錯誤的，誰就必須拿出證據來，但是誰都可以只說它過時了，也就是不時髦了。而在巴黎，不時髦就等於直截了當地判死刑。」[7]耐人尋味的是，這種邏輯的推波助瀾使那些如日中天的作家重複得最厲害，也就是說，產量越高，自我重複的病毒就複製得越快。某女作家在一九九八年上半年便推出四部長篇，這種令人咋舌的創作速度只能是複製自我重複病毒的溫床。

當前流行的經驗化寫作埋植著自我重複的隱患。六、七〇年代出生的作家大都只能在道聽塗說中想像「文革」的苦難，相對平靜的道路決定了他們生活經驗的狹窄。經驗化寫作大都採取第一人稱敘述，作品有很強的自

[6] Niklas Luhmann，《藝術的媒體》（法蘭克福出版社，一九八六年），頁一一三。
[7] 皮埃爾・布林迪厄、漢斯・哈克，《自由交流》（生活・讀書・新知三聯書店，一九九六年），頁五〇。

白性，作者、敘述者和主人公的互文性極為明晰。「自己的故事」因為鮮活的生命體驗的浸潤，閃爍著靈動、率真和質樸的魅力。但一旦這種資源走向枯竭，因經驗的匱乏而導致的捉襟見肘便應運而生，自我重複就勢必成為無奈的歸途。七〇年代出生的作家儘管小荷才露尖尖角，但自我重複已初顯端倪。棉棉在《告訴我通向下一個威士忌酒吧的路》中流露出這樣的沉哀：「我把我僅有的那點故事都寫成小說了，其實我向來反對女作家寫真人真事，但是寫作確實沒有賜予我虛構生活的權利。我費盡心思在我的故事裡尋找感覺，毀滅性地找，企圖化腐朽為神奇。」新生代和七〇年代出生的作家不約而同地向成長主題索取靈感，這表明其個人性資源的貧乏，根深柢固的群體性漸漸壓倒了脆弱的個人性。至於欲望敘事，不管如何驚世駭俗，都無法成為確立個人性的基座。對庸常的生活經驗進行故作驚人的改造，反而加速了陷入俗套的過程，激情宣洩後的疲憊加劇了自我重複的趨向。

九〇年代的物欲狂潮將文學擠兌到「被世俗化」的迷途，詩性被慢慢地榨乾，「新寫實」的漠然與喟歎是在向世俗稱臣之前的一次過渡儀式，日常敘事的風行取消了藝術同生活的距離，藝術與生活的界限變得曖昧不清。阿格妮絲・赫勒在《日常生活》中認為，重複性實踐和重複性思維在日常生活中發揮著重要作用，過度地沉溺於日常生活，容易導致「在需要創造性思維的情形中，我們常常試圖以重複性思維僥倖過關或勉強應付」[8]。這意味著日常敘事本身就蘊含著自我重複的潛勢。藝術向世俗的獻媚所導致的災難性後果是想像力的萎縮。當依仗經驗寫作的作家耗完經驗時，只有憑藉想像力的翔躍才能支撐其文本的活力。先鋒作家在形式探索方面的激情能夠彌補他們經驗和想像力的不足，而後起的作家由於不再有形式的掩護，又無節制地將「新寫實」開闢的日常敘事推到了極致，這就使他們的貧乏顯得水落石出。「重複相同的情節，重複到令人生厭的地步，讓情節像走馬燈似地循環，這個方法我認為也不是技巧問題，而是想像問題。因為這樣無限地反覆使作者和讀者都產生一種厭倦和

[8] 阿格妮絲・赫勒，《日常生活》（重慶出版社，一九九〇年），頁一四〇。

寬慰揉雜在一起的感覺，而這正說明了想像的防衛特點。時間如線團似地纏繞，首尾相接，這肯定什麼也不能生成，只能生出虛無，由虛無又生出噁心。」[9]想像翅膀的墮地使作家在敘述「別人的故事」時陷入深刻的隔膜感，使文本成為駁雜的資訊的生硬堆砌，擰乾了生命體驗的拼貼手法滑向了技術化、程式化的深淵。資訊化的寫作表現出最令人驚異的複製性，因為在這個資訊爆炸的年代，資訊傳播本身就必須仰仗於技術的運用，作家在對這些二手材料進行技術處理時被無形地捲入了傳媒「滾動播出」的機器。物以其銳利的鋒芒楔入作家的靈魂，使主體性崩裂為碎片。物的包圍散發出希臘神話中的蛇發女怪美杜莎的魔力，其目光能使所見者變為石頭。正如阿多諾所批判的，藝術家們的創造性勞動被機械操作所取代。藝術作品獨一無二的存在被批量生產的低劣「藝術產品」所取消，這種生產完全是「工藝學的」，只能製造出標準化的批量產品。

過度強調自我重複症候的時代性，容易引發這樣一種誤解，即作家是無辜的悲劇角色。事實恰恰相反，如果作家沒有以認同性姿態遮蔽現實的深層景觀，他就不會沉溺於千篇一律的事件堆積。對真實半遮半掩的曖昧姿態鈍化了批判之矛，從隱藏在表象之下的界限、斷裂和細微差異本來可以開掘出令人震驚的真相，卻被粉飾的水泥所抹平，真可謂「差之毫釐，謬以千里」。「怎麼都行」的苟活主義和相對主義可以把風馬牛不相及的事物裝進同一網兜，這轟毀了價值判斷和審美判斷的根基。因此，自我重複可以視為對慘澹人生的一種逃避，是拒絕承擔責任和苦難之後的隨波逐流，是未來視域消失之後的時空混融，是靈魂出殼和人格塌陷之後所遭遇的失去了制約的、沒有重量的、不可承受的輕飄。

在一個拜金主義盛行的時代，「為稻粱謀」的寫作動機是自我重複的最直接的內驅力。何頓在一篇創作談《寫作狀態》中說：「如果寫小說養活自己不了，我只怕又得去幹別的了。我還是做好了轉向的準備，我覺得自

[9] 蜜雪兒・蒙蘇韋，《論「新小說」中的想像》，柳鳴九編，《新小說派研究》（中國社會科學出版社，一九八六年），頁五四四。

己對生活的適應能力還是很強。……其實我算個什麼作家呢？我純粹是個靠小說賣錢而維持生計的人，……我只是感到寫小說居然也能讓我活下來且還做到了養家糊口而由衷地感到好玩。」[10]當文學被視為「掙得愛情」、「掙錢與成名」的工具時，想像的騰躍與詩性的飛揚自然可以被嗤之以鼻了。伏爾泰說：「那些整天計算或者俗務纏身的人，其想像一般總是貧乏的。」對他們而言，只要能賺個腦滿腸肥，自我重複實在是小菜一碟。沒有體制保障的自由寫作者所承受的巨大壓力，使他們更容易滑向自我重複。隨著自由寫作者的增多。我總有一種悲觀的預感，即自我重複現象恐怕會與日俱增。還有一部分早已成名卻江郎才盡的作家，儘管心如枯井，但又不甘於寂寞。於是，只好像滾雪球一樣將字數滾大，支取名譽的利息。

自我重複也是作家過於看重成功經驗的結果。思維的惰性在形成之前是一種取得過良效的思維，正是成功的先例助長了它的優越性和排它性，一種相對正確的思維模式經過實踐的多次驗證之後被凝固化，表現出停滯不變、任意移植擴大的特徵時，惰性就基本形成。知識結構缺乏更新，觀念系統相應僵滯，思維方法及形式卻超越出適用範圍被普遍化和凝固化。在這種思維支配下的寫作，作品自然極易陷入模式化和雷同化的泥潭。這樣的寫作意味著量的堆積，在同一平面兜圈子，甚至向下陷落，這是喪失超越能力的表現。

自我批判精神的匱乏同樣是自我重複的一片沃土。對自身局限的維護和辯解中斷了那些優秀作家向精神極地挺進的路途。各種各樣的情結如「五七情結」、「知青情結」和新生代作家的「犯戒情結」等，都把作家推入非理性的懷抱，滿懷委屈的反覆申訴和偏執敘說是一種相當頑固和保守的自我重複。情結的束縛使作家的獨特經驗走向封閉，切斷了衝破重圍以返觀自我和極目四眺的可能性。「連錯誤都是美麗的」，這種姿態所造成的緊張狀態使作家陷入一種欲罷不能的強制性重複，悲劇意識的淡薄使他們陷入推卸自我責任的控訴，在託庇於群體的狀

10　何頓，《寫作狀態》，《上海文學》一九九六年第二期。

態下要麼窒息了個體意識，要麼緊握著一種似是而非的偽自由精神。這樣，他們的敘述只能在根本問題的周邊反覆遊走，而無法突入血肉淋漓的精神內核。

自我重複可以視為作家對於被冷落和被遺忘命運的抗爭，適得其反的是，自我重複所喚起的受眾的饜足心理和逆反心理最終加速了其被淘汰的過程。但這種近乎自殺的遊戲卻以其功利性和狂歡性引誘著作家趨之若鶩。因此，將自我重複視為一種具有極強的繁殖力和傳染性的精神病毒絕不是危言聳聽。自我重複與橫空出世的克隆技術可謂異曲同工。

第十五章　九〇年代小說的反諷修辭

反諷（Irony）是西方文論中最古老的概念之一，同時也是最讓人難以捉摸的概念之一，其表現形式讓人眼花繚亂，言人人殊，而且情隨事遷，隨著時代的推進被不斷地擴充和修正。反諷一詞源自希臘文eironeia，原為希臘戲劇角色所採用的自貶式佯裝無知的行為方式，義為「偽裝的無知，虛假的謙遜」，與之拼寫相似、詞義相關的是「施諷者」（Eiron），柏拉圖《對話錄》中的蘇格拉底就採取了這種策略。漸漸地，反諷成了修辭學裡的一種辭格，它以反諷性褒揚予以責備，或者以反諷性責備予以褒揚，事實與表象之間形成對照和齟齬。至上世紀四〇年代「新批評派」崛起，瑞恰慈、布魯克斯、燕卜蓀等人將反諷升格為詩歌語言的基本原則，而且將之延展成詩歌的基本思想方式和哲學態度。加塞特則認為本質上的反諷是現代小說的基本要素之一。反諷甚至被視為「文學現代性的決定性標誌」[1]。

在八〇年代中期以前，中國文學對反諷似乎是懵然無知的，縱然我們現在能夠從魯迅小說中感受到疏淡卻深刻的反諷意蘊，但當時文壇對反諷的理論自覺只能是個別的、膚淺的。而追求簡捷、明朗的解放區文學和十七年文學註定與反諷無緣，因文罹禍的悲劇更使噤若寒蟬的作家們對陽奉陰違的反諷避之唯恐不及。在「文革」的肅

[1] 厄內斯特・伯勒，《反諷和現代性》（華盛頓大學出版社，一九九〇年），頁七三。

殺氛圍裡，反諷的題中之義或許是「自絕於人民」。進入新時期以後，「傷痕文學」的呼天搶地，「反思文學」的沉重凝滯，「改革文學」的沖天豪情都不可能為反諷留出席位。從先鋒文學心不在焉的旁敲側擊到王朔毫無節制的狂轟濫炸，反諷迅速地膨脹開來，並在九〇年代的小說空間中瀰漫成曖昧的灰雲。羅傑・福勒在介紹弗萊的文學觀時意味深長地說：「我們現階段文學正處於冬天，因而氣候是反諷的。」[2]這種解釋與中國語境不無乖異，但反諷與時代之間無疑存在一種奇妙的呼應。我倒更認同克爾愷郭爾的意見：「事實上，一個人成長的環境越是聚訟紛紜，他越能從自然界裡發現反諷。」[3]

一、言語反諷

言語反諷作為反諷的一種重要類型，是最容易被讀者識破的，因為在言語反諷中，反諷者本人具有反諷性，這樣，語言外殼與真實意指之間的矛盾就顯得相當強烈和鮮明。而反諷者的初衷也正是希望讀者捕捉到其言外之語，意在被人識破，從而實現意義上的增殖。言語反諷與人們傳統的接受習慣的故意偏離，其目的是揭示種種成規所掩蓋的真實，為此，成功的反諷往往能激起讀者對自己的思維定勢的懷疑甚至否定。言語反諷的直接性使它在八、九〇年代之交產生了廣大的反響。

布魯克斯在論文《反諷——一種結構原則》中給「反諷」下了一個最普遍的定義：「反諷，是承受語境的壓

2 羅傑・福勒，《現代西方文學批評術語辭典》（春風文藝出版社，一九八八年），頁一九七。
3 克爾愷郭爾，《反諷概念》，轉引自D・C・米克，《論反諷》（崑崙出版社，一九九二年），頁六九。

力。」[4]如果將某一特定時期的流行用語移植到另一時期，或將某一領域的專門術語移植到另一個領域，語言與語境的錯位就產生了壓力。王朔對反諷語言的運用是最沒有心理障礙的，他出神入化地操練著那些指桑罵槐、打情罵俏的語言，毫無顧忌地將「文革」語彙、政治術語、領袖語錄、市井俚語進行隨機的嫁接，使雅與俗、莊與諧、真與假在相互干擾、衝突、排斥、抵消中變得斑駁迷離、搖晃不定。王朔小說中如連珠炮一樣的反諷語言給讀者帶來酣暢淋漓的快感，那種模棱兩可的調侃還宣洩了讀者心中對現實的怨恨與憤懣。因此，王朔的風靡一時很大程度上得益於他的語言，如果將其語言的反諷與調侃因素濾除的話，其作品的情節、人物、意念、手法就顯得平淡無奇甚至索然無味。

王朔將政治詞令進行誤植所產生的反諷效果之所以能夠深入人心，與作家對市民階層籲求世俗幸福的敏感密切相關。他筆下的市井痞子們眼疾手快地抓住了經濟舊秩序解體的先機，一邊嘲弄著舊體制的浮華與空洞，一邊享受著轉型期的消閒與實惠，他們在夾縫中亂中取勝，如魚得水。因此，他的語言洋溢著一種假正經的做派，油頭粉面的痞子脫口而出的冠冕堂皇的語言與其身份、所處環境的反差顯得不倫不類：

> 「剛才聽了於觀同志的一席話，我覺得很受教育，也很受震動。於觀同志雖然是批評楊重，但我覺得同樣的問題也在自己身上不同程度地存在。自己過去吧，總覺得自己根紅苗壯，又是個苦孩子，不會有私心……」
>
> ——《你不是一個俗人》

4　布魯克斯，《反諷——一種結構原則》，趙毅衡編選，《新批評文集》（中國社會科學出版社，一九八八年）。

「可你是帶著什麼宗旨來到人間的呢？你不思造福人類，反倒把自己混同於普通老百姓，與一俗子發生戀情，鈞座敢是忘了來歷？」于德利作醍醐灌頂一喝。

「七情六欲人皆有之，妾安敢免俗？」南茜振振有詞，「神農嘗百草，情愛乃社會安定團結要素之一，古來將相在何方？唯有情種留其名，察月下社會歌舞昇平，文恬舞嬉，驕生惰、惰生奢、奢生淫，小女子雖肩負眾望，也只得流於一般——我不來怨你，你倒將些大道理說給誰聽？」

——《誰比誰傻多少》

《你不是一個俗人》和《誰比誰傻多少》分別發表於一九九二年和一九九一年，這時的王朔已經大紅大紫，字裡行間的微妙意緒頗費琢磨。前者是《頑主》的翻版，耗光了餘味；而後者描寫人工智慧的結晶——女機器人南茜在物欲橫流的人世的墮落卻是寄意遙深。上面引用的一段話不僅將政治詞令植入日常語境，還將佶屈聱牙的文言與簡明易懂的白話並置，在手法上突破了作家單一、重複的定勢，反諷效果陡增。意味深長的是，作家對南茜的隨波逐流不僅不予譴責，還不露痕跡地投注著讚許與認同。這就使作家的反諷中夾藏著一種城市新貴的洋洋自得，迴旋著對物化現實的癡迷沉醉。也就是說，作家調侃和嘲弄政治意識形態所依仗的是消費意識形態，他奚落知識份子時所祭起的是同一種法寶。識時務者為俊傑，正因為順天應人，王朔的反諷才能滿載而歸。

王蒙對王朔青眼有加，並把他提升到「躲避崇高」的形而上層次。沒有無緣無故的愛也沒有無緣無故的恨，他們兩人可謂趣味相投，譬如王蒙也習慣以語境壓力扭曲政治術語的原義而營造反諷效果。但王蒙在政治漩渦中沉浮數十年的滄桑常常使他的反諷中澱積著一種苦澀和酸楚，在笑渦中偶爾閃現出迷離的淚光。而且，儘管王蒙渴望以市場經濟的活力來破除僵化意識形態的阻力，但他對消費意識形態不可能毫無保留地投懷送抱。也就是說，兩人的屁股並不完全坐在同一條板凳上。對政治迫害的刻骨銘心使王蒙的反諷語流一瀉千里、波瀾壯闊、紛亂雜陳、泥沙俱下，隱隱透射出憤恨難平的情緒。《來勁》、《冬天的話題》、《名醫梁有志傳奇》、《一噓千嬌》、《活動變人形》等八〇年代的作品都閃爍著反諷的鋒芒，九〇年代的「季節系列」的反諷意蘊有所消退，但依然饒有韻味：

> 感謝六十年代初的三年自然災害，使百分之九十九的偏食、厭食、異食症患者痊癒，饑餓的後果是全民的腸胃的健康與強化。中國人民在吃食上兼收並蓄、有吃無類、抗毒抗腐、耐劣耐糙、敲骨吸髓、咂嘬舐吮、盡情消化、充分利用方面的能力首屈一指，保證了中華民族的生存繁衍，萬世綿延不絕。誰也甭想滅咱們中國！
>
> ——《躊躇的季節》

由於言語反諷牽涉到修辭、風格、敘述和諷刺形式、諷刺手法等藝術範疇，反諷的個人性就不容忽視。這種個人性和作家的經歷、職業、氣質、興趣、價值標向等構成一種複雜的對應關係。譬如徐坤，她調侃和消解的對象就局限於知識份子的話語方式和生存困境，這和其青年學人的角色封閉密切相關。劣勢與優勢往往相反相成，將文學、電影、藝術、佛學、歷史等知識體系吸納進反諷氛圍，必須以較為豐厚的知識儲備作為基礎。她的反諷中所閃耀的理性批判精神儘管在含混中被撕扯得七零八落，但它在這個隨俗浮沉的語境中彌足珍貴。

> 方丈聽了這話，面色略顯平和：「希望工程倒是不敢妄比，但本地區遠距離教育搞得好，廟裡的香火的確是一天天旺了呢，登門請求面授輔導的絡繹不絕。本廟創收成績顯著，再不用政府每年撥款。這

正是貧僧的一大創舉，所以人們也授予老僧『先鋒』的美名，慚愧，慚愧啊。」

——《先鋒》

方丈過於強烈的自信和褻瀆信仰的態度所產生的喜劇效果，瀰散成一種濃郁的反諷氛圍，對世俗化潮流中信仰的貶值充滿了憂慮，這種似實而虛的鋒芒使意蘊顯得更為渺遠。

新歷史小說重釋歷史的激情使作家趨之若鶩地彰顯官史與野史的裂縫，以現實時空擊碎神話光環籠罩下的歷史鏈條，並搗亂式地表現卑微個體與堂皇歷史之間的飛蛾撲火式的抗衡，而作家藏污納垢的語言更是將雍容華貴的歷史塗抹得面目全非。這就在語言縫隙中形成了多重的語境壓力，交叉的火力將主宰正史的權力符碼擊打得體無完膚，亦此亦彼的精神指向也使其反諷成了亂箭齊飛的表演，陷入一種盲人瞎馬的困境。在這類作品中，劉震雲的《故鄉相處流傳》在語言上表現得汪洋恣肆：

在一次曹府內閣會議上，丞相一邊「吭哧」地放屁，一邊在講臺上走，一邊手裡玩著健身球說：「活著還是死去，交戰還是不交戰，媽拉個×，成問題了哩。……咹？真為一個小×寡婦去打仗嗎？咹？那是希臘，那是羅馬，我這裡是中國。這不符合中國國情哩。」

當整篇小說都被這種陰陽怪氣的語調統攝時，反諷的力度反而被削弱了，因為這種簡單重複和追求複義、詭異、含混的反諷手法是背道而馳的。這就如一副被越扯越滿的弓弦，最後弦斷了，語境壓力如洩氣皮球一樣潰散了。

王小波的反諷語言在九〇年代小說中可謂別具一格。他在語言的表層鮮血淋漓地展示暴力與虐害，以狂歡的節奏暴露性的膨脹與畸變。他的語言具有一種浪漫反諷的特色，他的慷慨陳詞與濃墨重彩中總是包藏著冰寒徹骨的刀鋒，用德國文論家讓・保羅的話來定義就是：「激情的熱水浴後用反諷的涼水沖洗。」[5]他故意用一種遺忘姿態纖毫畢現地展示「文革」夢魘的殘暴與偽善，可漆黑的人性深淵卻因尋找記憶的諦視而敞開其真實和可怖。王小波常用一種褻瀆式的語言去沖刷愛與恨、美與醜、真與假、善與惡、生與死的邊界，使那種莊嚴肅穆崩裂成荒誕的碎片，在赤裸狀態中還原出讓人無法直面的生存鏡象：

> 事實上，我要做個正經人，無非是掙死後塞入直腸的那塊棉花。
>
> ——《黃金時代》

> 她只是覺得身體很難受，心裡麻麻煩煩的，一心想的是快點死了算了。而且她還想：我的脖子比別人細，人又瘦，也許再勒一下就死掉了。用不著再勒第三道。但是我們知道，想怎樣就怎樣的自由主義觀點是要不得的。上級讓你被勒了幾道以後死掉，你就得做那種打算，自己有別的打算都不對頭。
>
> ——《尋找無雙》

在《紅高粱》、《紅蝗》等作品中慣用詞與詞、句與句、段落與段落之間的反襯達到反諷式觀照的莫言，其「最美麗最醜陋、最超俗最世俗、最聖潔最齷齪、最英雄好漢最王八蛋」之類的詞語爆炸已經讓人見怪不怪，失

5 轉引自趙毅衡，《新批評——一種獨特的形式主義文論》（中國社會科學出版社，一九八六年），頁一九一。

去了衝擊力。他的九〇年代的作品的語言風格開始轉向平實，在平實中呈現一種成熟的審美意趣。而劉恆、葉兆言的一些作品的言語反諷給人一種技窮的印象。

總體而言，九〇年代小說的言語反諷的路數已經無法衝出窠臼，當這種油滑的語言風格被讀者視為一種常規套路時，它就失去了與接受主體的接受習慣的距離，顯得破綻百出。這樣，作者爆炒語言的快感就成了讀者的一種負擔。本來，作者表裡不一的虛假必須以一種內在的真誠為支撐，當作者失去節制地喋喋不休時，表面的「虛偽」就侵入精神的肌理，成為表裡如一的虛偽。反響的寂寥和審美的饜足使言語反諷在九〇年代中期逐漸走向式微，情景反諷在這個空隙中迅速蔓延開來。

二、情景反諷

相對於言語反諷的局部性而言，情景反諷追求一種整體化效果。在表現手法上前者局限於語詞或段落之間的表裡的悖異，而後者卻是文本的主題立意、情節編撰、敘事結構等文體要素共同孕育的一種內在張力。因此，情景反諷具有較強的隱蔽性，但這種不著痕跡的悖謬也賦予文本以較為廣闊的闡釋空間。在情景反諷中，往往不包含反諷者，一般只包含受嘲弄者和觀察者，為此也被稱為「非故意反諷」（Unintentional Irony）或「無意識反諷」（Unconscious Irony）。情景反諷雖然也對表象後面的事實予以揭示，但沒有傳達什麼意義，這就要求觀察者賦予被揭露的事實以相對清晰的意義。在觀察者的視野裡，反諷情景或事件是一種場景，即從外部觀察到的東西。由於拒絕捲入的審美距離的維持，觀察者從反諷情境中就能獲得居高臨下的超脫感和愉悅感。

情景反諷的原初形式是蘇格拉底式反諷，蘇格拉底在雅典的大街上攔住那些衣冠楚楚、趾高氣揚的年輕人，貶低自己為「以無知自我放縱於胡亂猜想中」的「蠢人」[6]，懇切地向他們請教有關人生和真理的問題。但一系列窮追不捨的問答之後，青年們瞠目結舌，發現自己引以為豪的學識原來不堪一擊。蘇格拉底用以退為進的策略呈現的大智慧使他們相形見絀，強烈的反差所形成的刺激擊潰了青年們傲視紅塵的姿態，使他們洗心革面，踏上了追尋真理的正途。這種反諷的遙遠的榮華早已風流雲散，自視甚高的現代作家似乎都不願自輕自賤。但值得注意的是，阿來的《塵埃落定》就飄散著這種古老藝術形式的淡淡的芬芳：一個聲勢顯赫的康巴藏族土司，在酒後和漢族太太生了一個傻瓜兒子，這個人人都認定的傻子與現實生活格格不入，卻有著超時代的預感和舉止，成為土司制度興衰的見證人。在這種似傻非傻的視角的打量下，塵世中自以為聰明者的愚拙就被反襯得極為醒目。

九〇年代小說盛產的是通過不可信的假定前因以製造反諷情境的表現手法，其中的觀察者在俯視陰差陽錯、荒誕奇詭的世態時流露出一種智性的優越。王朔的《你不是一個俗人》虛設的以吹捧他人為業的「三好」公司以及《誰比誰傻多少》塑造的墜入欲望深淵的女機器人都旨在傳遞這種反諷意圖。超乎常理的假定前因煞有介事地推動著情節向前挺進，荒誕意味的逐漸濃厚使一種被掩蔽的真實以扭曲狀態呈現出來。但王朔自作聰明的油滑常常使反諷成為自我誇耀的舞臺，這種喧賓奪主嚴重地抑制了反諷意味的生長。

徐坤的《鳥糞》是虛擬式情景反諷的典範性文本，它與王朔的通俗文本的本質區別在於它衍生出多音齊鳴的思想衝突，而後者恰恰以語言魔術驅逐了思想的合法席位。作品將羅丹雕塑的名作《思想者》移置到中國的都市廣場，可它的遭遇與移置者預想的輝煌形成天壤之別：盤旋的鳥群用鳥糞為它接風，浪蕩的都市女人變態地搔撓它裸著的私處，城市盲流則企圖將它肢解為廢銅爛鐵以牟取意外之財，而員警則以警棍的電擊來驗證它的材質。

[6] 艾里克・瓦明頓等編，《柏拉圖對話錄》（紐約出版社，一九五六年），頁一一五。

這種反諷深刻地揭示了思想在中國被好奇、販賣、褻瀆和虐待包圍的尷尬境遇。而作家以擬人化筆法賦予雕塑以思想和言語的能力，這種能力和無行動能力的對比就更進一步地揭示了思想和言語在中國的被動性，某種意義上它們成了一種自縛的繩索，它們無法反抗世俗的凌辱與襲擊，只能在紙上談兵的迷宮中游轉。《鳥糞》的寓言化特徵也使觀念的演繹消蝕著反諷的從容與舒展。

不容忽視的是王小波虛擬時空的作品，諸如《白銀時代》、《未來世界》、《二〇一五》、《未來世界的日記》（《二〇一〇》）等，這組作品寫的是上世紀長大而活到二十一世紀的知識份子的未來境遇。與其說這是對未來世界的預測，毋寧說是現代生活的寓言。他們生活的未來世界不僅不比現在更好，反而變本加厲地發展了現代生活中的荒謬。知識份子作為個體的人，被日益拋入滑稽荒誕的境地。權力的根系不僅沒有枯萎，反而日漸蔓延，軀體鞭笞和性虐待所體現的嚴格的等級關係表明權力的威力已經侵入了肉體，人成為機器，自由成為枷鎖，智慧成為罪孽，發明創造預示著科學技術對刑罰的改進與提高。在未來被驅逐出精神視界的年代，王小波以未來返觀現在的視角本身就敞開了一種被囚禁的真實。更為重要的是，王小波對喜劇、幽默的迷戀中凝結著深廣的苦難意識與悲憫襟懷，並在冷嘲中滲流著深邃的哲思，這就使反諷逾越了作品情境的柵欄，擴散到對人類的歷史、命運和恆在困境的沉思與憂慮。

九〇年代小說另一種重要的情景反諷類型是通過不同人物在特定情境中的並置來進行悖論式觀照，或者通過展示同一人物相互衝突的不同階段、不同側面來寄託反諷意趣。新生代和七〇年代作家群的作品中的反諷多屬這種類型。他們的反諷多扎根於自己的現實經驗，而且在人物猶疑不定、出爾反爾的性格分裂中閃現著作家自身的精神投影。因此，這種情景反諷最為豐富地折射出九〇年代矛盾叢生的精神狀況。

朱文的《吃了一個蒼蠅》中的「班長」和「優等生」李自步入社會後，按部就班地娶妻生子，並熬上了一官半職；而與他同學的「我」作為「搭配」分到同一單位，玩世不恭的姿態使「我」成了多餘的人，並且一直打著光棍。李自居高臨下地為「我」指點迷津，孰料在三年中「我」一直與他的妻子通姦。《像愛情那麼大的鴿子》中的亞加逼迫男友小丁在風雨中找回她養的一隻鴿子，並一再譴責小丁企圖殺了牠，可亞加最後卻將牠殺了燉湯，以犒勞因雨淋而發高燒的男友。《我愛美元》中的「我」對來訪父親的戲弄以及父親從裝腔作勢向沆瀣一氣的陡轉，同樣構成了絕妙的反諷。朱文的反諷鋒芒不再局限於一人一事，他的懷疑惡作劇地刺向了人生信條、愛情、父權規範等重大命題。反諷已不再是針對這一個或那一個個別存在，而是針對某一時代和某一情勢下的整個特定的現實。朱文通過褻瀆式的塗抹獲得一種顛覆的快感，他將人們奉為圭臬的東西剝得赤身裸體，但這至多只能以黑色幽默式的筆法點染出無邊的荒謬感，抹平界限的幸災樂禍只不過把別人一起拉到精神深淵的邊緣，它體現的不是拯救的意志而是毀滅的激情。

信仰在九〇年代小說中常常被引入反諷敘事，這與啟蒙神話倒塌、世俗激流洶湧的文化語境遙相呼應。北村這個迷途知返的基督徒在《張生的婚姻》中不自覺地流露出一種惶惑，潔身自好的哲學教授張生被墮落的吧女小柳棄若敝屣，他苦苦地尋找這個曾經清純無比的美麗女郎，但與他狹路相逢的只是繽紛都市的欲望泡沫，這種精神煎熬使年輕的教授再無心眷顧哲學。墜入絕望深淵的張生最後捧起了《聖經》，可其中飽含著的無奈使這種救贖顯得可疑，難道它只不過是對落空的世俗欲求的搪塞和替代？一個皈依了宗教的作家對信仰純度的懷疑本身就意味深長，其中混雜著對偽信仰的蔑視和四顧茫然的悵惘。與北村相比，為世俗籲求搖旗吶喊的何頓對信仰的反諷自然不會那樣羞羞答答。《無所謂》中才華橫溢志懷高遠的李建國在受盡戲弄後淪為街頭魚販，最終因勸架而成為刀下冤魂；而他的那些與世俗同流合污的大學同學們各有所獲，混得人模狗樣，難道真如作家所言：「這個世界就是專門為毀滅理想而存在的？」理想在《不談藝術》中同樣是貧困潦倒、自我折磨的同義詞。李馮的短篇《我的朋友曾見》描寫了一個不停地變換信仰形式的男主人公，他朝三暮四地穿梭於密宗、氣功、占卜、基督教、西方哲學的叢林之中，他瘋狂地渴望信仰的支撐，但什麼都信的結果是什麼都不信。劉繼明的《前往黃村》、《失眠讚美詩》也以反諷手法揭穿了偽信仰的假皮，其間的批判意緒呼喚著一種內在的的精神支撐，但這種微弱的聲音在欲望的銅牆鐵壁上撞碎為滴血的精神羽毛。

反諷的指針紛紛伸向愛情、信仰、自由、公正、平等的美好與純潔，似乎其音符還遠強於對醜惡、墮落、專制、腐敗、迫害的反諷式觀照，這曲折地反映出這個時代的精神狀況已經陷入一種不容小覷的危機。在「怎麼都行」的文化語境中，對理想的捍衛似乎也只能以模棱兩可的反諷形式表示愛莫能助的同情，否則，激烈的抗辯與叛逆就只能使自己跌入被反諷的尷尬境地？

戲仿（Parody）小說的反證或反悖手法是情景反諷的一種特殊類型。戲仿刻意製造的是一種悖論，在修辭學上，悖論是「表面上荒謬而實際上真實的陳述」，悖論在文字上就表現出一種矛盾的形式，矛盾的兩面同時出現。而反諷則是在字面意義與潛存的實際意義上構成對立。但兩者都旨在表現一種矛盾的意義狀態。大多數文論家自古以來就認為悖論是反諷的一種特殊形式，布魯克斯在其《反諷——一種結構原則》中更是認為：「反諷是我們表示不協調品質的最一般化的術語」，「是表達語境中各種成分從語境受到的那種修正的最一般的術語」，是「一種用修正（Qualification）來確定態度的辦法」[7]。戲仿正是對傳統文本以及傳統創作原則的一種戲擬式的修正和顛覆。

提到戲仿小說，人們都會想到余華在八〇年代創作的《鮮血梅花》和《古典愛情》，前者是對武俠小說的程式化敘事的似是而非的解構，而後者則對傳統的才子佳人小說千篇一律的結撰模式流露出一種不勝其煩的厭棄。與余華對一種古典創作模式的戲仿不同，王小波的《青銅時代》中的作品選擇的是對收入《太平廣記》的唐傳奇的某一具體文本的戲仿，《萬壽寺》將《紅線傳》解構得支離破碎，《紅拂夜奔》將《虬髯客》塗抹得面目全

---

7 布魯克斯，《反諷——一種結構原則》，趙毅衡編選，《新批評文集》（中國社會科學出版社，一九八八年）。

非，《尋找無雙》將《無雙傳》篡改得紛繁冗雜，而且王小波顯然不像余華那樣溫文爾雅地保持小說的時空一致，他隨心所欲地沖潰了古今中外的森嚴界限，但王小波的戲仿並沒有迷失在形式主義的泥淖中，其中對滅絕人性的權力覆蓋和軀體摧殘的戲謔式描述，勃發著一種酷烈、沉痛、激憤的抗訴。正是在此意義上，戲仿小說無法割斷與反諷的血脈相連的聯繫，否則，戲仿就會成為一種純粹的形式舞蹈。

李馮的《十六世紀的賣油郎》的前、後半部分別以馮夢龍的《賣油郎獨占花魁》和《杜十娘怒沉百寶箱》為仿本，作品中花魁對賣油郎的情感和金錢的雙管齊下的索求，綿裡藏針地刺破了飛揚於時空之上的情感至上的神話。《我作為英雄武松生活的片斷》是對《水滸傳》的經典性文本的戲擬，武松、宋江、武大和潘金蓮的性格氣質與行事方式都與被仿文本格格不入。《另一種聲音》則使孫行者失去創建偉業的完整的神話時空，古代與現代、現實與虛構的迅速切換使他淪落成符號碎片。《牛郎》的戲仿對象是牛郎織女堅貞不渝地相愛的民間故事，在小說文本中，織女嫌貧愛富，牛郎漂泊無依，牛郎織女主動離婚，這種悖逆傳遞了對情愛婚姻的像附骨之蛆一樣的現代性懷疑。與王小波不同的是，李馮對形式魔方懷著一種執著的迷戀，比如他總是故意地切斷敘述的連續性，賣油郎喋喋不休地強調他曾經怎樣並預敘他將來會怎樣，武松在作品中反覆說《水滸》賦予他的命運軌跡，這就在文本與文本、虛構與虛構之間造成了一種互相干擾的蜂鳴效果，也淹沒了作家潛隱的意指。但值得注意的是，《中國故事》對利瑪竇的中國境遇的戲仿以及《盧隱之死》對盧隱、石評梅、高君宇的真實人生的戲仿超越了對文字文本的戲擬式觀照，將文化文本和社會文本納入戲仿的視野。

當歷史、文化、社會被視為一個超越了言語符號的大文本時，新歷史主義小說對官史文本的顛覆就是一種更高層次的戲仿。劉震雲的《故鄉天下黃花》與《溫故一九四二》一本正經地徵引業已存在卻被熟視無睹的史料，對那些以定論的形式進入教科書的歷史解釋表示出懷疑和異議，這是草民視角對史官視角的撞擊和顛覆。莫言的《豐乳肥臀》通過母親上官魯氏及其眾多兒女的命運變遷來綴連百年的歷史嬗遞，這種通過家族和個人來輻射歷史的完整結構的邏輯同樣與正統史學的編撰體例產生了裂隙，作品包羅萬象的拼貼結構把主流歷史敘事的線性結構拆解得七零八落。在此意義上，李銳的《舊址》和陳忠實的《白鹿原》都縈繞著戲仿的意味。傳統文學理論家指責新批評派將反諷概念「擴大化」和「弱化」，我的這種描述也面臨著同樣的尷尬。但是，在一個反諷的煙幕籠罩一切的文化語境裡，似乎任何一種文字表述和行事方式都無法逃過無處不在的反諷之眼的監察。

三、泛諷的歧途

法國批評家喬治・帕朗特說：「反諷態度暗示，在事物裡存在著一種基本矛盾，也就是說，從我們的理性的角度來看，存在著一種基本的、難以避免的荒謬。」[8]在這種理論視野中，反諷具有「形而上」的性質和概括的性質，反諷者認為，整個人類即是人類存在狀況所固有的那種反諷的受嘲弄者。這種基於人類社會的明顯不能解決的根本性矛盾的反諷就是「總體反諷」（General Irony），它是對情景反諷的推進和深化。前面所述的以歷史、文化、社會文本為對象的反諷就閃耀著總體反諷的折光。由於基督教神學否認在人和自然之間或者在人和上帝之間存在著根本性衝突，所以直到這種神學的封閉世界失去說服力時，總體反諷才在近代歐洲出現。而尼采宣布「上帝死了」的驚世駭俗的聲音更是將人推倒形形色色的基本矛盾的荊叢之中，總體反諷在悲觀、荒謬的精神氣候中得以迅速蔓延。中國九〇年代小說中總體反諷的演進同樣與世紀末烽煙四起的精神症候唇齒相依。

8 參見D・C・米克，《論反諷》（崑崙出版社，一九九二年），頁九九。

九〇年代小說對反諷的濫用使「反諷」蛻變成了「泛諷」，這種泛化趨勢使作者在愛恨交織的猶疑中逃避了價值判斷，這種不加選擇的反諷在布斯看來是一種「不負責任」的態度，「這使他能夠描寫人而不必使自己直接對人表態。……作者是在用反諷保護自己，而不是在揭示他的主題」[9]。作家一味地以反諷暴露人物的虛偽、固執、無知、驕傲、盲信、虛榮或文過飾非，就使自己顯得無懈可擊，嚴重地逾越了反諷的適用範圍。反諷的本意是通過表面的虛假來實現一種批判與反抗，而且其表裡不一的反差還往往將其鋒芒磨礪得更加錚亮、有力，但是，如果反諷的背後缺乏一種價值支撐，或者反諷成為含糊其詞的應對措施，或者反諷成為點金成石的魔杖，那麼，它就無法在接受主體的心裡激發一種與語言、情境表層相反的判斷與之抗衡。而且，接受主體的智商並不總是低於作者，當他識破作者的慣用伎倆時，他就能洞見作者內心虛與委蛇、敷衍塞責的精神指向。這樣，反諷就成了作者詐唬讀者的一種手段，它不僅失去了反抗的意義，還成為一種抹平界限的精神水泥，恰恰窒息了真正意義的反抗精神，並加劇了精神的混亂。

我感到很奇怪的是，一些年輕作家分明缺乏精神依據來防禦反諷的反噬。但他們在操作反諷策略時卻表現得出奇地自信，這種目空一切的姿態無法觸及到反諷對象的內在悖謬，唯一效果就是充分地暴露了自己的無知，一如被蘇格拉底諷諭的那幫青年，喜劇性地使自己淪入被反諷的境地。在情景反諷中，觀察者是一個局外人，他可以安之若素、忍俊不禁地打量著被嘲弄者死去活來的不幸，循著這一邏輯，有人認為地道的或原始的反諷者是上帝，因為只有他無所不知，超凡脫俗，獨攬一切，而受嘲弄者的原型自然是掙扎於滾滾紅塵之中的人，永無休止地承受著一如西緒弗斯推石上山的折磨。當作家沉迷於反諷遊戲的漩渦之中時，同樣被禁錮於肉身之中的宿命使他無法不遭到反諷這柄雙刃劍的損傷：「反諷可以毫不動情地拉開距離，保持一種奧林匹斯神祇式的平靜，注視

[9] W・C・布斯，《小說修辭學》（北京大學出版社，一九八七年），頁九四至九五。

著也許還同情著人類的弱點；它也可能是兇殘的、毀滅性的，甚至將反諷作者也一併淹沒在它的餘波之中。」[10]王朔、新生代作家和七〇年代作家群所堅持的只不過是肯定欲望的世俗籲求，他們的自信常常源出於此，但這切切實實的是一種錯覺，當大夢醒來後驀然回首時，他們很可能會驚駭地發現人生的背後竟然是一片欲望瘋長的精神廢墟，那些明顯無法解決的根本性矛盾的驟現必然將他們推進虛無主義的深淵。

反諷所製造的非人格化作者與敘述者之間的距離往往內含著喜劇因素，因為誰也不會明明白白地使自己陷入矛盾境地，這樣，故意設置的相互衝突、互不協調的表象就製造了一種只能在笑聲中鬆弛和緩釋的心理張力。九〇年代小說作家在運用反諷時的睥睨眾生的姿態衍生出無限膨脹的鬧劇氛圍。但是反諷性對照尤其是總體反諷所面對的人類的根本性局限常常使我們感到傷感、沉痛甚至絕望，因此，成功的反諷往往亦喜亦悲，並將表面的喜劇性導入深層的悲劇感，正是在此意義上，「反諷的發展史也就是喜劇覺悟和悲劇覺悟的發展史」[11]。九〇年代小說中，只有王小波的一些作品能夠探得此中玄妙，而其餘作品對反諷的選擇大都流於油滑，在插科打諢中緩解緊張和轉移視線，從而以退卻來逃避困境。

總體而言，九〇年代小說的反諷並不是索求意義的精神光照，它恰恰是無根時代逃避反省與追問的文化策略，是對無意義的生存境況的隱瞞和粉飾，是一種貌似真理的謊言。這就使反諷向荒誕挪移。反諷與荒誕是相互轉化的兩種形式話語。但九〇年代作家並沒有以其犀利筆鋒掘示出生存的荒誕，而是將自己和作品一起拋擲進荒誕的無底深谷：「『荒誕』指的是缺乏目的……與宗教、形而上學和超驗性斷了根，人就成了個迷路人；其所有行動便變得毫無意義、荒誕和毫無用處。」[12]九〇年代小說的反諷解構一切、懷疑一切的姿態自貶身價，在對意

10 華萊士・馬丁，《當代敘事學》（北京大學出版社，一九九〇年），頁二二七。
11 D・C・米克，《論反諷》（崑崙出版社，一九九二年），頁一一七。
12 尤內斯庫語，參見馬丁・艾斯林，《荒誕派戲劇》（中國戲劇出版社，一九九二年），頁六。

義的懸擱中墮落成一種狂歡的淺薄。

儘管九〇年代的中國在整體趨向上仍處於從前現代向現代社會轉型的隘口，一種深在的具有相當穩定性的文化邏輯依然發揮著一種支配作用，但表面上卻呈現出中心崩解、多元碰撞的割據局面，這種內在秩序與外在表象的對照又何嘗不是一種深刻反諷呢？正是在這種特殊語境中，九〇年代小說的反諷不能不表現出含糊的後現代特徵。伊哈布・哈桑這樣界定反諷：「當缺少一個基本原則或範式時，我們轉向了遊戲、相互影響、對話、會話、寓言、反省——總之，取向了反諷，這種反諷以不確定性和多義性為先決條件。」[13]這種理論描述倒是直搗中國九〇年代小說的反諷的要害。足夠寬容的哈桑同時是憂鬱的，他渴望「讓我們的精神『沙漠』多增添一點生命的綠意」，渴望「重新使神祕裹挾想像力，或至少能使神光滲入想像力，從而讓神奇奧妙再度駕馭我們的生活」[14]，在無神的世紀末呼喚神的情懷使哈桑在淡然中對反諷保持著一種警惕：「反諷、透視、反省，它們表現了探求真理過程中不可避免的心靈反映，真理不斷地躲避心靈，只給它留下了自我意識一種富諷刺意味的增加或過剩。」[15]九〇年代小說的反諷也正是微妙地將追尋真理的努力引向了掩飾與遁逃的精神歧途。

著名的美國後現代哲學家理查・羅蒂儼然以「反諷人」自居，他認為對於「隨機性」（Contingency）的認可是反諷人的一個共同點。這就一反西方傳統哲學家把獲得「真理」視為達到「自由」的前提的觀點，「真理」意味著對於實在之「必然性」的揭示的觀點以及「自由」意味著「人的本質」和「事物的本質」的某種聯繫的觀點同樣遭到了反諷人的質疑和挑戰。在反諷人眼裡，「自由」更密切地相關於「隨機性」、「偶然性」和「不確定性」。由於反諷人把自由理解為對於隨機性的認可而不是對於必然性的遵從，否認真理的客觀性，否認道德與

13 伊哈布・哈桑，《後現代景觀中的多元論》，王嶽川等編，《後現代主義文化與美學》（北京大學出版社，一九九二年），頁一二八。
14 伊哈布・哈桑，《後現代景觀中的多元論》，王嶽川等編，《後現代主義文化與美學》（北京大學出版社，一九九二年），頁一四七。
15 伊哈布・哈桑，《後現代景觀中的多元論》，王嶽川等編，《後現代主義文化與美學》（北京大學出版社，一九九二年），頁一二八。

偏見之間的區別，他們就無法與相對主義、反理性主義和反道德主義劃清界限。反諷人對自由主義的、世俗的、對神聖事物持否定態度的文化的嚮往以及對反邏各斯主義的、反基礎主義的、反本質主義的、反科學主義的文化的張揚，使反諷人成為傳統典章制度和固有秩序的解構者、異己者和例外者。理查・羅蒂說：「只有在自由社會裡，反諷人才是典型的現代知識份子。只有自由社會才給予反諷人以離經叛道的自由。」[16]但是反諷人對解構策略的毫無保留的濫用顯然缺乏對道德責任的承擔，他們對社會權威的一概反動和對社會希望的重新描述潛在地表現出一種唯我獨尊的傾向，他們對別人的貶抑意味著對別人的自由的剝奪，這就使極端的自由籲求滑向反自由主義的懸崖，使話語的追逐更加隱蔽地被納入權力場的控制。因此，九〇年代小說的反諷在某種程度上也將其文化反抗意義引向了反面，它不是促進了自由，而是使真正的自由表達變得更加困難。朱文、韓東等新生代作家所舉行的關於「斷裂」的問卷調查就對文學構成了一次驚世駭俗的「行為反諷」（Behavioural Irony），充斥其間的狂妄和輕佻的表達在捍衛自己的自由的同時傷害了更為廣闊的自由，對這樣的反諷必須保持警惕。弗洛姆說：「如果一個人只能不從而不能順從，他就是一個造反者（不是一個革命者），他就只會做出仇恨、沮喪和不滿的事來，而不是以某種信仰或原則的名義行動。」[17]反諷亦然。

16　理查・羅蒂，《隨機性、反諷與自由》（劍橋大學出版社，一九八九），頁八九。
17　埃里希・弗洛姆，《人的呼喚》（三聯書店上海分店，一九九一年），頁四。

第十六章　九〇年代小說的敘事視角

對敘事視角的研究凝聚著二十世紀西方小說家和理論家的心血，其中交匯著智慧與才華的絢麗折光。但面對這一玄奧、晦澀的理論難題，像羅蘭・巴特、熱奈特、布斯、里蒙–肯南這樣的集大成者也很難理清頭緒，在論述中無法避免糾纏、含糊與猶疑的尷尬，而且他們的觀點還在一些關鍵地方產生歧異與衝撞。因此，要從汗牛充棟的九〇年代小說作品中抽象出敘事視角的相對清晰的理論脈胳，就可能是一種冒險。

小說敘述強調的是「誰在講」，而敘事視角強調的是「誰在看」，一個人是既能講又能看的，邊講邊看也絕非難如登天，這就很容易導致講和看的相互交叉和相互混淆。敘述牽涉的主要是人稱問題，視角關注的主要是聚焦問題，由於敘述者和聚焦者可合可分，而且，聚焦必須借助敘述才能體現出來，它們可以歸於同一媒介，因此，對文本的觀察角度的剖析必然觸及到它與敘述的相互關係。否則，視角就會變成與語言表達相疏離的理論陷阱。

敘事視角是語言的透視鏡，是作者和文本的心靈結合點，是作者將觀察轉化成講述的功能切換方式和審美傳感裝置，它如神經中樞一樣連接著聚焦者和被聚焦者，調節著視距和視域，返射出思維模式和情感類型。這種盤繞交錯的網路關係使視角具有強烈的統攝性和輻射性。而一個特定時代的小說文本的視角類型與敘事觀念的轉換互為表裡，並與所在時代的精神狀況遙相呼應。九〇年代小說中的旁知與隱知視角內含著受西方小說敘事模式與敘事理論影響的痕跡，但其根本的萌發動力顯然源於九〇年代中國特殊的文化語境，它與處於大轉型的夾縫中的作家的價值標向、感知方式、心理圖式構成一種微妙的雙向互動關係。

一、告別全知時代

宏偉敘事一統天下的「十七年文學」和八〇年代前期文學在全知視角的光暈中陶醉，那種君臨天下、俯瞰紅塵的姿態中氤氳著神話的氛圍，一種九天攬月、五洋捉鱉的豪情躍然紙上。這種敘事視角以無所不在、無所不知的神力綴連敘事，敘述者有權利知道並道破任何一個人物都不可能知道的祕密。拉伯克稱之為「全知敘事」，托多洛夫則以「敘述者＞人物」的公式來進行描述。有趣的是，熱奈特稱之為無聚焦或零聚焦敘事；而里蒙－肯南則稱之為「外部聚焦」，並認為這種聚焦給人的感覺近似於敘述作用，據此將其媒介稱為「敘述者－聚焦者」。相較而言，里蒙－肯南的定義較為籠統和含糊，他所言的「外部聚焦」其實含納了熱奈特所言的「外聚焦」，但他沒對這兩者做出必要的區分和辨析。熱奈特所言的「外聚焦」是指敘述者以一個不知內情的目擊者來進行講述，只描寫人物所看到和聽到的，不做主觀評價，也不分析人物心理，拉伯克稱之為「戲劇式」，而托多洛夫則以「敘述者＜人物」的公式來進行描述。里蒙－肯南所言的「內部聚焦」和熱奈特指稱的「內聚焦」是基本一致的，這種敘事是限制敘事，敘述者知道的和人物知道的一樣多，敘述者往往是作品內部戲劇化了的人物，敘述者可以是一個人，也可以是幾個人物，熱奈特據此將它劃分成固定式、不定式和多重式三種亞型，這種敘事可採用第一和第三人稱，拉伯克稱之為「視點敘事」，而托多洛夫則以「敘述者＝人物」的公式來進行描述[1]。由此可見，熱奈特、托多洛夫的三分法比里蒙－肯南的二分法更為準確和精微。另外，根據布蘭所說的聚焦的本質是限制的見解，熱奈特所言的「外聚焦」是一種更為嚴格的限制敘事，敘述者被一種無形的繩索捆縛住了手腳，他沒有行動能力，只不過是一個純粹的看客。

全知敘事有著濃烈的意識形態的意味，這種敘事以整體化、中心化的方式來組織世界。全知視角下的人物不管如何唯妙唯肖，其個性往往被群體性邏輯所吸納，也就是說，個性成為表現群體性的仲介。澤爾尼克的表述十分精闢：「意識形態被構築成一個可允許的敘述即是說，它是一種控制經驗的方式，用以提供經驗被掌握的感覺。意識形態不是一組推演性的陳述，它最好被理解為一個複雜的、延展於整個敘述中的文本，或者更簡單地說，是一種說故事的方式。」[2]透過《紅旗譜》、《創業史》、《山鄉巨變》等長篇小說，我們不難感覺到全知視角對經驗表達的控制與刪削。「十七年文學」最為典範的長篇中，人物性格鋒芒的逐漸黯淡是無法掙脫的宿命，人物尤其是主人公在這些作品的續篇中更是迅速地被抽空成蒼白的符號，成為被鮮明的群體本質所操縱的傀儡。純粹的敘述形式無疑缺乏抑制個性的強大魔力，但當它成為特定時期的文化語境的返射物時，全知敘事就具有代表意識形態的資格，被賦予一種特殊的使命。作為一種中心化的敘事模式，全知敘事操持著一套二元對立的價值標準，非此即彼的二元衝突與價值選擇使敘事者成為社會的代言人，這種凌駕一切之上的道德優越感往往表現為排斥異己的精神壓迫，也使敘事成為社會教化、道德勸諭的講壇，而審美性則退居成可有可無的點綴。

---

1 參見熱拉爾・熱奈特，《敘事話語　新敘事話語》（中國社會科學出版社，一九九〇年），頁一二九至一三三；里蒙－肯南，《敘事虛構作品》（生活・讀書・新知三聯書店，一九八九年），第六章；托多洛夫，《敘事作為話語》，張寅德編，《敘述學研究》（中國社會科學出版社，一九八九年）。

2 轉引自趙毅衡，《敘述形式的文化意義》，《外國文學評論》一九九〇年第四期。

全知敘事代社會立言的立場必然促動敘事者以「我們」的名義發言，無法自抑地主動顯身，以充分的自信指點江山，對對象施以善惡美醜的道德判斷，這就使敘事缺乏必要的價值中立，故事以專斷的講述而非客觀的顯示面對受眾。這種人格敘事無法不以揣度的方式深入人物的心理層次，自以為是的議論也常常突兀地中斷了敘述的語流。具有典型意義的《創業史》、《上海的早晨》等都無法衝出預設的敘事陷阱。

新時期文學萌發之初的創作被裹挾在社會變革的大潮中，它竭盡全力地分擔變革社會現實的重任，充任思想解放的先驅。意識形態堅冰的消融和知識份子主體性的覺醒並沒有撼動全知敘事的基座，越燃越熾的啟蒙信念迫不及待地為全知敘事注入另一股強力，這種新舊混雜的精神拉鋸使全知敘事畸形地繁盛，成為信念不同的作家們公用的模式。傷痕文學過多地用個人品質的善惡來解釋歷史，用巧合、誤會、戲劇化的手法構思不尋常的故事，在泣訴和哀慟中閃現出綿延的思維慣性和緩釋的歷史後效，全知敘事以其無形的精神磁場吸附著作家。反思文學對極左思潮的整體剖視使作品呈現出強烈的思辨色彩，而從人物內向角度返視自我的技法卻因為敘述者以己度人的猜測而抑制了人物的活力。改革文學同樣不能擺脫觀念化的積弊，全知敘事的垂簾聽政使作品的敘事陷入模式化的沼澤，人物結構也烙有程式化的刻痕。人道主義話語的膨脹使這一時期文學的倫理價值高於審美價值，以啟蒙主體自居的作家對受眾的俯視使接受過程成為缺乏回饋的單向輸送，文學成為布道工具的結果是作家掌握著一種話語權力，這勢必遭到逐漸覺醒的普通個體的牴觸以至厭棄，這就在全知敘事的內部埋藏下潛在的危機。

當社會焦點從思想解放向經濟發輾轉軌時，文學的光環逐漸剝落。與文學紙上談兵的呼籲相比，商品關係對個人利益的鬆綁更加具體而有力地轟擊著保守的思想壁壘，它同時揭開潘朵拉的盒子，使拜金主義的幽靈四處遊蕩。文化語境的置換使啟蒙理想腹背受敵，一方面是啟蒙主體的自信逐漸喪失，另一方面是普通民眾以世俗幸福的合法性對抗啟蒙主義話語的合法性。這樣，從大一統體制中游離出來的個體就有理由懷疑全知敘事的真實性，而全知敘事曾經孕育的假、大、空的套路使它的反駁缺乏底氣。西方現代主義思潮特別是懷疑主義、相對主義和虛無主義哲學的湧入進一步加劇了全知敘事的危機。在這樣的文化背景下，視野逐漸開闊的年青作家開始借鑑西方現代小說的敘事模式，戲劇式敘事和限制敘事方興未艾，全知敘事只能在現實主義作品中保留一席之地，往昔的輝煌黯然落幕。

二、旁知視角

先鋒小說和新寫實小說都在八〇年代中後期衝出歷史地表，它們的迥異似乎是不言自明的。但就敘事視角而言，兩者卻有共通之處，這就是相對於全知敘事的人格化講述而言，它們基本上是一種非人格化敘事，以作者的隱退和掩藏來追求敘事的中立性、公正性和冷漠性。我的這種觀點可能會立即遭到反駁，因為馬原、洪峰、葉兆言和格非都喜歡在作品中運用元小說技巧，他們公開宣稱的「我是馬原」、「我是洪峰」與作者退隱的主張可謂背道而馳。但是，馬原、洪峰的暴露敘述與全知敘事的作者介入不可等量齊觀，因為前者意在拆除故事的真實性，凸現其虛構本質，而後者意在增強故事的可信度。另外，就敘述者與受眾的關係而言，前者不僅不做道德宣諭而且對這種行為本身進行嘲弄與反諷，而後者對敘述權力的強化貫注著無法自抑的佈道衝動。暴露敘述的介入是純粹停留在形式層面的干預，敘述者放棄了相對於受眾而言的優越感，把自己還原成一個普通的寫作者，這無疑是精神的後撤和隱匿。因此，暴露敘述以其敘述形式的介入反襯出其道德評價的不介入。而且，馬原的「敘述圈套」對故事的擠壓使其後繼者如蘇童、余華偏離了這種故弄玄虛的套路，讓故事與敘述相得益彰，格非與葉兆言也漸漸地將興趣從形式遊戲轉向故事組合。更耐人尋味的是，蘇童、余華、葉兆言在進入九〇年代後的作品與新寫實逐漸靠攏。

我把先鋒小說和新寫實共同的敘事視角稱之為旁知視角。旁知視角下的敘事是非人格化敘事，隱含作者或敘述人對故事中的人物和事件無動於衷，與敘述對象在情感傾向與道德立場上保持著相當清醒的距離意識，成為故事的旁觀者與局外人。新寫實小說壓制到「零度狀態」的敘述情感，對粗糙素樸的生活「原生態」的實錄，價值立場的淡化以至缺席，從多個側面體現了旁知視角的敘事特徵與效果。而先鋒小說對血腥暴力、兇殺場面、滅頂之災、性欲迷亂的超然物外和拒絕評判的姿態，同樣是在旁知視角下呈現的。

旁知視角有兩種類型，一為戲劇式敘述，一為限制敘事。新寫實小說多為戲劇式敘述，即敘述人只講述人物的活動而不進入他的內心世界，敘述者「僅僅向我們描寫人物所看到，聽到的東西等等，但是他沒有進入任何意識」[3]。在這方面表現得最為典型的是楊爭光的作品，《黑風景》、《棺材鋪》、《賭徒》、《流放》、《黃塵》等代表性作品都由人物對話和人物行動構成作品主體，當然，「他想」、「他以為」、「他感到」、「他記得」等句式是外部聚焦者從心理層面觀察被聚焦者的標記，但這顯然不像全知敘事的心理描寫那麼專斷，楊爭光慣用的「也許」、「好像」、「顯得」等詞表明聚焦者對被聚焦者的內心狀態的描寫屬於一種較為謹慎的推測。池莉的《煩惱人生》、《不談愛情》、《太陽出世》等中篇主要以場景描繪來再現生活的律動，但其中也不時穿插著由作者或其代言人來描述故事的概述，而且在敘述語流中還會突兀地冒出一些議論，這就使作品殘留著全知敘事的印痕，但《冷也好熱也好活著就好》卻是較為純粹的戲劇式敘述的結晶，《預謀殺人》則把這一技巧運用得更為嫻熟。方方的《風景》在敘事上可謂獨樹一幟，那個死去的小八子「冷靜而恆久地去看山下那變幻無窮的最美麗的風景」，這給作品套上全知敘事的外殼，但作品出現了一種很微妙的變化。其中的行動描寫和間接引語表明敘述者的存在，但敘述者的聲音隱藏在一個黑暗而深邃的地方，這種隱蔽的敘述者與全知敘事公開的敘述者

[3] 托多洛夫，《文學作品分析》，張寅德編，《敘述學研究》（中國社會科學出版社，一九八九年）。

顯然不容混淆，而且，敘述者不諳世事的幽靈身份也使他在道德評價層次上沒有絲毫的現實干預能力，這就瓦解了他在道德層次上介入的人格化特徵。先鋒作家同樣運用戲劇化敘述。余華的《河邊的錯誤》的敘述守口如瓶，作者不一下子把他知道的情況和盤托出，因存在一個懸而未決的謎而饒有趣味；《一九八六年》的敘述人通過冷漠的實錄使那些鮮血淋漓的場景顯得更加觸目驚心；《許三觀賣血記》對戲劇式敘述的把玩更是駕輕就熟。

限制敘事的旁觀意味使先鋒作家為之著迷。限制敘事的聚焦是由一個人物或從故事中內在的一個非人格化的位置來完成，這就使作品中缺少全景的觀察。洪峰的《奔喪》非常冷漠地敘述了「我爹」喪事的場面，細緻入微的筆觸把那些噁心而醜陋的細節凸現得活靈活現，敘述者的殘忍在他與生活之間劃開一道難以彌合的鴻溝，使他成為一個徹頭徹尾的局外人，他對敬孝觀念的嘲弄和由此產生的快意擊碎了生存與苦難的價值底座，瀰散出虛無主義的輕煙。蘇童的《一九三四年的逃亡》對「我」祖上傳奇般的歷史的展示同樣是殘酷的，不過他的初衷卻不是褻瀆，而是以局外人的視角玩賞苦難的奇妙。格非《褐色鳥群》中的「我」在夢境與現實的相互解構中淪為自己的局外人，人在對存在的真實性的質疑中被劈裂成無法附體的遊魂，只能遠距離地審視著自我恍惚的倒影，這就給「旁知」賦予一種較為幽邃的哲學意蘊。

九〇年代後起的新生代作家進一步發揮了限制敘事的旁觀性，他們之所以對此情有獨鍾而對戲劇化敘述興味索然，這和他們的成長環境與獨特體驗密切相關。在這一代作家的生命記憶中，「文革」創痛只不過是一個模糊的背影，高等教育的背景使他們以一個知識者的角色切身體驗了八、九〇年代之交精英夢境的崩潰，這種幻滅對心靈的蠶食將他們推進孤立無援、進退失據的境地。啟蒙神話的微弱回聲不僅對他們缺乏召喚力，還激起一種受騙感和逆反心理。這決定了他們對追求整體化效果的全知敘事的本能的厭棄。在他們眼中，全知敘事中那個來歷不明的聲音和俯視蒼生的眼光來自虛擬的上帝，這種權力是對於普通個體的一種踐踏。新寫實小說在對芸芸眾生的凡庸生活的展示中暗含著一種悲憫，其間透射出作家在精英理想與世俗幸福之間的遲疑。這種半遮半掩的姿態為新生代作家所不屑，因為他們覺得這只不過是一種矯情。韓東的《為窮人和弱者的寫作質疑》一文就提出這樣的詰問：「為窮人和弱者的寫作是很動情的說法，它果真是可能的和像它要表明的那樣是正當的嗎？」[4]他還以「堅定的虛無主義者」自許：「懷疑在我這裡就是懷疑，不僅是對信仰的懷疑，同樣也是對不信的懷疑。」[5]這種價值基點將他們推向局部敘事的懷抱。而且，隨著城市化與市場化進程的加速，資訊的爆炸與欲望的膨脹使作家越來越難以把握社會和時代的整體走勢，社會分工的瑣碎化和知識者的科層化使個體的視野拘囿於一隅，這客觀地推動了限制敘事的繁榮。

新生代作家的限制敘事是熱奈特所言的內聚焦，採用里蒙－肯南所言的「人物——聚焦者」的形式，聚焦者的旁觀性來源於他四處奔走的觀望姿態。新生代作家筆下的主人公大都置身於陌生的路途，耳聞目睹各種光怪陸離的景觀。他們的奔走常常缺乏明確目的，在迷茫中滯留和啟程。他們既然是旁觀者，自然只能把握自己的心理活動，而無權看透他人的五臟六腑。朱文的《傍晚光線下的一百二十個人物》透過「小丁」極為隱蔽的眼光，依次展示了傍晚的小煙酒店的七個場景，物象的轉換使旁觀者的眼光如打水漂一樣掠過生活的表層，而無法深入到日常生活的深層肌理。《盡情狂歡》和《沒有了的腳在癢》都通過「我」在城市中的漫無邊際的趕路與閒逛記錄見聞。「這些年來自己一直就是這樣，眼睛盯著一個點，拚命地盯著這個點，而看不到生活的面。……我知道此刻自己需要的是什麼，我需要的仍然是沒完沒了的閒逛。」這段摘自《沒有了的腳在癢》的話表現出作家對本質的淡漠和對表象的沉醉，聚精會神、心無旁騖的境界在這代人的心中已經恍如隔世。《到大廠到底有多遠》、《五毛錢的旅程》、《去趙國的邯鄲》都在對旅程的沉迷中拉開了與真實、心靈、本質的距離。《三生修得同船渡》更是在對兩岸風景的移動展示和對邂逅人物的輪番描述中，陷入無法被填滿也無法被甩脫的虛無狀態。韓東

4 韓東，《韓東散文》（中國廣播電視出版社，一九九八年），頁二三八。
5 韓東，《韓東散文》（中國廣播電視出版社，一九九八年），頁二三三。

的《三人行》、《山林漫步》、《和馬農一起旅行》、《新版黃山遊》中的主人公在沒有終點的遊蕩中顯得興趣盎然，但他們的目光並沒有因為狂歡而心無旁騖，而是在飄忽不定的搜索和逡巡中流泄出一種潛在的焦灼感、疲憊感和失落感。魯羊的《一九九三年的後半夜》、《在北京奔跑》的意趣也是異曲同工，值得注意的是《出去》，主人公馬老師把「出去」視為一種解脫方式，視為擺脫庸常的日常生活的途徑，走馬觀花的獵奇成了逃避現實、逃避自我的選擇，因此，「喝酒喝到一定程度，或許自己也就從自己裡邊出去了吧」。

新生代作家的旁觀是一種平視視角。文學理論家派克認為可以從三個角度描繪城市：從上面，從街道水準上（Street Level），從下面[6]。從下面觀察是發現城市的文化本能，發現城市人的潛意識和內心黑暗，發現在街道上禁止的事物，這是現代主義的觀察立場。從街道水準觀察更貼近城市生活的複雜性和豐富性，有一種視城市為同類的認同感，把城市當作一種正常存在，因而能夠比較客觀地表達出城市人生的隱衷、委曲和真實含義，是寫實主義的觀察立場。從上面看則是把城市當作一種固定的符號，在這種眼光下的城市是一種渺小的而且畸形的人造物，被包圍在大自然和諧而美妙的造化之中，這是浪漫主義的觀察立場；這種立場不僅把城市形象模式化，而且還帶著蔑視城市、評判城市的優越感。新生代作家正是從街道水準上觀察城市，這種視角由於受到五光十色的都市物象的誘惑和遮蔽，視域相對狹窄，而且視距也逐漸縮短。當聚焦者進入室內時，他就被都市的巨腹所包容，旁觀性也就徹底消弭。因此，聚焦者只有通過不斷的奔走以變換其觀察點。邱華棟的《手上的星光》、《環境戲劇人》、《夜晚的諾言》、《城市戰車》等作品都通過一種外來者或闖入者的目光掃瞄像輪盤一樣轉動的都市，正如作家自己所言：「我的寫作實際上更多的是觀察他者，我自己主要是把某種情感和我關注的內容注入其中。」[7]這種旁知性來源於作家與城市之間潛在的緊張狀態：「既想進入又想拒斥，既想擁抱又感到害怕，既想

6 參見李書磊，《都市的遷徙》（時代文藝出版社，一九九三年），頁一一六至一一七。
7 林舟，《穿越都市——邱華棟訪談錄》，《花城》一九九七年第五期。

融入它又想疏離它。……我無非是要向它索取。所以一開始我對它充滿敵視又想儘快地融入，被它接受。」[8]但隨著陌生感的消失，作家逐漸與城市融為一體，生存的焦慮也轉向緩和。這樣，城市的一切奇觀都被熟悉感化解成常識，空間距離、心理距離的同時縮短使旁觀姿態變得可疑，最終蛻變成充分的介入。都市的物化現實在創作主體的靈魂深處投下深影，物象的嵌入使精神被物質化，人與都市被物化的繩索捆縛成一體，這樣，旁觀成了顧影自憐的遊戲。

七〇年代出生的作家把都市視成了狂歡的舞臺，他們如魚得水一樣在都市中遊刃有餘，隔膜感的消除使都市成了他們的化妝鏡。儘管他們對「在路上」的情景反覆述說，但這只不過是矯揉造作的奢侈。丁天的《飼養在城市的我們》、《漂著》，周潔茹的《到常州去》、《我們幹點什麼吧》，衛慧的《甜蜜蜜》、《黑夜溫柔》，棉棉的《黑煙嫋嫋》、《九個目標的欲望》和朱文穎的《去上海》等作品都以敘事者的奔波來綴連敘事，但情緒化的漫漶使作品具有濃厚的獨白意味，旁知視角被興高采烈的迷茫沖得支離破碎。丁天在《飼養在城市的我們》中有這樣一段情不自禁的表白：「小說寫到這裡，我想告訴你們本來我想用冷靜的全知的敘述完成這篇作品，可是我卻沒能做到。面對往事我無法不動聲色，既然動了聲色，小說必需的虛構又讓我的內心感到不安，於是拋棄了虛構，沒有了虛構，我就無法成為全知者，一切幾乎都成了『我所不能瞭解的事』。」七〇年代人對城市的高度認同使他們異常迷戀「室內」敘事，酒吧、迪廳和臥室成了故事的主導場景。丁天的《門》、衛慧的《愛人的房間》、金仁順的《玻璃咖啡館》、戴來的《要麼進來，要麼出去》、棉棉的《告訴我通向下一個威士忌酒吧的路》在標題中就開門見山地點明了要義。衛慧在《甜蜜蜜》中有這樣的表述：「我也說不太清楚，房間是一種逼近人生內核的象徵，與外部的世界是截然不同的對立，很多故事是在房間裡發生的因此而具備另類氣質那是與邏

[8] 林舟，《穿越都市——邱華棟訪談錄》，《花城》一九九七年第五期。

輯和秩序無關的一種狀態。」這種視角轉換使傳統敘事強調的人對物的主宰地位徹底喪失，物的磁場牢牢地吸附著敘事者的視線，房間成了窒息人的主體性的精神外殼。正如羅伯－格里耶所言：「這時我們周圍的世界卻變成一種光滑的表面，沒有意義，沒有靈魂，沒有價值……我們發現自己又一次面對著『事物本身』……。我們周圍不再是我們用種種擬人的和染上保護色的形容詞打扮的事物，而是事物自身。」[9]

三、隱知視角

城市化生存使人們可以擺脫共同體生活的四處滲透的群體壓力，贏得相對獨立的自由空間，而資訊技術的突飛猛進更使人們足不出戶便能縱覽天下風雲，但這種便捷卻阻斷了城市人面對面溝通的管道，導致人們走向社會隔離和封閉化生存。當正常的公共交流的方式被堵塞時，日益膨脹的孤獨感必然使人們對精神交流的渴望瘋長起來，並千方百計地尋找別的管道以疏浚越積越厚的內心壓力，從而達到平衡狀態。窺視是深居簡出的城市人的一種被扭曲了的交流欲望，資訊時代的封閉性生存則是九〇年代小說的隱知視角的深刻背景和生長酵素。所謂隱知視角是指視點人物通過隱性的在場進行現場化敘事，通過對目擊現場的真實記錄，揭示人物不足為外人道的隱衷或事件隱祕的真相。

隱知視角和旁知視角有某種相似性，窺視者和旁觀者與其對象都保持著一種距離，但窺視是心懷介入願望卻克制著不讓自己介入，窺視者對其對象抱有濃厚興趣，而旁觀是有介入的能力卻無意介入，旁觀者對其對象是冷

9　羅伯－格里耶，《小說的未來》（紐約出版社，一九六五年），頁一九。

漠的。而且窺視往往是隱性的，旁觀往往是顯性的。由於窺視對其對象只能停留於表面的感覺經驗，不能深入到心理層次，所以，以隱知視角組織的敘述帶有戲劇色彩，一些論者也據此將它歸入熱奈特所言的外聚焦的範疇。但是，窺視行為被揭穿後卻會激起窺視者強烈的心理反應，窺視者也可以用理性分析能力推測其對象的精神狀態。因此，隱知視角應該歸入內聚焦即限制敘事的範疇。當然，聚焦方法並不總運用於整部作品，而是運用於一個可能非常短的特定的敘述段，「各個視點之間的區別也不總是像僅僅考慮純類型時那樣清晰，對一個人物的外聚焦有時可能被確定為對另一個人物的內聚焦」[10]。我們可以把被窺視者歸入外聚焦，但作品對窺視者尤其是採用第一人稱敘述的窺視者施行的卻是比較純粹的內聚焦。

鐵凝發表於一九九三年的《對面》是採用隱知視角的典範性文本，敘述者「我」蟄伏在黑暗的屋子裡，像鼴鼠一樣悄無聲息地用肉眼和望遠鏡窺探對面房間的女人和輪番出現的兩個男人的曖昧關係，並在那女人和矮個男人顛鸞倒鳳的關鍵時刻，惡作劇地驟然開燈和開響答錄機，把那女人嚇得心臟病猝發而死。「我」的旺盛的窺視欲與人際交流的受挫感密切相關：「也許我從來就沒有愛過，也許我根本就不曾具備愛的能力，愛的確是一種能力，我初次體味到這本是一種值得花費心血去鄭重尋找的能力。」城市以利益和金錢為轉移的人際關係使人們的情感走向萎縮，愛的能力的喪失逼迫「我」以性遊戲和窺陰癖來緩釋內心的焦慮。

邱華棟的《蠅眼・天使的潔白》基本採用第三人稱限制敘事，既為聚焦者又為敘述者的袁勁松「渴望自己變成一個不被別人察覺的人，一個觀看者、跟蹤者、窺視者」，攝影記者的身份和過度的性壓抑驅使他用專用相機窺察婚姻家居生活的溫馨，但他目擊到的卻是在「那樣甜蜜的表層生活之下竟隱藏著一條黑暗的河流」。在那些祕室內上演的是一幕幕兇殺案和醜惡的性交易。他除了掉入陷阱之外一無所獲，並且最終壯烈而滑稽地死於非

10 熱拉爾・熱奈特，《敘事話語　新敘事話語》（中國社會科學出版社，一九九〇年），頁一三一。

命。作品的敘事因過多借鑑了偵探小說和黑幕小說的手法而顯得浮淺，並閃現出強化感官刺激以迎合大眾趣味的動機，但它卻反映了生活在都市中的人們試圖突破環境的封閉性和事實的隱蔽性，並揭穿表象背後的真相的願望。

城市生存在表面上阻止了親密無間的共同體生活對個人隱私的侵犯，但無孔不入的窺視者的存在又使人們生活在一種被窺視的恐懼之中，城市裡似乎密布著隨時可能闖入私生活領地的駭客。刁斗的《移步換景》就在對面的某座樓的某個房間裡設置了一個面目模糊的陌生人，正舉著望遠鏡心懷叵測地將焦距對準了我們。韓東的《房間與風景》有較為鮮明的寓言色彩，文本基本上是由莉莉從內部聚焦的。對面的樓房越蓋越高，莉莉原本隱祕的居住空間暴露在建築工人的視野之中，處心積慮的窺視者的存在使莉莉處於高度的恐懼和焦慮之中，其丈夫克強忍無可忍地槍擊窺視者。意味深長的是，在曠日持久的窺視與反窺視的僵持狀態中，被窺者同時成了窺視者，而窺視者也是被窺者。但是，對於莉莉而言，「這種窺視與被窺視角色的調換沒有使她好受一些。相反，觀察的結果令她更加不寒而慄了」。最終他們只好隱藏在厚厚的窗簾背後，他們觀察外部世界的方式也別無選擇地成了窺視，他們早產的孩子則成了先天失聰而視力超群的畸形兒。羅伯－格里耶的《窺視者》以窺視與各種因素的關聯來巧妙地串連全篇，馬弟雅思姦殺雅克蓮的全過程被于連所窺視，但被窺視者馬弟雅思同樣通過窗戶、走廊或鏡子的反射窺視一間神祕的房間，于連不僅不告發兇手，還毀滅了罪證。小島上的人幾乎都知道兇手是誰，卻熟視無睹。這樣，兇手和社會都既是窺視者又是被窺者。防不勝防的、不懷好意的眼睛使人們在風聲鶴唳的處境中不自覺地成了一個窺視者，這就使窺視這一潛在的敘事視角上升為一種具有濃郁時代性的主題。

王彪的代表性作品中的敘述者都是奇特的小男孩，他們身體文弱甚至罹患怪病，心理則處於性意識萌發期且有變態的窺視癖。《欲望》中的濛，《身體裡的聲音》、《病孩》和《在屋頂飛翔》中的「我」，都絞盡腦汁地窺視形形色色的性場景，作品的敘述被統攝在隱知視角之中。作品的故事背景是小城鎮的生存空間，這種窺視主要被成長的好奇所促發，展示了成年與未成年世界的反差，這種視角以時間反差而非空間反差來製造心理落差，因而進一步拓寬了隱知視角的適用範圍。

不容忽視的是另外一種窺視，它得到現存秩序與倫理道德的庇護，陰暗的動機與目的被罩上了正義的外套，獲得一種煞有介事的權威性。張旻的《往事難忘》採用第一人稱限制敘事，儘管「我」對自己窺視同室同事李清泉的行為在追述時深懷內疚，但李清泉面對「我」步步進逼的窺視只能一味退縮，表明「我」在無形中獲得了一種授權，相互窺視成了社會監督體系的延伸。躲於蚊帳中的「我」在窺見李清泉偷偷自慰時的那聲輕咳，其殺傷力絲毫不亞於快刀利矛。《情戒・回憶與現實》和《月光下的錯誤》的第一人稱敘事者以教師身份對偷情學生的暗中巡查，同樣貫串著隱知視角。《審查》追述了「文革」年代對風化案件的嚴厲審查，那些以道德判官自居的審查者在權力的庇護下，使卑劣的窺視變得冠冕堂皇；《犯戒》中以壓迫姿態侵犯私人隱私的「正人君子」接續了文革的流毒。把這種窺視的意識形態意味揭示得最為酣暢淋漓的還是王小波。《黃金時代》中「我」和陳清揚被名為審查實為窺視的行為所折磨，但陳清揚「自甘墮落」的交代使窺視者失去了正義的假面，於是，審查只好不了了之。《未來世界》中的「我舅舅」被剝光了衣服接受女員警F的審查，權力的根須肆無忌憚地伸進最為隱祕的性領域，並滲入人的潛意識：「雖然住在十四樓上，我舅舅還是感覺到有人從窗口窺視，隨時會闖進來。」而「我」在權力無邊的公司的寫作部裡，每月要接受一次鞭笞光屁股的幫助教育，「窺視」經過肉體深入到靈魂，在摧毀了靈魂之後使肉體成為透明的空殼。面對著這種洞穿靈魂的探照燈，人們已經很難保留哪怕很小的內心的黑暗區域，相對而言，黑暗倒是有了一種保護自己不被窺視的作用。正如福柯所言：「只要有注視的目光就行了。一種監視的目光，每一個人在這種目光的壓力之下，都會逐漸自覺地變成自己的監視者，這樣就可以實現自我監禁。」[11]

---

11 福柯，《權力的眼睛——福柯訪談錄》（上海人民出版社，一九九七年），頁一五八。

不折不扣的內聚焦是十分罕見的，因為這種方式嚴格地要求絕不從外部描寫甚至提到焦點人物，敘述者也不得客觀地分析他的思想或感覺。當窺視者充當第三人稱限知敘事的敘述者時，我們對隱知視角的討論就很可能不自主地越入主題學範疇，當然，視角與主題本來就是相輔相成的命題。但是，內聚焦卻可以在第一人稱內心獨白敘事中得到較為充分的實現，這種敘事天衣無縫地融合了敘述者、人物和聚焦者，採用「敘述者－人物－聚焦者」三合一的特殊形式。這種聚焦離棄了經驗感受方式而偏愛體驗感知方式，作品中充斥著聚焦者對內心幽暗世界的探視，這就把窺視者與被窺視者在時空中合二為一。根據內聚焦和外聚焦的劃分，這種視角可以姑且名之為「內部隱知」，其功能近似於顯微醫學中使用的內窺鏡，只不過前者意在探索主體的內心世界，後者意在窺探人體的內部構造。娜塔麗・薩洛特對此做出了精闢的描述：「小說的主要人物是一個無名無姓的『我』，他既沒有鮮明的輪廓，又難以形容，無從捉摸，形跡隱蔽。這個『我』篡奪了小說主人公的位置，占據了重要的席位。這個人物既重要又不重要，他是一切，但又什麼也不是；他往往只不過是作者本人的反映。這位主人公周圍的人物，由於失去了獨立存在的地位，或者成為至高無上的『我』的附屬品，或者只是一些幻象、夢境、噩夢、幻想、反照、模態等。」[12]

陳染的《私人生活》和林白的《一個人的戰爭》是九〇年代小說中運用「內部隱知」視角的最為典範的文本。《私人生活》和《一個人的戰爭》都反覆出現鏡子這一象徵性意象，作家在作品中被劈裂成窺視者與被窺視者、精神分析者與分析對象，她著魔地注視著自我，在孤獨、挫敗與逃避中面面相覷。由於深深沉緬於孤獨的冥思和自囚的情境，敘述語流因行動性減弱而放慢了節奏。而且，人物對外部世界的每一次試探都伴隨著向內心世界的更為怯弱的後撤，這就使人物越來越徹底地喪失了外部的行為能力。《私人生活》中的倪拗拗和《一個人的

12 娜塔麗・薩洛特，《懷疑的時代》，柳鳴九主編，《新小說派研究》（中國社會科學出版社，一九八六年），頁三五至三六。

戰爭》中的多米面對接踵而至的外部打擊毫無還手之力，只能一方面卑賤地迎合，一方面返回到內心的囚牢，自己成了自己的陌生人和旁觀者。陳染說：「我做為半個人而存在著，她像一個清醒的旁觀者，冷靜而痛惜地看著被割捨、犧牲出去的另一半，如同看著另外一個人。」[13]自我從外部世界的每一次撤退都使自我與世界之間的障礙變得更為厚實和堅硬，當兩者間的脆弱勾連被意外的災禍轟毀時，人格就只能走向解體和崩潰，被過分正常卻冷若霜雪的主流社會所不容的倪拗拗也只能以精神病院為可悲的歸宿。《一個人的戰爭》的敘事人稱不斷地在「我」與「她」之間滑動和跳躍，這就使作家與敘述者之間的關係變得撲朔迷離，在重疊與悖逆中閃躲，這也造成了虛構與真實的界限的模糊。作品中有這樣一句話：「想像與真實，就像鏡子與多米，她站在中間，看到兩個自己」。作家置換敘述人稱的做法蘊含著以一種不斷變幻的視距立體開掘自我深處幽暗閃爍的人性奧祕的初衷，作家說：「我的作品人稱多是在『我』和『她』之間滑動，敘事人與故事中人採取『分身術』，實際上是一個人。」[14]作家的這種自我窺視中流露出的對幽閉、孤寂、陰暗的私人空間的偏愛以及對吞噬個性的外部空間的拒絕，內蓄著一種現代主義情緒。作家似乎把孤獨視為人的宿命，個人因主觀牢籠的囚禁而永遠無法到達其他人那裡，正如薩特所言：「只有在他人面前，我才是有罪的。」[15]陳染和林白的「內部隱知」視角中閃爍著一種存在性不安，個體由於外部世界的排斥和放逐，其真實自我無法適應充滿風險的現實世界，逐漸與其身體相分離，萎縮為非身體化的內在自我，失去了與身體的正常統一。當人承受著身心分裂的折磨時，他的自我意識就變得虛假，在這種內憂外患之中，「通過像他人一樣觀察自己，他重新獲得對他自己的意識，感到自己是他人眼裡的客

13 陳染，《半個自己》，《陳染文集・女人沒有岸》（江蘇文藝出版社，一九九六年），頁一六八。
14 林舟，《守望與飛翔——林白訪談錄》，《生命的擺渡》（海天出版社，一九九八年），頁一三三。
15 薩特，《〈一個陌生人的肖像〉序》，《文藝理論譯叢》（二）（中國文聯出版公司，一九八四年一），頁四三一。

體。這也就是相當於他把自己的眼睛借予他人，以使自己始終處於注視之下」[16]。由此可見，「內部隱知」常常把外在的文化危機轉化為內在的精神困惑，這個處在個體存在中心的「自我的旁觀者」常常毀滅和窒息任何為其所注視之物，這種飛蛾撲火的黑色激情中潛流著文化反抗的精神血脈。在這一敘述視角中，貫注著「個人化」的生命沉思與審美理解。

四、戴著鐐銬跳舞

九〇年代小說敘事視角從全知視角到限知視角的轉換，表明創作主體已從對抽象的、超驗的整體把握轉向對具象的、感性的局部敘事。全知敘事處處假定存在著一種共同的本質，把具體的事件強制性地歸入統一的邏輯，把它視為共同本質的感性顯現，並且充當「我們」的理所當然的代言人。全知視角是一個占主導地位的透視角度，「敘述者——聚焦者的意識形態通常被認為是權威的，而本文中的所有其他意識形態都從敘述者－聚焦者這個『更高的』位置得到評價」[17]。也就是說，本文中出現的其他意識形態在全知視角面前由評價主體變成了評價客體。旁知與隱知視角顯然遺棄了人與人之間、人與自然之間的假定的共同本質，它們打破了敘事的封閉格局，擺脫了二元對立的價值觀念的束縛，它們對事物之間相互補充、相互混融、相互顯示的中間狀態表現出濃厚的興趣，這種審美取向決定了它們對意義邊界無法做出明晰的確立，而常常以一種含糊、搪塞的遊戲姿態解構意義，使意義被洶湧的表象之流撞擊成碎片。

16　R．D．萊恩，《分裂的自我》（貴州人民出版社，一九九四年），頁一一二。
17　里蒙－肯南，《敘事虛構作品》（生活．讀書．新知三聯書店，一九八九年），頁一四七。

如果說全知敘事是一種類象敘事，那麼，旁知與隱知視角組織的敘事顯然對這種類象充滿懷疑。類象排除了偶然的、表面的、變動的、個別的東西，肯定必然的、本質的、不變的、普遍的事物，這種以永恆不變的中心邏輯使世界秩序化的思維顯然是一神教崇拜的精神內核。全球性的世俗化激流正是在衝出「解神聖化」的窄峽後一瀉千里，勢不可擋地衝擊著世俗權威的堡壘。因此，旁知與隱知視角組織的敘事更為看重永恆鮮活、稍縱即逝且不再重複的經驗。而且，全球規模的都市化、商業化和資訊化浪潮使不受知識局限的、泛時的、偏重靜態描述的傳統敘事模式陷入捉襟見肘、自欺欺人的泥沼。「很明顯，我們生活的這個世界迅速地變化著。敘述形式的傳統技術已不能把所有迅速出現的新關係容納進去。其結果是持續的不適應，我們不能整理向我們襲來的全部資訊，原因是我們缺乏合適的工具。」[18]但是，旁知與隱知視角對於類象的拒絕一旦矯枉過正，敘事就會因為意義層面的模糊、斷裂而顯得混亂，原先物我交融的狀態因人與物的疏離而塌陷，敘述者與萬物之間的約定俗成的反映關係也漸漸被消蝕。在這種空茫的精神裂隙中，理性基石的動搖必然使相對主義、不可知論和虛無主義破殼而出。

必須指出的是，九〇年代小說的旁知與隱知視角極擅長以苦難、暴力、性事為聚焦對象，敘事者無動於衷的冷漠或意猶未盡的熱情都能夠布設成引誘讀者的閱讀陷阱，使讀者在面對各種反差時形成感官刺激和心理刺激，這就以一種曲折的方式迎合了大眾的審美趣味。也就是說，旁知與隱知視角給人們的聯想留下的有意味的空白，並沒有被作家利用為表現世界的新感覺、新層面、新深度的有效形式。本來它們可以成為擴展個人話語空間的一種正當途徑，成為個人性得以茁壯成長的沃土，結果，卻被一種媚俗趣味導向世俗歧途。當一個作家以旁知的冷漠去渲染血淋淋的兇殺場面和赤裸裸的淫亂場面時，他的旁觀就成為對一種惡俗的審美趣味的掩飾。而隱知視角

18 布托爾，《作為探索的小說》，柳鳴九主編，《新小說派研究》（中國社會科學出版社，一九八六年），頁八八。

似乎更多地被濫用於表現陰暗、曖昧、變態的審美旨趣。因此，旁知和隱知視角絕妙地折射出九〇年代向世俗獻媚的精神狀況，官能化、商業化潮流則是它們得以根深葉茂的最好的生長激素。

結語：互動與共生

對於正在進行的「當代」而言，沒有結論。在強調思想與言論自由的人文科學領域裡，定於一尊的「結論」更是具有專斷的意味。之所以狗尾續貂地寫結語，僅僅是為了闡述自己的研究路徑。儘管將二十世紀九〇年代的中國大陸小說作為獨立的研究對象，不無機械的意味，但是，我個人認為這也是一個必要的限定，使研究具有相對清晰的理論邊界，不至於上天入地地大談普遍的原則。而且，在清醒地意識到九〇年代在很大程度上只是一個自然時間概念的前提下，我們同樣可以觀察到九〇年代作為一個相對獨立的文學史分期的文化與審美依據：首先，八〇年代末期啟蒙情境具有象徵性的幻滅場景，國家經濟領域從計劃體制向市場體制的轉軌，以及由此帶來的政治、社會、文化方面的全面轉型，意識形態、知識份子、消費主義等話語體系在相互制約與促動之中，經歷著反覆的衝突與磨合，各種話語的相互滲透與轉化，使九〇年代的精神格局具有模糊性和不穩定性，這種特徵一方面呈現出在裂變中艱難地尋求新生的混亂與喧囂，另一方面也帶來了充沛得近乎盲動的活力。其次，在一元化主導的精神格局破裂之後，歷史的線性發展結構逐漸弱化或潛化，但時代的整合力量依然存在，而且更為有效地成為躡足潛蹤卻無處不在的潛性邏輯。同時，各種話語多元共存以及一種話語之間的內部分裂與衝突，尤其是八〇年代最為高漲的知識與精英話語在九〇年代的內在分裂（諸如「中國後現代」論調，激進與保守之間的迷茫，「人文精神」討論，「新左派」與「自由主義」論爭等等），以及被過分誇大的全球化進程中西方與東方話語的複雜互動，都使文化與文學在顯性層面呈現出空間化傾向。九〇年代的各種話語都試圖反思與清理八〇年代的思想資源，尤其是姿態高昂、偏離初衷甚至誤入歧途的啟蒙實踐，但反思與清理同樣的不徹底，同樣地被更強勢或更新潮的話語所淹沒，甚至被話語自身的悖論所淹沒。第三，文學在各種話語的爭奪之下，呈現出曖昧、游離的總體特徵。掙脫以政治目的論為核心的宏大敘事的努力，使敘事從社會政治場景轉向日常生活場景，從大而無當的國計民生轉向具體而實在的個人生活，但是，在意識形態與消費主義的夾縫之中，具有知識份子特性的個人話語顯得脆弱、遊移甚至盲目。文學新生的審美因素同樣沾染了許多與審美無關的、實用的精神雜質。

基於此，我個人把九〇年代定位為這樣的一個文學時間：它是銜接二十與二十一世紀文學的**調整期**、**過渡期**、**準備期**。本書「導言」中運用的「準個體時代」的概念，正是以此把握為其基本前提。九〇年代的生機與活力得益於八〇年代的思想解放與啟蒙追求，同時承載著八〇年代沒有解決的歷史遺留問題，更因為較大規模的歷史轉換而獲得了與八〇年代迥然有別的文化特質。在時間維度上，九〇年代文學的新變以繼承文學史的歷史連續性為前提，九〇年代的意義將作為歷史後效，展現在二十一世紀中國嶄新的文學實踐與審美突破之中；在空間形態上，各種話語的衝突與分野並非封閉的、孤立的、絕對的，它們在互動與共生之中孕育著種種可能性。

一、歷時分析與共時分析

返觀近年來學界對於九〇年代文學的研究成果，大都陷入了這樣的誤區，即為了突出九〇年代的文化新質，為了突出自己的理論描述的獨特性，片面地誇大了九〇年代的思想意義，甚至將九〇年代與八〇年代納入相互對立的二元關係模式，比如把兩者設定為群體時代與個體時代、一元文化與多元文化、啟蒙語境與非啟蒙語境等等之間的對抗。不管是所謂的「新學」與「後學」，一些國學大師「三十年河東三十年河西」的循環論觀念，以及韓東、朱文等人高舉的「斷裂」旗號，都在突出歷史分期的超越性、斷裂性的同時，漠視甚至故意遮蔽歷史延續性。王德威「沒有晚清，何來五四」的說法備受關注，那麼，沒有八〇年代，又何來九〇年代呢？

對於歷史連續性的忽略，使九〇年代文學研究大都側重共時分析，強調不同話語的空間分布與基本結構，卻很少從二十世紀中國文學史的整體思維或更為寬闊的歷史視野把握研究對象。一些新近推出的當代文學史著作，要麼把九〇年代付諸闕如，要麼把九〇年代文學作為獨立的研究對象，設置與整體理論框架脫節的專門章節，敷衍了事。其實，我們很有必要反思現在通行的文學史體例，即根據時序發展的邏輯將文學進行條塊分割，比如二十世紀中國文學史一律被劃分成「五四」文學、左翼文學、淪陷區文學、解放區文學、「十七年」文學、「文革」文學、新時期文學等等，然後往不同部分填充所謂的流派與重要作家，把有機的整體切割得支離破碎。除了像魯迅、茅盾、郭沫若、巴金、老舍、曹禺、沈從文、張愛玲等有資格享受專章專節的作家，大多數作家的文學創作與文學活動只能被機械的分期分割成碎片，被拼貼進不同時期、流派等集群性文學概念。更值得注意的是，所謂的文學史寫作缺乏對文學批評與文學命名的反思與清理，比如時下的不少當代文學史仍然照搬了傷痕、反思、改革、尋根、先鋒、新寫實等策略性的命名，並將這些概念拼湊成文學史的主要邏輯。至於九〇年代文學，氾濫的命名不僅無助於把握文學發展的內在規律，而且成了一種阻礙研究者走向文學深處的路障。

儘管「二十世紀」作為一個文學史概念已經日益成為一種共識，但是，近代、現代、當代的文學斷代與學科壁壘仍然影響著不少學者的學術思考，編年史的觀念使二十世紀中國文學的各種意識、話語的歷史發展得不到深入的考察與辨析。八〇年代以來，文學的專題研究最為集中地反映了文學研究的精神高度與思想深度，但在文學史著作中卻體現得並不充分。因此，我個人認為，打破機械的時序邏輯，貫通近代、現代和當代，在總體上把握文學史時間的專題式文學史，未嘗不是突破現成的文學史惰性的一種努力方向，或者說是一種新的可能性。

將九〇年代文學作為相對獨立的研究對象，面臨的正是條塊分割的陷阱。在二十世紀中國文學史的框架中，研究九〇年代很大程度上只是一種共時分析。當然，由於從文學史角度研究九〇年代還很不充分，共時分析同樣有其不可忽視的理論價值。必須警惕的是，如果研究九〇年代沒有對此前文學史的參照與參考，沒有對其後續發展的可能性的思考，九〇年代就成了囚禁研究主體的精神牢籠。基於此，我對九〇年代的把握是專題式的，也試圖將歷時分析與共時分析有機地結合在一起，像書中研究自由撰稿人的專章，就對其在整個二十世紀的歷史源流進行了較為充分的梳理；研究「歷史迷惘」的專章也是把「革命歷史小說」的歷史觀念作為參照系；對於「中國後現代」也試圖從其西化的外觀中尋繹到更為貼近中國現實的東方靈魂。兩難的是，這種企圖不無離題的危險，在嘗試著彌補一種遺憾的同時，帶來了另一種遺憾。

儘管我個人對歷時分析與共時分析的結合很可能是失敗的，但歷史的參照是不可缺少的。在很大程度上，九〇年代中國遇到的許多問題並非如許多研究者所強調的那樣「史無前例」，其基本情境與「五四」有許多相似之處，諸如中西之爭、體用之辨、自由與公正、效率與公平等等問題。九〇年代的不少新現象僅僅是老問題遇到了新情況，但這並不意味著從樂觀的歷史機械進步論走向了悲觀的歷史圓形循環論。二十世紀中國所走的彎路，當然需要後繼的歷史付出代價。而九〇年代孕育的新因素與新的可能性，也不是愚陋如我者可以洞見的。我能夠描述的，僅僅是對於過程的一己之見。

二、文化批評與審美批評

進入九〇年代，文化批評日益盛行，審美批評逐漸淡出。應該說，文以載道傳統和經世致用哲學的深入人心，使審美批評在中國始終是根基浮淺。八〇年代前期，思想解放從文學實踐中借力的現實，使社會學、歷史學、政治學的視野在文學批評中占據主導地位。隨著西方文學尤其是現代派思潮的湧入，中國作家試圖以形式探索來擺脫工具情結對文學的壓迫，先鋒文學的形式實驗也帶動了形式主義批評的繁榮。但是，隨著文學在消費潮流的衝擊下走向文化的邊緣，洪峰、余華、蘇童、葉兆言等先鋒作家在九〇年代轉向寫實風格，極端化的形式革新在內外交困中難以為繼，形式批評也相應地沉落。

九〇年代初期鼓噪一時的「文學危機論」和文人下海風潮，使不少文學留守者急切地尋找拯救文學與拯救自己的對策，在病急亂投醫的情境下，呼喚日漸遙遠的轟動效應成為一種普遍心態。為了使文學顯得「有用」，能夠養活自己，不少陷入困境的文學期刊開始拿出不少版面來刊登「廣告文學」，一些在八〇年代呼籲文學回到自身的批評家也開始重提文學的現實功用。更為重要的是，許多文學工作者最為關心的不是文學有沒有「用」，而是害怕自己在消費大潮中變得「無用」。因此，在消極的層面上，文化批評在九〇年代的復興可以視為文學主體放棄自身的獨立性，並試圖藉此重新返回中心的努力，批評的功利性、依附性、消費性得以充分顯現。在積極的層面上，文化批評使批評從形式的象牙塔中走出來，重新獲得了介入現實、批判現實的活力。遺憾的是，文化批評的捲土重來並沒有補偏救弊，並沒有與審美批評形成良性互動，而是壓倒性地驅逐了審美批評的正常存在。

文化批評的氾濫，以及批評主體對獨立性的放棄，嚴重地損害了批評的尊嚴。批評主體對自己的話語邊界缺乏必要的限制，以一個專門家的學識進行全方位的、不負責任的「時評」，對於大而無當的「主義」的熱情掩飾了面對「問題」的無能。批評在九〇年代的悲哀並非「失語」，而是缺乏節制的胡言亂語，是話語「失禁」。在實用主義的氛圍裡，小圈子批評、廣告批評、文化酷評、媒體批評漸成氣候，批評的獨立品格日漸流失。對於文學研究而言，最為難堪的是，認真讀作品的人越來越少了，而且不讀作品的人還可以理直氣壯地在會議上發言，長篇大論地著書立說。不少研究「二十世紀中國文學」的論文，竟然可以只談一兩個作家的幾部作品。許多對「九〇年代文學」進行整體把握的文章，大都採用了聰明的「抽樣分析」，斷章取義，道聽塗說。

我個人認為，認真閱讀作品是文學研究最起碼的要求，也是批評主體對作品、作家和文學的必要的尊重，更是對自己的最起碼的尊重。文本細讀不僅是審美批評的起點，也是嚴肅的文化批評的起點。脫離了具體的文本，不僅無法研究文學的形式特點和審美品格，也無法研究外部力量對於文學的影響與滲透。現在流行的文化批評，往往把文學作品的精神表達作為社會政治分析的文化依據。須知，嚴格意義的社會學、政治學分析必須通過解剖真實的案例來進行分析與歸納，根據感性的、虛構的文學經驗來介入社會現實，這固然使話語表達獲得了更大的自由度，但是，其主觀性、臆測性顯然會產生誤導作用。九〇年代包括「人文精神」討論、後現代思潮、「新左派」與「自由主義」論爭在內的文化爭鳴，其核心成員有不少是文學工作者，其中像「人文精神」的反思固然有真知灼見，但更多的可能是意氣之爭，激情有餘理性不足。很多研究者在面對九〇年代文學作品時，採取了「六經注我」的姿態，無視作品的審美價值，將作品中的經驗與姿態作為建構自己的理論烏托邦的證詞與工具。這必然導致批評主體對於作品的誤讀甚至是篡改。

本書的上編側重文化分析，下編側重敘事分析，體現的正是將文化批評與審美批評都建立在文本閱讀基礎上的努力。書中有不少地方對文本的把握，或許遲早被證明是幼稚的，甚至是錯誤的，也不排除有人云亦云的地方，但我忠實於自己對於作品的感性印象與理性思考。

三、創造美學與接受美學

文學史是作者、作品、讀者的三位一體，批評家與文學史家只是占少數比例的、專業的讀者群，作者本身同樣需要閱讀作品，忽視其中的任何一個環節都不能算是健全的文學史。但是在對當代文學的批評與研究中，因襲了傳統的文學史觀念，即將文學史理解成了作家作品的羅列史，忽略了文學的功能史與作用史，忽略了文學是作家、作品和讀者三者共同創造的產物，忽略了讀者在文學史上的功績。接受美學又稱接受理論，是由德國的漢斯・羅伯特・堯斯等在二十世紀六〇年代末、七〇年代初提出來的，其代表人物均為德國的文藝理論家和教授。但是，迄今為止，較為完整的文學接受史在西方學界同樣罕見。九〇年代以來，隨著大眾傳媒的繁榮，少數批評家開始注意到文學與傳媒的關係，也有一些論文公開發表，但這些成果大都是一些印象式文字，缺乏必要的資料準備與系統研究。不少學者將文學的傳播接受作為一個靜態的研究對象，忽視了對文化語境、傳播接受對象的具體考察。

傳統的文學史把文學局限在生產美學和再現美學的封閉結構之中，認為作者的創作活動和作品的客觀價值決定了作家作品的歷史地位，具有歷史的穩定性。在創造美學與接受美學的雙重視野中，文學作品的價值取決於創作意識和接受意識的互動作用，其價值的實現因為讀者的內在品格、社會身份、文化時空的差異而呈現出不同的文化景觀，傳播接受不僅能啟動作品的潛在品質，還能賦予新的審美特質與文化內涵。作品在傳播接受過程中的興衰必然回饋到文學的創造實踐當中，使創作主體和文學思潮做出相應的調整。漢語文學與其他語種的文學相比，其傳播接受有其特殊的歷史文化內涵。文學的傳播接受史也就是文學的消費發展史，中國當代文學的傳播接受在總體上呈現出由封閉走向開放、由依附走向獨立、由權力化走向市場化、由一元化走向多層面的歷史軌跡，讀者在文學發展中的地位日益提升，文學傳播接受的多元化推動了文學創造的多元化，文學的功能結構產生重大的文化轉換。隨著經濟全球化步伐的加速，文化也呈現出全球一體化趨向，中國當代文學的傳播接受也被納入這一嶄新的格局之中，外來文學對漢語文學的影響日益加強，漢語文學的對外翻譯與海外傳播也顯示出強勁的勢頭，傳播接受的多元互動推動了漢語文學的世界化進程。

文學的傳播接受既和文學作品本身的審美特性密切相關，又受制於政治、社會、經濟和文化的合力，這就使文學的審美價值與現實功能既和諧又衝突。為了準確地描述出文學傳播接受的歷史軌跡，研究者既要考察審美價值較高的文學作品的傳播接受過程，又要考察藝術較為粗糙而社會影響較大的文學作品的文化功能。作為文學主體的作家、批評家、編輯的生存狀況、社會角色、精神結構、命運變遷與文學的傳播接受的關係，會反過來影響文學的審美創造。文學的傳播接受與大眾傳媒的發展有著重要關係，媒介對傳播接受的主體和客體產生著雙重作用。研究文學的傳播接受，必須既注重文學作品在傳播接受過程中產生的讀者反應與社會效果，又考察讀者反映與社會效果對文學發展的反向推動，深入研究傳播接受對文學的社會地位、思潮流派、價值選擇、主體意識、審美趨向、文體演變等方面的影響與制約，突出文學內部環境與外部環境的雙向互動。

九〇年代以來，大眾傳媒對社會生活的作用日益顯著，對於文學的生產與消費也具有巨大的影響力。文學傳播從單一的印刷傳播轉向以紙質文本、影像文本、網路文本為媒介的多元傳播，傳統的線性傳播模式受到強烈衝擊。在這種語境下，傳播接受對文學創作的影響明顯加強。本書對文學期刊、文學出版、影視文化與九〇年代小說關係的探討，對文學傳播中「改寫法則」的分析，對文學敘事與新聞敘事的文體交融的關注，是從創造美學與接受美學的互動視野考察文學發展的嘗試。當然，雙重視角的有機融合並非數量化的化學配方，這需要深厚的學術積累與廣闊的文化視野。

實現歷時分析與共時分析、文化批評與審美批評、創造美學與接受美學的共生與互動，是我個人的文學史觀和文學批評觀，也是我個人的努力目標。

主要參考書目

尹鴻，《世紀轉折時期的中國影視文化》，北京出版社，一九九八年。
孔範今，《走出歷史的峽谷》，山東文藝出版社，一九九七年。
孔範今主編，《二十世紀中國文學史》，山東文藝出版社，一九九七年。
王岳川、尚水編，《後現代主義文化與美學》，北京大學出版社，一九九二年。
王逢振等編，《最新西方文論選》，灕江出版社，一九九一年。
王曉明主編，《二十世紀中國文學史論》，東方出版中心，一九九七年。
王曉明編，《人文精神尋思錄》，文匯出版社，一九九六年。
王嶽川，《中國鏡像——九〇年代文化研究》，中央編譯出版社，二〇〇一年。
朱光潛，《朱光潛美學文集》，上海文藝出版社，一九八一年。
朱雯等編選，《文學中的自然主義》，上海文藝出版社，一九九二年。
何清漣，《現代化的陷阱》，今日中國出版社，一九九八年。
呂同六主編，《二十世紀世界小說理論經典》，華夏出版社，一九九五年。
李書磊，《都市的遷徙》，時代文藝出版社，一九九三年。
沈從文，《沈從文文集》（一至十二），花城出版社、香港三聯書店，一九八二至一九八四年。
汪暉，《死火重溫》，人民文學出版社，二〇〇〇年。

汪繼芳，《「斷裂」：世紀末的文學事故——自由作家訪談錄》，江蘇文藝出版社，二〇〇〇年。
林舟，《生命的擺渡——中國當代作家訪談錄》，海天出版社，一九九八年。
林語堂，《吾國與吾民》，中國戲劇出版社，一九九〇年。
金耀基，《中國社會與文化》，香港牛津大學出版社，一九九三年。
金耀基，《中國政治與文化》，香港牛津大學出版社，一九九七年。
柳鳴九主編，《新小說派研究》，中國社會科學出版社，一九八六年。
洪子誠，《中國當代文學史》，北京大學出版社，一九九九年。
洪修平，《禪宗思想的形成與發展》，江蘇古籍出版社，二〇〇〇年。
康少邦、張寧編譯，《城市社會學》，浙江人民出版社，一九八六年。
張文傑等編譯，《現代西方歷史哲學譯文集》，上海譯文出版社，一九八四年。
張京媛主編，《新歷史主義與文學批評》，北京大學出版社，一九九三年。
張京媛主編，《當代女性主義文學批評》，北京大學出版社，一九九二年。
張英，《文學的力量——當代著名作家訪談錄》，民族出版社，二〇〇一年。
張寅德主編，《敘述學研究》，中國社會科學出版社，一九八九年。
陳平原，《中國小說敘事模式的轉變》，上海人民出版社，一九八八年。
陳明遠，《文化人與錢》，百花文藝出版社，二〇〇一年。
陳思和，《寫在子夜》，上海人民出版社，一九九六年。
陳思和，《雞鳴風雨》，學林出版社，一九九四年。
陳思和主編，《中國當代文學史教程》，復旦大學出版社，一九九九年。
陳鼓應，《老莊新論》，上海古籍出版社，一九九二年。
陳鼓應注譯，《莊子今注今譯》，中華書局，一九八三年。
楊義，《中國敘事學》，人民出版社，一九九七年。

葛兆光，《中國禪思想史——從六世紀到九世紀》，北京大學出版社，一九九五年。
葛兆光，《禪宗與中國文化》，上海人民出版社，一九八六年。
劉慧英，《走出男權傳統的樊籬》，三聯書店，一九九五年。
潘旭瀾主編，《新中國文學詞典》，江蘇文藝出版社，一九九三年。
蔡翔，《日常生活的詩情消解》，學林出版社，一九九四年。
鄧正來、J·C·亞歷山大編，《國家與市民社會》，中央編譯出版社，一九九九年。
魯迅，《魯迅全集》，人民文學出版社，一九八一年。
錢理群，《走進當代的魯迅》，北京大學出版社，一九九九年。
戴錦華，《猶在鏡中——戴錦華訪談錄》，知識出版社，一九九九年。
戴錦華，《隱形書寫——九〇年代中國文化研究》，江蘇人民出版社，一九九九年。
戴錦華，《霧中風景》，北京大學出版社，二〇〇〇年。
顧準，《顧準文集》，貴州人民出版社，一九九四年。
D·C·米克，《論反諷》，崑崙出版社，一九九二年。
L·J·賓克萊，《理想的衝突》，商務印書館，一九八三年。
M·巴赫金，《巴赫金文論選》，中國社會科學出版社，一九九六年。
R·D·萊恩，《分裂的自我》，貴州人民出版社，一九九四年。
R·E·派克等，《城市社會學》，華夏出版社，一九八七年。
R·巴特，《符號學美學》，遼寧人民出版社，一九八七年。
W·C·布斯，《小說修辭學》，北京大學出版社，一九八七年。
W·考夫曼編著，《存在主義》，商務印書館，一九八七年。
W·沃林格，《抽象與移情》，遼寧人民出版社，一九八七年。

大衛・波普諾，《社會學》，遼寧人民出版社，一九八七年。
大衛・洛奇，《小說的藝術》，作家出版社，一九九八年。
大衛・洛奇編，《二十世紀文學評論》，上海譯文出版社，一九八七年。
丹尼爾・貝爾，《資本主義文化矛盾》，三聯書店，一九八九年。
尹恩・羅伯遜，《現代西方社會學》，河南人民出版社，一九八八年。
加斯東・巴什拉，《夢想的詩學》，三聯書店，一九九六年。
尼古拉・別爾嘉耶夫，《人的奴役與自由》，貴州人民出版社，一九九四年。
尼・別爾嘉耶夫，《俄羅斯思想》，三聯書店，一九九五年。
尼采，《悲劇的誕生》，三聯書店，一九八六年。
弗雷德里希・奧古斯特・哈耶克，《通往奴役之路》，中國社會科學出版社，一九九七年。
本雅明，《發達資本主義時代的抒情詩人》，三聯書店，一九八九年。
皮埃爾・布林迪厄、漢斯・哈克，《自由交流》，三聯書店，一九九六年。
吉伯特・羅茲曼主編，《中國的現代化》，江蘇人民出版社，一九九五年。
米蘭・昆德拉，《小說的藝術》，三聯書店，一九九二年。
西蒙娜・德・波伏娃，《女人是什麼》，中國文聯出版公司，一九八八年。
克里斯多夫・拉斯奇，《自戀主義文化》，上海文化出版社，一九八八年。
里蒙－肯南，《敘事虛構作品》，三聯書店，一九八九年。
亞里斯多德，《修辭學》，三聯書店，一九九一年。
叔本華，《作為意志與表象的世界》，商務印書館，一九八二年。
阿格妮絲・赫勒，《日常生活》，重慶出版社，一九九〇年。
哈貝馬斯，《公共領域的結構轉型》，學林出版社，一九九九年。
哈德羅・布魯姆，《影響的焦慮》，三聯書店，一九八九年。

柏格森，《時間與自由意志》，商務印書館，一九五八年。
埃里希・弗洛姆，《尋找自我》，工人出版社，一九八八年。
埃里希・弗洛姆，《對自由的恐懼》，國際文化出版公司，一九八八年。
海德格爾，《存在與時間》，三聯書店，一九八七年。
特奧多・阿多爾諾，《否定的辯證法》，重慶出版社，一九九三年。
馬克思・韋伯，《新教倫理與資本主義精神》，三聯書店，一九八七年。
馬克斯・韋伯，《儒教與道教》，江蘇人民出版社，一九九五年。
馬克斯・霍克海默、特奧多・威・阿多爾諾，《啟蒙辯證法》，重慶出版社，一九九〇年。
康得，《判斷力批判》（上卷），商務印書館，一九六四年。
傑姆遜，《後現代主義與文化理論》，北京大學出版社，一九九七年。
喬・艾略特等，《小說的藝術》，社會科學文獻出版社，一九九九年。
湯因比，《歷史研究》，上海人民出版社，一九六三年。
華萊士・馬丁，《當代敘事學》，北京大學出版社，一九九〇年。
黑格爾，《美學》（一至三卷），商務印書館，一九七九至一九八一年。
愛德華・茂萊，《電影化的想像——作家和電影》，中國電影出版社，一九八九年。
瑪律庫塞，《單向度的人》，重慶出版社，一九八九年。
福柯等，《權力的眼睛》，上海人民出版社，一九九七年。
蜜雪兒・福柯，《知識考古學》，三聯書店，一九九八年。
赫伯特・瑪律庫塞，《愛欲與文明》，上海譯文出版社，一九八七年。
熱拉爾・熱奈特，《敘事話語　新敘事話語》，中國社會科學出版社，一九九〇年。
鄧尼斯・麥奎爾、斯文・溫德爾，《大眾傳播模式論》，上海譯文出版社，一九九七年。
魯道夫・愛因海姆，《電影作為藝術》，中國電影出版社，一九八一年。

謝和耐，《中國社會史》，江蘇人民出版社，一九九七年。
邁克・費瑟斯通，《消費文化與後現代主義》，譯林出版社，二〇〇〇年。
薩特，《存在與虛無》，三聯書店，一九八七年。
羅洛・梅，《愛與意志》，國際文化出版公司，一九八七年。
讓－弗朗索瓦・利奧塔爾，《後現代狀態——關於知識的報告》，三聯書店，一九九七年。

Behler, Ernst. *Irony and the Discourse of Modernity*. Washington University Press, 1990.
Fischer, Claude S. *The Urban Experience*. New York: Harcourt Brace Jovanovich, 1976.
Laska, Shirley B., and Daphne Spain, eds. *Back to the City*. New York: Pergamon Press, 1980.
Plato, *Great Dialogues of Plato*. eds. Eric H・Warmington & Philip G・Rouse. trans. W・H・D・Rouse, New York: The New American Library. Inc., 1956.
Rorty, Richard. *Contingency, Irony, and Freedom*. Cambridge University Press , 1989.

後記

這本書是在我的博士論文的基礎上改寫而成的，答辯時的題目為《九〇年代小說與城市文化》，提交答辯的是「導言」加上「下編」中除去「寫物主義」和「邊際寫作」之外的六章，字數約十一萬，這些章節意在闡述「城市投影與敘事危機」的核心命題。一九九九年夏天到山東大學執教後，為本科生開設了必修課《中國當代文學》和選修課《九〇年代小說研究》，選修後一門課的學生相當踴躍，居然占到了文學院一個年級學生的百分之八十以上，這對以前從來沒有登過講壇的我是很大的鼓勵。在忙忙碌碌的教學之餘，又花費了大量時間閱讀新作品，對論文進行大刀闊斧的修改與補充，對理論框架和邏輯結構都進行了較大程度的調整。一九九七年我就開始了論文的前期準備工作，一轉眼六年時光就這樣匆匆流走了，可論文中依然留有許多遺憾。

一九九六年，我有幸成為潘旭瀾先生門下當時唯一的在讀弟子。記得我最初的論文選題是《魯迅精神的當代命運——中國當代作家的人格研究》，研究對象鎖定為魯迅學生輩的馮雪峰、胡風、蕭軍、黃源、許欽文等人，意在解剖他們在一九四九年以後的歷史命運與人格選擇。先生對這一選題給予了充分的肯定。遺憾的是，基於資料積累、知識儲備和其他方面的原因，我在準備了一年多時間後，最終選擇了暫時地放棄。這一選題而今也成了我的一筆「心債」。

為了完成這一選題，我閱讀了三千萬字以上的九〇年代小說作品。記得那時我成天像著魔了一樣，跑到五角場科技圖書公司三樓的「天地圖書」，大量地選購八折的新書，甚至到了碰到新作品就買的程度。就這樣縮衣節食，在沒有任何外部經濟支援的情況下，我靠著獎學金、稿費和學校發給的那點可憐的津貼，居然買了兩萬多塊錢的圖書。以至於外地的不少同行，竟然常常向我尋求資料上的說明。

回想復旦的三年時光，內心湧起的真是難以言說的複雜滋味。這是我最用功的階段，不斷地看書，不斷地亂塗亂寫，成了個十足的書呆子。幸運的是，我在這裡還遇見了那麼些良師益友，使生活變得寂寞而又充實，孤獨但不孤僻。我常常想起深夜從圖書館回南區宿舍的情景，經過國年路和政肅路的交叉口時，不止一次聽到垃圾房裡傳出來的音樂。寄宿在裡面的一位乞丐，在鐵皮門的背後，不斷地用雙手拍打著手中的一臺破舊的袖珍收音機，把廣播裡的京劇唱段拍得斷斷續續，顫顫悠悠。我真的為他的陶醉所感動，甚至覺得自己的癡迷也是殊途同歸。畢業前夕，在論文與工作之間攪得焦頭爛額的我，覺得自己有點灰溜溜的。能夠多少為自己開脫的，恐怕就是校長在博士學位授予儀式上的那麼一句表揚，雖然自己沒有參加儀式，但這或許能夠讓自己有那麼一點點自信，自以為這三年不全是在浪費光陰。

先生對我的影響，更值得我珍惜的可能不是學識的傳授，而是人格的薰陶。那些與先生在他家南屋的書房「隨便談談」的時光，在我討生活的進行狀態中，越來越顯示出其「不隨便」來。一直記得先生和我單獨談到的他的「夢想」：在讀大學時，學校後面的鐵軌上傳來的汽笛聲，常常讓他突然醒來，恍惚又回到了他第一次搭乘火車走出福建山區的舊時光，生怕自己誤了火車。這種「趕路」的焦慮，在我看來它始終陪伴著先生，使他從來不敢鬆懈。記得兩個月前的一個早晨，先生早早地給我打來電話，對我不務正業的小書《客家漫步》給予美意的點評。也正是這些美好的片斷，讓我不敢自暴自棄，更不敢自鳴得意。

復旦的深厚傳統，總是通過那些德藝雙馨、思想常青的前輩學人感染並引導著一批批後來者。尊敬的老人賈植芳先生扶病主持了我的論文答辯。在他簡陋的書房裡聆聽他達觀、幽默同時又是憂憤、犀利的談話，絕對是無法從書中學到的活的知識和活的人格。還有參加答辯的陳思和先生，他對於前輩的敬奉和對於後輩的激勵，本身就是一種人格教育方式。他不僅對論文的基本思路，而且對寫作的基本規範比如注釋的技術要求都提供了切實有效的指導，書稿的完成得益於他不斷的督促與啟發。他本來計劃將本書收入由他主編的「文學史創新」叢書，這樣的風範常常讓我感到慚愧，告誡自己不要懈怠，並轉化成鞭策自己的動力。同時感謝答辯委員張德林先生、徐俊西先生和王曉明先生，他們的指導與鼓勵，我都將銘記不忘。還要感謝論文評閱專家范伯群先生的提攜，他曾經極力地為我創造繼續深造的機會，每念及此，心中除了遺憾，總會湧起一種持久的感動。

尤其要感謝孔範今先生這些年來對我的栽培。他主持了我的碩士論文答辯會，又在百忙之中認真地評閱我的博士論文。這位孔子後裔的長者之風，使我這樣的異鄉人感受到了齊魯大地的溫暖，讓我這樣的初為人師者懂得了豁達和包容，懂得了承擔和自立，懂得了做一位好教師的前提是繼續做一位合格的學生。

這本書入選了《中國人文社會科學博士碩士文庫（續編）》，其中的《文學卷》將選載本書論述小說與傳媒關係的五萬字。書中的大部分章節和論文摘要已經發表在《文藝評論》、《文藝爭鳴》、《文史哲》、香港《二十一世紀》、《當代作家評論》、《山花》、《上海文學》、《天津社會科學》、《學習與探索》、《文學世界》、《時代文學》、《齊魯學刊》、《東方藝術》和《中華讀書報》上，並被《新華文摘》、《人大複印資料・中國現當代文學研究》、《現當代文學文摘卡》、《中國文化報》、《中華讀書報》、《南方文壇》、《文摘報》、《文論報》、《大時代文摘》、《天涯》、《中華文學選刊》、《東海》、《文學報》等二十餘家報刊全文轉載或部分轉摘。剩下的個別章節也將陸續發表。尤其要感謝《文藝評論》素昧平生的主編韋健瑋先生，他不僅毫不刪改地發表了書中的三章文字，而且在我毫不知情的情況下，以刊物的名義將《模糊審美：九〇年代小說的敘事風格》報送到中國文聯，並獲得中國文聯二〇〇〇年文藝評論獎三等獎。真誠地感謝《文藝爭鳴》的郭鐵成先生和朱競先生、香港《二十一世紀》的余國良先生、《當代作家評論》的林建法先生、《文史哲》的賀立華先生、《山花》的何銳先生、《上海文學》的蔡翔先生和楊斌華先生、《天津社會科學》的尹靖先生、原《文學世界》的李先鋒先生和王光東先生、《時代文學》的李光鼐先生和《齊魯學刊》的趙歌東先生。我很長時間內都是抱著試試看的心情投稿，想不到一個莽撞者居然能夠獲得這麼多無私的幫助，這些敬業的編輯家們給予的已不僅僅是鼓勵，還給予了一種更為公共化的信心。

非常難過的是，我要在這裡表達對在上個月去世的父親的無限緬懷。在這樣的艱難人世裡，是他並不強壯的肩膀為我支撐起了一方天地。總難忘記他為我挑著行李，走著泥濘的山路送我上學的情景。也忘不了他到縣城的中學為我送米送錢的艱辛。他這一輩子，總是把痛苦嚥進自己的內心，竭盡全力地為兒女爭取機會。什麼感激啊，報答啊，都顯得那麼的空洞，留下的只有深深的愧疚與遺憾，痛徹心肺。漂泊天涯的不孝之子，也只能以厚實的腳印來告慰父親的在天之靈。

還有很多親人、前輩、兄長和朋友的名字在內心湧動。就讓他們的名字，越來越深地刻在心上……

二〇〇二年六月十八日於濟南

現當代華文文學研究叢書17　PG1412

準個體時代的寫作
——二十世紀九〇年代中國小說研究

作　　者／黃發有
主　　編／宋如珊
責任編輯／廖妘甄、盧羿珊
圖文排版／連婕妘
封面設計／蔡瑋筠

發 行 人／宋政坤
法律顧問／毛國樑　律師
出版發行／秀威資訊科技股份有限公司
114台北市內湖區瑞光路76巷65號1樓
電話：+886-2-2796-3638　傳真：+886-2-2796-1377
http://www.showwe.com.tw
劃撥帳號／19563868　戶名：秀威資訊科技股份有限公司
讀者服務信箱：service@showwe.com.tw
展售門市／國家書店（松江門市）
104台北市中山區松江路209號1樓
電話：+886-2-2518-0207　傳真：+886-2-2518-0778
網路訂購／秀威網路書店：http://www.bodbooks.com.tw
國家網路書店：http://www.govbooks.com.tw

2015年9月　BOD一版
定價：500元

國家圖書館出版品預行編目

準個體時代的寫作：二十世紀九〇年代中國小說研究 / 黃發有著. -- 一版. -- 臺北市 : 秀威資訊科技, 2015.09

面； 公分

BOD版

ISBN 978-986-326-353-1(平裝)

1. 中國小說 2. 現代小說 3. 文學評論

820.9708 104015268

讀者回函卡

感謝您購買本書，為提升服務品質，請填妥以下資料，將讀者回函卡直接寄回或傳真本公司，收到您的寶貴意見後，我們會收藏記錄及檢討，謝謝！如您需要了解本公司最新出版書目、購書優惠或企劃活動，歡迎您上網查詢或下載相關資料：http:// www.showwe.com.tw

您購買的書名：____

出生日期：________年________月________日

學歷：□高中（含）以下　□大專　□研究所（含）以上

職業：□製造業　□金融業　□資訊業　□軍警　□傳播業　□自由業

□服務業　□公務員　□教職　□學生　□家管　□其它_____

購書地點：□網路書店　□實體書店　□書展　□郵購　□贈閱　□其他

您從何得知本書的消息？

□網路書店　□實體書店　□網路搜尋　□電子報　□書訊　□雜誌

□傳播媒體　□親友推薦　□網站推薦　□部落格　□其他__________

您對本書的評價：（請填代號　1.非常滿意　2.滿意　3.尚可　4.再改進）

封面設計____　版面編排____　內容____　文／譯筆____　價格____

讀完書後您覺得：

□很有收穫　□有收穫　□收穫不多　□沒收穫

對我們的建議：____

____

____

____

請貼
郵票

11466
台北市內湖區瑞光路 76 巷 65 號 1 樓
秀威資訊科技股份有限公司 收
BOD 數位出版事業部

（請沿線對折寄回，謝謝！）

姓　　名：__________ 年齡：________ 性別：□女　□男

郵遞區號：□□□□□

地　　址：__________

聯絡電話：(日) __________ (夜) __________

E-mail：__________